OEUVRES COMPLÈTES

DE

CHATEAUBRIAND

PARIS. — TYPOGRAPHIE DE E. ET V. PENAUD FRÈRES
10, rue du Faubourg-Montmartre.

OEUVRES COMPLÈTES

DE M. LE VICOMTE DE

CHATEAUBRIAND

ÉDITION ILLUSTRÉE

PAR MM.

DE MORAINE, STAAL ET FERDINAND

DEUXIÈME PARTIE

PARIS

EUGÈNE ET VICTOR PENAUD FRÈRES

IMPRIMEURS-LIBRAIRES-ÉDITEURS

10, rue du Faubourg-Montmartre

ŒUVRES COMPLÈTES

DE

CHATEAUBRIAND

PARIS. — IMPRIMERIE DE E. ET V. PENAUD FRÈRES

Rue du Faubourg-Montmartre, 10

LE GÉNIE

DU

CHRISTIANISME

SUIVI DE

LA DÉFENSE DU CHRISTIANISME

ET DE LA LETTRE A M. DE FONTANES

TOME SECOND

PARIS

EUGÈNE ET VICTOR PENAUD FRÈRES, ÉDITEURS

RUE DU FAUBOURG-MONTMARTRE, 10

LE GÉNIE

DU CHRISTIANISME

—∞—

TOME II

PARIS. — IMPRIMERIE DE E. DE SOYE ET Cⁱᵉ,

36, rue de Seine.

LE GÉNIE

DU

CHRISTIANISME

PAR M. LE VICOMTE

DE CHATEAUBRIAND

SUIVI DE

LA DÉFENSE DU GÉNIE DU CHRISTIANISME

ET DE LA LETTRE A M. DE FONTANES

TOME SECOND

—————

PARIS

SIÈGE DE L'ADMINISTRATION DES FRÈRES-RÉUNIS

27, RUE DU FAUBOURG-POISSONNIÈRE

—

1850

GÉNIE
DU CHRISTIANISME.

LIVRE TROISIÈME.

HISTOIRE.

————⟐————

CHAPITRE PREMIER.

DU CHRISTIANISME DANS LA MANIÈRE D'ÉCRIRE L'HISTOIRE.

Si le christianisme a fait faire tant de progrès aux idées philosophiques, il doit être nécessairement favorable au génie de l'histoire,
puisque celle-ci n'est qu'une branche de la philosophie morale et
politique. Quiconque rejette les notions sublimes que la religion
nous donne de la nature et de son auteur, se prive volontairement
d'un moyen fécond d'images et de pensées.

En effet, celui-là connaîtra mieux les hommes qui aura longtemps médité les desseins de la Providence; celui-là pourra démas-
quer la sagesse humaine, qui aura pénétré les *ruses* de la sagesse
divine. Les desseins des rois, les abominations des cités, les voix
iniques et détournées de la politique, le remuement des cœurs par
le fil secret des passions, ces inquiétudes qui saisissent parfois les
peuples, ces transmutations de puissance du roi au sujet, du noble
au plébéien, du riche au pauvre : tous ces ressorts resteront inexpli-
cables pour vous, si vous n'avez, pour ainsi dire, assisté au conseil du Très-Haut, avec ces divers esprits de force, de prudence,
de faiblesse et d'erreur, qu'il envoie aux nations qu'il veut ou sauver ou perdre.

Mettons donc l'éternité au fond de l'histoire des temps; rapportons tout à Dieu, comme à la cause universelle. Qu'on vante tant qu'on voudra celui qui, démêlant les secrets de nos cœurs, fait sortir les plus grands évènements des sources les plus misérables : Dieu attentif aux royaumes des hommes ; l'impiété, c'est-à-dire l'absence des vertus morales, devenant la raison immédiate des malheurs des peuples : voilà, ce nous semble, une base historique bien plus noble, et aussi bien plus certaine que la première.

Et pour en montrer un exemple dans notre révolution, qu'on nous dise si ce furent des causes ordinaires qui, dans le cours de quelques années, dénaturèrent nos affections et affectèrent parmi nous la simplicité et la grandeur particulières au cœur de l'homme. L'esprit de Dieu s'étant retiré du milieu du peuple, il ne resta de force que dans la tache originelle qui reprit son empire, comme au jour de Caïn et de sa race. Quiconque voulait être raisonnable sentait en lui je ne sais quelle impuissance du bien ; quiconque étendait une main pacifique voyait cette main subitement séchée : le drapeau rouge flotte aux remparts des cités ; la guerre est déclarée aux nations : alors s'accomplissent les paroles du Prophète : *Les os des rois de Juda, les os des prêtres, les os des habitants de Jérusalem seront jetés hors de leur sépulcre* [1]. Coupable envers les souvenirs, on foule aux pieds les institutions antiques; coupable envers les espérances, on ne fonde rien pour la postérité : les tombeaux et les enfants sont également profanés. Dans cette ligne de vie qui nous fut transmise par nos ancêtres, et que nous devons prolonger au-delà de nous; on ne saisit que le point présent; et chacun, se consacrant à sa propre corruption, comme un sacerdoce abominable, vit tel que si rien ne l'eût précédé, et que rien ne le dût suivre.

Tandis que cet esprit de perte dévore intérieurement la France, un esprit de salut la défend au dehors. Elle n'a de prudence et de grandeur que sur sa frontière; au dedans tout est abbatu; à l'exté-

---

[1] JÉRÉM., chap. VIII, v. 1.

rieur tout triomphe. La patrie n'est plus dans ses foyers, elle est dans un camp sur le Rhin, comme au temps de la race de Mérovée; on croit voir le peuple juif chassé de la terre de Gessen et domptant les nations barbares dans le désert.

Une telle combinaison de choses n'a point de principe naturel dans les évènements humains. L'écrivain religieux peut seul découvrir ici un profond conseil du Très-Haut : si les puissances coalisées n'avaient voulu que faire cesser les violences de la révolution , et laisser ensuite la France réparer ses maux et ses erreurs, peut-être eussent-elles réussi. Mais Dieu vit l'iniquité des cours, et il dit au soldat étranger : Je briserai le glaive dans ta main, et tu ne détruiras point le peuple de saint Louis.

Ainsi la religion semble conduire à l'explication des faits les plus incompréhensibles de l'histoire. De plus il y a dans le nom de Dieu quelque chose de superbe, qui sert à donner au style une certaine emphase merveilleuse, en sorte que l'écrivain le plus religieux est presque toujours le plus éloquent. Sans religion on peut avoir de l'esprit ; mais il est difficile d'avoir du génie. Ajoutez qu'on sent dans l'historien de foi un ton, nous dirions presque un goût d'honnête homme, qui fait qu'on est disposé à croire ce qu'il raconte. On se défie au contraire de l'historien sophiste ; car, représentant presque toujours la société sous un jour odieux, on est incliné à le regarder lui-même comme un méchant et un trompeur.

CHAPITRE II.

CAUSES GÉNÉRALES QUI ONT EMPÊCHÉ LES ÉCRIVAINS MODERNES DE RÉUSSIR DANS L'HISTOIRE.

PREMIÈRE CAUSE.

BEAUTÉS DES SUJETS ANTIQUES.

Il se présente ici une objection : si le christianisme est favorable au génie de l'histoire, pourquoi donc les écrivains modernes sont-ils généralement inférieurs aux anciens dans cette profonde et importante partie des lettres?

D'abord le fait supposé par cette objection n'est pas d'une vérité rigoureuse, puisqu'un des plus beaux monuments historiques qui existent chez les hommes, le *Discours sur l'Histoire universelle*, a été dicté par l'esprit du christianisme. Mais, en écartant un moment cet ouvrage, les causes de notre infériorité, en histoire, si cette infériorité existe, méritent d'être recherchées.

Elles nous semblent être de deux espèces : les unes tiennent à l'*histoire,* les autres à l'*historien.*

L'histoire ancienne offre un tableau que les temps modernes n'ont point reproduit. Les Grecs ont surtout été remarquables par la grandeur des hommes, les Romains par la grandeur des choses. Rome et Athènes, parties de l'état de nature pour arriver au dernier degré de civilisation, parcourent l'échelle entière des vertus et des vices, de l'ignorance et des arts. On voit croître l'homme et sa pensée : d'abord enfant, ensuite attaqué par les passions dans la jeunesse, fort et sage dans son âge mûr, faible et corrompu dans sa vieillesse. L'état suit l'homme, passant du gouvernement royal ou paternel au gouvernement républicain, et tombant dans le despotisme avec l'âge de la décrépitude.

Bien que les peuples modernes présentent, comme nous le dirons bientôt, quelques époques intéressantes, quelques règnes fameux, quelques portraits brillants, quelques actions éclatantes, cependant il faut convenir qu'ils ne fournissent pas à l'historien cet ensemble de choses, cette hauteur de leçons qui font de l'histoire ancienne un tout complet et une peinture achevée. Ils n'ont point commencé par le premier pas; ils ne se sont point formés eux-mêmes par degrés : ils ont été transportés du fond des forêts et de l'état sauvage au milieu des cités et de l'état civil : ce ne sont que de jeunes branches entées sur un vieux tronc. Aussi tout est ténèbres dans leur origine : vous y voyez à la fois de grands vices et de grandes vertus, une grossière ignorance et des coups de lumière, des notions vagues de justice et de gouvernement, un mélange confus de mœurs et de langage : ces peuples n'ont passé ni par cet état où les bonnes mœurs font les lois, ni par cet autre où les bonnes lois font les mœurs.

Quand ces nations viennent à se rasseoir sur les débris du monde antique, un autre phénomène arrête l'historien : tout paraît subitement réglé, tout prend une face uniforme ; des monarchies partout; à peine de petites républiques qui se changent elles-mêmes en principautés, ou qui sont absorbées par les royaumes voisins. En même temps les arts et les sciences se développent, mais tranquillement, mais dans les ombres. Ils se préparent, pour ainsi dire, des destinées humaines; ils n'influent que sur le sort des empires. Relégués chez une classe de citoyens, ils deviennent plutôt un objet de luxe et de curiosité qu'un sens de plus chez les nations.

Ainsi les gouvernements se consolident à la fois. Une balance religieuse et politique tient de niveau les diverses parties de l'Europe. rien ne s'y détruit plus ; le plus petit état moderne peut se vanter d'une durée égale à celle des empires des Cyrus et des Césars. Le christianisme a été l'ancre qui a fixé tant de nations flottantes ; il a retenu dans le port oes États qui se briseront peut-être s'ils viennent à rompre l'anneau commun où la religion les tient attachés.

Or, en répandant sur les peuples cette uniformité et, pour ainsi dire cette monotonie de mœurs que les lois donnaient à l'Égypte, et donnent encore aujourd'hui aux Indes et à la Chine, le christianisme a rendu nécessairement les couleurs de l'histoire moins vives. Ces vertus générales, telles que l'humanité, la pudeur, la charité, qu'il a substituées aux douteuses vertus politiques; ces vertus, disons-nous, ont aussi un jeu moins grand sur le théâtre du monde. Comme elles sont véritablement des vertus, elles évitent la lumière et le bruit : il y a chez les peuples modernes un certain silence des affaires qui déconcerte l'historien. Donnons-nous de garde de nous en plaindre; l'homme moral, parmi nous, est supérieur à l'homme moral des anciens. Notre raison n'est pas pervertie par un culte abominable; nous n'adorons pas des monstres; l'impudicité ne marche pas le front levé chez les chrétiens; nous n'avons ni gladiateurs ni esclaves. Il n'y pas encore bien longtemps que le sang nous faisait horreur. Ah! n'envions pas aux Romains leur Tacite, s'il faut l'acheter par leur Tibère !

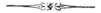

CHAPITRE III.

SUITE DU PRÉCÉDENT.

SECONDE CAUSE.

LES ANCIENS ONT ÉPUISÉ TOUS LES GENRES D'HISTOIRE, HORS LE GENRE CHRÉTIEN.

A cette première cause de l'infériorité de nos historiens, tirée du fond même des sujets, il en faut joindre une seconde, qui tient à la manière dont les anciens ont écrit l'histoire; ils ont épuisé toutes les couleurs; et si le christianisme n'avait pas fourni un caractère nouveau de réflexion et de pensées, l'histoire demeurerait à jamais fermée aux modernes.

Jeune et brillante sous Hérodote, elle étala aux yeux de la Grèce la peinture de la naissance de la société et des mœurs primitives des hommes. On avait alors l'avantage d'écrire les annales de la fable en écrivant celles de la vérité. On n'était obligé qu'à peindre, et non pas à réfléchir; les vices et les vertus des nations n'en étaient encore qu'à leur âge poétique.

Autre temps, autres mœurs. Thucydide fut privé de ces tableaux du berceau du monde, mais il entra dans un champ encore inculte de l'histoire. Il retraça avec sévérité les maux causés par les dissensions politiques, laissant à la postérité des exemples dont elle ne profite jamais.

Xénophon découvrit à son tour une route nouvelle. Sans s'appesantir, et sans rien perdre de l'élégance attique, il jeta des regards pieux sur le cœur humain, et devint le père de l'histoire morale.

Placé sur un grand théâtre, et dans le seul pays où l'on connût deux sortes d'éloquence, celle du barreau et celle du *Forum*, Tite-Live les transporta dans ses récits : il fut l'orateur de l'histoire comme Hérodote en est le poète.

Enfin la corruption des hommes, les règnes de Tibère et de Néron, firent naître le dernier genre de l'histoire, le genre philosophique. Les causes des évènements qu'Hérodote avait cherchées chez les dieux, Thucydide dans les constitutions politiques, Xénophon dans la morale, Tite-Live dans ces diverses causes réunies, Tacite les vit dans la méchanceté du cœur humain.

Ce n'est pas, au reste, que ces grands historiens brillent exclusivement dans le genre que nous nous sommes permis de leur attribuer ; mais il nous a paru que c'est celui qui domine dans leurs écrits. Entre ces caractères primitifs de l'histoire se trouvent des nuances qui furent saisies par les historiens d'un rang inférieur. Ainsi Polybe se place entre le politique Thucydide et le philosophe Xénophon ; Salluste tient à la fois de Tacite et de Tite-Live ; mais le premier le surpasse par la force de la pensée, et l'autre par la beauté de la narration. Suétone conta l'anecdote sans réflexion et sans voile ; Plutarque y joignit la moralité ; Velléius Paterculus apprit à généraliser l'histoire sans la défigurer ; Florus en fit l'abrégé philosophique ; enfin, Diodore de Sicile, Trogue-Pompée, Denys d'Halicarnasse, Cornélius-Népos, Quinte-Curce, Aurélius-Victor, Ammien-Marcellin, Justin, Eutrope, et d'autres que nous taisons ou qui nous échappent, conduisirent l'histoire jusqu'aux temps où elle tomba entre les mains des auteurs chrétiens, époque où tout changea dans les mœurs des hommes.

Il n'en est pas des vérités comme des illusions : celles-ci sont inépuisables, et le cercle des premières est borné ; la poésie est tou-

jours nouvelle, parce que l'erreur ne vieillit jamais, et c'est ce qui
fait sa grâce aux yeux des hommes. Mais, en morale et en histoire, on
tourne dans le champ étroit de la vérité ; il faut, quoi qu'on fasse,
retomber dans des observations connues. Quelle route historique
non encore parcourue restait-il donc à prendre aux modernes ? Ils
ne pouvaient qu'imiter ; et, dans ces imitations, plusieurs causes les
empêchaient d'atteindre à la hauteur de leurs modèles. Comme poésie, l'origine des Cattes, des Teuctères, des Mattiaques, n'offrait
rien de ce brillant Olympe, de ces villes bâties au son de la lyre, et
de cette enfance enchantée des Hellènes et des Pélasges ; comme politique, le régime féodal interdisait les grandes leçons ; comme éloquence, il n'y avait que celle de la chaire ; comme philosophie, les
peuples n'étaient pas encore assez malheureux ni assez corrompus
pour qu'elle eût commencé de paraître.

Toutefois, on imita avec plus ou moins de bonheur. Bentivoglio,
en Italie, calqua Tite-Live, et serait éloquent s'il n'était affecté.
Davila, Guicciardini et Fra-Paolo eurent plus de simplicité ; et
Mariana, en Espagne, déploya d'assez beaux talents ; malheureusement ce fougueux jésuite déshonora un genre de littérature dont le premier mérite est l'impartialité. Hume, Robertson et
Gibbon ont plus ou moins suivi ou Salluste ou Tacite ; mais ce dernier historien a produit deux hommes aussi grands que lui-même,
Machiavel et Montesquieu.

Néanmoins Tacite doit être choisi pour modèle avec précaution ;
il y a moins d'inconvénients à s'attacher à Tite-Live. L'éloquence
du premier lui est trop particulière pour être tentée par quiconque
n'a pas son génie. Tacite, Machiavel et Montesquieu ont formé une
école dangereuse, en introduisant ces mots ambitieux, ces phrases
sèches, ces tours prompts qui, sous une apparence de brièveté, touchent à l'obscur et au mauvais goût.

Laissons donc ce style à des génies immortels qui, par diverses
causes, se sont créé un genre à part ; genre qu'eux seuls pouvaient
soutenir, et qu'il est périlleux d'imiter. Rappelons-nous que les écri-

vains des beaux siècles littéraires ont ignoré cette concision affectée d'idées et de langage. Les pensées des Tite-Live et des Bossuet sont abondantes et enchaînées les unes aux autres; chaque mot, chez eux, naît du mot qui l'a précédé, et devient le germe du mot qui va le suivre. Ce n'est pas par bonds, par intervalles et en ligne droite que coulent les grands fleuves (si nous pouvons employer cette image): ils amènent longuement de leur source un flot qui grossit sans cesse; leurs détours sont larges dans leurs plaines; ils embrassent de leurs orbes immenses les cités et les forêts, et portent à l'Océan agrandi des eaux capables de combler ses gouffres.

CHAPITRE IV.

POURQUOI LES FRANÇAIS N'ONT QUE DES MÉMOIRES.

Autre question qui regarde entièrement les Français : pourquoi n'avons-nous que des mémoires au lieu d'histoire, et pourquoi ces mémoires sont-ils pour la plupart excellents?

Le Français a été dans tous les temps, même lorsqu'il était barbare, vain, léger et sociable. Il réfléchit peu sur l'ensemble des objets; mais il observe curieusement les détails, et son coup-d'œil est prompt, sûr et délié : il faut toujours qu'il soit en scène, et il ne peut consentir, même comme historien, à disparaître tout-à-fait. Les mémoires lui laissent la liberté de se livrer à son génie. Là, sans quitter le théâtre, il rapporte ses observations, toujours fines et quelquefois profondes. Il aime à dire : *J'étais là, le roi me dit....* *J'appris du prince.... Je conseillai; je prévis le bien, le mal.* Son amour-propre se satisfait ainsi; il étale son esprit devant le lecteur; et le désir qu'il a de se montrer penseur ingénieux le conduit souvent à bien penser. De plus, dans ce genre d'histoire, il n'est pas obligé de renoncer à ses passions, dont il se détache avec peine. Il s'enthousiasme pour telle ou telle cause, tel ou tel per-

sonnage, et, tantôt insultant le parti opposé, tantôt se raillant du
sien, il exerce à la fois sa vengeance et sa malice.

Depuis le sire de Joinville jusqu'au cardinal de Retz, depuis les
mémoires du temps de la Ligue jusqu'aux mémoires du temps de la
Fronde, ce caractère se montre partout; il perce même jusque dans
le grave Sully. Mais quand on veut transporter à l'histoire cet art
des détails, les rapports changent; les petites nuances se perdent
dans de grands tableaux, comme de légères rides sur la face de
l'Océan. Contraints alors de généraliser nos observations, nous
tombons dans l'esprit de système. D'une autre part, ne pouvant
parler de nous à découvert, nous nous cachons derrière nos personnages. Dans la narration nous devenons secs et minutieux,
parce que nous causons mieux que nous ne racontons; dans les
réflexions générales, nous sommes chétifs ou vulgaires, parce que
nous ne connaissons bien que l'homme de notre société [1].

Enfin la vie privée des Français est peu favorable au génie de
l'histoire. Le repos de l'âme est nécessaire à quiconque veut écrire
sagement sur les hommes : or, nos gens de lettres, vivant la plupart sans famille, ou hors de leur famille, portant dans le monde
des passions inquiètes et des jours misérablement consacrés à des
succès d'amour-propre, sont, par leurs habitudes, en contradiction directe avec le sérieux de l'histoire. Cette coutume de mettre
notre existence dans un cercle borné nécessairement notre vue et
rétrécit nos idées. Trop occupé d'une nature de convention, la vraie
nature nous échappe; nous ne raisonnons guère sur celle-ci qu'à

---

[1] Nous savons qu'il y a des exceptions à tout cela, et que quelques écrivains
français se sont distingués comme historiens. Nous rendrons tout-à-l'heure
justice à leur mérite : mais il nous semble qu'il serait injuste de nous les opposer, et de faire des objections qui ne détruiraient pas un fait général. Si
l'on en venait là, quels jugements seraient vrais en critique? Les théories générales ne sont pas de la nature de l'homme ; le vrai le plus pur a toujours en
soi un mélange de faux. La vérité humaine est semblable au triangle qui ne
peut avoir qu'un seul angle droit, comme si la nature avait voulu graver une
image de notre insuffisante rectitude dans la seule science réputée certaine
parmi nous.

force d'esprit et comme au hasard ; et, quand nous rencontrons juste, c'est moins un fait d'expérience qu'une chose devinée.

Concluons donc que c'est au changement des affaires humaines, à un autre ordre de choses et de temps, à la difficulté de trouver des routes nouvelles en morale, en politique et en philosophie, que l'on doit attribuer le peu de succès des modernes en histoire ; et, quant aux Français, s'ils n'ont en général que de bons mémoires, c'est dans leur propre caractère qu'il faut chercher le motif de cette singularité.

On a voulu la rejeter sur des causes politiques : on a dit que si l'histoire ne s'est point élevée parmi nous aussi haut que chez les anciens, c'est que son génie indépendant a toujours été enchaîné. Il nous semble que cette assertion va directement contre les faits. Dans aucun temps, dans aucun pays, sous quelque forme de gouvernement que ce soit, jamais la liberté de penser n'a été plus grande qu'en France au temps de sa monarchie. On pourrait citer sans doute quelques actes d'oppression, quelques censures rigoureuses ou injustes (1), mais ils ne balanceraient pas le nombre des exemples contraires. Qu'on ouvre nos mémoires, et l'on y trouvera à chaque page les vérités les plus dures, et souvent les plus outrageantes, prodiguées aux rois, aux nobles, aux prêtres. Le Français n'a jamais ployé servilement sous le joug ; il s'est toujours dédommagé, par l'indépendance de son opinion, de la contrainte que les formes monarchiques lui imposaient. Les *Contes* de Rabelais, le traité de la *Servitude volontaire* de la Boëtie, les *Essais* de Montaigne, la *Sagesse* de Charron, les *Républiques* de Bodin, les écrits en faveur de la Ligue, le traité où Mariana va jusqu'à défendre le régicide, prouvent assez que ce n'est pas d'aujourd'hui seulement qu'on ose tout examiner. Si c'était le titre de citoyen plutôt que celui de sujet qui fît exclusivement l'historien, pourquoi Tacite, Tite-Live même, et parmi nous, l'évêque de Meaux et Montesquieu, ont-ils fait entendre leurs sévères leçons sous l'empire des maîtres les plus absolus de la terre ? Sans doute, en censurant les choses déshonnêtes

et en louant les bonnes, ces grands génies n'ont pas cru que la
liberté d'écrire consistât à fronder les gouvernements et à ébranler
les bases du devoir; sans doute, s'ils eussent fait un usage si per-
nicieux de leur talent, Auguste, Trajan et Louis les auraient forcés
au silence; mais cette espèce de dépendance n'est-elle pas plutôt
un bien qu'un mal? Quand Voltaire s'est soumis à une censure légitime, il nous a donné *Charles XII* et le *Siècle de Louis XIV*;
lorsqu'il a rompu tout frein, il n'a enfanté que l'*Essai sur les
Mœurs*. Il y a des vérités qui sont la source des plus grands désordres, parce qu'elles remuent les passions; et cependant à moins
qu'une juste autorité ne nous ferme la bouche, ce sont celles-là
mêmes que nous nous plaisons à révéler, parce qu'elles satisfont à
la fois et la malignité de nos cœurs corrompus par la chute, et notre
penchant primitif à la vérité.

CHAPITRE V.

BEAU COTÉ DE L'HISTOIRE MODERNE.

Il est juste maintenant de considérer le revers des choses, et de
montrer que l'histoire moderne pourrait encore devenir intéressante si elle était traitée par une main habile. L'établissement des
Francs dans les Gaules, Charlemagne, les croisades, la chevalerie,
une bataille de Bouvines, un combat de Lépante, un Conradin à
Naples, un Henri IV en France, un Charles Ier en Angleterre, sont
au moins des époques mémorables, des mœurs singulières, des évènements fameux, des catastrophes tragiques. Mais la grande vue à
saisir pour l'historien moderne, c'est le changement que le christianisme a opéré dans l'ordre social. En donnant de nouvelles bases
à la morale, l'Évangile a modifié le caractère des nations, et créé
en Europe des hommes tout différents des anciens par les opi-

nions, les gouvernements, les coutumes, les usages, les sciences et les arts.

Et que des traits caractéristiques n'offrent point ces nations nouvelles! Ici, ce sont les Germains; peuples où la corruption des grands n'a jamais influé sur les petits, où l'indifférence des premiers pour la patrie n'empêche point les seconds de l'aimer; peuples où l'esprit de révolte et de fidélité, d'esclavage et d'indépendance, ne s'est jamais démenti depuis les jours de Tacite.

Là, ce sont ces Bataves qui ont de l'esprit par bon sens, du génie par industrie, des vertus par froideur, et des passions par raison.

L'Italie aux cent princes et aux magnifiques souvenirs, contraste avec la Suisse obscure et républicaine.

L'Espagne, séparée des autres nations, présente encore à l'historien un caractère plus original : l'espèce de stagnation de mœurs dans laquelle elle repose lui sera peut-être utile un jour; et, lorsque les peuples européens seront usés par la corruption, elle seule pourra reparaître avec éclat sur la scène du monde, parce que le fond des mœurs subsiste chez elle.

Mélange du sang allemand et du sang français, le peuple anglais décèle de toutes parts sa double origine. Son gouvernement, formé de royauté et d'aristocratie, sa religion, moins pompeuse que la catholique et plus brillante que la luthérienne, son militaire, à la fois sourd et actif, sa littérature et ses arts, chez lui enfin le langage, les traits même, et jusqu'aux formes du corps, tout participe des deux sources dont il découle. Il réunit à la simplicité, au calme, au bon sens, à la lenteur germanique, l'éclat, l'emportement et la vivacité de l'esprit français.

Les Anglais ont l'esprit public, et nous l'honneur national; nos belles qualités sont plutôt des dons de la faveur divine que des fruits d'une éducation politique : comme les demi-dieux, nous tenons moins de la terre que du ciel.

Fils aînés de l'antiquité, les Français, Romains par le génie, sont

Grecs par le caractère. Inquiets et volages dans le bonheur, constants et invincibles dans l'adversité ; formés pour les arts, civilisés jusqu'à l'excès durant le calme de l'État; grossiers et sauvages dans les troubles politiques, flottants comme des vaisseaux sans lest au gré des passions ; à présent dans les cieux, l'instant d'après dans les abîmes ; enthousiastes et du bien et du mal, faisant le premier sans en exiger de reconnaissance, et le second sans en sentir de remords; ne se souvenant ni de leurs crimes ni de leurs vertus ; amants pusillanimes de la vie pendant la paix, prodigues de leurs jours dans les batailles; vains, railleurs, ambitieux, à la fois routiniers et novateurs, méprisant tout ce qui n'est pas eux ; individuellement les plus aimables des hommes, en corps les plus désagréables de tous ; charmants dans leurs propres pays, insupportables chez l'étranger; tour-à-tour plus doux, plus innocents que l'agneau, et plus impitoyables, plus féroces que le tigre : tels furent les Athéniens d'autrefois, et tels sont les Français d'aujourd'hui.

Ainsi, après avoir balancé les avantages et les désavantages de l'histoire ancienne et moderne, il est temps de rappeler au lecteur que si les historiens de l'antiquité sont en général supérieurs aux nôtres, cette vérité souffre toutefois de grandes exceptions. Grâce au génie du christianisme, nous allons montrer qu'en histoire, l'esprit français a presque atteint la même perfection que dans les autres branches de la littérature.

CHAPITRE VI.

VOLTAIRE HISTORIEN.

« Voltaire, dit Montesquieu, n'écrira jamais une bonne histoire; il est comme les moines qui n'écrivent pas pour le sujet qu'ils traitent, mais pour la gloire de leur ordre. Voltaire écrit pour son couvent. »

Ce jugement, appliqué au *Siècle de Louis XIV* et à *l'Histoire de Charles XII,* est trop rigoureux ; mais il est juste quant à *l'Essai sur les Mœurs des Nations*[1]. Deux noms surtout effrayaient ceux qui combattaient le chistianisme, Pascal et Bossuet. Il fallait donc les attaquer, et tâcher de détruire indirectement leur autorité. De là l'édition de Pascal avec des notes, et *l'Essai,* qu'on prétendait opposer au *Discours sur l'Histoire universelle.* Mais jamais le parti anti-religieux, d'ailleurs trop habile, ne fit une telle faute et n'apprêta un plus grand triomphe au christianisme. Comment Voltaire, avec tant de goût et un esprit si juste, ne comprit-il pas le danger d'une lutte corps à corps avec Bossuet et Pascal ? Il lui est arrivé en histoire ce qui lui arrive toujours en poésie : c'est qu'en déclamant contre la religion, ses plus belles pages sont des pages chrétiennes, témoin ce portrait de saint Louis :

« Louis IX, dit-il, paraissait un prince destiné à réformer l'Europe, si elle avait pu l'être ; à rendre la France triomphante et policée, et à être en tout le modèle des hommes. Sa piété, qui était celle d'un anachorète, ne lui ôta aucune vertu du roi. Une sage économie ne déroba rien à sa libéralité. Il sut accorder une politique profonde avec une justice exacte, et peut-être est-il le seul souverain qui mérite cette louange. Prudent et ferme dans le conseil, intrépide dans les combats, sans être emporté ; compatissant comme s'il n'avait jamais été que malheureux, il n'est pas donné à l'homme de pousser plus loin la vertu... Attaqué de la peste devant Tunis, il se fit étendre sur la cendre, et expira à l'âge de cinquante-cinq ans, avec la piété d'un religieux et le courage d'un grand homme. »

Dans ce portrait, d'ailleurs si élégamment écrit, Voltaire, en parlant d'anochorète, a-t-il cherché à rabaisser son héros ? On ne peut

---

[1] Un mot échappé à Voltaire, dans sa *Correspondance,* montre avec quelle vérité historique et dans quelle intention il écrivait cet *Essai : « J'ai pris les deux hémisphères en ridicule ; c'est un coup sûr. »* (An 1754, *Corresp. gén.,* tom. v, pag. 94.)

guère se le dissimuler; mais voyez quelle méprise! C'est précisément le contraste des vertus religieuses et des vertus guerrières, de l'humanité chrétienne et de la grandeur royale, qui fait ici le dramatique et la beauté du tableau.

Le christianisme rehausse nécessairement l'éclat des peintures historiques, en détachant pour ainsi dire les personnages de la toile, et faisant trancher les couleurs vives des passions sur un fond calme et doux. Renoncer à sa morale tendre et triste, ce serait renoncer au seul moyen nouveau d'éloquence que les anciens nous aient laissé. Nous ne doutons point que Voltaire, s'il avait été religieux, n'eût excellé en histoire; il ne lui manque que de la gravité, et, malgré ses imperfections, c'est peut-être encore, après Bossuet, le premier historien de la France.

CHAPITRE VII.

PHILIPPE DE COMMINES ET ROLLIN.

Un chrétien a éminemment les qualités qu'un ancien demande de l'historien... *un bon sens pour les choses du monde, et une agréable expression*[1].

Comme écrivain de *Vies*, Philippe de Commines ressemble singulièrement à Plutarque; sa simplicité est même plus franche que celle du biographe antique : Plutarque n'a souvent que le bon esprit d'être simple; il court volontiers après la pensée : ce n'est qu'un agréable imposteur en tours naïfs.

A la vérité il est plus instruit que Commines; et néanmoins le vieux seigneur gaulois, avec l'Évangile et sa foi dans les ermites, a laissé, tout ignorant qu'il était, des mémoires pleins d'enseignement. Chez les anciens, il fallait être docte pour écrire; parmi nous, un

---

LUCIEN. *Comment il faut écrire l'histoire*, traduct. de Racine.

simple chrétien, livré, pour seule étude, à l'amour de Dieu, a souvent composé un admirable volume ; c'est ce qui a fait dire à saint Paul : « *Celui qui, dépourvu de la charité, s'imagine être éclairé, ne sait rien.* »

Rollin est le Fénelon de l'histoire, et, comme lui, il a embelli l'Égypte et la Grèce. Les premiers volumes de *l'Histoire ancienne* respirent le génie de l'antiquité : la narration du vertueux recteur est pleine, simple et tranquille, et le christianisme, attendrissant sa plume, lui a donné quelque chose qui remue les entrailles. Ses écrits décèlent *cet homme de bien dont le cœur est une fête continuelle*[1], selon l'expression merveilleuse de l'Écriture. Nous ne connaissons point d'ouvrages qui reposent plus doucement l'âme. Rollin a répandu sur les crimes des hommes le calme d'une conscience sans reproche, et l'onctueuse charité d'un apôtre de Jésus-Christ. Ne verrons-nous jamais renaître ces temps où l'éducation de la jeunesse et l'espérance de la postérité étaient confiées à de pareilles mains !

————⚜————

CHAPITRE VIII.

BOSSUET HISTORIEN.

Mais c'est dans le *Discours sur l'Histoire universelle* que l'on peut admirer l'influence du génie du christianisme sur le génie de l'histoire. Politique comme Thucydide, moral comme Xénophon, éloquent comme Tite-Live, aussi profond et aussi grand peintre que Tacite, l'évêque de Meaux a de plus une parole grave et un tour sublime dont on ne trouve ailleurs aucun exemple, hors dans le début du livre des Machabées.

[1] *Ecclesiast.*, chap. XXX, v. 27.

Bossuet est plus qu'un historien, c'est un Père de l'Église, c'est
un prêtre inspiré, qui souvent a le rayon de feu sur le front, comme
le législateur des Hébreux. Quelle revue il fait de la terre! il est en
mille lieux à la fois! Patriarche sous le palmier de Tophel, ministre
à la cour de Babylone, prêtre à Memphis, législateur à Sparte, citoyen à Athènes et à Rome, il change de temps et de place à son
gré; il passe avec la rapidité et la majesté des siècles. La verge de
la loi à la main, avec une autorité incroyable, il chasse pêle-mêle
devant lui et Juifs et gentils au tombeau; il vient enfin lui-même à la
suite du convoi de tant de générations, et, marchant appuyé sur Isaïe
et sur Jérémie, il élève ses lamentations prophétiques à travers la
poudre et les débris du genre humain.

La première partie du *Discours sur l'Histoire universelle* est admirable par la narration; la seconde par la sublimité du style et
la haute métaphysique des idées; la troisième par la profondeur
des vues morales et politiques. Tite-Live et Salluste ont-ils rien
de plus beau sur les anciens Romains que ces paroles de l'évêque de
Meaux?

« Le fond d'un Romain, pour ainsi parler, était l'amour de sa
liberté et de sa patrie; une de ces choses lui faisait aimer l'autre;
car, parce qu'il aimait sa liberté, il aimait aussi sa patrie comme
une mère qui le nourrissait dans des sentiments également généreux
et libres.

« Sous ce nom de liberté, les Romains se figuraient, avec les
Grecs, un État où personne ne fût sujet que de la loi, et où la loi fût
plus puissante que personne. »

A nous entendre déclamer contre la religion, on croirait qu'un
prêtre est nécessairement un esclave, et que nul, avant nous, n'a su
raisonner dignement sur la liberté: qu'on lise donc Bossuet à l'article des Grecs et des Romains.

Quel autre a mieux parlé que lui et des vices et des vertus? quel
autre a plus justement estimé les choses humaines? Il lui échappe
de temps en temps quelques-uns de ces traits qui n'ont point de

modèle dans l'éloquence antique, et qui naissent du génie même du christianisme. Par exemple, après avoir vanté les pyramides d'Égypte, il ajoute : « Quelque effort que fassent les hommes, leur néant paraît partout. Ces pyramides étaient des tombeaux ; encore ces rois qui les ont bâties n'ont-ils pas eu le pouvoir d'y être inhumés, et ils n'ont pu jouir de leur sépulcre [1]. »

On ne sait qui l'emporte ici de la grandeur de la pensée ou de la hardiesse de l'expression. Ce mot *jouir*, appliqué à un *sépulcre*, déclare à la fois la magnificence de ce sépulcre, la vanité des Pharaons qui l'élevèrent, la rapidité de notre existence, enfin l'incroyable néant de l'homme, qui, ne pouvant posséder pour bien réel ici-bas qu'un tombeau, est encore privé quelquefois de ce stérile patrimoine.

Remarquons que Tacite a parlé des pyramides [2], et que sa philosophie ne lui a rien fourni de comparable à la réflexion que la religion a inspirée à Bossuet ; influence bien frappante du génie du christianisme sur la pensée d'un grand homme.

Le plus beau portrait historique dans Tacite est celui de Tibère ; mais il est effacé par le portrait de Cromwell, car Bossuet est encore historien dans ses *Oraisons funèbres*. Que dirons-nous du cri de joie que pousse Tacite en parlant des Bructères, qui s'égorgeaient à la vue d'un camp romain ?

« Par la faveur des dieux, nous eûmes le plaisir de contempler ce combat sans nous y mêler. Simples spectateurs, nous vîmes ce qui est admirable, soixante mille hommes s'égorger sous nos yeux pour notre amusement. Puissent, puissent les nations, au défaut d'amour pour nous, entretenir ainsi dans leur cœur les unes contre les autres une haine éternelle [3] !

Écoutons Bossuet :

[1] *Disc. sur l'Hist. univ.*, III⁰ part.
[2] *Ann.*, lib. II, 61.
[3] TACITE. *Mœurs des Germains*, XXXIII.

« Ce fut après le déluge que parurent ces ravageurs de provinces que l'on a nommés *conquérants;* qui, poussés par la seule gloire du commandement, ont exterminé tant d'innocents... Depuis ce temps, l'ambition s'est jouée, sans aucune borne, de la vie des hommes; ils en sont venus à ce point de s'entre-tuer sans se haïr : le comble de la gloire, et le plus beau de tous les arts, a été de se tuer les uns les autres[1]. »

Il est difficile de s'empêcher d'adorer une religion qui met une telle différence entre la morale d'un Bossuet et d'un Tacite.

L'historien romain, après avoir raconté que Trasylle avait prédit l'empire à Tibère, ajoute : « D'après ces faits et quelques autres, je ne sais si les choses de la vie sont... assujetties aux lois d'une immuable nécessité, ou si elles ne dépendent que du hasard[2]. »

Suivent les opinions des philosophes que Tacite rapporte gravement, donnant assez à entendre qu'il croit aux prédictions des astrologues.

La raison, la saine morale et l'éloquence nous semblent encore du côté du prêtre chrétien.

« Ce long enchaînement des causes particulières qui font et défont les empires dépend des ordres secrets de la divine Providence. Dieu tient, du plus haut des cieux, les rênes de tous les royaumes; il a tous les cœurs en sa main. Tantôt il retient les passions, tantôt il leur lâche la bride, et, par là, il remue tout le genre humain... Il connaît la sagesse humaine, toujours courte par quelque endroit; il l'éclaire, il étend ses vues, et puis il l'abandonne à ses ignorances. Il l'aveugle, il la précipite, il la confond par elle-même : elle s'enveloppe, elle s'embarrasse dans ses propres subtilités, et ses précautions lui sont un piège..... C'est lui (Dieu) qui prépare ces effets dans les causes les plus éloignées, et qui frappe ces grands coups dont le contre-coup porte si loin.... Mais, que les hommes ne s'y

---

[1] *Disc. sur l'Hist. univ.*
[2] *Ann.*, lib. vi, 22.

trompent pas, Dieu redresse, quand il lui plaît, le sens égaré ; et celui qui insultait à l'aveuglement des autres tombe lui-même dans les
ténèbres plus épaisses, sans qu'il faille souvent autre chose pour lui
renverser le sens que de longues prospérités. »

Que l'éloquence de l'antiquité est peu de chose auprès de cette éloquence chrétienne !

LIVRE QUATRIÈME.

ÉLOQUENCE.

CHAPITRE PREMIER.

DU CHRISTIANISME DANS L'ÉLOQUENCE.

Le christianisme fournit tant de preuves de son excellence, que, quand on croit n'avoir plus qu'un sujet à traiter, soudain il s'en présente un autre sous votre plume. Nous parlions des philosophes, et voilà que les orateurs viennent nous demander si nous les oublions. Nous raisonnions sur le christianisme dans les sciences et dans l'histoire, et le christianisme nous appelait pour faire voir au monde les plus grands effets de l'éloquence connus. Les modernes doivent à la religion catholique cet art du discours qui, en manquant à notre littérature, eût donné au génie antique une supériorité décidée sur le nôtre. C'est ici un des grands triomphes de notre culte; et quoi qu'on puisse dire à la louange de Cicéron et de Démosthène, Massillon et Bossuet peuvent sans crainte leur être comparés.

Les anciens n'ont connu que l'éloquence judiciaire et politique : l'éloquence morale, c'est-à-dire l'éloquence de tout temps, de tout gouvernement, de tout pays, n'a paru sur la terre qu'avec l'Évangile. Cicéron défend un client; Démosthène combat un adversaire, ou tâche de rallumer l'amour de la patrie chez un peuple dégénéré : l'un et l'autre ne savent que remuer les passions, et fondent leur espérance de succès sur le trouble qu'ils jettent dans les cœurs. L'éloquence de la chaire à cherché sa victoire dans une région plus élevée. C'est en combattant les mouvements de l'âme qu'elle prétend la séduire; c'est en apaisant les passions qu'elle s'en veut faire écouter. Dieu et la charité, voilà son texte, toujours le même, toujours inépuisable. Il ne lui faut ni les cabales d'un parti, ni des émotions populaires, ni de grandes circonstances pour briller : dans la paix la plus profonde, sur le cercueil du citoyen le plus obscur, elle trouvera ses mouvements les plus sublimes; elle saura intéresser pour une vertu ignorée; elle fera couler des larmes pour un homme dont on n'a jamais entendu parler. Incapable de crainte et d'injustice elle donne des leçons aux rois, mais sans les insulter; elle console le pauvre, mais sans flatter ses vices. La politique et les choses de la terre ne lui sont point inconnues; mais ces choses, qui faisaient les premiers motifs de l'éloquence antique, ne sont pour elle que des raisons secondaires : elles les voit des hauteurs où elle domine, comme un aigle aperçoit, du sommet de la montagne, les objets abaissés de la plaine.

Ce qui distingue l'éloquence chrétienne de l'éloquence des Grecs et des Romains, *c'est cette tristesse évangélique qui en est l'âme,* selon la Bruyère, cette majestueuse mélancolie dont elle se nourrit. On lit une fois, deux fois peut-être les *Verrines* et les *Catilinaires* de Cicéron, l'Oraison pour la *Couronne* et les *Philippiques* de Démosthène; mais on médite sans cesse, on feuillette nuit et jour les *Oraisons funèbres* de Bossuet et les *Sermons* de Bourdaloue et de Massillon. Les discours des orateurs chrétiens sont des livres, ceux des orateurs de l'antiquité ne sont que des discours. Avec quel goût merveilleux les saints docteurs ne réfléchissent-ils point sur les vanités du monde! «Toute votre vie, disent-ils, n'est qu'une ivresse d'un jour, et vous employez cette journée à la poursuite des plus folles illusions. Vous atteindrez au comble de vos vœux, vous jouirez de tous vos désirs, vous deviendrez roi, empereur, maître de la terre : un moment encore, et la mort effacera ces néants avec votre néant. »

Ce genre de méditations, si grave, si solennel, si naturellement

porté au sublime, fut totalement inconnu des orateurs de l'antiquité.
Les païens se consumaient *à la poursuite des ombres de la vie* [1];
ils ne savaient pas que la véritable existence ne commence qu'à
la mort. La religion chrétienne a seule fondé cette grande école de
la tombe, où s'instruit l'apôtre de l'Évangile : elle ne permet plus
que l'on prodigue, comme les demi-sages de la Grèce, l'immortelle
pensée de l'homme à des choses d'un moment.

Au reste, c'est la religion qui, dans tous les siècles et dans tous
les pays, a été la source de l'éloquence. Si Démosthène et Cicéron
ont été de grands orateurs, c'est qu'avant tout ils étaient religieux [2].
Les membres de la Convention, au contraire, n'ont offert que des
talents tronqués et des lambeaux d'éloquence, parce qu'ils attaquaient la foi de leurs pères, et s'interdisaient ainsi les inspirations
du cœur [3].

[1] JOB.

[2] Ils ont sans cesse le nom des dieux à la bouche ; voyez l'invocation du
premier aux mânes des héros de Marathon, et l'apothéose du second aux dieux
dépouillés par Verrès.

[3] Qu'on ne dise pas que les Français n'avaient pas eu le temps de s'exercer
dans la nouvelle lice où ils venaient de descendre : l'éloquence est un fruit
des révolutions ; elle y croît spontanément et sans culture ; le sauvage et le
nègre ont quelquefois parlé comme Démosthène. D'ailleurs, on ne manquait
pas de modèles puisqu'on avait entre les mains les chefs-d'œuvre du forum
antique, et ceux de ce forum sacré, où l'orateur chrétien explique la loi
éternelle. Quand M. de Montlosier s'écriait, à propos du clergé dans l'assemblée
constituante : « *Vous les chassez de leurs palais, ils se retireront dans la cabane du pauvre qu'ils ont nourri ; vous voulez leurs croix d'or, ils prendront
une croix de bois ; c'est une croix de bois qui a sauvé le monde !* » ce mouvement n'a pas été inspiré par la démagogie, mais par la religion. Enfin Ver-
gniaud ne s'est élevé à la grande éloquence, dans quelques passages de son
discours pour Louis XVI, que parce que son sujet l'a entraîné dans la région
des idées religieuses : les pyramides, les morts, le silence et les tombeaux.

CHAPITRE II.

DES ORATEURS.

LES PÈRES DE L'ÉGLISE.

L'éloquence des docteurs de l'Église a quelque chose d'imposant, de fort, de royal, pour ainsi parle, et dont l'autorité vous confond et vous subjugue. On sent que leur mission vient d'en-haut, et qu'ils enseignent par l'ordre exprès du Tout-Puissant. Toutefois, au milieu de ces inspirations, leur génie conserve le calme et la majesté.

Saint Ambroise est le Fénelon des Pères de l'Église latine. Il est fleuri, doux, abondant, et, à quelques défauts près qui tiennent à son siècle, ses ouvrages offrent une lecture aussi agréable qu'instructive ; pour s'en convaincre, il suffit de parcourir le *Traité de la Virginité*[1], et l'*Éloge des Patriarches*.

Quand on nomme un *saint* aujourd'hui, on se figure quelque moine grossier et fanatique, livré par imbécillité ou par caractère, à une superstition ridicule. Augustin offre pourtant un autre tableau : un jeune homme ardent et plein d'esprit s'abandonne à ses passions ; il épuise bientôt les voluptés, et s'étonne que les amours de la terre ne puissent remplir le vide de son cœur. Il tourne son âme inquiète vers le ciel : quelque chose lui dit que c'est là qu'habite cette souveraine beauté après laquelle il soupire : Dieu lui parle tout bas, et cet homme du siècle, que le siècle n'avait pu satisfaire, trouve enfin le repos et la plénitude de ses désirs dans le sein de la religion.

Montaigne et Rousseau nous ont donné leurs *Confessions*. Le premier s'est moqué de la bonne foi de son lecteur ; le second a révélé de honteuses turpitudes, en se proposant même au jugement

---

[1] Nous en avons cité quelques morceaux.

de Dieu, pour un modèle de vertu. C'est dans les *Confessions* de
saint Augustin qu'on apprend à connaître l'homme tel qu'il est. Le
saint ne se confesse point à la terre, il se confesse au ciel; il ne
cache rien à celui qui voit tout. C'est un chrétien à genoux dans le
tribunal de la pénitence, qui déplore ses fautes, et qui les découvre
afin que le médecin applique le remède sur la plaie. Il ne craint
point de fatiguer par des détails celui dont il a dit ce mot sublime :
Il est patient, parce qu'il est éternel. Et quel portrait ne nous fait-il
point du Dieu auquel il confie ses erreurs !

« Vous êtes infiniment grand, dit-il, infiniment bon, infiniment
miséricordieux, infiniment juste; votre beauté est incomparable,
votre force irrésistible, votre puissance sans bornes. Toujours en
actions, toujours en repos, vous soutenez, vous remplissez, vous
conservez l'univers; vous aimez sans passion, vous êtes jaloux
sans trouble; vous changez vos opérations et jamais vos desseins...
Mais que vous dis-je ici, ô mon Dieu ! et que peut-on dire en parlant de vous? »

Le même homme qui a tracé cette brillante image du vrai Dieu
va nous parler à présent avec la plus aimable naïveté des erreurs
de sa jeunesse :

« Je partis enfin pour Carthage. Je n'y fus pas plutôt arrivé que
je me vis assiégé d'une foule de coupables amours, qui se présentaient à moi de toutes parts..... Un état tranquille me semblait insupportable, et je ne cherchais que les chemins pleins de piéges et
de précipices.

« Mais mon bonheur eût été d'être aimé aussi bien que d'aimer; car on veut trouver la vie dans ce qu'on aime..... Je tombai
enfin dans les filets où je désirais d'être pris : je fus aimé, et
je possédai ce que j'aimais. Mais, ô mon Dieu! vous me fîtes
alors sentir votre bonté et votre miséricorde, en m'accablant d'a-
mertume; car, au lieu des douceurs que je m'étais promises, je ne
connus que jalousie, soupçons, craintes, colère, querelles et emportements. »

Le ton simple, triste et passionné de ce récit, ce retour vers la
Divinité et le calme du ciel, au moment où le saint semble le plus
agité par les illusions de la terre et par le souvenir des erreurs de
sa vie : tout ce mélange de regrets et de repentir est plein de charmes. Nous ne connaissons point de mot de sentiment plus délicat
que celui-ci : « Mon bonheur eût été d'être aimé aussi bien
que d'aimer, *car on veut trouver la vie dans ce qu'on aime.* »
C'est encore saint Augustin qui a dit cette parole : « Une âme
contemplative se fait à elle-même une solitude. » *La Cité de Dieu,*
les épîtres et quelques traités du même Père sont pleins de ces
sortes de pensées.

Saint Jérôme brille par une imagination vigoureuse, que n'avait
pu éteindre chez lui une immense érudition. Le recueil de ces
lettres est un des monuments les plus curieux de la littérature des
Pères. Ainsi que saint Augustin, il trouva son écueil dans les voluptés du monde.

Il aime à peindre la nature et la solitude. Du fond de sa grotte
de Bethléem, il voyait la chute de l'empire romain : vaste sujet de
réflexions pour un saint anachorète! Aussi, la mort et la vanité
de nos jours sont-elles sans cesse présentes à saint Jérôme!

« Nous mourons et nous changeons à toute heure, écrit-il à un
de ses amis, et cependant nous vivons comme si nous étions immortels. Le temps même que j'emploie ici à dicter, il le faut retran-
cher de mes jours. Nous nous écrivons souvent, mon cher Héliodore ;
nos lettres passent les mers, et à mesure que le vaisseau fuit, notre
vie s'écoule : chaque flot en emporte un moment[1]. »

De même que saint Ambroise est le Fénelon des Pères, Tertullien en est le Bossuet. Une partie de son plaidoyer en faveur de la
religion pourrait encore servir aujourd'hui dans la même cause.
Chose étrange que le christianisme soit maintenant obligé de se
défendre devant ses enfants, comme il se défendait autrefois devant

---

[1] HIERON, *Epist.*

ses bourreaux, et que l'*Apologétique aux* GENTILS soit devenue l'*Apologétique aux* CHRÉTIENS !

Ce qu'on remarque de plus frappant dans cet ouvrage, c'est le développement de l'esprit humain : on entre dans un nouvel ordre d'idées ; on sent que ce n'est plus la première antiquité ou le bégayement de l'homme qui se fait entendre.

Tertullien parle comme un moderne ; ces motifs d'éloquence sont pris dans le cercle des vérités éternelles, et non dans les raisons de passion et de circonstance employées à la tribune romaine ou sur la place publique des Athéniens. Ces progrès du génie philosophique sont évidemment le fruit de notre religion. Sans le renversement des faux dieux et l'établissement du vrai culte, l'homme aurait vieilli dans une enfance interminable ; car étant toujours dans l'erreur par rapport au premier principe, ses autres notions se fussent plus ou moins ressenties du vice fondamental.

Les autres traités de Tertullien, en particulier, ceux de la *Patience*, des *Spectacles*, des *Martyrs*, des *Ornements des femmes*, et de la *Résurrection de la chair*, sont semés d'une foule de beaux traits. « Je ne sais (dit l'orateur en reprochant le luxe aux femmes chrétiennes), je ne sais si des mains accoutumées aux bracelets pourront supporter le poids des chaînes ; si des pieds, ornés de bandelettes, s'accoutumeront à la douleur des entraves. Je crains bien qu'une tête couverte de réseaux de perles et de diamants ne laisse aucune place à l'épée [1]. »

Ces paroles, adressées à des femmes qu'on conduisait tous les jours à l'échafaud, étincellent de courage et de foi.

Nous regrettons de ne pouvoir citer tout entière l'épitre aux Martyrs, devenue plus intéressante pour nous depuis la persécution de Robespierre : « Illustres confesseurs de Jésus-Christ, s'écrie Tertullien, un chrétien trouve dans la prison les mêmes dilices que

---

[1] *Locum spathæ non det.* On peut traduire, *ne plie sous l'épée.* J'ai préféré l'autre sens comme plus littéral et plus énergique. *Spatha*, emprunté du grec, est l'étymologie de notre mot *épée.*

les prophètes trouvaient au désert....... Ne l'appelez plus un cachot, mais une solitude. Quand l'âme est dans le ciel, le corps ne
sent point la pesanteur des chaînes ; elle emporte avec soi tout
l'homme ! »

Ce dernier trait est sublime.

C'est du prêtre de Carthage que Bossuet a emprunté ce passage
si terrible et si admiré : « Notre chair change bientôt de nature,
notre corps prend un autre nom ; *même celui de cadavre, dit Tertullien, parce qu'il nous montre encore quelque forme humaine, ne
lui demeure pas longtemps ; il devient un je ne sais quoi qui n'a plus
de nom dans aucune langue* [1], tant il est vrai que tout meurt en lui ;
jusqu'à ces termes funèbres par lesquels on exprime ses malheureux restes ! »

Tertullien était fort savant, bien qu'il s'accuse d'ignorance, et
l'on trouve dans ses écrits des détails sur la vie privée des Romains
qu'on chercherait vainement ailleurs. De fréquents barbarismes,
une latinité africaine, déshonorent les ouvrages de ce grand orateur. Il tombe souvent dans la déclamation, et son goût n'est jamais sûr. « Le style de Tertullien est de fer, disait Balzac, mais
avouons qu'avec ce fer il a forgé d'excellentes armes. »

Selon Lactance, surnommé le Cicéron chrétien, saint Cyprien
est le premier Père *éloquent de l'Église latine.* Mais saint Cyprien
imite presque partout Tertullien, *en affaiblissant également les défauts et les beautés de son modèle.* C'est le jugement de la Harpe,
dont il faut toujours citer l'autorité en critique.

Parmi les Pères de l'Église grecque, deux seuls sont très éloquents, saint Chrysostôme et saint Basile. Les homélies du premier
sur la *Mort* et sur la *Disgrâce d'Eutrope* sont des chefs-d'œuvre (2).
La diction de saint Chrysostôme est pure, mais laborieuse ; il fatigue son style à la manière d'Isocrate : aussi Libanius lui destinait-
il sa chaire de rhétorique avant que le jeune orateur fût devenu
chrétien.

[1] *Orais. fun. de la duch. d'Orl.*

Avec plus de simplicité, saint Basile a moins d'élévation que saint Chrysostôme. Il se tient presque toujours dans le ton mystique, et dans la paraphrase de l'Écriture [1].

Saint Grégoire de Nazianze [2], surnommé le Théologien, outre ses ouvrages en prose, nous a laissé quelques poëmes sur les mystères du christianisme.

« Il était toujours en sa solitude d'Arianze, dans son pays natal, dit Fleury : un jardin, une fontaine, des arbres qui lui donnaient du couvert, faisaient toutes ses délices. Il jeûnait, il priait avec abondance de larmes... Ces saintes poésies furent les occupations de saint Grégoire dans sa dernière retraite. Il y fait l'histoire de sa vie et de ses souffrances.... Il prie, il enseigne, il explique les mystères, et donne des règles pour les mœurs.... Il voulait donner à ceux qui aiment la poésie et la musique des sujets utiles pour se divertir, et ne pas laisser aux païens l'avantage de croire qu'ils fussent les seuls qui pussent réussir dans les belles-lettres [3]. »

Enfin, celui qu'on appelait le dernier des Pères avant que Bossuet eût paru, saint Bernard, joint à beaucoup d'esprit une grande doctrine. Il réussit surtout à peindre les mœurs ; et il avait reçu quelque chose du génie de Théophraste et de la Bruyère.

« L'orgueilleux, dit-il, a le verbe haut et le silence boudeur, il il est dissolu dans la joie, furieux dans la tristesse, déshonnête au dedans, honnête au dehors ; il est raide dans sa démarche, aigre dans ses réponses, toujours fort pour attaquer, toujours faible pour se défendre ; il cède de mauvaise grâce, il importune pour obtenir ; il ne fait pas ce qu'il peut et ce qu'il doit faire, mais il est prêt à faire ce qu'il ne doit pas et ce qu'il ne peut pas [4]. »

N'oublions pas cette espèce de phénomène du treizième siècle, le

---

[1] On a de lui une lettre fameuse sur la solitude ; c'est la première de ses épîtres : elle a servi de fondement à sa règle.

[2] Il avait un fils du même nom et de la même sainteté que lui.

[3] FLEURY, Hist. Eccl., tom. IV, liv. XIX, pag. 557, chap. IX.

[4] De Mor., lib. XXXIV, cap. XVI.

livre de l'*Imitation de Jésus-Christ*. Comment un moine, renfermé dans son cloître, a-t-il trouvé cette mesure d'expression, a-t-il acquis cette fine connaissance de l'homme au milieu d'un siècle où les passions étaient grossières, et le goût plus grossier encore? Qui lui avait révélé, dans sa solitude, ces mystères du cœur et de l'éloquence? Un seul maître : Jésus-Christ.

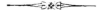

CHAPITRE III.

MASSILLON.

Si nous franchissons maintenant plusieurs siècles, nous arriverons à des orateurs dont les seuls noms embarrassent beaucoup certaines gens; car ils sentent que des sophismes ne suffisent pas pour détruire l'autorité qu'emportent avec eux Bossuet, Fénelon, Massillon, Bourdaloue, Fléchier, Mascaron, l'abbé Poulle.

Il nous est dur de courir rapidement sur tant de richesses, et de ne pouvoir nous arrêter à chacun de ces orateurs. Mais comment choisir au milieu de ces trésors? Comment citer au lecteur des choses qui lui soient inconnues? Ne grossirions-nous pas trop ces pages en les chargeant de ces illustres preuves de la beauté du christianisme? Nous n'emploierons donc pas toutes nos armes; nous n'abuserons pas de nos avantages, de peur de jeter, en pressant trop l'évidence, les ennemis du christianisme dans l'obstination, dernier refuge de l'esprit de sophisme poussé à bout.

Ainsi nous ne ferons paraître à l'appui de nos raisonnements, ni Fénelon, si plein d'onction dans les méditations chrétiennes; ni Bourdaloue, force et victoire de la doctrine évangélique : nous n'appellerons à notre secours ni les savantes compositions de Fléchier, ni la brillante imagination du dernier des orateurs chrétiens, l'abbé Poulle. O religion, quels ont été tes triomphes! Qui pouvait douter

de ta beauté lorsque Fénelon et Bossuet occupaient les chaires,
lorsque Bourdaloue instruisait d'une voix grave un monarque alors
heureux, à qui, dans ses revers, le ciel miséricordieux réservait le
doux Massillon !

Non toutefois que l'évêque de Clermont n'ait en partage que la
tendresse du génie; il sait aussi faire entendre des sons mâles et
vigoureux. Il nous semble qu'on a vanté trop exclusivement son
Petit Carême : l'auteur y montre sans doute une grande connaissance du cœur humain, des vues fines sur les vices des cours, des
moralités écrites avec une élégance qui ne bannit pas la simplicité;
mais il y a certainement une éloquence plus pleine, un style plus
hardi, des mouvements plus pathétiques et des pensées plus profondes dans quelques-uns de ses autres sermons, tels que ceux sur
la *Mort*, sur l'*Impénitence finale*, sur le *Petit nombre des élus*,
sur la *Mort du pécheur*, sur la *Nécessité d'un avenir*, sur la *Passion
de Jésus-Christ*. Lisez, par exemple, cette peinture du pécheur
mourant :

« Enfin, au milieu de ces tristes efforts, ses yeux se fixent, ses
traits changent, son visage se défigure, sa bouche livide s'entr'ouvre d'elle-même, tout son esprit frémit; et, par ce dernier effort,
son âme s'arrache avec regret de ce corps de boue, et se trouve
seule au pied du tribunal de la pénitence[1]. »

A ce tableau de l'homme impie dans la mort, joignez celui des
choses du monde dans le néant.

« Regardez le monde tel que vous l'avez vu dans vos premières
années, et tel que vous le voyez aujourd'hui; une nouvelle cour a
succédé à celle que vos premiers ans ont vu; de nouveaux personnages sont montés sur la scène; les grands rôles sont remplis par
de nouveaux acteurs : ce sont de nouveaux événements, de nouvelles intrigues, de nouvelles passions, de nouveaux héros, dans la
vertu comme dans le vice, qui sont le sujet des louanges, des déri-

---

[1] Mass., *Avent.*, *Mort du pécheur*, prem. part.

sions, des censures publiques. Rien ne demeure, tout change, tout
s'use, tout s'éteint : Dieu seul demeure toujours le même. Le torrent
des siècles, qui entraîne tous les siècles, coule devant ses yeux, et
il voit avec indignation de faibles mortels emportés par ce cours rapide, l'insulter en passant. »

L'exemple de la vanité des choses humaines, tiré du siècle de
Louis XIV, qui venait de finir (et cité peut-être devant des vieillards qui en avaient vu la gloire), est bien pathétique! le mot qui
termine la période semble être échappé à Bossuet, tant il est franc
et sublime.

Nous donnerons encore un exemple de ce genre ferme d'éloquence
qu'on paraît refuser à Massillon, en ne parlant que de son abondance
et de sa douceur. Pour cette fois, nous prendrons un passage où
l'orateur abandonne son style favori, c'est-à-dire le sentiment et les
images, pour n'être qu'un simple argumentateur. Dans le sermon
sur la *Vérité d'un avenir*, il presse ainsi l'incrédule :

« Que dirai-je encore? Si tout meurt avec nous, les soins du nom
et de la postérité sont donc frivoles ; l'honneur qu'on rend à la mémoire des hommes illustres, une erreur puérile, puisqu'il est ridicule
d'honorer ce qui n'est plus ; la religion des tombeaux, une illusion
vulgaire ; les cendres de nos pères et de nos amis, une vile poussière
qu'il faut jeter au vent, et qui n'appartient à personne ; les dernières intentions des mourants, si sacrées parmi les peuples les plus
barbares, le dernier son d'une machine qui se dissout ; et , pour
tout dire en un mot, si tout meurt avec nous, les lois sont donc une
servitude insensée ; les rois et les souverains des fantômes que la
faiblesse des peuples a élevés ; la justice, une usurpation sur la liberté des hommes ; la loi des mariages, un vain scrupule; la pudeur,
un préjugé; l'honneur et la probité, des chimères; les incestes, les
parricides, les perfidies noires, des jeux de la nature, et des noms
que la politique des législateurs a inventés?

«Voilà où se réduit la philosophie sublime des impies; voilà cette
force, cette raison, cette sagesse qu'ils nous vantent éternellement.

Convenez de leurs maximes, et l'univers entier retombe dans un affreux chaos, et tout est confondu sur la terre, et toutes les idées du vice et de la vertu sont renversées, et les lois les plus inviolables de la société s'évanouissent, et la discipline des mœurs périt, et le gouvernement des États et des empires n'a plus de règle, et toute l'harmonie des corps politiques s'écroule, et le genre humain n'est plus qu'un assemblage d'insensés, de barbares, de fourbes, de dénaturés, qui n'ont plus d'autres lois que la force, plus d'autre frein que leurs passions et la crainte de l'autorité, plus d'autre lien que l'irréligion et l'indépendance, plus d'autres dieux qu'eux-mêmes : voilà le monde des impies ; et si ce plan de république vous plaît, formez, si vous le pouvez, une société de ces hommes monstrueux ; tout ce qui nous reste à vous dire, c'est que vous êtes digne d'y occuper une place. »

Que l'on compare Cicéron à Massillon, Bossuet à Démosthène, et l'on trouvera toujours entre leur éloquence les différences que nous avons indiquées : dans les orateurs chrétiens, un ordre d'idées plus général, une connaissance du cœur humain plus profonde, une chaîne de raisonnements plus claire, enfin une éloquence religieuse et triste, ignorée de l'antiquité.

Massillon a fait quelques oraisons funèbres ; elles sont inférieures à ses autres discours. Son Éloge de Louis XIV n'est remarquable que par la première phrase : « Dieu seul est grand, mes frères ! » C'est un beau mot que celui-là, prononcé en regardant le cercueil de *Louis-le-Grand* (3).

CHAPITRE IV.

BOSSUET ORATEUR.

Mais que dirons-nous de Bossuet comme orateur ? A qui le comparerons nous ? et quels discours de Cicéron et de Démosthène ne s'éclipsent point devant ses *Oraisons funèbres?* C'est pour l'orateur chrétien que ces paroles d'un roi semblent avoir été écrites : *L'or et les perles sont assez communs mais les lèvres savantes sont un vase rare et sans prix* [1]. Sans cesse occupé du tombeau, et comme penché sur les gouffres d'une autre vie, Bossuet aime à laisser tomber de sa bouche ces grands mots de *temps* et de *mort*, qui retentissent dans les abimes silencieux de l'éternité. Il se plonge, il se noie dans des tristesses incroyables, dans d'inconcevables douleurs. Les cœurs, après plus d'un siècle, retentissent encore du fameux cri : *Madame se meurt! Madame est morte!* Jamais les rois ont-ils reçu de pareilles leçons? jamais la philosophie s'exprima-t-elle avec autant d'indépendance? Le diadème n'est rien aux yeux de l'orateur; par lui, le pauvre est égalé au monarque, et le potentat le plus absolu du globe est obligé de s'entendre dire devant des milliers de témoins, que ses grandeurs ne sont que vanité, que sa puissance n'est que songe, et qu'il n'est lui-même que poussière.

Trois choses se succèdent continuellement dans les discours de Bossuet : le trait de génie ou d'éloquence; la citation, si bien fondue avec le texte, qu'elle ne fait plus qu'un avec lui; enfin, la réflexion ou le coup-d'œil d'aigle sur les causes de l'évènement rapporté. Souvent aussi cette lumière de l'Église porte la clarté dans la discussion de la plus haute métaphysique ou de la théologie la plus sublime; rien ne lui est ténèbres. L'évêque de Meaux a créé une langue que lui seul a parlée, où souvent le terme le plus simple et l'idée la plus relevée, l'expression la plus commune et l'image la plus terrible servent, comme dans l'Écriture, à se donner des dimensions énormes et frappantes.

Ainsi, lorsqu'il s'écrie, en montrant le cercueil de Madame : *La voilà, malgré ce grand cœur, cette princesse si admirée et si chérie! la voilà telle que la mort nous l'a faite!* Pourquoi frissonne-t-on à ce mot si simple, *telle que la mort nous l'a faite?* C'est par l'opposition qui se trouve entre *ce grand cœur, cette princesse si admirée,*

[1] *Prov., cap. 20, v. 15.*

et cet accident inévitable de la mort, qui lui est arrivé comme à la plus misérable des femmes; c'est parce que ce verbe *faire*, appliqué à la mort qui *défait* tout, produit une contradiction dans les mots et un choc dans les pensées, qui ébranlent l'âme; comme si, pour peindre cet évènement malheureux, les termes avaient changé d'acception, et que le langage fût bouleversé comme le cœur.

Nous avons remarqué qu'à l'exception de Pascal, de Bossuet, de Massillon, de La Fontaine, les écrivains du siècle de Louis XIV, faute d'avoir assez vécu dans la retraite, ont ignoré cette espèce de sentiment mélancolique dont on fait aujourd'hui un si étrange abus.

Mais comment donc l'évêque de Meaux, sans cesse au milieu des pompes de Versailles, a-t-il connu cette profondeur de rêverie? C'est qu'il a trouvé dans la religion une solitude; c'est que son corps était dans le monde et son esprit au désert; c'est qu'il avait mis son cœur à l'abri dans les tabernacles secrets du Seigneur; c'est, comme il l'a dit lui-même de Marie-Thérèse d'Autriche, « qu'on *le voyait* courir aux autels pour y goûter avec David un humble repos, et s'enfoncer dans son oratoire, où, malgré le tumulte de la cour, *il* trouvait le Carmel d'Élie, le désert de Jean, et la montagne si souvent témoin des gémissements de Jésus. »

Les *Oraisons funèbres* de Bossuet ne sont pas d'un égal mérite, mais toutes sont sublimes par quelque côté. Celle de la reine d'Angleterre est un chef-d'œuvre de style et un modèle d'écrit philosophique et politique.

Celle de la duchesse d'Orléans est la plus étonnante, parce qu'elle est entièrement créée de génie. Il n'y avait là ni ces tableaux de troubles des nations, ni ces développements des affaires publiques qui soutiennent la voix de l'orateur. L'intérêt que peut inspirer une princesse expirant à la fleur de son âge semble se devoir épuiser vite. Tout consiste en quelques oppositions vulgaires de la beauté, de la jeunesse, de la grandeur et de la mort; et c'est pourtant sur ce fonds stérile que Bossuet a bâti un des plus beaux monuments de l'éloquence; c'est de là qu'il est parti pour montrer la misère de l'homme par son côté périssable, et sa grandeur par son côté immortel. Il commence par le ravaler au-dessous des vers qui le rongent au sépulcre, pour le peindre ensuite glorieuse avec la vertu dans des royaumes incorruptibles.

On sait avec quel génie, dans l'oraison funèbre de la princesse Palatine, il est descendu, sans blesser la majesté de l'art oratoire, jusqu'à l'interprétation d'un songe, en même temps qu'il a déployé dans ce discours sa haute capacité pour les abstractions philosophiques.

Si, pour Marie-Thérèse et pour le chancelier de France, ce ne sont plus les mouvements des premiers éloges, les idées du panégyriste sont-elles prises dans un cercle moins large, dans une nature moins profonde?— « Et maintenant, dit-il, ces deux âmes pieuses (Michel le Tellier et Lamoignon), touchées sur la terre du désir de faire régner les lois, contemplent ensemble à découvert les lois éternelles d'où les nôtres sont dérivées; et si quelque légère trace de nos faibles distinctions paraît encore dans une si simple et si claire vision, elles adorent Dieu en qualité de justice et de règle. »

Au milieu de cette théologie, combien d'autres genres de beautés, ou sublimes, ou gracieuses, ou tristes, ou charmantes! Voyez le tableau de la fronde : « La monarchie ébranlée jusqu'aux fondements, la guerre civile, la guerre étrangère, le feu en dedans et en dehors... Était-ce là de ces tempêtes par où le ciel a besoin de se décharger quelquefois?... ou bien était-ce comme un travail de la France, prête à enfanter le règne miraculeux de Louis[1]? » Viennent les réflexions sur l'illusion des amitiés de la terre, qui « s'en vont avec les années et les intérêts, » et sur l'obscurité du cœur de l'homme, « qui ne sait jamais ce qu'il voudra, qui souvent ne sait pas bien ce qu'il veut, et qui n'est pas moins caché ni moins trompeur à lui-même qu'aux autres[2]. »

[1] Orais. fun. d'Anne de Gonz.
[2] Ibid.

Mais la trompette sonne, et Gustave paraît : « Il paraît à la Pologne surprise et trahie, comme un lion qui tient sa proie dans ses ongles, tout prêt à la mettre en pièces. Qu'est devenue cette redoutable cavalerie qu'on voit fondre sur l'ennemi avec la vitesse d'un aigle? Où sont ces armes guerrières, ces marteaux d'armes tant vantés, et ces arcs qu'on ne vit jamais tendus en vain? Ni les chevaux ne sont vites, ni les hommes ne sont adroits que pour fuir devant le vainqueur[1]. »

Je passe, et mon oreille retentit de la voix d'un prophète. Est-ce Isaïe, est-ce Jérémie qui apostrophe l'île de la Conférence, et les pompes nuptiales de Louis?

« Fêtes sacrées, mariage fortuné, voile nuptial, bénédiction, sacrifice, puis-je mêler aujourd'hui vos cérémonies, vos pompes, avec ces pompes funèbres, et le comble des grandeurs avec leurs ruines[2]!

Le poëte (on nous pardonnera de donner à Bossuet un titre qui fait la gloire de David), le poëte continue de se faire entendre; il ne touche plus la corde inspirée; mais baissant sa lyre d'un ton jusqu'à ce mode dont Salomon se servit pour chanter les troupeaux du mont Galaad, il soupire ces paroles paisibles : « Dans la solitude de Sainte-Fare, autant éloignée des voix du siècle que sa bienheureuse situation la sépare de tout commerce du monde; dans cette sainte montagne que Dieu avait choisie depuis mille ans; où les épouses de Jésus-Christ faisaient revivre la beauté des anciens jours; où les joies de la terre étaient inconnues; où les vestiges des hommes du monde, des curieux et des vagabonds ne paraissaient pas sous la conduite de la sainte abbesse, qui savait donner le lait aux enfants aussi bien que le pain aux forts, les commencements de la princesse Anne étaient heureux[3]. »

Cette page, que l'on dirait extraite du livre de Ruth, n'a point épuisé

[1] Orais. fun. d'Anne de Gonz.
[2] Orais. fun. de Marie-Ther. d'Autr.
[3] Orais. fun. d'Anne de Gonz.

le pinceau de Bossuet; il lui reste encore assez de cette antique et douce couleur pour peindre une mort heureuse. « Michel le Tellier, dit-il, commença l'hymne des divines *miséricordes :* MISERICORDIAS DOMINI IN ÆTERNUM CANTABO : *Je chanterai éternellement les miséricordes du Seigneur.* Il expire en disant ces mots, et il continue avec les anges le sacré cantique. »

Nous avions cru pendant quelque temps que l'oraison funèbre du prince de Condé, à l'exception du mouvement qui la termine, était généralement trop louée ; nous pensions qu'il était plus aisé, comme il l'est en effet, d'arriver aux formes d'éloquence du commencement de cet éloge, qu'à celles de l'oraison de madame Henriette : mais quand nous avons lu ce discours avec attention, quand nous avons vu l'orateur emboucher la trompette épique pendant une moitié de son récit, et donner, comme en se jouant, un chant d'Homère; quand se retirant à Chantilly avec Achille en repos, il rentre dans le ton évangélique et retrouve les grandes pensées, les vues chrétiennes qui remplissent les premières oraisons funèbres; lorsque après avoir mis Condé au cercueil, il appelle les peuples, les princes, les prélats, les guerriers, au catafalque du héros; lorsque, enfin, s'avançant lui-même avec ses cheveux blancs, il fait entendre les accents du cygne, montre Bossuet un pied dans la tombe, et le siècle de Louis, dont il a l'air de faire les funérailles, prêt à s'abîmer dans l'éternité; à ce dernier effort de l'éloquence humaine, les larmes de l'admiration ont coulé de nos yeux, et le livre est tombé dans nos mains.

CHAPITRE V.

QUE L'INCRÉDULITÉ EST LA PRINCIPALE CAUSE DE LA DÉCA-
DENCE DU GOUT ET DU GÉNIE.

Ce que nous avons dit jusqu'ici a pu conduire le lecteur à cette
réflexion, *que l'incrédulité est la principale cause de la décadence
du goût et du génie.* Quand on ne crut rien à Athènes et à Rome,
les talents disparurent avec les dieux, et les Muses livrèrent à la
barbarie ceux qui n'avaient plus foi en elles.

Dans un siècle de lumières, on ne saurait croire jusqu'à quel point
les bonnes mœurs sont dépendantes du bon goût et le bon goût des
bonnes mœurs. Les ouvrages de Racine, devenant toujours plus
purs à mesure que l'auteur devient plus religieux, se terminent enfin
à *Athalie.* Remarquez, au contraire, comment l'impiété et le génie
de Voltaire se décèlent à la fois dans ses écrits, par un mélange de
choses exquises et de choses odieuses. Le mauvais goût, quand il
est incorrigible, est une fausseté de jugement, un biais naturel dans
les idées; or, comme l'esprit agit sur le cœur, il est difficile que les
voies du second soient droites, quand celles du premier ne le sont
pas. Celui qui aime la laideur, dans un temps où mille chefs-d'œuvre
peuvent avertir et redresser son goût, n'est pas loin d'aimer le
vice; quiconque est insensible à la beauté pourrait bien méconnaître la vertu.

Un écrivain qui refuse de croire en un Dieu auteur de l'univers,
et juge des hommes dont il a fait l'âme immortelle, bannit d'abord
l'infini de ses ouvrages. Il renferme sa pensée dans un cercle de
boue, dont il ne peut plus sortir. Il ne voit rien de noble dans la
nature, tout s'y opère par d'impurs moyens de corruption et de
régénération. L'abîme n'est qu'un peu d'eau *bitumineuse;* les mon-

tagnes sont des *protubérances* de pierres *calcaires* ou *vitrescibles ;* et le ciel, où le jour prépare une immense solitude, comme pour servir de camp à l'armée des astres que la nuit y amène en silence; le ciel, disons-nous, n'est plus qu'une étroite voûte momentanément suspendue par la main capricieuse du Hasard.

Si l'incrédule se trouve ainsi borné dans les choses de la nature, comment peindra-t-il l'homme avec éloquence? Les mots pour lui manquent de richesse, et les trésors de l'expression lui sont fermés. Contemplez, au fond de ce tombeau, ce cadavre enseveli, cette statue du néant, voilée d'un linceul : c'est l'homme de l'athée! Fœtus né du corps impur de la femme, au-dessous des animaux pour l'instinct; poudre comme eux, et retournant comme eux en poudre; n'ayant point de passion, mais des appétits; n'obéissant point à des lois morales, mais à des ressorts physiques; voyant devant lui, pour toute fin, le sépulcre et des vers : tel est cet être qui se disait animé d'un souffle immortel! Ne nous parlez plus des mystères de l'âme, du charme secret de la vertu : grâces de l'enfance, amours de la jeunesse, noble amitié, élévation de pensées, charme des tombeaux et de la patrie, vos enchantements sont détruits!

Nécessairement encore l'incrédulité introduit l'esprit raisonneur; les définitions abstraites, le style scientifique, et avec lui le néologisme, choses mortelles au goût et à l'éloquence.

Il est possible que la somme de talents départie aux auteurs du dix-huitième siècle soit égale à celle qu'avaient reçue les écrivains du dix-septième [1]. Pourquoi donc le second siècle est-il au-dessous du premier? Car il n'est plus temps de le dissimuler, les écrivains de notre âge ont été en général placés trop haut. S'il y a tant de choses à reprendre, comme on en convient, dans les ouvrages de Rousseau et de Voltaire, que dire de ceux de Raynal et de Diderot (4)?

---

[1] Nous accordons ceci pour la force de l'argument : mais nous sommes bien loin de le croire. Pascal et Bossuet, Molière et La Fontaine, sont quatre hommes tout-à-fait incomparables, et qu'on ne retrouvera plus. Si nous ne mettons pas Racine de ce nombre, c'est qu'il a un rival dans Virgile.

On a vanté, sans doute avec raison, la méthode de nos derniers métaphysiciens. Toutefois on aurait dû remarquer qu'il y a deux sortes de *clartés* : l'une tient à un ordre vulgaire d'idées (un lieu commun s'explique nettement); l'autre vient d'une admirable faculté de concevoir et d'exprimer clairement une pensée forte et composée. Des cailloux au fond d'un ruisseau se voient sans peine, parce que l'eau n'est pas profonde; mais l'ambre, le corail et les perles, appellent l'œil du plongeur à des profondeurs immenses, sous les flots transparents de l'abîme.

Or, si notre siècle littéraire est inférieur à celui de Louis XIV, n'en cherchons d'autre cause que notre religion. Nous avons déjà montré combien Voltaire eût gagné à être chrétien : il disputerait aujourd'hui la palme des muses à Racine. Ses ouvrages auraient pris cette teinte morale sans laquelle rien n'est parfait : on y trouverait aussi ces souvenirs du vieux temps, dont l'absence y forme un si grand vide. Celui qui renie le Dieu de son pays est presque toujours un homme sans respect pour la mémoire de ses pères; les tombeaux sont sans intérêt pour lui; les institutions de ses aïeux ne lui semblent que des coutumes barbares; il n'a aucun plaisir à se rappeler les sentences, la sagesse et les goûts de sa mère.

Cependant il est vrai que la majeure partie du génie se compose de cette espèce de souvenirs. Les plus belles choses qu'un auteur puisse mettre dans un livre sont les sentiments qui lui viennent, par réminiscence, des premiers jours de sa jeunesse. Voltaire a bien péché contre ces règles critiques (pourtant si douces!), lui qui s'est éternellement moqué des mœurs et des coutumes de nos ancêtres. Comment se fait-il que ce qui enchante les autres hommes soit précisément ce qui dégoûte un incrédule?

La religion est le plus puissant motif de l'amour de la patrie; les écrivains pieux ont toujours répandu ce noble sentiment dans leurs écrits. Avec quel respect, avec quelle magnifique opinion les écrivains du siècle de Louis XIV ne parlent-ils pas toujours de la France! Malheur à qui insulte son pays! Que la patrie se lasse d'être ingrate avant que nous nous lassions de l'aimer; ayons le cœur plus grand que ses injustices.

Si l'homme religieux aime sa patrie; c'est que son esprit est simple, et que les sentiments naturels qui nous attachent aux champs de nos aïeux sont comme le fond et l'habitude de son cœur. Il donne la main à ses pères et à ses enfants; il est planté dans le sol natal; comme le chêne qui voit au-dessous de lui ces vieilles racines s'enfoncer dans la terre, et à son sommet des boutons naissants qui aspirent vers le ciel.

Rousseau est un des écrivains du dix-huitième siècle dont le style a le plus de charme, parce que cet homme, bizarre à dessein, s'était au moins créé une ombre de religion. Il avait foi en quelque chose qui n'était pas le *Christ*, mais qui pourtant était l'*Évangile;* ce fantôme de christianisme, tel quel, a quelquefois donné beaucoup de grâces à son génie. Lui qui s'est élevé avec tant de force contre les sophistes, n'eût-il pas mieux fait de s'abandonner à la tendresse de son âme, que de se perdre, comme eux, dans des systèmes dont il n'a fait que rajeunir les vieilles erreurs (5)?

Il ne manquerait rien à Buffon s'il avait autant de sensibilité que d'éloquence. Remarque étrange, que nous avons lieu de faire à tous moments, que nous répétons jusqu'à satiété, et dont nous ne saurions trop convaincre le siècle : sans religion, *point de sensibilité.* Buffon surprend par son style; mais rarement il attendrit. Lisez l'admirable article du chien; tous les chiens y sont : le chien chasseur, le chien berger, le chien sauvage, le chien grand seigneur, le chien petit-maître, etc. Qu'y manque-t-il enfin? Le chien de l'aveugle. Et c'est celui-là dont se fût d'abord souvenu un chrétien.

En général, les rapports tendres ont échappé à Buffon. Et néanmoins rendons justice à ce grand peintre de la nature : son style est d'une perfection rare. Pour garder aussi bien les convenances, pour n'être jamais ni trop haut ni trop bas, il faut avoir soi-même beaucoup de mesure dans l'esprit et dans la conduite. On sait que Buffon respectait tout ce qu'il faut respecter. Il ne croyait pas que la philosophie consistât à afficher l'incrédulité, à insulter aux autels de vingt-quatre millions d'hommes. Il était régulier dans ses devoirs de chrétien, et donnait l'exemple à ses domestiques. Rousseau, s'attachant au fond et rejetant les formes du culte, montre dans ses écrits la tendresse de la religion avec le mauvais ton du sophiste; Buffon, par la raison contraire, a la sécheresse de la philosophie avec les bienséances de la religion. Le christianisme a mis au dedans du style du premier le charme, l'abandon et l'amour; et au dehors du style du second, l'ordre, la clarté et la magnificence. Ainsi les ouvrages de ces hommes célèbres portent, en bien et en mal, l'empreinte de ce qu'ils ont choisi et de ce qu'ils ont rejeté eux-mêmes de la religion.

En nommant Montesquieu, nous rappelons le véritable grand homme du dix-huitième siècle. L'*Esprit des Lois* et les *Considérations sur les Causes de la Grandeur des Romains et de leur décadence*, vivront aussi longtemps que la langue dans laquelle ils sont écrits. Si Montesquieu, dans un ouvrage de sa jeunesse, laissa tomber sur la religion quelques-uns des traits qu'il dirigeait contre nos mœurs, ce ne fut qu'une erreur passagère, une espèce de tribut payé à la corruption de la Régence (6). Mais dans le livre qui a placé Montesquieu au rang des hommes illustres, il a magnifiquement réparé ses torts, en faisant l'éloge du culte qu'il avait eu l'imprudence d'attaquer. La maturité de ses années et l'intérêt même de sa gloire lui firent comprendre que, pour élever un monument durable, il fallait en creuser les fondements dans un sol moins mouvant que la poussière de ce monde; son génie, qui embrassait tous les temps, s'est appuyé sur la seule religion à qui tous les temps sont promis.

Il résulte de nos observations que les écrivains du dix-huitième siècle doivent la plupart de leurs défauts à un système trompeur de philosophie, et qu'en étant plus religieux, ils eussent approché davantage de la perfection.

Il y a eu dans notre âge, à quelques exceptions près, une sorte d'avortement général des talents. On dirait même que l'impiété, qui rend tout stérile, se manifeste aussi par l'appauvrissement de la nature physique. Jetez les yeux sur les générations qui succédèrent au siècle de Louis XIV. Où sont ces hommes aux figures calmes et majestueuses, au port et aux vêtements nobles, au langage épuré, à l'air guerrier et classique, conquérant et inspiré des arts? On les cherche, et on ne les trouve plus. De petits hommes inconnus se promènent comme des pygmées sous les hauts portiques des monuments d'un autre âge. Sur leur front dur respirent l'égoïsme et le mépris de Dieu; ils ont perdu et la noblesse de l'habit et la pureté du langage : on les prendrait, non pour les fils, mais pour les baladins de la grande race qui les a précédés.

Les disciples de la nouvelle école flétrissent l'imagination avec je ne sais quelle vérité qui n'est point la véritable vérité. Le style de ces hommes est sec, l'expression sans franchise, l'imagination sans amour et sans flamme; ils n'ont nulle onction, nulle abondance, nulle simplicité, on ne sent point quelque chose de plein et de nourri dans leurs ouvrages; l'immensité n'y est point, parce la divinité y manque. Au lieu de cette tendre religion, de cet instrument harmonieux dont les auteurs du siècle de Louis XIV se servaient pour trouver le ton de leur éloquence, les écrivains modernes font usage d'une étroite philosophie, qui va divisant toute chose, mesurant les sentiments au compas, soumettant l'âme au calcul, et réduisant l'univers, Dieu compris, à une soustraction passagère du néant.

Aussi le dix-huitième siècle diminue-t-il chaque jour dans la perspective, tandis que le dix-septième semble s'élever à mesure que nous nous en éloignons; l'un s'affaisse, l'autre monte dans les

cieux. On aura beau chercher à ravaler le génie de Bossuet et de
Racine, il aura le sort de cette grande figure d'Homère qu'on aperçoit derrière les âges : quelquefois elle est obscurcie par la poussière qu'un siècle fait en s'écroulant; mais aussitôt que le nuage
s'est dissipé, on voit reparaître la majestueuse figure, qui s'est en
core agrandie pour dominer les ruines nouvelles (7).

LIVRE CINQUIÈME.

HARMONIES DE LA RELIGION CHRÉTIENNE

AVEC LES SCÈNES DE LA NATURE ET LES PASSIONS DU CŒUR HUMAIN.

CHAPITRE PREMIER.

DIVISION DES HARMONIES.

Avant de passer à la description du culte, il nous reste à examiner quelques sujets que nous n'avons pu suffisamment développer dans les livres précédents. Ces sujets se rapportent au côté physique ou au côté moral des arts. Ainsi, par exemple, les sites des monastères, les ruines des monuments religieux, etc., tiennent à la partie matérielle de l'architecture, tandis que les effets de la doctrine chrétienne, avec les passions du cœur de l'homme et les tableaux de la nature, rentrent dans la partie dramatique et descriptive de la poésie.

Tels sont les sujets que nous réunissons dans ce livre, sous le titre général d'*Harmonies, etc.*

CHAPITRE II.

HARMONIES PHYSIQUES.

SUITE DES MONUMENTS RELIGIEUX, COUVENTS MARONITES, COPHTES, ETC.

Il y a dans les choses humaines deux espèces de nature, placées l'une au commencement, l'autre à la fin de la société. S'il n'en

était ainsi, l'homme en s'éloignant toujours de son origine, serait
devenu une sorte de monstre; mais, par une loi de la Providence,
plus il se civilise, plus il se rapproche de son premier état : il
advient que la science au plus haut degré est l'ignorance, et que
les arts parfaits sont la nature.

Cette dernière nature, ou cette *nature de la société,* est la plus
belle : le génie en est l'instinct, et la vertu l'innocence; car le génie
et la vertu de l'homme civilisé ne sont que l'instinct et l'innocence
perfectionnés du sauvage. Or, personne ne peut comparer un Indien
du Canada à Socrate, bien que le premier soit, rigoureusement
parlant, aussi moral que le second; ou bien il faudrait soutenir que
la paix des passions non développées dans l'enfant a la même
excellence que la paix des passions domptées dans l'homme; que
l'être à pures sensations est égal à l'être pensant, ce qui reviendrait
à dire que faiblesse est aussi belle que force. Un petit lac ne ravage
pas ses bords, et personne n'en est étonné; son impuissance fait
son repos : mais on aime le calme sur la mer, parce qu'elle a le
pouvoir des orages; et l'on admire le silence de l'abîme, parce qu'il
vient de la profondeur même des eaux.

Entre les siècles de la nature et ceux de la civilisation, il y en a
d'autres que nous avons nommés siècles de *barbarie.* Les anciens
ne les ont point connus. Ils se composent de la réunion subite d'un
peuple policé et d'un peuple sauvage. Ces âges doivent être remarquables par la corruption du goût. D'un côté, l'homme sauvage,
en s'emparant des arts, n'a pas assez de finesse pour les porter
jusqu'à l'élégance; et l'homme social, pas assez de simplicité pour
redescendre à la seule nature.

On ne peut alors espérer rien de pur que dans les sujets où une
cause morale agit par elle-même, indépendamment des causes tem-
poraires. C'est pourquoi les premiers solitaires, livrés à ce goût
délicat et sûr de la religion, qui ne trompe jamais lorsqu'on n'y
mêle rien d'étranger, ont choisi dans les diverses parties du monde
les sites les plus frappants pour y fonder leurs monastères (8). Il

il y a point d'ermite qui ne saisisse aussi bien que Claude le Lorrain ou le Nôtre le rocher où il doit placer sa grotte.

On voit çà et là, dans la chaîne du Liban, des couvents maronites bâtis sur des abîmes. On pénètre dans les uns par de longues cavernes, dont on ferme l'entrée avec des quartiers de roche; on ne peut monter dans les autres qu'au moyen d'une corbeille suspendue. Le *fleuve saint* sort du pied de la montagne; la forêt de cèdres noirs domine le tableau, et elle est elle-même surmontée par des groupes arrondis, que la neige drape de sa blancheur. Le miracle ne s'achève qu'au moment où l'on arrive au monastère : au dedans sont des vignes, des ruisseaux, des bocages; au dehors, une nature horrible, et la terre qui se perd et s'enfuit avec ses fleuves, ses campagnes et ses mers dans de bleuâtres profondeurs. Nourris par la religion, entre la terre et le firmament, sur ces roches escarpées, c'est là que de pieux solitaires prennent leur vol vers le ciel comme les aigles de la montagne.

Les cellules rondes et séparées des couvents égyptiens sont renfermées dans l'enceinte d'un mur qui les défend des Arabes. Du haut de la tour, bâtie au milieu de ces couvents, on découvre des landes de sable, d'où s'élèvent les têtes grisâtres des pyramides, ou des bornes qui marquent le chemin au voyageur. Quelquefois une caravane abyssinienne, des Bédouins vagabonds, passent dans le lointain à l'un des horizons de la mouvante étendue; quelquefois le souffle du midi noie la perspective dans une atmosphère de poudre. La lune éclaire un sol nu, où des brises muettes ne trouvent pas même un brin d'herbe pour en former une voix. Le désert, sans arbres, se montre de toutes parts sans ombre; ce n'est que dans les bâtiments du monastère qu'on retrouve quelques voiles de la nuit.

Sur l'isthme de Panama, en Amérique, le cénobite peut contempler, du faîte de son couvent, les deux mers qui baignent les deux rives du Nouveau-Monde : l'une, souvent agitée quand l'autre repose, et présentant aux méditations le double tableau du calme et de l'orage.

Les couvents situés dans les Andes voient s'aplanir au loin les flots de l'Océan Pacifique. Un ciel transparent abaisse le cercle de ses horizons sur la terre et sur les mers, et semble enfermer l'édifice de la religion sous un globe de cristal. La fleur de capucine, remplaçant le lierre religieux, brode de ses chiffres de pourpre les murs sacrés : le Lamaz traverse le torrent sur un pont flottant de lianes, et le Péruvien infortuné vient prier le Dieu de Las-Casas.

Tout le monde a vu en Europe de vieilles abbayes cachées dans les bois où elles ne se décèlent aux voyageurs que par leurs clochers perdus dans la cime des chênes. Les monuments ordinaires reçoivent leur grandeur des paysages qui les environnent; la religion chrétienne embellit au contraire le théâtre où elle place ses autels et suspend ses saintes décorations. Nous avons parlé des couvents européens dans l'histoire de *René,* et retracé quelques-uns de leurs effets au milieu des scènes de la nature; pour achever de montrer au lecteur ces monuments, nous lui donnerons ici un morceau précieux que nous devons à l'amitié. L'auteur y a fait de si grands changements, que c'est, pour ainsi dire, un nouvel ouvrage. Ces beaux vers prouveront aux poètes que leurs muses gagneraient plus à rêver dans les cloîtres qu'à se faire l'écho de l'impiété.

LA CHARTREUSE DE PARIS.

Vieux cloître où de Bruno les disciples cachés
Renferment tous leurs vœux sur le ciel attachés ;
Cloître saint, ouvre-moi les modestes portiques !
Laisse-moi m'égarer dans ces jardins rustiques
Où venait Catinat méditer quelquefois,
Heureux de fuir la cour et d'oublier les rois.

J'ai trop connu Paris : mes légères pensées,
Dans son enceinte immense au hasard dispersées,
Veulent enfin rejoindre et lier tous les jours
Leur fil demi-formé, qui se brise toujours.
Seul, je viens recueillir mes vagues rêveries.
Fuyez, bruyants remparts, pompeuses Tuileries,
Louvre, dont le portique à mes yeux éblouis
Vante après cent hivers la grandeur de Louis !
Je préfère ces lieux où l'âme, moins distraite,
Même au sein de Paris peut goûter la retraite :

La retraite me plaît, elle eut mes premiers vers.
Déjà, de feux moins vifs éclairant l'univers,
Septembre loin de nous s'enfuit et décolore
Cet éclat dont l'année un moment brille encore.
Il redouble la paix qui m'attache en ces lieux ;
Son jour mélancolique, et si doux à nos yeux,
Son vert plus rembruni, son grave caractère,
Semblent se conformer au deuil du monastère.
Sous ces bois jaunissants j'aime à m'ensevelir.
Couché sur un gazon qui commence à pâlir,
Je jouis d'un air pur, de l'ombre et du silence.

Ces chars tumultueux où s'assied l'opulence,
Tous ces travaux, ce peuple à grands flots agité,
Ces sons confus qu'élève une vaste cité,
Des enfants de Bruno ne troublent point l'asile ;
Le bruit les environne, et leur âme est tranquille.
Tous les jours, reproduit sous des traits inconstants,
Le fantôme du siècle emporté par le temps
Passe, et roule autour d'eux ses pompes mensongères.
Mais c'est en vain : du siècle ils ont fui les chimères ;
Hormis l'éternité tout est songe pour eux.
Vous déplorez pourtant leur destin malheureux !
Quel préjugé funeste à des lois si rigides
Attacha, dites-vous, ces pieux suicides ?
Ils meurent longuement, rongés d'un noir chagrin :
L'autel garde leurs vœux sur des tables d'airain ;
Et le seul désespoir habite leurs cellules.

Eh bien, vous qui plaigniez ces victimes crédules,
Pénétrez avec moi ces murs religieux :
N'y respirez-vous pas l'air paisible des cieux ?
Vos chagrins ne sont plus, vos passions se taisent,
Et du cloître muet les ténèbres vous plaisent.

Mais quel lugubre son, du haut de cette tour,
Descend et fait frémir les dortoirs d'alentour ?
C'est l'airain qui, du temps formidable interprète,
Dans chaque heure qui fuit, à l'humble anachorète
Redit en longs échos : Songe au dernier moment !
Le son sous cette voûte expire lentement ;
Et quand il a cessé, l'âme en frémit encore.
La méditation qui, seule dès l'aurore,
Dans ces sombres parvis marche en baissant son œil,
A ce signal s'arrête, et lit, sur un cercueil,
L'épitaphe à demi par les ans effacée,
Qu'un gothique écrivain dans la pierre a tracée.
O tableaux éloquents ! oh ! combien à mon cœur
Plaît ce dôme noirci d'une divine horreur,
Et le lierre embrassant ces débris de murailles
Où croasse l'oiseau chantre des funérailles ;
Les approches du soir, et ces ifs attristés
Où glissent du soleil les dernières clartés ;

Et ce buste pieux que la mousse environne,
Et la cloche d'airain à l'accent monotone ;
Ce temple où chaque aurore entend de saints concerts
Sortir d'un long silence et monter dans les airs ;
Un martyr dont l'autel a conservé les restes,
Et le gazon qui croît sur ces tombeaux modestes
Où l'heureux cénobite a passé sans remord
Du silence du cloître à celui de la mort !

Cependant sur ces murs l'obscurité s'abaisse,
Leur deuil est redoublé, leur ombre est plus épaisse ;
Les hauteurs de Meudon me cachent le soleil,
Le jour meurt, la nuit vient : le couchant moins vermeil
Voit pâlir de ses feux la dernière étincelle.
Tout-à-coup se rallume une aurore nouvelle
Qui monte avec lenteur sur les dômes noircis
De ce palais voisin qu'éleva Médicis¹ ;
Elle en blanchit le faîte, et ma vue enchantée
Reçoit par ces vitraux la lueur argentée.
L'astre touchant des nuits verse du haut des cieux
Sur les tombes du cloître un jour mystérieux,
Et semble y réfléchir cette douce lumière
Qui des morts bienheureux doit charmer la paupière.
Ici je ne vois plus les horreurs du trépas :
Son aspect attendrit et n'épouvante pas.
Me trompé-je ? Écoutons ! sous ses voûtes antiques
Parviennent jusqu'à moi d'invisibles cantiques,
Et la Religion, le front voilé, descend :
Elle approche : déjà son calme attendrissant,
Jusqu'au fond de votre âme en secret s'insinue ;
Entendez-vous un Dieu dont la voix inconnue
Vous dit tout bas : Mon fils, viens ici, viens à moi ;
Marche au fond du désert, j'y serai près de toi ?

Maintenant, du milieu de cette paix profonde,
Tournez les yeux : voyez, dans les routes du monde,
S'agiter les humains que travaille sans fruit
Cet espoir obstiné du bonheur qui les fuit.
Rappelez-vous les mœurs de ces siècles sauvages
Où, sur l'Europe entière apportant les ravages,
Des Vandales obscurs, de farouches Lombards,
Des Goths se disputaient le sceptre des Césars.
La force était sans frein, le faible sans asile :
Parlez, blâmerez-vous les Benoît, les Basile,
Qui loin du siècle impie, en ces temps abhorrés,
Ouvrirent au malheur des refuges sacrés ?
Déserts de l'Orient, sables, sommets arides,
Catacombes, forêts, sauvages Thébaïdes,
Oh ! que d'infortunés votre noire épaisseur
A dérobés jadis au fer de l'oppresseur !

¹ Le Luxembourg.

C'est là qu'ils se cachaient ; et les chrétiens fidèles,
Que la religion protégeait de ses ailes,
Vivant avec Dieu seul dans leurs pieux tombeaux,
Pouvaient au moins prier sans craindre les bourreaux.
Le tyran n'osait plus y chercher ses victimes.
Et que dis-je ? accablé de l'horreur de ses crimes,
Souvent dans ces lieux saints l'oppresseur désarmé
Venait demander grâce aux pieds de l'opprimé.
D'héroïques vertus habitaient l'ermitage.
Je vois dans les débris de Thèbes, de Carthage,
Au creux des souterrains, au fond des vieilles tours,
D'illustres pénitents fuir le monde et les cours.
La voix des passions se tait sous leurs cilices ;
Mais leurs austérités ne sont point sans délices :
Celui qu'ils ont cherché ne les oubliera pas ;
Dieu commande au désert de fleurir sous leurs pas.
Palmier, qui rafraîchis la plaine de Syrie,
Ils venaient reposer sous ton ombre chérie !
Prophétique Jourdain, ils erraient sur tes bords !
Et vous, qu'un roi charmait de ses divins accords,
Cèdres du haut Liban, sur votre cime altière,
Vous portiez jusqu'au ciel leur ardente prière !
Cet antre protégeait leur paisible sommeil ;
Souvent le cri de l'aigle avança leur réveil ;
Ils chantaient l'Éternel sur le roc solitaire,
Au bruit sourd du torrent dont l'eau les désaltère,
Quand tout-à-coup un ange, en dévoilant ses traits,
Leur porte, au nom du ciel, un message de paix.
Et cependant leurs jours n'étaient point sans orage.
Cet éloquent Jérôme, honneur des premiers âges,
Voyait, sous le cilice et de cendres couvert,
Les voluptés de Rome assiéger son désert.
Leurs combats exerçaient son austère sagesse.
Peut-être, comme lui, déplorant sa faiblesse,
Un mortel trop sensible habita ce séjour.
Hélas ! plus d'une fois les soupirs de l'amour
S'élevaient dans la nuit du fond des monastères ;
En vain le repoussant de ses regards austères,
La pénitence veille à côté d'un cercueil :
Il entre déguisé sous les voiles du deuil ;
Au Dieu consolateur en pleurant il se donne ;
A Comminge, à Rancé, Dieu sans doute pardonne
A Comminge, à Rancé, qui ne doit quelques pleurs ?
Qui n'en sait les amours ? qui n'en plaint les malheurs ?
Et toi, dont le nom seul trouble l'âme amoureuse,
Des bois du Paraclet, vestale malheureuse,
Toi qui, sans prononcer de vulgaires serments,
Fis connaître à l'amour de nouveaux sentiments :
Toi que l'homme sensible, abusé par lui-même,
Se plaît à retrouver dans la femme qu'il aime ,
Héloïse ! à ton nom quel cœur ne s'attendrit ?
Tel qu'un autre Abeilard tout amant te chérit.

Que de fois j'ai cherché, loin d'un monde volage,
L'asile où dans Paris s'écoula ton jeune âge!
Ces vénérables tours qu'alonge vers les cieux
La cathédrale antique où priaient nos aïeux,
Ces tours ont conservé ton amoureuse histoire.
Là tout m'en parle encor [1] : là revit ta mémoire;
Là du toit de Fulbert j'ai revu les débris.
On dit même, en ces lieux, par ton ombre chéris,
Qu'un long gémissement s'élève chaque année
A l'heure où se forma ton funeste hyménée.
La jeune fille alors lit, au déclin du jour,
Cette lettre éloquente où brûle ton amour :
Son trouble est aperçu de l'amant qu'elle adore,
Et des feux que tu peins son feu s'accroît encore.
Mais que fais-je, imprudent? quoi! dans ce lieu sacré
J'ose parler d'amour, et je marche entouré
Des leçons du tombeau, des menaces suprêmes!
Ces murs, ces longs dortoirs, se couvrent d'anathèmes,
De sentences de mort qu'aux yeux épouvantés
L'ange exterminateur écrit de tous côtés ;
Je lis à chaque pas : *Dieu*, l'*enfer*, la *vengeance*.
Partout est la rigueur, nulle part la clémence.
Cloître sombre, où l'amour est proscrit par le ciel ;
Où l'instinct le plus cher est le plus criminel,
Déjà, déjà ton deuil plaît moins à ma pensée.
L'imagination, vers les murs élancée,
Chercha le saint repos, leur long recueillement ;
Mais mon âme a besoin d'un plus doux sentiment.
Ces devoirs rigoureux font trembler ma faiblesse.
Toutefois quand le temps, qui détrompe sans cesse,
Pour moi des passions détruira les erreurs,
Et leurs plaisirs trop courts souvent mêlés de pleurs ;
Quand mon cœur nourrira quelque peine secrète,
Dans ces moments plus doux et si chers au poëte,
Où fatigué du monde, il veut, libre du moins,
Et jouir de lui-même, et rêver sans témoins,
Alors je reviendrai, solitude tranquille,
Oublier dans ton sein les ennuis de la ville,
Et retrouver encor, sous ces lambris déserts,
Les mêmes sentiments retracés dans ces vers.

---

[1] Héloïse vivait dans le cloître de Notre-Dame; on y voit encore la maison de son oncle le chanoine Fulbert

CHAPITRE III.

LES RUINES EN GÉNÉRAL.

QU'IL Y EN A DE DEUX ESPÈCES.

De l'examen des *sites* des monuments chrétiens, nous passons aux effets des *ruines* de ces monuments. Elles fournissent au cœur de majestueux souvenirs, et aux arts des compositions touchantes. Consacrons quelques pages à cette poétique des morts.

Tous les hommes ont un secret attrait pour les ruines. Ce sentiment tient à la fragilité de notre nature, à une conformité secrète entre ces monuments détruits et la rapidité de notre existence. Il s'y joint, en outre, une idée qui console notre petitesse, en voyant que des peuples entiers, des hommes quelquefois si fameux n'ont pu vivre cependant au delà du peu de jours assignés à notre obscurité. Ainsi, les ruines jettent une grande moralité au milieu des scènes de la nature. Quand elles sont placées dans un tableau, en vain on cherche à porter les yeux autre part, ils reviennent toujours s'attacher sur elles. Et pourquoi les ouvrages des hommes ne passeraient-ils pas, quand le soleil qui les éclaire doit lui-même tomber de sa voûte? Celui qui le plaça dans les cieux est le seul souverain dont l'empire ne connaisse point de ruines.

Il y a deux sortes de ruines : l'une, ouvrage du temps; l'autre, ouvrage des hommes. Les premières n'ont rien de désagréable, parce que la nature travaille auprès des ans. Font-ils des décombres, elle y sème des fleurs; entr'ouvrent-ils un tombeau, elle y place le nid d'une colombe : sans cesse occupée à reproduire, elle environne la mort des plus douces illusions de la vie.

Les secondes ruines sont plutôt des dévastations que des ruines; elles n'offrent que l'image du néant, sans une puissance répara-

trice. Ouvrage du malheur, et non des années, elles ressemblent
aux cheveux blancs sur la tête de la jeunesse. Les destructions des
hommes sont d'ailleurs plus violentes et plus complètes que celles
des âges; les seconds minent, les premiers renversent. Quand Dieu,
pour des raisons qui nous sont inconnues, veut hâter les ruines
du monde, il ordonne au Temps de prêter sa faux à l'homme; et le
Temps nous voit avec épouvante ravager dans un clin d'œil ce qu'il
eût mis des siècles à détruire.

Nous nous promenions un jour derrière le palais du Luxembourg, et nous nous trouvâmes près de cette Chartreuse que M. de
Fontanes a chantée. Nous vîmes une église dont les toits étaient
enfoncés, les plombs des fenêtres arrachés, et les portes fermées avec
des planches mises debout. La plupart des autres bâtiments du monastère n'existaient plus. Nous nous promenâmes longtemps au milieu des pierres sépulcrales de marbre noir semées çà et là sur la
terre; les unes étaient totalement brisées, les autres offraient encore
quelques restes d'épitaphes. Nous entrâmes dans le cloître intérieur;
deux pruniers sauvages y croissaient parmi de hautes herbes et des
décombres. Sur les murailles on voyait des peintures à demi-effa-
cées, représentant la vie de saint Bruno; un cadran était resté sur
un des pignons de l'église; et dans le sanctuaire, au lieu de
cette hymne de paix qui s'élevait jamais en l'honneur des morts,
on entendait crier l'instrument du manœuvre qui sciait des tombeaux.

Les réflexions que nous fîmes dans ce lieu, tout le monde les
peut faire. Nous en sortîmes le cœur flétri, et nous nous enfonçâ-
mes dans le faubourg voisin, sans savoir où nous allions. La nuit
approchait : comme nous passions entre deux murs, dans une rue
déserte, tout-à-coup le son d'un orgue vint frapper notre oreille, et
les paroles du cantique *Laudate Dominum*, *omnes gentes* sortirent
du fond d'une église voisine ; c'était alors l'octave du Saint-Sacrement. Nous ne saurions peindre l'émotion que nous causèrent
ces chants religieux; nous crûmes ouïr une voix du ciel qui disait.

« Chrétiens sans foi, pourquoi perds-tu l'espérance? Crois-tu donc que je change mes desseins comme les hommes; que j'abandonne, parce que je punis? Loin d'accuser mes décrets, imite ces serviteurs fidèles qui bénissent les coups de ma main, jusque sous les débris où je les écrase. »

Nous entrâmes dans l'église au moment où le prêtre donnait la bénédiction. De pauvres femmes, des vieillards, des enfants étaient prosternés. Nous nous précipitâmes sur la terre, au milieu d'eux; nos larmes coulaient; nous dîmes, dans le secret de notre cœur : Pardonne, ô Seigneur, si nous avons murmuré en voyant la désolation de ton temple; pardonne à notre raison ébranlée! L'homme n'est lui-même qu'un édifice tombé, qu'un débris du péché et de la mort; son amour tiède, sa foi chancelante, sa charité bornée, ses sentiments incomplets, ses pensées insuffisantes, son cœur brisé, tout chez lui n'est que ruines.

CHAPITRE IV.

EFFET PITTORESQUE DES RUINES.

RUINES DE PALMYRE, D'ÉGYPTE, ETC.

Les ruines, considérées sous le rapport du paysage, sont plus pittoresques dans un tableau, que le monument frais et entier. Dans les temples que les siècles n'ont point percés, les murs masquent une partie du site et des objets extérieurs, et empêchent qu'on ne distingue les colonnades et les cintres de l'édifice; mais quand ces temples viennent à crouler, il ne reste que des débris isolés, entre lesquels l'œil découvre au haut et au loin les astres, les nues, les montagnes, les fleuves et les forêts. Alors, par un jeu de l'optique, l'horizon recule et les galeries suspendues en l'air se découpent sur les fonds du ciel et de la terre. Ces effets n'ont point été inconnus des anciens; ils élevaient des cirques sans masses pleines, pour laisser un libre accès aux illusions de la perspective.

Les ruines ont ensuite des harmonies particulières, avec leurs déserts, selon le style de leur architecture, les lieux où elles sont placées, et les règles de la nature au méridien qu'elles occupent.

Dans les pays chauds, peu favorables aux herbes et aux mousses, elles sont privées de ces graminées qui décorent nos châteaux gothiques et nos vieilles tours; mais aussi de plus grands végétaux se marient aux plus grandes formes de leur architecture. A Palmyre, le dattier fend les *têtes d'hommes et de lions* qui soutiennent les chapiteaux du *temple du soleil*, le palmier remplace, par sa colonne, la colonne tombée; et le pêcher, que les anciens consacraient à Harpocrate, s'élève dans la demeure du silence. On y voit encore une espèce d'arbre dont le feuillage échevelé et les fruits en cristaux forment, avec les débris pendants, de beaux accords de tristesse. Quelquefois une caravane, arrêtée dans ces déserts, y multiplie les effets pittoresques : le costume oriental allie bien sa noblesse à la noblesse de ses ruines; et les chameaux semblent en accroître les dimensions, lorsque, couchés entre des fragments de maçonnerie, ils ne laissent voir que leurs têtes fauves et leurs dos bossus.

Les ruines changent de caractère en Égypte; souvent elles offrent dans un petit espace diverses sortes d'architecture et de souvenirs. Les colonnes du vieux style égyptien s'élèvent auprès de la colonne corinthienne, un morceau d'ordre toscan s'unit à une tour arabe, un monument du peuple pasteur à un monument des Romains. Des Sphinx, de Anubis, des statues brisées, des obélisques rompus, sont roulés dans le Nil, enterrés dans le sol, cachés dans des rizières, des champs de fèves et des plaines de trèfle. Quelquefois, dans les débordements du fleuve, ces ruines ressemblent sur les eaux à une grande flotte; quelquefois des nuages, jetés en ondes sur les flancs des pyramides, les partagent en deux moitiés. Le chakal, monté sur un piédestal vide, alonge son museau de loup derrière le buste d'un Pan à tête de bélier; la gazelle, l'autruche, l'ibis, la gerboise, sautent parmi les décombres, tandis que la poule sultane se tient immobile sur quelque débris, comme un oiseau hiéroglyphique de granit et de porphyre.

La vallée de Tempé, les bois de l'Olympe, les côtes de l'Attique et du Péloponèse étalent les ruines de la Grèce. Là commencent à paraître les mousses, les plantes grimpantes et les fleurs saxatiles. Une guirlande vagabonde de jasmin embrasse une Vénus, comme pour lui rendre sa ceinture; une barbe de mousse blanche descend du menton d'une Hébé; le pavot croît sur les feuillets du livre de Mnémosyne : symbole de la renommée passée et de l'oubli présent de ces lieux. Les flots de l'Égée, qui viennent expirer sous de croulants portiques, Philomèle qui se plaint, Alcyon qui gémit, Cadmus qui roule ses anneaux autour d'un autel, le cygne qui fait son nid dans le sein de quelque Léda, mille accidents, produits comme par les Grâces, enchantent ces poétiques débris : on dirait qu'un souffle divin anime encore la poussière des temples d'Apollon et des Muses; et le paysage entier, baigné par la mer, ressemble à un tableau d'Apelles, consacré à Neptune et suspendu à ses rivages.

CHAPITRE V.

RUINES DES MONUMENTS CHRÉTIENS.

Les ruines des monuments chrétiens n'ont pas la même élégance que les ruines des monuments de Rome et de la Grèce; mais, sous d'autres rapports, elles peuvent supporter le parallèle. Les plus belles que l'on connaisse dans ce genre sont celles que l'on voit en Angleterre, au bord du lac de Cumberland, dans les montagnes d'Écosse, et jusque dans les Orcades. Les bas-côtés du chœur, les arcs des fenêtres, les ouvrages ciselés des voussures, les pilastres des cloîtres, et quelques pas de la tour des cloches, sont en général les parties qui ont le plus résisté aux efforts du temps.

Dans les ordres grecs, les voûtes et les cintres suivent parallèlement les arcs du ciel; de sorte que, sur la tenture grise des nuages ou sur un paysage obscur, ils se perdent dans les fonds; dans l'ordre gothique, au contraire, les pointes contrastent avec les arrondissements des cieux et les courbures de l'horizon. Le gothique, étant composé de *vides,* se décore ensuite plus aisément d'herbes et de fleurs que les pleins des ordres grecs. Les filets redoublés des pilastres, les dômes découpés en feuillage ou creusés en forme de cueilloir, deviennent autant de corbeilles où les vents portent, avec la poussière, les semences des végétaux. La joubarbe se cramponne dans le ciment, les mousses emballent d'inégaux décombres dans leur bourre élastique, la ronce fait sortir ses cercles bruns de l'embrasure d'une fenêtre, et le lierre, se traînant le long des cloîtres septentrionaux, retombe en festons dans les arcades.

Il n'est aucune ruine d'un effet plus pittoresque que ces débris : sous un ciel nébuleux, au milieu des vents et des tempêtes, au bord de cette mer dont Ossian a chanté les orages, leur architecture gothique a quelque chose de grand et de sombre comme le Dieu de Sinaï, dont elle perpétue le souvenir. Assis sur un autel brisé, dans les Orcades, le voyageur s'étonne de la tristesse de ces lieux ; un océan sauvage, des syrtes embrumées, des vallées où s'élève la pierre d'un tombeau, des torrents qui coulent à travers la bruyère, quelques pins rougeâtres jetés sur la nudité d'un *morne* flanqué de couches de neige, c'est tout ce qui s'offre aux regards. Le vent circule dans les ruines, et leurs innombrables jours deviennent autant de tuyaux d'où s'échappent des plaintes; l'orgue avait jadis moins de soupirs sous ses voûtes religieuses. De longues herbes tremblent aux ouvertures des dômes. Derrière ces ouvertures on voit fuir la nue et planer l'oiseau des terres boréales. Quelquefois égaré dans sa route, un vaisseau caché sous ses voiles arrondies, comme un esprit des eaux voilé de ses ailes, sillonne les vagues désertes; sous le souffle de l'aquilon, il semble se prosterner à chaque pas, et saluer les mers qui baignent les débris du temple de Dieu.

Ils ont passé sur ces plages inconnues, ces hommes qui adoraient la *Sagesse* qui s'est promenée sous les flots. Tantôt, dans leurs solennités, ils s'avançaient le long des grèves en chantant avec le Psalmiste : « Comme elle est vaste, cette mer qui étend au loin « ses bras spacieux[1] ! » tantôt, assis dans la grotte de *Fingal*, près des soupiraux de l'Océan, ils croyaient entendre cette voix qui disait à Job : Savez-vous qui a enfermé la mer dans des digues, « lorsqu'elle se débordait en sortant du sein de sa mère, *quasi de* « *vulva procedens*[2] ? » La nuit, quand les tempêtes de l'hiver étaient descendues, quand le monastère disparaissait dans des tourbillons, les tranquilles cénobites, retirés au fond de leurs cellules, s'endormaient au murmure des orages; heureux de s'être embarqués dans ce vaisseau du Seigneur, qui ne périra point !

Sacrés débris des monuments chrétiens, vous ne rappelez point, comme tant d'autres ruines, du sang, des injustices et des violences! vous ne racontez qu'une histoire paisible, ou tout au plus que les souffrances mystérieuses du Fils de l'Homme! Et vous, saints ermites, qui, pour arriver à des retraites plus fortunées, vous étiez exilés sous les glaces du pôle, vous jouissez maintenant du fruit de vos sacrifices! S'il est parmi les anges, comme parmi les hommes, des campagnes habitées et des lieux déserts, de même que vous ensevelîtes vos vertus dans les solitudes de la terre, vous aurez sans doute choisi les solitudes célestes pour y cacher votre bonheur!

[1] *Ps.*, c. III, v. 25.
[2] Job, cap. XXXVIII, v. 8

CHAPITRE VI.

HARMONIES MORALES.

DÉVOTIONS POPULAIRES.

Nous quittons les harmonies physiques des monuments religieux et des scènes de la nature pour entrer dans les harmonies morales du christianisme. Il faut placer au premier rang *ces dévotions populaires* qui consistent en certaines croyances et certains rites pratiqués par la foule, sans être avoués, ni absolument proscrits par l'Église. Ce ne sont en effet que des harmonies de la religion et de la nature. Quand le peuple croit entendre la voix des morts dans les vents, quand il parle des fantômes de la nuit, quand il va en pèlerinage pour le soulagement de ses maux, il est évident que ces opinions ne sont que des relations touchantes entre quelques scènes naturelles, quelques dogmes sacrés et la misère de nos cœurs. Il suit de là que, plus un culte a de ces *dévotions populaires,* plus il est poétique, puisque la poésie se fonde sur les mouvements de l'âme et les accidents de la nature, rendus tout mystérieux par l'intervention des idées religieuses.

Il faudrait nous plaindre si, voulant tout soumettre aux règles de la raison, nous condamnions avec rigueur ces croyances qui aident au peuple à supporter les chagrins de la vie, et qui lui enseignent une morale que les meilleures lois ne lui apprendront jamais. Il est bon, il est beau, quoi qu'on en dise, que toutes nos actions soient pleines de Dieu, et que nous soyons sans cesse environnés de ces miracles.

Le peuple est bien plus sage que les philosophes. Chaque fontaine, chaque croix dans un chemin, chaque soupir du vent de la nuit, porte avec lui un prodige. Pour l'homme de foi, la nature est une constante merveille. Souffre-t-il, il prie sa petite image, et il est soulagé. A-t-il besoin de revoir un parent, un ami, il fait un vœu, prend le bâton et le bourdon du pèlerin ; il franchit les Alpes ou les Pyrénées, visite Notre-Dame de Lorette ou Saint-Jacques en Galice ; il se prosterne, il prie le saint de lui rendre un fils (pauvre matelot peut-être errant sur les mers), de sauver une épouse, de prolonger les jours d'un père. Son cœur se trouve allégé. Il part pour retourner à sa chaumière : chargé de coquillages, il fait retentir les hameaux du son de sa conque, et chante dans une complainte naïve la bonté de Marie, mère de Dieu. Chacun veut avoir quelque chose qui ait appartenu au pèlerin. Que de maux guéris par un seul ruban consacré ! Le pèlerin arrive à son village : la première personne qui vient au-devant de lui, c'est sa femme relevée de couches, c'est son fils retrouvé, c'est son père rajeuni.

Heureux, trois et quatre fois heureux ceux qui croient ! ils ne peuvent sourire sans compter qu'ils souriront toujours ; ils ne peuvent pleurer sans penser qu'ils touchent à la fin de leurs larmes. Leurs pleurs ne sont point perdus : la religion les reçoit dans son urne, et les présente à l'Éternel.

Les pas du vrai croyant ne sont jamais solitaires ; un bon ange veille à ses côtés, il lui donne des conseils dans ses songes, il le défend contre le mauvais ange. Ce céleste ami lui est si dévoué, qu'il consent pour lui à s'exiler sur la terre.

Trouvait-on chez les anciens rien de plus admirable qu'une foule de pratiques usitées jadis dans notre religion ! Si l'on rencontrait au coin d'une forêt le corps d'un homme assassiné, on plantait une croix dans ce lieu en signe de miséricorde. Cette croix demandait au Samaritain une larme pour un infortuné, et à l'habitant de la cité fidèle une prière pour son frère. Et puis, ce voyageur était peut-être un étranger tombé loin de son pays, comme cet illustre inconnu sacrifié par la main des hommes, loin de sa patrie céleste ! Quel commerce entre nous et Dieu ! quelle élévation cela ne donnait-il pas à la nature humaine! qu'il est étonnant d'oser trouver des conformités entre nos jours mortels et l'éternelle existence du Maître du monde!

Nous ne parlerons point de ces jubilés substitués aux jeux séculaires, qui plongent les chrétiens dans la piscine du repentir, rajeunissent les consciences, et appellent les pécheurs à l'amnistie de la religion. Nous ne dirons point non plus comment, dans les calamités publiques, les grands et les petits s'en allaient pieds nus d'église en église, pour tâcher de désarmer la colère de Dieu. Le pasteur marchait à leur tête, la corde au cou, humble victime dévouée pour le salut du troupeau.

Mais le peuple ne nourrissait point la crainte de ces fléaux, quand il avait sous son toit le Christ d'ébène, le laurier bénit, l'image du saint, protecteur de la famille. Que de fois on s'est prosterné devant ces reliques, pour demander des secours qu'on n'avait point obtenus des hommes!

Qui ne connaît *Notre-Dame des Bois*, cette habitante du tronc de la vieille épine ou du creux moussu de la fontaine? Elle est célèbre dans le hameau par ses miracles. Maintes matrones vous diront que leurs douleurs dans l'enfantement ont été moins grandes depuis qu'elles ont invoqué la *bonne M.rie des Bois*. Les filles qui ont perdu leurs fiancés ont souvent, au clair de la lune, aperçu les âmes de ces jeunes hommes dans ce lieu solitaire; elles ont reconnu leur voix dans les soupirs de la fontaine. Les colombes qui boivent ses eaux ont toujours des œufs dans leur nid, et les fleurs qui croissent sur ses bords, toujours des boutons sur leur tige. Il était convenable que la sainte des forêts fît des miracles doux comme les mousses qu'elle habite, charmants comme les eaux qui la voilent.

C'est dans les grands événements de la vie que les coutumes religieuses offrent aux malheureux leurs consolations. Nous avons été une fois spectateur d'un naufrage. En arrivant sur la grève, les matelots dépouillèrent leurs vêtements et ne conservèrent que leurs pantalons et leurs chemises mouillées. Ils avaient fait un vœu à la Vierge pendant la tempête. Ils se rendirent en procession à une petite chapelle dédiée à saint Thomas. Le capitaine marchait à leur tête, et le peuple suivait en chantant avec eux, *l'Ave, maris stella*. Le prêtre célébra la messe des naufragés, et les matelots suspendirent leurs habits trempés d'eau de mer, en *ex voto*, aux murs de la chapelle. La philosophie peut remplir ses pages de paroles magnifiques, mais nous doutons que les infortunés viennent jamais suspendre leurs vêtements à son temple.

La mort, si poétique parce qu'elle touche aux choses immortelles, si mystérieuse à cause de son silence, devait avoir mille manières de s'annoncer pour le peuple. Tantôt un trépas se faisait prévoir par les tintements d'une cloche qui sonnait d'elle-même, tantôt l'homme qui devait mourir entendait frapper trois coups sur le plancher de sa chambre. Une religieuse de saint Benoît, près de quitter la terre, trouvait une couronne d'épine blanche sur le seuil de sa cellule. Une mère perdait-elle un fils dans un pays lointain, elle en était instruite à l'instant par ses songes. Ceux qui nient les pressentiments ne connaîtront jamais les routes secrètes par où deux cœurs qui s'aiment communiquent d'un bout du monde à l'autre. Souvent le mort chéri, sortant du tombeau, se présentait à son ami, lui recommandait de dire des prières pour le racheter des flammes et le conduire à la félicité des élus. Ainsi la religion avait fait partager à l'amitié le beau privilége que Dieu a de donner une éternité de bonheur.

Des opinions d'une espèce différente, mais toujours d'un caractère religieux, inspiraient l'humanité : elles sont si naïves qu'elles embarrassent l'écrivain. Toucher au nid d'une hirondelle, tuer un rouge-gorge, un roitelet, un grillon, hôte du foyer champêtre, un chien devenu caduc au service de la famille, c'était une sorte d'impiété qui ne manquait point, disait-on, d'attirer après soi quelque malheur. Par un admirable respect pour la vieillesse, on croyait que les personnes âgées étaient d'un heureux augure dans une maison.

et qu'un ancien domestique portait bonheur à son maître. On retrouve ici quelques traces du culte touchant des *lares*, et l'on se
rappelle la fille de Laban emportant ses dieux paternels.

Le peuple était persuadé que nul ne commet une méchante action sans se condamner à avoir le reste de sa vie d'effroyables apparitions à ses côtés. L'antiquité, plus sage que nous, se serait donné
de garde de détruire ces utiles harmonies de la religion, de la conscience et de la morale. Elle n'aurait point rejeté cette autre opinion,
par laquelle il était tenu pour certain que tout homme qui jouit
d'une prospérité mal acquise a fait un pacte avec l'esprit des ténèbres, et légué son âme aux enfers.

Enfin les vents, les pluies, les soleils, les saisons, les cultures, les
arts, la naissance, l'enfance, l'hymen, la vieillesse, la mort, tout avait
ses saints et ses images, et jamais peuple ne fut plus environné de
divinités amies que ne l'était le peuple chrétien.

Il ne s'agit pas d'examiner rigoureusement ses croyances. Loin
de rien ordonner à leur sujet, la religion servait au contraire à en
prévenir l'abus, et à en corriger l'excès. Il s'agit seulement de savoir
si leur but est moral, si elles tendent mieux que les lois elles-mêmes
à conduire la foule à la vertu. Et quel homme sensé peut en douter?
A force de déclamer contre la superstition, on finira par ouvrir la
voie à tous les crimes. Ce qu'il y aura d'étonnant pour les sophistes,
c'est qu'au milieu des maux qu'ils auront causés, ils n'auront pas
même la satisfaction de voir le peuple plus incrédule. S'il cesse de
soumettre son esprit à la religion, il se fera des opinions monstrueuses,
il sera saisi d'une terreur d'autant plus étrange, qu'il n'en connaîtra
pas l'objet: il tremblera dans un cimetière où il aura gravé que *la
mort est un sommeil éternel;* et, en affectant de mépriser la puissance
divine, il ira interroger la bohémienne, ou chercher ses destinées
dans les bigarrures d'une carte.

Il faut du merveilleux, un avenir, des espérances à l'homme, parce
qu'il se sent fait pour l'immortalité. Les *conjurations,* la *nécroman-*

cie, ne sont chez le peuple que l'instinct de la religion, et une des preuves les plus frappantes de la nécessité d'un culte. On est bien près de tout croire quand on ne croit rien; on a des devins quand on n'a plus de prophètes, des sortiléges quand on renonce aux cérémonies religieuses, et l'on ouvre les antres des sorciers quand on ferme les temples du Seigneur.

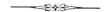

QUATRIÈME PARTIE.

CULTE.

LIVRE PREMIER.

EGLISES, ORNEMENTS, CHANTS, PRIÈRES, SOLENNITÉS, ETC.

CHAPITRE PREMIER.

DES CLOCHES.

Nous allons maintenant nous occuper du culte chrétien. Ce sujet est pour le moins aussi riche que celui des trois premières parties, avec lesquelles il forme un tout complet.

Or, puisque nous nous préparons à entrer dans le temple, parlons premièrement de la cloche qui nous y appelle.

C'était d'abord, ce nous semble, une chose assez merveilleuse d'avoir trouvé le moyen, par un seul coup de marteau, de faire naître, à la même minute, un même sentiment dans mille cœurs divers, et d'avoir forcé les vents et les nuages à se charger des pensées des hommes. Ensuite, considérée comme harmonie, la cloche a indubitablement une beauté de la première sorte : celle que les artistes appellent *le grand*. Le bruit de la foudre est sublime, et ce n'est que par sa grandeur, il en est ainsi des vents, des mers, des volcans, des cataractes, de la voix de tout un peuple.

Avec quel plaisir Pythagore, qui prêtait l'oreille au marteau du forgeron, n'eût-il point écouté le bruit de nos cloches la veille d'une solennité de l'Église! L'âme peut être attendrie par les accords d'une lyre, mais elle ne sera pas saisie d'enthousiasme, comme lorsque la foudre des combats la réveille, ou qu'une pesante sonnerie proclame dans la région des nuées les triomphes du Dieu des batailles.

Et pourtant ce n'était pas là le caractère le plus remarquable du son des cloches; ce son avait une foule de relations secrètes avec nous. Combien de fois, dans le calme des nuits, les tintements d'une agonie, semblables aux lentes pulsations d'un cœur expirant, n'ont-ils point surpris l'oreille d'une épouse adultère? Combien de fois ne sont-ils point parvenus jusqu'à l'athée, qui, dans sa veille impie, osait peut-être écrire qu'il n'y a point de Dieu! La plume échappe de sa main; il écoute avec effroi le glas de la mort, qui semble lui dire: *Est-ce qu'il n'y a point de Dieu?* Oh! que de pareils bruits n'effrayèrent-ils le sommeil de nos tyrans! Étrange religion, qui, au seul coup d'un airain magique, peut changer en tourments les plaisirs, ébranler l'athée, et faire tomber le poignard des mains de l'assassin!

Des sentiments plus doux s'attachaient aussi au bruit des cloches. Lorsque, avec le chant de l'alouette, vers le temps de la coupe des blés, on entendait, au lever de l'aurore, les petites sonneries de nos hameaux, on eût dit que l'ange des moissons, pour réveiller les laboureurs, soupirait, sur quelque instrument des Hébreux, l'histoire de Séphora ou de Noémi. Il nous semble que si nous étions poète, nous ne dédaignerions point cette cloche *agitée par les fantômes,* dans la vieille chapelle de la forêt, ni celle qu'une religieuse frayeur balançait dans nos campagnes pour écarter le tonnerre, ni celle qu'on sonnait la nuit, dans certains ports de mer, pour diriger le pilote à travers les écueils. Les carillons des cloches, au milieu de nos fêtes, semblaient augmenter l'allégresse publique; dans des calamités, au contraire, ces mêmes bruits devenaient terribles. Les cheveux dressent encore sur la tête au souvenir de ces jours de meurtre et de feu, retentissant des clameurs du tocsin. Qui de nous a perdu la mémoire de ces hurlements, de ces cris aigus, entrecoupés de silences, durant lesquels on distinguait de rares coups de fusil, quelque voix lamentable et solitaire, et surtout le bourdonnement de la cloche d'alarme, ou le son de l'horloge qui frappait tranquillement l'heure écoulée ?

Mais, dans une société bien ordonnée, le bruit du tocsin, rappelant une idée de secours, frappait l'âme de piété et de terreur, et faisait couler ainsi les deux sources des sensations tragiques.

Tels sont à-peu-près les sentiments que faisaient naître les sonneries de nos temples ; sentiments d'autant plus beaux, qu'il s'y mêlait un souvenir du ciel. Si les cloches eussent été attachées à tout autre monument qu'à des églises, elles auraient perdu leur sympathie morale avec nos cœurs. C'était Dieu même qui commandait à l'ange des victoires de lancer les *volées* qui publiaient nos triomphes, ou à l'ange de la mort de sonner le départ de l'âme qui venait de remonter à lui. Ainsi, par mille voix secrètes, une société chrétienne correspondait avec la Divinité, et ses institutions allaient se perdre mystérieusement à la source de tout mystère.

Laissons donc les cloches rassembler les fidèles ; car la voix de l'homme n'est pas assez pure pour convoquer au pied des autels le repentir, l'innocence et le malheur. Chez les sauvages de l'Amérique, lorsque des suppliants se présentent à la porte d'une cabane, c'est l'enfant du lieu qui introduit ces infortunés au foyer de son père : si les cloches nous étaient interdites, il faudrait choisir un enfant pour nous appeler à la maison du Seigneur.

CHAPITRE II.

DU VÊTEMENT DES PRÊTRES ET DES ORNEMENTS DE L'ÉGLISE.

On ne cesse de se récrier sur les institutions de l'antiquité, et l'on ne veut pas s'apercevoir que le culte évangélique est le seul débris de cette antiquité qui soit parvenu jusqu'à nous; tout dans l'Église retrace ces temps éloignés dont les hommes ont depuis longtemps quitté les rivages, et où ils aiment encore a égarer leurs pensées. Si l'on fixe les yeux sur le prêtre chrétien, à l'instant on est transporté dans la patrie de Numa, de Lycurgue ou de Zoroastre. La *tiare* nous montre le Mèdre errant sur les débris de Suze et d'Ecbatane; l'*aube*, dont le nom latin rappelle et le lever du jour et la blancheur virginale, offre de douces consonnances avec les idées religieuses; toujours un majestueux souvenir ou une agréable harmonie s'attache aux tissus de nos autels.

Et ces autels chrétiens, modélés comme des tombeaux antiques, et ces images du soleil vivant renfermées dans nos tabernacles, ont-ils quelque chose qui blesse les yeux ou qui choque le goût? Nos calices avaient cherché leurs noms parmi les plantes, et le lis leur avait prêté sa forme; gracieuse concordance entre l'Agneau et les fleurs.

Comme la marque la plus directe de la foi, la croix est aussi l'objet le plus ridicule à de certains yeux. Les Romains s'en étaient moqués, ainsi que les nouveaux ennemis du christianisme; et Tertullien leur avait montré qu'ils employaient eux-mêmes ce signe dans leurs faisceaux d'armes. L'attitude que la croix fait prendre au Fils de l'Homme est sublime : l'affaissement du corps et la tête penchée font un contraste divin avec les bras étendus vers le ciel. Au reste, la nature n'a pas été aussi délicate que les incrédules; elle n'a pas craint de mouler la croix dans une multitude de ses ouvrages : il y a une famille entière de fleurs qui appartient à cette forme, et cette famille se distingue par une inclination à la solitude; la main du Tout-Puissant a aussi placé l'étendard de notre salut parmi les soleils.

L'urne qui renfermait les parfums imitait la forme d'une navette; des feux et d'orantes vapeurs flottaient dans un vase à l'extrémité d'une longue chaîne : là se voyaient les candélabres de bronze doré, ouvrage d'un Cafieri ou d'un Vassé, et images des chandeliers mystiques du roi-poète; ici les vertus cardinales, assises, soutenaient le lutrin triangulaire : des lyres accompagnaient ses faces, un globe terrestre le couronnait, et un aigle d'airain, surmontant ces belles allégories, semblait, sur ses ailes déployées, emporter nos prières vers les cieux. Partout se présentaient et des chaires légèrement suspendues, et des vases surmontés de flammes, et des balcons, et de hautes torchères, et des balustres en marbre, et des stalles sculptées par les charpentiers et les Dugoulon ; et des lampadaires arrondis par les Ballin ; et des Saints-Sacrements de vermeil, dessinés par les Bertrand et les Cotte. Quelquefois les débris des temples des dieux du mensonge servaient à décorer le temple du vrai Dieu; les bénitiers de Saint-Sulpice étaient deux urnes sépulcrales apportées d'Alexandrie : les bassins, les patènes, les eaux lustrales, rappelaient les sacrifices antiques; et toujours venaient se mêler, sans se confondre, les souvenirs de la Grèce et d'Israël.

Enfin, les lampes et les fleurs qui décoraient nos églises servaient à perpétuer la mémoire de ces temps de persécution où les fidèles se rassemblaient pour prier dans les tombeaux. On croyait voir ces premiers chrétiens allumer furtivement leur flambeau sous des arches funèbres, et les jeunes filles apporter des fleurs pour parer l'autel des catacombes : un pasteur, éclatant d'indigence et de bonnes œuvres, consacrait ces dons au Seigneur. C'était alors le véritable règne de Jésus-Christ, le Dieu des petits et des misérables; son autel était pauvre comme ses serviteurs. Mais si les *calices étaient de bois*, les *prêtres étaient d'or*, comme parle saint Boniface ; et jamais on n'a vu tant de vertus évangéliques que dans ces âges où, pour bénir le Dieu de la lumière et de la vie, il fallait se cacher dans la nuit et dans la mort.

CHAPITRE III.

DES CHANTS ET DES PRIÈRES.

On reproche au culte catholique d'employer dans ses chants et ses prières une langue étrangère au peuple, comme si l'on prêchait en latin, que l'office ne fût pas traduit dans tous les livres d'église. D'ailleurs, si la religion, aussi mobile que les hommes, eût changé d'idiome avec eux, comment aurions-nous connu les ouvrages de l'antiquité? Telle est l'inconséquence de notre humeur, que nous blâmons ces mêmes coutumes auxquelles nous sommes redevables d'une partie de nos sciences et de nos plaisirs.

Mais, à ne considérer l'usage de l'Église romaine que sous ses rapports immédiats, nous ne voyons pas ce que la langue de Virgile, conservée dans notre culte (et même en certains temps et en certains lieux la langue d'Homère), peut avoir de si déplaisant. Nous croyons qu'une langue antique et mystérieuse, une langue qui ne varie plus avec les siècles, convenait assez bien au culte de l'Être éternel, incompréhensible, immuable. Et puisque le sentiment de nos maux nous force d'élever vers le Roi des rois une voix suppliante, n'est-il pas naturel qu'on lui parle dans le plus bel idiome de la terre, et dans celui-là même dont se servaient les nations prosternées pour adresser leurs prières aux Césars?

De plus, et c'est une chose remarquable, les oraisons en langue latine semblent redoubler le sentiment religieux de la foule. Ne serait-ce point un effet naturel de notre penchant au secret? Dans le tumulte de ses pensées et des misères qui assiègent sa vie, l'homme,

en prononçant des mots peu familiers ou même inconnus, croit
demander les choses qui lui manquent et qu'il ignore; le vague
de sa prière en fait le charme, et son âme inquiète, qui sait peu ce
qu'elle désire, aime à former des vœux aussi mystérieux que ses
besoins.

Il reste donc à examiner ce qu'on appelle la *barbarie* des cantiques saints.

On convient assez généralement que dans le genre lyrique, les
Hébreux sont supérieurs aux autres peuples de l'antiquité : ainsi
l'Église, qui chante tous les jours les psaumes et les leçons des
prophètes, a donc premièrement un très beau fonds de cantiques.
On ne devine pas trop, par exemple, ce que ceux-ci peuvent avoir
de *ridicule* ou de *barbare* :

N'espérons plus, mon âme, aux promesses du monde, etc. [1].

Qu'aux accents de ma voix la terre se réveille, etc.

J'ai vu mes tristes journées
Décliner vers leur penchant, etc. [2].

L'Église trouve une autre source de chants dans les évangiles et
dans les épîtres des apôtres. Racine, en imitant ces *proses* [3], a
pensé, comme Malherbe et Rousseau, qu'elles étaient dignes de sa
muse. Saint Chrysostome, saint Grégoire, saint Ambroise, saint
Thomas d'Aquin, Coffin, Santeuil, ont réveillé la lyre grecque et
latine dans les tombeaux d'Alcée et d'Horace. Vigilante à louer
le Seigneur, la religion mêle au matin ses concerts à ceux de
l'aurore :

Splendor paternæ gloriæ, etc.

---

[1] Malh., livre I, ode III.
[2] Rouss., livre I, odes III et X.
[3] Voyez le cantique tiré de saint Paul.

>   Source ineffable de lumière,
> Verbe, en qui l'Éternel contemple sa beauté :
> Astre, dont le soleil n'est que l'ombre grossière,
> Sacré jour, dont le jour emprunte sa clarté,
>   Lève-toi, soleil adorable, etc.

Avec le soleil couchant l'Église chante encore (9).

>   *Cœli, Deus sanctissime, etc.*

> Grand Dieu qui fais briller sur la voûte étoilée
>   Ton trône glorieux,
> Et d'une blancheur vive, à la pourpre mêlée,
>   Peins le cintre des cieux.

Cette musique d'Israël, sur la lyre de Racine, ne laisse pas d'avoir quelque charme : on croit moins entendre un son *réel* que cette voix *intérieure et mélodieuse* qui, selon Platon, réveille au matin les hommes épris de la vertu, *en chantant de toute sa force dans leurs cœurs.*

Mais, sans avoir recours à ces hymnes, les prières les plus communes de l'Église sont admirables ; il n'y a que l'habitude de les répéter dès notre enfance qui nous puisse empêcher d'en sentir la beauté. Tout retentirait d'acclamations, si l'on trouvait dans Platon ou dans Sénèque une profession de foi aussi simple, aussi pure, aussi claire que celle-ci :

« Je crois en un seul Dieu, père tout-puissant, créateur du ciel et de la terre, et de toutes les choses visibles et invisibles. »

L'oraison dominicale est l'ouvrage d'un Dieu qui connaissait tous nos besoins : qu'on en pèse bien les paroles :

« *Notre Père qui es aux cieux :* »

Reconnaissance d'un Dieu unique.

« *Que ton nom soit sanctifié ;* »

Culte qu'on doit à la Divinité ; vanité des choses du monde ; Dieu seul mérite d'être sanctifié.

« *Que ton règne nous arrive ;* »

Immortalité de l'âme.

« *Que la volonté soit faite sur la terre comme au ciel;* »

Mot sublime qui comprend les attributs de la Divinité : sainte résignation qui embrasse l'ordre physique et moral de l'univers.

« *Donne-nous aujourd'hui notre pain quotidien;* »

Comme cela est touchant et philosophique ! Quel est le seul besoin réel de l'homme? un peu de pain ; encore il ne le lui faut qu'*aujourd'hui* (*hodie*) ; car demain existera-t-il?

« *Et pardonne-nous nos offenses, comme nous les pardonnons à ceux qui nous ont offensés;* »

C'est la morale et la charité en deux mots.

« *Ne nous laisse point succomber à la tentation; mais délivre-nous du mal.*

Voilà le cœur humain tout entier; voilà l'homme et sa faiblesse. Qu'il ne demande point des forces pour vaincre; qu'il ne prie que pour n'être point attaqué, que pour ne point souffrir. Celui qui a créé l'homme pouvait seul le connaître aussi bien.

Nous ne parlerons point de la salutation angélique, véritablement pleine de grâce, ni de cette confession que le chrétien fait chaque jour aux pieds de l'Éternel. Jamais les lois ne remplaceront la moralité d'une telle coutume. Songe-t-on quel frein c'est pour l'homme que cet aveu pénible qu'il renouvelle matin et soir : *J'ai péché par mes pensés, par mes paroles, par mes œuvres.* Pythagore avait recommandé une pareille confession à ses disciples : il était réservé au christianisme de réaliser ces songes de vertu que rêvaient les sages de Rome et d'Athènes.

En effet, le christianisme est à la fois une sorte de secte philosophique et une antique législation. De là lui viennent les abstinences, les jeûnes, les veilles, dont on retrouve des traces dans les anciennes républiques, et que pratiquaient les écoles savantes de l'Inde, de l'Égypte et de la Grèce : plus on examine le fond de la question, plus on est convaincu que la plupart des insultes prodiguées au culte chrétien retombent sur l'antiquité. Mais revenons aux prières

Les actes de foi, d'espérance, de charité, de contrition, disposaient encore leur cœur à la vertu : les oraisons des cérémonies chrétiennes, relatives à des objets civils ou religieux, ou même à de simples accidents de la vie, présentaient des convenances parfaites, des sentiments élevés, de grands souvenirs et un style à la fois simple et magnifique. A la messe des noces, le prêtre lisait l'épître de saint Paul : « *Mes frères, que les femmes soient soumises à leurs maris comme au Seigneur.* » Et à l'évangile : *En ce temps-là, les Pharisiens s'approchèrent de Jésus pour le tenter, et lui dirent : Est-il permis à un homme de quitter sa femme ?... il leur répondit : Il est écrit que l'homme quittera son père et sa mère, et s'attachera à sa femme.* »

A la bénédiction nuptiale, le célébrant, après avoir répété les paroles que Dieu même prononça sur Adam et Ève : *Crescite et multiplicamini*, ajoutait :

« O Dieu, unissez, s'il vous plaît, les esprits de ces époux, et versez dans leurs cœurs une sincère amitié. Regardez d'un œil favorable votre servante.... Faites que son joug soit un joug d'amour et de paix ; faites que, chaste et fidèle, elle suive toujours l'exemple des femmes fortes ; qu'elle se rende aimable à son mari comme Rachel ; qu'elle soit sage comme Rebecca ; qu'elle jouisse d'une longue vie, et qu'elle soit fidèle comme Sara... qu'elle obtienne une heureuse fécondité, qu'elle mène une vie pure et irréprochable, afin d'arriver au repos des saints et au royaume du ciel ; faites, Seigneur, qu'ils voient tous deux les enfants de leurs enfants jusqu'à la troisième et quatrième génération, et qu'ils parviennent à une heureuse vieillesse. »

A la cérémonie des *relevailles*, on chantait le psaume *Nisi Dominus* : « Si l'Éternel ne bâtit la maison, c'est en vain que travaillent ceux qui la bâtissent. »

Au commencement du carême, à la cérémonie de la *commination*, ou de la dénonciation de la colère céleste, on prononçait ces malédictions du Deutéronome :

« Maudit celui qui a méprisé son père et sa mère.

« Maudit celui qui égare l'aveugle en chemin, etc. »

Dans la visite aux malades, le prêtre disait en entrant :

« *Paix à cette maison et à ceux qui l'habitent.* » Puis, au chevet du lit de l'infirme :

« Père de miséricorde, conserve et retiens ce malade dans le corps de ton Église, comme un de ses membres. Aie égard à sa contrition, reçois ses larmes, soulage ses douleurs. »

Ensuite il lisait le psaume *In te, Domine :*

« Seigneur, je me suis retiré vers toi, délivre-moi par ta justice. »

Quand on se rappelle que c'était presque toujours des misérables que le prêtre allait visiter ainsi, sur la paille où ils étaient couchés, combien ces oraisons chrétiennes paraissent encore plus divines !

Tout le monde connaît les belles prières des *Agonisants.* On lit d'abord l'oraison PROFICISCERE : *Sortez de ce monde, âme chrétienne;* ensuite cet endroit de la Passion : *En ce temps-là, Jésus étant sorti, s'en alla à la montagne des Oliviers, etc.;* puis le psaume *Miserere mei;* puis cette lecture de l'Apocalypse : *En ces jours-là j'ai vu des morts, grands et petits, qui comparurent devant le trône, etc.;* enfin, la vision d'Ézéchiel : *La main du Seigneur fut sur moi, et m'ayant mené dehors par l'esprit du Seigneur, elle me laissa au milieu d'une campagne qui était couverte d'ossements. Alors le Seigneur me dit : Prophétise à l'esprit; fils de l'homme, dis à l'esprit; Venez des quatre vents, et soufflez sur ces morts, afin qu'ils revivent, etc.*

Pour les incendies, pour les pestes, pour les guerres, il y avait des prières marquées. Nous nous souviendrons toute notre vie d'avoir entendu lire, pendant un naufrage où nous nous trouvions nous-même engagé, le psaume *Confitemini Domino :* « Confessez-le, Seigneur, parce qu'il est bon.... »

« Il commande, et le souffle de la tempête s'est élevé, et les vagues se sont amoncelées.... Alors les mariniers crient vers le Seigneur dans leur détresse, et il les tire de danger. »

« Il arrête la tourmente, et la change en calme, et les flots de la mer s'apaisent. »

Vers le temps de Pâques, Jérémie se réveillait dans la poudre de Sion pour pleurer le Fils de l'Homme ; l'Église empruntait ce qu'il y a de plus beau et de plus triste dans les Pères et dans la Bible, afin d'en composer les chants de cette semaine consacrée au plus grands des martyrs, qui est aussi la plus grande des douleurs. Il n'y avait pas jusqu'aux litanies qui n'eussent des cris ou des élans admirables, témoin ces versets *des litanies de la Providence :*

Providence de Dieu, consolation de l'âme pèlerine ;
Providence de Dieu, espérance du pécheur délaissé
Providence de Dieu, calme dans les tempêtes :
Providence de Dieu, repos du cœur, etc. :
Ayez pitié de nous.

Enfin nos cantiques gaulois, les noëls même de nos aïeux, vaient aussi leur mérite ; on y sentait la naïveté, et comme la raîcheur de la foi. Pourquoi, dans nos missions de campagne, se sentait-on attendri, lorsque des laboureurs venaient à chanter au *salut.*

Adorons tous, ô mystère ineffable !
Un Dieu caché, etc.

C'est qu'il y avait dans ces voix champêtres un accent irrésistible de vérité et de conviction. Les noëls, qui peignaient les scènes rustiques, avaient un tour plein de grâce dans la bouche de la paysanne. Lorsque le bruit du fuseau accompagnait ses chants, que ses enfants, appuyés sur ses genoux, écoutaient avec une grande attention l'histoire de l'Enfant-Jésus et de sa crèche, on aurait en vain cherché des airs plus doux et une religion plus convenable à une mère.

CHAPITRE IV.

DES SOLENNITÉS DE L'ÉGLISE.

DU DIMANCHE.

Nous avons déjà fait remarquer [1] la beauté de ce septième jour, qui correspond à celui du repos du Créateur; cette division du temps fut connue de la plus haute antiquité. Il importe peu de savoir à présent si c'est une obscure tradition de la création transmise au genre humain par les enfants de Noé, ou si les pasteurs retrouvèrent cette division par l'observation des planètes; mais il est du moins certain qu'elle est la plus parfaite qu'aucun législateur ait employée. Indépendamment de ses justes relations avec la force des hommes et des animaux, elle a ces harmonies géométriques que les anciens cherchaient toujours à établir entre les lois particulières et les lois générales de l'univers, elle donne le six pour le travail; et le six, par deux multiplications, engendre les trois cent soixante jours de l'année antique, et les trois cent soixante degrés de la circonférence. On pouvait donc trouver magnificence et philosophie dans cette loi religieuse, qui divisait le cercle de nos labeurs ainsi que le cercle décrit par les astres dans leur révolution; comme si l'homme n'avait d'autre terme de ses fatigues que la consommation des siècles, ni de moindres espaces à remplir de ses douleurs, que tous les temps.

Le calcul décimal peut convenir à un peuple mercantile; mais il n'est ni beau, ni commode dans les autres rapports de la vie, et dans les équations célestes. La nature l'emploie rarement: il gêne l'année et le cours du soleil; et la loi de la pesanteur ou de la gravitation, peut-être l'unique loi de l'univers, s'accomplit par le *carré*,

---

[1] Première partie, liv, II, chap. 1.

et non par le *quintuple* des distances. Il ne s'accorde pas davantage avec la naissance, la croissance et le développement des espèces : presque toutes les femelles portent par le trois, le neuf, le douze, qui appartient au calcul seximal [1].

On sait maintenant, par expérience, que le cinq est un jour trop près, et le dix un jour trop loin pour le repos. La Terreur, qui pouvait tout en France, n'a jamais pu forcer le paysan à remplir la décade, parce qu'il y a impuissance dans les forces humaines, et même, comme on l'a remarqué, dans les forces des animaux. Le bœuf ne peut labourer neuf jours de suite; au bout du sixième, ses mugissements semblent demander les heures marquées par le Créateur pour le repos général de la créature [2].

Le dimanche réunissait deux grands avantages : c'était à la fois un jour de plaisir et de religion. Il faut sans doute que l'homme se délasse de ses travaux; mais comme il ne peut être atteint dans ses loisirs par la loi civile, le soustraire en ce moment à la loi religieuse, c'est le délivrer de tout frein, c'est le replonger dans l'état de nature, et lâcher une espèce de sauvage au milieu de la société. Pour prévenir ce danger, les anciens même avaient fait aussi du jour de *repos* un jour *religieux ;* et le christianisme avait consacré cet exemple.

Cependant cette journée de la bénédiction de la terre, cette journée du repos de Jéhovah, choqua les esprits d'une Convention *qui avait fait alliance avec la mort, parce qu'elle était d'une telle société* [3]. Après six mille ans d'un consentement universel, après soixante siècles d'Hosannah, la sagesse des Danton, levant la tête, osa juger mauvais l'ouvrage que l'Éternel avait trouvé bon. Elle crut qu'en nous replongeant dans le chaos, elle pourrait substituer la tradition de ses ruines et de ses ténèbres à celle de la naissance

---

[1] Voyez BUFFON.
[2] Les paysans disaient : « Nos bœufs connaissent le dimanche, et ne veulent pas travailler ce jour-là. »
[3] *Sap.,* cap. I, v. 16.

de la lumière et de l'ordre des mondes ; elle voulut séparer le peuple français des autres peuples, et en faire, comme les Juifs, une caste ennemie du genre humain : un dixième jour, auquel s'attachait pour tout honneur la mémoire de Robespierre, vint remplacer cet antique sabbat, lié au souvenir du berceau des temps, ce jour sanctifié par la religion de nos pères, chômé par cent millions de chrétiens sur la surface du globe, fêté par les saints et les milices célestes, et, pour ainsi dire, gardé par Dieu même dans les siècles de l'é-ternité.

CHAPITRE V.

EXPLICATION DE LA MESSE.

Il y a un argument si simple et si naturel en faveur des cérémonies de la messe, que l'on ne conçoit pas comment il est échappé aux catholiques dans leurs disputes avec les protestants. Qu'est-ce qui constitue le culte dans une religion quelconque? C'est le *sacrifice*. Une religion qui n'a pas de sacrifice n'a pas de culte proprement dit. Cette vérité est incontestable, puisque, chez les divers peuples de la terre, les cérémonies religieuses sont nées du sacrifice, et que ce n'est pas le sacrifice qui est sorti des cérémonies religieuses. D'où il faut conclure que le seul peuple chrétien qui ait un culte est celui qui conserve une immolation.

Le principe étant reconnu, on s'attachera peut-être à combattre la forme. Si l'objection se réduit à ces termes, il n'est pas difficile de prouver que la messe est le plus beau, le plus mystérieux et le plus divin des sacrifices.

Une tradition universelle nous apprend que la créature s'est jadis rendue coupable envers le Créateur. Toutes les nations ont cherché à apaiser le ciel ; toutes ont cru qu'il fallait une victime ; toutes en

ont été si persuadées, qu'elles ont commencé par offrir l'homme
lui-même en holocauste : c'est le sauvage qui eut d'abord recours
à ce terrible sacrifice, comme étant plus près, par sa nature, de la
sentence originelle, qui demandait la mort de l'homme.

Aux victimes humaines, on substitua dans la suite le sang des
animaux ; mais dans les grandes calamités on revenait à la première
coutume ; des oracles revendiquaient les enfants mêmes des rois :
la fille de Jephté, Isaac, Iphigénie, furent reclamés par le ciel ; Cur-
tius et Codrus se dévouèrent pour Rome et Athènes.

Cependant le sacrifice humain dut s'abolir le premier, parce qu'il
appartenait à l'état de la nature, où l'homme est presque tout *physique ;* on continua longtemps à immoler des animaux ; mais quand
la société commença à vieillir, quand on vint à réfléchir sur l'ordre
des choses divines, on s'aperçut de l'insuffisance du sacrifice matériel ; on comprit que le sang des boucs et des génisses ne pouvait
racheter un être intelligent et capable de vertu. On chercha donc
une hostie plus digne de la nature humaine. Déjà les philosophes
enseignaient que les dieux ne se laissaient point toucher par des
hécatombes, et qu'ils n'acceptent que l'offrande d'un cœur humilié :
Jésus-Christ confirma ces notions vagues de la raison. L'Agneau
mystique, dévoué pour le salut universel, remplaça le premier-né
des brebis ; et à l'immolation de l'homme *physique* fut à jamais
substituée l'immolation des passions, ou le sacrifice de l'homme
moral.

Plus on approfondira le christianisme, plus on verra qu'il n'est
que le développement des lumières naturelles, et le résultat nécessaire
de la vieillesse de la société. Qui pourrait aujourd'hui souffrir le
sang infect des animaux autour d'un autel, et croire que la dépouille d'un bœuf rend le ciel favorable à nos prières ? Mais l'on
conçoit fort bien qu'une victime spirituelle, offerte chaque jour pour
les péchés des hommes, peut être agréable au Seigneur.

Toutefois, pour la conservation du culte extérieur, il fallait un
signe, symbole de la victime morale. Jésus-Christ, avant de quitter

la terre, pourvut à la grossièreté de nos sens, qui ne peuvent se passer de l'objet matériel : il institua l'Eucharistie, où, sous les espèces visibles du pain et du vin, il cacha l'offrande invisible de son sang et de nos cœurs. Telle est l'explication du sacrifice chrétien; explication qui ne blesse ni le bon sens ni la philosophie; et si le lecteur veut la méditer un moment, peut-être lui ouvrira-t-elle quelques nouvelles vues sur les saints abimes de nos mystères.

CHAPITRE VI.

CÉRÉMONIES ET PRIÈRES DE LA MESSE.

Il ne reste donc plus qu'à justifier les rites du sacrifice. (10) Or, supposons que la messe soit une cérémonie antique dont on trouve les prières et la description dans les jeux séculaires d'Horace, ou dans quelques tragédies grecques : comme nous ferions admirer ce dialogue qui ouvre le sacrifice chrétien!

ɣ. *Je m'approcherai de l'autel de Dieu.*

ʀ. *Du Dieu qui réjouit ma jeunesse.*

ɣ. *Faites luire votre lumière et votre vérité; elles m'ont conduit dans vos tabernacles et sur votre montagne sainte.*

ʀ. *Je m'approcherai de l'autel de Dieu, du Dieu qui réjouit ma jeunesse.*

ɣ. *Je chanterai vos louanges sur la harpe, ô Seigneur! Mais, mon âme, d'où vient ta tristesse, et pourquoi me troubles-tu?*

ʀ. *Espérez en Dieu, etc.*

Ce dialogue est un véritable poëme lyrique entre le prêtre et le catéchumène : le premier, plein de jours et d'expérience, gémit sur la misère de l'homme pour lequel il va offrir le sacrifice; le second, rempli d'espoir et de jeunesse, chante la victime par qui il sera racheté.

Vient ensuite le *Confiteor*, prière admirable par sa moralité. Le prêtre implore la miséricorde du Tout-Puissant pour le peuple et pour lui-même.

Le dialogue recommence.

v. *Seigneur, écoutez ma prière!*

r. *Et que mes cris s'élèvent jusqu'à vous.*

Alors le sacrificateur monte à l'autel, s'incline, et baise avec respect la pierre qui, dans les anciens jours, cachait les os des martyrs.

Souvenirs des catacombes.

En ce moment le prêtre est saisi d'un feu divin : comme les prophètes d'Israël, il entonne le cantique chanté par les anges sur le berceau du Sauveur, et dont Ézéchiel entendit une partie dans la nue.

« Gloire à Dieu dans les hauteurs du ciel, et paix aux hommes de bonne volonté sur la terre! Nous vous louons, nous vous bénissons, nous vous adorons, Roi du ciel, dans votre gloire immense! etc. »

L'épître succède au cantique. L'ami du Rédempteur du monde, Jean, fait entendre des paroles pleines de douceur, ou le sublime Paul, insultant à la mort, découvre les mystères de Dieu. Prêt lire une leçon de l'Évangile, le prêtre s'arrête et supplie l'Éternel de purifier ses lèvres avec le charbon de feu dont il toucha les lèvres d'Isaïe. Alors les paroles de Jésus-Christ retentissent dans l'assemblée : c'est le jugement sur la femme adultère; c'est le Samaritain versant le baume dans les plaies du voyageur; ce sont les petits enfants bénis dans leur innocence.

Que peuvent faire le prêtre et l'assemblée, après avoir entendu de telles paroles? Déclarer sans doute qu'ils croient fermement à l'existence d'un Dieu qui laissa de tels exemples à la terre. Le symbole de la foi est donc chanté en triomphe. La philosophie, qui se pique d'applaudir aux grandes choses, aurait dû remarquer que c'est la première fois que tout un peuple a professé publiquement le dogme de l'unité d'un Dieu : *Credo in unum Deum.*

Cependant le sacrificateur prépare l'hostie *pour lui, pour les vivants, pour les morts.* Il présente le calice : « *Seigneur, nous vous offrons la coupe de notre salut.* » Il bénit le pain et le vin. « *Venez, Dieu éternel, bénissez ce sacrifice.* » Il lave ses mains.

« *Je laverai mes mains entre les innocents.... Oh! ne me faites point finir mes jours parmi ceux qui aiment le sang.* »

Souvenirs des persécutions.

Tout étant préparé, le célébrant se tourne vers le peuple et dit :

« *Priez, mes frères.* »

Le peuple répond :

« *Que le Seigneur reçoive de vos mains ce sacrifice.* »

Le prêtre reste un moment en silence, puis tout-à-coup annonçant l'éternité : *Per omnia sœcula sœculorum,* il s'écrie :

« *Élevez vos cœurs !* »

Et mille voix répondent :

« *Habemus ad Dominum : Nous les élevons vers le Seigneur.* »

La préface est chantée sur l'antique mélopée ou récitatif de la tragédie grecque; les Dominations, les Puissances, les Vertus, les Anges et les Séraphins sont invités à descendre avec la grande victime, et à répéter, avec le cœur des fidèles, le triple *Sanctus* et l'*Hosannah* éternel.

Enfin l'on touche au moment redoutable. Le *canon*, où la loi éternelle est gravée, vient de s'ouvrir : la consécration s'achève par les paroles mêmes de Jésus-Christ. « *Seigneur,* dit le prêtre en s'inclinant profondément, *que l'hostie sainte vous soit agréable comme les dons d'Abel le juste, comme le sacrifice d'Abraham notre patriarche, comme celui de votre grand prêtre Melchisédech. Nous vous supplions d'ordonner que ces dons soient portés à votre autel sublime par les mains de votre ange, en présence de votre divine majesté.* »

A ces mots le mystère s'accomplit, l'Agneau descend pour être immolé :

O moment solennel ! ce peuple prosterné,
Ce temple dont la mousse a couvert les portiques,
Ses vieux murs, son jour sombre et ses vitraux gothiques ;
Cette lampe d'airain qui, dans l'antiquité,
Symbole du soleil et de l'éternité,
Luit devant le Très-Haut, jour et nuit suspendue ;
La majesté d'un Dieu parmi nous descendue ;
Les pleurs, les vœux, l'encens qui monte vers l'autel.
Et de jeunes beautés qui, sous l'œil maternel,
Adoucissent encor par leur voix innocente
De la religion la pompe attendrissante ;
Cet orgue qui se tait, ce silence pieux,
L'invisible union de la terre et des cieux,
Tout enflamme, agrandit, émeut l'homme sensible :
Il croit avoir franchi ce monde inaccessible,
Où sur des harpes d'or l'immortel séraphin
Aux pieds de Jéhovah chante l'hymne sans fin.
Alors de toutes parts un Dieu se fait entendre ;
Il se cache au savant, se révèle au cœur tendre.
Il doit moins se prouver qu'il ne doit se sentir ² (11).

CHAPITRE VII.

LA FÊTE-DIEU.

Il n'en est pas des fêtes chrétiennes comme des cérémonies du
paganisme ; on n'y traîne pas en triomphe un bœuf-dieu, un bouc
sacré ; on n'est pas obligé, sous peine d'être mis en prison, d'adorer
un chat ou un crocodile, ou de se rouler ivre dans les rues, en
commettant toutes sortes d'abominations pour Vénus, Flore ou Bacchus : dans nos solennités, tout est essentiellement moral. Si l'É-
glise en a seulement banni les danses ², c'est qu'elle sait combien

¹ *Le jour des Morts*, par M. DE FONTANES. La Harpe a dit que ce sont la
vingt des plus beaux vers de la langue française : nous ajouterons qu'ils peignent avec la dernière exactitude le sacrifice chrétien.
² Elles sont cependant en usage dans quelques pays, comme dans l'Amérique méridionale, parce que parmi les sauvages chrétiens il règne encore une
grande innocence.

de passions se cachent sous ce plaisir en apparence innocent. Le Dieu des chrétiens ne demande que les élans du cœur et les mouvements égaux d'une âme qui règle le plaisible concert des vertus. Et quelle est, par exemple, la solennité païenne qu'on peut opposer à la fête où nous célébrons le nom du Seigneur?

Aussitôt que l'aurore a annoncé la fête du Roi du monde, les maisons se couvrent de tapisseries de laine et de soie, les rues se jonchent de fleurs, et les cloches appellent au temple la troupe des fidèles. Le signal est donné : tout s'ébranle, et la pompe commence à défiler.

On voit paraître d'abord les corps qui composent la société des peuples. Leurs épaules sont chargées de l'image des protecteurs de leurs tribus, et quelquefois des reliques de ces hommes qui, nés dans une classe inférieure, ont mérité d'être adorés des rois par leurs vertus : sublime leçon que la religion chrétienne a seule donnée à la terre.

Après ces groupes populaires, on voit s'élever l'étendard de Jésus-Christ, qui n'est plus un signe de douleur, mais une marque de joie. A pas lents s'avance sur deux files une longue suite de ces époux de la solitude, de ces enfants du torrent et du rocher, dont l'antique vêtement retrace à la mémoire d'autres mœurs et d'autres siècles. Le clergé séculier vient après ces solitaires : quelquefois des prélats, revêtus de la pourpre romaine, prolongent encore la chaîne religieuse. Enfin, le pontife de la fête apparaît seul dans le lointain : ses mains soutiennent la radieuse Eucharistie, qui se montre sous un dais à l'extrémité de la pompe, comme on voit quelquefois le soleil briller sous un nuage d'or, au bout d'une avenue illuminée de ses feux.

Cependant des groupes d'adolescents marchent entre les rangs de la procession : les uns présentent des corbeilles de fleurs, les autres les vases de parfums. Au signal répété par le maître des pompes, les choristes se retournent vers l'image du soleil éternel, et font voler des roses effeuillées sur son passage. Des lévites, en

tuniques blanches, balancent l'encensoir devant le Très-Haut. Alors
des chants s'élèvent le long des lignes saintes : le bruit des cloches
et le roulement des canons annoncent que le Tout-Puissant a franchi le seuil de son temple. Par intervalles, les voix et les instruments se taisent, et un silence aussi majestueux que celui des
grandes mers [1] dans un jour de calme, règne parmi cette multitude
recueillie : on n'entend plus que ses pas mesurés sur les pavés re-
tentissants.

Mais où va-t-il, ce Dieu redoutable dont les puissances de la
terre proclament ainsi la majesté? Il va se reposer sous des tentes
de lin, sous des arches de feuillages, qui lui présentent, comme au
jour de l'ancienne alliance, des temples innocents et des retraites
champêtres. Les humbles de cœur, les pauvres, les enfants le précèdent; les juges, les guerriers, les potentats le suivent. Il marche entre
la simplicité et la grandeur, comme en ce mois qu'il a choisi pour
sa fête, il se montre aux hommes entre la saison des fleurs et celle
des foudres.

Les fenêtres et les murs de la cité sont bordés d'habitants dont
le cœur s'épanouit à cette fête du Dieu de la patrie : le nouveau-né
tend les bras au Jésus de la montagne, et le vieillard, penché vers
la tombe, se sent tout-à-coup délivré de ses craintes; il ne sait quelle
assurance de vie le remplit de joie à la vue du Dieu vivant.

Les solennités du christianisme sont coordonnées d'une manière
admirable aux scènes de la nature. La fête du Créateur arrive au
moment où la terre et le ciel déclarent sa puissance, où les bois et
les chants fourmillent de générations nouvelles : tout est uni par
les plus doux liens; il n'y a pas une seule plante veuve dans les
campagnes.

La chute des feuilles, au contraire, amène la fête des Morts pour
l'homme, qui tombe comme les feuilles des bois.

Au printemps, l'Église déploie dans nos hameaux une autre

---

[1] *Bibl. Sacra.*

pompe. La Fête-Dieu convient aux splendeurs des cours, les Roga-
tions aux naïvetés du village. L'homme rustique sent avec joie son
âme s'ouvrir aux influences de la religion, et sa glèbe aux rosées
du ciel : heureux celui qui portera des moissons utiles, et dont le
cœur humble s'inclinera sous ses propres vertus, comme le chaume
sous le grain dont il est chargé !

CHAPITRE VIII.

LES ROGATIONS.

Les cloches du hameau se font entendre, les villageois quittent
leurs travaux, le vigneron descend de la colline, le laboureur accourt de la plaine, le bûcheron sort de la forêt; les mères, fer-
mant leurs cabanes, arrivent avec leurs enfants, et les jeunes
filles laissent leurs fuseaux, leurs brebis et les fontaines, pour assister à la fête.

On s'assemble dans le cimetière de la paroisse, sur les tombes
verdoyantes des aïeux. Bientôt on voit paraître tout le clergé destiné à la cérémonie : c'est un vieux pasteur qui n'est connu que
sous le nom de *curé ;* et ce nom vénérable, dans lequel est venu se
perdre le sien, indique moins le ministre du temple que le père
laborieux du troupeau. Il sort de sa retraite, bâtie auprès de la demeure des morts, dont il surveille la cendre. Il est établi dans son
presbytère, comme une garde avancée aux frontières de la vie, pour
recevoir ceux qui entrent et ceux qui sortent de ce royaume des
douleurs. Un puits, des peupliers, une vigne autour de sa fenêtre, quelques colombes, composent l'héritage de ce roi des sacrifices.

Cependant l'apôtre de l'Évangile, revêtu d'un simple surplis, as-

semble ses ouailles devant la grande porte de l'église; il leur fait
un discours, fort beau sans doute, à en juger par les larmes de
l'assistance. On lui entend souvent répéter : *Mes enfants, mes chers
enfants;* et c'est là tout le secret de l'éloquence du Chrysostome
champêtre.

Après l'exhortation, l'assemblée commence à marcher en chantant : « *Vous sortirez avec plaisir, et vous serez reçu avec joie;
les collines bondiront et vous entendront avec joie.* » L'étendard
des saints, antique bannière des temps chevaleresques, ouvre la
carrière au troupeau, qui suit pêle-mêle avec son pasteur. On
entre dans des chemins ombragés et coupés profondément par la
roue des chars rustiques; on franchit de hautes barrières formées
d'un seul tronc de chêne; on voyage le long d'une haie d'aubé-
pine où bourdonne l'abeille, et où sifflent les bouvreuils et les
merles. Les arbres sont couverts de leurs fleurs ou parés d'un
naissant feuillage. Les bois, les vallons, les rivières, les rochers
entendent tour-à-tour les hymnes des laboureurs. Étonnés de ces
cantiques, les hôtes des champs sortent des blés nouveaux, et
s'arrêtent à quelque distance pour voir passer la pompe villa-
geoise.

La procession rentre enfin au hameau. Chacun retourne à son
ouvrage : la religion n'a pas voulu que le jour où l'on demande à
Dieu les biens de la terre fût un jour d'oisiveté. Avec quelle espérance on enfonce le soc dans le sillon, après avoir imploré celui
qui dirige le soleil et qui garde dans ses *trésors* les vents du midi
et les tièdes ondées! Pour bien achever un jour si saintement commencé, les anciens du village viennent, à l'entrée de la nuit, con-
verser avec le curé, qui prend son repas du soir sous les peupliers
de sa cour. La lune répand alors les dernières harmonies sur cette
fête, que ramènent chaque année le mois le plus doux et le cours
de l'astre le plus mystérieux. On croit entendre de toutes parts les
blés germer dans la terre, et les plantes croître et se développer :
des voies inconnues s'élèvent dans le silence des bois, comme le

chœur des anges champêtres dont on a imploré le secours : et les
soupirs du rossignol parviennent à l'oreille des vieillards assis non
loin des tombeaux.

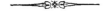

CHAPITRE IX.

DE QUELQUES FÊTES CHRÉTIENNES.

LES ROIS, NOEL, ETC.

Ceux qui n'ont jamais reporté leurs cœurs vers ces temps de foi,
où un acte de religion était une fête de famille, et qui méprisent des
plaisirs qui n'ont pour eux que leur innocence; ceux-là, sans men-
tir, sont bien à plaindre. Du moins, en nous privant de ces simples
amusements, nous donneront-ils quelque chose? Hélas! ils l'ont
essayé. La Convention eut ses jours sacrés : alors la famine était
appelée *sainte*, et l'*Hosannah* était changé dans le cri de *vive la
mort!* Chose étrange! des hommes puissants, parlant au nom de
l'égalité et des passions, n'ont jamais pu fonder une fête; et le
saint le plus obscur, qui n'avait jamais prêché que pauvreté, obéissance, renoncement aux biens de la terre, avait sa solennité au
moment même où la pratique de son culte exposait la vie. Ap-
prenons, par là, que toute fête qui se rallie à la religion et à
la mémoire des bienfaits, est la seule qui soit durable. Il ne suffit pas de dire aux hommes : *Réjouissez-vous*, pour qu'ils se ré-
jouissent; on ne crée pas des jours de plaisirs comme des jours
de deuil, et l'on ne commande pas les ris aussi facilement qu'on peut
faire couler les larmes.

Tandis que la statue de Marat remplaçait celle de saint Vincent
de Paule, tandis qu'on célébrait ces pompes dont les anniversaires
seront marqués dans nos fastes comme des jours d'éternelle dou-

leur, quelque pieuse famille chômait en secret une fête chrétienne, et la religion mêlait encore un peu de joie à tant de tristesse. Les cœurs simples ne se rappellent point sans attendrissement ces heures d'épanchement où les familles se rassemblaient autour des gâteaux qui retraçaient les présents des Mages. L'aïeul, retiré pendant le reste de l'année au fond de son appartement, reparaissait dans ce jour comme la divinité du foyer paternel. Ses petits-enfants, qui depuis longtemps ne rêvaient que la fête attendue, entouraient ses genoux, et le rajeunissaient de leur jeunesse. Les fronts respiraient la gaîté, les cœurs étaient épanouis : la salle du festin étai merveilleusement décorée, et chacun prenait un vêtement nouveau. Au choc des verres, aux éclats de la joie, on tirait au sort ces royautés qui ne coûtaient ni soupirs ni larmes : on se passait ces sceptres, qui ne pesaient point dans la main de celui qui les portait. Souvent une fraude, qui redoublait l'allégresse des sujets, et n'excitait que les plaintes de la souveraine, faisait tomber la fortune à la fille du lieu et au fils du voisin, dernièrement arrivé de l'armée. Les jeunes gens rougissaient, embarrassés qu'ils étaient de leur couronne; les mères souriaient, et l'aïeul vidait sa coupe à la nouvelle reine.

Or, le curé, présent à la fête, recevait, pour la distribuer avec d'autres secours, cette première part, appelée *la part des pauvres*. Des jeux de l'ancien temps, un bal dont quelque vieux serviteur était le premier musicien, prolongeaient les plaisirs; et la maison entière, nourrices, enfants, fermiers, domestiques et maîtres, dansaient ensemble la ronde antique.

Ces scènes se répétaient dans toute la chrétienté; depuis le palais jusqu'à la chaumière, il n'y avait point de laboureur qui ne trouvât moyen d'accomplir, ce jour-là, le souhait du Béarnais. Et quelle succession de jours heureux! Noël, le premier jour de l'An, la fête des Mages, les plaisirs qui précèdent la pénitence! En ce temps-là les fermiers renouvelaient leur bail, les ouvriers recevaient leur paiement : c'était le moment des mariages, des présents, des charités, des visites : le client voyait le juge, le juge le client : les corps de métiers, les confréries, les prévôtés, les cours de justice, les universités, les mairies s'assemblaient selon des usages gaulois et de vieilles cérémonies; l'infirme et le pauvre étaient soulagés. L'obligation où l'on était de recevoir son voisin à cette époque faisait qu'on vivait bien avec lui le reste de l'année, et par ce moyen la paix et l'union régnaient dans la société.

On ne peut douter que ces institutions ne servissent puissamment au maintien des mœurs, en entretenant la cordialité et l'amour entre les parents. Nous sommes déjà bien loin de ces temps où une femme, à la mort de son mari, venait trouver son fils aîné, lui remettait les clés, et lui rendait les comptes de la maison comme au chef de la famille. Nous n'avons plus cette haute idée de la dignité de l'homme, que nous inspirait le christianisme. Les mères et les enfants aiment mieux tout devoir aux articles d'un contrat, que de se fier aux sentiments de la nature, et la loi est mise partout à la place des mœurs.

Ces fêtes chrétiennes avaient d'autant plus de charmes, qu'elles existaient de toute antiquité, et l'on trouvait avec plaisir, en remontant dans le passé, que nos aïeux s'étaient réjouis à la même époque que nous. Ces fêtes étant d'ailleurs très multipliées, il en résultait encore que, malgré les chagrins de la vie, la religion avait trouvé moyen de donner de race en race, à des millions d'infortunés, quelques moments de bonheur.

Dans la nuit de la naissance du Messie, les troupes d'enfants qui adoraient la crèche, les églises illuminées et parées de fleurs, le peuple qui se pressait autour du berceau de son Dieu, les chrétiens qui, dans une chapelle retirée, faisaient leur paix avec le ciel, les *alleluia* joyeux, le bruit de l'orgue et des cloches, offraient une pompe pleine d'innocence et de majesté.

Immédiatement après le dernier jour de folie, trop souvent marqué par nos excès, venait la cérémonie des Cendres, comme la mort le lendemain des plaisirs. « *O homme,* disait le prêtre, *souviens-toi que tu es poussière, et que tu retourneras en poussière.* » L'officier qui se tenait auprès des rois de Perse pour leur rappeler qu'ils étaient mortels, ou le soldat romain, qui abaissait l'orgueil du triomphateur, ne donnait pas de plus puissantes leçons.

Un volume ne suffirait pas pour peindre en détail les seules cérémonies de la semaine sainte; on sait de quelle magnificence elles étaient dans la capitale du monde chrétien : aussi nous n'entreprendrons point de les décrire. Nous laissons aux peintres et aux poètes le soin de représenter dignement ce clergé en deuil; ces autels, ces temples voilés, cette musique sublime, ces voix célestes chantant les douleurs de Jérémie; cette Passion, mêlée d'incompréhensibles mystères; ce saint sépulcre environné d'un peuple abattu; ce pontife lavant les pieds des pauvres; ces ténèbres, ces silences entrecoupés de bruits formidables; ce cri de victoire échappé tout-à-coup du tombeau; enfin ce Dieu qui ouvre la route du ciel aux âmes délivrées, et laisse aux chrétiens sur la terre, avec une religion divine, d'intarissables espérances.

CHAPITRE X.

FUNÉRAILLES.

POMPES FUNÈBRES DES GRANDS.

Si l'on se rappelle ce que nous avons dit dans la première partie de cet ouvrage, sur le dernier sacrement des chrétiens, on conviendra d'abord qu'il y a dans cette seule cérémonie plus de véritables beautés que dans tout ce que nous connaissons du culte des morts chez les anciens. Ensuite la religion chrétienne, n'envisageant dans l'homme que ses fins divines, a multiplié les honneurs autour du tombeau; elle a varié les pompes funèbres selon le rang et les destinées de la victime. Par ce moyen, elle a rendu plus douce à chacun cette dure, mais salutaire pensée de la mort, dont elle s'est plu à nourrir notre âme : ainsi la colombe amollit dans son bec le froment qu'elle présente à ses petits.

La religion a-t-elle à s'occuper des funérailles de quelque puissance de la terre, ne craignez pas qu'elle manque de grandeur. Plus l'objet pleuré aura été malheureux, plus elle étalera de pompe autour de son cercueil, plus ses leçons seront éloquentes : elle seule pourra mesurer la hauteur et la chute, et dire ces sommets et ces abîmes, d'où tombent et où disparaissent les rois.

Quand donc l'urne des douleurs a été ouverte, et qu'elle s'est remplie des larmes des monarques et des reines ; quand de grandes cendres et de grands malheurs ont englouti leurs doubles vanités dans un étroit cercueil, la religion assemble les fidèles dans quelque temple. Les voûtes de l'église, les autels, les colonnes, les saints se retirent sous des voiles funèbres. Au milieu de la nef s'élève un cercueil environné de flambeaux. La messe des funérailles s'est célébrée aux pieds de celui qui n'est point né et qui ne mourra point : maintenant tout est muet. Debout dans la chaire de vérité, un prêtre seul, vêtu de blanc au milieu du deuil général, le front chauve, la figure pâle, les yeux fermés, les mains croisées sur la poitrine, est receuilli dans les profondeurs de Dieu ; tout-à-coup ses yeux s'ouvrent, ses mains se déploient et ces mots tombent de ses lèvres :

« Celui qui règne dans les cieux, et de qui relèvent tous les empires, à qui seul appartient la gloire, la majesté et l'indépendance, est aussi le seul qui se glorifie de faire la loi aux rois, et de leur donner, quand il lui plaît, de grandes et de terribles leçons : soit qu'il élève les trônes, soit qu'il les abaisse, soit qu'il communique sa puissance aux princes, soit qu'il la retire à lui-même, et ne leur laisse que leur propre faiblesse, il leur apprend leurs devoirs d'une manière souveraine et digne de lui [1]....

[1] BOSSUET. Orais. fun. de la reine de la Gr.-Bret.

« Chrétiens, que la mémoire d'une grande reine, fille, femme, mère des rois si puissants et souveraine de trois royaumes, appelle à cette triste cérémonie, ce discours vous fera paraître un de ces exemples redoutables qui étalent aux yeux du monde sa vanité tout entière. Vous verrez dans une seule vie toutes les extrémités des choses humaines : la félicité sans bornes aussi bien que la misère , une longue et pénible jouissance d'une des plus nobles couronnes de l'univers; tout ce que peuvent donner de plus glorieux la naissance et la grandeur accumulées sur une tête qui ensuite est exposée à tous les outrages de la fortune; la rébellion, longtemps retenue , à la fin tout-à-fait maîtresse , nul frein à la licence; les lois abolies ; la majesté violée par des attentats jusqu'alors inconnus; un trône indignement renversé,... voilà les enseignements que Dieu donne aux rois. »

Souvenirs d'un grand siècle, d'une princesse infortunée et d'une révolution mémorable, oh! combien la religion vous a rendus touchants et sublimes en vous transmettant à la postérité !

CHAPITRE XI.

FUNÉRAILLES DU GUERRIER, CONVOIS DES RICHES, COUTUMES, ETC.

Une noble simplicité présidait aux obsèques du guerrier chrétien. Lorsqu'on croyait encore à quelque chose, on aimait à voir un aumônier dans une tente ouverte, près d'un champ de bataille, célébrer une messe des morts sur un autel formé de tambours. C'était un assez beau spectacle de voir le Dieu des armées descendre, à la voix d'un prêtre, sur les tentes d'un camp français , tandis que de vieux soldats qui avaient tant de fois bravé la mort, tombaient à genoux devant un cercueil, un autel et un ministre de paix. Aux roulements des tombours drapés, aux salves 'interrompues du canon, des grenadiers portaient le corps de leur vaillant capitaine à la tombe qu'ils avaient creusée pour lui avec leurs baïonnettes. Au sortir de ces funérailles on n'allait point courir pour des trépieds, pour de doubles coupes, pour des peaux de lion aux ongles d'or, mais on s'empressait de chercher, au milieu des combats, des jeux funèbres et une arène plus glorieuse; et, si l'on n'immolait point une génisse noire aux mânes du héros, du moins on répandait en son honneur un sang moins stérile', celui des ennemis de la patrie.

Parlerons-nous de ces enterrements faits à la lueur des flambeaux dans nos villes, de ces chapelles ardentes, de ces chars tendus de noir, de ces chevaux parés de plumes et de draperies, de ce silence interrompu par les versets de l'hymne de la colère, *Dies iræ?*

La religion conduisait à ces convois des grands, de pauvres orphelins sous la livrée pareille de l'infortune : par là elle faisait sentir à des enfants qui n'avaient point de père quelque chose de la piété filiale; elle montrait en même temps à l'extrême misère ce que c'est que des biens qui viennent se perdre au cercueil; et elle enseignait au riche qu'il n'y a point de plus puissante médiation auprès de Dieu que celle de l'innocence et de l'adversité.

Un usage particulier avait lieu au décès des prêtres : on les enterrait le visage découvert : le peuple croyait lire sur les traits de son pasteur l'arrêt du souverain Juge, et reconnaître les joies du prédestiné à travers l'ombre d'une sainte mort, comme dans les voiles d'une nuit pure on découvre les splendeurs du ciel.

La même coutume s'observait dans les couvents. Nous avons vu une jeune religieuse ainsi couchée dans sa bière. Son front se confondait par sa pâleur avec le bandeau de lin dont il était à demi-couvert, une couronne de roses blanches était sur sa tête, et un flambeau brûlait entre ses mains : les grâces et la paix du corps ne sauvent point de la mort, et l'on voit se faner les lis, malgré la candeur de leur sein et la tranquillité des vallées qu'ils habitent.

Au reste, la simplicité des funérailles était réservée au nourricier, comme au défenseur de la patrie. Quatre villageois, précédés du curé, transportaient sur leurs épaules l'homme des champs au tombeau de ses pères. Si quelques laboureurs rencontraient le convoi dans les campagnes, ils suspendaient leurs travaux, découvraient leurs têtes, et honoraient d'un signe de croix leur compagnon décédé. On voyait de loin ce mort rustique voyager au milieu des blés jaunissants, qu'il avait peut-être semés. Le cercueil, couvert d'un drap mortuaire, se balançait comme un pavot noir au-dessus des froments d'or et des fleurs de pourpre et d'azur. Des enfants, une veuve éplorée, formaient tout le cortège. En passant devant *la croix du chemin*, ou *la sainte du rocher*, on se délassait un moment : on posait la bière sur la borne d'un héritage, on invoquait la *Notre-Dame* champêtre, au pied de laquelle le laboureur décédé avait tant de fois prié pour une bonne mort, ou pour une récolte abondante. C'était là qu'il mettait ses bœufs à l'ombre au milieu du jour : c'était là qu'il prenait son repas de lait et de pain bis, au chant des cigales et des alouettes. Que bien différent d'alors il s'y repose aujourd'hui ! Mais du moins les sillons ne seront plus arrosés de ses sueurs ; du moins son sein paternel a perdu ses sollicitudes ; et, par ce même chemin où les jours de fête il se rendait à l'église, il marche maintenant au tombeau, entre les touchants monuments de sa vie, des enfants vertueux et d'innocentes moissons.

———⊰✦⊱———

CHAPITRE XII.

DES PRIÈRES POUR LES MORTS.

Chez les anciens, le cadavre du pauvre ou de l'esclave était abandonné presque sans honneurs; parmi nous, le ministre des autels est obligé de veiller au cercueil du villageois comme au catafalque du monarque. L'indigent de l'Évangile, en exhalant son dernier soupir, devient soudain (chose sublime !) un être auguste et sacré. A peine le mendiant qui languissait à nos portes, objet de nos dégoûts et de nos mépris, a-t-il quitté cette vie, que la religion nous force à nous incliner devant lui. Elle nous appelle à une égalité formidable, ou plutôt elle nous commande de respecter un juste racheté du sang de Jésus-Christ, et qui, d'une condition obscure et misérable, vient monter à un trône céleste : c'est ainsi que le grand nom de chrétien met tout de niveau dans la mort; et l'orgueil du plus puissant potentat ne peut arracher à la religion d'autre prière que celle-là même qu'elle offre pour le dernier manant de la cité.

Mais qu'elles sont admirables ces prières ! Tantôt ce sont des cris de douleur, tantôt des cris d'espérance : le mort se plaint, se réjouit, tremble, se rassure, gémit et supplie.

Exibit spiritus ejus, etc.

« Le jour qu'ils ont rendu l'esprit, ils retournent à leur terre originelle, et toutes leurs vaines pensées périssent [1]. »

Delicta juventutis meæ, etc.

« O mon Dieu, ne vous souvenez ni des fautes de ma jeunesse, ni de mes ignorances [2]! »

Les plaintes du roi-prophète sont entrecoupées par les soupirs du saint Arabe.

[1] *Office des Morts*, ps. CLIV.
[2] *Ibid.*, ps. XXIV.

« O Dieu, cessez de m'affliger, puisque mes jours ne sont que
néant! Qu'est-ce que l'homme pour mériter tant d'égards, et pour
que vous y attachiez votre cœur?...

« Lorsque vous me chercherez le matin, vous ne me trouverez
plus [1].

« La vie m'est ennuyeuse; je m'abandonne aux plaintes et aux
regrets... Seigneur, vos jours sont-ils comme les jours des mortels, et vos années éternelles comme les années passagères de
l'homme [2]?

« Pourquoi, Seigneur, détournez-vous votre visage, et me trai-
tez-vous comme votre ennemi? Devez-vous employer toute votre
puissance contre une feuille que le vent emporte, et poursuivre une
feuille séchée [3]?

« L'homme né de la femme vit peu de temps, et il est rempli de
beaucoup de misère; il fuit comme une ombre qui ne demeure jamais dans un même état.

« Mes années coulent avec rapidité, et je marche par une voie
par laquelle je ne reviendrai jamais [4].

« Mes jours sont passés, toutes mes pensées sont évanouies,
toutes les espérances de mon cœur dissipées.... Je dis au sépulcre :
Vous serez mon père; et aux vers : Vous serez ma mère et mes
sœurs. »

De temps en temps le dialogue du prêtre et du chœur interrompt
la suite des cantiques.

Le Prêtre. « Mes jours se sont évanouis comme la fumée; mes
os sont tombés en poudre. »

Le Chœur. « Mes jours ont décliné comme l'ombre. »

Le Prêtre. « Qu'est-ce que la vie? Une petite vapeur. »

Le Chœur. « Mes jours ont décliné comme l'ombre. »

---

[1] *Office des Morts,* 1re leçon.
[2] *Ibid.,* IIe leçon.
[3] *Ibid.,* IVe leçon.
[4] *Ibid.,* VIIe leçon.

Le Prêtre. « Les morts sont endormis dans la poudre.

Le Chœur. « Ils se réveilleront, les uns dans l'éternelle gloire, les autres dans l'opprobre, pour y demeurer à jamais. »

Le Prêtre. « Ils ressusciteront tous, mais non pas comme ils étaient. »

Le Chœur. « Ils se réveilleront. »

A la Communion de la messe, le prêtre dit :

« Heureux ceux qui meurent dans le Seigneur ; ils se reposent dès à présent de leurs travaux, car leurs bonnes œuvres les suivent. »

Au lever du cercueil, on entonne le psaume des douleurs et des espérances. « Seigneur, je crie vers vous du fond de l'abîme ; que mes cris parviennent jusqu'à vous. »

En portant le corps, on recommence le dialogue : *Qui dormiunt ;* « Ils dorment dans la poudre ; — Ils se réveilleront. »

Si c'est pour un prêtre, on ajoute : « Une victime a été immolée avec joie dans le tabernacle du Seigneur. »

En descendant le cercueil dans la fosse : « Nous rendons la terre à la terre, la cendre à la cendre, la poudre à la poudre. »

Enfin, au moment où l'on jette la terre sur la bière, le prêtre s'écrie, dans les paroles de l'Apocalypse : *Une voix d'en haut fut entendue qui disait : Bienheureux sont les morts !*»

Et cependant ces superbes prières n'étaient pas les seules que l'Église offrît pour les trépassés : de même qu'elle avait des voiles sans tache et des couronnes de fleurs pour le cercueil de l'enfant, de même elle avait des oraisons analogues à l'âge et au sexe de la victime. Si quatre vierges, vêtues de lin et préparées de feuillages, apportaient la dépouille d'une de leurs compagnes dans une nef tendue de rideaux blancs, le prêtre récitait à haute voix, sur cette jeune cendre, une hymne à la virginité. Tantôt c'était l'*Ave, maris stella,* cantique où il règne une grande fraîcheur, et où l'heure de la mort est représentée comme l'accomplissement de l'espérance ; tantôt c'étaient des images tendres et poétiques, empruntées de l'Écriture : *Elle a passé comme l'herbe des champs, ce matin elle fleurissait dans toute sa grâce, le soir nous l'avons vue séchée.* N'est-ce pas là la fleur *qui languit touchée par le tranchant de la charrue; le pavot qui penche sa tête abattue par une pluie d'orage?* PLUVIA CUM FORTE GRAVANTUR.

Et quelle oraison funèbre le pasteur prononçait-il sur l'enfant décédé, dont une mère en pleurs lui présentait le petit cercueil? Il entonnait l'hymne que les trois enfants hébreux chantaient dans la fournaise, et que l'Église répète le dimanche au lever du jour : *Que tout bénisse les œuvres du Seigneur!* La religion bénit Dieu d'avoir couronné l'enfant par la mort, d'avoir délivré ce jeune ange des chagrins de la vie. Elle invite la nature à se réjouir autour du tombeau de l'innocence : ce ne sont point des cris de douleur, ce sont des cris d'allégresse qu'elle fait entendre. C'est dans le même esprit qu'elle chante encore le *Laudate, pueri, Dominum*, qui finit par cette strophe : *Qui habitare facit sterilem in domo : matrem filiorum lœtantem.* « Le Seigneur qui rend féconde une maison stérile, et qui fait que la mère se réjouit dans ses fils. » Quel cantique pour des parents affligés! L'Église leur montre l'enfant qu'ils viennent de perdre vivant au bienheureux séjour, et leur promet d'autres enfants sur la terre!

Enfin, non satisfaite d'avoir donné cette attention à chaque cercueil, la religion a couronné les choses de l'autre vie par une cérémonie générale, où elle réunit la mémoire des innombrables habitants du sépulcre; vaste communauté de morts, où le grand est couché auprès du petit; république de parfaite égalité, où l'on n'entre point sans ôter son casque ou sa couronne, pour passer par la porte abaissée du tombeau. Dans ce jour solennel où l'on célèbre les funérailles de la famille entière d'Adam, l'âme mêle ses tribulations pour les anciens morts, aux peines qu'elles ressent pour ses amis nouvellement perdus. Le chagrin prend, par cette union, quelque chose de souverainement beau, comme une moderne douleur prend le caractère antique, quand celui qui l'exprime a nourri son génie des vieilles tragédies d'Homère. La religion seule était capable d'élargir assez le cœur de l'homme pour qu'il pût contenir des soupirs et des amours égaux en nombre à la multitude des morts qu'il avait à honorer.

LIVRE SECOND.

TOMBEAUX.

CHAPITRE PREMIER,

TOMBEAUX ANTIQUES.

L'ÉGYPTE.

Les derniers devoirs qu'on rend aux hommes seraient bien tristes s'ils étaient dépouillés des signes de la religion. La religion a pris naissance aux tombeaux, et les tombeaux ne peuvent se passer d'elle : il est beau que le cri de l'espérance s'élève du fond du cercueil, et que le prêtre du Dieu vivant escorte au monument la cendre de l'homme ; c'est en quelque sorte l'immortalité qui marche à la tête de la mort.

Des funérailles nous passons aux tombeaux, qui tiennent une si grande place dans l'histoire des hommes. Afin de mieux apprécier le culte dont on les honore chez les chrétiens, voyons dans quel état ils ont subsisté chez les peuples idolâtres.

Il existe un pays sur la terre qui doit une partie de sa célébrité à ses tombeaux. Deux fois attirés par la beauté des ruines et des souvenirs, les Français ont tourné leurs pas vers cette contrée : ce peuple de saint Louis est travaillé intérieurement d'une certaine grandeur qui le force à se mêler, dans tous les coins du globe, aux choses grandes comme lui-même. Cependant est-il certain que des momies soient des objets fort dignes de notre curiosité ? On dirait

que l'ancienne Égypte ait craint que la postérité ignorât un jour ce
que c'était que la mort, et qu'elle ait voulu, à travers les temps,
lui faire parvenir des échantillons de cadavres.

Vous ne pouvez faire un pas dans cette terre sans rencontrer un
monument. Voyez-vous un obélisque, c'est un tombeau ; les débris
d'une colonne, c'est un tombeau ; une cave souterraine, c'est encore un tombeau. Et lorsque la lune, se levant derrière la grande
pyramide, vient à paraître sur le sommet de ce sépulcre immense,
vous croyez apercevoir le phare même de la mort, et errer véritablement sur le rivage où jadis le nautonnier des enfers passait
les ombres.

CHAPITRE II.

LES GRECS ET LES ROMAINS.

Chez les Grecs et les Romains, les morts ordinaires reposaient à
l'entrée des villes, le long des chemins publics, apparemment parce
que les tombeaux sont les vrais monuments du voyageur. On ense-
velissait souvent les morts fameux au bord de la mer.

Ces espèces de signaux funèbres, qui annonçaient de loin le rivage et l'écueil au navigateur, étaient pour lui, sans doute, un sujet de réflexions bien sérieuses. Oh ! que la mer devait lui paraître
un élément sûr et fidèle auprès de cette terre où l'orage avait brisé
tant de hautes fortunes, englouti tant d'illustres vies ! Près de la
cité d'Alexandre on apercevait le petit monceau de sable élevé par
la piété d'un affranchi et d'un vieux soldat aux mânes du grand
Pompée : non loin des ruines de Carthage, on découvrait sur un
rocher la statue armée consacrée à la mémoire de Caton ; sur
les côtes de l'Italie, le mausolée de Scipion marquait le lieu où ce

grand homme mourut dans l'exil; et la tombe de Cicéron indiquait la place où le père de la patrie fut indignement massacré.

Mais, tandis que la fatale Rome érigeait sur le rivage de la mer ces témoignages de son injustice, la Grèce, consolant l'humanité, plaçait au bord des mêmes flots de plus riants souvenirs. Les disciples de Platon et de Pythagore, en voguant sur la terre d'Égypte, où ils allaient s'instruire touchant les dieux, passaient devant l'île d'Io, à la vue du tombeau d'Homère. Il était naturel que le chantre d'Achille reposât sous la protection de Thétis; on pourrait supposer que l'ombre du poète se plaisait encore à raconter les malheurs d'Ilion aux Néréides, ou que, dans les douces nuits de l'Ionie, elle disputait aux Sirènes le prix des concerts.

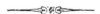

CHAPITRE III.

TOMBEAUX MODERNES.

LA CHINE ET LA TURQUIE.

Les Chinois ont une coutume touchante; ils enterrent leurs proches dans leurs jardins. Il est assez doux d'entendre dans les bois la voix des ombres de ses pères, et d'avoir toujours quelques souvenirs au désert.

A l'autre extrémité de l'Asie, les Turcs ont à-peu-près le même usage. Le détroit des Dardanelles présente un spectacle bien philosophique : d'un côté s'élèvent les promontoires de l'Europe avec toutes ses ruines; de l'autre, les côtes de l'Asie, bordées de cimetières islamistes. Que de mœurs diverses ont animé ces rivages! Que de peuples y sont ensevelis depuis les jours où la lyre d'Orphée y rassembla des sauvages jusqu'aux jours qui ont rendu ces contrées à la barbarie! Pélasges, Hellènes, Grecs, Méoniens, peuples d'Ilus, de Sarpédon, d'Énée, habitants de l'Ida, du Tmolus, du Méandre et du Pactole, sujets de Mithridate, esclaves des Césars romains, Vandales, hordes de Goths, de Huns, de Francs, d'Arabes, vous avez tous sur ces bords étalé le culte des tombeaux, et en cela seul, vos mœurs ont été pareilles. La mort, se jouant à son gré des choses et des destinées humaines, a prêté le catafalque d'un empereur romain à la dépouille d'un Tartare, et, dans le tombeau d'un Platon, logé les cendres d'un Mollah.

CHAPITRE IV.

LA CALÉDONIE OU L'ANCIENNE ÉCOSSE.

Quatre pierres couvertes de mousse marquent, sur les bruyères de la Calédonie, la tombe des guerriers de Fingal. Oscar et Malvina ont passé, mais rien n'est changé dans leur solitaire patrie. Le montagard écossais se plaît encore à redire les chants de ses ancêtres ; il est encore brave, sensible, généreux ; ses mœurs modernes sont comme le souvenir de ses mœurs antiques : ce n'est plus, qu'on nous pardonne l'image, ce n'est plus la main du barde même qu'on entend sur la harpe : c'est ce frémissement des cordes produit par le toucher d'une ombre, lorsque la nuit, dans une salle déserte, elle annonçait la mort d'un héros.

Carril accompanied his voice. The music was like the memory of joys that are past, pleasant, and mournful to the soul. The ghosts of departed bards heard it from Slimora's side, soft sounds spread along the wood, and the silent walley of night rejoice. So when he sits, in the silence of noon, in the valley of his breeze, the humming of the montain's bee comes to Ossian's ear : the gale drowns it often in its course : but the pleasant sound returns again. « Carril accompagnait sa voix. Leur musique, pleine de douceur et de tristesse, ressemblait au souvenir des joies qui ne sont plus. Les ombres des bardes décédés l'entendirent sur les flancs de Slimora. De faibles sons se prolongèrent le long des bois, et les vallées silencieusieuses de la nuit se réjouirent. Ainsi, pendant le silence du midi, lorsque Ossian est assis dans la vallée de ses brises, le murmure de l'abeille de la montagne parvient à son oreille; souvent le zéphyr, dans sa course, emporte[1] le son léger, mais bientôt il revient encore. »

L'homme, ici-bas, ressemble à l'aveugle d'Ossian, assis sur les tombeaux des rois de Morven : quelque part qu'il étende sa main dans l'ombre, il touche les cendres de ses pères.

CHAPITRE V.

OTAITI.

Lorsque les navigateurs pénétrèrent pour la première fois dans l'océan Pacifique, ils virent se dérouler au loin des flots que caressent éternellement des brises embaumées. Bientôt, du sein de l'immensité, s'élevèrent des îles inconnues. Des bosquets de palmiers, mêlés à de grands arbres, qu'on eût pris pour de hautes fougères, couvraient les côtes, et descendaient jusqu'au bord de la mer en amphithéâtre : les cimes bleues des montagnes couronnaient majestueusement ces forêts. Ces îles, environnées d'un cercle de coraux, semblaient se balancer comme des vaisseaux à l'ancre dans un port, au milieu des eaux les plus tranquilles : l'ingénieuse antiquité aurait cru que Vénus avait noué sa ceinture autour de ces nouvelles Cythères pour les défendre des orages.

[1] *Browns*, note

Sous ces ombrages ignorés, la nature avait placé un peuple beau comme le ciel qui l'avait vu naître : les Otaïtiens portaient pour vêtement une draperie d'écorce de figuier; ils habitaient sous des toits de feuilles de mûrier, soutenus par des piliers de bois odorants, et ils faisaient voler sur les ondes de doubles canots aux voiles de jonc, aux banderoles de fleurs et de plumes. Il y avait des danses et des sociétés consacrées aux plaisirs; les chansons et les drames de l'amour n'étaient point inconnus sur ces bords. Tout s'y ressentait de la mollesse de la vie, et un jour plein de calme, et une nuit dont rien ne troublait le silence. Se coucher près des ruisseaux, disputer de paresse avec leurs ondes, marcher avec des chapeaux et des manteaux de feuillages, c'était toute l'existence des tranquilles sauvages d'Otaïti. Les soins qui, chez les autres hommes, occupent leurs pénibles journées, étaient ignorés de ces insulaires; en errant à travers les bois, ils trouvaient le lait et le pain suspendus aux branches des arbres.

Telle apparut Otaïti à Wallis, à Cook et à Bougainville. Mais, en approchant de ces rivages, ils distinguèrent quelques monuments des arts, qui se mariaient à ceux de la nature : c'étaient les poteaux des moraï. Vanité des plaisirs des hommes! Le premier pavillon qu'on découvre sur ces rives enchantées est celui de la mort, qui flotte au-dessus de toutes les félicités humaines.

Donc ne pensons pas que ces lieux où l'on ne trouve au premier coup-d'œil qu'une vie insensée, soient étrangers à ces sentiments graves, nécessaires à tous les hommes. Les Otaïtiens, comme les autres peuples, ont des rites religieux et des cérémonies funèbres; ils ont surtout attaché une grande pensée de mystère à la mort. Lorsqu'on porte un esclave au moraï, tout le monde fuit sur son passage; le maître de la pompe murmure alors quelques mots à l'oreille du décédé. Arrivé au lieu du repos, on ne descend point le corps dans la terre, mais on le suspend dans un berceau qu'on recouvre d'un canot renversé, symbole du naufrage de la vie. Quelquefois une femme vient gémir auprès du moraï; elle s'assied les pieds dans la mer, la tête baissée, et ses cheveux retombant sur son visage : les vagues accompagnent le chant de sa douleur, et sa voix monte vers le Tout-Puissant avec la voix du tombeau et celle de l'océan Pacifique.

CHAPITRE VI.

TOMBEAUX CHRÉTIENS.

En parlant du sépulcre dans notre religion, le ton s'élève et la voix se fortifie : on sent que c'est là le vrai tombeau de l'homme. Le monument de l'idolâtre ne vous entretient que du passé; celui du chrétien ne vous parle que de l'avenir. Le christianisme a toujours fait en tout le mieux possible; jamais il n'a eu de ces demi-conceptions, si fréquentes dans les autres cultes. Ainsi, par rapport aux sépulcres, négligeant les idées intermédiaires qui tiennent aux accidents et aux lieux, il s'est distingué des autres religions par une coutume sublime : il a placé la cendre des fidèles dans l'ombre des temples du Seigneur, a déposé les morts dans le sein du Dieu vivant.

Lycurgue n'avait pas craint d'établir les tombeaux au milieu de Lacédémone; il avait pensé, comme notre religion, que la cendre des pères, loin d'abréger les jours des fils, prolonge en effet leur existence, en leur enseignant la modération et la vertu, qui conduisent à une heureuse vieillesse. Les raisons humaines qu'on a opposées à ces raisons divines sont bien loin d'être convaincantes. Meurt-on moins en France que dans le reste de l'Europe, où les cimetières sont dans les villes?

Lorsque autrefois parmi nous on sépara les tombeaux des églises, le peuple, qui n'est pas si prudent que les beaux esprits, qui n'a pas les mêmes raisons de craindre le bout de la vie ; le peuple s'opposa à l'abandon des antiques sépultures. Et qu'avaient en effet les modernes cimetières qui pût le disputer aux anciens? Ou étaient leurs lierres, leurs ifs, leurs gazons nourris depuis tant de siècles des biens de la tombe, pouvaient-ils montrer les os sacrés des aïeux, le temple, la maison du médecin spirituel, enfin cet appareil de religion qui promettait, qui assurait même une renaissance très prochaine? Au lieu des cimetières fréquentés, on nous assigna dans quelque faubourg un enclos solitaire abandonné des vivants et des souvenirs, et où la mort, privée de tout signe d'espérance, semblait devoir être éternelle.

Qu'on nous en croie : c'est lorsqu'on vint à toucher à ces bases fondamentales de l'édifice que les royaumes trop remués s'écroulent [1]. Encore si l'on s'était contenté de changer simplement le lieu des sépultures ! Mais, non satisfait de cette première atteinte portée aux mœurs, on fouilla les cendres de nos pères, on enleva leurs restes, comme le manant enlève dans son tombereau les boues et les ordures de nos cités.

Il fut réservé à notre siècle de voir ce qu'on regardait comme le plus grand malheur chez les anciens, ce qui était le dernier supplice dont on punissait les scélérats, nous entendons la dispersion des cendres ; de voir, disons-nous, cette dispersion applaudie comme le chef-d'œuvre de la philosophie. Et où était donc le crime de nos aïeux, pour traiter ainsi leurs restes, sinon d'avoir mis au jour des fils tels que nous? Mais écoutez la fin de tout ceci, et voyez l'énormité de la sagesse humaine : dans quelques villes de France, on bâtit des cachots sur l'emplacement des cimetières ; on éleva les prisons des hommes sur le champ où Dieu avait décrété la fin de tout esclavage ; on édifia des lieux de douleurs pour remplacer les de-

---

[1] Les anciens auraient cru un État renversé si l'on eût violé l'asile des morts. On connaît les belles lois de l'Égypte sur les sépultures. Les lois de Solon séparaient le violateur des tombeaux de la communion du temple, et l'abandonnaient aux Furies. Les *Institutes* de JUSTINIEN règlent jusqu'au legs, l'héritage, la vente et le rachat d'un sépulcre, etc.

meures où toutes les peines viennent finir; enfin, il ne resta qu'une ressemblance, à la vérité effroyable, entre ces prisons et ces cimetières : c'est là que s'exercent les jugements iniques des hommes, là où Dieu avait prononcé les arrêts de son inviolable justice [1].

CHAPITRE VII.

CIMETIÈRES DE CAMPAGNE.

Les anciens n'ont point eu de lieux de sépulture plus agréables que nos cimetières de campagne : des prairies, des champs, des eaux, des bois, une riante perspective, mariaient leurs simples images avec les tombeaux des laboureurs. On aimait à voir le gros if qui ne végétait plus que par son écorce, les pommiers du presbytère, le haut gazon, les peupliers, l'ormeau des morts ; et les buis, et les petites croix de consolation et de grâce. Au milieu des paisibles monuments, le temple villageois élevait sa tour surmontée de l'emblème rustique de la vigilance. On n'entendait dans ces lieux que le chant du rouge-gorge, et le bruit des brebis qui broutaient l'herbe de la tombe de leur ancien pasteur.

Les sentiers qui traversaient l'enclos béni aboutissaient à l'é-

---

[1] Nous passons sous silence les abominations commises pendant les jours révolutionnaires. Il n'y a point d'animal domestique qui, chez une nation étrangère un peu civilisée, ne fût inhumé avec plus de décence que le corps d'un citoyen français. On sait comment les enterrements s'exécutaient, et comment, pour quelques deniers, on faisait jeter un père, une mère ou une épouse à la voirie. Encore ces morts sacrés n'y étaient-ils pas en sûreté ; car il y avait des hommes qui faisaient métier de dérober le linceul, le cercueil, ou les cheveux du cadavre. Il ne faut rapporter toutes ces choses qu'à un conseil de Dieu : c'était une suite de la première violation sous la monarchie. Il est bien à désirer qu'on rende au cercueil les signes de la religion dont on l'a privé, et surtout qu'on ne fasse plus garder les cimetières par des chiens. Tel est l'excès de la misère où l'homme tombe, quand il perd la vue de Dieu, que, n'osant plus se confier à l'homme, dont rien ne garantit la foi, il se voit réduit à placer ses cendres sous la protection des animaux.

glise, ou à la maison du curé : ils étaient tracés par le pauvre et le
pèlerin, qui allaient prier le Dieu des miracles, ou demander le
pain de l'aumône à l'homme de l'Évangile : l'indifférent ou le riche
ne passait point sur ces tombeaux.

On y lisait pour toute épitaphe : *Guillaume*, ou *Paul*, *né en telle
année, mort en telle autre*. Sur quelques-uns il n'y avait pas même
de nom. Le laboureur chrétien repose oublié dans la mort, comme
ces végétaux utiles au milieu desquels il a vécu : la nature ne grave
pas le nom des chênes sur leurs troncs abattus dans les forêts.

Cependant, en errant un jour dans un cimetière de campagne,
nous aperçûmes une épitaphe latine sur une pierre qui annonçait le
tombeau d'un enfant. Surpris de cette magnificence, nous nous en
approchâmes pour connaître l'érudition du curé du village; nous
lûmes ces mots de l'Évangile :

     « *Sinite parvulos venire ad me.* »
     « Laissez les petits enfants venir à moi. »

Les cimetières de la Suisse sont quelquefois placés sur des rochers (12), d'où ils commandent les lacs, les précipices et les vallées. Le chamois et l'aigle y fixent leur demeure, et la mort croît
sur ces sites escarpés, comme ces plantes alpines dont la racine
est plongée dans des glaces éternelles. Après son trépas, le paysan
de Glaris ou de Saint-Gall est transporté sur ces hauts lieux par
son pasteur. Le convoi a pour pompe funèbre la pompe de la nature, et pour musique sur les croupes des Alpes ces airs bucoli-
ques qui rappellent au Suisse exilé son père, sa mère, ses sœurs,
et les bêlements des troupeaux de sa montagne.

L'Italie présente au voyageur ses catacombes, ou l'humble monument d'un martyr dans les jardins de Mécène et de Lucullus.
L'Angleterre a ses morts vêtus de laine, et ses tombeaux semés de
réséda. Dans ces cimetières d'Albion, nos yeux attendris ont quelquefois rencontré un nom français au milieu des épitaphes étrangères. Revenons aux tombeaux de la patrie.

CHAPITRE VIII.

TOMBEAUX DANS LES ÉGLISES.

Rappelez-vous un moment les vieux monastères, ou les cathédrales gothiques telles qu'elles existaient autrefois ; parcourez ces ailes du chœur, ces chapelles, ces nefs, ces cloîtres pavés par la mort, ces sanctuaires remplis de sépulcres. Dans ce labyrinthe de tombeaux, quels sont ceux qui vous frappent davantage ? Sont-ce ces monuments modernes, chargés de figures allégoriques, qui écrasent de leurs marbres glacés des cendres moins glacées qu'elles ? Vains simulacres qui semblent partager la double léthargie du cercueil où ils sont assis, et des cœurs mondains qui les ont fait élever ! A peine y jetez-vous un coup-d'œil : mais vous vous arrêtez devant ce tombeau poudreux, sur lequel est couchée la figure gothique de quelque évêque revêtu de ses habits pontificaux, les mains jointes, les yeux fermés ; vous vous arrêtez devant ce monument où un abbé, soulevé sur le coude, et la tête appuyée sur la main, semble rêver à la mort. Le sommeil du prélat et l'attitude du prêtre ont quelque chose de mystérieux : le premier paraît profondément occupé de ce qu'il voit dans ces rêves de la tombe ; le second, comme un homme en voyage, n'a pas voulu se coucher entièrement, tant le moment où il doit se relever est proche !

Et quelle est cette grande dame qui repose ici près de son époux ? L'un et l'autre sont habillés dans toute la pompe gauloise ; un coussin supporte leur têtes, et leurs têtes semblent si appesanties par les pavots de la mort, qu'elles ont fait fléchir cet oreiller de pierre : heureux si ces deux époux n'ont point eu de confidences pénibles à se faire sur le lit de leur hymen funèbre ! Au fond de cette chapelle retirée, voici quatre écuyers de marbre, bardés de fer, armés de toutes pièces, les mains jointes, et à genoux aux quatre coins de l'entablement d'un tombeau. Est-ce toi, Bayard, qui rendais la rançon aux vierges, pour les marier à leurs amants? Est-ce toi, Beaumanoir, qui buvais ton sang dans les combats des Trente? Est-ce quelque autre chevalier qui sommeille ici? Ces écuyers semblent prier avec ferveur, car ces vaillants hommes, antique honneur du nom français, tout guerriers qu'ils étaient, n'en craignaient pas moins Dieu du fond du cœur; c'était en criant : *Montjoie et saint Denis*, qu'ils arrachaient la France aux Anglais, et faisaient des miracles de vaillance pour l'Église, leur dame et leur roi. N'y a-t-il donc rien de merveilleux dans ces temps des Roland, des Godefroi, des sires de Coucy et de Joinville; dans ce temps des Maures, des Sarrasins, des royaumes de Jérusalem et de Chypre; dans ce temps où l'Orient et l'Asie échangeaient d'armes et de mœurs avec l'Europe et l'Occident; dans ces temps où Thibault chantait, où les troubadours se mêlaient aux armes, les danses à la religion, et les tournois aux siéges et aux batailles [1]? Sans doute ils étaient merveilleux ces temps, mais ils sont passés. La religion avait averti les chevaliers de cette vanité des choses humaines, lorsqu'à la suite d'une longue énumération de titres pompeux : *Haut et puissant seigneur, messire Anne de Momorency, connétable de France, etc.*,

---

[1] On a sans doute de grandes obligations à l'artiste qui a rassemblé les débris de nos anciens sépulcres; mais quand aux effets de ces monuments, on sent trop qu'ils sont détruits. Resserrés dans un petit espace, divisés par siècles, privés de leurs harmonies avec l'antiquité des temples et du culte chrétien, ne servant qu'à l'histoire de l'art, et non à celle des mœurs et de la religion; n'ayant pas même gardé leur poussière, ils ne disent plus rien ni à l'imagination ni au cœur. Quand des hommes abominables eurent l'idée de violer l'asile des morts et de disperser leurs cendres pour effacer le souvenir du passé, la chose, tout horrible qu'elle est, pouvait avoir aux yeux de la folie humaine, une certaine mauvaise grandeur; mais c'était prendre l'engagement de bouleverser le monde, de ne pas laisser en France pierre sur pierre, et de parvenir, au travers des ruines, à des institutions inconnues. Se plonger dans ces excès pour rester dans des routes communes, et pour ne montrer qu'ineptie et absurdité, c'est avoir les fureurs du crime sans en avoir la puissance. Qu'est-il arrivé à ces spoliateurs des tombeaux? qu'ils sont tombés dans les gouffres qu'ils avaient ouverts, et que leurs cadavres sont restés comme en gage à la mort pour ceux qu'ils lui avaient dérobés.

etc. etc., elle avait ajouté : *Priez pour lui, pauvre pécheur. C'est tout le néant*[1].

Quant aux sépultures souterraines, elles étaient généralement réservées aux rois et aux religieux. Lorsqu'on voulait se nourrir de sérieuses et d'utiles pensées, il fallait descendre dans les caveaux des couvents, et contempler ces solitaires endormis, qui n'étaient pas plus calmes dans leurs demeures funèbres, qu'ils ne l'avaient été sur la terre. Que votre sommeil soit profond sous ces voûtes, hommes de paix, qui aviez partagé votre héritage mortel à vos frères, et qui, comme le héros de la Grèce, partant pour la conquête d'un autre univers, ne vous étiez réservé que l'espérance.

CHAPITRE IV.

SAINT-DENIS.

On voyait autrefois, près de Paris, des sépultures fameuses entre les sépultures des hommes. Les étrangers venaient en foule visiter les merveilles de Saint-Denis. Il y puisaient une profonde vénération pour la France, et s'en retournaient en disant en dedans d'eux-mêmes, comme saint Grégoire : *Ce royaume est réellement le plus grand parmi les nations;* mais il s'est élevé un vent de la colère autour de l'édifice de la Mort; les flots des peuples ont été poussés sur lui et les hommes étonnés se demandent encore : *Comment le temple a disparu sous les sables des déserts?*

L'abbaye gothique où se rassemblaient ces grands vassaux de la mort, ne manquait point de gloire : les richesses de la France étaient à ses portes; la Seine passait à l'extrémité de sa plaine; cent endroits

---

[1] Johnson, dans son *Traité des Épitaphes*, cite ce simple mot de la religion comme sublime.

célèbres remplissaient, à quelque distance, tous les sites de beaux noms, tous les champs de beaux souvenirs ; la ville de Henri IV et de Louis le Grand était assise dans le voisinage, et la sépulture royale de Saint-Denis se trouvait au centre de notre puissance et de notre luxe, comme un trésor où l'on déposait les débris du temps, et la surabondance des grandeurs de l'empire français.

C'est là que venaient, tour-à-tour, s'engloutir les rois de la France. Un d'entre eux, et toujours le dernier descendu dans ces abîmes, restait sur les degrés du souterrain, comme pour inviter sa postérité à descendre. Cependant Louis XIV a vainement attendu ses derniers fils : l'un précipité au fond de la voûte, en laissant son ancêtre sur le seuil ; l'autre, ainsi qu'Œdipe, a disparu dans une tempête. Chose digne de méditation ! le premier monarque que les envoyés de la justice divine rencontrèrent fut ce Louis si fameux par l'obéissance que les nations lui portaient. Il était encore tout entier dans son cercueil. En vain, pour défendre son trône, il parut se lever avec la majesté de son siècle, et une arrière-garde de huit siècles de rois ; en vain son geste menaçant épouvanta les ennemis des morts, lorsque, précipité dans une fosse commune, il tomba sur le sein de Marie de Médicis : tout fut détruit. Dieu, dans l'effusion de sa colère, avait juré par lui-même de châtier la France : ne cherchons point sur la terre les causes de pareils évènements ; elles sont plus haut.

Dès le temps de Bossuet, dans le souterrain *de ces princes anéantis*, on pouvait à peine déposer madame Henriette, « *tant les rangs y sont pressés! s'écrie le plus éloquent des orateurs ; tant la mort est prompte à remplir ces places!* » En présence des âges, dont les flots écoulés semblent gronder encore dans ces profondeurs, les esprits sont abattus par le poids des pensées qui les oppressent. L'âme entière frémit en contemplant tant de néant et tant de grandeur. Lorsqu'on cherche une expression assez magnifique pour peindre ce qu'il y a de plus élevé, l'autre moitié de l'objet sollicite le terme le plus bas, pour exprimer ce qu'il y a de plus vil. Ici, les ombres des vieilles voûtes s'abaissent, pour se confondre avec les ombres des vieux tombeaux; là, des grilles de fer entourent inutilement ces bières, et ne peuvent défendre la mort des empressements des hommes. Écoutez le sourd travail du sépulcre, qui semble filer dans ces cercueils, les indestructibles réseaux de la mort! Tout annonce qu'on est descendu à l'empire des ruines; et, à je ne sais quelle odeur de vétusté répandue sous ces arches funèbres, on croirait, pour ainsi dire, respirer la poussière des temps passés.

Lecteurs chrétiens, pardonnez aux larmes qui coulent de nos yeux en errant au milieu de cette famille de saint Louis et de Clovis. Si tout-à-coup, jetant à l'écart le drap mortuaire qui les couvre, ces monarques allaient se dresser dans leurs sépulcres, et fixer sur nous leurs regards, à la lueur de cette lampe!... Oui, nous les voyons tous se lever à demi, ces spectres des rois; nous les reconnaissons, nous osons interroger ces majestés du tombeau. Eh bien, peuple royal de fantômes, dites-le-nous: voudriez-vous revivre maintenant au prix d'une couronne? Le trône vous tente-t-il encore? Mais d'où vient ce profond silence? D'où vient que vous êtes tous muets sous ces voûtes? Vous secouez vos têtes royales, d'où tombe un nuage de poussière; vos yeux se referment, et vous vous recouchez lentement dans vos cercueils!

Ah! si nous avions interrogé ces morts champêtres, dont naguère nous visitions les cendres, ils auraient percé le gazon de leurs tombeaux; et, sortant du sein de la terre comme des vapeurs brillantes, ils nous auraient répondu . « Si Dieu l'ordonne ainsi, pourquoi refuserions-nous de revivre? Pourquoi ne passerions-nous pas encore des jours résignés dans nos chaumières? Notre hoyau n'était pas si pesant que vous le pensez; nos sueurs mêmes avaient leurs charmes, lorsqu'elles étaient essuyées par une tendre épouse, ou bénies par la religion. »

Mais où nous entraîne la description de ces tombeaux déjà effacés de la terre? Elles ne sont plus, ces sépultures! Les petits enfants se sont joués avec les os des puissants monarques : Saint-Denis est désert; l'oiseau l'a pris pour passage, l'herbe croît sur ses autels brisés; et au lieu du cantique de la mort, qui retentissait sous ses dômes, on n'entend plus que les gouttes de pluie qui tombent par son toit découvert, la chute de quelque pierre qui se détache de ses murs en ruine, ou le son de son horloge, qui va roulant dans les tombeaux vides et les souterrains dévastés (13).

LIVRE TROISIÈME.

VUE GÉNÉRALE DU CLERGÉ.

————⋙※⋘————

CHAPITRE PREMIER.

DE JÉSUS-CHRIST ET DE SA VIE.

Vers le temps de l'apparition du Rédempteur sur la terre, les nations étaient dans l'attente de quelque personnage fameux. « Une ancienne et constante opinion, dit Suétone, était répandue dans l'Orient, qu'un homme s'élèverait de la Judée, et obtiendrait l'empire universel [1]. » Tacite raconte le même fait presque dans les mêmes mots. Selon cet historien, « la plupart des Juifs étaient convaincus, d'après un oracle conservé dans les anciens livres de leurs prêtres, que, dans ce temps-là (le temps de Vespasien), l'Orient prévaudrait, et que quelqu'un, sorti de Judée, régnerait sur le monde [2]. »

Josèphe, parlant de la ruine de Jérusalem, rapporte que les Juifs furent principalement poussés à la révolte contre les Romains par une obscure [3] prophétie qui leur annonçait que, vers cette époque, *un homme s'élèverait parmi eux, et soumettrait l'univers* [4].

---

[1] *Percrebuerat Oriente toto vetus et constans opinio, esse in fatis ut eo tempore Judæa profecti rerum potirentur.* (Suet., *in Vespas.*, cap. IV.)

[2] *Pluribus persuasio inerat, antiquis sacerdotum litteris contineri eo ipso tempore fore, ut valesceret Oriens, profectique Judæa rerum potirentur.* Tacit., *Hist.*, lib. V, cap. XIII.)

[3] Ἀμφίβολος, applicable à plusieurs personnes ; et voilà pourquoi les historiens latins l'attribuent à Vespasien.

[4] Joseph., *de Bell. Judaic.*, pag. 1283.

Le Nouveau Testament offre aussi des traces de cette espérance répandue dans Israël : la foule qui court au désert demande
à saint Jean-Baptiste s'il est le *grand Messie*, le *Christ de Dieu,*
depuis longtemps attendu : les disciples d'Emmaüs sont saisis de
tristesse lorsqu'ils reconnaissent que Jean *n'est pas l'homme qui
doit racheter Israël*. Les soixante-dix semaines de Daniel, ou les
quatre cent quatre-vingt-dix ans, depuis la reconstruction du Temple, étaient accomplis. Enfin Origène, après avoir rapporté ces traditions des Juifs, ajoute « qu'un grand nombre d'entre eux
avouèrent Jésus-Christ pour le libérateur promis par les prophètes [1]. »

Cependant le ciel prépare les voies du Fils de l'Homme. Les nations longtemps désunies de mœurs, de gouvernement, de langage,
entretenaient des inimitiés héréditaires; tout-à-coup le bruit des
armes cesse, et les peuples, réconciliés ou vaincus, viennent se perdre dans le peuple romain.

D'un côté, la religion et les mœurs sont parvenues à ce degré de
corruption qui produit de force un changement dans les affaires
humaines; de l'autre, les dogmes de l'unité d'un Dieu et de l'immortalité de l'âme commencent à se répandre (14) : ainsi les chemins s'ouvrent à la doctrine évangélique, qu'une langue universelle
va servir à propager.

Cet empire romain se compose de nations, les unes sauvages,
les autres policées, la plupart infiniment malheureuses : la simplicité du Christ pour les premières, ses vertus morales pour les
secondes; pour toutes, sa miséricorde et sa charité, sont des
moyens de salut que le ciel ménage. Et ces moyens sont si effi-
caces, que, deux siècles après le Messie, Tertullien disait aux juges
de Rome : « Nous ne sommes que d'hier, et nous remplissons
tout, vos cités, vos îles, vos forteresses, vos colonies, vos tribus,

---

[1] Καὶ πιστεύναι αὐτὸν εἶναι τὸν προφητευόμενον.

(ORIG., *cont. Cels.*, pag. 127.)

vos décuries, vos conseils, le palais, le sénat, le forum ; nous ne
vous laissons que vos temples ; » *Sola relinquimus templa* [1].

A la grandeur des préparations naturelles s'unit l'éclat des prodiges : les vrais oracles, depuis longtemps muets dans Jérusalem,
recouvrent la voix, et les fausses sibylles se taisent. Une nouvelle
étoile se montra dans l'Orient, Gabriel descend vers Marie, et un
chœur d'esprits bienheureux chante au haut du ciel, pendant la
nuit : *Gloire à Dieu, paix aux hommes !* Tout-à-coup le bruit se
répand que le Sauveur a vu le jour dans la Judée : il n'est point
né dans la pourpre, mais dans l'asile de l'indigence ; il n'a point
été annoncé aux grands et aux superbes, mais les anges l'ont révélé
aux petits et aux simples ; il n'a pas réuni autour de son berceau
les heureux du monde, mais les infortunés ; et, par ce premier acte
de sa vie, il s'est déclaré de préférence le Dieu des misérables.
Arrêtons-nous ici pour faire une réflexion. Nous voyons, depuis le
commencement des siècles, les rois, les héros, les hommes éclat-
tants, devenir les dieux des nations. Mais voici que le fils d'un
charpentier, dans un petit coin de la Judée, est un modèle de douleurs et de misère : il en est flétri publiquement par un supplice ; il
choisit ses disciples dans les rangs les moins élevés de la société ;
il ne prêche que sacrifices, que renoncement aux pompes du monde,
au plaisir, au pouvoir : il préfère l'esclave au maître, le pauvre au
riche, le lépreux à l'homme sain ; tout ce qui pleure, tout ce qui a
des plaies, tout ce qui est abandonné du monde fait ses délices :
la puissance, la fortune et le bonheur sont au contraire menacés
par lui. Il renverse les notions communes de la morale ; il établit
des relations nouvelles entre les hommes, un nouveau droit des gens,
une nouvelle foi publique : il élève ainsi sa divinité, triomphe de
la religion des Césars, s'assied sur leur trône, et parvient à subju-
guer la terre. Non, quand la voix du monde entier s'élèverait contre
Jésus-Christ, quand toutes les lumières de la philosophie se réuni-

---

[1] TERTULL., *Apologet.*, cap. XXXVII.

raient contre ses dogmes, jamais on ne nous persuadera qu'une religion fondée sur une pareille base soit une religion humaine. Celui qui a pu faire adorer une *croix*, celui qui a offert pour objet de culte aux hommes *l'humanité souffrante, la vertu persécutée*, celui-là, nous le jurons, ne saurait être qu'un Dieu.

Jésus-Christ apparaît au milieu des hommes, plein de grâce, et de vérité; l'autorité et la douceur de sa parole entraînent. Il vient pour être le plus malheureux des mortels, et tous ses prodiges sont pour les misérables. *Ses miracles*, dit Bossuet, *tiennent plus de la bonté que de la puissance.* Pour inculquer ses préceptes, il choisit l'apologue ou la parabole, qui se grave aisément dans l'esprit des peuples. C'est en marchant dans les campagnes qu'il donne ses leçons. En voyant les fleurs d'un champ, il exhorte ses disciples à espérer dans la Providence, qui supporte les faibles plantes et nourrit les petits oiseaux; en apercevant les fruits de la terre, il instruit à juger l'homme par ses œuvres. On lui apporte un enfant, et il recommande l'innocence, se trouvant au milieu des bergers, il se donne à lui-même le titre de *pasteur des âmes*, et se représente rapportant sur ses épaules la brebis égarée. Au printemps, il s'assied sur une montagne, et tire des objets environnants de quoi instruire la foule assise à ses pieds. Du spectacle même de cette foule pauvre et malheureuse, il fait naître ses béatitudes : *Bienheureux ceux qui pleurent; bienheureux ceux qui ont faim et soif, etc.* Ceux qui observent ces préceptes et ceux qui les méprisent sont comparés à deux hommes qui bâtissent deux maisons, l'une sur le roc, l'autre sur un sable mouvant : selon quelques interprètes, il montrait, en parlant ainsi, un hameau florissant sur une colline, et au bas de cette colline, des cabanes détruites par une inondation [1]. Quand il demande de l'eau à la femme de Samarie, il lui peint sa doctrine sous la belle image d'une source d'eau vive.

Les plus violents ennemis de Jésus-Christ n'ont jamais osé atta-

[1] FORTIN., *on the truth of the Christ. Relig.*, pag. 218.

quer sa personne. Celse, Julien, Volusien [1], avouent ces miracles,
et Porphyre raconte que les oracles même des païens l'appelaient
un homme illustre par sa piété [2]. Tibère avait voulu le mettre au
rang des dieux [3]; selon Lampridius, Adrien lui avait élevé des
temples, et Alexandre-Sévère le révérait avec les images des âmes
saintes, entre Orphée et Abraham [4]. Pline a rendu un illustre témoignage à l'innocence de ces premiers chrétiens qui suivaient de près
les exemples du Rédempteur. Il n'y a point de philosophie de l'antiquité à qui l'on ait reproché quelques vices : les patriarches même
ont eu des faiblesses; le Christ seul est sans tache : c'est la plus brillante copie de cette beauté souveraine qui réside sur le trône des
cieux. Pur et sacré comme le tabernacle du Seigneur, ne respirant
que l'amour de Dieu et des hommes, infiniment supérieur à la vaine
gloire du monde, il poursuivait, à travers les douleurs, la grande
affaire de notre salut, forçant les hommes, par l'ascendant de ses
vertus, à embrasser sa doctrine, et à imiter une vie qu'ils étaient
contraints d'admirer (15).

Son caractère était aimable, ouvert et tendre, sa charité sans
bornes. L'Apôtre nous en donne une idée en deux mots : *Il allait
faisant le bien*. Sa résignation à la volonté de Dieu éclate dans tous
les moments de sa vie; il aimait, il connaissait l'amitié : l'homme
qu'il tira du tombeau, Lazare, était son ami; ce fut pour le plus
grand sentiment de la vie qu'il fit son plus grand miracle. L'amour
de la patrie trouva chez lui un modèle : « *Jérusalem! Jérusalem!*
s'écriait-il, en pensant au jugement qui menaçait cette cité coupable,
*j'ai voulu rassembler tes enfants, comme la poule rassemble ses
poussins sous ses ailes ; mais tu ne l'as pas voulu !* » Du haut d'une
colline, jetant les yeux sur cette ville condamnée, pour ses crimes,
à une horrible destruction, il ne put retenir ses larmes : *Il vit la*

[1] ORIG., *cont. Cels.*, I, II; JUL., *ap. Cyril.*, lib. VI: AUG., ep. III, IV, t. II.
[2] EUSEB., *Dem. Ev.*, III, 3.
[3] TERT., *Apologet.*
[4] LAMP., *in Alex. Sev.*, cap. IV et XXXI.

cité, dit l'Apôtre, *et il pleura*. Sa tolérance ne fut pas moins remarquable quand ses disciples le prièrent de faire descendre le feu
sur un village de Samaritains qui lui avait refusé l'hospitalité. Il répondit avec indignation : *Vous ne savez pas ce que vous me demandez !*

Si le fils de l'Homme était sorti du ciel avec toute sa force, il eût
eu sans doute peu de peine à pratiquer tant de vertus, à supporter
tant de maux; mais c'est ici la gloire du mystère : le Christ ressentait des douleurs; son cœur se brisait comme celui d'un homme;
il ne donna jamais aucun signe de colère que contre la dureté de
l'âme et l'insensibilité. Il répétait éternellement : *Aimez-vous les
uns les autres. Mon père,* s'écriait-il sous le fer des bourreaux,
pardonnez-leur, car ils ne savent ce qu'ils font. Prêt à quitter ses
disciples bien-aimés, il fondit tout-à-coup en larmes; il ressentit les
horreurs du tombeau et les angoisses de la croix : une sueur de
sang coula le long de ses joues divines; il se plaignit que son père
l'avait abandonné. Lorsque l'ange lui présenta le calice, il dit :
*O mon père ! fais que ce calice passe loin de moi; cependant, si je
dois le boire, que ta volonté soit faite.* Ce fut alors que ce mot, où
respire la sublimité de la douleur, échappa à sa bouche : *Mon âme
est triste jusqu'à la mort.* Ah! si la morale la plus pure et le cœur
le plus tendre, si une vie à combattre l'erreur et à soulager les
maux des hommes, sont les attributs de la divinité, qui peut nier
celle de Jésus-Christ? Modèle de toutes vertus, l'amitié le voit en-
dormi dans le sein de saint Jean, ou léguant sa mère à ce disciple ;
la charité l'admire dans le jugement de la femme adultère : partout la pitié le trouve bénissant les pleurs de l'infortune; dans son
amour pour les enfants, son innocence et sa candeur se décèlent :
la force de son âme brille au milieu des tourments de la croix, et son
dernier soupir est un soupir de miséricorde.

CHAPITRE II.

CLERGÉ SÉCULIER.

HIÉRARCHIE.

Le Christ ayant laissé ses enseignements à ses disciples, monta sur le Thabor et disparut. Dès ce moment, l'Église subsiste dans les apôtres : elle s'établit à la fois chez les Juifs et chez les gentils. Saint Pierre, dans une seule prédication, convertit cinq mille hommes à Jérusalem, et saint Paul reçoit sa mission pour les nations infidèles. Bientôt le prince des apôtres jette dans la capitale de l'empire romain les fondements de la puissance ecclésiastique (16). Les premiers Césars régnaient encore, et déjà circulait au pied de leur trône, dans la foule, le prêtre inconnu qui devait les remplacer au Capitole. La hiérarchie commence; Lin succède à Pierre, Clément à Lin : cette chaîne de pontifes, héritiers de l'autorité apostolique, ne s'interrompt plus pendant dix-huit siècles, et nous unit à Jésus-Christ.

Avec la dignité épiscopale, on voit s'établir dès le principe les grandes divisions de la hiérarchie : le *sacerdoce* et le *diaconat*. Saint Ignace exhorte les Magnésiens *à agir en unité avec leur évêque, qui tient la place de Jésus-Christ ; leurs prêtres, qui représentent les apôtres ; et leurs diacres, qui sont chargés du soin des autels*[1]. Pie, Clément d'Alexandrie, Origène et Tertullien, confirment ces degrés[2].

Quoiqu'il ne soit fait mention, pour la première fois, des métro-

---

[1] IGNAT., *Ep. ad Magnes.*, n° 6.
[2] PIUS, ep. II; CLEM. ALEX., *Strom.*, lib. IV, pag. 667. ORIG., hom. II, *in Num.*, hom. *in Cantic,* ; TERTULL., *de Monogam.*, cap. XI; *de Fuga*, cap. XII; *de Baptismo*, cap. XVII.

politains ou des archevêques, qu'au concile de Nicée, néanmoins ce concile parle de cette dignité comme d'un degré hiérarchique établi depuis longtemps [1]. Saint Athanase [2] et saint Augustin [3] citent des métropolitains existants avant la date de cette assemblée. Dès le second siècle, Lyon est qualifié, dans les actes civils, de ville métropolitaine; et saint Irénée, qui en était évêque, gouvernait toute l'*Église* παροχίον gallicane [4].

Quelques auteurs ont pensé que les archevêques même sont d'institution apostolique [5]; en effet, Eusèbe et saint Chrysostôme disent que Tite, évêque, avait la surintendance des évêques de Crète [6].

Les opinions varient sur l'origine du patriarcat; Baronius, de Marca et Richerius la font remonter aux apôtres; mais il paraît néanmoins qu'il ne fut établi dans l'Église que vers l'an 385, quatre ans après le concile général de Constantinople.

Le nom de cardinal se donnait d'abord instinctivement aux premiers titulaires des églises [7]. Comme ces chefs du clergé étaient ordinairement des hommes distingués par leur science et leur vertu, les papes les consultaient dans les affaires délicates; ils devinrent peu-à-peu le conseil permanent du saint-siége, et le droit d'élire le souverain pontife passa dans leur sein, quand la communion des fidèles devint trop nombreuse pour être assemblée.

Les mêmes causes qui avaient donné naissance aux cardinaux près des papes produisirent les chanoines près des évêques : c'était un certain nombre de prêtres qui composaient la cour épiscopale.

[1] *Conc. Nicem.*, can. VI.
[2] ATHAN., *de Sentent.*, Dionys., t. I, pag. 552.
[3] AUG., *Brevis. Collat. tert. die*, cap. XVI.
[4] EUSEB., *H. E.*, lib. V. cap. XXIII. De παροχίον nous avons fait *paroisse*.
[5] USHER., *de Orig. Epic. et Metrop. Revereg. cod. can. viend.*, lib. II, cap. VI, n° 12; HAMM., *Pref. to Titus in Disser.* 4 cont. Blondel, cap. V.
[6] EUSEB., *H. E.* lib. III, cap. IV; CHRYS., *Hom.* I, *in Tit.*
[7] HÉRICOURT, *Lois eccl. de France*, pag. 205.

Les affaires du diocèse augmentant, les membres du synode furent obligés de se partager le travail. Les uns furent appelés vicaires, les autres grands vicaires, etc., selon l'étendue de leur charge. Le conseil entier prit le nom de *chapitre*, et les conseillers celui de *chanoines*, qui ne veut dire qu'administrateur canonique.

De simples prêtres, et même des laïques, nommés par les évêques à la direction d'une communauté religieuse, furent la source de l'ordre des abbés. Nous verrons combien les abbayes furent utiles aux lettres, à l'agriculture, et en général à la civilisation de l'Europe.

Les paroisses se formèrent à l'époque où les ordres principaux du clergé se subdivisèrent. Les évêchés étant devenus trop vastes pour que les prêtres de la métropole pussent porter les secours spirituels et temporels aux extrémités du diocèse, on éleva des églises dans les campagnes. Les ministres attachés à ces temples champêtres ont pris, longtemps après, le nom de curé, peut-être du latin *cura*, qui signifie *soin, fatigue*. Le nom, du moins, n'est pas orgueilleux, et on aurait dû le leur pardonner, puisqu'ils en remplissaient si bien les conditions[1].

Outre ces églises paroissiales, on bâtit encore des chapelles sur le tombeau des martyrs et des solitaires. Ces temples particuliers s'appelaient *martyrium* ou *memoria ;* et, par une idée encore plus douce et plus philosophique, on les nommait aussi *cimetières*, d'un mot grec qui signifie *sommeil*[2].

Enfin, les bénéfices séculiers durent leur origine aux *agapes*, ou repas des premiers chrétiens. Chaque fidèle apportait quelques aumônes pour l'entretien de l'évêque, du prêtre et du diacre, et pour le soulagement des malades et des étrangers[3]. Des hommes riches, des

---

[1] S. ATHANASE, dans sa seconde *Apologie,* dit que de son temps il y avait déjà dix églises paroissiales établies dans le Maréotis, qui relevait du diocèse d'Alexandrie.

[2] FLEURY, *Hist. eccl.*

[3] S. JUST., *Apol.*

princes, des villes entières donnèrent dans la suite des terres à l'Église, pour remplacer ces aumônes incertaines. Ces biens, partagés en divers lots par le conseil des supérieurs ecclésiastiques, prirent le nom de prébende, de canonicat, de commande, de bénéfices-cures, de bénéfices-manuels, simples, claustraux, selon les degrés hiérarchiques de l'administrateur aux soins duquel ils furent confiés [1].

Quant aux fidèles en général, le corps des chrétiens primitifs se distinguait en πιστοί, *croyants* ou *fidèles*, et κατεχούμενοι, *catéchumènes* [2]. Le privilège des *croyants* était d'être reçus à la sainte table, d'assister aux prières de l'Église, et de prononcer l'Oraison dominicale [3], que saint Augustin appelle pour cette raison *oratio fidelium*, et saint Chrysostôme εὐχὴ πιστῶν. Les catéchumènes ne pouvaient assister à toutes les cérémonies, et l'on ne traitait des mystères devant eux qu'en paraboles obscures [4].

Le nom de laïque fut inventé pour distinguer l'homme qui n'était pas engagé dans les ordres du corps général du clergé. Le titre de *clerc* se forma en même temps : *laïci*, et κληρικός se lisent à chaque page des anciens auteurs. On se servait de la dénomination d'*ecclésiastique*, tantôt en parlant des chrétiens en opposition aux gentils [5], tantôt en désignant le clergé, par rapport au reste des fidèles. Enfin, le titre de *catholique*, ou d'universelle, fut attribué à l'église dès sa naissance. Eusèbe, Clément d'Alexandrie et saint Ignace en portent témoignage [6]. Poleimon, le juge, ayant demandé à Pionos, martyr, de quelle Église il était, le confesseur répondit : *De l'Église catholique; car Jésus-Christ n'en connaît point d'autre* [7].

---

[1] Héric., *Lois eccl.*, pag. 204, 13.
[2] Eus., *Demonst. Evang.*, lib. vii, cap. ii.
[3] *Constit. Apost.*, lib. viii, cap. viii et xii.
[4] Theodor., *Epit. div. dog.*, cap. xxiv; Aug., *serm. ad Neophytos, in append.*, tom. x, pag. 845.
[5] Eus., lib. v, cap. xxvii; Cyril., *Catech.* xv, n° 4, cap. vii; lib. v.
[6] Eus., lib. iv, cap. xv; Clem. Alex., *Strom.*, lib. vii; Ignat., cap. *ad Smyrn.*, n° 8.
[7] Act. Pion., *ap. Bar.*, an. 254, n° 9.

N'oublions pas, dans le développement de cette hiérarchie, que saint
Jérôme compare à celle des anges, n'oublions pas les voies par où
la chrétienté signalait sa sagesse et sa force, nous voulons dire les
conseils et les persécutions. « Rappelez en votre mémoire, dit la
Bruyère, rappelez ce grand et premier concile, où les Pères qui le
composaient étaient remarquables chacun par quelques membres
mutilés, ou par les cicatrices qui leur étaient restées des fureurs de
la persécution : ils semblaient tenir de leurs plaies le droit de s'asseoir dans cette assemblée générale de toute l'Église. »

Déplorable esprit de parti ! Voltaire, qui montre souvent l'horreur du sang et l'amour de l'humanité, cherche à persuader qu'il y
eut peu de martyrs dans l'Église primitive[1] (17) ; et, comme s'il
n'eût jamais lu les historiens romains, il va presque jusqu'à nier
cette première persécution dont Tacite nous a fait une si affreuse
peinture. L'auteur de *Zaïre,* qui connaissait la puissance du malheur, a craint qu'on ne se laissât toucher par le tableau des souffrances des chrétiens ; il a voulu leur arracher une couronne de
martyre qui les rendait intéressants aux cœurs sensibles, et leur
ravir jusqu'au charme de leurs pleurs.

Ainsi nous avons tracé le tableau de la hiérarchie apostolique :
joignez-y le clergé régulier, dont nous allons bientôt nous entretenir, et vous aurez l'Église entière de Jésus-Christ. Nous osons
l'avancer : aucune autre religion sur la terre n'a offert un pareil
système de bienfaits, de prudence et de prévoyance, de force et de
douceur, de lois morales et de lois religieuses. Rien n'est plus sagement ordonné que ces cercles qui, partant du dernier chantre de
village, s'élèvent jusqu'au trône pontifical qu'ils supportent, et qui
les couronne. L'Église ainsi, par ses différents degrés, touchait à
nos divers besoins : arts, lettres, sciences, législation, politique,
institutions littéraires, civiles et religieuses, fondations pour l'humanité, tous ces magnifiques bienfaits nous arrivaient par les rangs

[1] Dans son *Essai sur les mœurs.*

supérieurs de la hiérarchie, tandis que les détails de la charité
et de la morale étaient répandus par les degrés inférieurs, chez
les dernières classes du peuple. Si jamais l'Église fut pauvre, depuis le dernier échelon jusqu'au premier, c'est que la chrétienté
était indigente comme elle. Mais on ne saurait exiger que le clergé
fût demeuré pauvre, quand l'opulence croissait autour de lui. Il
aurait alors perdu toute considération, et certaines classes de la société avec lesquelles il n'aurait pu vivre se fussent soustraites à son
autorité morale. Le chef de l'Église était prince, pour pouvoir parler aux princes; les évêques, marchant de pair avec les grands,
osaient les instruire de leurs devoirs : les prêtres séculiers et réguliers, au-dessus des nécessités de la vie, se mêlaient aux riches,
dont ils épuraient les mœurs ; et le simple curé se rapprochait des
pauvres, qu'il était destiné à soulager par ses bienfaits, et à consoler par son exemple.

Ce n'est pas que le plus indigent des prêtres ne pût aussi instruire
les grands du monde, et les rappeler à la vertu ; mais il ne pouvait
ni les suivre dans les habitudes de leur vie, comme le haut clergé,
ni leur tenir un langage qu'ils eussent parfaitement entendu. La
considération même dont ils jouissaient venait en partie des ordres
supérieurs de l'Église. Il convient d'ailleurs à de grands peuples
d'avoir un culte honorable, et des autels où l'infortuné puisse trouver des secours.

Au reste, il n'y a rien d'aussi beau dans l'histoire des institutions
civiles et religieuses que ce qui concerne l'autorité, les devoirs et
l'investiture du prélat, parmi les chrétiens. On y voit la parfaite
image du pasteur des peuples et du ministre des autels. Aucune classe
d'hommes n'a plus honoré l'humanité que celle des évêques, et l'on
ne pourrait trouver ailleurs plus de vertus, de grandeur et de génie.

Le chef apostolique devait être sans défaut de corps, et pareil
au prêtre sans tache que Platon dépeint dans ses *Lois*. Choisi dans
l'assemblée du peuple, il était peut-être le seul magistrat légal qui
existât dans les temps barbares. Comme cette place entraînait une

responsabilité immense, tant dans cette vie que dans l'autre, elle
était loin d'être briguée. Les Basile et les Ambroise fuyaient au désert, dans la crainte d'être élevés à une dignité dont les devoirs effrayaient même leurs vertus.

Non-seulement l'évêque était obligé de remplir ses fonctions
religieuses, comme d'enseigner la morale, d'administrer les sacrements, d'ordonner les prêtres, mais encore le poids des lois civiles
et des débats politiques retombait sur lui. C'était un prince à apaiser, une guerre à détourner, une ville à défendre. L'évêque de
Paris, au neuvième siècle, en sauvant par son courage la capitale
de la France, empêcha peut-être la France entière de passer sous
le joug des Normands.

« On était si convaincu, dit d'Héricourt, que l'obligation de recevoir les étrangers, était un devoir dans l'épiscopat, que saint Grégoire voulut, avant de consacrer Florentinus, évêque d'Ancône,
qu'on exprimât si c'était par impuissance ou par avarice qu'il
n'avait point exercé jusqu'alors l'hospitalité envers les étrangers.[1] »

On voulait que l'évêque haït le péché, et non le pécheur[2]; qu'il
supportât le faible ; qu'il eût un cœur de père pour les pauvres[3]. Il
devait néanmoins garder quelque mesure dans ses dons, et ne point
entretenir de profession dangereuse ou inutile, comme les baladins
et les chasseurs[4] : véritable loi politique, qui frappait d'un côté
le vice dominant les Romains, et de l'autre la passion des Barbares.

Si l'évêque avait des parents dans le besoin, il lui était permis de
les préférer à des étrangers, mais non pas de les enrichir : « Car,
dit le canon, c'est leur état d'indigence, et non les liens du sang,
qu'il doit regarder en pareil cas[5]. »

Faut-il s'étonner qu'avec tant de vertus les évêques obtinssent la

[1] *Lois eccl. de France*, pag. 751.
[2] *Id. ibid.*, can. *Odio*.
[3] *Id.*, *loc. cit.*
[4] *Id. ibid.*, can. *Don. qui cenatoribus*.
[5] *Lois eccl.*, pag. 742. can. *Est probanda*.

vénération des peuples ? On courbait la tête sons leur bénédiction ; on chantait *Hosannah* devant eux, on les appelait *très saints, très chers à Dieu* ; et ces titres étaient d'autant plus magnifiques, qu'ils étaient justement acquis.

Quand les nations se civilisèrent, les évêques, plus circonscrits dans leurs devoirs religieux, jouirent du bien qu'ils avaient fait aux hommes, et cherchèrent à leur en faire encore, en s'appliquant plus particulièrement au maintien de la morale, aux œuvres de charité et aux progrès des lettres. Leurs palais devinrent le cen tre de la politesse et des arts. Appelés par leurs souverains au ministère public, et revêtus des premières dignités de l'Église, ils y déployèrent des talents qui firent l'admiration de l'Europe. Jusque dans ces derniers temps, les évêques de France ont été des exemples de modération et de lumière. On pourrait sans doute citer quelques exceptions ; mais, tant que les hommes seront sensibles à la vertu, on se souviendra que plus de soixante évêques catholiques ont erré fugitifs chez des peuples protestants, et qu'en dépit des préjugés religieux, et des préventions qui s'attachent à l'infortune, ils se sont attiré le respect et la vénération de ces peuples ; on se souviendra que le disciple de Luther et de Calvin est venu entendre le prélat romain exilé prêcher, dans quelque retraite obscure, l'amour de l'humanité et le pardon des offenses ; on se souviendra enfin que tant de nouveaux Cypriens, persécutés pour leur religion, que tant de courageux Chrysostômes se sont dépouillés du titre qui faisaient leurs combats et leur gloire, sur un simple mot du chef de l'Église : heureux de sacrifier avec leur prospérité première l'éc lat de douze ans de malheur à la paix de leur troupeau.

Quant au clergé inférieur, c'était à lui qu'on était redevable de ce reste de bonnes mœurs que l'on trouvait encore dans les villes et dans les campagnes. Le paysan sans religion est une bête féroce ; il n'a aucun frein d'éducation ni de respect humain : une vie pénible a aigri son caractère ; la propriété lui a enlevé l'innocence du sauvage ; il est timide, grossier, défiant, avare, ingrat surtout. Mais,

par un miracle frappant, cet homme, naturellement pervers, devient
excellent dans les mains de la religion. Autant il était lâche, autant
il est brave ; son penchant à trahir se change en une fidélité à toute
épreuve, son ingratitude en un dévouement sans bornes, sa défiance
en une confiance absolue. Comparez ces paysans impies, profanant
les églises, dévastant les propriétés, brûlant à petit feu les femmes,
les enfants et les prêtres ; comparez-les aux Vendéens défendant le
culte de leurs pères, et seuls libres quand la France était abattue
sous le joug de la Terreur ; comparez-les, et voyez la différence
que la religion peut mettre entre les hommes.

On a pu reprocher aux curés des préjugés d'état ou d'ignorance ; mais, après tout, la simplicité du cœur, la sainteté de la
vie, la pauvreté évangélique, la charité de Jésus-Christ, en faisaient un des ordres les plus respectables de la nation. On en a
vu plusieurs qui semblaient moins des hommes que des esprits
bienfaisants descendus sur la terre pour soulager les misérables.
Souvent ils se refusèrent le pain pour nourrir les nécessiteux, et
se dépouillèrent de leurs habits pour en couvrir l'indigent. Qui
oserait reprocher à de tels hommes quelque sévérité d'opinion ?
Qui de nous, superbes philanthropes, voudrait, durant les rigueurs
de l'hiver, être reveillé au milieu de la nuit, pour aller administrer, au loin, dans les campagnes, le moribond expirant sur la
paille ? Qui de nous voudrait avoir sans cesse le cœur brisé du
spectacle d'une misère qu'on ne peut secourir, se voir environné
d'une famille dont les joues hâves et les yeux creux annoncent
l'ardeur de la faim et de tous les besoins ? Consentirons-nous à
suivre les curés de Paris, ces anges d'humanité, dans le séjour du
crime et de la douleur, pour consoler le vice sous les formes les
plus dégoûtantes, pour verser l'espérance dans un cœur désespéré ?
Qui de nous enfin voudrait se séquestrer du monde des heureux
pour vivre éternellement parmi les souffrances, et ne recevoir en
mourant, pour tant de bienfaits ; que l'ingratitude du pauvre et la
calomnie du riche ?

CHAPITRE III.

ORIGINE DE LA VIE MONASTIQUE.

S'il est vrai, comme on pourrait le croire, qu'une chose soit poétiquement belle en raison de l'antiquité de son origine; il faut convenir que la vie monastique a quelques droits à notre admiration. Elle remonte aux premiers âges du monde. Le prophète Élie, fuyant la corruption d'Israël, se retira le long du Jourdain, où il vécut d'herbes et de racines, avec quelques disciples. Sans avoir besoin de fouiller plus avant dans l'histoire, cette source des ordres religieux nous semble assez merveilleuse. Que n'eussent point dit les poètes de la Grèce, s'ils avaient trouvé pour fondateur des colléges sacrés un homme ravi au ciel dans un char de feu, et qui doit reparaître sur la terre au jour de la consommation des siècles?

De là, la vie monastique, par un héritage admirable, descend à travers les prophètes et saint Jean-Baptiste jusqu'à Jésus-Christ, qui se dérobait souvent au monde pour aller prier sur les montagnes. Bientôt les Thérapeutes[1], embrassant les perfections de la retraite, offrirent, près du lac Mœris en Égypte, les premiers modèles des monastères chrétiens. Enfin, sous Paul, Antoine et Pacôme, paraissent ces saints de la Thébaïde qui remplirent le Carmel et le Liban des chefs-d'œuvres de la pénitence. Une voix de gloire et de merveille s'éleva du fond des plus affreuses solitudes. Des musiques

---

[1] Voltaire se moque d'Eusèbe, *qui prend*, dit-il, *les Thérapeutes pour des moines chrétiens.* Eusèbe était plus près de ces moines que Voltaire, et certainement plus versé que lui dans les antiquités chrétiennes. Montfaucon, Fleury, Héricourt, Hélyot, et une foule d'autres savants, se sont rangés à l'opinion de l'évêque de Césarée.

divines se mêlaient au bruit des cascades et des sources; les Séraphins visitaient l'anachorète du rocher, ou enlevaient son âme brillante sur les nues; les lions servaient de messager au solitaire , et
les corbeaux lui apportaient la manne céleste. Les cités jalouses virent tomber leur réputation antique : ce fut le temps de la renommée
du désert.

Marchant ainsi d'enchantement en enchantement dans l'établissement de la vie religieuse , nous trouvons une seconde sorte d'origines que nous appelons *locales*, c'est-à-dire certaines fondations
d'ordres et de couvents : ces origines ne sont ni moins curieuses ni
moins agréables que les premières. Aux portes mêmes de Jérusalem
on voit un monastère bâti sur l'emplacement de la maison de Pi-
late; au mont Sinaï, le couvent de la *Transfiguration* marque le
lieu où Jéhovah dicta ses lois aux Hébreux; et plus loin s'élève un
autre couvent sur la montagne où Jésus-Christ disparut de la
terre.

Et que de choses admirables l'Occident ne nous montre-t-il pas à
son tour dans les fondations des communautés, monuments de nos
antiquités gauloises, lieux consacrés par d'intéressantes aventures
ou par des actes d'humanité ! L'histoire, les passions du cœur, la
bienfaisance, se disputent l'origine de nos monastères. Dans cette
gorge des Pyrénées, voilà l'hôpital de Roncevaux, que Charlemagne
bâtit à l'endroit même où la fleur des chevaliers, Roland , termina
ses hauts faits : un asile de paix et de secours marque dignement le
tombeau du preux qui défendit l'orphelin et mourut pour sa patrie.
Aux plaines de Bovines, devant ce petit temple du Seigneur, j'ap-
prends à mépriser les arcs de triomphe des Marius et des César; je
contemple avec orgueil ce couvent qui vit un roi français proposer
la couronne au plus digne. Mais aimez-vous les souvenirs d'une autre sorte ? Une femme d'Albion, surprise par un sommeil mystérieux,
croit voir en songe la lune se pencher vers elle; bientôt il lui naît
une fille chaste et triste comme le flambeau des nuits, et qui, fondant
un monastère, devient l'astre charmant de la solitude.

On nous accuserait de chercher à surprendre l'oreille par de doux sons, si nous rappelions ces couvents d'*Aqua-Bella*, de *Bel-Monte*, de *Vallombreuse*, ou celui de *la Colombe*, ainsi nommé à cause de son fondateur, colombe céleste qui vivait dans les bois. La Trappe et le Paraclet gardaient le nom et le souvenir de Comminges et d'Héloïse. Demandez à ce paysan de l'antique Neustrie quel est ce monastère qu'on aperçoit au sommet de la colline. Il vous répondra : « C'est le prieuré *des deux Amants*. Un jeune gentilhomme étant devenu amoureux d'une jeune damoiselle, fille du châtelain de Malmain, ce seigneur consentit à accorder sa fille à ce pauvre gentilhomme s'il pouvait la porter jusqu'au haut du mont. Il accepta le marché, et, chargé de sa dame, il monta tout au sommet de la colline; mais il mourut de fatigue en y arrivant. Sa prétendue trépassa bientôt par grand déplaisir; les parents les enterrèrent ensemble dans ce lieu, et ils y firent le prieuré que vous voyez. »

Enfin, les cœurs tendres auront dans les origines de nos couvents de quoi se satisfaire, comme l'antiquaire et le poète. Voyez ces retraites de la *Charité*, des *Pèlerins*, du *Bien-Mourir*, des *Enterreurs de Morts*, des *Insensés*, des *Orphelins;* tâchez, si vous le pouvez, de trouver dans le long catalogue des misères humaines une seule infirmité de l'âme ou du corps pour qui la religion n'ait pas fondé son lieu de soulagement ou son hospice !

Au reste, les persécutions des Romains contribuèrent d'abord à peupler les solitudes ; ensuite, les barbares s'étant précipités sur l'empire, et ayant brisé tous les liens de la société, il ne resta aux hommes que Dieu pour espérance, et les déserts pour refuges. Des congrégations d'infortunés se formèrent dans les forêts et dans les lieux les plus inaccessibles. Les plaines fertiles étaient en proie à des sauvages qui ne savaient pas les cultiver, tandis que sur les crêtes arides des monts habitait un autre monde, qui, dans ces roches escarpées, avait sauvé comme d'un déluge les restes des arts et de la civilisation. Mais, de même que les fontaines découlent des lieux élevés pour fertiliser les vallées, ainsi les premiers anachorètes descendirent peu-à-peu de leurs hauteurs pour porter aux Barbares la parole de Dieu et les douceurs de la vie.

On dira peut-être que les causes qui donnèrent naissance à la vie monastique n'existant plus parmi nous, les couvents étaient devenus des retraites inutiles. Et quand donc ces causes ont-elles cessé? N'y a-t-il plus d'orphelins, d'infirmes, de voyageurs, de pauvres, d'infortunés? Ah! lorsque les maux des siècles barbares se sont évanouis, la société, si habile à tourmenter les âmes, et si ingénieuse en douleur, a bien su faire naître mille autres raisons d'adversité qui nous jettent dans la solitude! Que de passions trompées, de sentiments trahis, que de dégoûts amers nous entraînent chaque jour hors du monde! C'était une chose fort belle que ces maisons religieuses où l'on trouvait une retraite assurée contre les coups de la fortune et les orages de son propre cœur. Une orpheline abandonnée de la société, à cet âge où de cruelles séductions sourient à la beauté et à l'innocence, savait du moins qu'il y avait un asile où l'on ne se ferait pas un jeu de la tromper. Comme il était doux pour cette pauvre étrangère sans parents d'entendre retentir le nom de sœur à ses oreilles! Quelle nombreuse et paisible famille la religion ne venait-elle pas de lui rendre! un père céleste lui ouvrait sa maison et la recevait dans ses bras.

C'est une philosophie bien barbare et une politique bien cruelle, que celles-là qui veulent obliger l'infortuné à vivre au milieu du monde. Des hommes ont été assez peu délicats pour mettre en commun leurs voluptés; mais l'adversité a un plus noble égoïsme : elle se cache toujours pour jouir de ses plaisirs, qui sont des larmes. S'il est des dieux pour la santé du corps, ah! permettez à la religion d'en avoir aussi pour la santé de l'âme, elle qui est bien plus sujette aux maladies, et dont les infirmités sont bien plus douloureuses, bien plus longues et bien plus difficiles à guérir.

Des gens se sont avisés de vouloir qu'on élevât des retraites *nationales* pour ceux *qui pleurent*. Certes, ces philosophes sont profonds dans la connaissance de la nature, et les choses du cœur humain leur ont été révélées! c'est-à-dire qu'ils veulent confier le malheur à la pitié des hommes, et mettre les chagrins sous la protection de ceux qui les causent. Il faut une charité plus magnifique que la nôtre pour soulager l'indigence d'une âme infortunée ; Dieu seul est assez riche pour lui faire l'aumône.

On a prétendu rendre un grand service aux religieux et aux religieuses en les forçant de quitter leurs retraites : qu'en est-il advenu? Les femmes qui ont pu trouver un asile dans des monastères étrangers s'y sont réfugiées ; d'autres se sont réunies pour former entre elles des monastères au milieu du monde; plusieurs enfin sont mortes de chagrin; et ces Trappistes si *à plaindre,* au lieu de profiter des charmes de la liberté et de la vie, ont été continuer leurs macérations dans les bruyères de l'Angleterre et dans les déserts de la Russie.

Il ne faut pas croire que nous soyons tous également nés pour manier le hoyau ou le mousquet, et qu'il n'y ait point d'homme d'une délicatesse particulière, qui soit formé pour le labeur de la pensée, comme un autre pour le travail des mains. N'en doutons point, nous avons au fond du cœur mille raisons de solitude: quelques-uns y sont entraînés par une pensée tournée à la contemplation ; d'autres par une certaine pudeur craintive qui fait qu'ils aiment à habiter en eux-mêmes; enfin il est des âmes trop excellentes, qui cherchent en vain dans la nature les autres âmes auxquelles elles sont faites pour s'unir, et qui semblent condamnées à une sorte de virginité morale ou de veuvage éternel.

C'était surtout pour ces âmes solitaires que la religion avait élevé ses retraites.

CHAPITRE IV.

DES CONSTITUTIONS MONASTIQUES.

On doit sentir que ce n'est pas l'histoire particulière des ordres religieux que nous écrivons, mais seulement leur histoire morale.

Ainsi, sans parler de saint Antoine, père des cénobites; de saint Paul, premier des anachorètes; de sainte Synclétique, fondatrice des monastères de filles : sans nous arrêter à l'ordre de saint Augustin, qui comprend les chapitres connus sous le nom de *réguliers;* à celui de saint Basile, adopté par les religieux et les religieuses d'Orient; à la règle de saint Benoît, qui réunit la plus grande partie des monastères occidentaux; à celle de saint François, pratiquée par les ordres mendiants, nous confondrons tous les religieux dans un tableau général, où nous tâcherons de peindre leurs costumes, leurs usages, leurs mœurs, leur vie active ou contemplative, et les services sans nombre qu'ils ont rendus à la société.

Cependant nous ne pouvons nous empêcher de faire une observation. Il y a des personnes qui méprisent, soit par ignorance, soit par préjugés, ces constitutions sous lesquelles un grand nombre de cénobites ont vécu depuis plusieurs siècles. Ce mépris n'est rien moins que philosophique, et surtout dans un temps où l'on se pique de connaître et d'étudier les hommes. Tout religieux qui, au moyen d'une haire et d'un sac, est parvenu à rassembler sous ses lois plusieurs milliers de disciples, n'est point un homme ordinaire; et les ressorts qu'il a mis en usage, l'esprit qui domine dans ses institutions, valent bien la peine d'être examinés.

Il est digne de remarque, sans doute, que de toutes ces règles monastiques les plus rigides ont été le mieux observées : les chartreux ont donné au monde l'unique exemple d'une congrégation qui a existé sept cents ans sans avoir besoin de réforme. Ce qui prouve que plus le législateur combat les penchants naturels, plus il assure la durée de son ouvrage. Ceux au contraire qui prétendent élever des sociétés en employant les passions comme matériaux de l'édifice, ressemblent à ces architectes qui bâtissent des palais avec cette sorte de pierre qui se fond à l'impression de l'air.

Les ordres religieux n'ont été, sous beaucoup de rapports, que des sectes philosophiques assez semblables à celles des Grecs. Les moines étaient appelés *philosophes* dans les premiers temps; ils en portaient la robe et en imitaient les mœurs. Quelques-uns même avaient choisi pour seule règle le manuel d'Épictète. Saint Basile établit le premier les vœux *de pauvreté, de chasteté* et *d'obéissance.* Cette loi est profonde; et si l'on y réfléchit, on verra que le génie de Lycurgue est renfermé dans ces trois préceptes.

Dans la règle de saint Benoît, tout est prescrit, jusqu'aux plus petits détails de la vie : lit, nourriture, promenade, conversation, prière. On donnait aux faibles des travaux plus délicats; aux robustes, de plus pénibles; en un mot, la plupart de ces lois religieuses décèlent une connaissance incroyable dans l'art de gouverner les hommes. Platon n'a fait que rêver des républiques, sans pouvoir rien exécuter : saint Augustin, saint Basile, saint Benoît, ont été de véritables législateurs, et les patriarches de plusieurs grands peuples.

On a beaucoup déclamé dans ces derniers temps contre la perpétuité des vœux; mais il n'est peut-être pas impossible de trouver en sa faveur des raisons puisées dans la nature des choses et dans les besoins même de notre âme.

L'homme est surtout malheureux par son inconstance et par l'usage de ce libre arbitre qui fait à la fois sa gloire et ses maux, et qui fera sa condamnation. Il flotte de sentiment en sentiment, de pensée en pensée; ses amours ont la mobilité de ses opinions, et ses opinions lui échappent comme ses amours. Cette inquiétude le plonge dans une misère dont il ne peut sortir que quand une force supérieure l'attache à un seul objet. On le voit alors porter avec joie sa chaîne, car l'homme infidèle hait pourtant l'infidélité. Ainsi, par exemple, l'artisan est plus heureux que le riche désoccupé, parce qu'il est soumis à un travail impérieux qui ferme autour de lui toutes les voies du désir ou de l'inconstance. La même soumission à la puissance fait le bien-être des enfants, et la loi qui défend le divorce a moins d'inconvénients pour la paix des familles que la loi qui le permet.

Les anciens législateurs avaient reconnu cette nécessité d'imposer un joug à l'homme. Les républiques de Lycurgue et de Minos n'étaient en effet que des espèces de communautés où l'on était engagé en naissant par des vœux perpétuels. Le citoyen y était condamné à une existence uniforme et monotone. Il était assujéti à des règles fatigantes, qui s'étendaient jusque sur ses repas et ses loisirs; il ne pouvait disposer ni des heures de sa journée, ni des âges de sa vie : on lui demandait un sacrifice rigoureux de ses goûts ; il fallait qu'il aimât, qu'il pensât, qu'il agît d'après la loi : en un mot, on lui avait retiré sa volonté pour le rendre heureux.

Le vœu perpétuel, c'est-à-dire la soumission à une règle inviolable, loin de nous plonger dans l'infortune, est donc, au contraire, une disposition favorable au bonheur, surtout quand ce vœu n'a d'autre but que de nous défendre contre les illusions du monde, comme dans les ordres monastiques. Les passions ne se soulèvent guère dans notre sein avant notre quatrième lustre; à quarante ans elles sont déjà éteintes ou détrompées : ainsi le serment indissoluble nous prive tout au plus de quelques années de désirs, pour faire ensuite la paix de notre vie, pour nous arracher aux regrets ou aux remords le reste de nos jours. Or, si vous mettez en balance les maux qui naissent des passions avec le peu de moments de joie qu'elles vous donnent, vous verrez que le vœu perpétuel est encore un plus grand bien, même dans les plus beaux instants de la jeunesse.

Supposons, d'ailleurs, qu'une religieuse pût sortir de son cloître à volonté, nous demandons si cette femme serait heureuse. Quelques années de retraite auraient renouvelé pour elle la face de la société. Au spectacle du monde, si nous détournons un moment la tête, les décorations changent, les palais s'évanouissent; et lorsque nous reportons les yeux sur la scène, nous n'apercevons plus que des déserts et des acteurs inconnus.

On verrait incessamment la folie du siècle entrer par caprice dans les couvents, et en sortir par caprice. Les cœurs agités ne seraient plus assez longtemps auprès des cœurs paisibles pour prendre quelque chose de leur repos, et les âmes sereines auraient bientôt perdu leur calme dans le commerce des âmes troublées. Au lieu de promener en silence leurs chagrins passés dans les abris du cloître, les malheureux iraient se racontant leurs naufrages, et s'excitant peut-être à braver encore les écueils. Femme du monde, femme de la solitude, l'infidèle épouse de Jésus-Christ ne serait propre ni à la solitude ni au monde : ce flux et reflux des passions, ces vœux tour-à-tour rompus et formés, banniraient des monastères la paix, la subordination, la décence. Ces retraites sacrées, loin d'offrir un port assuré à nos inquiétudes, ne seraient plus que des lieux où nous viendrions pleurer un moment l'inconstance des autres, et méditer nous-même des inconstances nouvelles.

Mais ce qui rend le vœu perpétuel de la religion bien supérieur à l'espèce de vœu politique du Spartiate et du Crétois, c'est qu'il vient de nous-même; qu'il ne nous est imposé par personne, et qu'il présente au cœur une compensation pour ces amours terrestres que l'on sacrifie. Il n'y a rien que de grand dans cette alliance d'une âme immortelle avec le principe éternel; ce sont deux natures qui se conviennent et qui s'unissent. Il est sublime de voir l'homme né libre chercher en vain son bonheur dans sa volonté; puis, fatigué de ne rien trouver ici-bas qui soit digne de lui, se jurer d'aimer à jamais l'Être suprême, et se créer comme Dieu, dans son propre serment, une *Nécessité*.

CHAPITRE V.

TABLEAU DES MOEURS ET DE LA VIE RELIGIEUSE.

MOINES, COPHTES, MARONITES, ETC.

Venons maintenant au tableau de la vie religieuse, et posons d'abord un principe. Partout où se trouve beaucoup de mystère, de solitude, de contemplation, de silence, beaucoup de pensées de Dieu, beaucoup de choses vénérables dans les costumes, les usages et les mœurs, là se doit trouver une abondance de toutes les sortes de beautés. Si cette observation est juste, on va voir qu'elle s'applique merveilleusement au sujet que nous traitons.

Remontons encore aux solitaires de la Thébaïde. Ils habitaient des cellules appelées *laures*, et portaient, comme leur fondateur Paul, des robes de feuilles de palmier; d'autres étaient vêtus de cilices tissus de poil de gazelle; quelques-uns, comme le solitaire Zénon, jetaient seulement sur leurs épaules la dépouille des bêtes sauvages; l'anachorète Séraphion marchait enveloppé du linceul qui devait le couvrir dans la tombe. Les religieux maronites, dans les solitudes du Liban, les ermites nestoriens, répandus le long du Tigre; ceux d'Abyssinie, aux cataractes du Nil et sur les rivages de la mer Rouge, tous, enfin, mènent une vie aussi extraordinaire que les déserts où ils l'ont cachée. Le moine cophte, en entrant dans son monastère, renonce aux plaisirs, consume son temps en travail, en jeûnes, en prières, et à la pratique de l'hospitalité. Il couche sur la dure, dort à peine quelques instants, se relève, et, sous le beau firmament d'Égypte, fait entendre sa voix parmi les débris de Thèbes et de Memphis. Tantôt l'écho des Pyramides redit aux ombres des Pharaons les cantiques de cet enfant de la famille de Joseph;

tantôt ce pieux solitaire chante au matin les louanges du vrai soleil, au même lieu où des statues harmonieuses soupiraient le réveil de l'aurore. C'est là qu'il cherche l'Européen égaré à la poursuite de ces ruines fameuses; c'est là que, le sauvant de l'Arabe, il l'enlève dans sa tour, et prodigue à cet inconnu la nourriture qu'il se refuse à lui-même. Les savants vont bien visiter les débris de l'Égypte; mais d'où vient que, comme les moines chrétiens, objet de leur mépris, ils ne vont pas s'établir dans ces mers de sable, au milieu de toutes les privations, pour donner un verre d'eau au voyageur, et l'arracher au cimeterre du Bédouin?

Dieu des chrétiens, quelles choses n'as-tu point faites! Partout où l'on tourne les yeux, on ne voit que les monuments de tes bienfaits. Dans les quatre parties du monde la religion a distribué ses milices et placé ses vedettes pour l'humanité. Le moine maronite appelle, par le claquement de deux planches suspendues à la cime d'un arbre, l'étranger que la nuit a surpris dans les précipices du Liban; ce pauvre et ignorant artiste n'a pas de plus riche moyen de se faire entendre : le moine abyssinien vous attend dans ce bois, au milieu des tigres : le missionnaire américain veille à votre conservation dans ses immenses forêts. Jeté par un naufrage sur des côtes inconnues, tout-à-coup vous apercevez une croix sur un rocher. Malheur à vous si ce signe de salut ne fait pas couler vos larmes. Vous êtes en pays d'amis; ici sont des chrétiens. Vous êtes Français, il est vrai, et ils sont Espagnols, Allemands, Anglais peut-être! Et qu'importe? n'êtes-vous pas de la grande famille de Jésus-Christ? Ces étrangers vous reconnaîtront pour frère; c'est vous qu'ils invitent par cette croix; ils ne vous ont jamais vu, et cependant ils pleurent de joie en vous voyant sauvé du désert.

Mais le voyageur des Alpes n'est qu'au milieu de sa course. La nuit approche, les neiges tombent : seul, tremblant, égaré, il fait quelques pas et se perd sans retour. C'en est fait, la nuit est venue : arrêté au bord d'un précipice, il n'ose ni avancer, ni retourner en arrière. Bientôt le froid le pénètre, ses membres s'engourdissent, un funeste sommeil cherche ses yeux ; ses dernières pensées sont pour ses enfants et son épouse ! Mais n'est-ce pas le son d'une cloche qui frappe son oreille à travers le murmure de la tempête, ou bien est-ce le *glas* de la mort que son imagination effrayée croit ouïr au milieu des vents ? Non : ce sont des sons réels, mais inutiles ! car les pieds de ce voyageur refusent maintenant de le porter..... Un autre bruit se fait entendre ; un chien jappe sur les neiges ; il approche , il arrive, il hurle de joie : un solitaire le suit.

Ce n'était donc pas assez d'avoir mille fois exposé sa vie pour sauver des hommes, et de s'être établi pour jamais au fond des plus affreuses solitudes ? Il fallait encore que les animaux mêmes apprissent à devenir l'instrument de ces œuvres sublimes, qu'ils s'embrassassent, pour ainsi dire, de l'ardente charité de leurs maîtres, et que leurs cris sur le sommet des Alpes proclamassent aux échos les miracles de notre religion.

Qu'on ne dise pas que l'humanité seule puisse conduire à de tels actes ; car d'où vient qu'on ne trouve rien de pareil dans cette belle antiquité, pourtant si sensible ? On parle de la philanthropie ! c'est la religion chrétienne qui est seule philanthrope par excellence. Immense et sublime idée , qui fait du chrétien de la Chine un ami du chrétien de la France , du sauvage néophyte un frère du moine égyptien ! Nous ne sommes plus étrangers sur la terre, nous ne pouvons plus nous y égarer. Jésus-Christ nous a rendu l'héritage que le péché d'Adam nous avait ravi. Chrétien ! il n'est plus d'océan ou de déserts inconnus pour toi ; tu trouveras partout la langue de tes aïeux et la cabane de ton père !

CHAPITRE VI.

SUITE DU PRÉCÉDENT.

TRAPPISTES, CHARTREUX, SOEURS DE SAINTE-CLAIRE, PÈRES DE LA RÉDEMPTION, MISSIONNAIRES, FILLES DE LA CHARITÉ, ETC.

Telles sont les mœurs et les coutumes de quelques-uns des ordres religieux de la vie contemplative; mais ces choses, néanmoins, ne sont si belles que parce qu'elles sont unies aux méditations et aux prières : ôtez le nom et la présence de Dieu de tout cela, et le charme est presque détruit.

Voulez-vous maintenant vous transporter à la Trappe, et contempler ces moines vêtus d'un sac, qui bêchent leurs tombes? Voulez-vous les voir errer comme des ombres dans cette grande forêt de Mortagne, et au bord de cet étang solitaire? Le silence marche à leurs côtés, ou s'ils se parlent quand ils se rencontrent, c'est pour se dire seulement: *Frères, il faut mourir*. Ces ordres rigoureux du christianisme étaient des écoles de morale en action : institués au milieu des plaisirs du siècle, ils offraient sans cesse des modèles de pénitence et de grands exemples de la misère humaine aux yeux du vice et de la prospérité.

Quel spectacle que celui du trappiste mourant! quelle sorte de haute philosophie! quel avertissement pour les hommes! Étendu sur un peu de paille et de cendre, dans le sanctuaire de l'église, ses frères rangés en silence autour de lui, il les appelle à la vertu, tandis que la cloche funèbre sonne ses dernières agonies. Ce sont ordinairement les vivants qui engagent l'infirme à quitter courageusement la vie; mais ici c'est une chose plus sublime, c'est le

mourant qui parle de la mort. Aux portes de l'éternité, il la doit
mieux connaître qu'un autre; et, d'une voix qui résonne déjà entre
des ossements, il appelle avec autorité ses compagnons, ses supérieurs même à la pénitence. Qui ne frémirait en voyant ce religieux
qui vécut d'une manière si sainte, douter encore de son salut à l'approche du passage terrible! Le christianisme a tiré du fond du sépulcre toutes les moralités qu'il renferme. C'est par la mort que la
morale est entrée dans la vie : si l'homme, tel qu'il est aujourd'hui
après sa chute, fût demeuré immortel, peut-être n'eût-il jamais connu
la vertu (18).

Ainsi s'offrent de toutes parts dans la religion les scènes les plus
instructives ou les plus attachantes : là, de saints muets, comme
un peuple enchanté par un philtre, accomplissent sans paroles les
travaux des moissons et des vendanges; ici les filles de Claire foulent de leurs pieds nus les tombes glacées de leur cloître. Ne croyez
pas toutefois qu'elles soient malheureuses au milieu de leurs austérités; leurs cœurs sont purs, et leurs yeux tournés vers le ciel,
en signe de désir et d'espérance. Une robe de laine grise est pré-
férable à des habits somptueux, achetés au prix des vertus; le pain
de la charité est plus sain que celui de la prostitution. Eh! combien
de chagrins ce simple voile baissé entre ces filles et le monde ne les
sépare-t-il pas!

En vérité, nous sentons qu'il nous faudrait un tout autre talent
que le nôtre pour nous tirer dignement des objets qui se présentent
à nos yeux. Le plus bel éloge que nous pourrions faire de la vie
monastique serait de présenter le catalogue des travaux auxquels
elle s'est consacrée. La religion, laissant à notre cœur le soin de
nos joies, ne s'est occupée, comme une tendre mère, que du soulagement de nos douleurs; mais dans cette œuvre immense et difficile
elle a appelé tous ses fils et toutes ses filles à son secours. Aux
uns elle a confié le soin de nos maladies, comme à cette multitude
de religieux et de religieuses dévoués au service des hôpitaux; aux
autres elle a délégué les pauvres, comme aux sœurs de la Charité.

Le père de la Rédemption s'embarque à Marseille : où va-t-il seul ainsi avec son bréviaire et son bâton? Ce conquérant marche à la délivrance de l'humanité, et les armées qui l'accompagnent sont invisibles. La bourse de la charité à la main, il court affronter la peste, le martyre et l'esclavage. Il aborde le dey d'Alger, il lui parle au nom de ce roi céleste dont il est l'ambassadeur. Le Barbare s'étonne à la vue de cet Européen, qui ose seul, à travers les mers et les orages, venir lui redemander des captifs : dompté par une force inconnue, il accepte l'or qu'on lui présente; et l'héroïque libérateur, satisfait d'avoir rendu des malheureux à leur patrie, obscur et ignoré, reprend humblement à pied le chemin de son monastère.

Partout c'est le même spectacle : le missionnaire qui part pour la Chine rencontre au port le missionnaire qui revient, glorieux et mutilé, du Canada; la sœur grise court administrer l'indigent dans sa chaumière; le père capucin vole à l'incendie; le frère hospitalier lave les pieds du voyageur; le frère du *Bien-Mourir* console l'agonisant sur sa couche; le frère *Enterreur* porte le corps du pauvre décédé; la sœur de la Charité monte au septième étage pour prodiguer l'or, le vêtement et l'espérance; ces filles, si justement appelées *Filles-Dieu*, portent et reportent çà et là les bouillons, la charpie, les remèdes; la fille du *Bon-Pasteur* tend les bras à la fille prostituée, et lui crie : *Je ne suis point venue pour appeler les justes, mais les pécheurs!* l'orphelin trouve un père, l'insensé un médecin, l'ignorant un instructeur. Tous ces ouvriers en œuvres célestes se précipitent, s'animent les uns les autres. Cependant la religion, attentive, et tenant une couronne immortelle, leur crie : « Courage, mes enfants! courage! hâtez-vous, soyez plus prompts que les maux dans la carrière de la vie! méritez cette couronne que je vous prépare : elle vous mettra vous-même à l'abri de tous maux et de tous besoins. »

Au milieu de tant de tableaux, qui mériteraient chacun des volumes de détails et de louanges, sur quelle scène particulière arrêterons-nous nos regards! Nous avons déjà parlé de ces hôtelleries que la religion a placées dans les solitudes des quatre parties du monde, fixons donc à présent les yeux sur des objets d'une autre sorte.

Il y a des gens pour qui le seul nom de capucin est un objet de risée. Quoi qu'il en soit, un religieux de l'ordre de saint François était souvent un personnage noble et simple.

Qui de nous n'a vu un couple de ces hommes vénérables, voyageant dans les campagnes, ordinairement vers la fête des morts, à l'approche de l'hiver, au temps de la *quête des vignes?* Ils s'en allaient demandant l'hospitalité, dans les vieux châteaux sur leur route. A l'entrée de la nuit, les deux pèlerins arrivaient chez le châtelain solitaire : ils montaient un antique perron, mettaient leurs longs bâtons et leurs besaces derrière la porte, frappaient au portique sonore, et demandaient l'hospitalité. Si le maître refusait ces hôtes du Seigneur, ils faisaient un profond salut, se retiraient en silence, reprenaient leurs besaces et leurs bâtons, et, secouant la poussière de leurs sandales, ils s'en allaient à travers la nuit, chercher la cabane du laboureur. Si, au contraire, ils étaient reçus, après qu'on leur avait donné à laver, à la façon des temps de Jacob et d'Homère, ils venaient s'asseoir au foyer hospitalier. Comme aux siècles antiques, afin de se rendre les maîtres favorables (et parce que, comme Jésus-Christ, ils aimaient aussi les enfants), ils commençaient par caresser ceux de la maison ; ils leur présentaient des reliques et des images. Les enfants, qui s'étaient d'abord enfuis tout effrayés, bientôt attirés par ces merveilles, se familiarisaient jusqu'à se jouer entre les genoux des bons religieux. Le père et la mère, avec un sourire d'attendrissement, regardaient ces scènes naïves, et l'intéressant contraste de la gracieuse jeunesse de leurs enfants, et de la vieillesse chenue de leurs hôtes.

Or, la pluie et le *coup de vent des morts* battaient au dehors les bois dépouillés, les cheminées, les créneaux du château gothique ; la chouette criait sur ses faîtes. Auprès d'un large foyer, la famille se mettait à table : le repas était cordial, et les manières affectueuses.

GÉNIE DU CHRISTIANISME

La jeune demoiselle du lieu interrogeait timidement ses hôtes, qui louaient gravement sa beauté et sa modestie. Les bons pères entretenaient la famille par leurs agréables propos : ils racontaient quelque histoire bien touchante; car ils avaient toujours appris des choses remarquables dans leurs missions lointaines, chez les sauvages de l'Amérique, ou chez les peuples de la Tartarie. A la longue barbe de ces pères, à leur robe de l'antique Orient, à la manière dont ils étaient venus demander l'hospitalité, on se rappelait ces temps où les Thalès et les Anacharsis voyageaient ainsi dans l'Asie et dans la Grèce.

Après le souper du château, la dame appelait ses serviteurs, et l'on invitait un des pères à faire en commun la prière accoutumée; ensuite les deux religieux se retiraient à leur couche, en souhaitant toutes sortes de prospérités à leurs hôtes. Le lendemain on cherchait les vieux voyageurs; mais ils s'étaient évanouis, comme ces saintes apparitions qui visitent quelquefois l'homme de bien dans sa demeure.

Était-il quelque chose qui pût briser l'âme, quelque commission dont les hommes ennemis des larmes n'osassent se charger, de peur de compromettre leurs plaisirs, c'était aux enfants du cloître qu'elle était aussitôt dévolue, et surtout aux Pères de l'ordre de Saint-François; on supposait que des hommes qui s'étaient voués à la misère, devaient être naturellement des hérauts du malheur. L'un était obligé d'aller porter à une famille la nouvelle de la perte de sa fortune, l'autre, de lui apprendre le trépas de son fils unique. Le grand Bourdaloue remplit lui-même ce triste devoir : il se présentait en silence à la porte du père, croisait les mains sur sa poitrine, s'inclinait profondément, et se retirait muet, comme la mort dont il était l'interprète.

Croit-on qu'il eût beaucoup de plaisirs (nous entendons de ces plaisirs à la façon du monde), croit-on qu'il fût fort doux pour un cordelier, un carme, un franciscain, d'aller au milieu des prisons annoncer la sentence au criminel, l'écouter, le consoler, et avoir, pendant des journées entières, l'âme transpercée des scènes les plus déchirantes? On a vu, dans ces actes de dévouement, la sueur tomber à grosses gouttes du front de ces compatissants religieux, et mouiller ce froc qu'elle a pour toujours rendu sacré, en dépit des sarcasmes de la philosophie. Et pourtant quel honneur, quel profit revenait-il à ces moines de tant de sacrifices, sinon la dérision du monde, et les injures même des prisonniers qu'ils consolaient? Mais du moins les hommes, tout ingrats qu'ils sont, avaient confessé leur nullité dans ces grandes rencontres de la vie, puisqu'ils les avaient abandonnées à la religion, seul véritable secours au dernier degré du malheur. O apôtre de Jésus-Christ, de quelles catastrophes n'étiez-vous point témoin, vous qui, près du bourreau, ne craigniez point de vous couvrir du sang des misérables, et qui étiez leur dernier ami! Voici un des plus hauts spectacles de la terre : aux deux coins de cet échafaud, les deux justices sont en présence, la justice humaine et la justice divine ; l'une, implacable et appuyée sur un glaive, est accompagnée du désespoir ; l'autre, tenant un voile trempé de pleurs, se montre entre la pitié et l'espérance : l'une a pour ministre un homme de sang, l'autre un homme de paix ; l'une condamne, l'autre absout : innocente ou coupable, la première dit à la victime : « Meurs! » La seconde lui crie : « Fils de l'innocence ou du repentir, *montez au ciel!* »

LIVRE QUATRIÈME.

MISSIONS.

———⊶✳⊷———

CHAPITRE PREMIER.

IDÉE GÉNÉRALE DES MISSIONS.

Voici encore une de ces grandes et nouvelles idées qui n'appartiennent qu'à la religion chrétienne. Les cultes idolàtres ont ignoré l'enthousiasme divin qui anime l'apôtre de l'Évangile. Les anciens philosophes eux-mêmes n'ont jamais quitté les avenues d'Académus et les délices d'Athènes, pour aller, au gré d'une impulsion sublime, humaniser le Sauvage, instruire l'ignorant, guérir le malade, vêtir le pauvre, et semer la concorde et la paix parmi des nations ennemis : c'est ce que les religieux chrétiens ont fait et font encore tous les jours. Les mers, les orages, les glaces du pòle, les feux du tropique, rien ne les arrête : ils vivent avec l'Esquimau dans son outre de peau de vache marine; ils se nourrissent d'huile de baleine avec le Groënlandais; avec le Tartare ou l'Iroquois, ils parcourent la solitude; ils montent sur le dromadaire de l'Arabe, ou suivent le Caffre errant dans ses déserts embrasés; le Chinois, le Japonais, l'Indien, sont devenus leur néophytes; il n'est point d'ile ou d'écueil dans l'Océan qui ait pu échapper à leur zèle; et, comme autrefois les royaumes manquaient à l'ambition d'Alexandre, la terre manque à leur charité.

Lorsque l'Europe régénérée n'offrit plus aux prédicateurs de la foi qu'une famille de frères, ils tournèrent les yeux vers les régions où des âmes languissaient encore dans les ténèbres de l'idolâtrie. Ils furent touchés de compassion en voyant cette dégradation de l'homme ; ils se sentirent pressés du désir de verser leur sang pour le salut de ces étrangers. Il fallait percer des forêts profondes, franchir des marais impraticables, traverser des fleuves dangereux, gravir des rochers inaccessibles ; il fallait affronter des nations cruelles, superstitieuses et jalouses ; il fallait surmonter dans les unes l'ignorance de la barbarie, dans les autres les préjugés de la civilisation : tant d'obstacles ne purent les arrêter. Ceux qui ne croient plus à la religion de leurs pères conviendront du moins que si le missionnaire est fermement persuadé qu'il n'y a de salut que dans la religion chrétienne, l'acte par lequel il se condamne à des maux inouïs pour sauver un idolâtre est au-dessus des plus grands dévouements.

Qu'un homme, à la vue de tout un peuple, sous les yeux de ses parents et de ses amis, s'expose à la mort pour sa patrie, il échange quelques jours de vie pour des siècles de gloire ; il illustre sa famille, et l'élève aux richesses et aux honneurs. Mais le missionnaire dont la vie se consume au fond des bois, qui meurt d'une mort affreuse, sans spectateurs, sans applaudissements, sans avantages pour les siens, obscurs, méprisés, traité de fou, d'absurde, de fanatique, et tout cela pour donner un bonheur éternel à un Sauvage inconnu... de quel nom faut-il appeler cette mort, ce sacrifice ?

Diverses congrégations religieuses se consacraient aux missions : les dominicains, l'ordre de Saint-François, les jésuites, et les prêtres des missions étrangères.

Il y avait quatre sortes de missions :

Les missions du Levant, qui comprenaient l'Archipel, Constantinople, la Syrie, l'Arménie, la Crimée, l'Éthiopie, la Perse et l'Égypte ;

Les missions de l'Amérique, commençant à la baie d'Hudson et remontant par le Canada, la Louisiane, la Californie, les Antilles et la Guyane, jusqu'aux fameuses *Réductions* ou les peuplades du Paraguay ;

Les missions de l'Inde, qui renfermaient l'Indostan, la presqu'île en deçà et au delà du Gange, et qui s'étandaient jusqu'à Manille et aux Nouvelles-Philippines ;

Enfin, *les missions de la Chine*, auxquelles se joignent celles de Tong-King, de la Cochinchine et du Japon.

On comptait de plus quelques églises en Islande et chez les Nègres de l'Afrique, mais elles n'étaient pas régulièrement suivies. Des ministres presbytériens ont tenté dernièrement de prêcher l'Évangile à O-Taïti.

Lorsque les jésuites firent paraître la correspondance connue sous le nom de *Lettres édifiantes*, elle fut citée et recherchée par tous les auteurs. On s'appuyait de son autorité, et les faits qu'elle contenaient passaient pour indubitables. Mais bientôt la mode vint de décrier ce qu'on avait admiré. Ces lettres étaient écrites par des prêtres chrétiens : pouvaient-elles valoir quelque chose? on ne rougit pas de préférer, ou de feindre de préférer aux Voyages des Dutertre et des Charlevoix ceux d'un baron de la Hontan, ignorant et menteur. Des savants qui avaient été à la tête des premiers tribunaux de la Chine, qui avaient passé trente et quarante années à la cour même des empereurs, qui parlaient et écrivaient la langue du pays, qui fréquentaient les petits, qui vivaient familièrement avec les grands, qui avaient parcouru, vu et étudié en détail les provinces, les mœurs, la religion et les lois de ce vaste empire; ces savants, dont les travaux nombreux ont enrichi les Mémoires de l'Académie des sciences, se virent traités d'imposteurs par un homme qui n'était pas sorti du quartier des Européens à Canton, qui ne savait pas un mot de chinois, et dont tout le mérite consistait à contredire grossièrement les récits des missionaires. On le sait aujourd'hui, et l'on rend une tardive justice aux jésuites. Des ambassades faites à grands frais par des nations puissantes nous ont-elles appris quelque chose que les Duhalde et les le Comte nous

eussent laissé ignorer? ou nous ont-elles révélé quelques menson-
songes de ces Pères?

En effet, un missionnaire doit être un excellent voyageur. Obligé
de parler la langue des peuples auxquelles il prêche l'Évangile, de
se conformer à leurs usages, de vivre longtemps avec toutes les
classes de la société, de chercher à pénétrer dans les palais et dans
les chaumières, n'eût-il reçu de la nature aucun génie, il parvien-
drait encore à recueillir une multitude de faits précieux. Au contraire, l'homme qui passe rapidement avec un interprète, qui n'a ni
le temps ni la volonté de s'exposer à mille périls pour apprendre le
secret des mœurs, cet homme eût-il tout ce qu'il faut pour bien voir
et pour bien observer, ne peut cependant acquérir que des connaissances très vagues sur des peuples qui ne font que rouler et disparaître à ses yeux.

Le jésuite avait encore sur le voyageur ordinaire l'avantage d'une
éducation savante. Les supérieurs exigeaient plusieurs qualités
des élèves qui se destinaient aux missions. Pour le Levant, il fallait
savoir le grec, le cophte, l'arabe, le turc, et posséder quelques connaissances en médecine; pour l'Inde et la Chine, on voulait des
astronomes, des géographes, des mathématiciens, des mécaniciens;
l'Amérique était réservée aux naturalistes [1]. Et à combien de saints
déguisements, de pieuses ruses, de changements de vie et de
mœurs n'étaient-on pas obligé d'avoir recours pour annoncer la
vérité aux hommes! A Maduré, le missionnaire prenait l'habit du
pénitent indien, s'assujétissait à ses usages, se soumettait à ses
austérités, si rebutantes ou si puériles qu'elles fussent; à la Chine,
il devenait mandarin et lettré; chez l'Iroquois, il se faisait chasseur
et sauvage.

Presque toutes les missions françaises furent établies par Colbert
et Louvois, qui comprirent de quelle ressource elles seraient pour

---

[1] Voyez les *Lettres édifiantes*, et l'ouvrage de l'abbé FLEURY sur les qualités
nécessaires à un missionnaire.

les arts, les sciences et le commerce. Les pères Fontenay, Tachard, Gerbillon, le Comte, Bouvet et Visdelou, furent envoyés aux Indes par Louis XIV : ils étaient mathématiciens, et le roi les fit recevoir de l'Académie des sciences avant leur départ.

Le père Brédevant, connu par sa dissertation physico-mathématique, mourut malheureusement en parcourant l'Éthiopie; mais on a joui d'une partie de ses travaux : le père Sicard visita l'Égypte avec des dessinateurs que lui avait fournis M. de Maurepas. Il acheva un grand ouvrage sous le titre de *Description de l'Égypte ancienne et moderne*. Ce manuscrit précieux, déposé à la maison professe des jésuites, fut dérobé sans qu'on en ait jamais pu découvrir aucune trace. Personne sans doute ne pouvait mieux nous faire connaître la Perse et le fameux Thomas Koulikan que le moine Bazin, qui fut le premier médecin de ce conquérant, et le suivit dans ses expéditions. Le père Cœur-Doux nous donna des renseignements sur les toiles et les teintures indiennes. La Chine nous fut connue comme la France; nous eûmes les manuscrits originaux et les traductions de son histoire; nous eûmes des herbiers chinois, des géographies, des mathématiques chinoises; et, pour qu'il ne manquât rien à la singularité de cette mission, le père Rici écrivit des livres de morale dans la langue de Confucius, et passe encore pour un auteur élégant à Pékin.

Si la Chine nous est aujourd'hui fermée, si nous ne disputons pas aux Anglais l'empire des Indes, ce n'est pas la faute des jésuites, qui ont été sur le point de nous ouvrir ces belles régions. « Ils avaient réussi en Amérique, dit Voltaire, en enseignant à des Sauvages les arts nécessaires; ils réussirent à la Chine, en enseignant les arts les plus relevés à une nation spirituelle [1]. »

L'utilité dont ils étaient à leur patrie dans les échelles du Levant n'est pas moins avérée. En veut-on une preuve authentique? Voici un certificat dont les signatures sont assez belles.

---

[1] *Essai sur les missions chrétiennes*, chap. cxcv.

Brevet du Roi.

« Aujourd'hui, septième de juin mil six cent soixante-dix-neuf, le roi étant à Saint-Germain en Laye, voulant gratifier et favorablement traiter les pères jésuites français, missionnaires au Levant, en considération de leur zèle pour la religion, *et des avantages que ses sujets qui résident et qui trafiquent dans toutes les échelles reçoivent de leurs instructions,* Sa Majesté les a retenus et retient pour ses chapelains dans l'église et chapelle consulaire de la ville d'Alep en Syrie, etc.

                              « *Signé* LOUIS.
              « *Et plus bas,* COLBERT [1]. »

C'est à ces mêmes missionnaires que nous devons l'amour que les Sauvages portent encore au nom français dans les forêts de l'Amérique. Un mouchoir blanc suffit pour passer en sûreté à travers les hordes ennemies, et pour recevoir partout l'hospitalité. C'étaient les jésuites du Canada et de la Louisiane qui avaient dirigé l'industrie des colons vers la culture, et découvert de nouveaux objets de commerce pour les teintures et les remèdes. En naturalisant sur notre sol des insectes, des oiseaux et des arbres étrangers [2], ils ont ajouté des richesses à nos manufactures, des délicatesses à nos tables, et des ombrages à nos bois.

Ce sont eux qui ont décrit les annales élégantes ou naïves de nos colonies. Quelle excellente histoire que celle des Antilles par le père Dutertre, ou celle de la Nouvelle-France par Charlevoix! Les ouvrages de ces hommes pieux sont pleins de toutes sortes de sciences : dissertations savantes, peintures de mœurs, plans d'amélioration pour nos établissements, objets utiles, réflexions morales,

---

[1] *Lettres édif.*, tom. 1, pag. 129, édit. de 1780.
[2] Deux moines, sous le règne de Justinien, apportèrent du Serinde des vers à soie à Constantinople. Les dindes, et plusieurs arbres et arbustes étrangers naturalisés en Europe, sont dus à des missionnaires.

aventures intéressantes, tout s'y trouve; l'histoire d'un acacia ou d'un saule de la Chine s'y mêle à l'histoire d'un grand empereur réduit à se poignarder; et le récit de la conversion d'un Pariah, à un traité sur les mathématiques des Brames. Le style de ces relations, quelquefois sublime, est souvent admirable par sa simplicité. Enfin, les missions fournissaient chaque année à l'astronomie, et surtout à la géographie, de nouvelles lumières. Un jésuite rencontra en Tartarie une femme huronne qu'il avait connue au Canada : il conclut de cette étrange aventure que le continent de l'Amérique se rapproche au nord-ouest du continent de l'Asie, et il devina ainsi l'existence du détroit qui longtemps après a fait la gloire de Bering et de Cook. Une grande partie du Canada et toute la Louisiane avaient été découvertes par nos missionnaires. En appelant au christianisme les Sauvages de l'Acadie, ils nous avaient livré ces côtes où s'enrichissait notre commerce et se formaient nos marins . telle est une faible partie des services que ces hommes, aujourd'hui si méprisés, savaient rendre à leur pays.

CHAPITRE II.

MISSIONS DU LEVANT.

Chaque mission avait un caractère qui lui était propre, et un genre de souffrance particulier. Celles du Levant présentaient un spectacle bien philosophique. Combien elle était puissante cette voix chrétienne qui s'élevait des tombeaux d'Argos, et des ruines de Sparte et d'Athènes ! Dans les îles de Naxos et de Salamine, d'où partaient ces brillantes théories qui charmaient et enivraient la Grèce, un pauvre prêtre catholique, déguisé en Turc, se jette dans un esquif, aborde à quelque méchant réduit pratiqué sous des tron-

çons de colonnes, console sur la paille le descendant des vainqueurs
de Xerxès, distribue des aumônes au nom de Jésus-Christ, et,
faisant le bien comme on fait le mal, en se cachant dans l'ombre,
retourne secrètement au désert.

Le savant qui va mesurer les restes de l'antiquité dans les solitudes de l'Afrique et de l'Asie a sans doute des droits à notre admiration; mais nous voyons une chose encore plus admirable et
plus belle : c'est quelque Bossuet inconnu, expliquant la parole des
prophètes sur les débris de Tyr et de Babylone.

Dieu permettait que les moissons fussent abondantes dans un sol
si riche; une pareille poussière ne pouvait être stérile. « Nous sortîmes de Serpho, dit le père Xavier, plus consolés que je ne puis
vous l'exprimer ici, le peuple nous comblant de bénédictions, et
remerciant Dieu mille fois de nous avoir inspiré le dessein de venir
les chercher au milieu de leurs rochers[1]. »

Les montagnes du Liban, comme les sables de la Thébaïde,
étaient témoins du dévouement des missionnaires. Ils ont une
grâce infinie à rehausser les plus petites circonstances. S'ils décri-
vent les cèdres du Liban, ils vous parlent de quatre autels de pierre
qui se voient au pied de ces arbres, et où les moindres maronites
célèbrent une messe solennelle le jour de la Transfiguration; on
croit entendre les accents religieux qui se mêlent au murmure de
ces bois chantés par Salomon et Jérémie, et au fracas des torrents
qui tombent des montagnes.

Parlent-ils de la vallée où coule le fleuve *saint*, ils disent: « Ces
rochers renferment de profondes grottes qui étaient autrefois autant
de cellules d'un grand nombre de solitaires qui avaient choisi ces
retraites pour être les seuls témoins sur terre de la rigueur de leur
pénitence. Ce sont les larmes de ces saints pénitents qui ont donné
au fleuve dont nous venons de parler le nom de fleuve *saint*. Sa
source est dans les montagnes du Liban. La vue de ces grottes et

---

[1] *Lettres édif.*, tom. i, pag. 15.

de ce fleuve, dans cet affreux désert, inspire de la componction, de l'amour pour la pénitence, et de la compassion pour ces âmes sensuelles et mondaines qui préfèrent quelques jours de joie et de plaisir à une éternité bienheureuse[1]. »

Cela nous semble parfait, et comme style et comme sentiment.

Ces missionnaires avaient un instinct merveilleux pour suivre l'infortune à la trace, et la forcer, pour ainsi dire, jusque dans son dernier gîte. Les bagnes et les galères pestiférés n'avaient pu échapper à leur charité; écoutons parler le père Tarillon dans sa lettre à M. de Pontchartrain :

« Les services que nous rendons à ces pauvres gens (les esclaves chrétiens au bagne de Constantinople) consistent à les entretenir dans la crainte de Dieu et dans la foi, à leur procurer des soulagements de la charité des fidèles, à les assister dans leurs maladies, et enfin à leur aider à bien mourir. Si tout cela demande beaucoup de sujétion et de peine, je puis assurer que Dieu y attache en récompense de grandes consolations. . . . .

. . . .

« Dans les temps de peste, comme il faut être à portée de secourir ceux qui en sont frappés, et que nous n'avons ici que quatre ou cinq missionnaires, notre usage est qu'il n'y a qu'un seul père qui entre au bagne, et qui y demeure tout le temps que la maladie dure. Celui qui en obtient la permission du supérieur s'y dispose pendant quelques jours de retraite, et prend congé de ses frères, comme s'il devait bientôt mourir. Quelquefois il y consomme son sacrifice, et quelquefois il échappe au danger[2]. »

Le père Jacques Cachod écrit au père Tarillon :

« Maintenant je me suis mis au-dessus de toutes les craintes que donnent les maladies contagieuses; et, s'il plaît à Dieu, je ne mourrai pas de ce mal, après les hasards que je viens de courir. Je

---

[1] *Lettres édif.*, pag. 285.
[2] *Lettres édif.*, tom. i, pag. 19 et 21.

sors du bague, où j'ai donné les derniers sacrements à quatre-
vingt-six personnes.... Durant le jour, je n'étais, ce me semble,
étonné de rien; il n'y avait que la nuit, pendant le peu de sommeil
qu'on me laissait prendre, que je me sentais l'esprit tout rempli
d'idées effrayantes. Le plus grand péril que j'ai couru, et que je
courrai peut-être de ma vie, a été à fond de cale d'une sultane de
quatre-vingt-deux canons. Les esclaves, de concert avec les gar-
diens, m'y avaient fait entrer sur le soir pour les confesser toute la
nuit, et leur dire la messe de grand matin. Nous fûmes enfermés
à double cadenas, comme c'est la coutume. De cinquante-deux
esclaves que je confessai, douze étaient malades, et trois moururent avant que je fusse sorti. Jugez quel air je pouvais respirer
dans ce lieu renfermé, et sans la moindre ouverture! Dieu, qui
par sa bonté m'a sauvé de ce pas-là, me sauvera de bien d'autres [1].»

Un homme qui s'enferme volontairement dans un bagne en temps
de peste; qui avoue ingénuement ses terreurs, et qui pourtant les
surmonte par charité; qui s'introduit ensuite à prix d'argent,
comme pour goûter des plaisirs illicites, à fond de cale d'un vaisseau de guerre, afin d'assister des esclaves pestiférés; avouons-le,
un tel homme ne suit pas une impulsion naturelle : il y a quelque
chose ici de plus que l'*humanité;* les missionnaires en conviennent,
et ils ne prennent point sur eux le mérite de ces œuvres sublimes :
« C'est Dieu qui nous donne cette force, répètent-ils souvent; nous
n'y avons aucune part. »

Un jeune missionnaire, non encore aguerri contre les dangers
comme ces vieux chefs tout chargés de fatigues et de palmes évangéliques, est étonné d'avoir échappé au premier péril; il craint
qu'il n'y ait de sa faute : il en paraît humilié. Après avoir fait à son
supérieur le récit d'une peste, où souvent il avait été obligé de
*coller son oreille sur la bouche des malades, pour entendre leurs
paroles mourantes,* il ajoute : « Je n'ai pas mérité, mon révérend

[1] *Lettres édif.,* tom. I, pag. 23.

père, que Dieu ait bien voulu recevoir le sacrifice de ma vie, que je lui avais offert. Je vous demande donc vos prières pour obtenir de Dieu qu'il oublie mes péchés, et me fasse la grâce de mourir pour lui. »

C'est ainsi que le père Bouchet écrit des Indes : « Notre mission est plus florissante que jamais ; nous avons eu *quatre grandes persécutions* cette année. »

C'est ce même père Bouchet qui a envoyé en Europe les tables des Brames, dont M. Bailly s'est servi dans son *Histoire de l'Astronomie*. La société anglaise de Calcutta n'a jusqu'à présent fait paraître aucun monument des sciences indiennnes, que nos missionnaires n'eussent découvert ou indiqué ; et cependant les savants anglais, souverains de plusieurs grands royaumes, favorisés par tous les secours de l'art et de la puissance, devraient avoir bien d'autres moyens de succès qu'un pauvre jésuite, seul, errant, et peséculé. « Pour peu que nous parussions librement en public, écrit le père Royer, il serait aisé de nous reconnaître à l'air et à la couleur du visage. Ainsi, pour ne point susciter de persécution plus grande à la religion, il faut se résoudre à demeurer caché le plus qu'on peut. Je passe les jours entiers, ou enfermé dans un bateau, d'où je ne sors que la nuit pour visiter les villages qui sont proches des rivières, ou retiré dans quelque maison éloignée [1] »

Le bateau de ce religieux était tout son observatoire ; mais on est bien riche et bien habile quand on a la charité.

[1] *Lettres édif.*, tom. I, pag. 8.

CHAPITRE III.

MISSIONS DE LA CHINE.

Deux religieux de l'ordre de Saint-François, l'un Polonais, et l'autre Français de nation, furent les premiers Européens qui pénétrèrent à la Chine, vers le milieu du douzième siècle. Marc Paole, Vénitien, et Nicolas et Mathieu Paole, de la même famille, y firent ensuite deux voyages. Les Portugais ayant découvert la route des Indes, s'établirent à Marcao; et le père Ricci, de la compagnie de Jésus, résolut de s'ouvrir cet empire du *Cattay*, dont on racontait tant de merveilles. Il s'appliqua d'abord à l'étude de la langue chinoise, l'une des plus difficiles du monde. Son ardeur surmonta tous les obstacles; et, après bien des dangers et plusieurs refus, il obtint des magistrats chinois, en 1782, la permission de s'établir à Chouachen.

Ricci, élève de Cluvius, et lui-même très habile en mathématiques, se fit, à l'aide de cette science, des protecteurs parmi les mandarins. Il quitta l'habit des bonzes, et prit celui des lettrés. Il donnait des leçons de géométrie, où il mêlait avec art les leçons plus précieuses de la morale chrétienne. Il passa successivement à Chouachen, Nemchen, Pékin, Nankin, tantôt maltraité, tantôt reçu avec joie, opposant aux revers une patience invincible, et ne perdant jamais l'espérance de faire fructifier la parole de Jésus-Christ. Enfin, l'empereur lui-même, charmé des vertus et des connaissances du missionnaire, lui permit de résider dans la capitale, et lui accorda, ainsi qu'aux compagnons de ses travaux, plusieurs priviléges. Les jésuites mirent une grande discrétion dans leur conduite, et montrèrent une connaissance profonde du cœur humain. Ils respectèrent les usages des Chinois, et s'y conformèrent en tout ce qui ne

blessait pas les lois évangéliques. Ils furent traversés de tous côtés.
« Bientôt la jalousie, dit Voltaire, corrompit les fruits de leur sagesse; et cet esprit d'inquiétude et de contention, attaché en Europe aux connaissances et aux talents, renversa les plus grands desseins [1]. »

Ricci suffisait à tout. Il répondait aux accusations de ses ennemis en Europe, il veillait aux églises naissantes de la Chine. Il donnait des leçons de mathématiques, il écrivait en chinois des livres de controverse contre les lettrés qui l'attaquaient, il cultivait l'amitié de l'empereur, et se ménageait à la cour, où sa politesse le faisait aimer des grands. Tant de fatigues abrégèrent ses jours. Il termina à Pékin une vie de cinquante-sept années, dont la moitié avait été consumée dans les travaux de l'apostolat.

Après la mort du père Ricci, sa mission fut interrompue par les révolutions qui arrivèrent à la Chine. Mais lorsque l'empereur tartare Cun-chi monta sur le trône, il nomma le père Adam Schall président du tribunal des mathématiques. Cun-chi mourut; et, pendant la minorité de son fils Cang-hi, la religion chrétienne fut exposée à de nouvelles persécutions.

A la majorité de l'empereur, le calendrier se trouvant dans une grande confusion, il fallut rappeler les missionnaires. Le jeune prince s'attacha au père Verbiest, successeur du père Schall. Il fit examiner le christianisme par le tribunal des états de l'empire, et minuta de sa propre main le mémoire des jésuites. Les juges, après un mûr examen, déclarèrent que la religion chrétienne était bonne, qu'elle ne contenait rien de contraire à la pureté des mœurs et à la prospérité des empires.

Il était digne des disciples de Confucius de prononcer une pareille sentence en faveur de la loi de Jésus-Christ. Peu de temps après ce décret, le père Verbiest appela de Paris ces savants jésuites qui ont porté l'honneur du nom français jusqu'au centre de l'Asie.

---

[1] *Essai sur les mœurs,* chap CXCV.

Le jésuite qui partait pour la Chine s'armait du télescope et du
compas. Il paraissait à la cour de Pékin avec l'urbanité de la cour
de Louis XIV, et environné du cortége des sciences et des arts.
Déroulant des cartes, tournant des globes, traçant des sphères, il
apprenait aux mandarins étonnés et le véritable cours des astres, et
le véritable nom de celui qui les dirige dans leurs orbites. Il ne dis-
sipait les erreurs de la physique que pour attaquer celles de la morale; il replaçait dans le cœur, comme dans son véritable siége, la
simplicité qu'il bannissait de l'esprit : inspirant à la fois par ses
mœurs et son savoir, une profonde vénération pour son Dieu, et
une haute estime pour sa patrie.

Il était beau pour la France de voir ces simples religieux régler
à la Chine les fastes d'un grand empire. On se proposait des questions de Pékin à Paris; la chronologie, l'astronomie, l'histoire naturelle, fournissaient des sujets de discussions curieuses et savantes.
Les livres chinois étaient traduits en français et les français en
chinois. Le père Parennin, dans sa lettre adressée à Fontelle, écrivait à l'Académie des sciences :

« MESSIEURS,

« Vous serez peut-être surpris que je vous envoie de si loin un
traité d'anatomie, un cours de médecine, et des questions de physique écrites en une langue qui sans doute vous est inconnue;
mais votre surprise cessera quand vous verrez que ce sont vos
propres ouvrages que je vous envoie habillés à la tartare[1]. »

Il faut lire d'un bout à l'autre cette lettre, où respirent ce ton de
politesse et ce style des honnêtes gens, presque oubliés de nos
jours. « Le jésuite nommé Parennin, dit Voltaire, homme célèbre
par ses connaissances et par la sagesse de son caratère, parlait très
bien le chinois et le tartare.... C'est lui qui est principalement
connu parmi nous par les réponses sages et instructives sur les

[1] *Lettres édif.*, tom. XIX, pag. 257.

sciences de la Chine, aux difficultés savantes d'un de nos meilleurs philosophes[1]. »

En 1711, l'empereur de la Chine donna aux jésuites trois inscriptions, qu'il avait composées lui-même, pour une église qu'ils faisaient élever à Pékin. Celle du frontispice portait :

« Au principe de toutes choses. »

Sur l'une des deux colonnes du péristyle on lisait :

« Il est infiniment bon et infiniment juste ; il éclaire, il soutient, il règle tout avec une suprême autorité et avec une souveraine justice. »

La dernière colonne était couverte de ces mots :

« Il n'a point eu de commencement, il n'aura point de fin : il a produit toutes choses dès le commencement ; c'est lui qui les gouverne, et qui en est le véritable Seigneur. »

Quiconque s'intéresse à la gloire de son pays ne peut s'empêcher d'être vivement ému en voyant de pauvres missionnaires français donner de pareilles idées de Dieu au chef de plusieurs millions d'hommes : quel noble usage de la religion !

Le peuple, les mandarins, les lettrés, embrassaient en foule la nouvelle doctrine : les cérémonies du culte avaient surtout un succès prodigieux. « Avant la communion, dit le père Prémare, cité par le père Fouquet, je prononçai tout haut les actes qu'on fait faire en approchant de ce divin sacrement. Quoique la langue chinoise ne soit pas féconde en affections du cœur, cela eut beaucoup de succès.... Je remarquai, sur les visages de ces bons chrétiens, une dévotion que je n'avais pas encore vue[2]. »

« Loukang, ajoute le même missionnaire, m'avait donné du goût pour les missions de la campagne. Je sortis de la bourgade, et je trouvai tous ces pauvres gens qui travaillaient de côté et d'autre ; j'en abordai un d'entre eux, qui me parut avoir la physionomie

---

[1] *Siecle de Louis XIV*, chap. XXXIV.
[2] *Lettres édif.*, tom. XVII, pag. 149.

heureuse, et je lui parlai de Dieu. Il me parut content de ce que je disais, et m'invita par honneur à aller dans la salle des ancêtres. C'est la plus belle maison de la bourgade ; elle est commune à tous les habitants, parce que, s'étant fait depuis longtemps une coutume de ne point s'allier hors de leur pays, ils sont tous parents aujourd'hui, et ont les mêmes aïeux. Ce fut donc là que, plusieurs, quittant leur travail, accoururent pour entendre la sainte doctrine [1] (19). »

N'est-ce pas là une scène de l'Odyssée, ou plutôt de la Bible?

Un empire dont les mœurs inaltérables usaient depuis deux mille ans le temps, les révolutions et les conquêtes, cet empire change à la voix d'un moine chrétien, parti seul du fond de l'Europe. Les préjugés les plus enracinés, les usages les plus antiques, une croyance religieuse consacrée par les siècles, tout cela tombe et s'évanouit au seul nom du Dieu de l'Évangile. Au moment même où nous écrivons, au moment où le christianisme est persécuté en Europe, il se propage à la Chine. Ce feu qu'on avait cru éteint s'est ranimé, comme il arrive toujours après les persécutions. Lorsqu'on massacrait le clergé en France, et qu'on le dépouillait de ses biens et de ses honneurs, les ordinations secrètes étaient sans nombre ; les évêques proscrits furent souvent obligés de refuser la prêtrise à des jeunes gens qui voulaient voler au martyre. Cela prouve pour la millième fois, combien ceux qui ont cru anéantir le christianisme, en allumant les bûchers, ont méconnu son esprit. Au contraire des choses humaines, dont la nature est de périr dans les tourments, la véritable religion s'accroît dans l'adversité : Dieu l'a marquée du même sceau que la vertu.

[1] *Lettres édif.* pag. 132 et suiv.

CHAPITRE IV.

CONVERSION DES SAUVAGES [1].

Tandis que le christianisme brillait au milieu des adorateurs de
Fo-hi, que d'autres missionnaires l'annonçaient aux nobles Japonais,
ou le portaient à la cour des sultans, on le vit se glisser, pour
ainsi dire, jusque dans les nids des forêts du Paraguay, afin d'ap-
privoiser ces nations indiennes, qui vivaient comme des oiseaux
sur les branches des arbres. C'est pourtant un culte bien étrange
que celui-là qui réunit, quand il lui plaît, les forces politiques aux
forces morales, et qui crée, par surabondance de moyens, des gouvernements aussi sages que ceux de Minos et de Lycurgue. L'Europe
ne possédait encore que des constitutions barbares, formées par le
temps et le hasard; et la religion chrétienne faisait revivre au Nouveau-Monde les miracles des législations antiques. Les hordes
errantes des sauvages du Paraguay se fixaient, et une république
évangélique sortait, à la parole de Dieu, du plus profond des
déserts.

Et quels étaient les grands génies qui reproduisaient ces merveilles? De simples jésuites, souvent traversés dans leurs desseins
par l'avarice de leurs compatriotes.

C'était une coutume généralement adoptée dans l'Amérique espagnole, de réduire les Indiens en *commande*, et de les sacrifier aux

[1] Voyez, pour les deux chapitres suivants, les huitième et neuvième volumes
des *Lettres édifiantes*: l'*Histoire du Paraguay*, par CHARLEVOIX, in-4°,
édit. 1744; LOZANO, *Historia de la Compania de Jesus, en la provincia del
Paraguay*, in-fol., 2 vol., Madrid, 1753; MURATORI, *il Cristianesimo felice*;
et MONTESQUIEU, *Esprit des Lois*.

travaux des mines. En vain le clergé séculier et régulier avait ré-
clamé contre cet usage, aussi impolitique que barbare. Les tribunaux du Mexique et du Pérou, la cour de Madrid, retentissaient des
plaintes des missionnaires [1]. « Nous ne prétendons pas, disaient-
ils aux colons, nous opposer au profit que vous pouvez faire avec
les Indiens par des voies légitimes; mais vous savez que l'intention
du roi n'a jamais été que vous les regardiez comme des esclaves,
et que la loi de Dieu vous le défend.... Nous ne croyons pas qu'il
soit permis d'attenter à leur liberté, à laquelle ils ont un droit naturel, que rien n'autorise à leur contester [2]. »

Il restait encore au pied des Cordillières, vers le côté qui regarde
l'Atlantique, entre l'*Orénoque* et *Rio de la Plata*, un pays rempli de
Sauvages, où les Espagnols n'avaient point porté la dévastation.
Ce fut dans ces forêts que les missionnaires entreprirent de former
une république chrétienne, et de donner, du moins à un petit nombre d'Indiens, le bonheur qu'ils n'avaient pu procurer à tous.

Ils commencèrent par obtenir de la cour d'Espagne la liberté
des Sauvages qu'ils parviendraient à réunir. A cette nouvelle, les
colons se soulevèrent : ce ne fut qu'à force d'esprit et d'adresse que
les jésuites surprirent, pour ainsi dire, la permission de verser
leur sang dans les déserts du Nouveau-Monde. Enfin, ayant triom-
phé de la cupidité et de la malice humaine, méditant un des plus
nobles desseins qu'ait jamais conçus un cœur d'homme, ils s'embarquèrent pour *Rio de la Plata*.

C'est dans ce fleuve que vient se perdre l'autre fleuve qui a donné
son nom au pays et aux missions dont nous retraçons l'histoire.
Paraguay, dans la langue des Sauvages, signifie *le fleuve couronné*,
parce qu'il prend sa source dans le lac *Xarayès*, qui lui sert comme
de couronne. Avant d'aller grossir *Rio de la Plata*, il reçoit les
eaux du *Parama* et de l'*Uraguay*. Des forêts qui renferment dans

[1] ROBERTSON, *Histoire de l'Amérique.*
[2] CHARLEVOIX, *Histoire du Paraguay,* tom. II, pag. 26 et 27.

leur sein d'autres forêts tombées de vieillesse, des marais et des plaines entièrement inondées dans la saison des pluies, des montagnes qui élèvent des déserts sur des déserts, forment une partie des régions que le *Paraguay* arrose. Le gibier de toute espèce y abonde, ainsi que les tigres et les ours. Les bois sont remplis d'abeilles, qui font une cire fort blanche et un miel très parfumé. On y voit des oiseaux d'un plumage éclatant, et qui ressemblent à de grandes fleurs rouges et bleues, sur la verdure des arbres. Un missionnaire français qui s'était égaré dans ces solitudes en fait la peinture suivante :

« Je continuai ma route sans savoir à quel terme elle devait aboutir, et sans qu'il y eût personne qui pût me l'enseigner. Je trouvais quelquefois, au milieu de ces bois, des endroits enchantés. Tout ce que l'étude et l'industrie des hommes ont pu imaginer pour rendre un lieu agréable, n'approche point de ce que la simple nature y avait rassemblé de beautés.

« Ces lieux charmants me rappelèrent les idées que j'avais eues autrefois en lisant les Vies des anciens solitaires de la Thébaïde. Il me vint en pensée de passer le reste de mes jours dans ces forêts, où la Providence m'avait conduit, pour y vaquer uniquement à l'affaire de mon salut, loin de tout commerce avec les hommes; mais comme je n'étais pas le maître de ma destinée, et que les ordres du Seigneur m'étaient certainement marqués par ceux de mes supérieurs, je rejetai cette pensée comme une illusion [1]. »

Les Indiens que l'on rencontrait dans ces retraites ne leur ressemblaient que par le côté affreux. Race indolente, stupide et féroce, elle montrait dans toute sa laideur l'homme primitif dégradé par sa chute. Rien ne prouve davantage la dégénération de la nature humaine que la petitesse du Sauvage dans la grandeur du désert.

Arrivés à *Buenos-Ayres*, les missionnaires remontèrent *Rio de la*

[1] *Lettres édif.*, tom. VIII, pag. 333.

Plata, et, entrant dans les eaux du *Paraguay*, se dispersèrent dans les bois. Les anciennes relations nous les représentent un bréviaire sous le bras gauche, une grande croix à la main droite, et sans autre provision que leur confiance en Dieu. Elles nous les peignent se faisant jour à travers les forêts, marchant dans les terres marécageuses, où ils avaient de l'eau jusqu'à la ceinture, gravissant des roches escarpées, et furetant dans les antres et les précipices, au risque d'y trouver des serpents et des bêtes féroces, au lieu des hommes qu'ils y cherchaient.

Plusieurs d'entre eux y moururent de faim et de fatigue; d'autres furent massacrés et dévorés par les Sauvages. Le père *Lizardi* fut trouvé percé de flèches sur un rocher; son corps était à demi déchiré par les oiseaux de proie, et son bréviaire était ouvert auprès de lui à l'office des morts. Quand un missionnaire rencontrait ainsi les restes d'un de ses compagnons, il s'empressait de leur rendre les honneurs funèbres, et, plein d'une grande joie, il chantait un *Te Deum* solitaire sur le tombeau du martyr.

De pareilles scènes, renouvelées à chaque instant, étonnaient les hordes barbares. Quelquefois elles s'arrêtaient autour du prêtre inconnu qui leur parlait de Dieu, et elles regardaient le ciel, que l'apôtre leur montrait; quelquefois elles le fuyaient comme un enchanteur, et se sentaient saisies d'une frayeur étrange : le religieux les suivait, en leur tendant les mains au nom de Jésus-Christ. S'il ne pouvait les arrêter, il plantait sa croix dans un lieu découvert, et s'allait cacher dans les bois. Les Sauvages s'approchaient peu-à-peu, pour examiner l'étendard de paix élevé dans la solitude : un aimant secret semblait les attirer à ce signe de leur salut. Alors le missionnaire, sortant tout-à-coup de son embuscade, et profitant de la surprise des barbares, les invitait à quitter une vie misérable, pour jouir des douceurs de la société.

Quand les jésuites se furent attachés quelque Indiens, ils eurent recours à un autre moyen pour gagner des âmes. Ils avaient remarqué que les Sauvages de ces bords étaient fort sensibles à la musique : on dit même que les eaux du *Paraguay* rendent la voix plus belle. Les missionnaires s'embarquèrent donc sur des pirogues avec les nouveaux catéchumènes : ils remontèrent les fleuves en chantant des cantiques. Les néophytes répétaient les airs, comme des oiseaux privés chantent pour attirer dans les rets de l'oiseleur les oiseaux sauvages. Les Indiens ne manquèrent point de se venir prendre au doux piège. Ils descendaient de leurs montagnes, et accouraient au bord des fleuves pour mieux écouter ces accents : plusieurs d'entre eux se jetaient dans les ondes, et suivaient à la nage la nacelle enchantée. L'arc et la flèche échappaient à la main du Sauvage ; l'avant-goût des vertus sociales, et les premières douceurs de l'humanité, entraient dans son âme confuse ; il voyait sa femme et son enfant pleurer d'une joie inconnue ; bientôt, subjugué par un attrait irrésistible, il tombait au pied de la croix, et mêlait des torrents de larmes aux eaux régénératrices qui coulaient sur sa tête.

Ainsi la religion chrétienne réalisait dans les forêts de l'Amérique ce que la fable raconte des Amphion et des Orphée : réflexion si naturelle, qu'elle s'est présentée même aux missionnaires [1] : tant il est certain qu'on ne dit ici que la vérité, en ayant l'air de raconter une fiction !

CHAPITRE V.

SUITE DES MISSIONS DU PARAGUAY.

RÉPUBLIQUE CHRÉTIENNE. BONHEUR DES INDIENS.

Les premiers Sauvages qui se rassemblèrent à la voix des jésuites furent les *Guaranis,* peuples répandus sur les bords du *Parana*

[1] CHARLEVOIX.

pané, du *Pirapé* et de l'*Uraguay*. Ils composèrent une bourgade sous la direction des pères *Macela* et *Cataldino*, dont il est juste de conserver les noms parmi ceux des bienfaiteurs des hommes. Cette bourgade fut appelée *Lorette* ; et dans la suite, à mesure que les églises indiennes s'élevèrent, elles furent comprises sous le nom général de *Réduction*. On en compta jusqu'à trente en peu d'années, et elles formèrent entre elles cette *république chrétienne* qui semblait un reste de l'antiquité découverte au Nouveau-Monde. Elles ont confirmé sous nos yeux cette vérité connue de Rome et de la Grèce, que c'est avec la religion, et non avec des principes abstraits de philosophie, qu'on civilise les hommes, et qu'on fonde les empires.

Chaque bourgade était gouvernée par deux missionnaires, qui dirigeaient les affaires spirituelles et temporelles des petites républiques. Aucun étranger ne pouvait y demeurer plus de trois jours ; et, pour éviter toute intimité qui eût pu corrompre les mœurs des nouveaux chrétiens, il était défendu d'apprendre à parler la langue espagnole ; mais les néophytes savaient la lire et l'écrire correctement.

Dans chaque *Réduction* il y avait deux écoles : l'une pour les premiers éléments des lettres, l'autre pour la danse et la musique. Ce dernier art, qui servait aussi de fondement aux lois des anciennes républiques, était particulièrement cultivé par les *Guaranis*. Ils savaient faire eux-mêmes des orgues, des harpes, des flûtes, des guitares, et nos instruments guerriers.

Dès qu'un enfant avait atteint l'âge de sept ans, les deux religieux étudiaient son caractère. S'il paraissait propre aux emplois mécaniques, on le fixait dans un des ateliers de la *Réduction*, et dans celui-là même où son inclination le portait. Il devenait orfèvre, doreur, horloger, serrurier, charpentier, menuisier, tisserand, fondeur. Ces ateliers avaient eu pour premiers instituteurs les Jésuites eux-mêmes. Ces pères avaient appris exprès les arts utiles, pour les enseigner à leurs Indiens, sans être obligés de recourir à des étrangers.

Les jeunes gens qui préféraient l'agriculture étaient enrôlés dans la tribu des laboureurs ; et ceux qui retenaient quelque humeur vagabonde de leur première vie erraient avec les troupeaux.

Les femmes travaillaient, séparées des hommes, dans l'intérieur de leurs ménages. Au commencement de chaque semaine, on leur distribuait une certaine quantité de laine et de coton, qu'elles devaient rendre le samedi au soir, toute prête à être mise en œuvre ; elles s'employaient aussi à des soins champêtres, qui occupaient leurs loisirs sans surpasser leurs forces.

Il n'y avait point de marchés publics dans les bourgades : à certains jours fixes, on donnait à chaque famille les choses nécessaires à la vie. Un des deux missionnaires veillait à ce que les parts fussent proportionnées au nombre d'individus qui se trouvaient dans chaque cabane.

Les travaux commençaient et cessaient au son de la cloche. Elle se faisait entendre au premier rayon de l'aurore. Aussitôt les enfants s'assemblaient à l'église, où leur concert matinal durait, comme celui des petits oiseaux, jusqu'au lever du soleil. Les hommes et les femmes assistaient ensuite à la messe, d'où ils se rendaient à leurs travaux. Au baisser du jour, la cloche rappelait les nouveaux citoyens à l'autel, et l'on chantait la prière du soir à deux parties et en grande musique.

La terre était divisée en plusieurs lots, et chaque famille cultivait un de ces lots pour ses besoins. Il y avait, en outre, un champ public appelé *la Possession de Dieu*[1]. Les fruits de ces terres communales étaient destinés à suppléer aux mauvaises récoltes, et à entretenir les veuves, les orphelins et les infirmes. Ils servaient encore de fonds pour la guerre. S'il restait quelque chose du trésor public au bout de l'année, on appliquait ce superflu aux dépenses

[1] Montesquieu s'est trompé quand il a cru qu'il y avait communauté de biens au Paraguay ; on voit ici ce qu'il a jeté dans l'erreur.

du culte et à la décharge du tribut de l'écu d'or que chaque famille payait au roi l'Espagne[1].

Un *cacique* ou chef de guerre, un *corregidor* pour l'administration de la justice, des *regidores* et des *alcades* pour la police et la direction des travaux publics, formaient le corps militaire, civil et politique des *Réductions*. Ces magistrats étaient nommés par l'assemblée générale des citoyens; mais il paraît qu'on ne pouvait choisir qu'entre les sujets proposés par les missionnaires : c'était une loi empruntée du sénat et du peuple romain. Il y avait, en outre, un chef nommé *fiscal*, espèce de censeur public élu par les vieillards. Il tenait un registre des hommes en âge de porter les armes. Un *teniente* veillait sur les enfants ; il les conduisait à l'église et les accompagnait aux écoles, en tenant une longue baguette à la main : il rendait compte aux missionnaires des observations qu'il avait faites sur les mœurs, le caractère, les qualités et les défauts de ses élèves.

Enfin, la bourgade était divisée en plusieurs quartiers, et chaque quartier avait un surveillant. Comme les Indiens sont naturellement indolents et sans prévoyance, un chef d'agriculture était chargé de visiter les charrues, et d'obliger les chefs de famille à ensemencer leurs terres.

En cas d'infraction aux lois, la première faute était punie par une réprimande secrète des missionnaires ; la seconde, par une pénitence publique à la porte de l'église, comme chez les premiers fidèles ; la troisième, par la peine du fouet.

Mais, pendant un siècle et demi qu'a duré cette république, on trouve à peine un exemple d'un Indien qui ait mérité ce dernier châtiment. « Toutes leurs fautes sont des fautes d'enfants, dit le père Charlevoix ; ils le sont toute leur vie en bien des choses, et ils en ont, d'ailleurs, toutes les bonnes qualités. »

---

[1] CHARLEVOIX, *Hist. du Parag.* Montesquieu a évalué ce tribut à un cinquième des biens.

Les paresseux étaient condamnés à cultiver une plus grande portion du champ commun; ainsi, une sage économie avait fait tourner les défauts mêmes de ces hommes innocents au profit de la prospérité publique.

On avait soin de marier les jeunes gens de bonne heure, pour éviter le libertinage. Les femmes qui n'avaient pas d'enfants se retiraient, pendant l'absence de leurs maris, à une maison particulière, appelée *Maison de refuge*. Les deux sexes étaient à-peu-près séparés, comme dans les républiques grecques; ils avaient des bancs distincts à l'église, et des portes différentes par où ils sortaient sans se confondre.

Tout était réglé, jusqu'à l'habillement, qui convenait à la modestie sans nuire aux grâces. Les femmes portaient une tunique blanche, rattachée par une ceinture; leurs bras et leurs jambes étaient nus : elles laissaient flotter leur chevelure, qui leur servait de voile.

Les hommes étaient vêtus comme les anciens Castillans. Lorsqu'ils allaient au travail, ils couvraient ce noble habit d'un sarreau de toile blanche. Ceux qui s'étaient distingués par des traits de courage ou de vertu portaient un sarreau couleur de pourpre.

Les Espagnols, et surtout les Portugais du Brésil, faisaient des courses sur les terres de la *République chrétienne*, et enlevaient souvent des malheureux, qu'ils réduisaient en servitude. Résolus de mettre fin à ce brigandage, les jésuites, à force d'habileté, obtinrent de la cour de Madrid la permission d'armer leurs néophytes. Ils se procurèrent des matières premières, établirent des fonderies de canons, des manufactures de poudre, et dressèrent à la guerre ceux qu'on ne voulait pas laisser en paix. Une milice régulière s'assembla tous les lundis, pour manœuvrer et passer la revue devant un cacique. Il y avait des prix pour les archers, les porte-lances, les frondeurs, les artilleurs, les mousquetaires. Quand les Portugais revinrent, au lieu de quelques laboureurs timides et dispersés, ils trouvèrent des bataillons qui les taillèrent en pièces, et les chassè-

rent jusqu'au pied de leurs forts. On remarqua que la nouvelle
troupe ne reculait jamais, et qu'elle se ralliait, sans confusion, sous
le feu de l'ennemi. Elle avait même une telle ardeur, qu'elle s'em-
portait dans ses exercices militaires; et l'on était souvent obligé
de les interrompre, de peur de quelque malheur.

On voyait ainsi au *Paraguay* un État qui n'avait ni les dangers
d'une constitution toute guerrière, comme celle des Lacédémoniens,
ni les inconvénients d'une société toute pacifique, comme la fra-
ternité des quakers. Le problème politique était résolu : l'agriculture qui fonde, et les armes qui conservent, se trouvaient réunies.
Les *Guaranis* étaient cultivateurs sans avoir d'esclaves, et guerriers
sans être féroces : immenses et sublimes avantages qu'ils devaient
à la religion chrétienne, et dont n'avaient pu jouir, sous le polythéisme, ni les Grecs, ni les Romains.

Ce sage milieu était partout observé : la *République chrétienne*
n'était point absolument agricole, ni tout-à-fait tournée à la guerre,
ni privée entièrement des lettres et du commerce; elle avait un
peu de tout, mais surtout des fêtes en abondance. Elle n'était ni
morose comme Sparte, ni frivole comme Athènes; le citoyen n'était
ni accablé par le travail, ni enchanté par le plaisir. Enfin, les
missionnaires, en bornant la foule aux premières nécessités de la
vie, avaient su distinguer dans le troupeau les enfants que la nature
avaient marqués pour de plus hautes destinées. Ils avaient, ainsi
que le conseille Platon, mis à part ceux qui annonçaient du génie,
afin de les initier dans les sciences et les lettres. Ces enfants choisis
s'appelaient *la Congrégation* : ils étaient élevés dans une espèce de
séminaire, et soumis à la rigidité du silence, de la retraite et
des études des disciples de Pythagore. Il régnait entre eux une si
grande émulation, que la seule menace d'être renvoyé aux écoles
communes jetait un élève dans le désespoir. C'était de cette troupe
excellente que devaient sortir un jour les prêtres, les magistrats et
les héros de la patrie.

Les bourgades de *Réductions* occupaient un assez grand terrain,

généralement au bord d'un fleuve et sur un beau site. Les maisons
étaient uniformes, à un seul étage, et bâties en pierres; les rues
étaient larges et tirées au cordeau. Au centre de la bourgade se
trouvait la place publique, formée par l'église, la maison des Pères,
l'arsenal, le grenier commun, la maison de refuge, et l'hospice
pour les étrangers. Les églises étaient fort belles et fort ornées;
des tableaux, séparés par des festons de verdure naturelle, couvraient les murs. Les jours de fête, on répandait des eaux de sen-
teur dans la nef, et le sanctuaire était jonché de fleurs de lianes
effeuillées.

Le cimetière, placé derrière le temple, formait un carré long,
environné de murs à hauteur d'appui; une allée de palmiers et de
cyprès régnait tout autour, et il était coupé dans sa longueur par
d'autres allées de citronniers et d'orangers : celle du milieu conduisait à une chapelle, où l'on célébrait tous les lundis une messe
pour les morts.

Des avenues des plus beaux et des plus grands arbres partaient
de l'extrémité des rues du hameau, et allaient aboutir à d'autres
chapelles bâties dans la campagne, et que l'on voyait en perspective. Ces monuments religieux servaient de terme aux processions
les jours de grandes solennités.

Le dimanche, après la messe, on faisait les fiançailles et les
mariages; et le soir on baptisait les catéchumènes et les enfants.

Ces baptêmes se faisaient, comme dans la primitive Église, par
les trois immersions, les chants et le vêtement de lin.

Les principales fêtes de la religion s'annonçaient par une pompe
extraordinaire. La veille, on allumait des feux de joie; les rues
étaient illuminées, et les enfants dansaient sur la place publique.
Le lendemain, à la pointe du jour, la milice paraissait en armes.
Le cacique de guerre, qui la précédait, était monté sur un cheval
superbe et marchait sous un dais que deux cavaliers portaient à ses
côtes. A midi, après l'office divin, on faisait un festin aux étran-

gers, s'il s'en trouvait quelques-uns dans la république, et l'on
avait permission de boire un peu de vin. Le soir, il y avait des
courses de bagues, où les deux pères assistaient pour distribuer
les prix aux vainqueurs. A l'entrée de la nuit, ils donnaient le signal de la retraite; et les familles, heureuses et paisibles, allaient
goûter les douceurs du sommeil.

Au centre de ces forêts sauvages, au milieu de ce petit peuple
antique, la fête du Saint-Sacrement présentait surtout un spectacle
extraordinaire. Les jésuites y avaient introduit les danses à la manière des Grecs, parce qu'ils n'y avait rien à craindre pour les
mœurs chez des chrétiens d'une si grande innocence. Nous ne
changerons rien à la description que le père Charlevoix en a
faite :

« J'ai dit qu'on ne voyait rien de précieux à cette fête; toutes les
beautés de la simple nature sont ménagées avec une variété qui
la représente dans son lustre; elle y est même, si j'ose ainsi parler, toute vivante; car, sur les fleurs et les branches des arbres
qui composent les arcs de triomphe sous lesquels le Saint-Sacrement passe, on voit voltiger des oiseaux de toutes les couleurs, qui
sont attachés par les pattes à des fils si longs, qu'ils paraissent avoir
toute leur liberté, et être venus d'eux-mêmes pour mêler leur ga-
zouillement au chant des musiciens et de tout le peuple, et bénir à
leur manière celui dont la Providence ne leur manque jamais. . .
. . . .

« D'espace en espace, on voit des tigres et des lions bien enchaî-
nés, afin qu'ils ne troublent point la fête, et de très-beaux poissons
qui se jouent dans de grands bassins remplis d'eau : en un mot,
toutes les espèces de créatures vivantes y assistent comme par dé-
putation, pour y rendre hommage à l'Homme-Dieu dans son auguste sacrement.

« On fait entrer aussi dans cette décoration toutes les choses
dont on se régale dans les grandes réjouissances, les prémices de
toutes les récoltes pour les offrir au Seigneur, et le grain qu'on

doit semer, afin qu'il donne sa bénédiction. Le chant des oiseaux,
le rugissement des lions, le frémissement des tigres, tout s'y fait
entendre sans confusion, et forme un concert unique. . . . . .

. . . .

« Dès que le Saint-Sacrement est rentré dans l'église, on présente aux missionnaires toutes les choses comestibles qui ont été
exposées sur son passage. Ils en font porter aux malades tout ce
qu'il y a de meilleur; le reste est partagé à tous les habitants de la
bourgade. Le soir, on tire un feu d'artifice, ce qui se pratique dans
toutes les grandes solennités, et au jour des réjouissances publiques. »

Avec un gouvernement si paternel, et si analogue au génie simple
et pompeux du Sauvage, il ne faut pas s'étonner que les nouveaux
chrétiens fussent les plus purs et les plus heureux des hommes. Le
changement de leurs mœurs était un miracle opéré à la vue du Nouveau-Monde. Cet esprit de cruauté et de vengeance, cet abandon
aux vices les plus grossiers, qui caractérisent les hordes indiennes,
s'étaient transformés en esprit de douceur, de patience et de chasteté. On jugera de leurs vertus par l'expression naïve de l'évêque
de *Buenos-Ayres*. « Sire, écrivait-il à Philippe V, dans ces peuplades nombreuses, composées d'Indiens, naturellement portés à
toutes sortes de vices, il règne une si grande innocence, que je ne
crois pas qu'il s'y commette un seul péché mortel. »

Chez ces Sauvages chrétiens on ne voyait ni procès ni querelles;
le *tien* et le *mien* n'y étaient pas même connus : car ainsi que l'observe Charlevoix, c'est n'avoir rien à soi que d'être toujours disposé
à partager le peu qu'on a avec ceux qui sont dans le besoin. Abon-
damment pourvus des choses nécessaires à la vie, gouvernés par
les mêmes hommes qui les avaient tirés de la barbarie, et qu'ils
regardaient, à juste titre, comme des espèces de divinités; jouis-
sant, dans leurs familles et dans leur patrie, des plus doux sentiments de la nature; connaissant les avantages de la vie civile sans
avoir quitté le désert, et les charmes de la société sans avoir perdu

ceux de la solitude, ces Indiens se pouvaient vanter de jouir d'un bonheur qui n'avait point eu d'exemples sur la terre. L'hospitalité, l'amitié, la justice et les tendres vertus découlaient naturellement de leurs cœurs à la parole de la religion, comme des oliviers laissent tomber leurs fruits mûrs au souffle des brises. Muratori a peint d'un seul mot cette république chrétienne, en intitulant la description qu'il en a faite : *il Cristianesimo felice.*

Il nous semble qu'on n'a qu'un désir en lisant cette histoire : c'est celui de passer les mers, et d'aller, loin des troubles et des révolutions, chercher une vie obscure dans les cabanes de ces Sauvages, et un paisible tombeau sous les palmiers de leurs cimetières. Mais ni les déserts ne sont assez profonds, ni les mers assez vastes, pour dérober l'homme aux douleurs qui le poursuivent. Toutes les fois qu'on fait le tableau de la félicité d'un peuple, il faut toujours en venir à la catastrophe; au milieu des peintures les plus riantes, le cœur de l'écrivain est serré par cette réflexion qui se présente sans cesse : *Tout cela n'existe plus.* Les missions du *Paraguay* sont détruites; les Sauvages, rassemblés avec tant de fatigues, sont errants de nouveau dans les bois, ou plongés vivants dans les entrailles de la terre. On a applaudi à la destruction d'un des plus beaux ouvrages qui fût sorti de la main des hommes. C'était une création du christianisme, une moisson engraissée du sang des apôtres; elle ne méritait que haine et mépris! Cependant, alors même que nous triomphions en voyant des Indiens retomber au Nouveau-Monde dans la servitude, tout retentissait en Europe du bruit de notre philanthropie et de notre amour de la liberté. Ces honteuses variations de la nature humaine, selon qu'elle est agitée de passions contraires, flétrissent l'âme, et rendraient méchant si on y arrêtait trop longtemps les yeux. Disons donc plutôt que nous sommes faibles, et que les voies de Dieu sont profondes, et qu'il se plaît à exercer ses serviteurs. Tandis que nous gémissons ici, les simples chrétiens du *Paraguay*, maintenant ensevelis dans les mines du Potose, adorent sans doute

la main qui les a frappés ; et, par des souffrances patiemment sup-
portées, ils acquièrent une place dans cette république des saints,
qui est à l'abri des persécutions des hommes.

———⋖✦⋗———

CHAPITRE VI.

MISSIONS DE LA GUYANE.

Si ces missions étonnent par leurs grandeurs, il en est d'autres
qui, pour être ignorées, n'en sont pas moins touchantes. C'est
souvent dans la cabane obscure et sur la tombe du pauvre que le
Roi des rois aime à déployer les richesses de sa grâce et de ses
miracles. En remontant vers le nord, depuis le Paraguay jusqu'au
fond du Canada, on rencontrait une foule de petites missions, où le
néophyte ne s'était pas civilisé pour s'attacher à l'apôtre, mais où
l'apôtre s'était fait Sauvage pour suivre le néophyte. Les religieux
français étaient à la tête de ces églises errantes, dont les périls
et la mobilité semblaient être faits pour notre courage et notre
génie.

Le père Creuilli, jésuite, fonda les missions de Cayenne. Ce qu'il
fit pour le soulagement des Nègres et des Sauvages paraît au-dessus
de l'humanité. Les pères Lombard et Ramette, marchant sur les
traces de ce saint homme, s'enfoncèrent dans les marais de la
Gayane. Ils se rendirent aimables aux Indiens *Galibis*, à force de
se dévouer à leurs douleurs, et parvinrent à obtenir d'eux quelques enfants, qu'ils élevèrent dans la religion chrétienne. De retour dans leurs forêts, ces jeunes enfants civilisés prêchèrent l'É-
vangile à leurs vieux parents sauvages, qui se laissèrent aisément
toucher par l'éloquence de ces nouveaux missionnaires. Les catéchu-

mênes se rassemblèrent dans un lieu appelé *Kourou* où le père Lombard avait bâti une case avec deux Nègres. La bourgade augmentant tous les jours, on résolut d'avoir une église. Mais comment payer l'architecte, charpentier de Cayenne, qui demandait quinze cents francs pour les frais de l'entreprise? Le missionnaire et ses néophytes, riches en vertus, étaient d'ailleurs les plus pauvres des hommes. La foi et la charité sont ingénieuses : les Galibis s'engagèrent à creuser sept pirogues, que le charpentier accepta sur le pied de deux cents livres chacune. Pour compléter le reste de la somme, les femmes filèrent autant de coton qu'il en fallait pour faire huit hamacs. Vingt autres Sauvages se firent esclaves volontaires d'un colon pendant que ses deux Nègres, qu'il consentait à prêter, furent occupés à scier les planches du toit de l'édifice. Ainsi tout fut arrangé, et Dieu eut un temple au désert.

Celui qui, de toute éternité, a préparé les voies des choses vient de découvrir sur ces bords un de ces desseins qui échappent dans leur principe à la sagacité des hommes, et dont on ne pénètre la profondeur qu'à l'instant même où ils s'accomplissent. Quand le père Lombard jetait, il y a plus d'un siècle, les fondements de sa mission chez les Galibis, il ne savait pas qu'il ne faisait que disposer des Sauvages à recevoir des martyrs de la foi, et qu'il préparait les déserts d'une nouvelle Thébaïde à la religion persécutée. Quel sujet de réflexion! Billaud de Varennes et Pichegru, le tyran et la victime, dans la même case à Synnamary, l'extrémité de la misère n'ayant pas même uni les cœurs; des haines immortelles vivant parmi les compagnons des mêmes fers; et les cris de quelques infortunés prêts à se déchirer, se mêlant aux rugissements des tigres dans les forêts du Nouveau-Monde!

Voyez au milieu de ce trouble des passions le calme et la sérénité évangéliques des confesseurs de Jésus-Christ jetés chez les néophytes de la Guyane, et trouvant parmi des barbares chrétiens la pitié que leur refusaient des Français; de pauvres religieuses hospitalières, qui semblaient ne s'être exilées dans un climat des-

tructeur que pour entendre un Collot-d'Herbois sur son lit de mort,
et lui prodiguer les soins de la charité chrétienne ; ces saintes
femmes, confondant l'innocent et le coupable dans leur amour de
l'humanité, versant des pleurs sur tous, priant Dieu de secourir et
les persécuteurs de son nom, et les martyrs de son culte : quelle
leçon ! quel tableau ! que les hommes sont malheureux ! et que la
religion est belle !

CHAPITRE VII.

MISSIONS DES ANTILLES.

L'établissement de nos colonies aux Antilles ou Ant-Iles, ainsi
nommées parce qu'on les rencontre les premières à l'entrée du golfe
Mexicain, ne remonte qu'à l'an 1627, époque à laquelle M. d'Enam-
buc bâtit un fort, et laissa quelques familles sur l'île Saint-Chris-
tophe.

C'était alors l'usage de donner des missionnaires pour curés aux
établissements lointains, afin que la religion partageât en quelque
sorte cet esprit d'intrépidité et d'aventure qui distinguait les premiers chercheurs de fortune au Nouveau-Monde. Les *frères prê-
cheurs* de la congrégation de Saint-Louis, les *pères carmes*, les *capucins* et les *jésuites* se consacrèrent à l'instruction des Caraïbes
et des Nègres et à tous les travaux qu'exigeaient nos colonies naissantes de Saint-Chirstophe, de la Guadeloupe, de la Martinique et
de Saint-Domingue.

On ne connaît encore aujourd'hui rien de plus satisfaisant et de
plus complet sur les Antilles que l'histoire du père Dutertre, missionnaire de la congrégation de Saint-Louis.

« Les Caraïbes, dit-il, sont grands rêveurs ; ils portent sur leur

visage une physionomie triste et mélancolique; ils passent des de-
mi-journées entières assis sur la pointe d'un roc ou sur la rive, les
yeux fixés en terre ou sur la mer, sans dire un seul mot. . . . . .
. . . .
Ils sont d'un naturel bénin, doux, affable et compatissant, bien souvent même jusqu'aux larmes, aux maux de nos Français, n'étant
cruels qu'à leurs ennemis jurés.

« Les mères aiment tendrement leurs enfants, et sont toujours
en alarme pour détourner tout ce qui peut leur arriver de funeste ;
elles les tiennent presque toujours pendus à leurs mamelles, même
la nuit; et c'est une merveille que, couchant dans des lits suspendus
qui sont fort incommodes, elles n'en étouffent jamais aucun... Dans
tous les voyages qu'elles font, soit sur mer, soit sur terre, elles les
portent avec elles, sous leur bras, dans un petit lit de coton qu'elles
ont en écharpe, lié par-dessus l'épaule, afin d'avoir toujours devant
les yeux l'objet de leurs soucis [1]. »

On croit lire un morceau de Plutarque traduit par Amyot.

Naturellement enclin à voir les objets sous un rapport simple et
tendre, le père Dutertre ne peut manquer d'être fort touchant quand
il parle des Nègres. Cependant il ne les représente point, à la manière des philanthropes, comme les plus vertueux des hommes;
mais il y a une sensibilité, une bonhomie, une raison admirable
dans la peinture qu'il fait de leurs sentiments.

« L'on a vu, dit-il, à la Guadeloupe, une jeune Négresse si per-
suadée de la misère de sa condition, que son maître ne put jamais
la faire consentir à se marier au Nègre qu'il lui présentait. . . . . .
. . . . Elle attendit que le Père (à l'autel) lui demandât
si elle voulait un tel pour son mari; car pour lors elle répondit,
avec une fermeté qui nous étonna : Non, mon père, je ne veux ni
de celui-là, ni même d'aucun autre; je me contente d'être misérable
en ma personne, sans mettre des enfants au monde qui seraient

_____
[1] _Hist. des Ant._, tom. II. pag. 375.

peut-être plus malheureux que moi, et dont les peines me seraient beaucoup plus sensibles que les miennes propres. Elle est aussi toujours constamment demeurée dans son état de fille, et on l'appelait ordinairement *la Pucelle des Iles.* »

Le bon père continue à peindre les mœurs des Nègres, à décrire leurs petits ménages, à faire aimer leur tendresse pour leurs enfants : il entremêle son récit des sentences de Sénèque, qui parle de la simplicité des cabanes ou vivaient les peuples de l'âge d'or ; puis il cita Platon, ou plutôt Homère, qui dit que les dieux ôtent à l'esclavage une moitié de sa vertu : *Dimidium mentis Jupiter illis aufert ;* il compare le Caraïbe sauvage dans la liberté au Nègre sauvage dans la servitude, et il montre combien le christianisme aide au dernier à supporter ses maux.

La mode du siècle a été d'accuser les prêtres d'aimer l'esclavage, et de favoriser l'oppression parmi les hommes ; il est pourtant certain que personne n'a élevé la voix avec autant de courage et de force en faveur des esclaves, des petits et des pauvres, que les écrivains ecclésiastiques. Ils ont constamment soutenu que la liberté est un droit imprescriptible du chrétien. Le colon protestant, convaincu de cette vérité, pour arranger sa cupidité et sa conscience, ne baptisait ses Nègres qu'à l'article de la mort ; souvent même, dans la crainte qu'ils ne revinssent de leur maladie, et qu'ils ne réclamassent ensuite, comme *chrétiens,* leur liberté, ils les laissait mourir dans l'idolâtrie [1] : la religion se montre ici aussi belle que l'avarice paraît hideuse.

Le ton sensible et religieux dont les missionnaires parlaient des Nègres de nos colonies, était le seul qui s'accordât avec la raison et l'humanité. Il rendait les maîtres plus pitoyables, et les esclaves plus vertueux ; il servait la cause du genre humain sans nuire à la patrie, et sans bouleverser l'ordre et les propriétés. Avec de grands mots on a tout perdu : on a éteint jusqu'à la pitié ; car qui oserait encore

[1] *Hist. des Ant.,* tom. II, pag. 203.

plaider la cause des noirs après les crimes qu'ils ont commis? tant
nous avons fait de mal! tant nous avons perdu les plus belles causes
et les plus belles choses!

Quant à l'histoire naturelle, le père Dutertre vous montre quelquefois tout un animal d'un seul trait; il appelle l'oiseau mouche
une fleur céleste; c'est le vers du père Commire sur le papillon :

> Florem putares nare per liquidum æthera.

« Les plumes du flambant ou du flamant, dit-il ailleurs, sont de
couleur incarnate; et quand il vole à l'opposite du soleil, il paraît
tout flamboyant comme un brandon de feu [1].

Buffon n'a pas mieux peint le vol d'un oiseau que l'histoire des
Antilles : « Cet oiseau (*la frégate*) a beaucoup de peine à se lever
de dessus les branches; mais quand il a une fois pris son vol, on
lui voit fendre l'air d'un vol paisible, tenant ses ailes étendues
sans presque les remuer, ni se fatiguer aucunement. Si quelquefois la pesanteur de la pluie ou l'impétuosité des vents l'importune,
pour lors il brave les nues, se guinde dans la moyenne région de
l'air, et se dérobe à la vue des hommes [2]. »

Il représente la femelle du colibri faisant son nid :

« . . . . Elle carde, s'il faut ainsi dire, tout le coton
que lui apporte le mâle, et le remue quasi poil à poil avec son bec
et ses petits pieds; puis elle forme son nid, qui n'est pas plus
grand que la moitié de la coque d'un œuf de pigeon. A mesure
qu'elle élève le petit édifice, elle fait mille petits tours, polissant avec
sa gorge la bordure du nid, et le dedans avec sa queue.

« . . . .

. . . . Je n'ai jamais pu remarquer en quoi consiste
la becquée que la mère leur apporte, sinon qu'elle leur donne sa
langue à sucer, que je crois être tout emmiellée du suc qu'elle tire
des fleurs. »

[1] *Hist. des Ant.*, tom. II, pag. 268.
[2] *Ibid.*, pag. 269.

Si la perfection dans l'art de peindre consiste à donner une idée précise des objets, en les offrant toutefois sous un jour agréable, le missionnaire des Antilles a atteint cette perfection.

CHAPITRE VIII.

MISSION DE LA NOUVELLE FRANCE.

Nous ne nous arrêterons point aux missions de la Californie, parce qu'elles n'offrent aucun caractère particulier, ni à celles de la Louisiane, qui se confondent avec ces terribles missions du Canada, où l'intrépidité des apôtres de Jésus-Christ a paru dans toute sa gloire.

Lorsque les Français, sous la conduite de Champelain, remontèrent le fleuve Saint-Laurent, ils trouvèrent les forêts du Canada habitées par des Sauvages bien différents de ceux qu'on avait découverts jusqu'alors au Nouveau-Monde. C'étaient des hommes robustes, courageux, fiers de leur indépendance, capables de raisonnement et de calcul, n'étant étonnés ni des mœurs des Européens, ni de leurs armes [1], et qui, loin de nous admirer comme les innocents Caraïbes, n'avaient pour nos usages que du dégoût et du mépris.

Trois nations se partageaient l'empire du désert; l'Algonquine, la plus ancienne et la première de toutes, mais qui, s'étant attiré la haine par sa puissance, était prête à succomber sous les armes des deux autres; la Huronne, qui fut notre alliée, et l'Iroquoise, notre ennemie.

Ces peuples n'étaient pas vagabonds; ils avaient des établisse-

---

[1] Dans le premier combat de Champelain contre les Iroquois, ceux-ci soutinrent le feu des Français sans donner d'abord le moindre signe de frayeur ou d'étonnement.

ments fixes, des gouvernements réguliers. Nous avons eu nous-
même occasion d'observer chez les Indiens du Nouveau-Monde
toutes les formes de constitutions des peuples civilisés : ainsi les
Natchez, à la Louisiane, offraient le despotisme dans l'état de nature; les Creeks de la Floride, la monarchie; et les Iroquois, au
au Canada, le gouvernement républicain.

Ces derniers et les Hurons représentaient encore les Spartiates et
les Athéniens dans la condition sauvage : les Hurons, spirituels,
gais, légers, dissimulés toutefois, braves, éloquents, gouvernés par
des femmes, abusant de la fortune et soutenant mal les revers,
ayant plus d'honneur que d'amour de la patrie; les Iroquois, séparés en cantons que dirigent des vieillards ambitieux, politiques,
taciturnes, sévères, dévorés du désir de dominer, capables des
plus grands vices et des plus grandes vertus, sacrifiant tout à la
patrie; les plus féroces et les plus intrépides des hommes.

Aussitôt que les Français et les Anglais parurent sur ce rivage,
par un instinct naturel les Hurons s'attachèrent aux premiers; les
Iroquois se donnèrent aux seconds, mais sans les aimer : ils ne
s'en servaient que pour se procurer des armes. Quand leurs nouveaux alliés devenaient trop puissants, ils les abandonnaient; ils
s'unissaient à eux de nouveau quand les Français obtenaient la victoire. On vit ainsi un petit troupeau de Sauvages se ménager entre
deux grandes nations civilisées, chercher à détruire l'une par l'autre, toucher souvent au moment d'accomplir ce dessein, et d'être à
la fois le maître et le libérateur de cette partie du Nouveau-Monde.

Tels furent les peuples que nos missionnaires entreprirent de
nous concilier par la religion. Si la France vit son empire s'étendre en Amérique par delà les rives du Meschacebé; si elle conserva
si longtemps le Canada contre les Iroquois et les Anglais unis, elle
dut presque tous ses succès aux jésuites. Ce furent eux qui sauvèrent la colonie au berceau, en plaçant pour boulevard devant elle
un village de Hurons et d'Iroquois chrétiens, en prévenant des
coalitions générales d'Indiens, en négociant des traités de paix, en

allant seuls s'exposer à la fureur des Iroquois, pour traverser les desseins des Anglais. Les gouverneurs de la Nouvelle-Angleterre ne cessent dans leurs dépêches de peindre nos missionnaires comme leurs plus dangereux ennemis : « Ils déconcertent, disent-ils, les projets de la puissance britannique; ils découvrent ses secrets, et lui enlèvent le cœur et les armes des Sauvages. »

La mauvaise administration du Canada, les fausses démarches des commandants, une politique étroite ou oppressive, mettaient souvent plus d'entraves aux bonnes intentions des jésuites que l'opposition de l'ennemi. Présentaient-ils les plans les mieux concertés pour la prospérité de la colonie, on les louait de leur zèle, et l'on suivait d'autres avis. Mais aussitôt que les affaires devenaient difficiles, on recourait à ces mêmes hommes qu'on avait si dédaigneusement repoussés. On ne balançait point à les employer dans des négociations dangereuses, sans être arrêté par la considération du péril auquel on les exposait : l'histoire de la Nouvelle France en offre un exemple remarquable.

La guerre était allumée entre les Français et les Iroquois : ceux-ci avaient l'avantage : ils s'étaient avancés jusque sous les murs de Québec, massacrant et dévorant les habitants des campagnes. Le père Lamberville était en ce moment même missionnaire chez les Iroquois. Quoique sans cesse exposé à être brûlé vif par les vainqueurs, il n'avait pas voulu se retirer, dans l'espoir de les ramener à des mesures pacifiques, et de sauver les reste de la colonie; les vieillards l'aimaient, et l'avaient protégé contre les guerriers.

Sur ces entrefaites, il reçoit une lettre du gouverneur du Canada, qui le supplie d'engager les Sauvages à envoyer des ambassadeurs au fort Catarocouy pour traiter de la paix. Le missionnaire court chez les anciens, et fait tant par ses remontrances et ses prières, qu'il les décide à accepter la trève, et à députer leurs principaux chefs. Ces chefs, en arrivant au rendez-vous, sont arrêtés, mis aux fers, et envoyés en France aux galères.

Le père Lamberville avait ignoré le dessein secret du comman-

dant ; et il avait agi de si bonne foi, qu'il était demeuré au milieu
des Sauvages. Quand il apprit ce qui était arrivé, il se crut perdu.
Les anciens le firent appeler ; il les trouva assemblés au conseil,
le visage sévère et l'air menaçant. Un d'entre eux lui raconta
avec indignation la trahison du gouverneur, puis il ajouta :

On ne saurait disconvenir que toutes sortes de raisons ne nous
autorisent à te traiter en ennemi, mais nous ne pouvons nous y
résoudre. Nous te connaissons trop pour n'être pas persuadés que
ton cœur n'a point de part à la trahison que tu nous as faite ; et
nous ne sommes pas assez injustes pour te punir d'un crime dont
nous te croyons innocent, et que tu détestes sans doute autant que
nous... Il n'est pourtant pas à propos que tu restes ici : tout le
monde ne t'y rendrait peut-être pas la même justice ; et quand une
fois notre jeunesse aura chanté la guerre, elle ne verra plus en toi
qu'un perfide qui a livré nos chefs à un dur et rude esclavage, et
elle n'écoutera plus que sa fureur, à laquelle nous ne serions plus
les maîtres de te soustraire [1]. »

Après ce discours, on contraignit le missionnaire de partir, et on
lui donna des guides qui le conduisirent par des routes détournées
au delà de la frontière. Louis XIV fit relâcher les Indiens, aussitôt
qu'il eut appris la manière dont on les avait arrêtés. Le chef qui
avait harangué le père Lamberville se convertit peu de temps après,
et se retira à Québec. Sa conduite en cette occasion fut le premier
fruit des vertus du christianisme qui commençait à germer dans son
cœur.

Mais aussi quels hommes que les Brébeuf, les Lallemant, les
Jogues, qui réchauffèrent de leur sang les sillons glacés de la Nouvelle France ! J'ai rencontré moi-même un de ces apôtres au milieu des solitudes américaines. Un matin que je cheminais lentement dans les forêts, j'aperçus venant à moi un grand vieillard à
barbe blanche, vêtu d'une longue robe, lisant attentivement dans

[1] CHARLEVOIX, Hist. de la Nouvelle France, in-4°, tom. I, liv. XI, pag. 511.

un livre, et marchant appuyé sur un bâton ; il était tout illuminé
par un rayon de l'aurore qui tombait sur lui à travers le feuillage
des arbres : on eût cru voir Thermosiris sortant du bois sacré des
Muses, dans les déserts de la haute Égypte. C'était un missionnaire
de la Louisiane ; il revenait de la Nouvelle-Orléans, et retournait aux
Illinois, où il dirigeait un petit troupeau de Français et de Sauvages
chrétiens. Il m'accompagna pendant plusieurs jours : quelque dili-
gent que je fusse au matin, je trouvais toujours le vieux voyageur
levé avant moi, et disant son bréviaire en se promenant dans la forêt.
Ce saint homme avait beaucoup souffert ; il racontait bien les peines
de sa vie ; il en parlait sans aigreur, et surtout sans plaisir, mais
avec sérénité : je n'ai point vu un sourire plus paisible que le sien.
Il citait agréablement et souvent des vers de Virgile, et même d'Homère, qu'il appliquait aux belles scènes qui se succédaient sous nos
yeux, ou aux pensées qui nous occupaient. Il me parut avoir des
connaissances en tous genres, qu'il laissait à peine apercevoir sous
sa simplicité évangélique : comme ses prédécesseurs les apôtres,
sachant tout, il avait l'air de tout ignorer. Nous eûmes un jour une
conversation sur la révolution française, et nous trouvâmes quelque charme à causer des troubles des hommes dans les lieux les
plus tranquilles. Nous étions assis dans une vallée, au bord d'un
fleuve dont nous ne savions pas le nom, et qui, depuis nombre de
siècles, rafraîchissait de ses eaux cette rive inconnue : j'en fis faire
la remarque au vieillard, qui s'attendrit ; les larmes lui vinrent aux
yeux, à cette image d'une vie ignorée, sacrifiée dans les déserts à
d'obscurs bienfaits.

Le père Charlevoix nous décrit ainsi un des missionnaires du
Canada :

« Le père Daniel était trop près de Québec pour n'y pas faire
un tour avant de reprendre le chemin de sa mission... Il arriva au
port dans un canot, l'aviron à la main, accompagné de trois ou
quatre Sauvages, les pieds nus, épuisé de force, une chemise pour-
rie et une soutane toute déchirée sur son corps décharné ; mais

avec un visage content et charmé de la vie qu'il menait, et inspirant, par son air et par ses discours, l'envie d'aller partager avec lui des croix auxquelles le Seigneur attachait tant d'onction[1]. »

Voilà de ces joies et de ces larmes telles que Jésus-Christ les a véritablement promises à ses élus.

Ecoutons encore l'historien de la Nouvelle France :

« Rien n'était plus apostolique que la vie qu'ils menaient (les missionnaires chez les Hurons.) Tous leurs moments étaient comptés par quelque action héroïque, par des conversions ou par des souffrances, qu'ils regardaient comme de vrais dédommagements, lorsque leurs travaux n'avaient pas produit tout le fruit dont ils s'étaient flattés. Depuis quatre heures du matin qu'ils se levaient, lorsqu'ils n'étaient pas en course, jusqu'à huit, ils demeuraient ordinairement renfermés : c'était le temps de la prière, et le seul qu'ils eussent de libre pour leurs exercices de piété. A huit heures chacun allait où son devoir l'appelait : les uns visitaient les malades ; les autres suivaient, dans les campagnes, ceux qui travaillaient à cultiver la terre ; d'autres se transportaient dans les bourgades voisines qui étaient destituées de pasteurs. Ces causes produisaient plusieurs bons effets ; car, en premier lieu, il ne mourait point ou il mourait bien peu d'enfant sans baptême ; des adultes même qui avaient refusé de se faire inscrire tandis qu'ils étaient en santé, se rendaient dès qu'ils étaient malades ; ils ne pouvaient tenir contre l'industrieuse et constante charité de leurs médecins[2]. »

Si l'on trouvait de pareilles descriptions dans le *Télémaque*, on se récrierait sur le goût simple et touchant de ces choses ; on louerait avec transport la fiction du poète, et l'on est insensible à la vérité présentée avec les mêmes attraits.

Ce n'était là que les moindres travaux de ces hommes évangé-

---

[1] CHARLEVOIX, *Hist. de la Nouvelle France*, in-4°, tom. i, liv. v, pag. 200.
[2] *Ibid*, pag. 217.

liques : tantôt ils suivaient les Sauvages dans des chasses qui duraient plusieurs années, et pendant lesquelles ils se trouvaient obligés de manger jusqu'à leur vêtement. Tantôt ils étaient exposés aux caprices de ces Indiens, qui, comme des enfants, ne savent jamais résister à un mouvement de leur imagination ou de leurs désirs. Mais les missionnaires s'estimaient récompensés de leurs peines s'ils avaient, durant leurs longues souffrances, acquis une âme à Dieu, ouvert le ciel à un enfant, soulagé un malade, essuyé les pleurs d'un infortuné. Nous avons déjà vu que la patrie n'avait point de citoyens plus fidèles ; l'honneur d'être Français leur valut souvent la persécution et la mort : les Sauvages les reconnaissaient pour être *de la chair blanche de Québec*, à l'intrépidité avec laquelle il supportaient les plus affreux supplices.

Le ciel, touché de leurs vertus, accorda à plusieurs d'entre eux cette palme qu'ils avaient tant désirée, et qui les a fait monter au rang des premiers apôtres. La bourgade huronne, où le père Daniel [1] était missionnaire, fut surprise par les Iroquois au matin du 4 juillet 1648 ; les jeunes guerriers étaient absents. Le jésuite, dans le moment même, disait la messe à ses néophytes. Il n'eut que le temps d'achever la consécration, et de courir à l'endroit d'où partaient les cris. Une scène lamentable s'offrit à ses yeux : femmes, enfants, vieillards, gisaient pêle-mêle expirants. Tout ce qui vivait encore tombe à ses pieds, et lui demande le baptême. Le père trempe un voile dans l'eau, et, le secouant sur la foule à genoux, procure la vie des cieux à ceux qu'il ne pouvait arracher à la mort temporelle. Il se ressouvint alors d'avoir laissé dans les cabanes quelques malades qui n'avaient point encore reçu le sceau du christianisme ; il y vole, les met au nombre des rachetés, retourne à la chapelle, cache les vases sacrés, donne une absolution générale aux Hurons qui s'étaient réfugiés à l'autel, les presse de fuir, et, pour leur en laisser le temps, marche à la rencontre des ennemis. A la

[1] Le même dont Charlevoix nous a fait le portrait.

vue de ce prêtre qui s'avançait seul contre une armée, les barbares
étonnés s'arrêtent, et reculent quelques pas : n'osant approcher du
saint, ils le percent de loin avec leurs flèches. « Il en était tout hé-
rissé, dit Charlevoix, qu'il parlait encore avec une action surprenante, tantôt à Dieu, à qui il offrait son sang pour le troupeau,
tantôt à ses meurtriers, qu'il menaçait de la colère du ciel, en les
assurant néanmoins qu'ils trouveraient toujours le Seigneur disposé à les recevoir en grâce, s'ils avaient recours à sa clémence [1]. »
Il meurt, et sauve une partie de ses néophytes, en arrêtant ainsi les
Iroquois autour de lui.

Le père Garnier montra le même héroïsme dans une autre bourgade : il était tout jeune encore, et s'était arraché nouvellement
aux pleurs de sa famille, pour sauver des âmes dans les forêts du
Canada. Atteint de deux balles sur le champ de carnage, il est renversé sans connaissance : un Iroquois, le croyant mort, le dépouille.
Quelques temps après, le père revient de son évanouissement; il
soulève la tête, et voit à quelque distance un Huron qui rendait
le dernier soupir. L'apôtre fait un effort pour aller absoudre
le catéchumène; il se traîne, il retombe : un barbare l'aperçoit,
accourt, et lui fend les entrailles de deux coups de hache : « Il
expire, dit encore Charlevoix, dans l'exercice et pour ainsi dire
dans le sein de la charité [2]. » Enfin le père Brébeuf, oncle du poète
du même nom, fut brûlé avec ces tourments horribles que les Iroquois faisaient subir à leurs prisonniers.

« Ce père, que vingt années de travaux les plus capables de faire
mourir tous les sentiments naturels, un caractère d'esprit d'une
fermeté à l'épreuve de tout, une vertu nourrie dans la vue toujours
prochaine d'une mort cruelle, et portée jusqu'à en faire l'objet de
ses vœux les plus ardents, prévenu d'ailleurs par plus d'un avertissement céleste que ses vœux seraient exaucés, se riait également

[1] *Hist. de la Nouv. France*, tom. I, liv. VII, pag. 286.
[2] *Ibid.*, pag. 298.

des menaces et des tortures; mais la vue de ses chers néophytes cruellement traités à ses yeux répandait une grande amertume sur la joie qu'il ressentait de voir ses espérances accomplies. . . . . .

« Les Iroquois connurent bien d'abord qu'ils avaient affaire à un homme à qui ils n'auraient pas le plaisir de voir échapper la moindre faiblesse; et comme s'ils eussent appréhendé qu'il ne communiquât aux autres son intrépidité, ils le séparèrent, après quelque temps, de la troupe des prisonniers, le firent monter seul sur un échafaud, et s'acharnèrent de telle sorte sur lui, qu'ils paraissaient hors d'eux-mêmes de rage et de désespoir.

« Tout cela n'empêchait point le serviteur de Dieu de parler d'une voix forte, tantôt aux Hurons qui ne le voyant plus, mais qui pouvaient encore l'entendre, tantôt à ses bourreaux, qu'il exhortait à craindre la colère du ciel s'ils continuaient à persécuter les adorateurs du vrai Dieu. Cette liberté étonna les barbares; ils voulurent lui imposer silence, et, n'en pouvant venir à bout, ils lui coupèrent la lèvre inférieure et l'extrémité du nez, lui appliquèrent par tout le corps des torches allumées, lui brûlèrent les gencives, etc. [1]. »

On tourmentait auprès du père Brébeuf un autre missionnaire nommé le père Lallemand, et qui ne faisait que d'entrer dans la carrière évangélique. La douleur lui arrachait quelquefois des cris involontaires; il demandait de la force au vieil apôtre, qui, ne pouvant plus parler, lui faisait de douces inclinations de tête, et souriant avec ses lèvres mutilées pour encourager le jeune martyr : les fumées des deux bûchers montaient ensemble vers le ciel, et affligeaient et réjouissaient les anges. On fit un collier de haches ardentes au père Brébeuf; on lui coupa des lambeaux de chair que l'on dévora à ses yeux, en lui disant que la chair des Français était excellente [2]; puis, continuant ces railleries : « Tu nous assurais tout-à-l'heure, criaient les barbares, que plus on souffre sur la terre, plus

[1] CHARLEVOIX, tom. I, liv. VII, pag. 292.
[2] Hist. de la Nouv. France, pag. 293 et 294.

on est heureux dans le ciel; c'est par amitié pour toi que nous étudions à augmenter les souffrances [1]. »

Lorsqu'on portait dans Paris des cœurs de prêtres au bout des piques, on chantait : *Ah ! il n'est point de fête quand le cœur n'en est pas.*

Enfin, après avoir souffert plusieurs autres tourments que nous n'oserions transcrire, le père Brébeuf rendit l'esprit, et son âme s'envola au séjour de celui qui guérit toutes les plaies de ses serviteurs.

C'était en 1649 que ces choses se passaient en Canada, c'est-à-dire au moment de la plus grande prospérité de la France, et pendant les fêtes de Louis XIV : tout triomphait alors, le missionnaire et le soldat.

Ceux pour qui un prêtre est un objet de haine et de risée, se réjouiront de ces tourments des confesseurs de la foi. Les sages, avec un esprit de prudence et de modération, diront qu'après tout les missionnaires étaient les victimes de leur fanatisme; ils demanderont, avec une pitié superbe, *ce que les moines allaient faire dans les déserts de l'Amérique.* A la vérité, nous convenons qu'ils n'allaient pas, sur un plan de savants, tenter de grandes découvertes philosophiques; ils obéissaient seulement à ce Maître qui leur avait dit : « Allez et enseignez, » *Docete omnes gentes ;* et sur la foi de ce commandement, avec une simplicité extrême, ils quittaient les délices de la patrie pour aller, au prix de leur sang, révéler à un barbare qu'ils n'avaient jamais vu.... — Quoi ? — Rien, selon le monde, presque rien : *l'existence de Dieu et l'Immortalité de l'âme :* DOCETE OMNES GENTES !

[1] *Hist. de la Nouv. France,* pag. 294.

CHAPITRE IX.

FIN DES MISSIONS.

Ainsi nous avons indiqué les voies que suivaient les différentes missions : voies de simplicité, voies de science, voies de législation, voies d'héroïsme. Il nous semble que c'était un juste sujet d'orgueil pour l'Europe, et surtout pour la France, qui fournissait le plus grand nombre de missionnaires, de voir tous les ans sortir de son sein des hommes qui allaient faire éclater les miracles des arts, des lois, de l'humanité et du courage, dans les quatre parties de la terre. De là provenait la haute idée que les étrangers se formaient de notre nation, et du Dieu qu'on y adorait. Les peuples les plus éloignés voulaient entrer en liaison avec nous; l'ambassadeur du Sauvage de l'Occident rencontrait à notre cour l'ambassadeur des nations de l'Aurore. Nous ne nous piquons pas du don de prophétie; mais on se peut tenir assuré, et l'expérience le prouvera, que jamais des savants dépêchés aux pays lointains, avec les instructions et les plans d'une académie, ne feront ce qu'un pauvre moine, parti à pied de son couvent, exécutait seul avec son chapelet et son bréviaire.

LIVRE CINQUIÈME.

ORDRES MILITAIRES, OU CHEVALERIE

———⚜———

CHAPITRE PREMIER.

CHEVALIERS DE MALTE.

Il n'y a pas un beau souvenir, pas une belle institution dans les siècle modernes, que le christianisme ne réclame. Les seuls temps poétiques de notre histoire, les temps chevaleresques, lui appartiennent encore; la vraie religion a le singulier mérite d'avoir créé parmi nous l'âge de la féerie et des enchantements.

M. de Sainte-Palaye semble vouloir séparer la chevalerie militaire de la chevalerie religieuse, et tout invite au contraire à les confondre. Il ne croit pas qu'on puisse faire remonter l'institution de la première au delà du onzième siècle [1]; or, c'est précisément l'époque des croisades qui donna naissance aux hospitaliers, aux templiers, et à l'ordre Teutonique [2]. La loi formelle par laquelle la chevalerie militaire s'engageait à défendre la foi, la ressemblance de ses cérémonies avec celles des sacrements de l'Église, ses jeûnes, ses ablutions, ses confessions, ses prières, ses engagements monasti-

---

[1] Mem. sur l'anc. cher., tom. I, 2ᵉ part., pag. 66.
[2] HÉN., Hist. de France, tom. I, pag. 167. FLEURY, Hist. eccles., tom. XIV, pag. 387, tom. XV, pag. 604; HELYOT, Hist. des ordres religieux, tom. III, pag. 74, 143.

ques [1], montrent suffisamment que tous les chevaliers avaient la
même origine religieuse. Enfin, le vœu de célibat qui paraît établir
une différence essentielle entre des héros chastes et des guerriers
qui ne parlent que d'amour, n'est pas une chose qui doive arrêter;
car ce vœu n'était pas général dans les ordres militaires chrétiens :
les chevaliers de Saint-Jacques de l'Épée, en Espagne, pouvaient se
marier [2]; et dans l'ordre de Malte on n'est obligé de renoncer au
lien conjugal qu'en passant aux dignités de l'ordre, ou en entrant
en jouissance de ses bénéfices.

D'après l'abbé Giustiniani, ou sur le témoignage plus certain,
mais moins agréable, du frère Hélyot, on trouve trente ordres religieux militaires : neuf sous la règle de saint Basile, quatorze sous
celle de saint Augustin, et sept attachés à l'institut de saint Benoît.
Nous ne parlerons que des principaux, à savoir : les hospitaliers
ou chevaliers de Malte en Orient, les teutoniques à l'Occident
et au Nord, et les chevaliers de Calatrava (en y comprenant
ceux d'Alcantara et de Saint-Jacques de l'Épée) au midi de
l'Europe.

Si les historiens sont exacts, on peut compter encore plus de
vingt-huit autres ordres militaires, qui, n'étant point soumis à des
règles particulières, ne sont considérés que comme d'illustres confréries religieuses : tels sont ces chevaliers du Lion, du Croissant,
du Dragon, de l'Aigle Blanche, du Lis, du Fer d'Or; et ces chevaliers de la Hache, dont les noms rappellent les Roland, les Roger, les Renaud, les Clorinde, les Bradamante, et les prodiges de la
Table ronde.

Quelques marchands d'Amalfi, dans le royaume de Naples, obtiennent de Romensor, calife d'Égypte, la permission de bâtir une
église latine à Jérusalem; ils y ajoutent un hôpital pour y recevoir
les étrangers et les pélerins : Gérard de Provence les gouverne.

---

[1] SAINTE-PALAYE, loc. cit., et la note 11.
[2] FLEURY, Hist. ecclés., tom. XV, liv. LXXII, pag. 406. édit. 1719, in-4°.

Les croisades commencent. Godefroi de Bouillon arrive, il donne
quelques terres aux nouveaux *hospitaliers*. Boyant-Roger succède
à Gérard, Raymond-Dupuy à Roger. Dupuy prend le titre de
grand-maître, divise les hospitaliers en *chevaliers*, pour assurer les
chemins aux pélerins et pour combattre les infidèles; en *chapelains*,
consacrés au service des autels, et en *frères servants*, qui devaient
aussi prendre les armes.

L'Italie, l'Espagne, la France, l'Angleterre, l'Allemagne et la
Grèce, qui, tour-à-tour ou toutes ensemble, viennent aborder aux
rivages de la Syrie, sont soutenues par les braves hospitaliers.
Mais la fortune change sans changer la valeur : Saladin reprend
Jérusalem. Acre ou Ptolémaïde est bientôt le seul port qui reste
aux Croisés en Palestine. On y voit réunis le roi de Jérusalem et de
Chypre, le roi de Naples et de Sicile, le roi d'Arménie, le prince
d'Antioche, le comte de Jaffa, le patriarche de Jérusalem, les chevaliers du Saint-Sépulcre, le légat du pape, le comte de Tripoli, le
prince de Galilée, les templiers, les hospitaliers, les chevaliers teutoniques, ceux de Saint-Lazare, les Vénitiens, les Génois, les Pi-
sans, les Florentins, le prince de Tarente, et le duc d'Athènes.
Tous ces princes, tous ces peuples, tous ces ordres ont leur quartier séparé, où ils vivent indépendants les uns des autres : « en
sorte, dit l'abbé Fleury, qu'il y avait cinquante-huit tribunaux qui
jugeaient à mort [1]. »

Le trouble ne tarda pas à se mettre parmi tant d'hommes de
mœurs et d'intérêts divers. On en vient aux mains dans la ville.
Charles d'Anjou et Hugues III, roi de Chypre, prétendant tous
deux au royaume de Jérusalem, augmentent encore la confusion.
Le soudan Mélec-Messor profite de ces querelles intestines, et s'a-
vance avec une puissante armée, dans le dessein d'arracher aux
Croisés leur dernier refuge. Il est empoisonné par un de ses émirs
en sortant d'Égypte; mais avant d'expirer il fait jurer à son fils

[1] *Hist. ecclés.*

de ne point donner de sépulture aux cendres paternelles, qu'il n'ait fait tomber Ptolémaïde.

Mélec-Séraph exécute la dernière volonté de son père : Acre est assiégée, et emportée d'assaut le 18 de mai 1291. Des religieuses donnèrent alors un exemple effrayant de la chasteté chrétienne : elles se mutilèrent le visage, et furent trouvées dans cet état par les infidèles, qui en eurent horreur, et les massacrèrent.

Après la réduction de Ptolémaïde, les hospitaliers se retirèrent dans l'île de Chypre, où ils demeurèrent dix-huit ans. Rhodes, révoltée contre Andronic, empereur d'Orient, appelle les Sarrasins dans ses murs. Villaret, grand-maître des hospitaliers, obtient d'Andronic l'investiture de l'île, en cas qu'il puisse la soustraire au joug mahométan. Ses chevaliers se couvrent de peaux de brebis, et, se traînant sur les mains au milieu d'un troupeau, ils se glissent dans la ville pendant un épais brouillard, se saisissent d'une des portes, égorgent la garde, et introduisent dans les murs le reste de l'armée chrétienne.

Quatre fois les Turcs essaient de reprendre l'île de Rhodes sur les chevaliers, et quatre fois ils sont repoussés. Au troisième effort, le siége de la ville dura cinq ans, et, au quatrième, Mahomet battit les murs avec seize canons d'un calibre tel qu'on n'en avait point encore vu en Europe.

Ces mêmes chevaliers, à peine échappés à la puissance ottomane, en devinrent les protecteurs. Un prince Zizime, fils de ce Mahomet II qui naguère foudroyait les remparts de Rhodes, implore le secours des chevaliers contre Bajazet son frère, qui l'avait dépouillé de son héritage. Bajazet, qui craignait une guerre civile, se hâte de faire la paix avec l'ordre, et consent à lui payer une certaine somme tous les ans, pour la pension de Zizime. On vit alors, par un de ces jeux si communs de la fortune, un puissant empereur des Turcs tributaire de quelques hospitaliers chrétiens.

Enfin, sous le grand-maître Villiers de l'Ile-Adam, Soliman s'empare de Rhodes, après avoir perdu cent mille hommes devant ses

murs. Les chevaliers se retirent à Malte, que leur abandonne
Charles-Quint. Ils y sont attaqués de nouveau par les Turcs ; mais
leur courage les délivre, et ils restent paisibles possesseurs de l'île,
sous le nom de laquelle ils sont encore connus aujourd'hui [1].

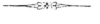

CHAPITRE II

ORDRE TEUTONIQUE.

A l'autre extrémité de l'Europe, la chevalerie religieuse jetait
les fondements de ces États qui sont devenus de puissants royaumes.

L'ordre Teutonique avait pris naissance pendant le premier siège
d'Acre par les chrétiens vers l'an 1190. Dans la suite, le duc de
Massovie et de Pologne l'appela à la défense de ses États contre
les incursions des Prussiens. Ceux-ci étaient des peuples barbares
qui sortaient de temps en temps de leurs forêts pour ravager les
contrées voisines. Ils avaient réduit les provinces de Culm en une
affreuse solitude, et n'avaient laissé debout sur la Vistule que le
seul château de Plotzko. Les chevaliers teutoniques, pénétrant peu-
à-peu dans les bois de la Prusse, y bâtirent des forteresses. Les
Warmiens, les Barthes, les Natangues, subirent tour-à-tour le
joug, et la navigation des mers du Nord fut assurée.

Les chevaliers de Porte-glaive, qui de leur côté avaient travaillé
à la conquête des pays septentrionaux, en se réunissant aux chevaliers teutoniques, leur donnèrent une puissance vraiment royale.
Les progrès de l'ordre furent cependant retardés par la division qui
régna longtemps entre les chevaliers et les évêques de Livonie ; mais

[1] Vert., Hist. des chev. de Malte. Fleury, Hist. eccles ; Giustiniani, Ist.
cron. dell' or. degli Ord. milit. Hélyot, Hist. des Ord. religieux, tom. III.

enfin, tout le nord de l'Europe s'étant soumis, Albert, marquis du Brandebourg, embrassa la doctrine de Luther, chassa les chevaliers de leurs gouvernements, et se rendit seul maître de la Prusse, qui prit alors le nom de Prusse ducale. Ce nouveau duché fut érigé en royaume en 1701, sous l'aïeul du grand Frédéric.

Les restes de l'ordre Teutonique subsistent encore en Allemagne, et c'est le prince Charles qui en est le grand-maître aujourd'hui [1].

CHAPITRE III.

CHEVALIERS DE CALATRAVA ET DE SAINT-JACQUES DE L'ÉPÉE, EN ESPAGNE.

La chevalerie faisait au centre de l'Europe les mêmes progrès qu'aux deux extrémités de cette partie du monde.

Vers l'an 1147, Alphonse le Batailleur, roi de Castille, enlève aux Maures la place de Calatrava en Andalousie. Huit ans après, les Maures se préparent à la reprendre sur don Sanche, successeur d'Alphonse. Don Sanche, effrayé de ce dessein, fait publier qu'il donne la place à quiconque voudra la défendre. Personne n'ose se présenter, hors un bénédictin de l'ordre de Cîteaux, dom Didace Vilasquès, et Raymond son abbé. Ils se jettent dans Calatrava avec les paysans et les familles qui dépendaient de leur monastère de Fitéro : ils font prendre les armes aux frères convers, et fortifient la ville menacée. Les Maures, étant informés de ces préparatifs, renoncent à leur entreprise : la place demeure à l'abbé Raymond, et les frères convers se changent en chevaliers du nom de *Calatrava*.

---

[1] Schönbeck, *Ord. milit*; Giustiniani, *Ist. cronol. dell' or. degli Ord. milit.*; Hélyot, *Hist. des Ord. relig.*, tom. III; Fleury, *Hist. ecclés.*

Ces nouveaux chevaliers firent dans la suite plusieurs conquêtes sur les Maures de Valence et de Jaën : Favera, Maella, Macalon, Valdetormo, la Fresueda, Valderobbes, Calanda, Aqua-Viva, Ozpipa, tombèrent tour-à-tour entre leurs mains. Mais l'ordre reçut un échec irréparable à la bataille d'Alarcos, que les Maures d'Afrique gagnèrent en 1195 sur le roi de Castille. Les chevaliers de Calatrava y périrent presque tous, avec ceux d'Alcantara et de Saint-Jacques de l'Épée.

Nous n'entrerons dans aucun détail touchant ces derniers, qui eurent aussi pour but de combattre les Maures, et de protéger les voyageurs contre les incursions des infidèles [1].

Il suffit de jeter les yeux sur l'histoire à l'époque de l'institution de la chevalerie religieuse, pour reconnaître les importants services qu'elle a rendus à la société. L'ordre de Malte, en Orient, a protégé le commerce et la navigation renaissante, et a été, pendant plus d'un siècle, le seul boulevard qui empêchât les Turcs de se précipiter sur l'Italie; dans le Nord, l'ordre Teutonique, en subjuguant les peuples errants sur les bords de la Baltique, a éteint le foyer de ces terribles éruptions qui ont tant de fois désolé l'Europe: il a donné le temps à la civilisation de faire des progrès, et de perfectionner ces nouvelles armes qui nous mettent pour jamais à l'abri des Alaric et des Attila.

Ceci ne paraîtra point une vaine conjecture, si l'on observe que les courses des Normands n'ont cessé que vers le dixième siècle, et que les chevaliers teutoniques, à leur arrivée dans le Nord, trouvèrent une population réparée, et d'innombrables barbares qui s'étaient déjà débordés autour d'eux. Les Turcs descendant de l'orient, les Livoniens, les Prussiens, les Poméraniens, arrivant de l'occident et du septentrion, auraient renouvelé dans l'Europe, à peine reposée, les scènes des Huns et des Goths.

Les chevaliers teutoniques rendirent même un double service a

---

[1] Shoonbeck, Giustiniani, Hélyot. Fleury et Mariana.

l'humanité ; car, en domptant des sauvages, ils les contraignirent de s'attacher à la culture, et d'embrasser la vie sociale. Chrisbourg, Bartenstein, Wissembourg, Wesel, Brumbers, Thorn, la plupart des villes de la Prusse, de la Courlande et de la Sémigalie, furent fondées par cet ordre militaire religieux; et tandis qu'il peut se vanter d'avoir assuré l'existence des peuples de la France et de l'Angleterre, il peut aussi se glorifier d'avoir civilisé le nord de la Germanie.

Un autre ennemi était encore peut-être plus dangereux que les Turcs et les Prussiens, parce qu'il se trouvait au centre même de l'Europe : les Maures ont été plusieurs fois sur le point d'asservir la chrétienté. Et quoique ce peuple paraisse avoir eu dans ses mœurs plus d'élégance que les autres barbares, il avait toutefois dans sa religion, qui admettait la polygamie et l'esclavage, dans son tempérament despotique et jaloux; il avait, disons-nous, un obstacle invincible aux lumières et au bonheur de l'humanité.

Les ordres militaires de l'Espagne, en combattant ces infidèles, ont donc, ainsi que l'ordre Teutonique et celui de Saint-Jean de Jérusalem, prévenu de très grands malheurs. Les chevaliers chrétiens remplacèrent en Europe les troupes soldées, et furent une espèce de milice régulière, qui se transportait où le danger était le plus pressant. Les rois et les barons, obligés de licencier leur vassaux au bout de quelques mois de service, avaient été souvent surpris par les barbares : ce que l'expérience et le génie des temps n'avaient pu faire, la religion l'exécuta; elle associa des hommes qui jurèrent, au nom de Dieu, de verser leur sang pour la patrie: les chemins devinrent libres, les provinces furent purgées des brigands qui les infestaient, et les ennemis du dehors trouvèrent une digue à leurs ravages.

On a blâmé les chevaliers d'avoir été chercher les infidèles jusque dans leurs foyers. Mais on n'observe pas que ce n'était, après tout, que de justes représailles contre des peuples qui avaient attaqué les premiers les peuples chrétiens : les Maures, que Charles-Martel extermina, justifient les croisades. Les disciples du Coran sont-ils demeurés tranquilles dans les déserts de l'Arabie, et n'ont-ils pas porté leur loi et leurs ravages jusqu'aux murailles de Delhi et jusqu'aux remparts de Vienne? Il fallait peut-être attendre que le repaire de ces bêtes féroces se fût rempli de nouveau : et parce qu'on a marché contre elle sous la bannière de la religion, l'entreprise n'était ni juste ni nécessaire! tout était bon, Teutatès, Odin, Allah, pourvu qu'on neût pas Jésus-Christ (20)!

CHAPITRE IV.

VIE ET MOEURS DES CHEVALIERS.

Les sujets qui parlent le plus à l'imagination ne sont pas les plus faciles à peindre, soit qu'ils aient dans leur ensemble un certain vague plus charmant que les descriptions qu'on en peut faire, soit que l'esprit du lecteur aille toujours au-delà de vos tableaux. Le seul mot de *chevalerie*, le seul nom d'un illustre *chevalier*, est proprement une merveille, que les détails les plus intéressants ne peuvent surpasser; tout est là-dedans, depuis les fables de l'Arioste jusqu'aux exploits des véritables paladins, depuis le palais d'Alcine et d'Armide jusqu'aux tourelles de Cœuvres et d'Anet.

Il n'est guère possible de parler, même historiquement, de la chevalerie, sans avoir recours aux troubadours qui l'ont chantée, comme on s'appuie de l'autorité d'Homère en ce qui concerne les anciens héros : c'est ce que les critiques les plus sévères ont reconnu. Mais alors on a l'air de ne s'occuper que de fictions. Nous sommes accoutumés à une vérité si stérile, que tout ce qui n'a pas la même sécheresse nous paraît mensonge : comme ces peuples nés

dans les glaces du pôle, nous préférons nos tristes déserts à ces
champs où

> La terra molle e lieta e dilettosa
> Simili a se gli abitator produce [1].

L'éducation du chevalier commençait à l'âge de sept ans [2]. Du
Guesclin, encore enfant, s'amusait, dans les avenues du château
de son père, à représenter des siéges et des combats avec de petits
paysans de son âge. On le voyait courir dans les bois, lutter contre
les vents, sauter de larges fossés, escalader les ormes et les chênes,
et déjà montrer dans les landes de la Bretagne le héros qui devait
sauver la France [3].

Bientôt on passait à l'office de page ou de *damoiseau* dans le
château de quelque baron. C'était là qu'on prenait les premières
leçons sur la foi gardée à Dieu et aux dames [4]. Souvent le jeune
page y commençait, pour la fille du seigneur, une de ces durables
tendresses que des miracles de vaillance devaient immortaliser. De
vastes architectures gothiques, de vieilles forêts, de grands étangs
solitaires, nourrissaient, par leur aspect romanesque, ces passions
que rien ne pouvait détruire, et qui devenaient des espèces de sort
et d'enchantement.

Excité par l'amour au courage, le page poursuivait les mâles
exercices qui lui ouvraient la route de l'honneur. Sur un coursier
indompté il lançait, dans l'épaisseur des bois, les bêtes sauvages,
ou rappelant le faucon du haut des cieux, il forçait le tyran des airs
à venir, timide et soumis, se poser sur sa main assurée. Tantôt,
comme Achille enfant, il faisait voler des chevaux sur la plaine,
s'élançant de l'un à l'autre, d'un saut franchissant leur croupe, ou
s'asseyant sur leur dos ; tantôt il montait tout armé jusqu'au haut

[1] Tass., cant. 1. ott. 62.
[2] Sainte-Palaye, tom. 1, Ire part.
[3] Vie de du Guesclin.
[4] Sainte-Palaye, tom. 1, pag. 7.

d'une tremblante échelle, et se croyait déjà sur le brèche, criant :
Montjoie et Saint-Denys [1]! Dans la cour de son baron, il recevait
les instructions et les exemples propres à former sa vie. Là se rendaient sans cesse des chevaliers connus ou inconnus, qui s'étaient
voués à des aventures périlleuses, qui revenaient seuls des
royaumes du Cattay, des confins de l'Asie, et de tous ces lieux
incroyables où ils redressaient les torts, et combattaient les infidèles.

« On veoit, dit Froissard parlant de la maison du duc de Foix,
on veoit en la salle, en la chambre, en la cour, chevaliers et escuyers d'honneur aller et marcher, et les oyait-on parler d'armes
et d'amour : tout honneur estoit là de dans trouvé ; toute nouvelle,
de quelque pays, de quelque royaume, que ce fust, là dedans on y
apprenoit ; car de tout pays, pour la vaillance du seigneur, elles y
venoient. »

Au sortir de page on devenait écuyer, et la religion présidait toujours à ces changements. De puissants parrains ou de belles mar-
raines promettaient à l'autel, pour le héros futur, religion, fidélité
et amour. Le service de l'écuyer consistait, en paix, à trancher à
table, à servir lui-même les viandes, comme les guerriers d'Homère ;
à donner à laver aux convives. Les plus grands seigneurs ne rougissaient point de remplir ces offices. « A une table devant le roi,
dit le sire de Joinville, mangeait le roi de Navarre, qui moult estoit
paré et aourné de drap d'or, en cotte et mantel, la ceinture, le fer-
mail et chapel d'or fin devant lequel je tranchoys. »

L'écuyer suivait le chevalier à la guerre, portait sa lance, et son
heaume élevé sur le pommeau de la selle, et conduisait ses chevaux
en les tenant, par la droite. « Quand il entra dans la forest, il rencontra quatre escuyers qui menoient quatre blancs destriers en
dextre. » Son devoir, dans les duels et batailles, était de fournir
des armes à son chevalier, de le relever quand il était abattu, de lui

[1] SAINTE-PALAYE, part. II.

donner un cheval frais, de parer les coups qu'on lui portait, mais sans pouvoir combattre lui-même.

Enfin, lorsqu'il ne manquait plus rien aux qualités du *poursuivant d'armes*, il était admis aux honneurs de la chevalerie. Les lices d'un tournoi, un champ de bataille, le fossé d'un château, la brèche d'une tour, était souvent le théâtre honorable où se conférait l'ordre des vaillants et des preux. Dans le tumulte d'une mêlée, de braves écuyers tombaient aux genoux du roi ou du général, qui les créait chevaliers en leur frappant sur l'épaule trois coups du plat de son épée. Lorsque Bayard eut conféré la chevalerie à François Ier : « Tu es bien heureuse, dit-il en s'adressant à son épée, d'avoir aujourd'hui, à un si beau et si puissant roi, donné l'ordre de la chevalerie! Certes, ma bonne épée, vous serez comme relique gardée, et sur toute autre honorée. » Et puis, ajoute l'historien, « fit deux saults; et après remit au fourreau son espée. »

A peine le nouveau chevalier jouissait-il de toutes ses armes, qu'il brûlait de se distinguer par quelques faits éclatants. Il allait par *monts* et par *vaux*, cherchant périls et aventures; il traversait d'antiques forêts, de vastes bruyères, de profondes solitudes. Vers le soir il s'approchait d'un château dont il apercevait les tours solitaires; il espérait achever dans ce lieu quelque terrible fait d'armes. Déjà il baissait sa visière, et se recommandait à la dame de ses pensées, lorsque le son d'un cor se faisait entendre. Sur les faîtes du château s'élevait un *heaume*, enseigne éclatante de la demeure d'un chevalier hospitalier. Les ponts-levis s'abaissaient, et l'aventureux voyageur entrait dans ce manoir écarté. S'il voulait rester inconnu, il couvrait son écu d'une *housse*, ou d'un *voile vert*, ou d'une *guimpe plus fine que fleur de lys*. Les dames et les damoiselles s'empressaient de le désarmer, de lui donner de riches habits, de lui servir des vins précieux dans des vases de cristal. Quelquefois il trouvait son hôte dans la joie : « Le seigneur Amanieu des Escas, au sortir de table, estant l'hiver auprès d'un bon feu, dans la salle bien jonchée ou tapissée de nattes, ayant autour de

lui ses escuyers, s'entretenoit avec eux d'armes et d'amour; car
tout dans sa maison, jusqu'aux derniers *varlets*, se mesloit
d'aimer [1]. »

Ces fêtes des châteaux avaient toujours quelque chose d'énigma-
tique; c'était le festin de *la licorne*, le *vœu du paon*, ou *du faisan*.
On y voyait des convives non moins mystérieux, les chevaliers du
Cygne, de l'Écu-Blanc, de la Lance-d'Or, du Silence; guerriers
qui n'étaient connus que par les devises de leurs boucliers, et par
les pénitences auxquelles ils s'étaient soumis [2].

Des troubadours, ornés de plumes de paon, entraient dans la
salle vers la fin de la fête, et chantaient des *lays* d'amour :

> Armes, amours, desduit, joie et plaisance,
> Espoir, desir, souvenir, hardement,
> Jeunesse, aussi maniere et contenance,
> Humble regard, traict amoureusement,
> Gents corps, jolis, parez très richement,
> Avisez bien ceste saison nouvelle;
> Le jour de may, ceste grand'feste et belle,
> Qui par le roy se faict à Saint-Denys :
> A bien jouster gardez vostre querelle,
> Et vous serez honorez et cheris.

Le principe du métier des armes chevaleresques était :

> Grand bruit au champ, et grand'joie au logis.
> « *Bruits es chans, et joie à l'ostel.* »

Mais le chevalier arrivé au château n'y trouvait pas toujours des
fêtes; c'était quelquefois l'habitation d'une piteuse dame qui gé-
missait dans les fers d'un jaloux. *Le bian sire, noble courtois et
preux*, à qui l'on avait refusé l'entrée du manoir, passait la nuit
au pied d'une tour, d'où il entendait les soupirs de quelque Ga-
brielle qui appelait en vain le valeureux Couci. Le chevalier, aussi

---

[1] Sainte-Palaye.
[2] *Hist. du maréchal de Boucicault.*

tendre que brave, jurait, par sa *durandal* et son *aquilain,* sa fidèle
épée et son coursier rapide, de défier en combat singulier le félon
qui tourmentait la beauté, contre toute loi d'honneur et de chevalerie.

S'il était reçu dans ces sombres forteresses, c'était alors qu'il
avait besoin de tout son grand cœur. Des varlets silencieux, aux
regards farouches, l'introduisaient, par de longues galeries à peine
éclairées, dans la chambre solitaire qu'on lui destinait. C'était
quelque donjon qui gardait le souvenir d'une fameuse histoire ; on
l'appelait la chambre du *roi Richard*, ou de la *dame des sept Tours.*
Le plafond en était marqueté de vieilles armoiries peintes, et les
murs couverts de tapisseries à grands personnages, qui semblaient
suivre des yeux le chevalier, et qui servaient à cacher des portes
secrètes. Vers minuit, on entendait un bruit léger ; les tapisseries
s'agitaient, la lampe du paladin s'éteignait ; un cercueil s'élevait
auprès de sa couche.

La lance et la masse d'armes étant inutiles contre les morts, le
chevalier avait recours à des vœux de pèlerinage. Délivré par la faveur divine, il ne manquait point d'aller consulter l'ermite du rocher, qui lui disait : « si tu avais autant de possessions comme en
avait le roi Alexandre, et de sens comme le sage Salomon, et de
chevalerie comme le preux Hector de Troye ; seul orgueil, s'il res-
gnoit en toi, destruiroit tout [1]. »

Le bon chevalier comprenait par ces paroles que les visions qu'il
avait eues n'étaient que la punition de ses fautes, et il travaillait à
se rendre *sans peur et sans reproche.*

Ainsi chevauchant, il mettait à fin par cent coups de lance toutes
ces aventures chantées par nos poètes, et recordées dans nos chro-
niques. Il délivrait des princesses retenues dans des grottes, punissait des mécréants, secourait les orphelins et les veuves, et se défendait à la fois de la perfidie des nains et de la force des géants. Con-

[1] SAINTE-PALAYE.

servateur des mœurs comme protecteur des faibles, quand il passait devant le château d'une dame de mauvaise renommée, il faisait
aux portes une note d'infamie [1]. Si, au contraire, la dame de céans
avait bonne grâce et vertu, il lui criait : « Ma bonne amie, ou ma
bonne dame ou damoiselle, je prie à Dieu que en ce bien et en cet
honneur il vous veuille maintenir au nombre des bonnes ; car bien
devez estre louée et honorée. »

L'honneur de ces chevaliers allait quelquefois jusqu'à cet excès
de vertu qu'on admire et qu'on déteste dans les premiers Romains.
Quand la reine Marguerite, femme de saint Louis, apprit à Damiette,
où elle était près d'accoucher, la défaite de l'armée chrétienne et la
prise du roi, son époux, « elle fit vuidier hors toute sa chambre,
dit Joinville, fors le chevalier (un chevalier âgé de quatre-vingts
ans), et s'agenoilla devant li, et li requist un don : et le chevalier
li otrya par son serment. Elle li dict : *Je vous demande*, fist-elle, *par
la foy que vous m'avez baillée, que se les Sarrazins prennent ceste
ville, que vous me copez la teste avant qu'ils me preignent.* Et le chevalier respondit : *Soiés certeinne que je le ferai volontiers, car je
l'avoie jà bien enpensé que vous occiroie avant qu'ils nous eussent
prins* [2]. »

Les entreprises solitaires servaient au chevalier comme d'éche-
lons pour arriver au plus haut degré de gloire. Averti par les mé-
nestriers des tournois qui se préparaient au genitl pays de France,
il se rendait aussitôt au rendez-vous des braves. Déjà les lices sont
préparées ; déjà les dames , placées sur des échafauds élevés en
forme de tours , cherchent des yeux les guerriers parés de leurs
couleurs. Des troubadours vont chantant :

> Servants d'amour, regardez doulcement
> Aux eschafaux, anges de paradis ;
> Lors jousterez fort et joyeusement,
> Et vous serez honorez et cheris.

[1] Du Cange, *Gloss.*
[2] Joinville, édit. de Capperonnier, pag. 84.

Tout-à-coup un cri s'élève : *Honneur aux fils des preux!* Les fan-
fares sonnent, les barrières s'abaissent. Cent chevaliers s'élancent
des deux extrémités de la lice, et se rencontrent au milieu. Les
les lances volent en éclats ; front contre front, les chevaux se heur-
tent et tombent. Heureux le héros qui, ménageant ses coups, et ne
frappant, en loyal chevalier, que de la ceinture à l'épaule, a renversé
sans le blesser, son adversaire ! Tous les cœurs sont à lui, toutes
les dames veulent lui envoyer de nouvelles faveurs pour orner ses
armes. Cependant des hérauts crient au chevalier : *Souviens-toi de
qui tu es le fils, et ne forligne pas !* Joutes, castilles, pas d'armes,
combats à la foule, font tour-à-tour briller la vaillance, la force et
l'adresse des combattants. Mille cris mêlés au fracas des armes montent jusqu'aux cieux. Chaque dame encourage son chevalier, et lui
jette un bracelet, une boucle de cheveux, une écharpe. Un Sargine,
jusqu'alors éloigné du champ de la gloire, mais transformé en héros par l'amour; un brave inconnu, qui a combattu sans armes et
sans vêtements, et qu'on distingue à *sa camise sanglante*[1], sont
proclamés vainqueurs de la joute; ils reçoivent un baiser de leur
dame, et l'on crie : « L'amour des dames, la mort des héraux [2],
louenge et priz aux chevaliers. »

C'était dans ces fêtes qu'on voyait briller la vaillance ou la courtoisie de la Trémouille, de Boucicault, de Bayard, de qui les hauts
faits ont rendu probables les exploits des Perceforest, des Lancelot
et des Gaudifer. Il en coûtait cher aux chevaliers étrangers pour
oser s'attaquer aux chevaliers de France. Pendant les guerres du
règne de Charles VI, Sampi et Boucicault soutinrent seuls les défis
que les vainqueurs leur portaient de toutes parts ; et, joignant la
générosité à la valeur, ils rendaient les chevaux et les armes aux té-
méraires qui les avaient appelés en champ clos.

Le roi voulait empêcher ses chevaliers de *relever le gant,* et de

---

[1] SAINTE-PALAYE, *Histoire des trois chevaliers de la Chanise.*
[2] Héros.

ressentir ces insultes particulières. Mais ils lui dirent : « Sire, l'honneur de la France est si naturellement cher à ses enfants, que si le diable lui-mesme sortoit de l'enfer pour un desfi de valeur, il se trouveroit des gens pour le combattre. »

« Et en ce temps aussi, dit un historien, estoient chevaliers d'Espagne et de Portugal, dont trois de Portugal, bien renommés de chevalerie, prindrent, par je ne sais quelle folle entreprise, champ de bataille encontre trois chevaliers de France ; mais, en bonne vérité de Dieu, ils ne mirent pas tant de temps à aller de la porte Saint-Martin à la porte Saint-Antoine à cheval, que les Portugallois ne fussent desconfits par les trois François [1]. »

Les seuls champions qui pussent tenir devant les chevaliers de France étaient les chevaliers d'Angleterre. Et ils avaient de plus pour eux la fortune; car nous nous déchirions alors de nos propres mains. La bataille de Poitiers, si funeste à la France, fut encore honorable à la chevalerie. Le prince Noir, qui ne voulut jamais, par respect, s'asseoir à la table du roi Jean, son prisonnier, lui dit : « Il m'est advis que vous avez grand raison de vous eslieser, combien que la journée ne soit tournée à vostre gré; car vous avez aujourd'huy conquis le haut nom de prouësse, et avez passé aujourd'huy tous les mieux faisants de votre costé : je ne le die mie, chier sire, pour vous louer ; car tous ceux de nostre patrie qui ont veu les uns et les autres, se sont, par pleine conscience, à ce accordez, et vous en donnent le prix et chapelet. »

Le chevalier de Ribaumont, dans une action qui se passait aux portes de Calais, abattit deux fois à ses genoux Édouard III, roi d'Angleterre ; mais le monarque, se relevant toujours, força enfin Ribaumont à lui rendre son épée. Les Anglais, étant demeurés vainqueurs, rentrèrent dans la ville avec leurs prisonniers. Édouard, accompagné du prince de Galles, donna un grand repas aux chevaliers français ; et s'approchant de Ribaumont, il lui dit : «Vous estes

---

[1] *Journal de Paris*, sous Charles VI et Charles VII.

le chevalier au monde que je visse oncques plus vaillamment assaillir ses ennemis. Adonc print le roi son chapelet qu'il portoit sur son chef (qui était bon et riche), et le mit sur le chef de monseigneur Eustache, et dit : Monseigneur Eustache, je vous donne ce chapelet, pour le mieux combattant de la journée. Je sais que vous estes gay et amoureux, et que volontiers vous trouvez entre dames et damoiselles : si dites partout où vous irez que je le vous ai donné. Si, vous quitte vostre prison, et vous en povez partir demain s'il vous plaist[1]. »

Jeanne d'Arc ranima l'esprit de la chevalerie en France ; on prétend que son bras était armé de la fameuse *Joyeuse* de Charlemagne, qu'elle avait retrouvée dans l'église de Sainte-Catherine de Fierbois, en Touraine.

Si donc nous fûmes quelquefois abandonnés de la fortune, le courage ne nous manqua jamais. Henri IV, à la bataille d'Ivry, criait à ses gens qui pliaient : « Tournez la tête, si ce n'est pour combattre, du moins pour me voir mourir. » Nos guerriers ont toujours pu dire dans leur défaite ce mot qui fut inspiré par le génie de la nation au dernier chevalier français à Pavie : « Tout est perdu, *fors* l'honneur. »

Tant de vertus et de vaillance méritaient bien d'être honorées. Si le héros recevait la mort dans les champs de la patrie, la chevalerie en deuil lui faisait d'illustres funérailles ; s'il succombait au contraire dans les entreprises lointaines, s'il ne lui restait aucun frère d'armes, aucun écuyer pour prendre soin de sa sépulture, le ciel lui envoyait pour l'ensevelir quelqu'un de ces solitaires qui habitaient alors dans les déserts, et qui

> . . . . Su 'l Libano spesso, e su 'l Carmelo
> In aerea magion fan dimoranza.

C'est ce qui a fourni au Tasse son épisode de Suénon : tous les

[1] FROISSART.

jours un solitaire de la Thébaïde ou un ermite du Liban recueillait les cendres de quelque chevalier massacré par les infidèles ; le
chantre de Solyme ne fait que prêter à la vérité le langage des
Muses.

« Soudain de ce beau globe, ou de ce soleil de la nuit, je vis
descendre un rayon qui, s'alongeant comme un trait d'or, vint
toucher le corps du héros. . . . .

. . . .

« Le guerrier n'était point prosterné dans la poudre ; mais de
même qu'autrefois tous ses désirs tendaient aux régions étoilées,
son visage était tourné vers le ciel, comme le lieu de son unique
espérance. Sa main droite était fermée, son bras raccourci ; il ser-
rait le fer, dans l'attitude d'un homme qui va frapper ; son autre
main, d'une manière humble et pieuse, reposait sur sa poitrine,
et semblait demander pardon à Dieu. . . . .

« Bientôt un nouveau miracle vint attirer mes regards.

« Dans l'endroit où mon maître gisait étendu s'élève, tout-à-coup,
un grand sépulcre, qui, sortant du sein de la terre, embrasse le
corps du jeune prince, et se referme sur lui... Une courte inscription rappelle au voyageur le nom et les vertus du héros. Je ne pouvais arracher mes yeux de ce monument, et je contemplais tour-à-
tour et les caractères, et le marbre funèbre.

« Ici, dit le vieillard, le corps de ton général reposera auprès de
ses fidèles amis, tandis que leurs âmes généreuses jouiront, en s'aimant dans les cieux, d'une gloire et d'un bonheur éternels[1]. »

Mais le chevalier qui avait formé dans sa jeunesse ces liens héroïques, qui ne se brisaient pas même avec la vie, n'avait point à
craindre de mourir seul dans les déserts : au défaut des miracles du
ciel, ceux de l'amitié le suivaient. Constamment accompagné de son
frère d'armes, Il trouvait en lui des mains guerrières pour creuser
sa tombe, et un bras pour le venger. Ces unions étaient confirmées

---

[1] *Ger. lib.*, cant. VIII.

par les plus redoutables serments : quelquefois les deux amis se faisaient tirer du sang, et le mêlaient dans la même coupe ; ils portaient pour gage de leur foi mutuelle ou un cœur d'or, ou une chaîne, ou un anneau. L'amour, pourtant si cher aux chevaliers, n'avait, dans ces occasions, que le second droit sur leurs âmes ; et l'on secourait son ami de préférence à sa maîtresse.

Une chose néanmoins pouvait dissoudre ces nœuds : c'était l'inimitié des patries. Deux frères d'armes de diverses nations cessaient d'être unis dès que leurs pays ne l'étaient plus. Huc de Carvalay, chevalier anglais, avait été l'ami de Bertrand du Guesclin : lorsque le prince Noir eut déclaré la guerre au roi Henri de Castille, Huc fut obligé de se séparer de Bertrand ; il vint lui faire ces adieux, et il lui dit :

« Gentil sire, il nous convient despartir. Nous avons esté ensemble en bonne compagnie, et avons tousjours eu du vostre à nostre (de l'argent en commun :) si pense bien que j'ai plus receu que vous ; et pour ce vous prie que nous en comptions ensemble.... — Si, dit Bertrand, ce n'est qu'un sermon ; je n'ai point pensé à ce compte.... Il n'y a que du bien à faire raison donne que vous suiviez vostre maistre. Ainsi le doibt faire tout preudhomme : bonne amour fust l'amour de nous, et aussi en sera la despartie, dont me poise qu'il convient qu'elle soit. Lors le baisa Bertrand, et tous ses compagnons aussi : moult fut piteuse la despartie [1]. »

Ce désintéressement des chevaliers, cette élévation d'âme, qui mérita à quelques-uns le glorieux surnom de *sans reproche*, couronnera le tableau de leurs vertus chrétiennes. Ce même du Guesclin, la fleur et l'honneur de la chevalerie, étant prisonnier du prince Noir, égala la magnanimité de Porus entre les mains d'Alexandre. Le prince l'ayant rendu maître de sa rançon, Bertrand la porta à une somme excessive. « Où prendrez-vous tout cet or ? dit le héros anglais étonné. Chez mes amis, repartit le fier connétable : il n'y a

_____

[1] *Vie de Bertrand du Guesclin.*

pas de *fileresse* en France qui ne filast sa quenouille, pour me tirer de vos mains. »

La reine d'Angleterre, touchée des vertus de du Guesclin, fut la première à donner une grosse somme, pour hâter la liberté du plus redoutable ennemi de sa patrie. « Ah ! Madame, s'écria le chevalier breton en se jetant à ses pieds, j'avois cru jusqu'ici estre le plus laid homme de France ; mais je commence à n'avoir pas si mauvaise opinion de moi, puisque les dames me font de tels présents. »

LIVRE SIXIÈME.

SERVICES RENDUS A LA SOCIÉTÉ PAR LE CLERGÉ ET LA RELIGION CHRÉTIENNE EN GÉNÉRAL.

———◁◦❊◦▷———

CHAPITRE PREMIER.

IMMENSITÉ DES BIENFAITS DU CHRISTIANISME [1].

Ce ne serait rien connaître que de connaître vaguement les bienfaits du christianisme : c'est le détail de ses bienfaits, c'est l'art avec lequel la religion a varié ses dons, répandu ses secours, distribué ses trésors, ses remèdes, ses lumières ; c'est ce détail, c'est cet art qu'il faut pénétrer. Jusqu'aux délicatesses des sentiments, jusqu'aux amours-propres, jusqu'aux faiblesses, la religion a tout ménagé en soulageant tout. Pour nous, qui depuis quelques années nous occupons de ces recherches, tant de traits de charité, tant de fondations admirables, tant d'inconcevables sacrifices sont passés sous nos yeux, que nous croyons qu'il y a dans ce seul mérite du christianisme de quoi expier tous les crimes des hommes : culte céleste, qui nous force d'aimer cette triste humanité qui le calomnie.

Ce que nous allons citer est bien peu de chose, et nous pourrions

---

[1] Voyez, pour toute cette partie, Hélyot, *Hist. des Ordres relig. et milit.*, 8 vol. in-4°; Hermat, *Étab. des Ordres relig.*; Bonnani, *Catal. omn. Ordres relig.*; Giustiniani, Menneius et Shoonbeck, dans leur *Hist. des Ordres milit.*; Saint-Foix, *Essai sur Paris*; *Vie de Saint Vincent de Paule*; *Vie des Pères du Désert*; Saint-Basile, *Oper.*; Lobineau, *Hist. de Bretagne*.

remplir plusieurs volumes de ce que nous rejetons ; nous ne sommes pas même sûr d'avoir choisi ce qu'il y a de plus frappant :
mais, dans l'impossibilité de tout décrire, et de juger qui l'emporte
en vertu par un si grand nombre d'œuvres charitables, nous recueil-
lons presque au hasard ce que nous donnons ici.

Pour se faire d'abord une idée de l'immensité des bienfaits de la
religion, il faut se représenter la chrétienté comme une vaste république, où tout ce que nous rapportons d'une partie se passe en
même temps dans une autre. Ainsi, quand nous parlerons des hôpitaux, des missions, des collèges de la France, il faut aussi se fi-
gurer les hôpitaux, les missions, les collèges de l'Italie, de l'Espagne, de l'Allemagne, de la Russie, de l'Angleterre, de l'Amérique,
de l'Afrique et de l'Asie ; il faut voir deux cents millions d'hommes,
au moins, chez qui se pratiquent les mêmes vertus, et se font les
mêmes sacrifices ; il faut se ressouvenir qu'il y a dix-huit cents ans
que ces vertus existent, et que les mêmes actes de charité se répè-
tent : calculez maintenant, si votre esprit ne s'y perd, le nombre
d'individus soulagés et éclairés par le christianisme, chez tant de
nations, et pendant une aussi longue suite de siècles !

CHAPITRE II.

HOPITAUX.

La charité, vertu absolument chrétienne, et inconnue des anciens, a pris naissance dans Jésus-Christ ; c'est la vertu qui le dis-
tingua principalement du reste des mortels, et qui fut en lui le sceau
de la rénovation de la nature humaine. Ce fut par la charité, à l'exemple de leur divin maître, que les apôtres gagnèrent si rapidement
les cœurs, et séduisirent si saintement les hommes.

Les premiers fidèles, instruits dans cette grande vertu, mettaient en commun quelques deniers pour secourir les nécessiteux, les malades et les voyageurs : ainsi commencèrent les hôpitaux. Devenue plus opulente, l'Église 'onda pour nos maux des établissements dignes d'elle. Dès ce moment les œuvres de miséricorde n'eurent plus de retenue : il y eut comme un débordement de la charité sur les misérables, jusqu'alors abandonnés sans secours par les heureux du monde. On demandera peut-être comment faisaient les anciens, qui n'avaient point d'hôpitaux? Ils avaient, pour se défaire des pauvres et des infortunés, deux moyens que les chrétiens n'ont pas : l'infanticide et l'esclavage.

Les *maladreries* ou *léproseries* de Saint-Lazare semblent avoir été en Orient les premières maisons de refuge. On y recevait ces lépreux qui, renoncés de leurs proches, languissaient aux carrefours des cités, en horreur à tous les hommes. Ces hôpitaux étaient desservis par des religieux de l'ordre de Saint-Bazile.

Nous avons dit un mot des *Trinitaires*, ou des pères de la *Rédemption des captifs*. Saint Pierre de Nolasque, en Espagne, imita saint Jean de Matha en France. On ne peut lire sans attendrissement les règles austères de ces ordres. Par leur première constitution, les Trinitaires ne pouvaient manger que des légumes et du laitage. Et pourquoi cette vie rigoureuse? Parce que plus ces pères se privaient des nécessités de la vie, plus il restait de trésors à prodiguer aux barbares ; parce que, s'il fallait des victimes à la colère céleste, on espérait que le Tout-Puissant recevrait les expiations de ces religieux, en échange des maux dont ils délivraient les prisonniers.

L'ordre de la *Merci* donna plusieurs saints au monde. Saint Pierre Pascal, évêque de Jaën, après avoir employé ses revenus au rachat des captifs et au soulagement des pauvres, passa chez les Turcs, où il fut chargé de fers. Le clergé et le peuple de son Église lui envoyèrent une somme d'argent pour sa rançon. « Le saint, dit Hélyot, la reçut avec beaucoup de reconnaissance; mais, au lieu de l'employer à se procurer la liberté, il en racheta quantité de femmes et d'enfants, dont la faiblesse lui faisait craindre qu'ils n'abandonnassent la religion chrétienne; et il demeura toujours entre les mains de ces barbares, qui lui procurèrent la couronne du martyre en 1300. »

Il se forma aussi dans cet ordre une congrégation de femmes qui se dévouaient au soulagement des pauvres étrangères. Une des fondatrices de ce tiers ordre était une grande dame de Barcelone, qui distribua son bien aux malheureux : son nom de famille s'est perdu; elle n'est plus connue aujourd'hui que par le nom de *Marie* DU SECOURS, que les pauvres lui avaient donné.

L'ordre des *religieuses pénitentes*, en Allemagne et en France, retirait du vice de malheureuses filles exposées à périr dans la misère, après avoir vécu dans le désordre. C'était une chose tout-à-fait divine de voir la religion, surmontant ses dégoûts par un excès de charité, exiger jusqu'aux preuves du vice, de peur qu'on ne trompât ses institutions ; et que l'innocence, sous la forme du repentir, n'usurpât une retraite qui n'était pas établie pour elle. « Vous savez, dit Jehan Simon, évêque de Paris, dans les constitutions de cet ordre, qu'aucunes sont venues à nous qui estoient vierges.... à la suggestion de leurs mères et parents, qui ne demandaient qu'à s'en desfaire. Ordonnons que, si aulcune voulait entrer en vostre congrégation, elle soit interrogée, etc. »

Les noms les plus doux et les plus miséricordieux servaient à couvrir les erreurs passées de ces pécheresses. On les appelait les *filles du Bon Pasteur*, ou les *filles de la Madeleine*, pour désigner leur retour au bercail, et le pardon qui les attendaient. Elles ne prononçaient que des vœux simples; on tâchait même de les marier quand elles le désiraient, et on leur assurait une petite dot. Afin qu'elles n'eussent que des idées de pureté autour d'elles, elles étaient vêtues de blanc, d'où on les nommait aussi *filles blanches*. Dans quelques villes on leur mettait une couronne sur la tête, et l'on chantait : *Veni, sponsa Christi:* « Venez, épouse du Christ. »

Ces contrastes étaient touchants, et cette délicatesse bien digne d'une religion qui sait secourir sans offenser, et ménager les faiblesses du cœur humain, tout en l'arrachant à ses vices. A l'hôpital du Saint-Esprit à Rome, il est défendu de suivre les personnes qui déposent les orphelins à la porte du Père-Universel.

Il y a dans la société des malheureux qu'on n'aperçoit pas, parce que, descendus de parents honnêtes, mais indigents, ils sont obligés de garder les dehors de l'aisance dans les privations de la pauvreté : il n'y a guère de situation plus cruelle ; le cœur est blessé de toutes parts ; et pour peu qu'on ait l'âme élevée, la vie n'est qu'une longue souffrance. Que deviendront les malheureuses demoiselles nées dans de telles familles ? Iront-elles chez des parents riches et hautains se soumettre à toutes sortes de mépris, ou embrasseront-elles des métiers que les préjugés sociaux et leur délicatesse naturelle leur défendent ? La religion a trouvé le remède : *Notre-Dame de Miséricorde* ouvre à ces femmes sensibles ses pieuses et respectables solitudes. Il y a quelques années que nous n'aurions osé parler de Saint-Cyr, car il était alors convenu que de pauvres filles nobles ne méritaient ni asile ni pitié.

Dieu a différentes voies pour appeler à lui ses serviteurs. Le capitaine Carraffa sollicitait à Naples la récompense des services militaires qu'il avait rendus à la couronne d'Espagne. Un jour, comme il se rendait au palais, il entre par hasard dans l'église d'un monastère. Une jeune religieuse chantait ; il fut touché jusqu'aux larmes de la douceur de sa voix : il jugea que le service de Dieu doit être plein de délices, puisqu'il donne de tels accents à ceux qui lui ont consacré leurs jours. Il retourne à l'instant chez lui, jette au feu ses certificats de service, se coupe les cheveux, embrasse la vie monastique, et fonde l'ordre des *Ouvriers pieux*, qui s'occupe en général du soulagement des infirmités humaines. Cet ordre fit d'abord peu de progrès, parce que, dans une peste qui survint à Naples, les religieux moururent tous en assistant les pestiférés, à l'exception de deux prêtres et de trois clercs

Pierre de Bétancour, frère de l'ordre de Saint-François, étant à Guatimala, ville et province de l'Amérique espagnole, fut touché du sort des esclaves, qui n'avaient aucun lieu de refuge pendant leurs maladies. Ayant obtenu par aumône le don d'une chétive maison, où il tenait auparavant une école pour les pauvres, il bâtit lui-même une espèce d'infirmerie, qu'il recouvrit de paille, dans le dessein d'y retirer les esclaves qui manquaient d'abri. Il ne tarda pas à rencontrer une femme nègre, estropiée, abandonnée par son maître. Aussitôt le saint religieux charge l'esclave sur ses épaules, et, tout glorieux de son fardeau, il le porte à cette méchante cabane qu'il appelait son hôpital. Il allait courant toute la ville, enfin d'obtenir quelques secours pour sa négresse. Elle ne survécut pas longtemps à tant de charité; mais en répandant ses dernières larmes elle promit à son gardien des récompenses célestes, qu'il a sans doute obtenues.

Plusieurs riches, attendris par ses vertus, donnèrent des fonds à Bétancourt, qui vit la chaumière de la femme nègre se changer en un hôpital magnifique. Ce religieux mourut jeune; l'amour de l'humanité avait consumé son cœur. Aussitôt que le bruit de son trépas se fut répandu, les pauvres et les esclaves se précipitèrent à l'hôpital, pour voir encore une fois leur bienfaiteur. Ils baisaient ses pieds, ils coupaient des morceaux des ses habits; ils l'eussent déchiré pour en emporter quelques reliques, si l'on n'eût mis des gardes à son cercueil : on eût cru que c'était le corps d'un tyran qu'on défendait contre la haine des peuples, et c'était un pauvre moine qu'on dérobait à leur amour.

L'ordre du frère Bétancourt se répandit après lui; l'Amérique entière se couvrit de ses hôpitaux, desservis par des religieux qui prirent le nom de *Bethléémites*. Telle était la formule de leurs vœux : « Moi, frère..., je fais vœu de pauvreté, de chasteté et d'hospitalité, et m'oblige de servir les pauvres convalescents, *encore bien qu'ils soient infidèles et attaqués de maladies contagieuses* [1]. »

---

[1] HÉLYOT, tom. III, pag. 366.

Si la religion nous a attendus sur le sommet des montagnes, elle est aussi descendue dans les entrailles de la terre, loin de la lumière du jour, afin d'y chercher des infortunés. Les frères Bethléémites ont des espèces d'hôpitaux jusqu'au fond des mines du Pérou et du Mexique. Le christianisme s'est efforcé de réparer au Nouveau-Monde les maux que les hommes y ont faits, et dont on l'a si injustement accusé d'être l'auteur. Le docteur Robertson, Anglais, protestant, et même ministre presbytérien, a pleinement justifié sur ce point l'Église romaine : « C'est avec plus d'injustice encore, dit-il, que beaucoup d'écrivains ont attribué à l'esprit d'intolérance de la religion romaine la destruction des Américains, et ont accusé les ecclésiastiques espagnols d'avoir excité leurs compatriotes à massacrer ces peuples innocents, comme des idolâtres et des ennemis de Dieu. Les premiers missionnaires, quoique simples et sans lettres, étaient des hommes pieux ; ils épousèrent de bonne heure la cause des Indiens, et défendirent ce peuple contre les calomnies dont s'efforcèrent de noircir les conquérants, qui le représentaient comme incapable de se former jamais à la vie sociale, et de comprendre les principes de la religion, et comme une espèce imparfaite d'hommes que la nature avait marquée du sceau de la servitude. Ce que j'ai dit du zèle constant des missionnaires espagnols pour la défense et la protection du troupeau commis à leurs soins, les montre sous un point de vue digne de leurs fonctions ; ils furent des ministres de paix pour les Indiens, et s'efforcèrent toujours d'arracher la verge de fer des mains de leurs oppresseurs. C'est à leur puissante médiation que les Américains durent tous les règlements qui tendaient à adoucir la rigueur de leur sort. Les Indiens regardent encore les ecclésiastiques, tant séculiers que réguliers, dans les établissements espagnols, comme leurs défenseurs naturels; et c'est à eux qu'ils ont recours pour repousser les exactions et les violences auxquelles ils sont encore exposés [1]. »

---

[1] *Hist. de l'Amérique*, tom. IV, liv. VIII, pag. 142-143, trad. franç. édit. in-8°, 1780.

Le passage est formel, et d'autant plus décisif, qu'avant d'en venir à cette conclusion le ministre protestant fournit les preuves qui ont déterminé son opinion. Il cite les plaidoyers des dominicains pour les Caraïbes; car ce n'était pas Las Casas seul qui prenait leur défense; c'était son ordre entier, et le reste des ecclésiastiques espagnols. Le docteur anglais joint à cela les bulles des papes, les ordonnances des rois, accordées à la sollicitation du clergé, pour adoucir le sort des Américains, et mettre un frein à la cruauté des colons.

Au reste, le silence que la philosophie a gardé sur ce passage de Robertson est bien remarquable. On cite tout de cet auteur, hors le fait qui présente sous un jour nouveau la conquête de l'Amérique, et qui détruit une des plus atroces calomnies dont l'histoire se soit rendue coupable. Les sophistes ont voulu rejeter sur la religion un crime que non-seulement la religion n'a pas commis, mais dont elle a eu horreur : c'est ainsi que les tyrans ont souvent accusé leur victime.

CHAPITRE III.

HOTEL-DIEU, SOEURS GRISES.

Nous venons à ce moment où la religion a voulu, comme d'un seul coup et sous un seul point de vue, montrer qu'il n'y a pas de souffrances humaines qu'elle n'ose envisager, ni de misère au-dessus de son amour.

La fondation de l'Hôtel-Dieu remonte à saint Landry, huitième évêque de Paris. Les bâtiments en furent successivement augmentés par le chapitre de Notre-Dame, propriétaire de l'hôpital; par saint

Louis, par le chancelier Duprat, et par Henri IV ; en sorte qu'on peut dire que cette retraite de tous les maux s'élargissait à mesure que les maux se multipliaient, et que la charité croissait à l'égal des douleurs.

L'hôpital était desservi dans le principe par des religieux et des religieuses sous la règle de saint Augustin ; mais depuis longtemps les religieuses seules y sont restées. « Le cardinal de Vitry, dit Hélyot, a voulu sans doute parler des religieuses de l'Hôtel-Dieu, lorsqu'il dit qu'il y en avait qui, se faisant violence, souffraient avec joie et sans répugnance l'aspect hideux de toutes les misères humaines ; et qu'il lui semblait qu'aucun genre de pénitence ne pouvait être comparé à cette espèce de martyre. »

« Il n'y a personne, continue l'auteur que nous citons, qui, en voyant les religieuses de l'Hôtel-Dieu, non-seulement panser, nettoyer les malades, faire leurs lits, mais encore, au plus fort de l'hiver, casser la glace de la rivière qui passe au milieu de cet hôpital, et y entrer jusqu'à la moitié du corps pour laver leurs linges pleins d'ordures et de vilenies, ne les regarde comme autant de saintes victimes qui, par un excès d'amour et de charité pour secourir leur prochain, courent volontiers à la mort, qu'elles affrontent pour ainsi dire au milieu de tant de puanteur et d'infection, causées par le grand nombre des malades. »

Nous ne doutons point des vertus qu'inspire la philosophie ; mais elles seront encore bien plus frappantes pour le vulgaire, ces vertus, quand la philosophie nous aura montré de pareils dévouements. Et cependant la naïveté de la peinture d'Hélyot est loin de donner une idée complète des sacrifices de ces femmes chrétiennes : cet historien ne parle ni de l'abandon des plaisirs de la vie, ni de la perte de la jeunesse et de la beauté, ni du renoncement à une famille, à un époux, à l'espoir d'une prospérité ; il ne parle point de tous les sacrifices du cœur, des plus doux sentiments de l'âme étouffés, hors la pitié, qui, au milieu de tant de douleurs devient un tourment de plus.

Eh bien! nous avons vu les malades, les mourants près de passer, se soulever sur leurs couches, et, faisant un dernier effort, accabler d'injures les femmes angéliques qui les servaient. Et pourquoi? parce qu'elles étaient chrétiennes! Eh! malheureux! qui vous servirait, si ce n'était des chrétiennes? D'autres filles semblables à celles-ci, et qui méritaient des autels, ont été publiquement *fouettées* (nous ne déguiserons point le mot). Après un pareil retour pour tant de bienfaits, qui eût voulu encore retourner auprès des misérables? Qui? Elles! ces femmes! elles-mêmes! Elles ont volé au premier signal, ou plutôt elles n'ont jamais quitté leur poste. Voyez ici réunies la nature humaine religieuse et la nature humaine impie, et jugez-les.

La sœur grise ne renfermait pas toujours ses vertus, ainsi que les filles de l'Hôtel-Dieu, dans l'intérieur d'un lieu pestiféré ; elle les répandait au dehors, comme un parfum dans les campagnes ; elle allait chercher le cultivateur infirme dans sa chaumière. Qu'il était touchant de voir une femme, jeune, belle et compatissante, exercer au nom de Dieu, près de l'homme rustique, la profession de médecin! On nous montrait dernièrement, près d'un moulin, sous des saules, dans une prairie, une petite maison qu'avaient occupée trois sœurs grises. C'était de cet asile champêtre qu'elles partaient à toutes les heures de la nuit et du jour, pour secourir les laboureurs. On remarquait en elles, comme dans toutes leurs sœurs, cet air de propreté et de contentement qui annonce que le corps et l'âme sont également exempts de souillures; elles étaient pleines de douceur, mais toutefois sans manquer de fermeté pour soutenir la vue des maux, et pour se faire obéir des malades. Elles excellaient à rétablir les membres brisés par des chutes, ou par ces accidents si communs chez les paysans. Mais ce qui était d'un prix inestimable, c'est que la sœur grise ne manquait pas de dire un mot de Dieu à l'oreille du nourricier de la patrie, et que jamais la morale ne trouva de formes plus divines pour se glisser dans le cœur humain.

Tandis que ces filles hospitalières étonnaient par leur charité ceux même qui étaient accoutumés à ces actes sublimes, il se passait dans Paris d'autres merveilles : de grandes dames s'exilaient de la cour, et partaient pour le Canada. Elles allaient sans doute acquérir des habitations, réparer une fortune délabrée, et jeter les fondements d'une vaste propriété? Ce n'était pas là leur but : elles allaient, au milieu des forêts et des guerres sanglantes, fonder des hôpitaux pour des Sauvages ennemis.

En Europe, nous tirons le canon en signe d'allégresse pour annoncer la destruction de plusieurs milliers d'hommes; mais dans les établissements nouveaux et lointains, où l'on est plus près du malheur et de la nature, on ne se réjouit que de ce qui mérite en effet des bénédictions, c'est-à-dire des actes de bienfaisance et d'humanité. Trois pauvres hospitalières, conduites par madame de la Peltrie, descendent sur les rives canadiennes, et voilà toute la colonie troublée de joie. « Le jour de l'arrivée de personnes si ardemment désirées, dit Charlevoix, fut pour toute la ville un jour de fête; tous les travaux cessèrent, et les boutiques furent fermées. Le gouverneur reçut les héroïnes sur le rivage, à la tête de ses troupes, qui étaient sous les armes, et au bruit du canon; après les premiers compliments, il les mena, au milieu des acclamations du peuple, à l'église, où le *Te Deum* fut chanté...

« Ces saintes filles, de leur côté, et leur généreuse conductrice, voulurent, dans le premier transport de leur joie, baiser une terre après laquelle elles avaient si longtemps soupiré, qu'elles se promettaient bien d'arroser de leurs sueurs, et qu'elles ne désespéraient pas même de teindre de leur sang. Les Français mêlés avec les Sauvages, les infidèles même confondus avec les chrétiens, ne se lassaient point, et continuèrent plusieurs jours à faire retentir tout de leurs cris d'allégresse, et donnèrent mille bénédictions à celui qui seul peut inspirer tant de force et de courage aux personnes les plus faibles. A la vue des cabanes sauvages où l'on mena les religieuses le lendemain de leur arrivée, elles se trouvèrent saisies d'un nouveau transport de joie : la pauvreté et la malpropreté

qui y régnaient ne les rebutèrent point, et des objets si capables
de ralentir leur zèle ne le rendirent que plus vif: elles témoignè-
rent une grande impatience d'entrer dans l'exercice de leurs fonctions.

« Madame de la Peltrie, qui n'avait jamais désiré d'être riche,
et qui s'était faite pauvre d'un si bon cœur pour Jésus-Christ, ne
s'épargnait en rien pour le salut des âmes. Son zèle la porta même
à cultiver la terre de ses propres mains, pour avoir de quoi soulager les pauvres néophytes. Elle se dépouilla en peu de jours de ce
qu'elle avait réservé pour son usage, jusqu'à se réduire à manquer
du nécessaire, pour vêtir les enfants qu'on lui présentait presque
nus; et toute sa vie, qui fut assez longue, ne fut qu'un tissu d'actions les plus héroïques de la charité [1]. »

Trouve-t-on dans l'histoire ancienne rien qui soit aussi touchant,
rien qui fasse couler des larmes d'attendrissement aussi douces,
aussi pures?

CHAPITRE IV.

ENFANTS TROUVÉS, DAMES DE LA CHARITÉ, TRAITS DE BIENFAISANCE.

Il faut maintenant écouter un moment saint Justin le philosophe. Dans sa première Apologie adressée à l'empereur, il parle
ainsi :

« On expose les enfants sous votre empire : des personnes élèvent ensuite ces enfants, pour les prostituer. On ne rencontre
par toutes les nations que des enfants destinés aux plus exécrables

---

[1] *Hist. de la Nouv. France,* liv. v, pag. 207, tom. i, in-4°.

usages, et qu'on nourrit comme des troupeaux de bêtes; vous levez un tribut sur ces enfants...; et toutefois ceux qui abusent de ces petits innocents, outre le crime qu'ils commettent envers Dieu, peuvent par hasard abuser de leurs propres enfants... Pour nous autres chrétiens, détestant ces horreurs, nous ne nous marions que pour élever notre famille, ou nous renonçons au mariage pour vivre dans la chasteté [1]. »

Voilà donc les hôpitaux que le polythéisme élevait aux orphelins. O vénérable Vincent de Paule! où étais-tu, où étais-tu, pour dire aux dames de Rome, comme à ces pieuses Françaises qui t'assistaient dans tes œuvres : « Or, sus, mesdames, voyez si vous voulez délaisser à votre tour ces petits innocents, dont vous êtes devenues les mères selon la grâce, après qu'ils ont été abandonnés par leur mère selon la nature. » Mais c'est en vain que nous demandons l'*homme de miséricorde* à des cultes idolâtres.

Le siècle a pardonné le christianisme à saint Vincent de Paule; on a vu la philosophie pleurer à son histoire. On sait que, gardien de troupeaux, puis esclave à Tunis, il devint un prêtre illustre par sa science et par ses œuvres; on sait qu'il est le fondateur de l'hôpital des Enfants-Trouvés, de celui des Pauvres-Vieillards, de l'hôpital des Galériens de Marseille, du collége des prêtres de la Mission, des Confréries de Charité dans les paroisses, des Compagnies de Dames pour le service de l'Hôtel-Dieu, des Filles de la Charité, servantes des malades, et enfin des retraites pour ceux qui désirent choisir un état de vie, et qui ne sont pas encore déterminés. Où la charité va-t-elle prendre toutes ses institutions, toute sa prévoyance?

Saint Vincent de Paule fut puissamment secondé par mademoiselle Legras, qui, de concert avec lui, établit les Sœurs de la Charité. Elle eut aussi la direction de l'hôpital du Nom de Jésus, qui, d'abord fondé pour quarante pauvres, a été l'origine de l'hôpital général de Paris. Pour emblème et pour récompense d'une vie

_____
[1] S. Justini, *Oper.* 1742, pag. 60 et 61.

consumée dans les travaux les plus pénibles, mademoiselle Legras demanda qu'on mît sur son tombeau une petite croix, avec ces mots : *Spes mea.* Sa volonté fut faite.

Ainsi de pieuses familles se disputaient, au nom du Christ, le plaisir de faire du bien aux hommes. La femme du chancelier de France et madame Fouquet étaient de la congrégation des Dames de la Charité. Elles avaient chacune leur jour pour aller instruire et exhorter les malades, leur parler des choses nécessaires au salut d'une manière touchante et familière. D'autres dames recevaient les aumônes, d'autres avaient soin du linge, des meubles, des pauvres, etc. Un auteur dit que plus de sept cents calvinistes rentrèrent dans le sein de l'Église romaine, parce qu'ils reconnurent la vérité de sa doctrine dans *les productions d'une charité si ardente et si étendue.* Saintes dames de Miramion, de Chantal, de la Peltrie, de Lamoignon, vos œuvres ont été pacifiques! Les pauvres ont accompagné vos cercueils; ils les ont arrachés à ceux qui les portaient, pour les porter eux-mêmes; vos funérailles retentissaient de leur gémissements, et l'on eût cru que tous les cœurs bienfaisants étaient passés sur la terre, parce que vous veniez de mourir.

Terminons par une remarque essentielle cet article des institutions du christianisme en faveur de l'humanité souffrante (21). On dit que sur le mont Saint-Bernard un air trop vif use les ressorts de la respiration, et qu'on y vit rarement plus de dix ans : ainsi, le moine qni s'enferme dans l'hospice peut calculer à-peu-près le nombre de jours qu'il restera sur la terre; tout ce qu'il gagne au service ingrat des hommes, c'est de connaître le moment de la mort, qui est caché au reste des humains. On assure que presque toutes les filles de l'Hôtel-Dieu ont habituellement une petite fièvre qui les consume, et qui provient de l'atmosphère corrompue où elles vivent : les religieux qui habitent les mines du Nouveau-Monde, au fond desquelles ils ont établi des hospices dans une nuit éternelle, pour les infortunés Indiens, ces religieux abrègent aussi leur existence; ils sont empoisonnés par la vapeur métallique : enfin, les pères qui s'enferment dans les bagnes pestiférés de Constantinople se dévouent au martyre le plus prompt.

Le lecteur nous le pardonnera si nous supprimons ici les réflexions; nous avouons notre incapacité à trouver des louanges dignes de telles œuvres : des pleurs et de l'admiration sont tout ce qui nous reste. Qu'ils sont à plaindre ceux qui veulent détruire la religion, et qui ne goûtent pas la douceur des fruits de l'Évangile ! « Le stoïcisme ne nous a donné qu'un Épictète, dit Voltaire ; et la philosophie chrétienne forme des milliers d'Épictètes qui ne savent pas qu'ils le sont, et dont la vertu est poussée jusqu'à ignorer leur vertu même [1]. »

CHAPITRE V.

ÉDUCATION.

ÉCOLES, COLLÉGES, UNIVERSITÉS, BÉNÉDICTINS ET JÉSUITES.

Consacrer sa vie à soulager nos douleurs est le premier des bienfaits ; le second est de nous éclairer. Ce sont encore des prêtres *superstitieux* qui nous ont guéri de notre ignorance, et qui, depuis dix siècles, se sont ensevelis dans la poussière des écoles pour nous tirer de la barbarie. Ils ne craignaient pas la lumière, puisqu'ils nous en ouvraient les sources; ils ne songeaient qu'à nous faire partager ces clartés qu'ils avaient recueillies, au péril de leurs jours, dans les débris de Rome et de la Grèce.

Le bénédictin qui savait tout, le jésuite qui connaissait la science et le monde, l'oratorien, le docteur de l'université, méritent peut-être moins notre reconnaissance que ces humbles frères qui s'étaient

[1] *Corresp. gén.*, tom. III, pag. 222.

consacrés à l'enseignement gratuit des pauvres. « *Les clercs réguliers des écoles pieuses s'obligeaient à montrer, par charité, à lire,
à écrire au petit peuple, en commençant par l'a, b, c, à compter, à
calculer, et même à tenir les livres chez les marchands et dans les bu-
reaux. Ils enseignent encore, non-seulement la rhétorique et les
langues latine et grecque; mais, dans les villes, ils tiennent aussi
des écoles de philosophie et de théologie scolastique et morale, de
mathématiques, de fortifications et de géométrie... Lorsque les écoliers sortent de classe, ils vont par bandes chez leurs parents, où ils
sont conduits par un religieux, de peur qu'ils ne s'amusent par les
rues à jouer et à perdre leur temps* [1]. »*

La naïveté du style fait toujours grand plaisir; mais quand elle
s'unit, pour ainsi dire, à la naïveté des bienfaits, elle devient aussi
admirable qu'attendrissante.

Après ces premières écoles, fondées par la charité chrétienne,
nous trouvons les congrégations savantes, vouées aux lettres et à
l'éducation de la jeunesse par des articles exprès de leur institut.
Tels sont les religieux de Saint-Basile, en Espagne, qui n'ont pas
moins de quatre colléges par province. Ils en possédaient un à Sois-
sons en France, et un autre à Paris : c'était le collége de Beauvais,
fondé par le cardinal Jean de Dorman. Dès le neuvième siècle,
Tours, Corbeil, Fontenelle, Fuldes, Saint-Gall, Saint-Denis, Saint-
Germain d'Auxerre, Ferrières, Aniane, et en Italie le Mont-Cassin,
étaient des écoles fameuses [2]. Les *Clercs de la vie commune*, aux
Pays-Bas, s'occupaient de la collation des originaux dans les bibliothèques, et du rétablissement du texte des manuscrits.

Toutes les universités de l'Europe ont été établies ou par des
princes religieux, ou par des évêques, ou par des prêtres,
et toutes ont été dirigées par des ordres chrétiens. Cette fameuse université de Paris, d'où la lumière s'est répandue sur l'Eu-

---

[1] HÉLYOT., tom. IV, pag. 307.
[2] FLEURY, *Hist. ecclé.*, tom. X, liv. XLVI, pag. 31.

rope moderne, était composée de quatre facultés. Son origine remontait jusqu'à Charlemagne, jusqu'à ces temps où, luttant seul contre la barbarie, le moine Alcuin voulait faire de la France une *Athènes chrétienne*[1]. C'est là qu'avaient enseigné Budée, Casaubon, Grenan, Rollin, Coffin, Lebeau; c'est là que s'étaient formés Abélard, Amyot, De Thou, Boileau. En Angleterre, Cambridge a vu Newton sortir de son sein, et Oxford présente, avec les noms de Bacon et de Thomas Morus, sa bibliothèque persane, ses manuscrits d'Homère, ses marbres d'Arundel et ses éditions des classiques; Glascow et Édimbourg, en Écosse; Leipsick, Iena, Tubingue, en Allemagne; Leyde, Utrecht et Louvain, aux Pays-Bas; Gandie, Alcala et Salamanque, en Espagne : tous ces foyers des lumières attestent les immenses travaux du christianisme. Mais deux ordres ont particulièrement cultivé les lettres; les bénédictins et les jésuites.

L'an 540 de notre ère, saint Benoît jeta au Mont-Cassin, en Italie, les fondements de l'ordre célèbre qui devait, par une triple gloire convertir l'Europe, défricher ses déserts, et rallumer dans son sein le flambeau des sciences[2].

Les bénédictins, et surtout ceux de la congrégation de Saint-Maur, établie en France vers l'an 543, nous ont donné ces hommes dont le savoir est devenu proverbial, et qui ont retrouvé, avec des peines infinies, les manuscrits antiques ensevelis dans la poudre des monastères. Leur entreprise littéraire la plus effrayante (car l'on peut parler ainsi), c'est l'édition complète des Pères de l'Église. S'il est difficile de faire imprimer un seul volume correctement dans sa propre langue, qu'on juge ce que c'est que c'est qu'une révision entière des Pères grecs et latins, qui forment plus de cent cinquante volumes *in-folio* : l'imagination peut à peine

---

[1] FLEURY, *Hist. ecclé.*, tom. x, liv. xlv, pag. 32.
[2] L'Angleterre, la Frise et l'Allemagne reconnaissent pour leurs apôtres S. Augustin de Cantobéry, S. Willibord et S. Boniface, tous trois sortis de l'institut de saint Benoît.

embrasser ces travaux énormes. Rappeler Ruinard, Lobineau, Calmet, Tassin, Lami, d'Acheri, Martène, Mabillon, Montfaucon, c'est rappeler des prodiges de science.

On ne peut s'empêcher de regretter ces corps enseignants, uniquement occupés de recherches littéraires et de l'éducation de la jeunesse. Après une révolution qui a relâché les liens de la morale et interrompu le cours des études, une société à la fois religieuse et savante porterait un remède assuré à la source de nos maux. Dans les autres formes d'institut, il ne peut y avoir ce travail régulier, cette laborieuse application au même sujet, qui règnent parmi les solitaires, et qui, continués sans interruption pendant plusieurs siècles, finissent par enfanter des miracles.

Les bénédictins étaient des savants, et les jésuites des gens de lettres : les uns et les autres furent à la société religieuse ce qu'étaient au monde deux illustres académies.

L'ordre des jésuites était divisé en trois degrés : *écoliers approuvés, coadjuteurs formés,* et *profès*. Le postulant était d'abord éprouvé par dix ans de noviciat, pendant lesquels on exerçait sa mémoire, sans lui permettre de s'attacher à aucune étude particulière : c'était pour connaître où le portait son génie. Au bout de ce temps, il servait les malades pendant un mois dans un hôpital, et faisait un pélerinage à pied, en demandant l'aumône : par là on prétendait l'accoutumer au spectacle des douleurs humaines, et le préparer aux fatigues des missions.

Il achevait alors de fortes ou de brillantes études. N'avait-il que les grâces de la société, et cette vie élégante qui plaît au monde, on le mettait en vue dans la capitale, on le poussait à la cour et chez les grands. Possédait-il le génie de la solitude, on le retenait dans les bibliothèques et dans l'intérieur de la compagnie. S'il s'annonçait comme orateur, la chaire s'ouvrait à son éloquence ; s'il avait l'esprit clair, juste et patient, il devenait professeur dans les colléges ; s'il était ardent, intrépide, plein de zèle et de foi, il allait mourir sous le fer du mahométan ou du Sauvage ; enfin s'il montrait des talents propres à gouverner les hommes, le Paraguay l'appelait dans ses forêts, ou l'ordre à la tête de ses maisons.

Le général de la compagnie résidait à Rome. Les pères provinciaux, en Europe, étaient obligés de correspondre avec lui une fois par mois. Les chefs des missions étrangères lui écrivaient toutes les fois que les vaisseaux ou les caravanes traversaient les solitudes du monde. Il y avait en outre, pour les cas présents, des missionnaires qui se rendaient de Pékin à Rome, de Rome en Perse, en Turquie, en Éthiopie, au Paraguay, ou dans quelque autre partie de la terre.

L'Europe savante a fait une perte irréparable dans les jésuites. L'éducation ne s'est jamais bien relevée depuis leur chute. Ils étaient singulièrement agréables à la jeunesse; leurs manières polies ôtaient à leurs leçons ce ton de pédantesque qui rebute l'enfance. Comme la plupart de leurs professeurs étaient des hommes de lettres recherchés dans le monde, les jeunes gens ne se croyaient avec eux que dans une illustre académie. Ils avaient su établir entre leurs écoliers de différentes fortunes une sorte de patronage qui tournait au profit des sciences. Ces liens, formés dans l'âge où le cœur s'ouvre aux sentiments généreux, ne se brisaient plus dans la suite, et établissaient, entre le prince et l'homme de lettres, ces antiques et nobles amitiés qui existaient entre les Scipions et les Lélius.

Ils ménageaient encore ces vénérables relations de disciples et de maître, si chères aux écoles de Platon et de Pythagore. Ils s'enorgueillissaient du grand homme dont ils avaient préparé le génie, et réclamaient une partie de sa gloire. Voltaire, dédiant sa *Mérope* au père Porée, et l'appelant son *cher maître*, est une de ces choses aimables que l'éducation moderne ne présente plus. Naturalistes, chimistes, botanistes, mathématiciens, mécaniciens, astronomes, poètes, historiens, traducteurs, antiquaires, journalistes, il n'y a pas une branche des sciences que les jésuites n'aient cultivée avec éclat. Bourdaloue rappelait l'éloquence romaine, Brumoy introduisait la France au théâtre des Grecs, Gresset marchait sur les traces de Molière; Lecomte, Parennin, Charlevoix, Ducerceau, Sanadon, Duhalde, Noël, Bouhours, Daniel, Tournemine, Maimbourg, Larue, Jouvency, Rapin, Vanière, Commire, Sirmond, Bougeant, Petau, ont laissé des noms qui ne sont pas sans honneur. Que peut-on reprocher aux jésuites? un peu d'ambition, si naturelle au génie. « Il sera toujours beau, dit Montesquieu en parlant de ces pères, de gouverner les hommes en les rendant heureux. » Pesez la masse du bien que les jésuites ont fait; souvenez-vous des écrivains célèbres que leurs corps a donnés à la France, ou de ceux qui se sont formés dans leurs écoles; rappelez-vous les royaumes entiers qu'ils ont conquis à notre commerce par leur habileté, leurs sueurs et leur sang; repassez dans votre mémoire les miracles de leurs missions au Canada, au Paraguay, à la Chine, et vous verrez que le peu de mal dont on les accuse ne balance pas un moment les services qu'ils ont rendus à la société.

CHAPITRE VI

PAPES ET COUR DE ROME, DÉCOUVERTES MODERNES, ETC.

Avant de passer aux services que l'Église a rendus à l'agriculture, rappelons ce que les papes ont fait pour les sciences et les beaux-arts. Tandis que les ordres supérieurs travaillaient dans toute l'Europe à l'éducation de la jeunesse, à la découverte des manuscrits, à l'explication de l'antiquité, les pontifes romains, prodiguant aux savants les récompenses et jusqu'aux honneurs du sacerdoce, étaient le principe de ce mouvement général vers les lumières. Certes, c'est une grande gloire pour l'Église qu'un pape

ait donné son nom au siècle qui commence l'ère de l'Europe civilisée, et qui, s'élevant du milieu des ruines de la Grèce, emprunta
ses clartés du siècle d'Alexandre, pour les réfléchir sur le siècle de
Louis.

Ceux qui représentent le christianisme comme arrêtant le progrès des lumières contredisent manifestement les témoignages
historiques. Partout la civilisation a marché sur les pas de l'Évangile, au contraire des religions de Mahomet, de Brama et de Confucius, qui ont borné les progrès de la société, et forcé l'homme à
vieillir dans son enfance.

Rome chrétienne était comme un grand port, qui recueillait tous
les débris des naufrages des arts. Constantinople tombe sous le
joug des Turcs : aussitôt l'Église ouvre mille retraites honorables
aux illustres fugitifs de Byzance et d'Athènes. L'imprimerie, pro-
scrite en France trouve une retraite en Italie. Des cardinaux épui-
sent leur fortune à fouiller les ruines de la Grèce et à acquérir des
manuscrits. Le siècle de Léon X avait paru si beau au savant abbé
Barthélemy, qu'il l'avait d'abord préféré à celui de Périclès pour
sujet de son grand ouvrage : c'était dans l'Italie chrétienne qu'il
prétendait conduire un moderne Anacharsis.

« A Rome, dit-il, mon voyageur voit Michel-Ange élevant la
coupole de Saint-Pierre ; Raphaël peignant les galeries du Vatican ;
Sadolet et Bembe, depuis cardinaux, remplissant alors auprès de
Léon X la place de secrétaires ; le Trissin donnant la première représentation de *Sophonisbe*, première tragédie composée par un
moderne ; Béroald, bibliothécaire du Vatican, s'occupant à publier
les *Annales* de Tacite, qu'on venait de découvrir en Westphalie, et
que Léon X avait acquise pour la somme de cinq cents ducats
d'or ; le même pape proposant des places aux savants de toutes les
nations qui viendraient résider dans ses États, et des récompenses
distinguées à ceux qui lui apporteraient des manuscrits inconnus...
Partout s'organisaient des universités, des collèges, des imprime-
ries pour toutes sortes de langues et de sciences, des bibliothèques

sans cesse enrichies des ouvrages qu'on y publiait, et des manuscrits nouvellement apportés de pays où l'ignorance avait conservé
son empire. Les académies se multipliaient tellement, qu'à Ferrare
on en comptait dix à douze; à Bologne, environ quatorze; à
Sienne, seize. Elles avaient pour objet les sciences, les belles-
lettres, les langues, l'histoire, les arts. Dans deux de ces académies, dont l'une était simplement dévouée à Platon, et l'autre à
son disciple Aristote, étaient discutés les opinions de l'ancienne
philosophie, et pressenties celles de la philosophie moderne. A Bologne, ainsi qu'à Venise, une de ces sociétés veillait sur l'imprimerie, sur la beauté du papier, la fonte des caractères, la correc-
tion des épreuves, et sur tout ce qui pouvait contribuer à la perfection
des éditions nouvelles.... Dans chaque État, les capitales, et même
des villes moins considérables, étaient extrêmement avides d'instruction et de gloire: elles offraient presque toutes, aux astronomes, des observatoires; aux anatomistes, des amphithéâtres; aux
naturalistes, des jardins de plantes; à tous les gens de lettres, des
collections de livres, de médailles et de monuments antiques; à
tous les genres de connaissances, des marques éclatantes de considération, de reconnaissance et de respect... Les progrès des arts
favorisaient le goût des spectacles et de la magnificence. L'étude
de l'histoire et des monuments des Grecs et des Romains inspirait des idées de décence, d'ensemble et de perfection qu'on
n'avait point eues jusqu'alors. Julien de Médicis, frère de Léon X,
ayant été proclamé citoyen romain, cette proclamation fut accompagnée de jeux publics; et sur un vaste théâtre, construit exprès
dans la place du Capitole, on représenta pendant deux jours une
comédie de Plaute, dont la musique et l'appareil extraordinaire
excitèrent une admiration générale. »

Les successeurs de Léon X ne laissèrent point s'éteindre cette
noble ardeur pour les travaux du génie. Les évêques pacifiques de
Rome rassemblaient dans leurs *villa* les précieux débris des âges.
Dans les palais des Borghèse et des Farnèse, le voyageur admirait

les chefs-d'œuvres de Praxitèle et de Phidias ; c'était des papes qui achetaient aux poids de l'or les statues de l'Hercule et de l'Apollon; c'était des papes qui, pour conserver les ruines trop insultées de l'antiquité, les couvraient du manteau de la religion. Qui n'admirera la pieuse industrie de ce pontif qui plaça des images chrétiennes sur les beaux débris des Thermes de Dioclétien? Le Panthéon n'existerait plus s'il n'eût été consacré par le culte des apôtres , et la colonne Trajane ne serait pas debout si la statue de saint Pierre ne l'eût couronnée.

Cet esprit conservateur se faisait remarquer dans tous les ordres de l'Église. Tandis que les dépouilles qui ornaient le Vatican surpassaient les richesses des anciens temples, de pauvres religieux protégeaient dans l'enceinte de leurs monastères les ruines des maisons de Tibur et de Tusculum, et promenaient l'étranger dans les jardins de Cicéron et d'Horace. Un chartreux vous montrait le laurier qui croît sur la tombe de Virgile, et un pape couronnait le Tasse au Capitole.

Ainsi depuis quinze cents ans l'Église protégeait les sciences et les arts; son zèle ne s'était ralenti à aucune époque. Si dans le huitième siècle le moine Alcuin enseigne la grammaire à Charlemagne, dans le dix-huitième *un autre moine industrieux et patient*[1] trouve un moyen de dérouler les manuscrits d'Herculanum: si en 740 Grégoire de Tours décrit les antiquités des Gaules, en 1754 le chanoine Mozzochi explique les tables législatives d'Héraclée. La plupart des découvertes qui ont changé le système du monde civilisé ont été faites par des membres de l'Église. L'invention de la poudre à canon, et peut-être celle du télescope, sont dues au moine Roger Bacon ; d'autres attribuent la découverte de la poudre au moine allemand Berthold Schwartz; les bombes ont été inventées par Galen, évêque de Munster; le diacre Flavion de Gioia, Napolitain, a trouvé la boussole ; le moine Despina, les lunettes; et Paci-

---

[1] BARTHÉLEMY, *Voyage en Italie.*

ficus, archidiacre de Vérone, ou le pape Silvestre II, l'horloge à roues. Que de savants, dont nous avons déjà nommé un grand nombre dans le cours de cet ouvrage, ont illustré les cloîtres, ou ajouté de la considération aux chaires éminentes de l'Église! que d'écrivains célèbres! que d'hommes de lettres distingués! que d'illustres voyageurs! que de mathématiciens, de naturalistes, de chimistes, d'astronomes, d'antiquaires! que d'orateurs fameux! que d'hommes d'État renommés! Parler de Suger, de Ximenès, d'Albéroni, de Richelieu, de Mazarin, de Fleury, n'est-ce pas rappeler à la fois les plus grands ministres et les plus grandes choses de l'Europe moderne?

Au moment même où nous traçons ce rapide tableau des bienfaits de l'Église, l'Italie en deuil rend un témoignage touchant d'amour et de reconnaissance à la dépouille mortelle de Pie VI[1]. La capitale du monde chrétien attend le cercueil du pontife infortuné qui, par des travaux dignes d'Auguste et de Marc-Aurèle, a desséché des marais infects, retrouvé le chemin des consuls romains, et réparé les aqueducs des premiers monarques de Rome. Pour dernier trait de cet amour des arts, si naturel aux chefs de l'Église, le successeur de Pie VI, en même temps qu'il rend la paix aux fidèles, trouve encore, dans sa noble indigence, des moyens de remplacer, par de nouvelles statues, les chefs-d'œuvre que Rome, tutrice des beaux-arts, a cédés à l'héritière d'Athènes.

Après tout, les progrès des lettres étaient inséparables des progrès de la religion, puisque c'était dans la langue d'Homère et de Virgile que les Pères expliquaient les principes de la foi : le sang des martyrs, qui fut la semence des chrétiens, fit croître aussi le laurier de l'orateur et du poëte.

Rome chrétienne a été pour le monde moderne ce que Rome païenne fut pour le monde antique, le lien universel ; cette capitale des nations remplit toutes les conditions de sa destinée, et semble

[1] En l'année 1800.

véritablement la *Ville éternelle*. Il viendra peut être un temps où l'on trouvera que c'était pourtant une grande idée, une magnifique institution que celle du trône pontifical. Le père spirituel, placé au milieu des peuples, unissait ensemble les diverses parties de la chrétienté. Quel beau rôle que celui d'un pape, vraiment animé de l'esprit apostolique ! Pasteur général du troupeau, il peut ou contenir les fidèles dans le devoir, ou les défendre de l'oppression. Ses États, assez grands pour lui donner l'indépendance, trop petits pour qu'on ait rien à craindre de ses efforts, ne lui laissent que la puissance de l'opinion ; puissance admirable quand elle n'embrasse dans son empire que des œuvres de paix, de bienfaisance et de charité.

Le mal passager que quelques mauvais papes ont fait a disparu avec eux; mais nous ressentons encore tous les jours l'influence des biens immenses et inestimables que le monde entier doit à la cour de Rome. Cette cour s'est presque toujours montrée supérieure à son siècle. Elle avait des idées de législation, de droit public; elle connaissait les beaux-arts, les sciences, la politesse, lorsque tout était plongé dans les ténèbres des institutions gothiques : elle ne se réservait pas exclusivement la lumière; elle la répandait sur tous; elle faisait tomber les barrières que les préjugés élèvent contre les nations : elle cherchait à adoucir nos mœurs, à nous tirer de notre ignorance, à nous arracher à nos coutumes grossières ou féroces. Les papes, parmi nos ancêtres, furent des missionnaires des arts envoyés à des barbares, des législateurs chez les Sauvages. « Le règne seul de Charlemagne, dit Voltaire, eut une lueur de politesse qui fut probablement le fruit du voyage de Rome. »

C'est donc une chose assez généralement reconnue, que l'Europe doit au saint-siége sa civilisation, une partie de ses meilleures lois, et presque toutes ses sciences et ses arts. Les souverains pontifes vont maintenant chercher d'autres moyens d'être utiles aux hommes : une nouvelle carrière les attend, et nous avons des présages qu'ils la rempliront avec gloire. Rome est remontée à cette pauvreté évangélique qui faisait tout son trésor dans les anciens jours. Par une conformité remarquable, il y a des Gentils à convertir, des peuples à rappeler à l'unité, des haines à éteindre, des larmes à essuyer, des plaies à fermer, et qui demandent tous les baumes de la religion. Si Rome comprend bien sa position, jamais elle n'a eu devant elle de plus grandes espérances et de plus brillantes destinées. Nous disons des espérances car nous comptons les tribulations au nombre des désirs de l'Église de Jésus-Christ. Le monde dégénéré appelle une seconde publication de l'Évangile, le christianisme se renouvelle, et sort victorieux du plus terrible des assauts que l'enfer lui ait encore livrés. Qui sait si ce que nous avons pris pour la chute de l'Église n'est pas sa réédification ! Elle périssait dans la richesse et dans le repos, elle ne se souvenait plus de la croix : la croix a reparu, elle sera sauvée.

CHAPITRE VII.

AGRICULTURE.

C'est au clergé séculier et régulier que nous devons encore le renouvellement de l'agriculture en Europe, comme nous lui devons la fondation des collèges et des hôpitaux. Défrichements des terres, ouvertures des chemins, agrandissements des hameaux et des villes, établissements des messageries et des auberges, arts et métiers, manufactures, commerce intérieur et extérieur, lois civiles et politiques : tout enfin nous vient originairement de l'Église. Nos pères étaient des barbares à qui le christianisme était obligé d'enseigner jusqu'à l'art de se nourrir.

La plupart des concessions faites aux monastères, dans les premiers siècles de l'Église, étaient des terres vagues, que les moines cultivaient de leurs propres mains. Des forêts sauvages, des marais impraticables, de vastes landes, furent la source de ces richesses que nous avons tant reprochées au clergé.

Tandis que les chanoines prémontrés labouraient les solitudes de la Pologne et une portion de la forêt de Coucy en France, les bénédictins fertilisaient nos bruyères. Molesme, Colan et Cîteaux, qui se couvrent aujourd'hui de vignes et de moissons, étaient des lieux semés de ronces et d'épines, où les premiers religieux habitaient sous des huttes de feuillages, comme les Américains au milieu de leurs défrichements.

Saint Bernard et ses disciples fécondèrent les vallées stériles que leur abandonna Thibaut, comte de Champagne. Fontevrault fut une véritable colonie, établie par Robert d'Arbrissel, dans un pays désert, sur les confins de l'Anjou et de la Bretagne. Des familles entières cherchèrent un asile sous la direction de ces bénédictins : il s'y forma des monastères de veuves, de filles, de laïques, d'infirmes, et de vieux soldats. Tous devinrent cultivateurs, à l'exemple des pères, qui abattaient eux-mêmes les arbres, guidaient la charrue, semaient les grains, et couronnaient cette partie de la France de ces belles moissons qu'elle n'avait point encore portées.

La colonie fut bientôt obligée de verser au dehors une partie de ses habitants, et de céder à d'autres solitudes le superflu de ses mains laborieuses. Raoul de la Futaye, compagnon de Robert, s'établit dans la forêt du Nid du Merle, et Vital, autre bénédictin, dans les bois de Savigny. La forêt de l'Orges, dans le diocèse d'Angers : Chaufournois, aujourd'hui Chantenois, en Touraine ; Bellay, dans la même province ; la Puie, en Poitou ; l'Encloître, dans la forêt de Gironde ; Gaisne, à quelques lieues de Loudun ; Luçon, dans les bois du même nom ; la Lande, dans les landes de Garnache ; la Madeleine, sur la Loire ; Bourbon, en Limousin ; Cadouin, en Périgord ; enfin Haute-Bruyère, près de Paris, furent autant de colonies de Fontevrault, et qui, pour la plupart, d'incultes qu'elles étaient, se changèrent en opulentes campagnes.

Nous fatiguerions le lecteur si nous entreprenions de nommer tous les sillons que la charrue des bénédictins a tracés dans les Gaules sauvages. Maurecourt, Longpré, Fontaine, le Charme, Colinance, Foici, Bellomer, Cousanie, Sauvement, les Épines, Eube, Vanassel, Pons, Charles, Vairville, et cent autres lieux dans la Bretagne, l'Anjou, le Berry, l'Auvergne, la Gascogne, le Languedoc, la Guyenne, attestent leurs immenses travaux. Saint Colomban fit fleurir le désert de Vauge; des filles bénédictines même, à l'exemple des pères de leur ordre, se consacrèrent à la culture; celles de Montreuil-les-Dames « s'occupaient, dit Hermann, à coudre, à filer, à défricher les épines de la forêt, à l'imitation de Laon et de tous les religieux de Clairvaux [1]. »

En Espagne, les bénédictins déployèrent la même activité. Ils achetèrent des terres en friche au bord du Tage, près de Tolède, et ils fondèrent le couvent de Venghalia, après avoir planté en vignes et en orangers tout le pays d'alentour.

Le Mont-Cassin, en Italie, n'était qu'une profonde solitude : lorsque saint Benoît s'y retira, le pays changea de face en peu de temps, et l'abbaye nouvelle devint si opulente par ses travaux, qu'elle fut en état de se défendre, en 1057, contre les Normands, qui lui firent la guerre.

Saint Boniface, avec les religieux de son ordre, commença toutes les cultures dans les quatre évêchés de Bavière. Les bénédictins de Fulde défrichèrent, entre la Hesse, la Franconie et la Thuringe, un terrain du diamètre de huit mille pas géométriques, ce qui donnait vingt-quatre mille pas, ou seize lieues de circonférence; ils complétèrent bientôt jusqu'à dix-huit mille métairies, tant en Bavière qu'en Souabe. Les moines de Saint-Benoist-Poliroune, près de Mantoue, employèrent au labourage plus de trois mille bœufs.

Remarquons, en outre, que la règle, presque générale, qui interdisait l'usage de la viande aux ordres monastiques vint sans

[1] *De miracul.*, lib. III, cap. XVII.

doute, en premier lieu, d'un principe d'économie rurale. Les sociétés religieuses étant alors fort multipliés, tant d'hommes qui ne vivaient que de poissons, d'œufs, de lait et de légumes, durent favoriser singulièrement la propagation des races de bestiaux. Ainsi nos campagnes, aujourd'hui si florissantes, sont en partie redevables de leurs moissons et de leurs troupeaux au travail des moines et à leur frugalité.

De plus, l'exemple, qui est souvent peu de chose en morale, parce que les passions en détruisent les bons effets, exerce une grande puissance sur le côté matériel de la vie. Le spectacle de plusieurs milliers de religieux cultivant la terre mina peu-à-peu ces préjugés barbares, qui attachaient le mépris à l'art qui nourrit les hommes. Le paysan apprit, dans les monastères, à retourner la glèbe et à fertiliser le sillon. Le baron commença à chercher dans son champ des trésors plus certains que ceux qu'il se procurait par les armes. Les moines furent donc réellement les pères de l'agriculture, et comme laboureurs eux-mêmes, et comme les premiers maîtres de nos laboureurs.

Ils n'avaient point perdu, de nos jours, ce génie utile. Les plus belles cultures, les paysans les plus riches, les mieux nourris et les moins vexés, les équipages champêtres les plus parfaits, les troupeaux les plus gras, les fermes les mieux entretenues, se trouvaient dans les abbayes. Ce n'était pas là, ce nous semble, un sujet de reproches à faire au clergé.

CHAPITRE VIII.

VILLES ET VILLAGES, PONTS, GRANDS CHEMINS, ETC.

Mais si le clergé a défriché l'Europe sauvage, il a aussi multiplié nos hameaux, accru et embelli nos villes. Divers quartiers de

Paris, tels que ceux de Sainte-Geneviève et de Saint-Germain l'Auxerrois, se sont élevés, en partie, aux frais des abbayes du même nom [1]. En général, partout où il se trouvait un monastère, là se formait un village : la *Chaise-Dieu*, *Abbeville*, et plusieurs autres lieux, portent encore dans leurs noms la marque de leur origine. La ville de Saint-Sauveur, au pied du Mont-Cassin en Italie, et les bourgs environnants, sont l'ouvrage des religieux de Saint-Benoît. A Fulde, à Mayence, dans tous les cercles ecclésiastiques de l'Allemagne; en Prusse, en Pologne, en Suisse, en Espagne, en Angleterre, une foule de cités ont eu pour fondateurs des ordres monastiques ou militaires. Les villes qui sont sorties le plus tôt de la barbarie sont celles même qui ont été soumises à des princes ecclésiastiques. L'Europe doit la moitié de ses monuments et de ses fondations utiles à la munificence des cardinaux, des abbés et des évêques.

Mais on dira peut-être que ces travaux n'attestent que la richesse immense de l'église.

Nous savons qu'on cherche toujours à atténuer les services. l'homme hait la reconnaissance. Le clergé a trouvé des terres incultes; il y a fait croître des moissons. Devenu opulent par son propre travail, il a appliqué ses revenus à des monuments publics. Quand vous lui reprochez des biens si nobles et dans leur emploi et dans leur source, vous l'accusez à la fois du crime de deux bienfaits.

L'Europe entière n'avait ni chemins ni auberges; ses forêts étaient remplies de voleurs et d'assassins; ses lois étaient impuissantes, ou plutôt il n'y avait point de lois : la religion seule, comme une grande colonne élevée au milieu des ruines gothiques, offrait des abris, et un point de communication aux hommes.

Sous la seconde race de nos rois, la France étant tombée dans l'anarchie la plus profonde, les voyageurs étaient surtout arrêtés,

[1] *Histoire de la ville de Paris.*

dépouillés et massacrés au passage des rivières. Des moines habiles
et courageux entreprirent de remédier à ces maux. Ils formèrent
entre eux une compagnie, sous le nom d'*Hospitaliers pontifes* ou
faiseurs de ponts. Ils s'obligeaient, par leur institut, à prêter main-
forte aux voyageurs, à réparer les chemins publics, à construire
des ponts, et à loger des étrangers dans des hospices qu'ils élevèrent au bord des rivières. Ils se fixèrent d'abord sur la Durance,
dans un endroit dangereux, appelé *Maupas* ou *Mauvais-pas*, et qui,
grâce à ces généreux moines, prit bientôt le nom de *Bon-pas*, qu'il
porte encore aujourd'hui. C'est cet ordre qui a bâti le pont du
Rhône à Avignon. On sait que les messageries et les postes, perfectionnées par Louis XI, furent d'abord établies par l'université de
Paris.

Sur une rude et haute montagne du Rouergue, couverte de neige
et de brouillards pendant huit mois de l'année, on aperçoit un monastère, bâti vers l'an 1120, par Alard, vicomte de Flandre. Ce
seigneur, revenant d'un pélerinage, fut attaqué dans ce lieu par
des voleurs ; il fit vœu, s'il se sauvait de leurs mains, de fonder
dans ce désert un hôpital pour les voyageurs, et de chasser les brigands de la montagne. Étant échappé au péril, il fut fidèle à ses
engagements, et l'hôpital d'Abrac ou d'Aubrac s'éleva *in loco hor-
roris et vastæ solitudinis*, comme le porte l'acte de fondation. Alard
y établit des prêtres pour le service de l'église, des chevaliers hospitaliers pour escorter les voyageurs, et des dames de qualité pour
laver les pieds des pélerins, faire leurs lits et prendre soin de leurs
vêtements.

Dans les siècles de barbarie, les pélerinages étaient fort utiles :
ce principe religieux, qui attirait les hommes hors de leurs foyers,
servait puissamment au progrès de la civilisation et des lumières.
Dans l'année du grand jubilé [1], on ne reçut pas moins de quatre
cent quarante mille cinq cents étrangers à l'hôpital de Saint-Phi-

[1] En 1600.

lippe de Néri, à Rome ; chacun d'eux fut nourri, logé, défrayé entièrement pendant trois jours.

Il n'y avait point de pélerin qui ne revint dans son village avec quelque préjugé de moins et quelque idée de plus. Tout se balance dans les siècles : certaines classes riches de la société voyagent peut-être à présent plus qu'autrefois; mais, d'une autre part, le paysan est plus sédentaire. La guerre l'appelait sous la bannière de son seigneur, et la religion, dans les pays lointains. Si nous pouvions revoir un de ces anciens vassaux que nous nous représentons comme une espèce d'esclave stupide, peut-être serions-nous surpris de lui trouver plus de bons sens et d'instruction qu'au paysan libre d'aujourd'hui.

Avant de partir pour les royaumes étrangers, le voyageur s'adressait à son évêque, qui lui donnait une lettre apostolique avec laquelle il passait en sûreté dans toute la chrétienté. La forme de ces lettres variait selon le rang et la profession du porteur, d'où on les appelait *formatæ*. Ainsi, la religion n'était occupée qu'à renouer les fils sociaux que la barbarie rompait sans cesse.

En général, les monastères étaient des hôtelleries où les étrangers trouvaient en passant le vivre et le couvert. Cette hospitalité, qu'on admire chez les anciens, et dont on voit encore les restes en Orient, était en honneur chez nos religieux : plusieurs d'entre eux, sous le nom d'*hospitaliers*, se consacrèrent particulièrement à cette vertu touchante. Elle se manifestait, comme aux jours d'Abraham, dans toute sa beauté antique, par le lavement des pieds, la flamme du foyer, et les douceurs du repas et de la couche. Si le voyageur était pauvre, on lui donnait des habits, des vivres, et quelque argent pour se rendre à un autre monastère, où il recevait les mêmes secours. Les dames montées sur leur palefroi, les preux cherchant aventures, les rois égarés à la chasse, frappaient, au milieu de la nuit, à la porte des vieilles abbayes, et venaient partager l'hospitalité qu'on donnait à l'obscur pélerin. Quelquefois deux chevaliers ennemis s'y rencontraient ensemble, et se faisaient joyeuse réception jusqu'au lever du soleil, où, le fer à la main, ils maintenaient l'un contre l'autre la supériorité de leurs dames et de leurs patries. Boucicault, au retour de la croisade de Prusse, logeant dans un monastère avec plusieurs chevaliers anglais, soutint seul contre tous qu'un chevalier écossais, attaqué par eux dans les bois, avait été traîtreusement mis à mort.

Dans ces hôtelleries de la religion, on croyait faire beaucoup d'honneur à un prince quand on lui proposait de rendre quelques soins aux pauvres qui s'y trouvaient par hasard avec lui. Le cardinal de Bourbon, revenant de conduire l'infortunée Élisabeth en Espagne, s'arrêta à l'hôpital de Roncevaux dans les Pyrénées; il servit à table trois cents pèlerins, et donna à chacun d'eux trois réaux pour continuer leur voyage. Le Poussin est un des derniers voyageurs qui aient profité de cette coutume chrétienne : il allait à Rome, de monastère en monastère, peignant des tableaux d'autel pour prix de l'hospitalité qu'il recevait, et renouvelant ainsi chez les peintres l'aventure d'Homère.

CHAPITRE XI.

ARTS ET MÉTIERS, COMMERCE.

Rien n'est plus contraire à la vérité historique que de se représenter les premiers moines comme des hommes oisifs, qui vivaient dans l'abondance aux dépens des superstitions humaines. D'abord cette abondance n'était rien moins que réelle. L'ordre, par ses travaux, pouvait être devenu riche, mais il est certain que le religieux vivait très durement. Toutes ces délicatesses du cloître, si exagérées, se réduisaient, même de nos jours, à une étroite cellule, des prati-

ques désagréables, et une table fort simple, pour ne rien dire de
plus. Ensuite, il est très faux que les moines ne fussent que de
pieux fainéants : quand leurs nombreux hospices, leurs colléges,
leurs bibliothèques, leurs cultures, et tous les autres services dont
nous avons parlé, n'auraient pas suffi pour occuper leurs loisirs,
ils avaient encore trouvé bien d'autres manières d'être utiles; ils
se consacraient aux arts mécaniques, et étendaient le commerce au
dehors et au dedans de l'Europe.

La congrégation du tiers ordre de Saint-François, appelée des
Bons-Fieux, faisait des draps et des galons, en même temps qu'elle
montrait à lire aux enfants des pauvres, et qu'elle prenait soin des
malades. La compagnie des *Pauvres Frères cordonniers et tailleurs*
était instituée dans le même esprit. Le couvent des Hiéronymites, en
Espagne, avait dans son sein plusieurs manufactures. La plupart
des premiers religieux étaient maçons, aussi bien que laboureurs.
Les bénédictins bâtissaient leurs maisons de leurs propres mains,
comme on le voit par l'histoire des couvents du Mont-Cassin, de
ceux de Fontevrault, et de plusieurs autres.

Quant au commerce intérieur, beaucoup de foires et de marchés
appartenaient aux abbayes, et avaient été établis par elles. La célèbre foire du *Landyt*, à Saint-Denis, devait sa naissance à l'université
de Paris. Les religieuses filaient une grande partie des toiles de
l'Europe. Les bières de Flandre, et la plupart des vins fins de l'Archipel, de la Hongrie, de l'Italie, de la France et de l'Espagne,
étaient faits par les congrégations religieuses; l'exportation et l'im-
portation des grains, soit pour l'étranger, soit pour les armées,
dépendaient encore en partie des grands propriétaires ecclésiastiques. Les églises faisaient valoir le parchemin, la cire, le lin, la
soie, les marbres, l'orfévrerie, les manufactures en laine, les tapisseries, et les matières premières d'or et d'argent; elles seules, dans
les temps barbares, procuraient quelque travail aux artistes, qu'elles
faisaient venir exprès de l'Italie et jusque du fond de la Grèce. Les
religieux eux-mêmes cultivaient les beaux-arts, et étaient les pein-

tres, les sculpteurs et les architectes de l'âge gothique. Si leurs ouvrages nous paraissent grossiers aujourd'hui, n'oublions pas qu'ils forment l'anneau où les siècles antiques viennent se rattacher aux siècles modernes ; que, sans eux, la chaîne de la tradition des lettres et des arts eût été totalement interrompue : il ne faut pas que la délicatesse de notre goût nous mène à l'ingratitude.

A l'exception de cette petite partie du nord comprise dans la ligne des villes anséatiques, le commerce extérieur se faisait autrefois par la Méditerranée. Les Grecs et les Arabes nous apportaient les marchandises de l'Orient, qu'ils chargeaient à Alexandrie. Mais les croisades firent passer entre les mains des Franks cette source de richesse. « Les conquêtes des Croisés, dit l'abbé Fleury, leur assurèrent la liberté du commerce pour les marchands de la Grèce, de Syrie et d'Égypte, et par conséquent pour celles des Indes, qui ne venaient point encore en Europe par d'autres routes [1]. »

Le docteur Robertson, dans un exellent ouvrage sur le commerce des anciens et des modernes aux Indes orientales, confirme, par les détails les plus curieux, ce qu'avance ici l'abbé Fleury. Gênes, Venise, Pise, Florence et Marseille durent leurs richesses et leur puissance à ces entreprises d'un zèle exagéré, que le véritable esprit du christianisme a condamnées depuis longtemps [2]. Mais enfin on ne peut se dissimuler que la marine et le commerce moderne ne soient nés de ces fameuses expéditions. Ce qu'il y eut de bon en elles appartient à la religion ; le reste aux passions humaines. D'ailleurs, si les Croisés ont eu tort de vouloir arracher l'Égypte et la Syrie aux Sarrasins, ne gémissons donc plus quand nous voyons ces belles contrées en proie à ces Turcs, qui semblent arrêter la peste et la barbarie sur la patrie de Phidias et d'Euripide. Quel mal y aurait-il si l'Égypte était depuis saint Louis une colonie de la France, et si les descendants des chevaliers français régnaient à

[1] *Hist. ecclés.*, tom. XVIII, sixième disc., pag. 20.
[2] *Vide* FLEURY, *loc. cit.*

Constantinople, à Athènes, à Damas, à Tripoli, à Carthage, à Tyr, à Jérusalem ?

Au reste, quand le christianisme a marché *seul* aux expéditions lointaines, on a pu juger que les désordres des croisades n'étaient pas venus de lui, mais de l'emportement des hommes. Nos missionnaires nous ont ouvert des sources de commerce pour lesquelles ils n'ont versé de sang que le leur, dont, à la vérité, ils ont été prodigues. Nous renvoyons le lecteur à ce que nous avons dit sur ce sujet au livre *des missions*.

CHAPITRE X.

DES LOIS CIVILES ET CRIMINELLES.

Rechercher quelle a été l'influence du christianisme sur les lois et sur les gouvernements, comme nous l'avons fait pour la morale et pour la poésie, serait le sujet d'un fort bel ouvrage. Nous indiquerons seulement la route, et nous offrirons quelques résultats, afin d'additionner la somme des bienfaits de la religion.

Il suffit d'ouvrir au hasard les conciles, le droit canonique, les bulles et les rescrits de la cour de Rome, pour se convaincre que nos anciennes lois recueillies dans les capitulaires de Charlemagne, dans les formules de Marculfe, dans les ordonnances des Rois de France, ont emprunté une foule de règlements à l'Église, ou plutôt qu'elles ont été rédigées en partie par de savants prêtres, ou des assemblées d'ecclésiastiques.

De temps immémorial les évêques et les métropolitains ont eu des droits assez considérables en matière civile. Ils étaient chargés de la promulgation des ordonnances impériales relatives à la tranquillité publique ; on les prenait pour arbitres dans les procès :

c'était des espèces de juges de paix naturels que la religion avait donnés aux hommes. Les empereurs chrétiens, trouvant cette coutume établie, la jugèrent si salutaire[1], qu'ils la confirmèrent par des articles de leurs codes. Chaque gradué, depuis le sous-diacre jusqu'au souverain pontife, exerçait une petite juridiction, de sorte que l'esprit religieux agissait par mille points et de mille manières sur les lois. Mais cette influence était-elle favorable ou dangereuse aux citoyens? Nous croyons qu'elle était favorable.

D'abord, dans tout ce qui s'appelle *administration*, la sagesse du clergé a constamment été reconnue, même des écrivains les plus opposés au christianisme[2]. Lorsqu'un État est tranquille, les hommes ne font pas le mal pour le seul plaisir de le faire. Quel intérêt un concile pouvait-il avoir à porter une loi inique touchant l'ordre des successions ou les conditions d'un mariage? ou pourquoi un official, ou un simple prêtre, admis à prononcer sur un point de droit, aurait-il prévariqué? S'il est vrai que l'éducation et les principes qui nous sont inculqués dans la jeunesse influent sur notre caractère, des ministres de l'Évangile devaient être, en général, guidés par un conseil de douceur et d'impartialité: mettons, si l'on veut, une restriction, et disons, dans tout ce qui ne regardait pas ou leur ordre ou leurs personnes. D'ailleurs l'esprit de corps qui peut être mauvais dans l'ensemble, est toujours bon dans la partie. Il est à présumer qu'un membre d'une grande société religieuse se distinguera plutôt par sa droiture dans une place civile que par ses prévarications; ne fût-ce que pour la gloire de son ordre et le joug que cet ordre lui impose.

De plus, les conciles étaient composés de prélats de tous les pays, et, partant, ils avaient l'immense avantage d'être comme étrangers aux peuples pour lesquels ils faisaient des lois. Ces hai-

---

[1] Eus., *de Vit. Const.*, lib. xv, cap. xvii. Sozom., lib. i, cap. ix; *Cod. Justin.*, lib. i, tit. iv, leg. 7.

[2] Voyez Voltaire, dans l'*Essai sur les mœurs*.

nes, ces amours, ces préjugés feudataires qui accompagnent ordinairement le législateur, étaient inconnus aux Pères des conciles.
Un évêque français avait assez de lumières touchant sa patrie
pour combattre un canon qui en blessait les mœurs; mais il n'avait
pas assez de pouvoir sur des prélats italiens, espagnols, anglais,
pour leur faire adopter un règlement injuste; libre dans le bien,
sa position le bornait dans le mal. C'est Machiavel, ce nous semble,
qui propose de faire rédiger la constitution d'un État par un étranger. Mais cet étranger pourrait être, ou gagné par intérêt, ou
ignorant du génie de la nation dont il fixerait le gouvernement:
deux grands inconvénients que le concile n'avait pas puisqu'il était
à la fois au-dessus de la corruption par ses richesses, et instruit
des inclinations particulières des royaumes par les divers membres
qui le composaient.

L'Église prenant toujours la morale pour base, de préférence à
la politique (comme on le voit par les questions de rapt, de divorce,
d'adultère), ses ordonnances doivent avoir un fond naturel de rectitude et d'universalité. En effet, la plupart des canons ne sont
point relatifs à telle ou telle contrée; ils comprennent toute la chrétienté. La charité, le pardon des offenses formant tout le christianisme, et étant spécialement recommandés dans le sacerdoce,
l'action de ce caractère sacré sur les mœurs doit participer de ces
vertus. L'histoire nous offre sans cesse le prêtre priant pour le malheureux, demandant grâce pour le coupable, ou intercédant pour
l'innocent. Le droit d'asile dans les églises, tout abusif qu'il pouvait être, est néanmoins une grande preuve de la tolérance que
l'esprit religieux avait introduite dans la justice criminelle. Les
dominicains furent animés par cette pitié évangélique, lorsqu'ils
dénoncèrent avec tant de force les cruautés des Espagnols dans le
Nouveau-Monde. Enfin, comme notre code a été formé dans des
temps de barbarie, le prêtre étant le seul homme qui eût alors
quelques lettres, il ne pouvait porter dans les lois qu'une influence
heureuse, et des lumières qui manquaient au reste des citoyens

On trouve un bel exemple de l'esprit de justice que le christianisme tendait à introduire dans nos tribunaux. Saint Ambroise observe que si, en matière criminelle, les évêques sont obligés par
leur caractère d'implorer la clémence du magistrat, ils ne doivent jamais intervenir dans les causes civiles qui ne sont pas
portées à leur propre juridiction : « Car, dit-il, vous ne pouvez
solliciter pour une des parties sans nuire à l'autre, et vous rendre
peut-être coupable d'une grande injustice[1]. »

Admirable esprit de la religion.

La modération de saint Chrysostome n'est pas moins remarquable : « Dieu, dit ce grand saint, a permis à un homme de renvoyer
sa femme pour cause d'adultère, mais non pas pour cause d'*idolâtrie*[2]. Selon le droit romain, les infâmes ne pouvaient être juges. Saint Ambroise et saint Grégoire poussent encore plus loin
cette belle loi ; *car ils ne veulent pas que ceux qui ont commis* de
grandes fautes *demeurent juges, de peur qu'ils ne se condamnent
eux-mêmes en condamnant les autres*[3].

En matière criminelle, le prélat se récusait, parce que la religion
a horreur du sang. Saint Augustin obtint par ses prières la vie des
Circumcellions, convaincus d'avoir assassiné des prêtres catholiques. Le concile de Sardique fait même une loi aux évêques d'in-
terposer leur médiation dans les sentences d'exil et de bannisse-
ment[4]. Ainsi le malheureux devait à cette charité chrétienne non-
seulement la vie, mais, ce qui est bien plus précieux encore, la
douceur de respirer son air natal.

Ces autres dispositions de notre jurisprudence criminelle sont
tirées du droit canonique : « 1° On ne doit point condamner un
absent, qui peut avoir des moyens légitimes de défense. 2° L'accusateur et le juge ne peuvent servir de témoins. 3° Les grands

---

[1] AMBROS., *de Offic.*, lib. III, cap. III.
[2] *In cap.*, Is., 3.
[3] HÉRICOURT, *Lois ecclé.*, pag. 760, quest. VIII.
[4] *Conc. Sard.*, can. XVII.

criminels ne peuvent être accusateurs [1]. 4° En quelque dignité qu'une personne soit constituée, sa seule déposition ne peut suffire pour condamner un accusé [2]. »

On peut voir dans Héricourt la suite de ces lois, qui confirment ce que nous avons avancé, savoir, que nous devons les meilleures dispositions de notre code civil et criminel au droit canonique. Ce droit est en général beaucoup plus doux que nos lois, et nous avons repoussé sur plusieurs points son indulgence chrétienne. Par exemple, le septième concile de Carthage décide que quand il y a plusieurs chefs d'accusation, si l'accusateur ne peut prouver le premier chef, il ne doit point être admis à la preuve des autres : nos coutumes en ont ordonné autrement.

Cette grande obligation que notre système civil doit aux règlements du christianisme est une chose très grave, très peu observée, et pourtant très digne de l'être [3].

Enfin les juridictions seigneuriales, sous la féodalité, furent de nécessité moins vexatoires dans la dépendance des abbayes et des prélatures que sous le ressort d'un comte ou d'un baron. Le seigneur ecclésiastique était tenu à de certaines vertus que le guerrier ne se croyait pas obligé de pratiquer. Les abbés cessèrent promptement de marcher à l'armée, et leurs vassaux devinrent de paisibles laboureurs. Saint Benoît d'Aniane, reformateur des bénédictins en France, recevait les terres qu'on lui offrait, mais il ne voulait point accepter les *serfs ;* il leur rendait sur-le-champ la liberté [4]. Cet exemple de magnanimité, au milieu du dixième siècle, est bien frappant ; et c'est un *moine* qui l'a donné.

[1] Cet admirable canon n'était pas suivi dans nos lois.
[2] HÉR., *loc. cit. et seq.*
[3] Montesquieu et le docteur Robertson en ont dit quelques mots.
[4] HÉLYOT.

CHAPITRE XI.

POLITIQUE ET GOUVERNEMENT.

La coutume qui accordait le premier rang au clergé, dans les assemblées des nations modernes, tenait au grand principe religieux, que l'antiquité entière regardait comme le fondement de l'existence politique. Je ne sais, dit Cicéron, si anéantir la piété envers les dieux, ce ne serait point aussi anéantir la bonne foi, la société du genre humain, et la plus excellente des vertus, la justice[1] « *Haud scio an, pietate adversus deos sublata, fides etiam, et societas humani generis et una excellentissima virtus, justitia, tollatur.* »

Puisqu'on avait cru jusqu'à nos jours que la religion est la base de la société civile, ne faisons pas un crime à nos pères d'avoir pensé comme Platon, Aristote, Cicéron, Plutarque, et d'avoir mis l'autel et ses ministres au degré le plus éminent de l'ordre social.

Mais si personne ne nous conteste sur ce point l'influence de l'Église dans le corps politique, on soutiendra peut-être que cette influence a été funeste au bonheur public et à la liberté. Nous ne ferons qu'une réflexion sur ce vaste et profond sujet : remontons un instant aux principes généraux, d'où il faut toujours partir quand on veut atteindre à quelque vérité.

La nature, au moral et au physique, semble n'employer qu'un seul moyen de création : c'est de mêler, pour produire, la force à la douceur. Son énergie paraît résider dans la loi générale des contrastes. Si elle joint la violence à la violence, ou la faiblesse à la faiblesse, loin de former quelque chose, elle détruit par excès ou par

---

[2] *De Nat. deor.*, I, II.

défaut. Toutes les législations de l'antiquité offrent ce système d'opposition qui enfante le corps politique.

Cette vérité une fois reconnue, il faut chercher les points d'opposition : il nous semble que les deux principaux résident, l'un dans les mœurs du peuple, l'autre dans les institutions à donner à ce peuple. S'il est d'un caractère timide et faible, que sa constitution soit hardie et robuste; s'il est fier, impétueux, inconstant, que son gouvernement soit doux, modéré, invariable. Ainsi la théocratie ne fut pas bonne aux Égyptiens; elle les asservit, sans leur donner des vertus qui leur manquaient : c'était une nation pacifique; il lui fallait des institutions militaires.

L'influence sacerdotale, au contraire, produisit à Rome des effets admirables : cette reine du monde dut sa grandeur à Numa, qui sut placer la religion au premier rang chez un peuple de guerriers. Qui ne craint pas les hommes doit craindre les dieux.

Ce que nous venons de dire du Romain s'applique au Français; il n'a pas besoin d'être excité, mais d'être retenu. On parle du danger de la théocratie : mais chez quelle nation belliqueuse un prêtre a-t-il conduit l'homme à la servitude?

C'est donc de ce grand principe général qu'il faut partir pour considérer l'influence du clergé dans notre ancienne constitution, et non pas de quelques détails particuliers, locaux et accidentels. Toutes ce déclamations contre la richesse de l'Église, contre son ambition, sont de petites vues d'un sujet immense; c'est considérer à peine la surface des objets et ne pas jeter un coup-d'œil ferme dans leurs profondeurs. Le christianisme était, dans notre corps politique, comme ces instruments religieux dont les Spartiates se servaient dans les batailles, moins pour animer le soldat que pour modérer son ardeur.

Si l'on consulte l'histoire de nos états généraux, on verra que le clergé a toujours rempli ce beau rôle de modérateur. Il calmait, il adoucissait les esprits; il prévenait les résolutions extrêmes. L'Église avait seule de l'instruction et de l'expérience, quand des barons hautains et d'ignorantes communes ne connaissaient que les factions et une obéissance absolue; elle seule, par l'habitude des synodes et des conciles, savait parler et délibérer; elle seule avait de la dignité, lorsque tout en manquait autour d'elle. Nous la voyons tour-à-tour s'opposer aux excès du peuple, présenter de libres remontrances aux rois, et braver la colère des nobles. La supériorité de ses lumières, son génie conciliant, sa mission de paix, la nature même de ses intérêts, devaient lui donner en politique des idées généreuses qui manquaient aux deux autres ordres. Placée entre ceux-ci, elle avait tout à craindre des grands, et rien des communes, dont elle devenait par cette seule raison le défenseur naturel. Aussi la voit-on, dans les moments de troubles, voter de préférence avec les dernières. La chose la plus vénérable qu'offraient nos anciens états généraux était ce banc de vieux évèques qui, la mitre en tête et la crosse à la main, plaidaient tour-à-tour la cause du peuple contre les grands, et celle du souverain contre des seigneurs factieux.

Ces prélats furent souvent la victime de leur dévouement. La haine des nobles contre le clergé fut si grande au commencement du treizième siècle, que saint Dominique se vit contraint de prêcher une espèce de croisade pour arracher les biens de l'Église aux barons, qui les avaient envahis. Plusieurs évèques furent massacrés par les nobles, ou emprisonnés par la cour. Ils subissaient tour-à-tour les vengeances monarchiques, aristocratiques et populaires.

Si vous voulez considérer plus en grand l'influence du christianisme sur l'existence politique des peuples de l'Europe, vous verrez qu'il prévenait les famines, et sauvait nos ancêtres de leurs propres fureurs, en proclamant ces paix appelées *paix de Dieu*, pendant lesquelles on recueillait les moissons et les vendanges. Dans les commotions publiques, souvent les papes se montrèrent comme de très grands princes. Ce sont eux qui, en réveillant les rois, sonnant l'alarme et faisant des ligues, ont empêché l'Occident de devenir la proie des Turcs. Ce seul service rendu au monde par l'Église mériterait des autels .

Des hommes indignes du nom de chrétiens égorgeaient les peuples du Nouveau-Monde, et la cour de Rome fulminait des bulles pour prévenir ces atrocités [1]. L'esclavage était reconnu légitime, et l'Église ne reconnaissait point d'esclaves [2] parmi ses enfants. Les excès mêmes de la cour de Rome ont servi à répandre les principes généraux du droit des peuples. Lorsque les papes mettaient les royaumes en interdit, lorsqu'ils forçaient les empereurs à venir rendre compte de leur conduite au saint-siége, ils s'arrogeaient sans doute un pouvoir qu'ils n'avaient pas; mais en blessant la majesté du trône ils faisaient peut-être du bien à l'humanité. Les rois devenaient plus circonspects; ils sentaient qu'ils avaient un frein, et le peuple un égide. Les rescrits des pontifes ne manquaient jamais de mêler la voix des nations et l'intérêt général des hommes aux plaintes particulières. « *Il nous est venu des rapports que Philippe, Ferdinand, Henri, opprimait son peuple, etc.* » Tel était à-peu-près le début de tous ces arrêts de la cour de Rome.

S'il existait au milieu de l'Europe un tribunal qui jugeât, au nom de Dieu, les nations et les monarques, et qui prévînt les guerres et les révolutions, ce tribunal serait le chef-d'œuvre de la politique, et le dernier degré de la perfection sociale : les papes, par l'influence qu'ils exerçaient sur le monde chrétien, ont été au moment de réaliser ce beau songe.

Montesquieu a fort bien prouvé que le christianisme est opposé d'esprit et de conseil au pouvoir arbitraire, *et que ses principes font plus que l'honneur dans les monarchies, la vertu dans les républiques, et la crainte dans les États despotiques.* N'existe-t-il pas d'ailleurs des républiques chrétiennes qui paraissent même plus attachées à leur religion que les monarchies? N'est-ce pas encore sous

---

[1] La fameuse bulle de Paul III.

[2] Le décret de Constantin qui déclare libre tout esclave qui embrasse le christianisme.

la loi évangélique que s'est formé ce gouvernement dont l'excellence paraissait telle au plus grave des historiens[1], qu'il le croyait impraticable pour les hommes? « Dans toutes les nations, dit Tacite, c'est le peuple, ou les nobles, ou un seul qui gouverne ; une forme de gouvernement qui se composerait à la fois des ordres est une brillante chimère, etc. [2]. »

Tacite ne pouvait pas deviner que cette espèce de miracle s'accomplirait un jour chez les Sauvages, dont il nous a laissé l'histoire[3]. Les passions, sous le polythéisme, auraient bientôt renversé un gouvernement qui ne se conserve que par la justesse des contre-poids. Le phénomène de son existence était réservé à une religion qui, en maintenant l'équilibre moral le plus parfait, permet d'établir la plus parfaite balance politique.

Montesquieu a vu le principe du gouvernement anglais dans les forêts de la Germanie : il était peut-être plus simple de le découvrir dans la division des trois ordres ; division connue de toutes les grandes monarchies de l'Europe moderne. L'Angleterre a commencé, comme la France et l'Espagne, par ses états généraux : l'Espagne passa à une monarchie absolue, la France à une monarchie tempérée, et l'Angleterre à une monarchie mixte. Ce qu'il y a de remarquable, c'est que les *cortès* de la première jouissaient de plusieurs priviléges que n'avaient pas les *états généraux* de la seconde et les *parlements* de la troisième, et que le peuple le plus libre est tombé sous le gouvernement le plus absolu. D'une autre part, les Anglais, qui étaient presque réduits en servitude, se rapprochèrent de l'indépendance ; et les Français, qui n'étaient ni très libres ni très asservis, demeurèrent à-peu-près au même point.

Enfin ce fut une grande et féconde idée politique que cette divi-

---

[1] Il faut se souvenir que ceci était écrit sous Buonaparte. L'auteur semble annoncer ici la Charte de Louis XVIII. Ses opinions constitutionnelles, comme on le voit, datent de loin.

[2] Tac., *Ann.*, lib. IV. XXXIII.

[3] In. Id. Agric.

sion des trois ordres. Totalement ignorée des anciens, elle a produit chez les modernes le système représentatif, qu'on peut mettre au nombre de ces trois ou quatre découvertes qui ont créé un autre univers. Et qu'il soit encore dit à la gloire de notre religion, que le système représentatif découle en partie des institutions ecclésiastiques, d'abord parce que l'Église en offrit la première image dans ses conciles, composés du *souverain pontife*, des *prélats* et des *députés* du *bas clergé*, et ensuite parce que les prêtres chrétiens ne s'étant pas séparés de l'État ont donné naissance à un nouvel ordre de citoyens, qui, par sa réunion aux deux autres, a entraîné la représentation du corps politique.

Nous ne devons pas négliger une remarque qui vient à l'appui des faits précédents, et qui prouve que le génie évangélique est éminemment favorable à la liberté. La religion chrétienne établit en dogme l'égalité morale, la seule qu'on puisse prêcher sans bouleverser le monde. Le polythéisme cherchait-il à Rome à persuader au patricien qu'il n'était pas d'une poussière plus noble que le plébéien? Quel pontife eût osé faire retentir de telles paroles aux oreilles de Néron et de Tibère? On eût bientôt vu le corps du lévite imprudent exposé aux gémonies. C'est cependant de telles leçons que les potentats chrétiens reçoivent tous les jours dans cette chaire si justement appelée la chaire de vérité.

En général, le christianisme est surtout admirable pour avoir converti l'*homme physique* en l'*homme moral*. Tous les grands principes de Rome et de la Grèce, l'égalité, la liberté se trouvent dans notre religion, mais appliqués à l'âme et au génie, et considérés sous des rapports sublimes.

Les conseils de l'Évangile forment le véritable philosophe, et ses préceptes le véritable citoyen. Il n'y a pas un petit peuple chrétien chez lequel il ne soit plus doux de vivre que chez le peuple antique le plus fameux, excepté Athènes, qui fut charmante, mais horriblement injuste. Il y a une paix intérieure dans les nations modernes, un exercice continuel des plus tranquilles vertus, qu'on ne vit point

régner au bord de l'Illissus et du Tibre. Si la république de Brutus ou la monarchie d'Auguste sortait tout-à-coup de la poudre,
nous aurions horreur de la vie romaine. Il ne faut que se représenter
les jeux de la déesse Flore, et cette boucherie continuelle de gladiateurs, pour sentir l'énorme différence que l'Évangile a mise entre
nous et les païens : le dernier des chrétiens, honnête homme, est
plus *moral* que le premier des philosophes de l'antiquité.

« Enfin , dit Montesquieu, nous devons au christianisme, et dans
le gouvernement un certain droit politique, et dans la guerre un
certain droit des gens que la nature humaine ne saurait assez reconnaître.

« C'est ce droit qui fait que parmi nous la victoire laisse aux
peuples vaincus ces grandes choses, la vie, la liberté, les lois, les
biens, et toujours la religion, quand on ne s'aveugle pas soi-
même [1].

Ajoutons, pour couronner tant de bienfaits, un bienfait qui
devrait être écrit en lettres d'or dans les annales de la philosophie :

CHAPITRE XII.

L'ABOLITION DE L'ESCLAVAGE.

RÉCAPITULATION GÉNÉRALE.

Ce n'est pas sans éprouver une sorte de crainte que nous tou-
chons à la fin de notre ouvrage. Les graves idées qui nous l'ont
fait entreprendre, la dangereuse ambition que nous avons eue de

---

[1] *Esprit de Lois*, liv. xxiv, chap. iii.

déterminer, autant qu'il dépendait de nous, la question sur le christianisme, toutes ces considérations nous alarment. Il est difficile de découvrir jusqu'à quel point Dieu approuve que les hommes prennent dans leurs débiles mains la cause de son éternité, se fassent les avocats du Créateur au tribunal de la créature, et cherchent à justifier, par des raisons humaines, ces conseils qui ont donné naissance à l'univers. Ce n'est donc qu'avec une défiance extrême, trop motivée par l'insuffisance de nos talents, que nous offrons ici la récapitulation générale de cet ouvrage.

Toute religion a des mystères ; toute la nature est un secret.

Les mystères chrétiens sont les plus beaux possibles : ils sont l'archétype du système de l'homme et du monde.

Les sacrements sont une législation morale, et des tableaux pleins de poésie.

La foi est une force, la charité un amour, l'espérance toute une félicité, ou, comme parle la religion, toute une vertu.

Les lois de Dieu sont le code le plus parfait de la justice naturelle.

La chute de notre premier père est une tradition universelle.

On peut en trouver une preuve nouvelle dans la constitution de l'homme moral, qui contredit la constitution générale des êtres.

La défense de toucher au fruit de science est un commandement sublime, et le seul qui fût digne de Dieu.

Toutes les prétendues preuves de l'antiquité de la terre peuvent être combattues.

Dogme de l'existence de Dieu démontré par les merveilles de l'univers ; dessein visible de la Providence dans les instincts des animaux ; enchantement de la nature.

La seule morale prouve l'immortalité de l'âme. L'homme désire le bonheur, et il est le seul être qui ne puisse l'obtenir : il y a donc une félicité au-delà de la vie ; car on ne désire point ce qui n'est pas.

Le système de l'athéisme n'est fondé que sur des exceptions : ce n'est point le corps qui agit sur l'âme, c'est l'âme qui agit sur le corps. L'homme ne suit point les règles générales de la matière; il diminue où l'animal augmente.

L'athéisme n'est bon à personne, ni à l'infortuné auquel il ravit l'espérance, ni à l'heureux dont il dessèche le bonheur, ni au soldat qu'il rend timide, ni à la femme dont il flétrit la beauté et la tendresse, ni à la mère qui peut perdre son fils, ni aux chefs des hommes, qui n'ont pas de plus sûr garant de la fidélité des peuples que la religion.

Les châtiments et les récompenses que le christianisme dénonce ou promet dans une autre vie s'accordent avec la raison et la nature de l'âme.

En poésie, les caractères sont plus beaux, et les passions plus énergiques sous la religion chrétienne qu'ils ne l'était sous le polythéisme. Celui-ci ne présentait point de partie dramatique, point de combats des penchants naturels et des vertus.

La mythologie rapetissait la nature; et les anciens, par cette raison, n'avaient point de poésie descriptive. Le christianisme rend au désert et ses tableaux et ses solitudes.

Le *merveilleux* chrétien peut soutenir le parallèle avec le *merveilleux* de la Fable. Les anciens fondent leur poésie sur Homère, et les chrétiens sur la Bible ; et les beautés de la Bible surpassent les beautés d'Homère.

C'est au christianisme que les beaux-arts doivent leur renaissance et leur perfection.

En philosophie, il ne s'oppose à aucune vérité naturelle. S'il a quelquefois combattu les sciences, il a suivi l'esprit de son siècle, et l'opinion des plus grands législateurs de l'antiquité.

En histoire, nous fussions demeurés inférieurs aux anciens, sans le caractère nouveau d'images, de réflexions et de pensées qu'a fait naître la religion chrétienne : l'éloquence moderne fournit la même observation.

Restes des beaux-arts, solitudes des monastères, charmes des ruines, gracieuses dévotions du peuple, harmonies du cœur, de la religion et des déserts, c'est ce qui conduit à l'examen du culte.

Partout, dans le culte chrétien, la pompe et la majesté sont unies aux intentions morales, aux prières touchantes ou sublimes. Le sépulcre vit et s'anime dans notre religion : depuis le laboureur qui repose au cimetière champêtre jusqu'au roi couché à Saint-Denis, tout dort dans une poussière poétique. Job et David, appuyés sur le tombeau du chrétien, chantent tour-à-tour la mort aux portes de l'éternité.

Nous venons de voir ce que les hommes doivent au clergé séculier et régulier, aux institutions, au génie du christianisme.

Si Shoonbeck, Bonnani, Giustiniani et Hélyot avaient mis plus d'ordre dans leur laborieuses recherches, nous pourrions donner ici le catalogue complet des services rendus par la religion à l'humanité. Nous commencerions par faire la liste des calamités qui accablent l'âme ou le corps de l'homme, et nous placerions sous chaque douleur l'ordre chrétien qui se dévoue au soulagement de cette douleur. Ce n'est point une exagération : un homme peut penser telle misère qu'il voudra, et il y a mille à parier contre un que la religion a deviné sa pensée et préparé le remède. Voici ce que nous avons trouvé, après un calcul aussi exact que nous l'avons pu faire.

On compte à-peu-près, sur la surface de l'Europe chrétienne, quatre mille trois cents villes et villages.

Sur ces quatre mille trois cents villes et villages, trois mille deux cent quatre-vingt-quatorze sont de la première, de la seconde, de la troisième et de la quatrième grandeur.

En accordant un hôpital à chacune de ces trois mille deux cent quatre-vingt-quatorze villes (calcul au-dessous de la vérité), vous aurez trois mille deux cent quatre-vingt-quatorze hôpitaux, presque tous institués par le génie du christianisme, dotés sur les biens de l'Église, et desservis par des ordres religieux.

Prenant une moyenne proportionnelle, et donnant seulement cent lits à chacun de ces hôpitaux, ou, si l'on veut, cinquante lits pour deux malades, vous verrez que la religion, indépendamment de la foule immense de pauvres qu'elle nourrit, soulage et entretient par jour, depuis plus de mille ans, environ trois cent vingt-neuf mille quatre cents hommes.

Sur un relevé des collèges et des universités, on trouve à-peu-près les mêmes calculs, et l'on peut admettre hardiment qu'elle enseigne au moins trois cent mille jeunes gens dans les divers États de la chrétienté [1].

Nous ne faisons point entrer ici en ligne de compte les hôpitaux et les collèges chrétiens dans les trois autres parties du monde, ni l'éducation des filles par les religieuses.

Maintenant il faut ajouter à ces résultats le dictionnaire des hommes célèbres sortis du sein de l'Église, et qui forment à-peu-près les deux tiers des grands hommes des siècles modernes : il faut dire, comme nous l'avons montré, que le renouvellement des sciences, des arts et des lettres, est dû à l'Église ; que la plupart des grandes découvertes modernes, telles que la poudre à canon, l'horloge, les lunettes, la boussole, et en politique le système représentatif, lui appartiennent ; que l'agriculture, le commerce, les lois et le gouvernement lui ont des obligations immenses ; que ses missions ont porté les sciences et les arts chez des peuples civilisés, et les lois chez des peuples sauvages ; que sa chevalerie a puissamment contribué à sauver l'Europe d'une invasion de nouveaux barbares ; que le genre humain lui doit :

Le culte d'un seul Dieu ;

Le dogme le plus fixe de l'existence de cet Être suprême ;

La doctrine moins vague et plus certaine de l'immortalité de l'âme, ainsi que celle des peines et des récompenses dans une autre vie ;

Une plus grande humanité chez les hommes ;

---

[1] On a mis sous les yeux du lecteur les bases de tous ces calculs, que l'on a laissés exprès infiniment au dessous de la vérité.

Une vertu tout entière, et qui vaut seule toutes les autres, la charité ;

Un droit politique et un droit des gens, inconnus des peuples antiques ; et, par-dessus tout cela, l'abolition de l'esclavage.

Qui ne serait pas convaincu de la beauté et de la grandeur du christianisme ? Qui n'est écrasé par cette effrayante masse de bienfaits ?

CHAPITRE XIII ET DERNIER.

QUEL SERAIT AUJOURD'HUI L'ÉTAT DE LA SOCIÉTÉ, SI LE CHRISTIANISME N'EUT POINT PARU SUR LA TERRE.

CONJECTURES. — CONCLUSION.

Nous terminerons cet ouvrage par l'examen de l'importante question qui fait le titre de ce dernier chapitre : en tâchant de découvrir ce que nous serions probablement aujourd'hui si le christianisme n'eût pas paru sur la terre, nous apprendrons à mieux apprécier ce que nous devons à cette religion divine.

Auguste parvint à l'empire par des crimes, et régna sous la forme des vertus. Il succédait à un conquérant, et, pour se distinguer, il fut tranquille.

Ne pouvant être un grand homme, il voulut être un prince heureux. Il donna beaucoup de repos à ses sujets : un immense foyer de corruption s'assoupit ; ce calme fut appelé prospérité. Auguste eut le génie des circonstances : c'est celui qui recueille les fruits que le véritable génie a préparés ; il le suit, et ne l'accompagne pas toujours.

Tibère méprisa trop les hommes, et surtout leur fit trop voir ce mépris. Le seul sentiment dans lequel il mit de la franchise était le seul où il eût dû dissimuler ; mais c'était un cri de joie qu'il ne pouvait s'empêcher de pousser, en trouvant le peuple et le sénat romain au dessous même de la bassesse de son propre cœur.

Lorsqu'on vit ce peuple-roi se prosterner devant Claude, et adorer le fils d'Énobarbus, on peut juger qu'on l'avait honoré en gardant avec lui quelque mesure. Rome aima Néron. Longtemps après la mort de ce tyran, ses fantômes faisaient tressaillir l'empire de joie et d'espérance. C'est ici qu'il faut s'arrêter pour contempler les mœurs romaines. Ni Titus, ni Antonin, ni Marc-Aurèle, ne purent en changer le fond : un Dieu seul le pouvait.

Le peuple romain fut toujours un peuple horrible : on ne tombe point dans les vices qu'il fit éclater sous ses maîtres, sans une certaine perversité naturelle et quelque défaut de naissance dans le cœur. Athènes corrompue ne fut jamais exécrable : dans les fers, elle ne songea qu'à jouir. Elle trouva que ses vainqueurs ne lui avaient pas tout ôté, puisqu'ils lui avaient laissé le temple des Muses.

Quand Rome eut des vertus, ce furent des vertus contre nature. Le premier Brutus égorge ses fils, et le second assassine son père. Il y a des vertus de position qu'on prend trop facilement pour des vertus générales, et qui ne sont que des résultats locaux. Rome libre fut d'abord frugale, parce qu'elle était pauvre ; courageuse, parce que ses institutions lui mettaient le fer à la main, et qu'elle sortait d'une caverne de brigands. Elle était d'ailleurs féroce, injuste, avare, luxurieuse : elle n'eut de beau que son génie ; son caractère fut odieux.

Les décemvirs la foulent aux pieds. Marius verse à volonté le sang des nobles, et Sylla celui du peuple : pour dernière insulte, celui-ci abjure publiquement la dictature. Les conjurés de Catilina s'engagent à massacrer leurs propres pères[1], et se font un jeu de

---

[1] *Sed filii familiarum, quorum ex nobilitate maxuma pars erat, parentes interficerent.* SALLUST., *in Catil.*, XLIV).

renverser cette majesté romaine que Jugurtha se propose d'acheter[1]. Viennent les triumvirs et leurs proscriptions : Auguste ordonne au père et au fils de s'entre-tuer[2], et le père et le fils s'entre-tuent. Le sénat se montre trop vil, même pour Tibère[3]. Le dieu Néron a des temples. Sans parler de ses délateurs sortis des premières familles patriciennes ; sans montrer les chefs d'une même conjuration, se dénonçant et s'égorgeant les uns les autres[4] ; sans représenter des philosophes discourant sur la vertu au milieu des débauches de Néron, Sénèque excusant un parricide, Burrhus[5] le louant et pleurant à la fois ; sans rechercher sous Galba, Vitellius, Domitien, Commode, ces actes de lâcheté qu'on a lus cent fois, et qui étonnent toujours, un seul trait nous peindra l'infamie romaine : Plautien, ministre de Sévère, en mariant sa fille au fils aîné de l'empereur, fit mutiler cent Romains libres, dont quelques-uns étaient mariés et pères de famille, « afin, dit l'historien, que sa fille eût à sa suite des eunuques dignes d'une reine d'Orient[6]. »

A cette lâcheté de caractère joignez une épouvantable corruption de mœurs. Le grave Caton vient pour assister aux prostitutions des jeux de Flore. Sa femme Marcia étant enceinte, il la cède à Hortensius ; quelque temps après, Hortensius meurt ; et ayant laissé Marcia héritière de tous ses biens, Caton la reprend au préjudice du fils d'Hortensius. Cicéron se sépare de Térentia, pour épouser Publilia sa pupille. Sénèque nous apprend qu'il y avait des femmes qui ne comptaient plus leurs années par consuls, mais par le nombre de leurs maris[7] : Tibère invente les *scellarii* et les *spintriæ* ;

---

1 SALLUST., *in Bell. Jugurth.*
  SUET., *in Aug.* et AMM. ALEX.
3 TACIT., *Ann.*
4 *Id., ibid.*, lib. XV, 56, 57.
5 *Id., ibid.*, lib. XIV, 15. Papinien, jurisconsulte, et préfet du prétoire, qui ne se piquait pas de philosophie, répondit à Caracalla, qui lui ordonnait de justifier le meurtre de son frère Géta : « Il est plus aisé de commettre un parricide que de le justifier. » (*Hist. Aug.*)
6 DION., lib. LXXVI, pag. 1271.
  De Benef., III, 16

Néron épouse publiquement l'affranchi Pythagore[1], et Héliogabale célèbre ses noces avec Hiéroclès[2].

Ce fut ce même Néron, déjà tant de fois cité, qui institua les fêtes Juvénales. Les chevaliers, les sénateurs et les femmes du premier rang étaient obligés de monter sur le théâtre, à l'exemple de l'empereur, et de chanter des chansons dissolues, en copiant les gestes des histrions[3]. Pour le repas de Tigellin, sur l'étang d'Agrippa, on avait bâti des maisons au bord du lac, où les plus illustres Romaines étaient placées vis-à-vis des courtisanes toutes nues. A l'entrée de la nuit tout fut illuminé[4], afin que les débauches eussent un sens de plus et un voile de moins.

La mort faisait une partie essentielle de ces divertissements antiques. Elle était là pour contraste et pour rehaussement des plaisirs de la vie. Afin d'égayer le repas, on faisait venir des gladiateurs avec des courtisanes et des joueurs de flûte. En sortant des bras d'une infâme, on allait voir une bête féroce boire du sang humain ; de la vue d'une prostitution, on passait au spectacle des convulsions d'un homme expirant. Quel peuple que celui-là, qui avait placé l'opprobre à la naissance et à la mort, et élevé sur un théâtre les deux grands mystères de la nature, pour déshonorer d'un seul coup tout l'ouvrage de Dieu !

Les esclaves qui travaillaient à la terre avaient constamment les fers aux pieds : pour toute nourriture on leur donnait un peu de pain, d'eau et de sel ; la nuit, on les renfermait dans des souterrains qui ne recevaient d'air que par une lucarne pratiquée à la voûte de ces cachots. Il y avait une loi qui défendait de tuer les lions d'Afrique, réservés pour les spectacles de Rome. Un paysan qui eût disputé sa vie contre un de ces animaux eût été sévèrement puni[5]. Quand un malheureux périssait dans l'arène, déchiré

[1] TACIT., *Ann.*, XV, 37.
[2] DION., lib. XXIX, pag. 1363 ; *Hist. Aug.*, pag. 10.
[3] TACIT., *Ann.*, XIV, 15.
[4] *Id., ibid.*, XV, 37.
[5] *Cod. Theod.*, tom. VI, pag. 92.

par une panthère ou percé par les bois d'un cerf, certains malades
couraient se baigner dans son sang et le recevoir sur leurs lèvres
avides [1]. Caligula souhaitait que le peuple romain n'eût qu'une seule
tête, pour l'abattre d'un seul coup [2]. Ce même empereur, en attendant les jeux du Cirque, nourrissait les lions de chair humaine ; et
Néron fut sur le point de faire manger des hommes tout vivants à
un Égyptien connu par sa voracité [3]. Titus, pour célébrer la fête
de son père Vespasien, donna trois mille Juifs à dévorer aux
bêtes [4]. On conseillait à Tibère de faire mourir un de ces anciens
amis qui languissait en prison : « Je ne me suis pas réconcilié
avec lui, » répondit le tyran par un mot qui respire tout le génie
de Rome.

C'était une chose assez ordinaire qu'on égorgeât cinq mille, six
mille, dix mille, vingt mille personnes de tout rang, de tout sexe et
de tout âge, sur un soupçon de l'empereur [5] ; et les parents des victimes ornaient leurs maisons de feuillages, baisaient les mains du
dieu, et assistaient à ses fêtes. La fille de Séjan, âgée de neuf ans,
qui disait qu'*elle ne le ferait plus*, et qui demandait qu'*on lui donnât
le fouet* [6] lorsqu'on la conduisait en prison, fut violée par le bourreau avant d'être étranglée par lui : tant ces vertueux Romains
avaient de respect pour les *lois!* On vit sous Claude (et Tacite le
rapporte comme un beau spectacle [7]) dix-neuf mille hommes s'é-
gorger sur le lac Fucin pour l'amusement de la populace romaine:
avant d'en venir aux mains, les combattants saluèrent l'empereur:
Ave, imperator; morituri te salutant! « César, ceux qui vont mourir te saluent! » Mot aussi lâche qu'il est touchant.

C'est l'extinction absolue du sens moral qui donnait aux Ro-

---

[1] TERT., *Apologet.*
[2] SUET., *in Vit.*
[3] Id., *Calig. et Ner.*
[4] JOSEPH., *de Bell. Jud.*, lib. VII.
[5] TACIT., *Ann.*, lib. XV ; DION., lib. LXVII, pag. 1290 ; HEROD., lib. IV.
pag. 150.
[6] TACIT., *Ann.*, lib. V, 9.
   Id., *ibid.*, lib. XII, 56.

mains cette facilité de mourir qu'on a si follement admirée. Les suicides sont toujours communs chez les peuples corrompus. L'homme réduit à l'instinct de la brute meurt indifféremment comme elle. Nous ne parlerons point des autres vices des Romains, de l'infanticide autorisé par une loi de Romulus, et confirmé par celle des Douze Tables; de l'avarice sordide de ce peuple fameux. Scaptius avait prêté quelques fonds au sénat de Salamine. Le sénat n'ayant pu le rembourser au terme fixé, Scaptius le tint si longtemps assiégé par des cavaliers, que plusieurs sénateurs moururent de faim. Le stoïque Brutus, ayant quelque affaire commune avec ce concussionnaire, s'intéresse pour lui auprès de Cicéron, qui ne peut s'empêcher d'en être indigné[1].

Si donc les Romains tombèrent dans la servitude, ils ne durent s'en prendre qu'à leurs mœurs. C'est la bassesse qui produit d'abord la tyrannie; et, par une juste réaction, la tyrannie prolonge ensuite la bassesse. Ne nous plaignons plus de l'état actuel de la société; le peuple moderne le plus corrompu est un peuple de sages auprès des nations païennes.

Quand on supposerait un instant que l'ordre politique des anciens fût plus beau que le nôtre, leur ordre moral n'approcha jamais de celui que le christianisme a fait naître parmi nous. Et comme enfin la morale est en dernier lieu la base de toute institution sociale, jamais nous n'arriverons à la dépravation de l'antiquité, tandis que nous serons chrétiens.

Lorsque les liens politiques furent brisés à Rome et dans la Grèce, quel frein resta-t-il aux hommes? Le culte de tant de divinités infâmes pouvait-il maintenir des mœurs que les lois ne soutenaient plus? Loin de remédier à la corruption, il en devint un des agents les plus puissants. Par un excès de misère qui fait frémir, l'idée de l'existence des dieux, qui nourrit la vertu chez les hommes,

---

[1] L'intérêt de la somme était de quatre pour cent par mois. (*Vid.* Cicer., *Epist. ad Att.* lib. vi, *epist.* ii.)

entretenait les vices parmi les païens, et semblait éterniser le crime en lui donnant un principe d'éternelle durée.

Des traditions nous sont restées de la méchanceté des hommes, et des catastrophes terribles qui n'ont jamais manqué de suivre la corruption des mœurs. Ne serait-il pas possible que Dieu eût combiné l'ordre physique et moral de l'univers de manière qu'un bouleversement dans le dernier entraînât des changements nécessaires dans l'autre, et que les grands crimes amenassent naturellement les grandes révolutions? La pensée agit sur le corps d'une manière inexplicable : l'homme est peut-être la pensée du grand corps de l'univers. Cela simplifierait beaucoup la nature, et agrandirait prodigieusement la sphère de l'homme; ce serait aussi une clé pour l'explication des miracles, qui rentreraient dans le cours ordinaire des choses. Que les déluges, les embrasements, le renversement des États eussent leurs causes secrètes dans les vices de l'homme; que le crime et le châtiment fussent les deux poids moteurs placés dans les deux bassins de la balance morale et physique du monde, la correspondance serait belle, et ne ferait qu'un tout d'une création qui semble double au premier coup-d'œil.

Il se peut donc faire que la corruption de l'empire romain ait attiré du fond de leurs déserts les barbares, qui, sans connaître la mission qu'ils avaient de détruire, s'étaient appelés par instinct *le fléau de Dieu* (22). Que fût devenu le monde, si la grande arche du christianisme n'eût sauvé les restes du genre humain de ce nouveau déluge? Quelle chance restait-il à la postérité? où les lumières se fussent-elles conservées?

Les prêtres du polythéisme ne formaient point un corps d'hommes lettrés, hors en Perse et en Égypte; mais les mages et les prêtres égyptiens, qui d'ailleurs ne communiquaient point leurs sciences au vulgaire, n'existaient déjà plus en corps lors de l'invasion des barbares. Quant aux sectes philosophiques d'Athènes et d'Alexandrie, elles se renfermaient presque entièrement dans ces deux villes, et consistaient tout au plus en quelques centaines de recteurs qui eussent été égorgés avec le reste des citoyens.

Point d'esprit de prosélytisme chez les anciens; aucune ardeur pour enseigner : point de retraite au désert pour y vivre avec Dieu et pour y sauver les sciences. Quel pontife de Jupiter eût marché au-devant d'Attila pour l'arrêter? Quel lévite eût persuadé à un Alaric de retirer ses troupes de Rome? Les barbares qui entraient dans l'empire étaient déjà à demi chrétiens; mais voyons-les marcher sous la bannière sanglante du dieu de la Scandinavie ou des Tartares, ne rencontrant sur leur route ni une force d'opinion religieuse qui les oblige à respecter quelque chose ni un fonds de mœurs qui commence à se renouveler chez les Romains par le christianisme : n'en doutons point, ils eussent tout détruit. Ce fut même le projet d'Alaric : « Je sens en moi, disait ce roi barbare, quelque chose qui me porte à brûler Rome. » C'est un homme monté sur des ruines, et qui paraît gigantesque.

Des différents peuples qui envahirent l'empire, les Goths semblent avoir eu le génie le moins dévastateur. Théodoric, vainqueur d'Odoacre, fut un grand prince; mais il était chrétien; mais Boëce, son premier ministre, était un homme de lettres chrétien : cela trompe toutes les conjectures. Qu'eussent fait des Goths *idolâtres?* Ils auraient sans doute tout renversé, comme les autres barbares. D'ailleurs ils se corrompirent très vite; et si, au lieu de vénérer Jésus-Christ, ils s'étaient mis à adorer Priape, Vénus et Bacchus, quel effroyable mélange ne fût-il point résulté de la religion sanglante d'Odin et des fables dissolues de la Grèce.

Le polythéisme était si peu propre à conserver quelque chose, qu'il tombait lui-même en ruines de toute parts, et que Maximin voulut lui faire prendre des formes chrétiennes pour le soutenir. Ce césar établit dans chaque province un lévite qui correspondait à l'évêque, un grand prêtre qui représentait le métropolitain[1]. Julien fonda des couvents de païens, et fit prêcher les ministres de Baal

---

[1] Eus., lib. VIII, cap. XIV, lib. IX, cap. II-VIII.

dans leurs temples. Cet échafaudage, imité du christianisme, se brisa bientôt, parce qu'il n'était pas soutenu par un esprit de vertu, et ne s'appuyait pas sur les mœurs.

La seule classe des vaincus respectée par les barbares fut celle des prêtres et des religieux. Les monastères devinrent autant de foyers où le feu sacré des arts se conserva avec la langue grecque et la langue latine. Les premiers citoyens de Rome et d'Athènes, s'étant réfugiés dans le sacerdoce chrétien, évitèrent ainsi la mort ou l'esclavage auquel ils eussent été condamnés avec le reste du peuple.

On peut juger de l'abîme où nous serions plongés aujourd'hui, si les barbares avaient surpris le monde sous le polythéisme, par l'état actuel des nations où le christianisme s'est éteint. Nous serions tous des esclaves turcs, ou quelque chose de pis encore; car le mahométisme a du moins un fond de morale qu'il tient de la religion chrétienne, dont il n'est, après tout, qu'une secte très éloignée. Mais, de même que le premier Ismaël fut ennemi de l'antique Jacob, le second est le persécuteur de la nouvelle.

Il est donc très probable que sans le christianisme le naufrage de la société et des lumières eût été total. On ne peut calculer combien de siècles eussent été nécessaires au genre humain pour sortir de l'ignorance et de la barbarie corrompue dans lesquelles il se fût trouvé enseveli. Il ne fallait rien moins qu'un corps immense de solitaires répandus dans les trois parties du globe, et travaillant de concert à la même fin, pour conserver ces étincelles qui ont rallumé chez les modernes le flambeau des sciences. Encore une fois, aucun ordre politique, philosophique ou religieux du paganisme n'eût pu rendre ce service inappréciable, au défaut de la religion chrétienne. Les écrits des anciens, se trouvant dispersés dans les monastères, échappèrent en partie aux ravages des Goths. Enfin, le polythéisme n'était point, comme le christianisme, une espèce de religion *lettrée*, si nous osons nous exprimer ainsi, parce qu'il ne joignait point, comme lui, la métaphysique et la morale aux dogmes religieux. La nécessité où les prêtres chrétiens se trouvèrent de publier eux-mêmes des livres, soit pour propager la foi, soit pour combattre l'hérésie, a puissamment servi à la conservation et à la renaissance des lumières.

Dans toutes les hypothèses imaginables, on trouve toujours que l'Évangile a prévenu la destruction de la société; car, en supposant qu'il n'eût point paru sur la terre, et que, d'un autre côté, les barbares fussent demeurés dans leurs forêts, le monde romain, pourrissant dans ses mœurs, était menacé d'une dissolution épouvantable.

Les esclaves se fussent-ils soulevés? Mais ils étaient aussi pervers que leurs maîtres, ils partageaient les mêmes plaisirs et la même honte; ils avaient la même religion, et cette religion passionnée détruisait toute espérance de changement dans les principes moraux. Les lumières n'avançaient plus, elles reculaient; les arts tombaient en décadence. La philosophie ne servait qu'à répandre une sorte d'impiété qui, sans conduire à la destruction des idoles, produisait les crimes et les malheurs de l'athéisme dans les grands, en laissant aux petits ceux de la superstition. Le genre humain avait-il fait des progrès parce que Néron ne croyait plus aux dieux du Capitole[1], et qu'il souillait par mépris les statues des dieux?

Tacite prétend qu'il y avait encore des mœurs au fond des provinces[2]; mais ces provinces commençaient à devenir chrétiennes[3], et nous raisonnons dans la supposition que le christianisme n'eût pas été connu, et que les barbares ne fussent pas sortis de leurs déserts. Quant aux armées romaines, qui vraisemblablement auraient démembré l'empire, les soldats étaient aussi corrompus que le reste des citoyens, et l'eussent été bien davantage s'ils n'avaient été re-

---

[1] Tacit., *Ann.*, lib. xiv; Suet., *in Ner. Religionum usquequaque contemptor, præter unius deæ Syriæ. Hanc mox ita sprevit, ut urina contaminaret.*

[2] Tacit., *Ann.*, lib. xvi, 5.

[3] Dionys. et Ignat., *Epist. ap. Eus.*, iv, 23; Chrys., *Op.*, tom. vii, p. 658 et 810, édit. Savil.; Plin., *epist.* x; Lucian., *in Alexandro*, cap. xxv. Pline, dans sa fameuse lettre ici citée, se plaint que les temples sont déserts, et qu'on ne trouve plus d'acheteurs pour les victimes sacrées, etc.

cutés par les Goths et les Germains. Tout ce que l'on peut conjecturer, c'est qu'après de longues guerres civiles, et un soulèvement général qui eût duré plusieurs siècles, la race humaine se fût trouvée réduite à quelques hommes errant sur des ruines. Mais que d'années n'eût-il point fallu à ce nouvel arbre des peuples, pour étendre ses rameaux sur tant de débris! Combien de temps les sciences, oubliées ou perdues, n'eussent-elles point mis à renaître, et dans quel état d'enfance la société ne serait-elle point encore aujourd'hui!

De même que le christianisme a sauvé la société d'une destruction totale, en convertissant les barbares et en recueillant les débris de la civilisation et des arts, de même il eût sauvé le monde romain de sa propre corruption, si ce monde n'eût point succombé sous des armes étrangères: une religion seule peut renouveler un peuple dans ses sources. Déjà celle du Christ rétablissait toutes les bases morales. Les anciens admettaient l'infanticide et la dissolution du lien du mariage, qui n'est, en effet, que le premier lien social; leur probité et leur justice étaient relatives à la patrie : elles ne passaient pas les limites de leur pays. Les peuples en corps avaient d'autres principes que le citoyen en particulier. La pudeur et l'humanité n'étaient pas mises au rang des vertus. La classe la plus nombreuse était esclave; les sociétés flottaient éternellement entre l'anarchie populaire et le despotisme: voilà les maux auxquels le christianisme apportait un remède certain, comme il l'a prouvé en délivrant de ces maux les sociétés modernes. L'excès même des premières austérités des chrétiens était nécessaire ; il fallait qu'il y eût des martyrs de la chasteté, quand il y avait des prostitutions publiques; des pénitents couverts de cendres et de cilice, quand la loi autorisait les plus grands crimes contre les mœurs; des héros de la charité, quand il y avait des monstres de barbarie; enfin, pour arracher tout un peuple corrompu aux vils combats du cirque et de l'arène, il fallait que la religion eût, pour ainsi dire, ses athlètes et ses spectacles dans les déserts de la Thébaïde.

Jésus-Christ peut donc en toute vérité être appelé, dans le sens matériel, le *Sauveur du monde*, comme il l'est dans le sens spirituel Son passage sur la terre est, humainement parlant, le plus grand événement qui soit jamais arrivé chez les hommes, puisque c'est à partir de la prédication de l'Évangile que la face du monde a été renouvelée. Le moment de la venue du Fils de l'Homme est bien remarquable : un peu plus tôt, sa morale n'était pas absolument nécessaire; les peuples se soutenaient encore par leurs anciennes lois; un peu plus tard, ce divin Messie n'eût paru qu'après le naufrage de la société.

Nous nous piquons de philosophie dans ce siècle; mais certes la légèreté avec laquelle nous traitons les institutions chrétiennes n'est rien moins que philosophique. L'Évangile, sous tous les rapports, a changé les hommes; il leur a fait faire un pas immense vers la perfection. Considérez-le comme une grande institution religieuse en qui la race humaine a été régénérée, alors toutes les petites objections, toutes les chicanes de l'impiété disparaissent. Il est certain que les nations païennes étaient dans une espèce d'enfance morale, par rapport à ce que nous sommes aujourd'hui : de beaux traits de justice échappés à quelques peuples anciens ne détruisent pas cette vérité, et n'altèrent pas le fond des choses. Le christianisme nous a indubitablement apporté de nouvelles lumières : c'est le culte qui convient à un peuple mûri par le temps; c'est, si nous osons parler ainsi, la religion naturelle à l'âge présent du monde, comme le règne des figures convenait au berceau d'Israël. Au ciel elle n'a placé qu'un Dieu; sur la terre elle a aboli l'esclavage. D'une autre part, si vous regardez ses mystères, ainsi que nous l'avons fait, comme l'archétype des lois de la nature, il n'y aura en cela rien d'affligeant pour un grand esprit : les vérités du christianisme, loin de demander la soumission de la raison, en réclament au contraire l'exercice le plus sublime.

Cette remarque est si juste : la religion chrétienne, qu'on a voulu faire passer pour la religion des barbares, est si bien le culte des

philosophes, qu'on peut dire que Platon l'avait presque devinée.
Non-seulement la morale, mais encore la doctrine du disciple de
Socrate, a des rapports frappants avec celle de l'Évangile. Dacier
la résume ainsi :

« Platon prouve que le Verbe a arrangé et rendu visible cet
univers ; que la connaissance de ce Verbe fait mener ici-bas une
vie heureuse, et procure la félicité après la mort ;

« Que l'âme est immortelle ; que les morts ressusciteront ; qu'il
y aura un dernier jugement des bons et des méchants, où l'on ne
paraîtra qu'avec ses vertus ou ses vices, qui seront la cause du
bonheur ou du malheur éternel.

« Enfin, ajoute le savant traducteur, Platon avait une idée si
grande et si vraie de la souveraine justice, et il connaissait si parfaitement la corruption des hommes, qu'il a fait voir que si un
homme souverainement juste venait sur la terre, il trouverait tant
d'opposition dans le monde, qu'il serait mis en prison, bafoué,
fouetté, et enfin CRUCIFIÉ par ceux qui, étant pleins d'injustice,
passeraient cependant pour justes[1] ».

Les détracteurs du christianisme sont dans une position dont il
leur est difficile de ne pas reconnaître la fausseté : s'ils prétendent
que la religion du Christ est un culte formé par des Goths et des
Vandales, on leur prouve aisément que les écoles de la Grèce ont eu
des notions assez distinctes des dogmes chrétiens ; ils soutiennent,
au contraire, que la doctrine évangélique n'est que la doctrine *philosophique* des anciens, pourquoi donc ces philosophes la rejettent-
ils ? Ceux même qui ne voient dans le christianisme que d'antiques
allégories du ciel, des planètes, des signes, etc., ne détruisent pas
la grandeur de cette religion : il en résulterait toujours qu'elle serait
profonde et magnifique dans ses mystères, antique et sacrée dans
ses traditions, lesquelles, par cette nouvelle route, iraient encore se
perdre au berceau du monde. Chose étrange sans doute, que toutes

[1] DACIER, *Discours sur Platon*, pag. 22.

les interprétations de l'incrédulité ne puissent parvenir à donner quelque chose de petit ou de médiocre au christianisme !

Quant à la morale évangélique, tout le monde convient de sa beauté ; plus elle sera connue et pratiquée, plus les hommes seront éclairés sur leur bonheur et leurs véritables intérêts. La science politique est extrêmement bornée : le dernier degré de perfection où elle puisse atteindre est le système représentatif, né, comme nous l'avons montré, du christianisme ; mais une *religion* dont les préceptes sont un code de morale et de vertu est une institution qui peut suppléer à tout, et devenir, entre les mains des saints et des sages, un moyen universel de félicité. Peut-être un jour les diverses formes de gouvernement, hors le despotisme, paraîtront-elles indifférentes, et l'on s'en tiendra aux simples lois morales et religieuses, qui sont le fond permanent des sociétés et le véritable gouvernement des hommes.

Ceux qui raisonnent sur l'antiquité, et qui voudraient nous ramener à ses institutions, oublient toujours que l'ordre social n'est plus ni ne peut être le même. Au défaut d'une grande puissance morale, une grande force coërcitive est du moins nécessaire parmi les hommes. Dans les républiques de l'antiquité, la foule, comme on le sait, était esclave ; l'homme qui laboure la terre appartenait à un autre homme : il y avait des *peuples*, il n'y avait point de *nations*.

Le polythéisme, religion imparfaite de toutes les manières, pouvait donc convenir à cet état imparfait de la société, parce que chaque maître était une espèce de magistrat absolu, dont le despotisme terrible contenait l'esclave dans le devoir, et suppléait par des fers à ce qui manquait à la force morale religieuse : le paganisme, n'ayant pas assez d'excellence pour rendre le pauvre vertueux, était obligé de le laisser traiter comme un malfaiteur.

Mais, dans l'ordre présent des choses, pourrez-vous réprimer une masse énorme de paysans libres, et éloignés de l'œil du magistrat ; pourrez-vous, dans les faubourgs d'une grande capitale, prévenir les crimes d'une populace indépendante, sans une religion qui prêche les devoirs et la vertu à toutes les conditions de la vie? Détruisez le culte évangélique, et il vous faudra dans chaque village une police, des prisons et des bourreaux. Si jamais, par un retour inouï, les autels des dieux passionnés du paganisme se relevaient chez les peuples modernes ; si, dans un ordre de société où la servitude est abolie, on allait adorer *Mercure le voleur* et *Vénus la prostituée,* c'en serait fait du genre humain.

Et c'est ici la grande erreur de ceux qui louent le polythéisme d'avoir séparé les forces morales des forces religieuses, et qui blâment en même temps le christianisme d'avoir suivi un système opposé. Ils ne s'aperçoivent pas que le paganisme s'adressait à un immense troupeau d'esclaves ; que par conséquent il devait craindre d'éclairer la race humaine ; qu'il devait tout donner aux sens, et ne rien faire pour l'éducation de l'âme : le christianisme, au contraire, qui voulait détruire la servitude, dut révéler aux hommes la dignité de leur nature, et leur enseigner les dogmes de la raison et de la vertu. On peut dire que le culte évangélique est le culte d'un peuple libre, par cela seul qu'il unit la morale à la religion.

Il est temps enfin de s'effrayer sur l'état où nous avons vécu depuis quelques années. Qu'on songe à la race qui s'élève dans nos villes et dans nos campagnes, à tous ces enfants qui, nés pendant la révolution, n'ont jamais entendu parler ni de Dieu, ni de l'immortalité de leur âme, ni des peines ou des récompenses qui les attendent dans une autre vie ; qu'on songe à ce que peut devenir une pareille génération, si l'on ne se hâte d'appliquer le remède sur la plaie : déjà se manifestent les symptômes les plus alarmants, et l'âge de l'innocence a été souillé de plusieurs crimes[1]. Que la philosophie, qui ne peut, après tout, pénétrer chez le pauvre, se

[1] Les papiers publics retentissent des crimes commis par de petits malheureux de onze ou douze ans. Il faut que le danger soit bien grave, puisque les paysans eux-mêmes se plaignent des vices de leurs enfants.

contente d'habiter les salons du riche; et qu'elle laisse au moins les chaumières à la religion; ou plutôt que, mieux dirigée et plus digne de son nom, elle fasse tomber elle-même les barrières qu'elle avait voulu élever entre l'homme et son créateur.

Appuyons nos dernières conclusions sur des autorités qui ne seront pas suspectes à la philosophie.

« Un peu de philosophie, dit Bacon, éloigne de la religion, et beaucoup de philosophie y ramène : personne ne nie qu'il y ait un Dieu, si ce n'est celui à qui il importe qu'il n'y en ait point. »

Selon Montesquieu, « dire que la religion n'est pas un motif réprimant, parce qu'elle ne réprime pas toujours, c'est dire que les lois civiles ne sont pas un motif réprimant non plus... La question n'est pas de savoir s'il vaudrait mieux qu'un certain homme ou qu'un certain peuple n'eût point de religion, que d'abuser de celle qu'il a, mais de savoir quel est le moindre mal que l'on abuse quelquefois de la religion, ou qu'il n'y en ait point du tout parmi les hommes[1].

« L'histoire de Sabbacon, » dit l'homme célèbre que nous continuons de citer, « est admirable. Le dieu de Thèbes lui apparut en songe, et lui ordonna de faire mourir tous les prêtres de l'Égypte; il jugea que les dieux n'avaient plus pour agréable qu'il régnât, puisqu'ils lui ordonnaient des choses si contraires à leur volonté ordinaire; et il se retira en Éthiopie[2]. »

« Enfin, s'écrie J.-J. Rousseau, fuyez ceux qui, sous prétexte d'expliquer la nature, sèment dans le cœur des hommes de désolantes doctrines, et dont le scepticisme apparent est cent fois plus affirmatif et plus dogmatique que le ton décidé de leurs adversaires. Sous le hautain prétexte qu'eux seuls sont éclairés, vrais, de bonne foi, ils nous soumettent impérieusement à leurs décisions tranchantes, et prétendent nous donner, pour les vrais principes des choses, les inintelligibles systèmes qu'ils ont bâti dans leur imagination.

[1] Montesquieu, Esprit des Lois, liv. XXIV, chap. II.
[2] Id., ibid., chap. IV.

T. II.

Du reste, renversant, détruisant, foulant aux pieds tout ce que les
hommes respectent, ils ôtent aux affligés la dernière consolation de
leur misère, aux puissants et aux riches le seul frein de leurs passions ; ils arrachent au fond des cœurs le remords du crime, l'espoir de la vertu, et se vantent encore d'être les bienfaiteurs du genre
humain. Jamais, disent-ils, la vérité n'est nuisible aux hommes :
je le crois comme eux ; et c'est, à mon avis, une grande preuve que
ce qu'ils enseignent n'est pas la vérité.

« Un des sophistes les plus familiers au parti philosophiste est
d'opposer un peuple supposé de bons philosophes à un peuple de
mauvais chrétiens : comme si un peuple de vrais philosophes était
plus facile à faire qu'un peuple de vrais chrétiens. Je ne sais si,
parmi les individus, l'un est plus facile à trouver que l'autre : mais
je sais bien que, dès qu'il est question du peuple, il en faut supposer qui abuseront de la philosophie sans religion, comme les nôtres
abusent de la religion sans philosophie ; et cela me paraît changer
beaucoup l'état de la question.

« D'ailleurs, il est aisé d'étaler de belles maximes dans des livres ; mais la question est de savoir si elles tiennent bien à la doctrine, si elles en découlent nécessairement ; et c'est ce qui n'a point
paru jusqu'ici. Reste à savoir encore si la philosophie, à son aise
et sur le trône, commanderait bien à la gloriole, à l'intérêt, à l'ambition, aux petites passions de l'homme, et *si elle pratiquerait cette
humanité si douce qu'elle nous vante la plume à la main.*

« PAR LES PRINCIPES, LA PHILOSOPHIE NE PEUT FAIRE AUCUN
BIEN, QUE LA RELIGION NE LE FASSE ENCORE MIEUX ; ET LA
RELIGION EN FAIT BEAUCOUP, QUE LA PHILOSOPHIE NE SAURAIT
FAIRE.

« Nos gouvernements modernes doivent incontestablement au
christianisme leur plus solide autorité, et leurs révolutions moins
fréquentes : il les a rendus eux-mêmes moins sanguinaires ; cela

se prouve par le fait, en les comparant aux gouvernements anciens. La religion, mieux connue, écartant le fanatisme, a donné plus de douceur aux mœurs chrétiennes. *Ce changement n'est point l'ouvrage des lettres ; car*, partout où elles ont brillé, l'humanité n'en a pas été plus respectée : les cruautés des Athéniens, des Égyptiens, des empereurs de Rome, des Chinois, en font foi. Que d'œuvres de miséricorde sont l'ouvrage de l'Évangile ! »

Pour nous, nous sommes convaincu que le christianisme sortira triomphant de l'épreuve terrible qui vient de le purifier ; ce qui nous le persuade, c'est qu'il soutient parfaitement l'examen de la raison, et que, plus on le sonde, plus on y trouve de profondeur. Ses mystères expliquent l'homme et la nature ; ses œuvres appuient ses préceptes : sa charité, sous mille formes, a remplacé la cruauté des anciens ; il n'a rien perdu des pompes antiques, et son culte satisfait davantage le cœur et la pensée ; nous lui devons tout, lettres, sciences, agriculture, beaux-arts ; il joint la morale à la religion, et l'homme à Dieu : Jésus-Christ, sauveur de l'homme moral, l'est encore de l'homme physique ; il est arrivé comme un grand événement heureux pour contre-balancer le déluge des barbares et la corruption générale des mœurs. Quand on nierait même au christianisme ses preuves surnaturelles, il resterait encore dans la sublimité de sa morale, dans l'immensité de ses bienfaits, dans la beauté de ses pompes, de quoi prouver suffisamment qu'il est le culte le plus divin et le plus pur que jamais les hommes aient pratiqué.

« A ceux qui ont de la répugnance pour la religion, dit Pascal, il faut commencer par leur montrer qu'elle n'est point contraire à la raison ; ensuite, qu'elle est vénérable, et en donner respect ; après, la rendre aimable, et faire souhaiter qu'elle fût vraie ; et puis montrer par des preuves incontestables qu'elle est vraie ; faire voir son antiquité et sa sainteté par sa grandeur et son élévation. »

Telle est la route que ce grand homme a tracée, et que nous avons essayé de suivre. Nous n'avons pas employé les arguments ordinaires des apologistes du christianisme, mais un autre enchaînement de preuves nous amène toutefois à la même conclusion : elle sera le résultat de cet ouvrage :

Le christianisme est parfait : les hommes sont imparfaits.

Or, une conséquence parfaite ne peut sortir d'un principe imparfait.

Le christianisme n'est donc pas venu des hommes.

S'il n'est pas venu des hommes, il ne peut être venu que de Dieu.

S'il est venu de Dieu, les hommes n'ont pu le connaître que par révélation.

Donc le christianisme est une religion révélée.

FIN DE LA QUATRIEME ET DERNIERE PARTIE.

DÉFENSE

DU

GÉNIE DU CHRISTIANISME,

PAR L'AUTEUR[1].

————❦————

Il n'y a peut-être qu'une réponse noble pour un auteur attaqué, le silence : c'est le plus sûr moyen de s'honorer dans l'opinion publique.

Si un livre est bon, la critique tombe; s'il est mauvais, l'apologie ne le justifie pas.

Convaincu de ces vérités, l'auteur du *Génie du Christianisme* s'était promis de ne jamais répondre aux critiques : jusqu'à présent il avait tenu sa résolution.

Il a supporté sans orgueil et sans découragement les éloges et les insultes : les premiers sont souvent prodigués à la médiocrité, les secondes au mérite.

Il a vu avec indifférence certains critiques passer de l'injure à la calomnie, soit qu'ils aient pris le silence de l'auteur pour du mépris, soit qu'ils n'aient pu lui pardonner l'offense qu'ils lui avaient faite en vain.

Les honnêtes gens vont donc demander pourquoi l'auteur rompt le silence, pourquoi il s'écarte de la règle qu'il s'était prescrite?

Parce qu'il est visible que, sous prétexte d'attaquer l'auteur, on veut maintenant anéantir le peu de bien qu'a pu faire l'ouvrage.

---

[1] On sent bien que les critiques dont il est question dans la *Défense* ne sont pas ceux qui ont mis de la décence ou de la bonne foi dans leurs censures; à ceux-là je ne dois que des remercîments.

Parce que ce n'est ni sa personne, ni ses talents vrais ou supposés, que l'auteur va défendre, mais le livre lui-même; et ce livre, il ne le défendra pas comme ouvrage *littéraire*, mais comme ouvrage *religieux*.

Le *Génie du Christianisme* a été reçu du public avec quelque indulgence. A ce symptôme d'un changement dans l'opinion, l'esprit de sophisme s'est alarmé; il a cru voir s'approcher le terme de sa trop longue faveur. Il a eu recours à toutes les armes; il a pris tous les déguisements, jusqu'à se couvrir du manteau de la religion pour frapper un livre écrit en faveur de cette religion même.

Il n'est donc plus permis à l'auteur de se taire. Le même esprit qui lui a inspiré son livre le force aujourd'hui à le défendre. Il est assez clair que les critiques dont il est question dans cette défense n'ont pas été de bonne foi dans leur censure: ils ont feint de se méprendre sur le but de l'ouvrage; ils ont crié à la profanation; ils se sont donné garde de voir que l'auteur ne parlait de la grandeur, de la beauté, de la poésie même du christianisme, que parce qu'on ne parlait, depuis cinquante ans, que de la petitesse, du ridicule et de la barbarie de cette religion. Quand il aura développé les raisons qui lui ont fait entreprendre son ouvrage, quand il aura désigné l'espèce de lecteurs à qui cet ouvrage est particulièrement adressé, il espère qu'on cessera de méconnaître ses intentions et l'objet de son travail. L'auteur ne croit pas pouvoir donner une plus grande preuve de son dévouement à la cause qu'il a défendue, qu'en répondant aujourd'hui à des critiques, malgré la répugnance qu'il s'est toujours sentie pour ces controverses.

Il va considérer le *sujet,* le *plan* et les *détails* du *Génie du Christianisme.*

SUJET DE L'OUVRAGE.

On a d'abord demandé si l'auteur avait le droit de faire cet ouvrage.

Cette question est sérieuse ou dérisoire. Si elle est sérieuse, le critique ne se montre pas fort instruit de son sujet.

Qui ne sait que, dans les temps difficiles, tout chrétien est prêtre et confesseur de Jésus-Christ [1]? La plupart des apologies de la religion chrétienne ont été écrites par des laïques. Aristide, saint Justin, Minucius Félix, Arnobe et Lactance étaient-ils prêtres? Il est probable que saint Prosper ne fut jamais engagé dans l'état ecclésiastique; cependant il défendit la foi contre les erreurs des semi-pélagiens : l'Église cite tous les jours ses ouvrages à l'appui de sa doctrine. Quand Nestorius débita son hérésie, il fut combattu par Eusèbe, depuis évêque de Dorylée, mais qui n'était alors qu'un simple avocat. Origène n'avait point encore reçu les ordres lorsqu'il expliqua l'Écriture dans la Palestine, à la sollicitation même des prélats de cette province. Démétrius, évêque d'Alexandrie, qui était jaloux d'Origène, se plaignit de ces discours comme d'une nouveauté. Alexandre, évêque de Jérusalem, et Théoctiste de Césarée, répondirent « que c'était une coutume ancienne et générale dans l'Église, de voir des évêques se servir indifféremment de ceux qui avaient de la piété, et quelque talent pour la parole. » Tous les siècles offrent les mêmes exemples. Quand Pascal entreprit sa sublime apologie du christianisme; quand la Bruyère écrivit si éloquemment contre les *esprits forts*; quand Leibnitz défendit les principaux dogmes de la foi; quand Newton donna son explication d'un livre saint; quand Montesquieu fit ses beaux chapitres de l'*Esprit des lois* en faveur du culte évangélique, a-t-on demandé s'ils étaient prêtres? Des poëtes même ont mêlé leur voix à la voix de ces puissants apologistes, et le fils de Racine a défendu en vers harmonieux la religion qui avait inspiré *Athalie* à son père.

Mais si jamais de simples laïques ont dû prendre en main cette cause sacrée, c'est sans doute dans l'espèce d'apologie que l'auteur du *Génie du Christianisme* a embrassée; genre de défense que

[1] S. Hiéron., *Dial. c. Lucif.*

commandait impérieusement le genre d'attaque, et qui (vu l'esprit
des temps) était peut-être le seul dont on pût se promettre quelques
succès. En effet, une pareille apologie ne devait être entreprise que
par un laïque. Un ecclésiastique n'aurait pu, sans blesser toutes les
convenances, considérer la religion dans ses rapports purement humains, et lire, pour les réfuter, tant de satyres calomnieuses, de
libelles impies et de romans obscènes.

Disons la vérité : les critiques qui ont fait cette objection en connaissaient bien la frivolité; mais ils espéraient s'opposer, par cette
voie détournée, aux bons effets qui pouvaient résulter du livre. Ils
voulaient faire naître des doutes sur la compétence de l'auteur,
afin de diviser l'opinion, et d'effrayer des personnes simples qui
peuvent se laisser tromper à l'apparente bonne foi d'une critique.
Que les consciences timorées se rassurent, ou plutôt qu'elles exa-
minent bien, avant de s'alarmer, si ces censeurs scrupuleux qui
accusent l'auteur de *porter la main à l'encensoir*, qui montrent une
si grande tendresse, de si vives inquiétudes pour la religion, ne
seraient point des hommes connus par leur mépris ou leur indifférence pour elle. Quelle dérision ! *Tales sunt hominum mentes.*

La seconde objection que l'on fait au *Génie du Christianisme* a
le même but que la première; mais elle est plus dangereuse, parce
qu'elle tend à confondre toutes les idées, à obscurcir une chose fort
claire, et surtout à faire prendre le change au lecteur sur le véritable objet du livre.

Les mêmes critiques, toujours zélés pour la prospérité de la religion, disent :

« On ne doit pas parler de la religion sur les rapports purement
humains, ni considérer ses beautés littéraires et poétiques. C'est
nuire à la religion même, c'est en ravaler la dignité, c'est toucher
au voile du sanctuaire, c'est profaner l'arche sainte, etc., etc.
Pourquoi l'auteur ne s'est-il pas contenté d'employer les raisonnements de la théologie? Pourquoi ne s'est-il pas servi de cette logique
sévère qui ne met que des idées saines dans la tête des enfants,

confirme dans la foi le chrétien, édifie le prêtre et satisfait le docteur? »

Cette objection est, pour ainsi dire, la seule que fassent les critiques : elle est la base de toutes leurs censures, soit qu'ils parlent du *sujet*, du *plan* ou des *détails* de l'ouvrage. Ils ne veulent jamais entrer dans l'esprit de l'auteur, en sorte qu'il peut leur dire: « On croirait que le critique a juré de n'être jamais au fait de l'état de la question, et de n'entendre pas un seul des passages qu'il attaque[1]. »

Toute la force de l'argument, quant à la *dernière partie* de l'objection; se réduit à ceci :

« L'auteur a voulu considérer le christianisme dans ses relations avec la poésie, les beaux-arts, l'éloquence, la littérature ; il a voulu montrer en outre tout ce que les hommes doivent à cette religion sous les rapports moraux, civils et politiques. Avec un tel projet, il n'a pas fait un livre de théologie ; il n'a pas défendu ce qu'il ne voulait pas défendre ; il ne s'est pas adressé à des lecteurs auxquels il ne voulait pas s'adresser : donc il est coupable d'*avoir fait* précisément ce qu'il *voulait faire*. »

Mais, en supposant que l'auteur ait atteint *son but*, devait-il chercher *ce but*?

Ceci ramène la *première partie* de l'objection, tant de fois répétée, qu'*il ne faut pas envisager la religion sous le rapport de ses simples beautés humaines, morales, poétiques; c'est en ravaler la dignité*, etc., etc.

L'auteur va tâcher d'éclaircir ce point principal de la question dans les paragraphes suivants.

1. D'abord l'auteur n'*attaque* pas, il *défend* ; il n'a pas *cherché* le but, le but lui a été offert : ceci change d'un seul coup l'état de la question et fait tomber la critique. L'auteur ne vient pas vanter de propos délibéré une religion chérie, admirée et respectée

---

[1] Montesquieu, *Défense de l'Esprit des Lois*.

de tous, mais une religion haïe, méprisée et couverte de ridicule
par les sophistes. Il n'y a pas de doute que le *Génie du Christianisme* eût été un ouvrage fort déplacé au siècle de Louis XIV; et
le critique, qui observe que Massillon n'eût pas publié une pareille
apologie, a dit une grande vérité. Certes, l'auteur n'aurait jamais
songé à écrire son livre s'il n'eût existé des poëmes, des romans,
des livres de toutes les sortes, où le christianisme est exposé à la
dérision des lecteurs. Mais puisque ces poëmes, ces romans existent, il est nécessaire d'arracher la religion aux sarcasmes de l'impiété; mais puisqu'on a dit et écrit de toutes parts que le christianisme est *barbare, ridicule, ennemi des arts et du génie*, il est
essentiel de prouver qu'il n'est ni barbare, ni ridicule, ni ennemi
des arts et du génie, et que ce qui semble petit, ignoble, de mauvais goût, sans charme et sans tendresse sous la plume du scandale,
peut être grand, noble, simple, dramatique et divin sous la plume
de l'homme religieux.

II. S'il n'est pas permis de défendre la religion sous le rapport
de sa beauté, pour ainsi dire humaine; si l'on ne doit pas faire ses
efforts pour empêcher le ridicule de s'attacher à ces institutions sublimes, il y aura donc toujours un côté de cette religion qui restera
à découvert? Là, tous les coups seront portés; là, vous serez surpris sans défense; vous périrez par là. N'est-ce pas ce qui a déjà
pensé vous arriver? N'est-ce pas avec des grotesques et des plaisan-
teries que Voltaire est parvenu à ébranler les bases mêmes de la
foi? Répondrez-vous par de la théologie et des syllogismes à des
contes licencieux et à des folies? Des argumentations en forme em-
pêcheront-elles un monde frivole d'être séduit par des vers piquants,
ou écarté des autels par la crainte du ridicule? Ignorez-vous que
chez la nation française un bon mot, une impiété d'un tour agréable, *felix culpa*, ont plus de pouvoir que des volumes de raisonnement et de métaphysique? Persuadez à la jeunesse qu'un honnête
homme peut être chrétien sans être un sot; ôtez-lui de l'esprit qu'il
n'y a que des capucins et des imbéciles qui puissent croire à la re-

ligion, votre cause sera bientôt gagnée : il sera temps alors, pour
acheter la victoire, de vous présenter avec des raisons théologiques ;
mais commencez par vous faire lire. Ce dont vous avez besoin
d'abord, c'est d'un ouvrage religieux qui soit pour ainsi dire populaire. Vous voudriez conduire votre malade d'un seul trait au haut
d'une montagne escarpée, et il peut à peine marcher ! Montrez-lui
donc à chaque pas des objets variés et agréables ; permettez-lui de
s'arrêter pour cueillir les fleurs qui s'offriront sur sa route, et, de
repos en repos, il arrivera au sommet.

III. L'auteur n'a pas écrit seulement son apologie pour les *écoliers*, pour les *chrétiens*, pour les *prêtres*, pour les *docteurs*[1] : il l'a
écrite surtout pour les *gens de lettres* et pour le *monde*; c'est ce
qui a été dit plus haut, c'est ce qui est impliqué dans les deux derniers paragraphes. Si l'on ne part point de cette base, que l'on
feigne toujours de méconnaître la classe de lecteurs à qui le *Génie
du Christianisme* est particulièrement adressé, il est assez clair
qu'on ne doit rien comprendre à l'ouvrage. Cet ouvrage a été fait
pour être lu de l'homme de lettres le plus incrédule, du jeune homme
le plus léger, avec la même facilité que le premier feuillette un livre impie, le second un roman dangereux. Vous voulez donc,
s'écrient ces rigoristes si bien intentionnés pour la religion chrétienne, vous voulez donc faire de la religion une chose de mode?
Hé ! plût à Dieu qu'elle fût à la mode, cette divine religion, dans ce
sens que la mode est l'opinion du monde ! Cela favoriserait peut-
être, il est vrai, quelques hypocrisies particulières ; mais il est certain, d'une autre part, que la morale publique y gagnerait. Le
riche ne mettrait plus son amour-propre à corrompre le pauvre, le
maître à pervertir le domestique, le père à donner des leçons d'a-
théisme à ses enfants : la pratique du culte mènerait à la croyance

---

[1] Et pourtant ce ne sont ni les vrais chrétiens, ni les docteurs de Sorbonne,
mais les *philosophes* (comme nous l'avons déjà dit), qui se montrent si *scrupuleux* sur l'ouvrage ; c'est ce qu'il ne faut pas oublier.

(Note de l'Auteur.)

du dogme, et l'on verrait renaître avec la piété, le siècle des mœurs
et des vertus.

IV. Voltaire, en attaquant le christianisme, connaissait trop
bien les hommes pour ne pas chercher à s'emparer de cette opinion
qu'on appelle *l'opinion du monde ;* aussi employa-t-il tous ses talents à faire une espèce de *bon ton* de l'impiété. Il y réussit en rendant la religion ridicule aux yeux des gens frivoles. C'est ce ridicule que l'auteur du *Génie du Christianisme* a cherché à effacer ;
c'est le but de tout son travail, le but qu'il ne faut jamais perdre
de vue, si l'on veut juger son ouvrage avec impartialité. Mais l'auteur l'a-t-il effacé, ce ridicule? Ce n'est pas là la question. Il faut
demander : A-t-il fait tous ses efforts pour l'effacer? Sachez-lui gré
de ce qu'il a entrepris, non de ce qu'il a exécuté. *Permitte divis
cætera.* Il ne défend rien de son livre, hors l'idée qui en fait la base.
Considérer le christianisme dans ses rapports avec les sociétés humaines : montrer quel changement il a apporté dans la raison et les
passions de l'homme, comment il a civilisé les peuples gothiques,
comment il a modifié le génie des arts et des lettres, comment il a
dirigé l'esprit et les mœurs des nations modernes; en un mot, découvrir tout ce que cette religion a de merveilleux dans ses relations
poétiques, morales, politiques, historiques, etc., cela semblera
toujours à l'auteur un des plus beaux sujets d'ouvrage que l'on
puisse imaginer. Quant à la manière dont il a exécuté son ouvrage,
il l'abandonne à la critique.

V. Mais ce n'est pas ici le lieu d'affecter une modestie, toujours
suspecte chez les auteurs modernes, qui ne trompe personne. La
cause est trop grande, l'intérêt trop pressant, pour ne pas s'élever
au-dessus de toutes les considérations de convenance et de respect
humain. Or, si l'auteur compte le nombre des suffrages et l'autorité de ces suffrages, il ne peut se persuader qu'il ait tout-à-fait
manqué le but de son livre. Qu'on prenne un tableau impie, qu'on
le place auprès d'un tableau religieux composé sur le même sujet,
et tiré du *Génie du Christianisme*, on ose avancer que ce dernier

tableau, tout imparfait qu'il puisse être, affaiblira le dangereux effet du premier : tant a de force la simple vérité rapprochée du plus brillant mensonge! Voltaire, par exemple, s'est souvent moqué des religieux, eh bien! mettez auprès de ses burlesques peintures le morceau des Missions, celui où l'on peint les ordres des hospitaliers secourant le voyageur dans les déserts; le chapitre où l'on voit des moines se consacrant aux hôpitaux, assistant les pestiférés dans les bagnes, ou accompagnant le criminel à l'échafaud : quelle ironie ne sera pas désarmée, quel sourire ne se convertira pas en larmes? Repondez aux reproches d'ignorance que l'on fait au culte des chrétiens, par les travaux immenses de ces religieux qui ont sauvé les manuscrits de l'antiquité ; répondez aux accusations de mauvais goût et de barbarie par les ouvrages de Bossuet et de Fénelon; opposez aux caricatures des saints et des anges les effets sublimes du christianisme dans la Partie dramatique de la poésie, dans l'éloquence et les beaux-arts, et dites si l'impression du ridicule pourra longtemps subsister. Quand l'auteur n'aurait fait que mettre à l'aise l'amour-propre des gens du monde, quand il n'aurait eu que le succès de dérouler, sous les yeux d'un siècle incrédule, une série de tableaux religieux, sans dégoûter ce siècle, il croirait encore n'avoir pas été inutile à la cause de la religion.

VI. Pressés par cette vérité, qu'ils ont trop d'esprit pour ne pas sentir, et qui fait peut-être le motif secret de leurs alarmes, les critiques ont recours à un autre subterfuge; ils disent : Eh ! qui vous nie que le christianisme, comme tout autre religion, n'ait des beautés poétiques et morales; que ses cérémonies ne soient pompeuses, etc.? » Qui le nie? Vous, vous-mêmes, qui naguère encore faisiez des choses saintes l'objet de vos moqueries ; vous qui, ne pouvant plus vous refuser à l'évidence des preuves, n'avez d'autre ressource que de dire que personne n'attaque ce que l'auteur défend. Vous avouez maintenant qu'il y a des choses excellentes dans les institutions monastiques; vous vous attendrissez sur les moines du

Saint-Bernard, sur les missionaires du Paraguay, sur les filles de la
Charité; vous confessez que les idées religieuses sont nécessaires
aux effets dramatiques; que la morale de l'Évangile, en opposant
une barrière aux passions, en a tout à la fois épuré la flamme et redoublé l'énergie; vous reconnaissez que le christianisme a sauvé
les lettres et les arts de l'inondation des barbares; que lui seul vous
a transmis la langue et les écrits de Rome et de la Grèce; qu'il a
fondé vos colléges, bâti ou embelli vos cités, modéré le despotisme
de vos gouvernements, rédigé vos lois civiles, adouci vos lois criminelles, policé et même défriché l'Europe moderne : conveniez-
vous de tout cela avant la publication d'un ouvrage très-imparfait
sans doute, mais qui pourtant a rassemblé sous un seul point de
vue ces importantes vérités?

VII. On a déjà fait remarquer la tendre sollicitude des critiques
pour la pureté de la religion : on devait donc s'attendre qu'ils se
formaliseraient des deux épisodes que l'auteur a introduits dans son
livre. Cette délicatesse des critiques rentre dans la grande objection
qu'ils ont fait valoir contre tout l'ouvrage, et elle se détruit par la
réponse générale que l'on vient de faire à cette objection. Encore
une fois, l'auteur a dû combattre des poëmes et des romans impies,
avec des poëmes et des romans pieux; il s'est couvert des mêmes armes dont il voyait l'ennemi revêtu : c'était une conséquence naturelle et nécessaire du genre d'apologie qu'il avait choisi. Il a cherché à donner l'exemple avec le précepte : dans la partie théorique
de son ouvrage, il avait dit que la religion embellit notre existence,
corrige les passions sans les éteindre, jette un intérêt singulier sur
tous les sujets où elle est employée; il avait dit que sa doctrine et
son culte se mêlent merveilleusement aux émotions du cœur et aux
scène de la nature, qu'elle est enfin la seule ressource dans les
grands malheurs de la vie : il ne suffisait pas d'avancer tout cela, il
fallait encore le prouver. C'est ce que l'auteur a essayé de faire
dans les deux épisodes de son livre. Ces épisodes étaient, en outre,
une amorce préparée à l'espèce de lecteurs pour qui l'ouvrage est

spécialement écrit. L'auteur avait-il donc si mal connu le cœur humain, lorsqu'il a tendu ce piége innocent aux incrédules? Et n'est-il pas probable que tel lecteur n'eût jamais ouvert le *Génie du Chris-*
tianisme, s'il n'y avait cherché *René* et *Atala*[1]?

> Sa che là corre il mondo, ove più versi
> Delle sue dolcezze il lusinghier Parnaso,
> E che 'l vero, condito in molli versi,
> I più schivi allettando, ha persuaso.

VIII. Tout ce qu'un critique impartial, qui veut entrer dans l'esprit de l'ouvrage, était en droit d'exiger de l'auteur, c'est que les épisodes de cet ouvrage eussent une tendance visible à faire aimer la religion et à en démontrer l'utilité. Or, la nécessité des cloîtres pour certains malheurs de la vie, et ceux-là même qui sont les plus grands; la puissance d'une religion qui peut seule fermer des plaies que tous les baumes de la terre ne sauraient guérir, ne sont-elles pas invinciblement prouvées dans l'histoire de René? L'auteur y combat, en outre, le travers particulier des jeunes gens du siècle, le travers qui mène directement au suicide. C'est J.-J. Rousseau qui introduisit le premier parmi nous ces rêveries si désastreuses et si coupables. En s'isolant des hommes, en s'abandonnant à ses songes, il a fait croire à une foule de jeunes gens qu'il est beau de se jeter ainsi dans le *vague* de la vie. Le roman de *Werther* a développé depuis ce genre de poison. L'auteur du *Génie du Christia-*
nisme, obligé de faire entrer dans le cadre de son apologie quelques tableaux pour l'imagination, a voulu dénoncer cette espèce de vice nouveau, et peindre les funestes conséquences de l'amour outré de la solitude. Les couvents offraient autrefois des retraites à ces âmes contemplatives que la nature appelle impérieusement aux méditations. Elles y trouvaient auprès de Dieu de quoi remplir le vide qu'elles sentent en elles-mêmes, et souvent l'occasion d'exercer de

---

[1] Voyez, dans la partie nouvelle *du Génie du Christianisme*, pag. 2, ce qui a déterminé l'auteur à placer ces épisodes dans un volume à part.

rares et sublimes vertus. Mais, depuis la destruction des monastères et les progrès de l'incrédulité, on doit s'attendre à voir se multiplier au milieu de la société (comme il est arrivé en Angleterre) des espèces de solitaires tout à la fois passionnés et philosophes, qui, ne pouvant ni renoncer aux vices du siècle, ni aimer ce siècle, prendront la haine des hommes pour de l'élévation de génie, renonceront à tout devoir divin et humain, se nourriront à l'écart des plus vaines chimères, et se plongeront de plus en plus dans une misanthropie orgueilleuse qui les conduira à la folie ou à la mort.

Afin d'inspirer plus d'éloignement pour ces rêveries criminelles, l'auteur a pensé qu'il devait prendre la punition de René dans le cercle de ces malheurs épouvantables qui appartiennent moins à l'individu qu'à la famille de l'homme, et que les anciens attribuaient à la fatalité. L'auteur eût choisi le sujet de Phèdre, s'il n'eût été traité par Racine : il ne restait que celui d'Érope et de Thyeste[1] chez les Grecs, ou d'Ammon et de Thamar chez les Hébreux[2]; et bien que ce sujet ait été transporté sur notre scène[3], il est toutefois moins connu que le premier. Peut-être aussi s'applique-t-il mieux au caractère que l'auteur a voulu peindre. En effet, les folles rêveries de René commencent le mal, et ses extravagances l'achèvent : par les premières, il égare l'imagination d'une faible femme ; par les dernières, en voulant attenter à ses jours, il oblige cette infortunée à se réunir à lui : ainsi le malheur naît du sujet, et la punition sort de la faute.

Il ne restait qu'à sanctifier, par le christianisme, cette catastrophe empruntée à la fois de l'antiquité païenne et de l'antiquité sacrée. L'auteur, même alors, n'eut pas tout à faire, car il trouva cette histoire presque naturalisée chrétienne dans une vieille ballade

---

[1] Sen., in Atr. et Th. Voyez aussi Canacé et Macaréus, et Caune et Byblis, dans les Métamorphoses et dans les Héroïdes d'Ovide.

[2] Reg. 13, 14.

[3] Dans l'Abufar de Ducis.

de pèlerin, que les paysans chantent encore dans plusieurs provinces[1]. Ce n'est pas par les maximes répandues dans un ouvrage,
mais par l'impression que cet ouvrage laisse au fond de l'âme, que
l'on doit juger de sa moralité. Or, la sorte d'épouvante et de mystère qui règne dans l'épisode de *René* serre et contriste le cœur,
sans y exciter d'émotion criminelle. Il ne faut pas perdre de vue
qu'Amélie meurt heureuse et guérie, et que René finit misérablement. Ainsi le vrai coupable est puni, tandis que sa trop faible
victime, remettant son âme blessée entre les mains de *celui qui re-*
tourne le malade sur sa couche, sent renaître une joie ineffable du
fond même des tristesses de son cœur. Au reste, le discours du père
Souël ne laisse aucun doute sur le but et les moralités religieuses de
l'histoire de *René*.

IX. A l'égard d'*Atala*, on en a tant fait de commentaires, qu'il
serait superflu de s'y arrêter. On se contentera d'observer que les
critiques qui ont jugé le plus sévèrement cette histoire, ont reconnu
toutefois qu'elle *faisait aimer la religion chrétienne;* et cela suffit à
l'auteur. En vain s'appesantirait-on sur quelques tableaux ; il n'est
pas moins vrai que le public a vu sans trop de peine le vieux
missionnaire, tout prêtre qu'il est, et qu'il a aimé dans cet épisode
indien la description des cérémonies de notre culte. C'est *Atala* qui
a annoncé, et qui peut-être a fait lire le *Génie du Christianisme;*
cette Sauvage a réveillé dans un certain monde les idées chrétiennes, et rapporté pour ce monde la religion du père Aubry, des déserts où elle était exilée.

X. Au reste, cette idée d'appeler l'imagination au secours des
principes religieux n'est pas nouvelle. N'avons-nous pas eu de nos
jours *le Comte de Valmont, ou les Égarements de la raison?* Le
père Marin, minime, n'a-t-il pas cherché à introduire les vérités
chrétiennes dans les cœurs incrédules, en les faisant entrer dégui-

---

[1]   C'est le chevalier des Landes,
     Malheureux chevalier, etc.

sés sous les voiles de la fiction[1] ? Plus anciennement encore, Pierre
Camus, évêque de Belley, prélat connu par l'austérité de ses
mœurs, écrivit une foule de romans pieux[2] pour combattre l'influence des romans de d'Urfé. Il y a bien plus : ce fut S. François de Sales lui-même qui lui conseilla d'entreprendre ce genre
d'apologie, par pitié pour les gens du monde, et pour les rappeler à la religion, en la leur présentant sous des ornements
qu'ils connaissaient. Ainsi Paul *se rendait faible avec les faibles, pour gagner les faibles*[3]. Ceux qui condamnent l'auteur
voudraient donc qu'il eût été plus scrupuleux que l'auteur du
Comte de Valmont, que le père Marin, que Pierre Camus, que saint
François de Sales, qu'Héliodore[4], évêque de Tricca, qu'Amyot[5],
grand aumônier de France, ou qu'un autre prélat fameux, qui,
pour donner des leçons de vertu à un prince, et à un prince *chrétien*, n'a pas craint de représenter le trouble des passions avec
autant de vérité que d'énergie ? Il est vrai que les Faidyt et les Gueu-
deville reprochèrent aussi à Fénelon la peinture des amours d'*Eu-
charis;* mais leurs critiques sont aujourd'hui oubliées : le *Télémaque* est devenu un livre classique entre les mains de la jeunesse;
personne ne songe plus à faire un crime à l'archevêque de Cambrai
d'avoir voulu guérir les passions par le tableau du désordre des
passions; pas plus qu'on ne reproche à saint Augustin et à saint
Jérôme d'avoir peint si vivement leurs propres faiblesses et les
charmes de l'amour.

XI. Mais ces censeurs qui savent tout sans doute, puisqu'ils ju-

---

[1] Nous avons de lui dix romans pieux fort répandus; *Adélaïde de Witzbury*,
ou *la pieuse Pensionnaire; Virginie, ou la Vierge chrétienne : le baron de
Van-Hesden, ou la République des incrédules; Farfalla, ou la Comédienne
convertie,* etc.

[2] *Dorothée, Alcine, Daphnide, Hyacinthe,* etc.

[3] I. Cor., IX, 22.

[4] Auteur de *Théagène et Chariclée.* On sait que l'histoire ridicule, rapportée
par Nicéphore au sujet de ce roman, est dénuée de toute vérité. Socrate, Pho-
tius, et les autres auteurs, ne disent pas un mot de la prétendue déposition
de l'évêque de Tricca.

[5] Traducteur de *Théagène et Chariclée*, et de *Daphnis et Chloé.*

gent l'auteur de si haut, ont-ils réellement cru que cette manière de
défendre la religion, en la rendant douce et touchante pour le
cœur, en la parant même des charmes de la poésie, fût une chose
si inouïe, si extraordinaire? « Qui oserait dire, s'écrie saint Augustin, que la vérité doit demeurer désarmée contre le mensonge,
et qu'il sera permis aux ennemis de la foi d'effrayer les fidèles par
des paroles fortes, et de les réjouir par des rencontres d'esprit
agréables, mais que les catholiques ne doivent écrire qu'avec une
froideur de style qui endorme les lecteurs?» C'est un sévère
disciple de Port-Royal qui traduit ce passage de saint Augustin;
c'est Pascal lui-même; et il ajoute, à l'endroit cité[1], « qu'il y a
deux choses dans les vérités de notre religion : une beauté
divine qui les rend *aimables*, et une sainte majesté qui les
rend *vénérables*. » Pour démontrer que les preuves rigoureuses
ne sont pas toujours celles qu'on doit employer en matière de religion, il dit ailleurs (dans ses *Pensées*) *que le cœur a ses raisons,
que la raison ne connaît point*[2]. Le grand Arnauld, chef de cette
école austère du christianisme, combat à son tour[3] l'académicien
du Bois, qui prétendait aussi qu'on ne doit pas faire servir l'éloquence humaine à prouver les vérités de la religion. Ramsai, dans
sa *Vie de Fénelon*, parlant du *Traité de l'Existence de Dieu* par
cet illustre prélat, observe « que M. de Cambrai savait que la plaie
de la plupart de ceux qui doutent vient, non de leur esprit, mais
de leur cœur, et qu'*il faut donc répandre partout des sentiments
pour toucher, pour intéresser, pour saisir le cœur*[4]. » Raymond de
Sebonde a laissé un ouvrage écrit à-peu-près dans les mêmes vues
que le *Génie du Christianisme*; Montaigne a pris la défense de cet
auteur contre ceux qui avancent *que les chrétiens se font tort de
vouloir appuyer leur créance par des raisons humaines*[5]. « C'est là

---

[1] *Lettres Provinciales*, lettre XIᵉ, pag. 151-98.
[2] *Pensées de Pascal*, chap. XXVIII, pag. 179.
[3] Dans un petit traité intitulé : *Réflexions sur l'éloquence des Prédicateurs*.
[4] *Hist. de la Vie de Fénelon*, pag. 193.
[5] *Essais de* MONTAIGNE, tom. IV, liv. II, chap. XII, pag. 172.

foi seule, ajoute Montaigne, qui embrasse vivement et certainement
les hauts mystères de notre religion. Mais ce n'est pas à dire que
ce ne soit une très belle et très louable entreprise d'accommoder
encore au service de nostre foi les outils naturels et humains que
Dieu nous a donnez... Il n'est occupation ni desseins plus dignes
d'un homme chrestien que de viser par tous ses estudes et pense-
ments à embellir, estendre et amplifier la vérité de sa créance. [1] »

L'auteur ne finirait point s'il voulait citer tous les écrivains qui
ont été de son opinion sur la nécessité de rendre la religion aimable, et tous les livres où l'imagination, les beaux-arts et la poésie ont
été employés comme un moyen d'arriver à ce but. Un ordre tout
entier de religieux connus par leur piété, leur aménité et leur
science du monde, s'est occupé pendant plusieurs siècles de cette
unique idée. Ah ! sans doute aucun genre d'éloquence ne peut être
interdit à cette sagesse *qui ouvre la bouche des muets* [2], *et qui rend
diserte la langue des petits enfants.* Il nous reste une lettre de
saint Jérôme, où ce Père se justifie d'avoir employé l'érudition
païenne à la défense de la doctrine des chrétiens (23). Saint Ambroise eût-il donné saint Augustin à l'Église, s'il n'eût fait usage de
tous les charmes de l'élocution ? « Augustin, encore tout enchanté de l'éloquence profane, dit Rollin, ne cherchait dans les
prédications de saint Ambroise que les agréments du discours, et
non la solidité des choses ; mais il n'était pas en son pouvoir de
faire cette séparation. » Et n'est-ce pas sur les ailes de l'imagination que saint Augustin s'est élevé à son tour jusqu'à la *Cité de
Dieu?* Ce Père ne fait point de difficulté de dire qu'on doit ravir
aux païens leur éloquence, en leur laissant leurs mensonges, afin
de l'appliquer à la prédication de l'Évangile, comme Israël emporta
l'or des Égyptiens sans toucher à leurs idoles, pour embellir l'arche sainte [3]. C'était une vérité si unanimement reconnue des Pères,

[1] *Essais* de MONTAIGNE, tom. IV, liv. XII, pag. 174.
[2] *Sapientia aperuit os mutorum, et linguas infantium fecit disertas.*
[3] *De Doct. chr.,* lib. II. n° 7

qu'il est bon d'appeler l'imagination au secours des idées religieuses, que ces saints hommes ont été jusqu'à penser que Dieu s'était
servi de la poétique philosophie de Platon pour amener l'esprit
humain à la croyance des dogmes du christianisme.

XII. Mais il y a un fait historique qui prouve invinciblement la
méprise étrange où les critiques sont tombés lorsqu'ils ont cru
l'auteur coupable d'innovation dans la manière dont il a défendu
le christianisme. Lorsque Julien, entouré de ses sophistes, attaqua
la religion avec les armes de la plaisanterie, comme on l'a fait de
nos jours, quand il défendit aux *Galiléens* d'enseigner[1] et même
d'apprendre les belles-lettres; quand il dépouilla les autels du
Christ, dans l'espoir d'ébranler la fidélité des prêtres, ou de les réduire à l'avilissement de la pauvreté, plusieurs fidèles élevèrent la
voix pour repousser les sarcasmes de l'impiété, et pour défendre la
beauté de la religion chrétienne. Apollinaire le père, selon l'historien Socrate, mit en vers héroïques tous les livres de Moïse, et com-
posa des tragédies et des comédies sur les autres livres de l'Écriture. Apollinaire le fils écrivit des dialogues à l'imitation de Platon,
et il renferma dans ses dialogues la morale de l'Évangile et les
préceptes des apôtres (24). Enfin, ce père de l'Église, surnommé
par excellence *le théologien*, Grégoire de Nazianze, combattit aussi
les sophistes avec les armes du poète. Il fit une tragédie de la mort
de Jésus-Christ, que nous avons encore. Il mit en vers la morale,
les dogmes et les mystères mêmes de la religion chrétienne[3]. L'historien de sa vie affirme positivement que ce saint illustre ne se livra
à son talent poétique que pour défendre le christianisme contre la
dérision de l'impiété[4]; c'est aussi l'opinion du sage Fleury. « Saint
Grégoire, dit-il, voulait donner à ceux qui aiment la poésie et la

---

[1] Nous avons encore l'édit de Julien. JUL., p. 42. *Vid.* GREG. NAZ., or. III,
cap. IV : AMM., lib. XXII.
[3] L'abbé de Billy a recueilli cent quarante-sept poëmes de ce Père, à qui
saint Jérôme et Suidas attribuent plus de trente mille vers pieux.
Naz. Vit., pag. 12.

musique des sujets utiles pour se divertir, et ne pas laisser aux païens l'avantage de croire qu'ils fussent les seuls qui pussent réussir dans les belles-lettres (25). »

Cette espèce d'apologie poétique de la religion a été continuée, presque sans interruption, depuis Julien jusqu'à nos jours. Elle prit une nouvelle force à la renaissance des lettres: Sannazar écrivit son poëme *de partu Virginis* (26), et Vida son poëme de la Vie de Jésus-Christ (*Christiade*) [1]; Buchanan donna ses tragédies de *Jephté* et de *Saint Jean-Baptiste*. La *Jérusalem délivrée*, le *Paradis perdu*, *Polyeucte*, *Esther*, *Athalie*, sont devenus depuis de véritables apologies en faveur de la beauté de la religion. Enfin Bossuet, dans le second chapitre de sa préface intitulée *De grandiloquentia et suavitate Psalmorum;* Fleury, dans son traité *des Poésies sacrées;* Rollin, dans son chapitre de *l'Éloquence de l'Écriture;* Lowth, dans son excellent livre *De sacra pœsi Hebræorum;* tous se sont complu à faire admirer la grâce et la magnificence de la religion. Quel besoin d'ailleurs y a-t-il d'appuyer de tant d'exemples ce que le seul bon sens suffit pour enseigner? Dès lors que l'on a voulu rendre la religion ridicule, il est tout simple de montrer qu'elle est belle. Hé quoi! Dieu lui-même nous aurait fait annoncer son Église par des poëtes inspirés; il se serait servi, pour nous peindre les grâces de l'*Épouse*, des plus beaux accords de la harpe du roi prophète : et nous, nous ne pourrions dire les charmes de *celle qui vient du Liban* [2], *qui regarde les montagnes de Sanir et d'Hermon* [3], *qui se montra comme l'aurore* [4], *qui est belle comme la lune, et dont la taille est semblable à un palmier* [5]? La Jérusalem nouvelle que saint Jean vit s'élever du désert *était toute brillante de clarté*.

---

[1] Dont on a retenu ce vers sur le dernier soupir du Christ :

Supremamque auram, ponens caput, expiravit.

[2] *Veni de Libano, sponsa mea.* (Cant., cap. IV, pag. 8.)

[3] *De vertice Sanir et Hermon.* (Id., ibid.)

[4] *Quasi aurora consurgens, pulchra ut luna.* (Id., cap. VI, pag. 9.)

[5] *Statura tua assimilata est palmæ.* (Cant., cap. VII, pag. 7.)

Peuples de la terre, chantez !
Jérusalem renaît plus charmante et plus belle [1].

Oui, *chantons-la* sans crainte, cette religion sublime ; défendons-la contre la dérision, faisons valoir toutes ses beautés, comme au temps de Julien ; et puisque des siècles semblables ont ramené à nos autels des insultes pareilles, employons contre les modernes sophistes le même genre d'apologie que les Grégoires et les Apollinaires employaient contre les Maximes et les Libanius.

PLAN DE L'OUVRAGE.

L'auteur ne peut pas parler *d'après lui-même* du plan de son ouvrage, comme il a parlé du fond de son sujet ; car un plan est une chose de l'art, qui a ses lois, et pour lesquelles on est obligé de s'en rapporter à la décision des maîtres. Ainsi, en rappelant les critiques qui désapprouvent le plan de son livre, l'auteur sera forcé de compter aussi les voix qui lui sont favorables.

Or, s'il se fait une illusion sur son plan, et qu'il ne le croie pas tout-à-fait défectueux, ne doit-on pas excuser un peu en lui cette illusion, puisqu'elle semble être aussi le partage de quelques écrivains dont la supériorité en critique n'est contestée de personne ? Ces écrivains ont bien voulu donner leur approbation publique à l'ouvrage ; M. de la Harpe l'avait pareillement jugé avec indulgence. Une telle autorité est trop précieuse à l'auteur pour qu'il manque à s'en prévaloir, dût-il se faire accuser de vanité. Ce grand critique avait donc repris pour le *Génie du Christianisme* le projet qu'il avait eu longtemps pour *Atala* [2] ; il voulait composer la *Dé-*

---

[1] *Athalie.*

[2] Je connaissais à peine M. de la Harpe dans ce temps-là : mais ayant entendu parler de son dessein, je le fis prier par ses amis de ne point répondre à la critique de M. l'abbé Morellet. Toute glorieuse qu'eût été pour moi une défense d'*Atala* par M. de la Harpe, je crus avec raison que j'étais trop peu de chose pour exciter une controverse entre deux écrivains célèbres.

fense que l'auteur est réduit à composer lui-même aujourd'hui : celui-ci eût été sûr de triompher, s'il eût été secondé par un homme aussi habile; mais la providence a voulu le priver de ce puissant secours et de ce glorieux suffrage.

Si l'auteur passe des critiques qui semblent l'approuver aux critiques qui le condamnent, il a beau lire et relire leurs censures, il n'y trouve rien qui puisse l'éclairer : il n'y voit rien de précis, rien de déterminé; ce sont partout des expressions vagues ou ironiques. Mais, au lieu de juger l'auteur si superbement, les critiques ne devraient-ils pas avoir pitié de sa faiblesse, lui montrer les vices de son plan, lui enseigner les remèdes? « Ce qui résulte de tant de critiques amères, dit M. de Montesquieu dans sa *Défense*, c'est que l'auteur n'a point fait son ouvrage suivant le plan et les vues de ses critiques, et que si ses critiques avaient fait un ouvrage sur le même sujet, ils y auraient mis un grand nombre de choses qu'ils savent[1] ».

Puisque ces critiques refusent (sans doute parce que cela n'en vaut pas la peine) de montrer l'inconvénient attaché au plan ou plutôt au sujet du *Génie du Christianisme*, l'auteur va lui-même essayer de le découvrir.

Quand on veut considérer la religion chrétienne ou le génie du christianisme sous toutes ses faces, on s'aperçoit que ce sujet offre deux parties très-distinctes :

1° Le christianisme proprement dit, à savoir ses dogmes, sa doctrine et son culte; et sous ce dernier rapport se rangent aussi ses bienfaits et ses institutions morales et politiques;

2° La poétique du christianisme, ou l'influence de cette religion sur la poésie, les beaux-arts, l'éloquence, l'histoire, la philosophie, la littérature en général; ce qui mène aussi à considérer les changements que le christianisme a apportés dans les passions de l'homme et dans le développement de l'esprit humain.

---

[1] *Défense de l'Esprit des Lois.*

L'inconvénient du sujet est donc le *manque d'unité*, et cet inconvénient est inévitable. En vain pour le faire disparaître l'auteur a
essayé d'autres combinaisons de chapitres et de parties dans les
deux éditions qu'il a supprimées. Après s'être obstiné longtemps à
chercher le plan le plus régulier, il lui a paru en dernier résultat
qu'il s'agissait bien moins, pour le but qu'il se proposait, de faire
un ouvrage extrêmement méthodique, que de porter un grand coup
au cœur et de frapper vivement l'imagination. Ainsi, au lieu de
s'attacher à l'ordre des sujets, comme il l'avait fait d'abord, il a
préféré l'ordre des preuves. Les preuves de sentiment sont renfermées dans le premier volume, où l'on traite du charme et de la
grandeur des mystères, de l'existence de Dieu, etc.; les preuves
pour l'esprit et l'imagination remplissent le second et le troisième
volume, consacrés à la *poétique*; enfin, ces mêmes preuves pour le
cœur, l'esprit et l'imagination, réunies aux preuves pour la raison,
c'est-à-dire aux preuves de fait, occupent le quatrième volume, et
terminent l'ouvrage. Cette gradation de preuves semblait promettre
d'établir une progression d'intérêt dans le *Génie du Christianisme*;
il paraît que le jugement du public a confirmé cette espérance de
l'auteur. Or, si l'intérêt va croissant de volume en volume, le plan
du livre ne saurait être tout-à-fait vicieux.

Qu'il soit permis à l'auteur de faire remarquer une chose de plus.
Malgré *les écarts de son imagination*, perd-il souvent de vue son
sujet dans son ouvrage? Il en appelle au critique impartial : quel
est le chapitre, quelle est, pour ainsi dire, la page où l'objet du
livre ne soit pas reproduit [1]? Or, dans une apologie du christianisme, où l'on ne veut que montrer au lecteur la beauté de cette
religion, peut-on dire que le plan de cette apologie est essentiellement défectueux, si, dans les choses les plus directes comme dans
les plus éloignées, on a fait reparaître partout la grandeur de

---

[1] Cette vérité a été reconnue par le critique même qui s'est le plus élevé
contre l'ouvrage.

Dieu, les merveilles de la Providence, l'influence, les charmes et
les bienfaits des dogmes, de la doctrine et du culte de Jésus-
Christ?

En général, on se hâte un peu trop de prononcer sur le plan
d'un livre. Si ce plan ne se déroule pas d'abord aux yeux des critiques comme ils l'ont conçu sur le titre de l'ouvrage, ils le condamnent impitoyablement. Mais ces critiques ne voient pas ou ne se
donnent pas la peine de voir que si le plan qu'ils imaginent était
exécuté, il aurait peut-être une foule d'inconvénients qui le rendraient encore moins bons que celui que l'auteur a suivi.

Quand un écrivain n'a pas composé son ouvrage avec précipita-
tion; quand il y a employé plusieurs années; quand il a consulté
les livres et les hommes, et qu'il n'a rejeté aucun conseil, aucune
critique; quand il a recommencé plusieurs fois son travail d'un
bout à l'autre; quand il a livré deux fois aux flammes son ouvrage
tout imprimé, ce ne serait que justice de supposer qu'il a peut-être
aussi bien vu son sujet que le critique qui, sur une lecture rapide,
condamne d'un mot un plan médité pendant des années. Que l'on
donne tout autre forme au *Génie du Christianisme*, et l'on ose assurer que l'ensemble des beautés de la religion, l'accumulation des
preuves aux derniers chapitres, la force de la conclusion générale,
auront beaucoup moins d'éclat et seront beaucoup moins frappants
que dans l'ordre où le livre est actuellement disposé. On ose encore
avancer qu'il n'y a point de grand monument en prose dans la langue française (le *Télémaque* et les ouvrages historiques exceptés)
dont le plan ne soit exposé à autant d'objections que l'on en peut
faire au plan de l'auteur. Que d'arbitraire dans la distribution des
parties et des sujets de nos livres les plus beaux et les plus utiles!
Et certainement (si l'on peut comparer un chef-d'œuvre à une œuvre très imparfaite), l'admirable *Esprit des Lois* est une composi-
tion qui n'a peut-être pas plus de régularité que l'ouvrage dont on
essaie de justifier le plan dans cette défense. Toutefois la méthode
était encore plus nécessaire au sujet traité par Montesquieu qu'à

celui dont l'auteur du *Génie du Christianisme* a tenté une si faible
ébauche.

DÉTAILS DE L'OUVRAGE.

Venons maintenant aux critiques de détail.

On ne peut s'empêcher d'observer que la plupart de ces critiques
tombent sur le premier et sur le second volume. Les censeurs ont
marqué un singulier dégoût pour le troisième et le quatrième. Ils les
passent presque toujours sous silence. L'auteur doit-il s'en attris-
ter ou s'en réjouir? Serait-ce qu'il n'y a rien à redire sur ces deux
volumes, ou qu'ils ne laissent rien à dire?

On s'est donc presque uniquement attaché à combattre quelques
opinions littéraires particulières à l'auteur, et répandues dans le
second volume[1]; opinions qui, après tout, sont d'une petite impor-
portance, et qui peuvent être reçues ou rejetées sans qu'on en
puisse rien conclure contre le fond de l'ouvrage : il faut ajouter à
la liste de ces graves reproches une douzaine d'expressions véritablement répréhensibles, et que l'on a fait disparaître dans les nouvelles éditions.

Quant à quelques phrases dont on a détourné le sens (par un
art si merveilleux et si nouveau) pour y trouver d'indécentes allu-
sions, comment éviter ce malheur, et quel remède y apporter?
« Un auteur (c'est la Bruyère qui le dit), un auteur n'est pas obligé
de remplir son esprit de toutes les extravagances, de toutes les
saletés, de tous les mauvais mots qu'on peut dire, et de toutes
les ineptes applications que l'on peut faire au sujet de quelques
endroits de son ouvrage, et encore moins de les supprimer; il est
convaincu que, quelque scrupuleuse exactitude qu'on ait dans sa
manière d'écrire, la raillerie froide des mauvais plaisants est un

---

[1] Encore n'a-t-on fait que répéter les observations judicieuses et polies qui
ont paru pour ce sujet dans quelques journaux accrédités.

mal inévitable et que les meilleures choses ne leur servent souvent
qu'à leur faire rencontrer une sottise[1] ».

L'auteur a beaucoup cité dans son livre, mais il paraît encore
qu'il eût dû citer davantage. Par une fatalité singulière, il est presque toujours arrivé qu'en voulant blâmer l'auteur, les critiques ont
compromis leur mémoire. Ils ne veulent pas que l'auteur dise, *déchirer le rideau des mondes, et laisser voir les abîmes de l'éternité*;
et ces expressions sont de Tertullien[2]: ils soulignent *le puits de
l'abîme* et le cheval *pâle de la mort*, apparemment comme étant une
vision de l'auteur; et ils ont oublié que ce sont des images de l'A-
pocalypse[3]: ils rient des tours gothiques *coiffées de nuages*; et ils
ne voient pas que l'auteur traduit littéralement un vers de Shakespeare[4]; ils croient que les *ours enivrés de raisins* sont une circonstance
inventée par l'auteur; et l'auteur n'est ici qu'historien fidèle (27):
l'Esquimau qui s'embarque sur un rocher de glace leur paraît une
imagination bizarre; et c'est un fait rapporté par Charlevoix[5]: le
crocodile qui *pond un œuf* est une expression d'Hérodote[6]; *ruse de
la sagesse* appartient à la Bible[7], etc. Un critique prétend qu'il faut
traduire l'épithète d'Homère, ἱππότα, appliquée à Nestor *au doux*

---

[1] *Caract.* de La Bruyère.

[2] *Cum ergo finis et limes medius, qui interhiat, adfuerit, ut etiam mundi
ipsius species transferatur œque temporalis, quæ illi dispositioni œternitatis
aulæi vice oppansa est.* (*Apolog.*, cap. xlviii.)

[3] *Equus pallidus,* cap. vi, v. 8: *Puteus abyssi,* cap. ix, v. 2.

The clouds-cap towers, the gorgeous palaces, etc.

　　　　　　　　　　　　　　　　　　(*In the Temp.*)

Delille avait dit dans *les Jardins*, en parlant des rochers :

　　　J'aime à voir leur front chauve et leur tête sauvage
　　　Se coiffer de verdure, et s'entourer d'ombrage.

J'ai cependant mis, dans les dernières éditions, *couronnées d'un chapeau
de nuages*.

[5] « Croirait-on que sur ces glaces énormes on rencontre des hommes qui
s'y sont embarqués exprès ? On assure pourtant qu'on y a plus d'une fois
aperçu des Esquimaux, etc. » (*Histoire de la Nouvelle France*, tom. ii, liv. x,
pag. 293, édit. de Paris, 1744.)

[6] Τίκτει μὲν γὰρ ᾠὰ ἐν γῇ, καὶ ἐκλέπει. (Herod., lib. ii, cap. lxviii.)
Astutus sapientior. (*Eccl.*, cap. i, v. 6.

langage. Mais ἡδυεπὴς ne voulut jamais dire *au doux langage*. Rollin traduit a-peu-près comme l'auteur du *Génie du Christianisme*, *Nestor*, *cette bouche éloquente* [1], d'après le texte grec, et non d'après la leçon latine du scoliaste, *suaviloquus*, que le critique a visiblement suivie.

Au reste, l'auteur a déjà dit qu'il ne prétendait pas défendre des talents qu'il n'a pas sans doute; mais il ne peut s'empêcher d'observer que tant de petites remarques sur un long ouvrage ne servent qu'à dégoûter un auteur sans l'éclairer; c'est la réflexion que Montesquieu fait lui-même dans ce passage de sa *Défense*:

« Les gens qui veulent tout enseigner empêchent beaucoup d'apprendre; il n'y a point de génie qu'on ne rétrécisse lorsqu'on l'enveloppera d'un million de scrupules vains: avez-vous les meilleures intentions du monde? on vous forcera vous-même d'en douter. Vous ne pouvez plus être occupé à bien dire quand vous êtes effrayé par la crainte de dire mal, et qu'au lieu de suivre votre pensée, vous ne vous occupez que des termes qui peuvent échapper à la subtilité des critiques. On vient nous mettre un béguin sur la tête, pour nous dire à chaque mot: Prenez garde de tomber: vous voulez parler comme vous, je veux que vous parliez comme moi. Va-t-on prendre l'essor? ils vous arrêtent par la manche. A-t-on de la force et de la vie? on vous l'ôte à coup d'épingle. Vous élevez-vous un peu? voilà des gens qui prennent leur pied ou leur toise, lèvent la tête, et vous crient de descendre pour vous mesurer... Il n'y a ni science ni littérature qui puisse résister à ce pédantisme [2] ».

C'est bien pis encore quand on y joint les dénonciations et les calomnies. Mais l'auteur les pardonne aux critiques; il conçoit que cela peut faire partie de leur plan, et ils ont le droit de réclamer pour leur ouvrage l'indulgence que l'auteur demande pour le sien.

_____

Traité des Études, tom. 1, pag. 375, *de la lecture d'Homère*.
Défense de l'Esprit des Lois, III° partie.

Cependant que revient-il de tant de censures multipliées, où l'on n'aperçoit que l'envie de nuire à l'ouvrage et à l'auteur, et jamais un goût impartial de critique? Que l'on provoque des hommes que leurs principes retenaient dans le silence, et qui, forcés de descendre dans l'arène, peuvent y paraître quelquefois avec des armes qu'on ne leur soupçonnait pas.

FIN DE LA DÉFENSE DU GÉNIE DU CHRISTIANISME.

LETTRE

A MONSIEUR DE FONTANES,

SUR

LA SECONDE ÉDITION DE L'OUVRAGE DE MADAME DE STAEL [1].

J'attendais avec impatience, mon cher ami, la seconde édition du livre de madame de Staël, sur *la Littérature*. Comme elle avait promis de répondre à votre critique, j'étais curieux de savoir ce qu'une femme aussi spirituelle dirait pour la défense de la *perfectibilité*. Aussitôt que l'ouvrage m'est parvenu dans ma solitude, je me suis hâté de lire la préface et les notes; mais j'ai vu qu'on n'avait résolu aucune de vos objections [2]. On a seulement tâché d'expliquer le mot sur lequel roule tout le système. Hélas! il serait fort doux de croire que nous nous perfectionnons d'âge en âge, et que le fils est toujours meilleur que son père. Si quelque chose pouvait prouver cette excellence du cœur humain, ce serait de voir que madame de Staël a trouvé le principe de cette illusion dans son propre cœur. Toutefois, j'ai peur que cette dame, qui se plaint si souvent des hommes en vantant leur perfectibilité, ne soit comme ces prêtres qui ne croient point à l'idole dont ils encensent les autels.

Je vous dirai aussi, mon cher ami, qu'il me semble tout-à-fait indigne d'une femme du mérite de l'auteur d'avoir cherché à vous répondre en élevant des doutes sur vos opinions politiques. Et que font ces prétendues opinions à une querelle purement littéraire?

---

[1] *De la littérature dans ses rapports avec la morale*, etc. (1801).
[2] M. de Fontanes avait fait trois extraits d'une excellente critique sur la première édition de l'ouvrage de madame de Staël.

Ne pourrait-on pas rétorquer l'argument contre madame de Staël, et lui dire qu'elle a bien l'air de ne pas aimer le gouvernement actuel [1], et de regretter les jours d'une plus grande liberté? Madame de Staël était trop au-dessus de ces moyens pour les employer.

A présent, mon cher ami, il faut que je vous dise ma façon de penser sur ce nouveau cours de littérature; mais, en combattant le système qu'il renferme, je vous paraîtrai peut-être aussi déraisonnable que mon adversaire. Vous n'ignorez pas que ma folie est de voir *Jésus-Christ* partout, comme madame de Staël la *perfectibilité*. J'ai le malheur de croire, avec Pascal, que la religion chrétienne a seule exprimé le problème de l'homme. Vous voyez que je commence par me mettre à l'abri sous un grand nom, afin que vous épargniez un peu mes idées étroites et ma superstition antiphilosophique. Au reste, je m'enhardis en songeant avec quelle indulgence vous avez déjà annoncé mon ouvrage [2]; mais cet ouvrage, quand paraîtra-t-il? Il y a deux ans qu'on l'imprime, et il y a deux ans que le libraire ne se lasse point de me faire attendre, ni moi de corriger. Ce que je vais donc vous dire dans cette lettre sera tiré en partie de mon livre futur sur les beautés de la religion chrétienne. Il sera divertissant pour vous de voir comment deux esprits partant de deux points opposés sont quelquefois arrivés aux mêmes résultats. Madame de Staël donne à la philosophie ce que j'attribue à la religion; et en commençant par la littérature ancienne, je vois bien, avec l'ingénieux auteur que vous avez réfuté, que notre théâtre est supérieur au théâtre ancien; je vois bien encore que cette supériorité découle d'une plus profonde étude du cœur humain. Mais à quoi devons-nous cette connaissance des passions? — Au christianisme, et non à la philosophie. Vous riez, mon ami; écoutez-moi:

S'il existait une religion dont la qualité essentielle fût de poser une barrière aux passions de l'homme, elle augmenterait nécessai-

[1] Le consulat, en 1801.
[2] *Génie du Christianisme.*

rement le jeu de ces passions dans le drame et dans l'épopée; elle
serait, par sa nature même, beaucoup plus favorable au développement des caractères que toute autre institution religieuse qui, ne se
mêlant point aux affections de l'âme, n'agirait sur nous que par
des scènes extérieures. Or, la religion chrétienne a cet avantage
sur les cultes de l'antiquité : c'est un vent céleste qui enfle les voiles de la vertu, et multiplie les orages de la conscience autour du
vice.

Toutes les bases du vice et de la vertu ont changé parmi les
hommes, du moins parmi les hommes chrétiens, depuis la prédication de l'Évangile. Chez les anciens, par exemple, l'humilité était
une bassesse, et l'orgueil une qualité. Parmi nous, c'est tout le
contraire : l'orgueil est le premier des vices, et l'humilité la première des vertus. Cette seule mutation de principes bouleverse la
morale entière. Il n'est pas difficile de voir que c'est le christianisme qui a raison, et que lui seul a rétabli la véritable nature.
Mais il résulte de là que nous devons découvrir dans les passions
des choses que les anciens n'y voyaient pas, sans qu'on puisse attribuer ces nouvelles vues du cœur humain à une perfection crois-
sante du génie de l'homme.

Donc, pour nous, la racine du mal est la vanité, et la racine du
bien la charité; de sorte que les passions vicieuses sont toujours
un composé d'orgueil, et les passions vertueuses un composé d'a-
mour. Avec ces deux termes extrêmes, il n'est point de termes
moyens qu'on ne trouve aisément dans l'échelle de nos passions.
Le christianisme a été si loin en morale, qu'il a, pour ainsi dire,
donné les abstractions ou les règles mathématiques des émotions de
l'âme.

Je n'entrerai point ici, mon cher ami, dans le détail des caractères dramatiques, tels que ceux du père, de l'époux, etc. Je ne trai-
terai point aussi de chaque sentiment en particulier : vous verrez
tout cela dans mon ouvrage. J'observerai seulement, à propos de
l'amitié, en pensant à vous, que le christianisme en développe sin-

gulièrement les charmes, parce qu'il est tout en contrastes comme
elle. Pour que deux hommes soient parfaits amis, ils doivent s'attirer et se repousser sans cesse par quelque endroit : il faut qu'ils
aient des génies d'une même force, mais d'un genre différent ;
des opinions opposées, des principes semblables ; des haines et
des amours diverses, mais au fond la même dose de sensibilité ;
des humeurs tranchantes, et pourtant des goûts pareils ; en un mot,
de grands contrastes de caractère, et de grandes harmonies de
cœur.

En amour, madame de Staël a commenté *Phèdre :* ses observations sont fines, et l'on voit par la leçon du scoliaste qu'il a parfaitement entendu son texte. Mais si ce n'est que dans les siècles modernes que s'est formé ce mélange des sens et de l'âme, cette espèce
d'amour dont l'amitié est la partie morale, n'est-ce pas encore
au christianisme que l'on doit ce sentiment perfectionné ? N'est-ce
pas lui qui, tendant sans cesse à épurer le cœur, est parvenu à répandre de la spiritualité jusque dans le penchant qui en paraissait le
moins susceptible ? Et combien n'en a-t-il pas redoublé l'énergie en
le contrariant dans le cœur de l'homme ? Le christianisme seul a
établi ces terribles combats de la chair et de l'esprit, si favorables
aux grands effets dramatiques. Voyez, dans *Héloïse*, la plus fou-
gueuse des passions luttant contre une religion menaçante. Héloïse
aime, Héloïse brûle ; mais là s'élèvent des murs glacés ; là, tout
s'éteint sous des marbres insensibles ; là, des châtiments ou des
récompenses éternelles attendent sa chute ou son triomphe. Didon
ne perd qu'un amant ingrat : Oh ! qu'Héloïse est travaillée d'un
tout autre soin ! Il faut qu'elle choisisse entre Dieu et un amant fidèle. Et qu'elle n'espère pas détourner secrètement, au profit d'A-
beilard, la moindre partie de son cœur : le Dieu qu'elle sert est un
Dieu jaloux, un Dieu qui veut être aimé de préférence ; il punit
jusqu'à l'ombre d'une pensée, jusqu'au songe qui s'adresse à d'autres qu'à lui.

Au reste, on sent que ces cloîtres, que ces voûtes, que ces mœurs

austères, en contraste avec l'amour malheureux, en doivent augmenter encore la force et la mélancolie. Je suis fâché que madame
de Staël ne nous ait pas développé *religieusement* le système des
passions. La *perfectibilité* n'était pas, du moins selon moi, l'instrument dont il fallait se servir pour mesurer des faiblesses. J'en
aurais plutôt appelé aux erreurs mêmes de ma vie : forcé de faire
l'histoire des songes, j'aurais interrogé mes songes; et si j'eusse
trouvé que nos passions sont réellement plus déliées que les passions des anciens, j'en aurais seulement conclu que nous sommes
plus parfaits en illusions.

Si le temps et le lieu le permettaient, mon cher ami, j'aurais bien
d'autres remarques à faire sur la littérature ancienne : je prendrais
la liberté de combattre plusieurs jugements littéraires de madame
de Staël.

Je ne suis pas de son opinion touchant la métaphysique des anciens : leur dialectique était plus verbeuse et moins pressante que la
nôtre; mais en métaphysique ils en savaient autant que nous.

Le genre humain a-t-il fait un pas dans les sciences morales?
Non; il avance seulement dans les sciences physiques: encore,
combien il serait aisé de contester les principes de nos sciences !
Certainement Aristote, avec ses dix catégories, qui renfermaient
toutes les forces de la pensée, était aussi savant que Bayle et Con-
dillac en *idéologie*; mais on passera éternellement d'un système à
l'autre sur ces matières : tout est doute, obscurité, incertitude en
métaphysique. La réputation et l'influence de Locke sont déjà tombées en Angleterre. Sa doctrine, qui devait prouver si clairement
qu'il n'y a point d'idées innées, n'est rien moins que certaine,
puisqu'elle échoue contre les vérités mathématiques, qui ne peuvent
jamais être entrées dans l'âme par les sens. Est-ce l'odorat, le
goût, le toucher, l'ouïe, la vue, qui ont démontré à Pythagore que,
dans un triangle rectangle, le carré de l'hypothénuse est égal à la
somme des carrés faits sur les deux autres côtés? Tous les arith-
méticiens et tous les géomètres diront à madame de Staël que les

nombres et les rapports des trois dimensions de la matière sont de
pures abstractions de la pensée, et que les sens, loin d'entrer pour
quelque chose dans ces connaissances, en sont les plus grands ennemis. D'ailleurs, les vérités mathématiques, si j'ose le dire, sont
innées en nous, par cela seul qu'elles sont éternelles. Or si ces vérités sont éternelles, elles ne peuvent être que les émanations d'une
source de vérité qui existe quelque part. Cette source de vérité ne
peut être que Dieu. Donc l'idée de Dieu, dans l'esprit humain, est
à son tour une idée innée; donc notre âme, qui contient des vérités
éternelles, est au moins une immortelle substance.

Voyez, mon cher ami, quel enchaînement de choses, et combien
madame de Staël est loin d'avoir approfondi tout cela. Je serai
obligé, malgré moi, de porter ici un jugement sévère. Madame de
Staël, se hâtant d'élever un système, et croyant apercevoir que
Rousseau avait plus pensé que Platon, et Sénèque plus que Tite-
Live, s'est imaginé tenir tous les fils de l'âme et de l'intelligence
humaine; mais les esprits pédantesques, comme moi, ne sont point
du tout contents de cette marche précipitée. Ils voudraient qu'on
eût creusé plus avant dans le sujet, qu'on n'eût pas été si superfi-
ciel, et que dans un livre où l'on fait la guerre à l'imagination et
aux préjugés, dans un livre où l'on traite de la chose la plus grave
du monde, la pensée de l'homme, on eût moins senti l'imagination,
le goût du sophisme, et la pensée inconstante et versatile de la
femme.

Vous savez, mon cher ami, ce que les philosophes nous repro-
chent, à nous autres gens religieux; ils disent que nous n'avons
pas la *tête forte*. Ils lèvent les épaules de pitié quand nous leur parlons du *sentiment moral*. Ils demandent : *Qu'est-ce que tout cela
prouve?* En vérité, je vous avouerai, à ma confusion, que je n'en
sais rien moi-même, car je n'ai jamais cherché à me démontrer
mon cœur; j'ai toujours laissé ce soin à mes amis. Toutefois, n'allez pas abuser de cet aveu, et me trahir auprès de la philosophie. Il
faut que j'aie l'air de m'entendre, lors même que je ne m'entends

pas du tout. On m'a dit, dans ma retraite, que cette manière réus-
sissait. Mais il est bien singulier que tout ceux qui nous accablent
de leurs mépris pour notre défaut d'*argumentation*, et qui regardent nos misérables idées comme *les habitués de la maison* [1], oublient le fond même des choses dans le sujet qu'ils traitent, de sorte
que nous sommes obligés de nous faire violence, et de *penser*, au
péril de nos jours, contre notre tempérament religieux, pour rappeler à ces penseurs ce qu'ils auraient dû penser.

N'est-il pas tout-à-fait incroyable qu'en parlant de l'avilissement
des Romains sous les empereurs, madame de Staël ait négligé de
nous faire valoir l'influence du christianisme naissant sur l'esprit
des hommes? elle a l'air de ne se souvenir de la religion, qui a
changé la face du monde, qu'au moment de l'invasion des barbares. Mais, bien avant cette époque, des cris de justice et de liberté
avaient retenti dans l'empire des Césars. Et qui est-ce qui les avait
poussés, ces cris? les chrétiens. Fatal aveuglement des systèmes!
madame de Staël appelle la *folie du martyre* des actes que son cœur
généreux louerait ailleurs avec transport : je veux dire de jeunes
vierges préférant la mort aux caresses des tyrans, des hommes re-
fusant de sacrifier aux idoles, et scellant de leur sang, aux yeux du
monde étonné, le dogme de l'unité d'un Dieu et de l'immortalité de
l'âme; je pense que c'est là de la philosophie.

Quel dut être l'étonnement de la race humaine, lorsqu'au milieu
des superstitions les plus honteuses, *lorsque tout était Dieu, excepté
Dieu même*, comme parle Bossuet, Tertullien fit tout-à-coup entendre
ce symbole de la foi chrétienne. « Le Dieu que nous adorons est
« un seul Dieu, qui a créé l'univers avec les éléments, les corps et
« les esprits qui le composent, et qui par sa parole, sa raison et sa
« toute-puissance, a transformé le néant en un monde, pour être
« l'ornement de sa grandeur... Il est invisible, quoiqu'il se montre
« partout impalpable, quoique nous nous en fassions une image;

---

[1] Phrase de madame de Staël.

« incompréhensible, quoique appelé par toutes les lumières de la
« raison... Rien ne fait mieux comprendre le souverain Être que
« l'impossibilité de le concevoir : son immensité le cache et le dé-
« couvre à la fois aux hommes[1] ».

Et quand le même apologiste osait seul parler la langue de la
liberté au milieu du silence du monde, n'était-ce point encore de
la philosophie? Qui n'eût cru que le premier Brutus, évoqué de la
tombe, menaçait le trône des Tibères, lorsque ces fiers accents
ébranlèrent les portiques où venaient se perdre les soupirs de
Rome esclave :

« Je ne suis point l'esclave de l'empereur. Je n'ai qu'un maître,
« c'est le Dieu tout-puissant et éternel, qui est aussi le maître de
« César[2]... Voilà donc pourquoi vous exercez sur nous toutes
« sortes de cruautés ! Ah! s'il nous était permis de rendre le
« mal pour le mal, une seule nuit et quelques flambeaux suffi-
« raient à notre vengeance. Nous ne sommes que d'hier, et nous
« remplissons tout : vos cités, vos îles, vos forteresses, vos
« camps, vos colonies, vos tributs, vos décuries, vos conseils, le
« palais, le sénat, le forum[3]; nous ne vous laissons que vos
« temples. »

Je puis me tromper, mon cher ami ; mais il me semble que madame de Staël, en faisant l'histoire de l'esprit philosophique, n'aurait pas dû omettre de pareilles choses. Cette littérature des Pères,
qui remplit tous les siècles, depuis Tacite jusqu'à saint Bernard,
offrait une carrière immense d'observations. Par exemple, un des
noms injurieux que le peuple donnait aux premiers chrétiens, était
celui de *philosophe*[4]. On les appelait aussi *athées*[5], et on les forçait
d'abjurer leur religion en ces termes : Αἶρε τοὺς ἀθέους, *Confusion*

---

[1] TERTULL., *Apologet.*, cap. XVII.

[2] *Ceterum liber sum illi. Dominus enim meus unus est, Deus omnipotens,
et æternus, idem qui et ipsius.* (*Apologet.*, cap. XXXIV.)

[3] *Apologet.*, cap. XXXVII.

[4] SAINT JUST., *Apologet.*; TERT., *Apologet.*, etc.
ATHÉNAGOR., *Legat. pro Christ.*, passim, liber 1.

aux athées[1]. Étrange destinée des chrétiens ! Brûlés, sous Néron, pour cause d'athéisme; guillotinés, sous Robespierre, pour cause de crédulité : lequel des deux tyrans eut raison? Selon la loi de la *perfectibilité*, ce doit être Robespierre.

On peut remarquer, mon cher ami, d'un bout à l'autre de l'ouvrage de madame de Staël, dees contradictions singulières. Quelquefois elle paraît presque *chrétienne*, et je suis prêt à me réjouir. Mais l'instant d'après, la *philosophie* reprend le dessus. Tantôt, inspirée par sa sensibilité naturelle, qui lui dit qu'il n'y a rien de touchant, rien de beau sans la religion, elle laisse échapper son âme. Mais tout-à-coup l'*argumentation* se réveille, et vient contrarier les élans du cœur; l'analyse prend la place de ce vague infini où la pensée aime à se perdre; et l'*entendement* cite à son tribunal des causes qui *ressortissaient* autrefois à ce vieux siége de la vérité, que nos pères gaulois appelaient les *entrailles de l'homme*. Il résulte que le livre de madame de Staël est pour moi un mélange singulier de vérités et d'erreurs. Ainsi, lorsqu'elle attribue au christianisme la mélancolie qui règne dans le génie des peuples modernes, je suis absolument de son avis; mais quand elle joint à cette cause je ne sais quelle maligne influence du Nord, je ne reconnais plus l'auteur qui me paraissait si judicieux auparavant. Vous voyez, mon cher ami, que je me tiens dans mon sujet, et que je passe maintenant à la littérature moderne.

La religion des Hébreux, née au milieu des foudres et des éclairs, dans les bois d'Horeb et de Sinaï, avait je ne sais quelle tristesse formidable. La religion chrétienne, en retenant ce que celle de Moïse avait de sublime, en a adouci les autres traits. Faite pour les misères et pour les besoins de notre cœur, elle est essentiellement tendre et mélancolique. Elle nous représente toujours l'homme comme un voyageur qui passe ici-bas dans une vallée de larmes, et qui ne se repose qu'au tombeau. Le Dieu qu'elle offre à nos

[1] EUSEB., lib. IV, cap. XV.

adorations est le Dieu des infortunés ; il a souffert lui-même, les enfants et les faibles sont les objets de sa prédilection, et il chérit ceux qui pleurent.

Les persécutions qu'éprouvèrent les premiers fidèles augmentèrent sans doute leur penchant aux méditations sérieuses. L'invasion des barbares mit le comble à tant de calamités, et l'esprit humain en reçut une impression de tristesse qui ne s'est jamais effacée. Tous les liens qui attachent à la vie étant brisés à la fois, il ne reste plus que Dieu pour espérance, et les déserts pour refuge. Comme au temps du déluge, les hommes se sauvèrent sur le sommet des montagnes, emportant avec eux les débris des arts et de la civilisation. Les solitudes se remplirent d'anachorètes qui, vêtus de feuilles de palmier, se dévouaient à des pénitences sans fin pour fléchir la colère céleste. De toutes parts s'élevèrent des couvents, où se retirèrent des malheureux trompés par le monde, et des âmes qui aimaient mieux ignorer certains sentiments de l'existence, que de s'exposer à les voir cruellement trahis. Une prodigieuse mélancolie dut être le fruit de cette vie monastique ; car la mélancolie s'engendre du vague des passions, lorsque ces passions, sans objet, se consument d'elles-mêmes dans un cœur solitaire.

Ce sentiment s'accrut encore par les règles qu'on adopta dans la plupart des communautés. Là, des religieux bêchaient leurs tombeaux, à la lueur de la lune, dans les cimetières de leurs cloîtres ; ici, ils n'avaient pour lit qu'un cercueil : plusieurs erraient comme des ombres sur les débris de Memphis et de Babylone, accompagnés par des lions qu'ils avaient apprivoisés au son de la harpe de David. Les uns se condamnaient à un perpétuel silence ; les autres répétaient, dans un éternel cantique, ou les soupirs de Job, ou les plaintes de Jérémie, ou les pénitences du roi-prophète. Enfin les monastères étaient bâtis dans les sites les plus sauvages : on les trouvait dispersés sur les cimes du Liban, au milieu des sables de l'Égypte, dans l'épaisseur des forêts des Gaules, et sur les grèves des mers britanniques. Oh ! comme ils devaient être tristes, les fun-

tements de la cloche religieuse qui, dans le calme des nuits, appelaient les vestales aux veilles et aux prières, et se mêlaient, sous les
voûtes du temple, aux derniers sons des cantiques et aux faibles
bruissements des flots lointains ! Combien elles étaient profondes les
méditations du solitaire qui, à travers les barreaux de sa fenêtre,
rêvait à l'aspect de la mer, peut-être agitée par l'orage ! la tempête
sur les flots, le calme dans sa retraite ! des hommes brisés par des
écueils au pied de l'asile de la paix ! l'infini de l'autre côté du mur
d'une cellule, de même qu'il n'y a que la pierre du tombeau entre
l'éternité et la vie !... Toutes ces diverses puissances du malheur,
de la religion, des souvenirs, des mœurs, des scènes de la nature,
se réunirent pour faire du génie chrétien le génie même de la mélancolie.

Il me paraît donc inutile d'avoir recours aux barbares du Nord
pour expliquer ce caractère de tristesse que madame de Staël trouve
particulièrement dans la littérature anglaise et germanique, et qui
pourtant n'est pas moins remarquable chez les maîtres de l'école
française. Ni l'Angleterre, ni l'Allemagne, n'a produit Pascal et
Bossuet, ces deux grands modèles de la mélancolie en sentiments et
en pensées.

Mais Ossian, mon cher ami, n'est-il pas la grande fontaine du
Nord où tous les bardes se sont enivrés de mélancolie, de même
que les anciens peignaient Homère sous la figure d'un grand fleuve,
où tous les petits fleuves venaient remplir leurs urnes ? J'avoue
que cette idée de madame de Staël me plaît fort. J'aime à me représenter les deux aveugles, l'un sur la cime d'une montagne d'Écosse,
la tête chauve, la barbe humide, la harpe à la main, et dictant ses
lois, du milieu des brouillards, à tout le peuple poétique de la Germanie ; l'autre, assis sur le sommet du Pinde, environné des Muses qui tiennent sa lyre, élevant son front couronné sous le beau
ciel de la Grèce, et gouvernant, avec un sceptre orné de lauriers,
la patrie du Tasse et celle de Racine.

« Vous abandonnez donc ma cause ? » allez-vous vous écrier
r II.   12

ici. Sans doute, mon cher ami ; mais il faut que je vous en dise la raison secrète : *c'est qu'Ossian lui-même est chrétien*. Ossian chrétien ! Convenez que je suis bien heureux d'avoir converti ce barde, et qu'en le faisant entrer dans les rangs de la religion, j'enlève un des premiers héros à *l'âge de la mélancolie*.

Il n'y a plus que les étrangers qui soient encore dupes d'Ossian. Toute l'Angleterre est convaincue que les poëmes qui portent ce nom sont l'ouvrage de M. Macpherson lui-même. J'ai été longtemps trompé par cet ingénieux mensonge : enthousiaste d'Ossian comme un jeune homme que j'étais alors, il m'a fallu passer plusieurs années à Londres, parmi les gens de lettres, pour être entièrement désabusé. Mais enfin je n'ai pu résister à la conviction, et les palais de Fingal se sont évanouis pour moi, comme beaucoup d'autres songes.

Vous connaissez toute l'ancienne querelle du docteur Johnson et du traducteur supposé du barde calédonien. M. Macpherson, poussé à bout, ne put jamais montrer le manuscrit de *Fingal*, dont il avait fait une histoire ridicule, prétendant qu'il l'avait trouvé dans un vieux coffre chez un paysan ; que ce manuscrit était en papier et en caractère runiques. Or Johnson démontra que ni le papier ni l'alphabet runiques n'étaient en usage en Écosse à l'époque fixée par M. Macpherson. Quant au texte qu'on voit maintenant imprimé avec quelques poëmes de Smith, ou à celui qu'on peut imprimer encore[1], on sait que les poëmes d'Ossian ont été traduits *de l'anglais* dans la langue *calédonienne ;* car plusieurs montagnards écossais sont devenus complices de la fraude de leur compatriote. C'est ce qui a trompé.

Au reste, c'est une chose fort commune en Angleterre que tous ces manuscrits *retrouvés*. On a vu dernièrement une tragédie de Shakespeare, et, ce qui est plus extraordinaire, des ballades du temps

---

[1] Quelques journaux anglais ont dit, et des journaux français ont répété, que le texte véritable d'Ossian allait enfin paraître ; mais ce ne peut être que la version écossaise faite sur le texte même de Macpherson.

de Chaucer, si parfaitement imitées pour le style, le parchemin et les caractères antiques, que tout le monde s'y est mépris. Déjà mille volumes se préparaient pour développer les beautés et prouver l'authenticité de ces merveilleux ouvrages, lorsqu'on surprit *l'éditeur* écrivant et composant lui-même ces poëmes saxons. Les admirateurs en furent quittes pour rire, et pour jeter leurs commentaires au feu; mais je ne sais si le jeune homme qui s'était exercé dans cet art singulier ne s'est point brûlé la cervelle de désespoir.

Cependant il est certain qu'il existe d'anciens poëmes qui portent le nom d'*Ossian*. Ils sont irlandais ou erses d'origine : c'est l'ouvrage de quelque moine du treizième siècle. Fingal est un géant qui ne fait qu'une enjambée d'Écosse en Irlande; et les héros vont en terre sainte pour expier les meurtres qu'ils ont commis.

Et, pour dire la vérité, il est même incroyable qu'on ait pu se tromper sur l'auteur des poëmes d'Ossian. L'homme du dix-huitième siècle y perce de toutes parts. Je n'en veux pour exemple que l'apostrophe du barde au soleil : « O soleil, lui dit-il, qui es-tu? d'où viens-tu? où vas-tu? ne tomberas-tu point un jour, etc.[1]? »

Madame de Staël, qui reconnaît si bien l'histoire de l'entendement humain, verra qu'il y a là-dedans tant d'idées complexes sous les rapports moraux, physiques et métaphysiques, qu'on ne peut presque sans absurdité les attribuer à un Sauvage. En outre, les notions les plus abstraites du *temps*, de la *durée*, de l'*étendue*, se trouvent à chaque page d'Ossian. J'ai vécu parmi les Sauvages de l'Amérique, et j'ai remarqué qu'ils parlent souvent des temps écoulés, mais jamais des temps à naître. Quelques grains de poussière au fond du tombeau leur restent en témoignage de la vie dans le néant du passé; mais qui peut leur indiquer l'existence dans le néant de l'avenir? Cette anticipation du futur, qui nous est si familière, est néanmoins une des plus fortes abstractions où la pensée

---

[1] J'écris de mémoire, et je puis me tromper sur quelques mots; mais c'est le sens, et cela me suffit.

de l'homme soit arrivée. Heureux toutefois le Sauvage qui ne sait pas, comme nous, que la douleur est suivie de la douleur, et dont l'âme, sans souvenir et sans prévoyance, ne concentre pas en elle-même, par une sorte d'éternité douloureuse, le passé, le présent et l'avenir !

Mais ce qui prouve incontestablement que M. Macpherson est l'auteur des poëmes d'Ossian, c'est la perfection, ou *le beau idéal de la morale* dans ces poëmes. Ceci mérite quelque développement.

Le beau idéal est né de la société. Les hommes très près de la nature ne le connaissent pas. Ils se contentent dans leurs chansons de peindre exactement ce qu'ils voient. Mais comme ils vivent au milieu des déserts, leur tableaux sont toujours grands et poétiques. Voilà pourquoi vous ne trouvez point de mauvais goût dans leurs compositions. Mais aussi elles sont monotones, et les sentiments qu'ils expriment ne vont pas jusqu'à l'héroïsme.

Le siècle d'Homère s'éloignait déjà de ces premiers temps. Qu'un Sauvage perce un chevreuil de sa flèche ; qu'il le dépouille au milieu de toutes les forêts ; qu'il étende la victime sur les charbons du tronc d'un chêne, tout est noble dans cette action. Mais dans la tente d'Achille il y a déjà des bassins, des broches, des couteaux. Un instrument de plus, et Homère tombait dans la bassesse des descriptions allemandes ; ou bien il fallait qu'il cherchât le *beau idéal physique, en commençant à cacher.* Remarquez bien ceci. L'explication suivante va tout éclaircir.

A mesure que la société multiplia les besoins et les commodités de la vie, les poëtes apprirent qu'ils ne devaient plus, comme par le passé, peindre tout aux yeux, mais voiler certaines parties du tableau. Ce premier pas fait, ils virent encore qu'il fallait *choisir ;* ensuite, que la chose choisie était susceptible d'une forme plus belle et d'un plus bel effet dans telle ou telle position. Toujours cachant et choisissant, retranchant ou ajoutant, ils se trouvèrent peu-à-peu dans des formes qui n'étaient plus naturelles, mais qui étaient plus belles que celles de la nature ; et les artistes appelèrent ces formes *le beau idéal*. On peut donc définir le beau idéal *l'art de choisir et de cacher*.

Le beau idéal *moral* se forma comme le beau idéal *physique*. On déroba à la vue certains mouvements de l'âme, car l'âme a ses honteux besoins et ses bassesses comme le corps. Et je ne puis m'empêcher de remarquer que l'homme est le seul de tous les êtres vivants qui soit susceptible d'être représenté plus parfait que nature, et comme approchant de la Divinité. On ne s'avise pas de peindre le beau idéal d'un aigle, d'un lion, etc. Si j'osais m'élever jusqu'au *raisonnement*, mon cher ami, je vous dirais que j'entrevois ici une grande pensée de l'Auteur des êtres, et une preuve de notre immortalité.

La société ou la morale atteignit le plus vite tout son développement, dut atteindre le plus tôt au beau idéal des caractères. Or c'est ce qui distingue éminemment les sociétés formées dans la religion chrétienne. C'est une chose étrange, et cependant rigoureusement vraie, qu'au moyen de l'Évangile la morale avait acquis chez nos pères son plus haut point de perfection, tandis qu'ils étaient de vrais barbares dans tout le reste.

Je demande à présent où Ossian aurait pris cette morale parfaite qu'il donne partout à ses héros? Ce n'est pas dans sa religion, puisqu'on convient qu'il n'y a point de religion dans ses ouvrages. Serait-ce dans la nature même? Et comment le sauvage Ossian, sur un rocher de la Calédonie, tandis que tout était cruel, barbare, sanguinaire, grossier autour de lui, serait-il arrivé en quelques jours à des connaissances morales que Socrate eut à peine dans les siècles les plus éclairés de la Grèce, et que l'Évangile seul à révélées au monde, comme le résultat de quatre mille ans d'observations sur le caractère des hommes? La mémoire de madame de Staël l'a trahie, lorsqu'elle avance que les poésies scandinaves ont la même couleur que les poésies du prétendu barde écossais. Chacun sait que c'est tout le contraire. Les premières ne respirent que brutalité et vengeance. M. Macpherson lui-même a bien soin de remarquer

cette différence, et de mettre en contraste les guerriers de *Morven*
et les guerriers de *Lochlin*. L'ode que madame de Staël rappelle
dans une note a même été citée et commentée par le docteur Blair,
en opposition aux poésies d'Ossian. Cette ode ressemble beaucoup à la chanson de mort des Iroquois : Je ne crains point la
« mort, je suis brave : que ne puis-je boire dans le crâne de mes
« ennemis et leur dévorer le cœur ! etc. » Enfin M. Macpherson a
fait des fautes en histoire naturelle, qui suffiraient seules pour découvrir le mensonge. Il a planté des chênes où jamais il n'est venu
que des bruyères, et fait crier des aigles où l'on n'entend que la
voix de la barnache et le sifflement du courlieu.

M. Macpherson était membre du parlement d'Angleterre. Il était
riche ; il avait un fort beau parc dans les montagnes d'Écosse, où,
à force d'art et de soin, il était parvenu à faire croître quelques arbres ; il était en outre très bon chrétien, et profondément nourri
de la lecture de la Bible[1] ; il a chanté sa montagne, son parc, et le
génie de sa religion.

Cela, sans doute, ne détruit rien du mérite des poëmes de *Temora*
et de *Fingal* ; ils n'en sont pas moins le vrai modèle d'une sorte
de mélancolie du désert, pleine de charmes. J'ai fait venir la petite
édition qu'on vient de publier dernièrement en Écosse ; et, ne vous
en déplaise, mon cher ami, je ne sors plus sans mon Homère de
Westein dans une poche, et mon Ossian de Glascow dans l'autre.
Mais cependant, il résulte, de tout ce que je viens de vous dire, que
le système de madame de Staël, touchant l'influence d'Ossian sur
la littérature du Nord, s'écroule ; et quand elle s'obstinerait à croire
que le barde écossais a existé, elle a trop d'esprit et de raison pour

---

[1] Plusieurs morceaux d'Ossian sont visiblement imités de la Bible, et d'autres traduits d'Homère, tels que la belle expression *the joy of grief* ; χετερποῖο
τετερπώμεσθα γόοιο. (*Od.*, lib. xi, v. 212, *le plaisir de la douleur*.) J'observerai qu'Homère a une teinte mélancolique, dans le grec, que toutes les traductions ont fait disparaître. Je ne crois pas, comme madame de Staël, qu'il y
ait un âge particulier de la mélancolie ; mais je crois que tous les grands génies ont été mélancoliques.

ne pas sentir que c'est toujours un mauvais système que celui qui repose sur une base aussi contestée[1]. Pour moi, mon cher ami, vous voyez que j'ai tout à gagner par la chute d'Ossian, et que, chassant la *perfectibilité* mélancolique des tragédies de Shakespeare, des *Nuits* d'Young, de l'*Héloïse* de Pope, de la *Clarisse* de Richardson, j'y rétablis victorieusement la mélancolie des idées religieuses. Tous ces auteurs étaient chrétiens, et l'on croit même que Shakespeare était catholique.

Si j'allais maintenant, mon cher ami, suivre madame de Staël dans le siècle de Louis XIV, c'est alors que vous me reprocheriez d'être tout-à-fait extravagant. J'avoue que, sur ce sujet, je suis d'une superstition ridicule. J'entre dans une sainte colère quand on veut rapprocher les auteurs du dix-huitième siècle des écrivains du dix-septième ; et même, à présent que je vous en parle, ce seul souvenir est prêt à m'emporter *la raison hors des gonds*, comme dit Blaise Pascal. Il faut que je sois bien séduit par le talent de madame de Staël pour rester muet dans une pareille cause.

Mon ami, nous n'avons pas d'historiens, dit-elle. Je pensais que Bossuet était quelque chose ! Montesquieu lui-même lui doit son livre de la *Grandeur et de la décadence de l'empire romain*, dont il a trouvé l'abrégé sublime dans la troisième partie du *Discours sur l'histoire universelle*. Les Hérodote, les Tacite, les Tite-Live sont petits, selon moi, auprès de Bossuet ; c'est dire assez que les Guichardin, les Mariana, les Hume, les Robertson, disparaissent devant lui. Quelle revue il fait de la terre ! il est en mille lieux à la fois : patriarche sous le palmier de Tophel, ministre à la cour de Babylone, prêtre à Memphis, législateur à Sparte, citoyen à Athènes et à Rome, il change de temps et de place à son gré ; il passe avec la rapidité et la majesté des siècles. La verge de la loi à la main, avec une auto-

---

[1] D'ailleurs, quand ces poëmes auraient existé avant Macpherson (ce qui est sans vraisemblance), ils n'étaient point rassemblés, et les poëtes célèbres de l'Angleterre ne les connaissaient pas. Gray lui-même, si voisin de nous, dans son ode du *Barde*, ne rappelle pas une seule fois le nom d'Ossian.

rité incroyable, il chasse pêle-mêle devant lui et Juifs et Gentils au tombeau ; il vient enfin lui-même à la suite du convoi de tant de générations, et marchant appuyé sur Isaïe et sur Jérémie, il élève ses lamentations prophétiques à travers la poudre et les débris du genre humain.

Sans religion on peut avoir de l'esprit ; mais il est presque impossible d'avoir du génie. Qu'ils me semblent petits la plupart de ces hommes du dix-huitième siècle, qui, au lieu de l'instrument infini dont les Racine et les Bossuet se servaient pour trouver la note fondamentale de leur éloquence, emploient l'échelle d'une étroite philosophie, qui subdivise l'âme en degrés et en minutes, et réduit tout l'univers, Dieu compris, à une simple soustraction du néant !

Tout écrivain qui refuse de croire en un Dieu, auteur de l'univers et juge des hommes, dont il a fait l'âme immortelle, bannit l'infini de ses ouvrages. Il enferme sa pensée dans un cercle de boue, dont il ne saurait plus sortir. Il ne voit plus rien de noble dans la nature : tout s'y opère par d'impurs moyens de corruption et de régénération. Le vaste abîme n'est qu'un peu d'eau *bitumineuse* ; les montagnes sont de petites protubérances de pierres *calcaires* ou *vitrescibles*. Ces deux admirables flambeaux des cieux, dont l'un s'éteint quand l'autre s'allume, afin d'éclairer nos travaux et nos veilles, ne sont que deux masses pesantes, formées au hasard par je ne sais quelle agrégation fortuite de matière. Ainsi, tout est désenchanté, tout est mis à découvert par l'incrédule : il vous dira même qu'il sait ce que c'est que l'homme, et si vous voulez l'en croire il vous expliquera d'où vient la pensée, et ce qui fait que votre cœur se remue au récit d'une belle action : tant il a compris facilement ce que les plus grands génies n'ont pu comprendre ! Mais approchez, et voyez en quoi consistent les hautes lumières de la philosophie ! Regardez au fond de ce tombeau ; contemplez ce cadavre enseveli, cette statue du néant, voilée d'un linceul : c'est tout l'homme de l'athée.

Voilà une lettre bien longue, mon cher ami ; et cependant je ne vous ai pas dit la moitié des choses que j'aurais à vous dire.

On m'appellera capucin, mais vous savez que Diderot aimait fort les capucins. Quant à vous, en votre qualité de poète, pourquoi seriez-vous effrayé d'une barbe blanche? Il y a longtemps qu'Homère a réconcilié les Muses avec elle. Quoi qu'il en soit, il est temps de mettre fin à cette épître. Mais comme vous savez que nous autres papistes avons la fureur de vouloir convertir notre prochain, je vous avouerai en confidence que je donnerais beaucoup de choses pour voir madame de Staël se ranger sous les drapeaux de la religion. Voici ce que j'oserais lui dire, si j'avais l'honneur de la connaître.

« Vous êtes sans doute une femme supérieure : votre tête est « forte, et votre imagination quelquefois pleine de charmes, témoin « ce que vous dites d'Herminie déguisée en guerrier. Votre expres- « sion a souvent de l'éclat et de l'élévation.

« Mais, malgré tous ces avantages, votre ouvrage est bien loin « d'être ce qu'il aurait pu devenir. Le système en est monotone, « sans mouvement, et trop mêlé d'expressions métaphysiques. Le « sophisme des idées repousse, l'érudition ne satisfait pas, et le « cœur surtout est trop sacrifié à la pensée. D'où proviennent ces « défauts? de votre philosophie. C'est la partie éloquente qui man- « que essentiellement à votre ouvrage. Or, il n'y a point d'élo- « quence sans religion. L'homme a tellement besoin d'une éternité « d'espérance, que vous avez été obligée de vous en former une « sur la terre par votre système de *perfectibilité*, pour remplacer « cet *infini*, que vous refusez de voir dans le ciel. Si vous êtes sen- « sible à la renommée, revenez aux idées religieuses. Je suis con- « vaincu que vous avez en vous le germe d'un ouvrage beaucoup « plus beau que tous ceux que vous nous avez donnés jusqu'à pré- « sent. Votre talent n'est qu'à demi développé; la philosophie l'é- « touffe; et si vous demeurez dans vos opinions, vous ne parvien- « drez point à la hauteur où vous pouviez atteindre, en suivant la « route qui a conduit Pascal, Bossuet et Racine à l'immortalité ».

Voilà comme je parlerais à madame de Staël sous les rapports de la gloire. Quand je viendrais à l'article du bonheur, pour rendre

mes sermons moins ennuyeux, je varierais ma manière. J'emprun-
terais cette langue des forêts qui m'est permise en ma qualité de
Sauvage. Je dirais à ma néophyte :

« Vous paraissez n'être pas heureuse : vous vous plaignez sou-
« vent, dans votre ouvrage, de manquer de cœurs qui vous en-
« tendent. Sachez qu'il y a de certaines âmes qui cherchent en
« vain dans la nature les âmes auxquelles elles sont faites pour
« s'unir, et qui sont condamnées par le grand Esprit à une sorte
« de veuvage éternel.

« Si c'est là votre mal, la religion seule peut le guérir. Le mot
« *philosophie*, dans le langage de l'Europe, me semble correspon-
« dre au mot *solitude* dans l'idiome des Sauvages. Or, comment
« la *philosophie* remplira-t-elle le vide de vos jours? Comble-t-on
« le désert avec le désert?

« Il y avait une femme des monts Apalaches qui disait : Il n'y a
« point de bons génies, car je suis malheureuse, et tous les habi-
« tants des cabanes sont malheureux. Je n'ai point encore ren-
« contré d'homme, quel que fût son air de félicité, qui n'entretînt
« une plaie cachée. Le cœur le plus serein en apparence ressemble
« au puits naturel de la savane *Alachua* : la surface vous en paraît
« calme et pure; mais lorsque vous regardez au fond du bassin
« tranquille, vous apercevez un large crocodile que le puits nour-
« rit dans ses ondes.

« La femme alla consulter le jongleur du désert de *Scambre*,
« pour savoir s'il y avait de bons génies. Le jongleur lui répondit :
« Roseau du fleuve, qui est-ce qui t'appuiera s'il n'y a pas de bons
« génies? Tu dois y croire par cela seul que tu es malheureuse.
« Que feras-tu de la vie si tu es sans bonheur, et encore sans es-
« pérance! Occupe-toi, remplis secrètement la solitude de tes jours
« par des bienfaits. Sois l'astre de l'infortune, répands tes clartés
« modestes dans les ombres; sois témoin des pleurs qui coulent en
« silence, et que les misérables puissent attacher les yeux sur toi
« sans être éblouis. Voilà le seul moyen de trouver ce bonheur

« qui te manque. Le grand Esprit ne t'a frappée que pour te ren-
« dre sensible aux maux de tes frères, et pour que tu cherches à
« les soulager. Si notre cœur est comme le puits du crocodile, il
« est aussi comme ces arbres qui ne donnent leur baume pour les
« blessures des hommes que lorsque le fer les a blessés eux-mêmes.

« Le jongleur du désert de *Scambre*, ayant ainsi parlé à la
« femme des monts Apalaches, rentra dans le creux de son ro-
« cher. »

Adieu, mon cher ami; je vous aime et vous embrase de tout
mon cœur.

(*L'Auteur du Génie du Christianisme*).

FIN DU TOME SECOND DU GÉNIE DU CHRISTIANISME.

NOTES

ET ÉCLAIRCISSEMENTS.

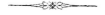

NOTE 1, page 11.

Je répondrai par un seul fait à toutes les objections qu'on peut me faire contre l'ancienne censure. N'est-ce pas en France que tous les ouvrages contre la religion ont été composés, vendus et publiés, et souvent même imprimés? et les grands eux-mêmes n'étaient-ils pas les premiers à les faire valoir et à les protéger? Dans ce cas, la censure n'était donc qu'une mesure dérisoire, puisqu'elle n'a jamais pu empêcher un livre de paraître, ni un auteur d'écrire librement sa pensée sur toute espèce de sujets : après tout, le plus grand mal qui pouvait arriver à un écrivain, était d'aller passer quelques mois à la Bastille, d'où il sortait bientôt avec les honneurs d'une persécution, qui quelquefois était son seul titre à la célébrité.

NOTE 2, page 29.

On jugera de l'éloquence de saint Chrysostome par ces deux morceaux traduits ou extraits par Rollin, dans son *Traité des Études*, tom. II, chap. II, pag. 493.

Extrait du discours de saint Chrysostome, sur la disgrâce d'Eutrope.

Eutrope était un favori tout-puissant auprès de l'empereur Arcade, et qui gouvernait absolument l'esprit de son maître. Ce prince, aussi faible à soutenir ses ministres qu'imprudent à les élever, se vit obligé malgré lui d'abandonner son favori. En un moment Eutrope tomba du comble de la grandeur dans l'extrémité de la misère. Il ne trouva de ressource que dans la pieuse générosité de saint Jean Chrysostome, qu'il avait souvent maltraité, et dans l'asile sacré des autels, qu'il s'était efforcé d'abolir par diverses lois, et où il se réfugia dans son malheur. Le lendemain, jour destiné à la célébration des saints mystères, le peuple accourut en foule à l'église, pour y voir dans Eutrope une image éclatante de la faiblesse des hommes, et du néant des grandeurs humaines. Le saint évêque parla sur ce sujet d'une manière si vive et si touchante, qu'il changea la haine et l'aversion qu'on avait pour Eutrope en compassion, et fit fondre en larmes tout son auditoire. Il faut se souvenir que le caractère de saint Chrysostome était de parler aux grands et aux puissants, même dans le temps de leur plus grande prospérité, et avec une force et une liberté vraiment apostolique.

« Si l'on a dû jamais s'écrier : *Vanité des vanités, et tout n'est que vanité,*
« certainement c'est dans la conjoncture présente. Où est maintenant cet
« éclat des plus hautes dignités ? Où sont ces marques d'honneur et de dis-
« tinction ? Qu'est devenu cet appareil des festins et des jours de réjouissan-
« ces ? Où se sont terminées ces acclamations si fréquentes et ces flatteries si
« outrées de tout un peuple assemblé dans le Cirque pour assister au spectacle ?
« Un seul coup de vent a dépouillé cet arbre superbe de toutes ses feuilles,
« et, après l'avoir ébranlé jusque dans ses racines, l'a arraché en un moment
« de la terre. Où sont ces faux amis, ces vils adulateurs, ces parasites si em-
« pressés à faire leur cour, et à témoigner par leurs actions et leurs paroles
« un servile dévouement ? Tout cela a disparu et s'est évanoui comme un
« songe, comme une fleur, comme une ombre. Nous ne pouvons donc que trop
« répéter cette sentence du saint Esprit : *Vanité des vanités, et tout n'est que*
« *vanité*. Elle devrait être écrite en caractères éclatants dans toutes les places
« publiques, aux portes des maisons, dans toutes nos chambres : mais elle
« devrait encore bien plus être gravée dans nos cœurs, et faire le continuel
« sujet de nos entretiens.

« N'avais-je pas raison, dit saint Chrysostome en s'adressant à Eutrope, de
« vous représenter l'inconstance et la fragilité de vos richesses ? Vous con-
« naissez maintenant, par votre expérience, que comme des esclaves qu'ils
« elles vous ont abandonné, et qu'elles sont même, en quelque sorte, deve-
« nues perfides et homicides à votre égard, puisqu'elles sont la principale
« cause de votre désastre. Je vous répétais souvent que vous deviez faire plus
« de cas de mes reproches, quelque amers qu'ils vous parussent, que de ces
« fades louanges dont vos flatteurs ne cessaient de vous accabler parce que
« *les blessures que fait celui qui aime valent mieux que les baisers trompeurs*
« *de celui qui hait*. Avais-je tort de vous parler ainsi ? Que sont devenus tous
« ces courtisans ? Ils se sont retirés ; ils ont renoncé à votre amitié ; ils ne
« songent qu'à leur sûreté, à leurs intérêts, aux dépens même des vôtres. Il
« n'en est pas ainsi de nous. Nous avons souffert vos emportements dans votre
« élévation ; et, dans votre chute, nous vous soutenons de tout notre pouvoir.
« L'Église, à qui vous avez fait la guerre, ouvre son sein pour vous recevoir ;
« et les théâtres, objet éternel de vos complaisances, qui nous ont si souvent
« attiré votre indignation, vous ont abandonné et trahi.

« Je ne parle pas ainsi pour insulter au malheur de celui qui est tombé, ni
« pour rouvrir et aigrir des plaies encore toutes sanglantes, mais pour soutenir
« ceux qui sont debout, et leur faire éviter de pareils maux. Et le moyen de
« les éviter, c'est de se bien convaincre de la fragilité et de la vanité des
« grandeurs humaines. De les appeler une fleur, une herbe, un songe, ce n'est
« pas encore en dire assez, puisqu'elles sont au dessous même du néant. Nous
« en avons une preuve bien sensible devant les yeux. Qui jamais est parvenu
« à une plus haute élévation ? N'avait-il pas des biens immenses ! Lui man-
« quait-il quelque dignité ? N'était-il pas craint et redouté de tout l'empire ?
« Et maintenant, plus abandonné et plus tremblant que les derniers des mal-
« heureux, que les plus vils esclaves, que les prisonniers enfermés dans de
« noirs cachots, n'ayant devant les yeux que les épées préparées contre lui,
« que les tourments et les bourreaux, privé de la lumière du jour au milieu
« du jour même, il attend à chaque moment la mort, et ne la perd point de
« vue.

« Vous fûtes témoins hier, quand on vint du palais pour le tirer d'ici par
« force, comment il courut aux vases sacrés, tremblant de tout le corps, le vi-
« sage pâle et défait, faisant à peine entendre une voix faible, entrecoupée de

« sanglots, et plus mort que vif. Je le répète encore, ce n'est point pour in-
« sulter à sa chute que je dis tout ceci, mais pour vous attendrir sur ses
« maux, et pour vous inspirer des sentiments de clémence et de compassion
« à son égard.

« Mais, disent quelques personnes dures et impitoyables, qui même nous
« savent mauvais gré de lui avoir ouvert l'asile de l'Église, n'est-ce pas cet
« homme-là qui en a été le plus cruel ennemi, et qui a fermé cet asile sacré
« par diverses lois? Cela est vrai, répond saint Chrysostome, et ce doit être
« pour nous un motif bien pressant de glorifier Dieu de ce qu'il oblige un en-
« nemi si formidable de venir rendre lui-même hommage et à la puissance de
« l'Église, et à sa clémence : à sa puissance, puisque c'est la guerre qu'il lui a
« faite qui lui a attiré sa disgrâce : à sa clémence, puisque, malgré tous les
« maux qu'elle en a reçus, oubliant tout le passé, elle lui ouvre son sein, elle
« le cache sous ses ailes, elle le couvre de sa protection comme d'un bouclier,
« et le reçoit dans l'asile sacré des autels, que lui-même avait plusieurs fois
« entrepris d'abolir. Il n'y a point de victoires, point de trophées, qui pus-
« sent faire tant d'honneur à l'Église. Une telle générosité, dont elle seule est
« capable, couvre de honte et les Juifs et les infidèles. Accorder hautement
« sa protection à un ennemi déclaré, tombé dans la disgrâce, abandonné de
« tous, devenu l'objet du mépris et de la haine publique; montrer à son égard
« une tendresse plus que maternelle : s'opposer en même temps et à la colère
« d'un prince, et à l'aveugle fureur du peuple : voilà ce qui fait la gloire de
« notre sainte religion.

« Vous dites avec indignation qu'il a fermé cet asile par diverses lois. O
« homme, qui que vous soyez, vous est-il donc permis de vous souvenir des
« injures qu'on vous a faites? Ne sommes-nous pas les serviteurs d'un Dieu
« crucifié, qui dit en expirant : *Mon père, pardonnez-leur, car ils ne savent
« ce qu'ils font ?* Et cet homme, prosterné au pied des autels, et exposé en
« spectacle à tout l'univers, ne vient-il pas lui-même abroger ses lois, et en
« reconnaître l'injustice? Quel honneur pour cet autel, et combien est-il de-
« venu terrible et respectable, depuis qu'à nos yeux il tient ce lion enchaîné !
« C'est ainsi que ce qui rehausse l'éclat et l'image d'un prince n'est pas qu'il
« soit assis sur un trône, revêtu de pourpre et ceint du diadème; mais qu'il
« foule aux pieds les barbares vaincus et captifs.

« Je vois dans notre temple une assemblée aussi nombreuse qu'à la grande
« fête de Pâques. Quelle leçon pour tous que le spectacle qui vous occupe
« maintenant! et combien le silence même de cet homme, réduit en l'état où
« vous le voyez, est-il plus éloquent que pour reconnaître la vérité de cette
« parole : *Toute chair n'est que de l'herbe, et toute sa gloire est comme la
« fleur des champs. L'herbe s'est séchée, la fleur est tombée, parce que le
« Seigneur l'a frappée de son souffle.* Et le pauvre apprend ici à juger de son
« état tout autrement qu'il ne fait, et, loin de se plaindre, à savoir même bon
« gré à sa pauvreté, qui lui tient lieu d'asile, de port, de citadelle, en le
« mettant en repos et en sûreté, le délivrant des craintes et des alarmes dont
« il voit que les richesses sont la cause et l'origine. »

Le but qu'avait saint Chrysostome en tenant tout ce discours n'était pas
seulement d'instruire son peuple, mais de l'attendrir par le récit des maux
dont il lui faisait une peinture si vive. Aussi eut-il la consolation, comme je
l'ai dit, de faire fondre en larmes tout son auditoire, quelque aversion qu'on
eût pour Eutrope, qu'on regardait avec raison comme l'auteur de tous les
maux publics et particuliers. Quand il s'en aperçut, il continua ainsi : « Ai-je
« calmé vos esprits? Ai-je chassé la colère? Ai-je éteint l'inhumanité? Ai-je

« excité la compassion? Oui, sans doute : et l'état où je vous vois, et ces lar-
« mes qui coulent de vos yeux, en sont de bons garants. Puisque vos cœurs
« sont attendris, et qu'une ardente charité en a fondu la glace et amoli la
« dureté, allons donc tous ensemble nous jeter aux pieds de l'empereur ; ou
« plutôt prions le Dieu de miséricorde de l'adoucir, en sorte qu'il nous accorde
« la grâce entière. »

Ce discours eut son effet, et saint Chrysostome sauva la vie à Eutrope. Mais
quelques jours après, ayant eu l'imprudence de sortir de l'église pour se sauver, il fut pris, et banni en Chypre, d'où on le tira dans la suite pour lui faire
son procès à Chalcédoine, et il fut décapité.

Extrait tiré du premier livre du Sacerdoce.

Saint Chrysostome avait un ami intime, nommé Basile, qui lui avait persuadé de quitter la maison de sa mère pour mener avec lui une vie solitaire et
retirée. « Dès que cette mère désolée eut appris cette nouvelle, elle me prit la
main, dit saint Chrysostome, me mena dans sa chambre ; et m'ayant fait asseoir
auprès d'elle sur le même lit où elle m'avait mis au monde, elle commença à
pleurer, et à me parler en des termes qui me donnèrent encore plus de pitié
que ses larmes : « Mon fils, me dit-elle, Dieu n'a pas voulu que je jouisse
« longtemps de la vertu de votre père. Sa mort, qui suivit de près les dou-
« leurs que j'avais endurées pour vous mettre au monde, vous rendit orphe-
« lin, et me laissa veuve plus tôt qu'il n'eût été utile à l'un et à l'autre. J'ai
« souffert toutes les peines et toutes les incommodités du veuvage, lesquelles,
« certes, ne peuvent être comprises par les personnes qui ne les ont point
« éprouvées. Il n'y a point de discours qui puisse représenter le trouble et
« l'orage où se voit une jeune femme qui ne vient que de sortir de la maison
« de son père, qui ne sait point les affaires, et qui, étant plongée dans l'afflic-
« tion, doit prendre de nouveaux soins, dont la faiblesse de son âge et celle
« de son sexe sont peu capables. Il faut qu'elle supplée à la négligence de ses
« serviteurs, et se garde de leur malice ; qu'elle se défende des mauvais des-
« seins de ses proches ; qu'elle souffre constamment les injures des partisans,
« l'insolence et la barbarie qu'ils exercent dans la levée des impôts.
« Quand un père en mourant laisse des enfants, si c'est une fille, je sais
« que c'est beaucoup de peine et de soin pour une veuve ; ce soin néanmoins
« est supportable, en ce qu'il n'est pas mêlé de crainte ni de dépense. Mais si
« c'est un fils, l'éducation en est bien plus difficile, et c'est un sujet continuel
« d'appréhensions et de soins, sans parler de ce qu'il coûte pour le faire bien
« instruire. Tous ces maux pourtant ne m'ont point portée à me remarier. Je
« suis demeurée ferme parmi ces orages et ces tempêtes ; et, me confiant sur-
« tout en la grâce de Dieu, je me suis résolue de souffrir tous ces troubles que
« le veuvage apporte avec soi.
« Mais ma seule consolation dans ces misères a été de vous voir sans cesse,
« et de contempler dans votre visage l'image vivante et le portrait fidèle de
« mon mari mort : consolation qui a commencé dès votre enfance, lorsque
« vous ne saviez pas encore parler, qui est le temps où les pères et les mères
« reçoivent plus de plaisir de leurs enfants.
« Je ne vous ai point aussi donné sujet de me dire que, à la vérité, j'ai sou-
« tenu avec courage les maux de ma condition présente, mais aussi que j'ai
« diminué le bien de votre père pour me tirer de ces incommodités, qui est un
« malheur que je sais arriver souvent aux pupilles : car je vous ai conservé

« tout ce qu'il vous a laissé, quoique je n'aie rien épargné de tout ce qui vous
« a été nécessaire pour votre éducation. J'ai pris ces dépenses sur mon bien,
« et sur ce que j'ai eu de mon père en mariage : ce que je ne vous dis pas,
« mon fils, dans la vue de vous reprocher les obligations que vous m'avez.
« Pour tout cela je ne vous demande qu'une grâce : ne me rendez pas veuve
« une seconde fois. Ne rouvrez pas une plaie qui commençait à se fermer.
« Attendez au moins le jour de ma mort : peut-être n'est-il pas éloigné. Ceux
« qui sont jeunes peuvent espérer de vieillir : mais, à mon âge, je n'ai plus
« que la mort à attendre. Quand vous m'aurez ensevelie dans le tombeau de
« votre père, et que vous aurez réuni mes os à ses cendres, entreprenez alors
« d'aussi longs voyages, et naviguez sur telle mer que vous voudrez, per-
« sonne ne vous en empêchera. Mais, pendant que je respire encore, sup-
« portez ma présence, et ne vous ennuyez point de vivre avec moi. N'attirez
« pas sur vous l'indignation de Dieu, en causant une douleur si sensible à une
« mère qui ne l'a point méritée. Si je songe à vous engager dans les soins du
« monde, et que je veuille vous obliger de prendre la conduite de mes affaires,
« qui sont les vôtres, n'ayez plus d'égard, j'y consens, ni aux lois de la na-
« ture, ni aux peines que j'ai essuyées pour vous élever, ni au respect que
« vous devez à une mère, ni à aucun autre motif pareil : fuyez-moi comme
« l'ennemi de votre repos, comme une personne qui vous tend des pièges dan-
« gereux. Mais si je fais tout ce qui dépend de moi afin que vous puissiez
« vivre dans une parfaite tranquillité, que cette considération pour le moins
« vous retienne, si toutes les autres sont inutiles. Quelque grand nombre
« d'amis que vous ayez, nul ne vous laissera vivre avec autant de liberté que
« je fais. Aussi n'y en a-t-il point qui ait la même passion que moi pour votre
« avancement et pour votre bien. »

Saint Chrysostome ne put résister à un discours si touchant ; et, quelque
sollicitation que Basile son ami continuât toujours à lui faire, il ne put se résoudre à quitter une mère si pleine de tendresse pour lui, et si digne d'être
aimée.

L'antiquité païenne peut-elle nous fournir un discours plus beau, plus vif,
plus tendre, plus éloquent que celui-ci, mais de cette éloquence simple et naturelle, qui passe infiniment tout ce que l'art le plus étudié pourrait avoir de
plus brillant? Y a-t-il dans tout ce discours aucune pensée recherchée, aucun
tour extraordinaire ou affecté? Ne voit-on pas que tout y coule de source, et
que c'est la nature même qui l'a dicté? Mais ce que j'admire le plus, c'est la
retenue inconcevable d'une mère affligée à l'excès, et pénétrée de douleur, à
qui, dans un état si violent, il n'échappe pas un seul mot ni d'emportement,
ni même de plainte contre l'auteur de ses peines et de ses alarmes, soit par
respect pour la vertu de Basile, soit par la crainte d'irriter son fils, qu'elle ne
songeait qu'à gagner et à attendrir.

NOTE 3, page 34.

« C'est au grand talent, dit M. de la Harpe, qu'il est donné de réveiller la
froideur et de peindre l'indifférence ; et lorsque l'exemple s'y joint (heureusement encore tous nos prédicateurs illustres ont reçu cet avantage), il est certain que le ministère de la parole n'a nulle part plus de puissance et de dignité
que la chaire. Partout ailleurs, c'est un homme qui parle à des hommes : ici,
c'est un être d'une autre espèce, élevé entre le ciel et la terre ; c'est un média-
teur que Dieu place entre la créature et lui. Indépendamment des considéra-

tions du siècle, il annonce les oracles de l'éternité. Le lieu même d'où il parle,
celui où on l'écoute, confond et fait disparaître toutes les grandeurs, pour ne
laisser sentir que la sienne. Les rois s'humilient comme le peuple devant son
tribunal, et n'y viennent que pour être instruits. Tout ce qui l'environne
ajoute un nouveau poids à sa parole : sa voix retentit dans l'étendue d'une
enceinte sacrée, et dans le silence d'un recueillement universel. S'il atteste
Dieu, Dieu est présent sur les autels ; s'il annonce le néant de la vie, la mort
est auprès de lui pour lui rendre témoignage, et montre à ceux qui l'écoutent
qu'ils sont assis sur des tombeaux.

« Ne doutons pas que les objets extérieurs, l'appareil des temples et des
cérémonies, n'influent beaucoup sur les hommes, et n'agissent sur eux avant
l'orateur, pourvu qu'il n'en détruise pas l'effet. Représentons-nous Massillon
dans la chaire, prêt à faire l'oraison funèbre de Louis XIV, jetant d'abord les
yeux autour de lui, les fixant quelque temps sur cette pompe lugubre et im-
posante qui suit les rois jusque dans les asiles de mort où il n'y a que des
cercueils et des cendres, les baissant ensuite un moment avec l'air de la méditation, puis les relevant vers le ciel, et prononçant ces mots d'une voix ferme
et grave : *Dieu seul est grand, mes frères!* Quel exorde renfermé dans une
seule parole accompagnée de cette action ! comme elle devient sublime par le
spectacle qui entoure l'orateur ! comme ce seul mot anéantit tout ce qui n'est
pas Dieu ! »

NOTE 4, page 41.

LICHTENSTEIN.

Les encyclopédistes sont une secte de soi-disant philosophes, formée de nos
jours ; ils se croient supérieurs à tout ce que l'antiquité a produit en ce genre.
A l'effronterie des cyniques, ils joignent la noble impudence de débiter tous
les paradoxes qui leur tombent dans l'esprit ; ils se targuent de géométrie, et
soutiennent que ceux qui n'ont pas étudié cette science ont l'esprit faux ; que
par conséquent ils ont seul le don de bien raisonner ; leurs discours les plus
communs sont farcis de termes scientifiques. Ils diront, par exemple, que
telles lois sont sagement établies en raison inverse du carré des distances ; que
telle puissance, prête à former une alliance avec une autre, se sent attirer à
elle par l'effet de l'attraction, et que bientôt les deux nations seront assimilées.
Si on leur propose une promenade, c'est problème d'une courbe à résoudre.
S'ils ont une colique néphrétique, ils s'en guérissent par les règles de l'hy-
drostatique. Si une puce les a mordus, ce sont des infiniment petits du premier ordre qui les incommodent. S'ils font une chute, c'est pour avoir perdu
le centre de gravité. Si quelque folliculaire a l'audace de les attaquer, ils le
noient dans un déluge d'encre et d'injures ; ce crime de lèse-philosophie est
irrémissible.

EUGÈNE.

Mais quel rapport ont ces fous avec notre nom, avec le jugement qu'on porte
de nous.

LICHTENSTEIN.

Beaucoup plus que vous ne croyez, parce qu'ils dénigrent toutes les sciences,
hors celle de leurs calculs. Les poésies sont des frivolités dont il faut exclure
les fables ; un poète ne doit rimer avec énergie que les équations algébriques.

Pour l'histoire, ils veulent qu'on l'étudie à rebours, à commencer de nos temps pour remonter avant le déluge. Les gouvernements, ils les réforment tous : la France doit devenir un État républicain, dont un géomètre sera le législateur, et que des géomètres gouverneront, en soumettant toutes les opérations de la nouvelle république au calcul infinitésimal. Cette république conservera une paix constante, et se soutiendra sans armée....... Ils affectent tous une sainte horreur pour la guerre ...... S'ils haïssent les armées et les généraux qui se rendent célèbres, cela ne les empêche pas de se battre à coups de plume, et de se dire souvent des grossièretés dignes des halles : et, s'ils avaient des troupes, ils les feraient marcher les unes contre les autres....... En leur style, ces beaux propos s'appellent des libertés philosophiques ; il faut penser tout haut ; toute vérité est bonne à dire : et comme, selon leur sens, ils sont seuls les dépositaires des vérités, ils croient pouvoir débiter toutes les extravagances qui leur viennent dans l'esprit, sûrs d'être applaudis.

MARLBOROUGH.

Apparemment qu'il n'y a plus en Europe de Petites-Maisons ; s'il en restait, mon avis serait d'y loger ces messieurs, pour qu'ils fussent les législateurs des fous, leurs semblables.

EUGÈNE.

Mon avis serait de leur donner à gouverner une province qui méritât d'être châtiée ; ils apprendraient par leur expérience, après qu'ils y auraient tout mis sens dessus dessous, qu'ils sont des ingrats, que la critique est aisée, mais l'art difficile ; et surtout qu'on s'expose à dire force sottises, quand on se mêle de parler de ce qu'on n'entend pas.

LICHTENSTEIN.

Des présomptueux n'avouent jamais qu'ils ont tort. Selon leurs principes, le sage ne se trompe jamais ? il est le seul éclairé ; de lui doit émaner la lumière qui dissipe les sombres vapeurs dans lesquelles croupit le vulgaire imbécile et aveugle : aussi Dieu sait comment ils l'éclairent. Tantôt c'est en lui découvrant l'origine des préjugés, tantôt c'est un livre sur l'esprit, tantôt le système de la nature ; cela ne finit point. Un tas de polissons, soit par air ou par mode, se comptent parmi leurs disciples : ils affectent de les copier, et s'érigent en sous-précepteurs du genre humain : et comme il est plus facile de dire des injures que d'alléguer des raisons, le ton de leurs élèves est de se détacher indécemment en toute occasion contre les militaires.

EUGÈNE.

Un fat trouve toujours un plus fat qui l'admire : mais les militaires souffrent-ils les injures tranquillement ?

LICHTENSTEIN.

Ils laissent aboyer ces roquets, et continuent leur chemin.

MARLBOROUGH.

Mais pourquoi cet acharnement contre la plus noble des professions, contre celle sous l'abri de laquelle les autres peuvent s'exercer en paix.

LICHTENSTEIN.

Comme ils sont tous très ignorants dans l'art de la guerre, ils croient rendre cet art méprisable en le déprimant : mais, comme je vous l'ai dit, ils décrient généralement toutes les sciences, et ils élèvent la seule géométrie sur ces débris, pour anéantir toute gloire étrangère, et la concentrer uniquement sur leurs personnes.

MARLBOROUGH.

Mais nous n'avons méprisé ni la philosophie, ni la géométrie, ni les belles-lettres, et nous nous sommes contentés d'avoir du mérite dans notre genre.

EUGÈNE.

J'ai plus fait. A Vienne j'ai protégé tous les savants, et les ai distingués lors même que personne n'en faisait aucun cas.

LICHTENSTEIN.

Je le crois bien ; c'est que vous étiez de grands hommes, et ces soi-disant philosophes ne sont que des polissons, dont la vanité voudrait jouer un rôle : cela n'empêche pas que les injures si souvent répétées ne fassent du tort à la mémoire des grands hommes. On croit que raisonner hardiment de travers, c'est être philosophe, et qu'avancer des paradoxes, c'est emporter la palme. Combien n'ai-je pas entendu, par de ridicules propos, condamner vos plus belles actions, et vous traiter d'hommes qui avaient usurpé une réputation dans un siècle d'ignorance qui manquait de vrais appréciateurs du mérite.

MALBOROUGH.

Notre siècle, un siècle d'ignorance ! ah ! je n'y tiens plus.

LICHTENSTEIN.

Le siècle présent est celui des philosophes.

(Œuvres de Frédéric II.)

NOTE 5, page 43.

PORTRAITS DE J.-J. ROUSSEAU ET DE VOLTAIRE,

PAR LA HARPE.

. . . .
Deux surtout dont le nom, les talents, l'éloquence,
Faisant aimer l'erreur, ont fondé sa puissance,
Préparèrent de loin des maux inattendus,
Dont ils auraient frémi s'ils les avaient prévus.
Oui, je le crois, témoins de leur affreux ouvrage,
Ils auraient des Français désavoué la rage.
Vaine et tardive excuse aux fautes de l'orgueil !
Qui prend le gouvernail doit connaître l'écueil.
La faiblesse réclame un pardon légitime :
Mais de tout grand pouvoir l'abus est un grand crime.
Par les dons de l'esprit placés aux premiers rangs,
Ils ont parlé d'en haut aux peuples ignorants ;
Leur voix montait au ciel pour y porter la guerre,
Leur parole hardie a parcouru la terre.
Tous deux ont entrepris d'ôter au genre humain
Le joug sacré qu'un Dieu n'imposa pas en vain ;
Et des coups que ce Dieu frappe pour les confondre,
Au monde, leur disciple, ils auront à répondre.
Leurs noms, toujours chargés de reproches nouveaux,
Commenceront toujours le récit de nos maux.
Ils ont frayé la route a ce peuple rebelle :
De leurs tristes succès la honte est immortelle.

L'un qui, dès sa jeunesse errant et rebuté,
Nourrit dans les affronts son orgueil révolté,
Sur l'horizon des arts sinistre météore,
Marqua par le scandale une tardive aurore.

Et, pour premier essai d'un talent imposteur,
Calomnia les arts, ses seuls titres d'honneur ;
D'un moderne cynique affecta l'arrogance,
Du paradoxe altier orna l'extravagance,
Ennoblit le sophisme, et cria *vérité*.
Mais par quel art honteux s'est-il accrédité ?
Courtisan de l'envie, il la sert, la caresse,
Va dans les derniers rangs en flatter la bassesse ;
Jusques aux fondements de la société
Il a porté la faux de son *égalité*
Il sema, fit germer, chez un peuple volage,
Cet esprit novateur, le monstre de notre âge,
Qui couvrira l'Europe et de sang et deuil.
Rousseau fut parmi nous l'apôtre de l'orgueil
Il vanta son enfance à Genève nourrie,
Et, pour venger un livre, il troubla sa patrie :
Tandis qu'en ses écrits, par un autre travers,
Sur sa ville chétive il réglait l'univers.
J'admire ses talents, j'en déteste l'usage :
Sa parole est un feu, mais un feu qui ravage,
Dont les sombres lueurs brillent sur des débris.
Tout, jusqu'aux vérités, trompe dans ses écrits ;
Et du faux et du vrai ce mélange adultère
Est d'un sophiste adroit le premier caractère.
Tour-à-tour apostat de l'une et l'autre loi,
Admirant l'Evangile, et réprouvant la foi,
Chrétien, déiste, arme contre Genève et Rome,
Il épuise à lui seul l'inconstance de l'homme,
Demande une statue, implore une prison ;
Et l'amour-propre enfin, égarant sa raison,
Frappe ses derniers ans du plus triste délire :
Il fuit le monde entier qui contre lui conspire :
Il se confesse au monde, et, toujours plein de soi :
Dit hautement à Dieu : *Nul n'est meilleur que moi*.

L'autre, encore plus fameux, plus éclatant génie,
Fut pour nous soixante ans le dieu de l'harmonie.
Ceint de tous les lauriers, fait pour tous les succès,
Voltaire a de son nom fait un titre aux Français.
Il nous a vendu cher ce brillant héritage,
Quand, libre en son exil, rassuré par son âge,
De son esprit fougueux l'essor indépendant
Prit sur l'esprit du siècle un si haut ascendant
Quand son ambition, toujours plus indocile,
Prétendit détrôner le Dieu de l'Evangile.
Voltaire dans Ferney, son bruyant arsenal,
Secouait sur l'Europe un magique fanal,
Que pour embrasser tout, trente ans on a vu luire.
Par lui l'impiété, puissante pour détruire,
Ebranla, d'un effort aveugle et furieux,
Les trônes de la terre appuyés dans les cieux.
Ce flexible Protée était né pour séduire :
Fort de tous les talents et de plaire et de nuire.
Il sut multiplier son fertile poison ;
Arme du ridicule, éludant la raison,

Prodiguant le mensonge, et le sel, et l'injure,
De cent masques divers il revêt l'imposture,
Impose à l'ignorant, insulte à l'homme instruit ;
Il sut jusqu'au vulgaire abaisser son esprit,
Faire du vice un jeu, du scandale une école,
Grâce à lui, le blasphème, et piquant et frivole,
Circulait embelli des traits de la gaieté ;
Au bon sens il ôta sa vieille autorité,
Repoussa l'examen, fit rougir du scrupule
Et mit au premier rang le titre d'incrédule.

NOTE 6, page 44.

Voici ce que Montesquieu écrivait en 1752 à l'abbé de Guasco : « Huart
veut faire une nouvelle édition des *Lettres Persanes*; mais il y a quelques
juvenilia que je voudrais auparavant retoucher. »
Sous ce passage on trouve cette note de l'éditeur :
« Il a dit à quelques amis que, s'il avait eu à donner actuellement ces Lettres, il en aurait omis quelques-unes dans lesquelles le feu de la jeunesse l'a-
vait transporté; qu'obligé par son père de passer toute la journée sur le Code,
il s'en trouvait le soir si excédé, que pour s'amuser il se mettait à composer
une Lettre persane, et que cela coulait de sa plume sans étude. »
                              (*Œuvres de Montesquieu*, tom. VII, pag. 235.)

NOTE 7, page 46.

Voltaire, que j'aime à citer aux incrédules, pensait ainsi sur le siècle de
Louis XIV et sur le nôtre. Voici plusieurs passages de ces lettres (où l'on doit
toujours chercher ses sentiments intimes) qui le prouvent assez.
« C'est Racine qui est véritablement grand, et d'autant plus grand, qu'il
ne paraît jamais chercher à l'être. C'est l'auteur d'*Athalie* qui est l'homme
parfait. (*Corresp. gén.*, tom. VIII, page 465.)
« J'avais cru que Racine serait ma consolation, mais il est mon désespoir.
C'est le comble de l'insolence de faire une tragédie après ce grand homme.
Aussi, après lui, je ne connais que de mauvaises pièces, et avant lui que
quelques bonnes scènes. » (*Ibid.*, tom. VIII, page 467.)
« Je ne peux me plaindre de la bonté avec laquelle vous parlez d'un *Brutus* et d'un *Orphelin*; j'avouerai même qu'il y a quelques beautés dans ces
deux ouvrages; mais encore une fois vive Jean (Racine)! plus on le lit, et plus
on lui découvre un talent unique, soutenu par toutes les finesses de l'art : en
un mot, s'il y a quelque chose sur la terre qui approche de la perfection, c'est
Jean. » (*Ibid.*, tom. VIII, page 501.)
« La mode est aujourd'hui de mépriser Colbert et Louis XIV ; cette mode
passera, et ces deux hommes resteront à la postérité avec Boileau. » (*Id.*,
tom. XV, page 408.)
« Je prouverais bien que les choses passables de ce temps-ci sont toutes puisées dans les bons écrits du siècle de Louis XIV. Nos mauvais livres sont
moins mauvais que les mauvais que l'on faisait du temps de Boileau, de Racine et de Molière, parce que dans ces plats ouvrages d'aujourd'hui il y a tou-

pars quelques morceaux tirés visiblement des auteurs du règne du bon goût. Nous ressemblons à des voleurs qui changent et qui ornent ridiculement les habits qu'ils ont derobés, de peur qu'on ne les reconnaisse. A cette friponnerie s'est jointe la rage de la dissertation et celle du paradoxe; le tout compose une impertinence qui est d'un ennui mortel. » (*Ibid.*, tom. XIII, page 219.)

« Accoutumez-vous à la disette des talents en tout genre, à l'esprit devenu commun, et au génie devenu rare, à une inondation de livres sur la guerre pour être battus, sur les finances pour n'avoir pas un sou, sur la population pour manquer de recrues et de cultivateurs, et sur tous les arts pour ne réussir dans aucun. » (*Ibid.*, tom. VI, page 391.)

Enfin, Voltaire a dit, dans sa belle lettre à milord Hervey, tout ce qu'on a répété moins bien et redit mille fois depuis, sur le siècle de Louis XIV. Voici cette lettre à milord Hervey, en 1740.

Année 1740.

« ... Mais, surtout, milord, soyez moins fâché contre moi de ce que j'appelle le siècle dernier le siècle de Louis XIV. Je sais bien que Louis XIV n'a pas eu l'honneur d'être le maître ni le bienfaiteur d'un Bayle, d'un Newton, d'un Halley, d'un Addison, d'un Dryden ; mais dans le siècle qu'on nomme de Léon X, ce pape avait-il tout fait ? N'y avait-il pas d'autres princes qui contribuèrent à polir et à éclairer le genre humain ? Cependant le nom de Léon X a prévalu, parce qu'il encouragea les arts plus qu'aucun autre. Eh ! quel roi a donc, en cela, rendu plus de services à l'humanité que Louis XIV ? quel roi a répandu plus de bienfaits, a marqué plus de goût, s'est signalé par de plus beaux établissements ? Il n'a pas fait tout ce qu'il pouvait faire, sans doute, parce qu'il était homme ; mais il a fait plus qu'aucun autre, parce qu'il était un grand homme : ma plus forte raison pour l'estimer beaucoup, c'est qu'avec des fautes connues il a plus de réputation qu'aucun de ses contemporains; c'est que, malgré un million d'hommes dont il a privé la France, et qui tous ont été intéressés à le décrier, toute l'Europe l'estime et le met au rang des plus grands et des meilleurs monarques.

Nommez-moi donc, milord, un souverain qui ait attiré chez lui plus d'étrangers habiles, et qui ait plus encouragé le mérite dans ses sujets. Soixante savants de l'Europe reçurent à la fois des récompenses de lui, étonnés d'en être connus.

« *Quoique le roi ne soit pas votre souverain*, leur écrivait M. de Colbert, *il veut être votre bienfaiteur ; il m'a commandé de vous envoyer la lettre de change ci-jointe, comme un gage de son estime*. Un Bohémien, un Danois, recevaient de ces lettres datées de Versailles. *Guillemini* bâtit à Florence une maison des bienfaits de Louis XIV : il mit le nom de ce roi sur le frontispice, et vous ne voulez pas qu'il soit à la tête du siècle dont je parle !

« Ce qu'il a fait dans son royaume doit servir à jamais d'exemple. Il chargea de l'éducation de son fils et de son petit-fils les plus éloquents et les plus savants hommes de l'Europe. Il eut l'attention de placer trois enfants de Pierre Corneille, deux dans les troupes, et l'autre dans l'Église : il excita le mérite naissant de Racine par un présent considérable pour un jeune homme inconnu et sans bien ; et quand ce génie se fut perfectionné, ces talents, qui souvent sont l'exclusion de la fortune, firent la sienne. Il eut plus que de la fortune, il eut la faveur et quelquefois la familiarité d'un maître dont un regard était un bienfait. Il était, en 1688 et 1689, de ces voyages de Marly tant brigués par les courtisans ; il couchait dans la chambre du roi pendant ses maladies, et lui lisait ces chefs-d'œuvre d'éloquence et de poésie qui décoraient ce beau règne.

« Cette faveur, accordée avec discernement, est ce qui produit de l'émulation et qui échauffe les grands génies : c'est beaucoup de faire des fondations, c'est quelque chose de les soutenir : mais s'en tenir à ces établissements, c'est souvent préparer les mêmes asiles pour l'homme inutile et pour le grand homme : c'est recevoir dans la même ruche l'abeille et le frelon.

« Louis XIV songeait à tout ; il protégeait les académies, et distinguait ceux qui se signalaient ; il ne prodiguait point sa faveur à un genre de mérite, à l'exclusion des autres, comme tant de princes qui favorisent, non ce qui est beau, mais ce qui leur plaît : la physique et l'étude de l'antiquité attirèrent son attention. Elle ne se ralentit pas même dans les guerres qu'il soutenait contre l'Europe ; car, en bâtissant trois cents citadelles, en faisant marcher quatre cent mille soldats, il faisait élever l'Observatoire, et tracer une méridienne d'un bout du royaume à l'autre, ouvrage unique dans le monde. Il faisait imprimer dans son palais les traductions des bons auteurs grecs et latins ; il envoyait des géomètres et des physiciens, au fond de l'Afrique et de l'Amérique, chercher de nouvelles connaissances. Songez, milord, que sans le voyage et les expériences de ceux qu'il envoya à Cayenne en 1672, et sans les mesures de M. Picard, jamais Newton n'eût fait ses découvertes sur l'attraction. Regardez, je vous prie, un Cassini et un Huyghens, qui renoncent tous deux à leur patrie qu'ils honorent, pour venir en France jouir de l'estime et des bienfaits de Louis XIV. Et pensez-vous que les Anglais mêmes ne lui aient pas obligation? Dites-moi, je vous prie, dans quelle cour Charles II puisa tant de politesse et tant de goût? Les bons auteurs de Louis XIV n'ont-ils pas été vos modèles? n'est-ce pas d'eux que votre sage Addison, l'homme de votre nation qui avait le goût le plus sûr, a tiré souvent ses excellentes critiques? L'évêque Burnet avoue que ce goût, acquis en France par les courtisans de Charles II, réforma chez vous jusqu'à la chaire, malgré la différence de nos religions : tant la saine raison a partout d'empire! Dites-moi si les bons livres de ce temps n'ont pas servi à l'éducation de tous les princes de l'empire. Dans quelles cours d'Allemagne n'a-t-on pas vu des théâtres français? Quel prince ne tâchait pas d'imiter Louis XIV? Quelle nation ne suivait pas alors les modes de la France?

« Vous m'apportez, milord, l'exemple de *Pierre le Grand*, qui a fait naître les arts dans son pays, et qui est le créateur d'une nation nouvelle : vous me dites cependant que son siècle ne sera pas appelé dans l'Europe le siècle du czar *Pierre* : vous en concluez que je ne dois pas appeler le siècle passé le siècle de Louis XIV. Il me semble que la différence est bien palpable. Le czar *Pierre* s'est introduit chez les autres peuples ; il a porté leurs arts chez lui ; mais Louis XIV a instruit les nations : tout, jusqu'à ses fautes, leur a été utile. Les protestants, qui ont quitté ses États, ont porté chez vous-mêmes une industrie qui faisait la richesse de la France. Comptez-vous pour rien tant de manufactures de soie et de cristaux? Ces dernières furent perfectionnées chez vous par nos réfugiés, et nous avons perdu ce que vous avez acquis.

« Enfin, la langue française, milord, est devenue presque la langue universelle. A qui en est-on redevable? était-elle aussi étendue du temps de Henri IV? Non sans doute : on ne connaissait que l'italien et l'espagnol. Ce sont nos excellents écrivains qui ont fait ce changement : mais qui a protégé, employé, encouragé ces excellents écrivains? C'était M. de Colbert, me direz-vous ; je

J'avoue, et je prétends bien que le ministre doit partager la gloire du maître. Mais qu'eût fait un Colbert sous un autre prince? sous votre roi Guillaume qui n'aimait rien, sous le roi d'Espagne Charles II, sous tant d'autres souverains?

« Croiriez-vous, milord, que Louis XIV a réformé le goût de la cour en plus d'un genre? Il choisit Lulli pour son musicien, et ôta le privilége à Lambert, parce que Lambert était un homme médiocre, et Lulli un homme supérieur. Il savait distinguer l'esprit du génie: il donnait à Quinault les sujets de ses opéras; il dirigeait les peintures de Le Brun; il soutenait Boileau, Racine, Molière contre leurs ennemis; il encourageait les arts utiles comme les beaux-arts, et toujours en connaissance de cause; il prêtait de l'argent à Van-Robais pour ses manufactures; il avançait des millions à la compagnie des Indes, qu'il avait formée; il donnait des pensions aux savants et aux braves officiers. Non-seulement il s'est fait de grandes choses sous son règne, mais c'est lui qui les faisait. Souffrez donc, milord, que je tâche d'élever à sa gloire un monument que je consacre encore plus à l'utilité du genre humain.

« Je ne considère pas seulement Louis XIV parce qu'il a fait du bien aux Français, mais parce qu'il a fait du bien aux hommes: c'est comme homme et non comme sujet que j'écris; je veux peindre le dernier siècle, et non pas simplement un prince. Je suis las des histoires où il n'est question que des aventures d'un roi, comme s'il existait seul, ou que rien n'existât que par rapport à lui; en un mot, c'est encore plus d'un grand siècle que d'un grand roi que j'écris l'histoire.

« Pélisson eût écrit plus éloquemment que moi, mais il était courtisan, et il était payé. Je ne suis ni l'un ni l'autre, c'est à moi qu'il appartient de dire la vérité. » (*Corresp. gén.*, tom. III, pag. 53.)

NOTE 8, page 48.

M. l'abbé Fleury, dans ses *Mœurs des Chrétiens*, pense que les anciens monastères sont bâtis sur le plan des maisons romaines, telles qu'elles sont décrites dans Vitruve et dans Palladio. « L'église, dit-il, qu'on trouve la première, afin que l'entrée en soit libre aux séculiers, semble tenir lieu de cette première salle que les Romains appelaient *atrium*: de là on passait dans une cour environnée de galeries couvertes, à qui l'on donnait le nom de *péristyle*; c'est justement le cloître où l'on entre de l'église, et d'où l'on va ensuite dans les autres pièces, comme le chapitre, qui est l'*exèdre* des anciens; le réfectoire, qui est le *triclinium*; et le jardin, qui est derrière tout le reste, comme il était aux maisons antiques. »

NOTE 9, page 76.

Les offices ont emprunté leurs noms de la division du jour chez les Romains. La première partie du jour s'appelait *Prima*; la seconde, *Tertia*; la troisième, *Sexta*; la quatrième, *Nona*, parce qu'elles commençaient à la première, la troisième, la sixième et la neuvième heure. La première veille s'appelait *Vespera*, soir.

NOTE 10, page 85.

« Autrefois je disais la messe avec la légèreté qu'on met à la longue aux choses les plus graves, quand on les fait trop souvent. Depuis mes nouveaux principes, je la célèbre avec plus de vénération : je me pénètre de la majesté de l'Être suprême, de sa présence, de l'insuffisance de l'esprit humain, qui conçoit si peu ce qui se rapporte à son auteur. En songeant que je lui porte les vœux du peuple sous une forme prescrite, je suis avec soin tous les rites ; je récite attentivement, je m'applique à n'omettre jamais ni le moindre mot ni la moindre cérémonie. Quand j'approche du moment de la consécration, je me recueille pour la faire avec toutes les dispositions qu'exigent l'Église et la grandeur du sacrement ; je tâche d'anéantir ma raison devant la suprême Intelligence. Je me dis : Qui es-tu pour mesurer la puissance infinie ? Je prononce avec respect les mots sacramentaux, et je donne à leur effet toute la foi qui dépend de moi. Quoi qu'il en soit de ce mystère inconcevable, je ne crains pas qu'au jour du jugement je sois puni pour l'avoir jamais profané dans mon cœur. » (ROUSSEAU, *Émile*, tom. III.)

NOTE 11, page 88.

« Les absurdes rigoristes en religion ne connaissent pas l'effet des cérémonies extérieures sur le peuple. Ils n'ont jamais vu notre adoration de la croix le Vendredi-Saint, l'enthousiasme de la multitude à la procession de la Fête-Dieu, enthousiasme qui me gagne moi-même quelquefois. Je n'ai vu jamais cette longue file de prêtres en habits sacerdotaux, ces jeunes acolytes vêtus de leurs aubes blanches, ceints de leurs larges ceintures bleues, et jetant des fleurs devant le Saint-Sacrement ; cette foule qui les précède et qui les suit dans un silence religieux : tant d'hommes, le front prosterné contre la terre : je n'ai jamais entendu ce chant grave et pathétique, entonné par les prêtres, et répondu affectueusement par une infinité de voix d'hommes, de femmes, de jeunes filles et d'enfants, sans que mes entrailles ne s'en soient émues, n'en aient tressailli, et que les larmes ne m'en soient venues aux yeux. Il y a là-dedans je ne sais quoi de sombre, de mélancolique. J'ai connu un peintre protestant qui avait fait un long séjour à Rome, et qui convenait qu'il n'avait jamais vu le souverain pontife officier dans Saint-Pierre, au milieu des cardinaux et de toute la prélature romaine, sans devenir catholique. . . . .

. . . . Supprimez tous les symboles sensibles, et le reste se réduira bientôt à un galimatias métaphysique, qui prendra autant de formes et de tournures bizarres qu'il y aura de têtes. » (DIDEROT, *Essai sur la peinture*.)

NOTE 12, page 115.

« Au-dessus de Brig, la vallée se transforme en un étroit et inabordable précipice dont le Rhône occupe et ravage le fond. La route s'élève sur les montagnes septentrionales, et l'on s'enfonce dans la plus sauvage des solitudes : les Alpes n'offrent rien de plus lugubre. On marche deux heures, sans rencontrer la moindre trace d'habitation, le long d'un sentier dangereux, ombragé par de sombres forêts, et suspendu sur un précipice dont la vue ne saurait pénétrer l'obscure profondeur. Ce passage est célèbre par des meurtres : et plusieurs têtes exposées sur des piques étaient, lorsque je le traversai, la digne décoration de son affreux paysage. On atteint enfin le village de *Lax*, situé dans le lieu le plus désert et le plus écarté de cette contrée. Le sol sur lequel il est bâti penche rapidement vers le précipice, du fond duquel s'élève le sourd mugissement du Rhône. Sur l'autre bord de cet abîme, on voit un hameau dans une situation pareille; les deux églises sont opposées l'une à l'autre, et, du cimetière de l'une, j'entendais successivement le chant des deux paroisses, qui semblaient se répondre. Que ceux qui connaissent la triste et grave harmonie des cantiques allemands les imaginent chantés dans ce lieu, accompagnés par le murmure éloigné du torrent et le frémissement du sapin. »

(*Lettres sur la Suisse*, de Williams COXE, tome II, *Note de* M. RAMOND.)

NOTE 13, page 121.

Monuments détruits dans l'abbaye de Saint-Denis, les 6, 7 et 8 août 1793.

Nous donnerons ici au lecteur des notes bien précieuses sur les exhumations de Saint Denis : elles ont été prises par un religieux de cette abbaye, témoi oculaire de ces exhumations.

SITUATION DES TOMBEAUX.

Dans le sanctuaire, du côté de l'épître.

Le tombeau du roi Dagobert 1er, mort en 638, et les deux statues de pierre de liais, l'une couchée, l'autre en pied, et celle de la reine Nanthilde sa femme, en pied.

On a été obligé de briser la statue couchée de Dagobert, parce qu'elle faisait partie du massif du tombeau et du mur : on a conservé le reste du tombeau, qui représente la vision d'un ermite, au sujet de ce que l'on dit être arrivé à l'âme de Dagobert après sa mort, parce que ce morceau de sculpture peut servir à l'histoire de l'art et à celle de l'esprit humain.

Dans la croisée du chœur, du côté de l'épître le long des grilles.

Le tombeau de Clovis II, fils de Dagobert, mort en 662.

Ce tombeau était en pierre de liais.

Celui de Charles Martel, père de Pépin, mort en 741. Il était en pierre. Celui de Pépin, son fils, premier roi de la deuxième race, mort en 768. A côté, celui de Berthe ou Bertrade, sa femme, morte en 783.

Du côté de l'évangile, le long des grilles.

Le tombeau de Carloman, fils de Pépin, et frère de Charlemagne, mort en 771 : et celui d'Hermentrude, femme de Charles le Chauve, à côté, laquelle mourut en 869. Ces deux tombeaux en pierre.

Du côté de l'épître.

Le tombeau de Louis III, fils de Louis le Bègue, mort en 882 ; et celui de Carloman, frère de Louis III, mort en 884. L'un et l'autre en pierre.

Du côté de l'évangile.

Le tombeau d'Eudes le Grand, oncle de Hugues Capet, mort en 899, et celui de Hugues Capet, mort en 996.

Celui de Henri Ier, mort en 1060; de Louis VI, dit le Gros, mort en 1137, et celui de Philippe, fils aîné de Louis le Gros, couronné du vivant de son père, mort en 1131.

Celui de Constance de Castille, seconde femme de Louis VII, dit le Jeune, morte en 1159.

Tous ces monuments étaient en pierre, et avaient été construits sous le règne de saint Louis, au treizième siècle. Ils contenaient chacun deux petits cercueils de pierre, d'environ trois pieds de long, recouverts d'une pierre en dos d'âne, où étaient renfermées les cendres de ces princes et princesses.

Tous les monuments qui suivaient étaient de marbre, à l'exception de deux qu'on aura soin de remarquer : ils avaient été construits dans le siècle où ont vécu les personnages dont ils contenaient les cendres.

Dans la croisée du chœur, du côté de l'épître.

Le tombeau de Philippe le Hardi, mort en 1285, et celui d'Isabelle d'Aragon, sa femme, morte en 1272. Ces deux tombeaux étaient creux, et contenaient chacun un coffre de plomb, d'environ trois pieds de long sur huit pouces de haut. Ils renfermaient les cendres de ces deux époux.

Celui de Philippe IV, dit le Bel, mort en 1314.

Côté de l'évangile.

Louis X, dit le Hutin, mort en 1316, et celui de son fils posthume (Jean, que la plupart des historiens ne comptent pas au nombre des rois de France,) mort la même année que son père, et quatre jours après sa naissance, pendant lequel temps il porta le titre de roi.

Aux pieds de Louis le Hutin, Jeanne, reine de Navarre, sa fille, morte en 1349.

Dans le sanctuaire, du côté de l'évangile.

Philippe V, dit le Long, mort le 3 janvier 1321, avec le cœur de sa femme, Jeanne de Bourgogne, morte le 21 janvier 1329 ; Charles IV, dit le Bel, mort en 1328, et Jeanne d'Évreux, sa femme, morte en 1370.

Chapelle de Notre-Dame la Blanche, du côté de l'épître.

Blanche, fille de Charles le Bel, duchesse d'Orléans, morte en 1392, et Marie, sa sœur, morte en 1341 ; plus bas, deux effigies de ces deux princesses, en pierre, adossées aux piliers de l'entrée de la chapelle.

Dans le sanctuaire de cette chapelle, côté de l'évangile.

Philippe de Valois, mort en 1350, et Jeanne de Bourgogne, sa première femme, morte en 1348.

Blanche de Navarre, sa deuxième femme, morte en 1398. Jeanne, fille de Philippe de Valois et de Blanche, morte en 1373 ; plus bas, deux effigies en pierre, de Blanche et Jeanne, adossées aux piliers du bas de la dite chapelle.

Chapelle de Saint-Jean-Baptiste, dite des Charles.

Charles V, surnommé le Sage, mort en 1380, et Jeanne de Bourbon, sa femme, morte en 1378.

Charles VI, mort en 1422, et Isabeau de Bavière, sa femme, morte en 1435.

Charles VII, mort en 1461, Marie d'Anjou, sa femme, morte en 1463.

Revenu dans le sanctuaire, du côté du maître-autel, côté de l'évangile, le roi Jean, mort en Angleterre, prisonnier, en 1364.

Au bas du sanctuaire et des degrés, du côté de l'évangile, le massif du monument de Charles VIII, mort en 1498, dont l'effigie et les quatre anges qui étaient aux quatre coins avaient été retirés en 1792, a été démoli le 8 août 1793.

Dans la chapelle de Notre-Dame la Blanche étaient les deux effigies, en marbre blanc, de Henri II, mort en 1559, et de Catherine de Médicis, sa femme, morte en 1589 : l'un et l'autre revêtus de leurs habits royaux, couchés sur un lit recouvert de lames de cuivre doré, aux chiffres de l'un et de l'autre, et ornés de fleurs de lis. Dans la chapelle des Charles, le tombeau de Bertrand du Guesclin, mort en 1380.

Nota. Ce tombeau, qui n'avait pas été compris dans le décret, avait été détruit par les ouvriers le 7 août, mais on a rapporté son effigie dans la chapelle de Turenne, en attendant qu'il fût transporté à sa destination.

Nota. Les cendres des rois et reines, renfermées dans les cercueils de pierre ou de plomb des tombeaux creux mentionnés ci-dessus, ont été déposées, comme il a été dit ci-devant, dans l'endroit où avait été érigée la tour des Valois, attenant à la croisée de l'église, du côté du septentrion, servant alors de cimetière. Ce magnifique monument avait été détruit en 1719.

L'on a trouvé que très-peu de chose dans les tombeaux creux, il y avait un peu de fil d'or faux dans celui de Pépin. Chaque cercueil contenait la simple inscription du nom sur une lame de plomb, et la plupart de ces lames étaient fort endommagées par la rouille.

Ces inscriptions, ainsi que les coffres de plomb de Philippe le Hardi et d'Isabelle d'Aragon, ont été transportés à l'Hôtel de Ville, et ensuite à la fonte. Ce qu'on a trouvé de plus remarquable est le sceau d'argent, de forme ogive, de Constance de Castille, deuxième femme de Louis VII dit le Jeune, morte en 1160 : il pèse trois onces et demie ; on l'a déposé à la municipalité pour être remis au cabinet des antiques de la Bibliothèque du Roi.

Le nombre des monuments détruits du 6 au 8 août 1793, au soir, qu'on a fini la destruction, monte à cinquante et un : ainsi, en trois jours, on a détruit l'ouvrage de douze siècles.

P. S. Le tombeau du maréchal de Turenne, qui avait été conservé intact, fut démoli en avril 1796, et transporté aux Petits-Augustins, au faubourg Saint-Germain, à Paris, où l'on rassemble tous les monuments qui méritent d'être conservés pour les arts.

L'église, qui était toute couverte en plomb, ne fut découverte, et le plomb porté à Paris, qu'en 1795 : mais, le 6 septembre 1796, on a apporté de la tuile et de l'ardoise de Paris, pour, dit-on, la recouvrir, afin de conserver ce magnifique monument.

Les superbes grilles de fer, faites en 1702, par un nommé Pierre Denys, très-habile serrurier, ont été déposées et transportées à la bibliothèque du collège Mazarin à Paris, en juillet 1796.

Ce même serrurier avait fait de pareilles grilles pour l'abbaye de Chelles, lorsque madame d'Orléans en était abbesse.

*Extraction des corps de rois, reines, princes et princesses, ainsi que des au-
tres grands personnages qui étaient enterrés dans l'église de l'abbaye de
Saint-Denis en France, faite en octobre 1793.*

Le samedi 12 octobre 1793, on a ouvert le caveau des Bourbons, du côté
des chapelles souterraines, et on a commencé par en tirer le cercueil du roi
Henri IV, mort le 14 mai 1610, âgé de cinquante-sept ans.

Remarques. Son corps s'est trouvé bien conservé, et les traits du visage
parfaitement reconnaissables. Il est resté dans le passage des chapelles basses,
enveloppé de son suaire, également bien conservé. Chacun a eu la liberté de
le voir jusqu'au lundi matin 14, qu'on l'a porté dans le cœur, au bas des marches du sanctuaire, où il est resté jusqu'à deux heures après midi, qu'on l'a
déposé dans le cimetière dit des Valois, ainsi qu'il a été ci-devant dit dans
une grande fosse creusée dans le bas du dit cimetière, à droite, du côté du
nord.

Le lundi 14 octobre 1793.

Ce jour, après le dîner des ouvriers, vers les trois heures après midi, on
continua l'extraction des autres cercueils des Bourbons.

Celui de Louis XIII, mort en 1643, âgé de quarante-deux ans.

Celui de Louis XIV, mort en 1715, âgé de soixante-dix-sept ans.

De Marie de Médicis, deuxième femme de Henri IV, morte en 1642, âgée de
soixante-huit ans.

D'Anne d'Autriche, femme de Louis XIII, morte en 1666, âgée de soixante-
quatre ans ;

De Marie-Thérèse, infante d'Espagne, épouse de Louis XIV, morte en 1683,
âgée de quarante-cinq ans ;

De Louis, dauphin, fils de Louis XIV, mort en 1711, âgé de près de cinquante ans.

Remarques. Quelques-uns de ces corps étaient bien conservés, surtout celui de Louis XIII, reconnaissable à sa moustache ; Louis XIV l'était aussi par
ses grands traits, mais il était noir comme de l'encre. Les autres corps, et surtout celui du grand dauphin, étaient en putréfaction liquide.

Le mardi 15 octobre 1793.

Vers les sept heures du matin, on a repris et continué l'extraction des cercueils des Bourbons par celui de Marie Leczinska, princesse de Pologne, épouse
de Louis XV, morte en 1768, âgée de soixante-cinq ans.

Celui de Marie-Anne-Christine-Victoire de Bavière, épouse de Louis, grand
dauphin, morte en 1690, âgée de trente ans.

De Louis, duc de Bourgogne, fils de Louis, grand dauphin, mort en 1712,
âgé de trente ans ;

De Marie-Adélaïde de Savoie, épouse de Louis, duc de Bourgogne, morte
en 1712, âgée de vingt-six ans ;

De Louis, duc de Bretagne, premier fils de Louis, duc de Bourgogne, mort
en 1705, âgé de neuf mois et dix-neuf jours ;

De Louis, duc de Bretagne, second fils du duc de Bourgogne, mort en 1712,
âgé de six ans ;

De Marie-Thérèse d'Espagne, première femme de Louis, dauphin, fils de
Louis XV, morte en 1746, âgée de vingt ans ;

De Xavier de France, duc d'Aquitaine, second fils de Louis, dauphin, mort le 22 février 1754, âgé de cinq mois et demi ;

De Marie-Séphirine de France, fille de Louis, dauphin, morte le 27 avril 1748, âgée de vingt et un mois ;

De N. duc d'Anjou, fils de Louis XV, mort le 7 avril 1733, âgé de deux ans sept mois trois jours.

On a aussi retiré du caveau les cœurs de Louis, dauphin, fils de Louis XV, mort à Fontainebleau le 20 décembre 1765, et de Marie-Josèphe de Saxe, son épouse, morte le 13 mars 1767.

Nota. Leurs corps avaient été enterrés dans l'église cathédrale de Sens, ainsi qu'ils l'avaient demandé.

Remarques. Le plomb en figure de cœur a été mis de côté, et ce qu'il contenait a été porté au cimetière, et jeté dans la fosse commune avec tous les cadavres des Bourbons. Les cœurs des Bourbons étaient recouverts d'autres de vermeil ou argent doré, et surmontés chacun d'une couronne aussi d'argent doré. Les cœurs d'argent et leurs couronnes ont été déposés à la municipalité, et le plomb a été remis aux commissaires aux plombs.

Ensuite on alla prendre les autres cercueils à mesure qu'ils se présentaient à droite et à gauche.

Le premier fut celui d'Anne-Henriette de France, fille de Louis XV, morte le 10 février 1752, âgée de vingt-quatre ans cinq mois vingt-sept jours ;

De Louise-Marie de France, fille de Louis XV, morte le 27 février 1733, âgée de quatre ans et demi ;

De Louise-Élisabeth de France, fille de Louis XV, mariée au duc de Parme, morte à Versailles le 6 décembre 1759, âgée de trente-deux ans trois mois et vingt-deux jours ;

De Louis-Joseph-Xavier de France, duc de Bourgogne, fils de Louis, dauphin, frère aîné de Louis XVI, mort le 22 mars 1761, âgé de neuf à dix ans ;

De N. d'Orléans, second fils d'Henri IV, mort en 1611, âgé de quatre ans ;

De Marie de Bourbon de Montpensier, première femme de Gaston, fils de Henri IV, morte en 1627, âgée de vingt-deux ans ;

De Gaston Jean-Baptiste, duc d'Orléans, fils de Henri IV, mort en 1660, âgé de cinquante-deux ans ;

De Marie-Louise d'Orléans, duchesse de Montpensier, fille de Gaston et de Marie de Bourbon, morte en 1693, âgée de soixante-six ans ;

De Marguerite de Lorraine, seconde femme de Gaston, morte le 3 avril 1672, âgée de cinquante-huit ans ;

De Jean Gaston d'Orléans, fils de Gaston Jean-Baptiste et de Marguerite de Lorraine, mort le 10 août 1652, à l'âge de deux ans.

De Marie-Anne d'Orléans, fille de Gaston et de Marguerite de Lorraine, morte le 17 août 1656, à l'âge de quatre ans.

Nota. Rien n'a été remarquable dans l'extraction des cercueils faite dans la journée du mardi 15 octobre 1793 : la plupart de ces corps étaient en putréfaction ; il en sortait une vapeur noire et épaisse d'une odeur infecte, qu'on chassait à force de vinaigre et de poudre qu'on eut la précaution de brûler ; ce qui n'empêcha pas les ouvriers de gagner des dévoiements et des fièvres, qui n'ont pas eu de mauvaises suites.

Le mercredi 16 octobre 1793.

Vers les sept heures du matin, on a continué l'extraction des corps et cercueils du caveau des Bourbons. On a commencé par celui de Henriette-Marie de France, fille de Henri IV, et épouse de l'infortuné Charles Ier, roi d'Angleterre, morte en 1669, âgée de soixante ans ; et on a continué par celui de Henriette-Anne Stuart, fille dudit Charles Ier, et première femme de Monsieur, frère unique de Louis XIV, morte en 1670, âgée de vingt-six ans ;

De Philippe d'Orléans, dit Monsieur, frère unique de Louis XIV, mort en 1701, âgé de soixante et un ans ;

D'Élisabeth-Charlotte de Bavière, seconde femme de Monsieur, morte en 1722, âgée de soixante-dix ans ;

De Charles, duc de Berri, petit-fils de Louis XIV, mort en 1714, âgé de vingt-huit ans ;

De Marie Louise-Élisabeth d'Orléans, fille du duc régent du royaume, épouse de Charles, duc de Berri, morte en 1719, âgée de vingt-quatre ans ;

De Philippe d'Orléans, petit-fils de France, régent du royaume sous la minorité de Louis XV, mort le jeudi 2 décembre 1723, âgé de quarante-neuf ans ;

D'Anne-Élisabeth de France, fille aînée de Louis XIV, morte le 30 décembre 1662, laquelle n'a vécu que quarante-deux jours ;

De Marie-Anne de France, seconde fille de Louis XIV, morte le 28 décembre 1664, âgé de quarante et un jours ,

De Philippe, duc d'Anjou, fils de Louis XIV, mort le 10 juillet 1671, âgé de trois ans ;

De Louis, duc d'Anjou, frère du précédent, mort le 4 novembre 1672, lequel n'a vécu que quatre mois et dix-sept jours ;

De Marie-Thérèse de France, troisième fille de Louis XIV, morte le 1er mars 1762, âgée de cinq ans ;

De Philippe-Charles d'Orléans, fils de Monsieur, mort le 8 décembre 1666, âgé de deux ans six mois ;

De N. , fille de Monsieur, morte en naissant, en 1665 ;

D'Alexandre-Louis d'Orléans, duc de Va'ois, fils de Monsieur, mort le 15 mars 1676, âgé de trois ans ;

De Charles de Berri, duc d'Alençon, fils du duc de Berri, mort le 16 avril 1718, âgé de vingt et un jours ;

De N. de Berri, fille du duc de Berri, morte en naissant, le 21 juillet 1711 ;

De Marie-Louise-Élisabeth, fille du duc de Berri, morte en 1714, douze heures après sa naissance ;

De Sophie de France, sixième fille de Louis XV, et tante de Louis XVI, morte le 5 mars 1782, âgée de quarante-sept ans sept mois et quatre jours ;

De N. de France, dite d'Angoulême, fille du comte d'Artois, frère de Louis XVI, morte le 23 juin 1783, âgée de cinq mois et seize jours ,

De MADEMOISELLE, fille du comte d'Artois, frère de Louis XVI, morte le 23 juin 1783, âgée de sept ans trois mois et un jour ;

De Sophie-Hélène de France, fille de Louis XVI, morte le 19 juin 1787, âgée de onze mois dix jours ;

De Louis-Joseph-Xavier, dauphin, fils de Louis XVI, mort à Meudon le 4 juin 1789, âgé de sept ans sept mois et treize jours.

Suite du mercredi 16 octobre 1793.

A onze heures du matin, dans le moment où la reine Marie-Antoinette d'Autriche, femme de Louis XVI, eut la tête tranchée, on enleva le cercueil de Louis XV, mort le 10 mai 1774, âgé de soixante-quatre ans.

Remarques. Il était à l'entrée du caveau, sur un banc ou massif de pierre, élevé à la hauteur d'environ deux pieds, au côté droit, en entrant, dans une espèce de niche pratiquée dans l'épaisseur du mur : c'était là qu'était déposé le corps du dernier roi, en attendant que son successeur vînt pour le remplacer, et alors on le portait à son rang dans le caveau.

On n'a ouvert le cercueil de Louis XV que dans le cimetière, sur le bord de la fosse. Le corps retiré du cercueil de plomb, bien enveloppé de linges et de bandelettes, paraissait tout entier et bien conservé ; mais dégagé de tout ce qui l'enveloppait, il n'offrait pas la figure d'un cadavre ; tout le corps tomba en putréfaction, et il en sortit une odeur si infecte, qu'il ne fut pas possible de rester présent : on brûla de la poudre, on tira plusieurs coups de fusil pour purifier l'air. On le jeta bien vite dans la fosse, sur un lit de chaux vive, et on le couvrit encore de terre et de chaux.

Autre remarque. Les entrailles des princes et princesses étaient aussi dans le caveau, dans des seaux de plomb déposés sous les treteaux de fer qui portaient leurs cercueils : on les porta au cimetière : on jeta les entrailles dans la fosse commune. Les seaux de plomb furent mis de côté, pour être portés, comme tous les autres, à la fonderie qu'on venait d'établir dans le cimetière même pour fondre le plomb à mesure qu'on en trouvait.

Vers les trois heures après-midi, on a ouvert, dans la chapelle dite des Charles. le caveau de Charles V, mort en 1380, âgé de quarante-deux ans, et celui de Jeanne de Bourbon, son épouse, morte en 1378, âgée de quarante ans.

Charles de France, mort enfant en 1386, âgé de trois mois, était inhumé aux pieds du roi Charles V, son aïeul. Ses petits os, tout-à-fait desséchés, étaient dans un cercueil de plomb. Sa tombe, en cuivre, était sous le marche-pied de l'autel.

Isabelle de France, fille de Charles V, morte quelques jours après sa mère ; Jeanne de Bourbon, morte en 1378, âgée de cinq ans, et Jeanne de France, sa sœur, morte en 1366, âgée de six mois et quatorze jours, étaient inhumées dans la même chapelle, à côté de leur père et mère. On ne trouva que leurs os, sans cercueils de plomb, mais quelques planches de bois pourri.

Remarques. On a trouvé dans le cercueil de Charles V une couronne de vermeil bien conservée, une main de justice d'argent, et un sceptre de cinq pieds de long, surmonté de feuilles d'acanthe d'argent, bien doré, dont l'or avait conservé tout son éclat.

Dans le cercueil de Jeanne de Bourbon, son épouse, on a trouvé un reste de couronne, un anneau d'or, les débris de bracelets ou chaînons, un fuseau ou quenouille de bois doré, à demi pourri, des souliers de forme fort pointue, en partie consommés, bordés en or et en argent.

Les corps de Charles V et de Jeanne de Bourbon, sa femme, de Charles VI et de sa femme, de Charles VII et de sa femme, retirés de leurs cercueils, ont été portés dans la fosse des Bourbons : après quoi, cette fosse a été couverte de terre, et on en a fait une autre à gauche de celle des Bourbons dans le fond du cimetière, où on a déposé les autres corps trouvés dans l'église.

Le jeudi 17 octobre 1793, du matin, on a fouillé dans le tombeau de Charles VI, mort en 1422, âgé de cinquante-quatre ans, et dans celui d'Isabeau de Bavière sa femme, morte en 1435 ; on n'a trouvé dans leurs cercueils que des ossements desséchés ; leur caveau avait été enfoncé lors de la démolition du mois d'août dernier. On mit en pièces et en morceaux leurs belles statues de marbre, et on pilla ce qui pouvait être précieux dans leurs cercueils.

Le tombeau de Charles VII, mort en 1461, âgé de cinquante-huit ans, et celui de Marie d'Anjou, sa femme, morte en 1463, avaient aussi été enfoncés et pillés. On n'a trouvé dans leurs cercueils qu'un reste de couronne et de sceptre d'argent doré.

Remarques. Une singularité de l'embaumement du corps de Charles VII, c'est qu'on y avait parsemé du vif-argent, qui avait conservé toute sa fluidité. On a observé la même singularité dans quelques autres embaumements de corps du quatorzième et du quinzième siècle.

Le même jour, 17 octobre 1793, l'après-dîner, dans la chapelle Saint-Hippolyte, on a fait l'extraction de deux cercueils de plomb, de Blanche de Navarre, seconde femme de Philippe de Valois, morte en 1391, et de Jeanne de France, leur fille, morte en 1371, âgée de vingt ans. On n'a pas trouvé la tête de cette dernière ; elle a été vraisemblablement dérobée, il y a quelques années, lors d'une réparation faite à l'ouverture du caveau.

On a ensuite fait l'ouverture du caveau de Henri II, qui était fort petit : on en tira d'abord deux cœurs, un gros, et l'autre moindre : on ne sait de qui ils viennent, étant sans inscriptions ; ensuite quatre cercueils : 1° celui de Marguerite de France, femme de Henri IV, morte le 27 mai 1615, âgée de soixante-deux ans ; 2° celui de François, duc d'Alençon, quatrième fils de Henri II, mort en 1584, âgé de trente ans ; 3° celui de François II, qui n'a régné qu'un an et demi, et qui mourut le 5 décembre 1560, âgé de dix-sept ans ; 4° d'une fille de Charles IX, nommée Élisabeth de France, morte le 2 avril 1570, âgée de six ans.

Avant la nuit on a ouvert le caveau de Charles VIII, mort en 1498, âgé de vingt-huit ans. Son cercueil de plomb était posé sur des tréteaux ou barres de fer : on n'a trouvé que des os presque desséchés.

Le vendredi 18 octobre 1793, vers les sept heures du matin, on a continué l'extraction des cercueils du caveau de Henri II, et on en a tiré quatre grands cercueils : celui de Henri II, mort le 10 juillet 1559, âgé de quarante ans et quelques mois ; de Catherine de Médicis, sa femme, morte le 5 janvier 1589, âgée de soixante-dix ans ; de Charles IX, mort en 1574, âgé de vingt-quatre ans ; de Henri III, mort le 2 août 1589, âgé de trente-huit ans.

Celui de Louis, duc d'Orléans, second fils de Henri II, mort au berceau.

De Jeanne de France et de Victoire de France, toutes deux filles de Henri II, mortes en bas âge.

Remarques. Ces cercueils étaient posés les uns sur les autres sur trois lignes : au premier rang, à main gauche en entrant, étaient les cercueils de Henri II, de Catherine de Médicis, sa femme, et de Louis d'Orléans, leur second fils : le cercueil de Henri II était posé sur des barres de fer, et les deux autres sur celui de Henri II.

Au second rang, au milieu du caveau, étaient quatre autres cercueils placés les uns sur les autres, et les deux cœurs ci-dessus mentionnés étaient posés dessus.

Au troisième rang, à main droite, du côté du chœur, se trouvaient quatre cercueils : celui de Charles IX, porté sur des barres de fer, en portait un grand ; celui de Henri III, et deux petits.

Sous les tréteaux ou barres de fer étaient posés les cercueils de plomb. Il y avait beaucoup d'ossements ; ce sont probablement des ossements trouvés dans cet endroit lorsqu'en 1719 on a fouillé pour faire le nouveau caveau des Valois, qui était avant construit dans l'endroit même où on a déposé les restes des princes et princesses, au fur et à mesure qu'on en a découvert.

Le même jour 18 octobre 1793, on est descendu dans le caveau de Louis XII, mort en 1515, âgé de cinquante-trois ans. Anne de Bretagne, son épouse, morte en 1514, âgée de trente-sept ans, était dans le même caveau, à côté de lui : on a trouvé sur leurs cercueils deux couronnes de cuivre doré.

Dans le chœur, sous la croisée septentrionale, on a ouvert le tombeau de

Jeanne de France, reine de Navarre, fille de Louis X, dit le Hutin, morte en 1349, âgée de trente-huit ans. Elle était enterrée aux pieds de son père, sans caveau : une pierre creuse tapissée de plomb intérieurement, et couverte d'une autre pierre toute plate, renfermait ses ossements ; on n'a trouvé dans son cercueil qu'une couronne de cuivre doré.

Louis X, dit le Hutin, n'avait pas non plus de cercueil de plomb, ni de caveau : une pierre creuse, en forme d'auge, tapissée en dedans de lames de plomb, renfermait ses os desséchés, avec un reste de sceptre et de couronne de cuivre rongé par la rouille ; il était mort en 1316, âgé de près de vingt-sept ans.

Le petit roi Jean, son fils posthume, était à côté de son père, dans une petite tombe ou auge de pierre, revêtue de plomb, n'ayant vécu que quatre jours.

Près du tombeau de Louis X, était enterré, dans un simple cercueil de pierre, Hugues, dit le Grand, comte de Paris, mort en 956, père de Hugues Capet, chef de la race des Capétiens. On n'a trouvé que ses os presque en poussière.

On a été ensuite au milieu du chœur découvrir la fosse de Charles le Chauve, mort en 877, âgé de cinquante-quatre ans. On n'a trouvé, bien en avant dans la terre, qu'une espèce d'auge en pierre, dans laquelle était un petit coffre qui contenait le reste de ses cendres. Il était mort de poison en deçà du Mont Cenis, sur les confins de la Savoie, dans une chaumière du village de Brios, à son retour de Rome. Son corps fut mis en dépôt au prieuré de Mantui, du diocèse de Dijon, d'où il fut transporté sept ans après à Saint-Denis.

Le samedi 19 octobre 1793, la sépulture de Philippe, comte de Boulogne, fils de Philippe-Auguste, mort en 1223, n'a rien donné de remarquable, sinon la place de la tête du prince, creusée dans son cercueil de pierre.

Nous remarquerons la même chose pour celui de Dagobert.

Le cercueil de pierre en forme d'auge d'Alphonse de Poitiers, frère de saint Louis, mort en 1271, ne contenait que des cendres : ses cheveux étaient bien conservés ; mais ce qui peut être remarquable, c'est que le dessous de la pierre qui couvrait son cercueil était tacheté, coloré et veiné de jaune et de blanc comme du marbre : les exhalaisons fortes du cadavre ont pu produire cet effet.

Le corps de Philippe-Auguste, mort en 1223, était entièrement consommé : la pierre taillée en dos d'âne qui couvrait le cercueil de pierre était arrondie du côté de la tête.

Le corps de Louis VIII, père de saint Louis, mort le 8 novembre 1226, âgé de quarante ans, s'est trouvé aussi presque consommé. Sur la pierre qui couvrait son cercueil était sculptée une croix en demi-relief : on n'y a trouvé qu'un reste de sceptre de bois pourri ; son diadème, qui n'était qu'une bande d'étoffe tissue en or, avec une grande calotte d'une étoffe satinée, assez bien conservée. Le corps avait été enveloppé dans un drap ou suaire tissu d'or : on en trouva encore des morceaux assez bien conservés.

Remarques. Son corps ainsi enseveli avait été recousu dans un cuir fort épais qui était bien conservé.

Il est le seul que nous ayons trouvé enveloppé dans un cuir. Il est vraisemblable qu'on ne l'a fait pour lui que pour que son cadavre n'exhalât pas au dehors de mauvaise odeur dans le transport qu'on en fit de Montpensier en Auvergne, où il mourut à son retour de la guerre contre les Albigeois.

On fouilla au milieu du chœur, au bas des marches du sanctuaire, sous une tombe de cuivre, pour trouver le corps de Marguerite de Provence, femme de saint Louis, morte en 1295. On creusa bien avant en terre sans rien trouver : enfin on découvrit, à gauche de la place où était sa tombe, une auge de pierre remplie de gravats, parmi lesquels étaient une rotule et deux petits os.

Dans la chapelle de Notre-Dame-la-Blanche, on a ouvert le caveau de Marie de France, fille de Charles IV, dit le Bel, morte en 1344, et de Blanche sa sœur, duchesse d'Orléans, morte en 1392. Le caveau était rempli de décombres, sans corps et sans cercueils.

En continuant la fouille dans le chœur, on a trouvé, à côté du tombeau de Louis VIII, celui où avait été déposé saint Louis, mort en 1270. Il était plus court et moins large que les autres : les ossements en avaient été retirés lors de sa canonisation en 1297.

Nota. La raison pour laquelle son cercueil était moins large et moins long que les autres, c'est que, suivant les historiens, ses chairs furent portées en Sicile : ainsi on n'a rapporté à Saint-Denis que les os, pour lesquels il a fallu un cercueil moins grand que pour le corps entier.

On a ensuite décarrelé le haut du chœur pour découvrir les autres cercueils cachés sous terre. On a trouvé celui de Philippe le Bel, mort en 1314, âgé de quarante-six ans. Ce cercueil était de pierre recouvert d'une large dalle. Il n'y avait pas d'autre cercueil que la pierre creusée en forme d'auge, et plus large à la tête qu'aux pieds, et tapissée en dedans d'une lame de plomb, et une forte et large lame aussi de plomb, scellée sur les barres de fer qui fermaient le tombeau. Le squelette était tout entier : on a trouvé un anneau d'or, un sceptre de cuivre doré, de cinq pieds de long, terminé par une touffe de feuillage sur laquelle était représenté un oiseau aussi de cuivre doré.

Le soir, à la lumière, on a ouvert le tombeau de pierre du roi Dagobert, mort en 638. Il avait plus de six pieds de long : la pierre était creusée pour recevoir la tête qui était séparée du corps. On a trouvé un coffre de bois d'environ deux pieds de long, garni en dedans de plomb, qui renfermait les os de ce prince et ceux de Nanthilde, sa femme, morte en 642. Les ossements étaient enveloppés dans une étoffe de soie, séparés les uns des autres par une planche intermédiaire qui partageait le coffre en deux parties. Sur un des côtés de ce coffre était une lame de plomb, avec cette inscription :

HIC JACET CORPUS DAGOBERTI.

Sur l'autre côté, une lame de plomb portait :

HIC JACET CORPUS NANTHILDIS.

On n'a pas trouvé la tête de la reine Nanthilde. Il est probable qu'elle sera restée dans l'endroit de sa première sépulture, lorsque saint Louis les fit retirer pour les placer dans le tombeau qu'il leur fit élever dans le lieux où il se voit aujourd'hui.

Dimanche 20 octobre 1793.

On a travaillé à détacher le plomb qui couvrait le dedans du tombeau de pierre de Philippe le Bel. On a refouillé auprès de la sépulture de saint Louis, dans l'espérance d'y trouver le corps de Marguerite de Provence, sa femme : on n'a rien trouvé qu'une auge de pierre sans couverture, remplie de terre et de gravats.

Dans cet endroit devait être aussi le corps de Jean Tristan, comte de Nevers, fils de saint Louis, mort en 1270, quelques jours avant son père, près de Carthage en Afrique.

Dans la chapelle dite de Charles, on a retiré le cercueil de plomb de Bertrand du Gueschn. mort en 1380. Son squelette était tout entier, la tête bien conservée ; les os bien propres et tout-à-fait desséchés. Auprès de lui était le tombeau de Bureau de la Rivière, mort en 1400. Il n'avait guère que trois pieds de long ; on en a retiré le cercueil de plomb.

Après bien des recherches, on a trouvé l'entrée du caveau de François Ier, mort en 1547, âgé de cinquante-trois ans.

Ce caveau était grand et bien voûté ; il contenait six corps renfermés dans des cercueils de plomb, posés sur des barres de fer : celui de François Ier ; celui de Louise de Savoie, sa mère, morte en 1531 ; de Claudine de France, sa femme, morte en 1524. âgée de vingt-cinq ans ; de François, dauphin. mort en 1536, âgé de dix-neuf ans ; de Charles, son frère, duc d'Orléans. mort en 1544, âgé de vingt-trois ans ; et celui de Charlotte, sa sœur, morte en 1524, âgée de huit ans.

Tous ces corps étaient en pourriture et en putréfaction liquide, et exhalaient une odeur insupportable ; une eau noire coulait à travers leurs cercueils de plomb dans le transport qu'on en fit au cimetière.

On a repris la fouille dans la croisée méridionale du chœur ; on a trouvé une auge ou tombe de pierre remplie de gravats. C'était le tombeau de Pierre Beaucaire, chambellan de saint Louis, mort en 1270.

Sur le soir, on a trouvé, près de la grille du côté du midi, le tombeau de Mathieu de Vendôme. abbé de Saint-Denis, et régent du royaume sous saint Louis et sous son fils Philippe le Hardi ; il n'avait point de cercueil, ni de pierre, ni de plomb ; il avait été mis en terre dans un cercueil de bois, dont on trouva encore des morceaux de planches pourries. Le corps était entièrement consumé ; on n'a trouvé que le haut de sa crosse de cuivre doré et quelques lambeaux de riche étoffe, ce qui marque qu'il avait été enseveli avec ses plus riches ornements d'abbé. Il était mort en 1286, le 5 septembre, au commencement du règne de Philippe le Bel.

Le lundi 21 octobre 1793.

Au milieu de la croisée du chœur, on a levé le marbre qui couvrait le petit caveau où avait déposé, au mois d'août 1791, les ossements et cendres de six princes et une princesse de la famille de saint Louis. transférés en cette église de l'abbaye de Royaumont, où ils étaient enterrés ; les cendres et ossements ont été retirés de leurs coffres ou cercueils de plomb, et portés au cimetière dans la seconde fosse commune. où Philippe-Auguste, Louis VIII, François Ier et toute sa famille avaient été portés.

Dans l'après-midi, on a commencé à fouiller dans le sanctuaire, à côté du grand autel, à gauche, pour trouver les cercueils de Philippe le Long, mort en 1332 ; de Charles IV, dit le Bel, mort en 1328 ; de Jeanne d'Evreux, troisième femme de Charles IV, morte en 1370 ; de Philippe de Valois, mort en 1350. âgé de cinquante-sept ans ; de Jeanne de Bourgogne, femme de Philippe de Valois. morte en 1348, et celui du roi Jean, mort en 1364.

Le mardi 22 octobre 1793

Dans la chapelle de Charles, le long du mur de l'escalier qui conduit au chevet, on a trouvé deux cercueils l'un sur l'autre : celui de dessus, de pierre carrée, renfermait le corps d'Arnaud Guillem de Barbasan, mort en 1431, premier chambellan de Charles VII ; celui de dessous, couvert de lames de plomb, contenait le corps de Louis de Sancerre, connétable sous Charles VI, mort en 1402.

âgé de soixante ans; sa tête était encore garnie de cheveux longs et partagés en deux cadenettes bien tressées.

On a levé ensuite la pierre perpendiculaire qui couvrait les tombeaux en pierre de l'abbé Suger et de l'abbé Troon; le premier, mort en 1151, et le second en 1221 : on n'y a trouvé que des os presque en poussière.

On a continué la fouille dans le sanctuaire, du côté de l'évangile, et on a découvert, bien avant en terre, une grande pierre plate qui couvrait les tombeaux de Philippe le Long et des autres.

On s'en tint là, et, pour finir la journée on alla dans la chapelle dite du Lepreux, lever la tombe de Sédille de Sainte-Croix, morte en 1380, femme de Jean Pastourelle, conseiller du roi Charles V : on n'a trouvé que des ossements consommés.

Le mercredi 23 octobre 1793.

On a repris, du matin, le travail qu'on avait laissé la veille, pour la découverte des tombeaux du sanctuaire.

On trouva d'abord celui de Philippe de Valois, qui était de pierre, tapissé intérieurement de plomb, fermé par une forte lame de même métal, soudée sur des barres de fer ; le tout recouvert d'une longue et large pierre plate : on a trouvé une couronne et un sceptre surmonté d'un oiseau de cuivre doré.

Plus près de l'autel, on a trouvé le tombeau de Jeanne de Bourgogne, première femme de Philippe de Valois : on y a trouvé son anneau d'argent, un reste de quenouille ou fuseau, et de os desséchés.

Le jeudi 24 octobre.

A gauche de Philippe de Valois était Charles le Bel. Son tombeau était construit comme celui de Philippe de Valois : on y a trouvé une couronne d'argent doré, un sceptre de cuivre doré, haut de près de sept pieds, un anneau d'argent, un reste de main de justice, un bâton de bois d'ébène, un oreiller de plomb pour reposer la tête ; le corps était desséché.

Le vendredi 25 octobre.

Le tombeau de Jeanne d'Évreux avait été remué, la tombe était brisée en trois morceaux, et la lame de plomb qui fermait le cercueil était détachée : on ne trouva que des os détachés sans la tête. On ne fit pas d'information : il y avait néanmoins apparence qu'on était venu, dans la nuit précédente, dépouiller ce tombeau.

Au milieu, on trouva le tombeau en pierre de Philippe le Long : son squelette était bien conservé, avec une couronne d'argent doré enrichie de pierreries, une agrafe de son manteau en losange, avec une autre plus petite, aussi d'argent, partie de sa ceinture d'étoffe satinée, avec une boucle d'argent doré, et un sceptre de cuivre doré. Au pied de son cercueil était un petit caveau où était le cœur de Jeanne de Bourgogne, femme de Philippe de Valois, renfermé dans une cassette de bois presque pourri : l'inscription était sur une lame de cuivre.

On a aussi découvert le tombeau du roi Jean, mort en 1364, en Angleterre, âgé de cinquante-quatre ans : on y a trouvé une couronne, un sceptre fort haut, mais brisé, une main de justice, le tout d'argent doré. Son squelette était entier. Quelques jours après, les ouvriers, avec le commissaire aux plombs, ont été au couvent des Carmélites faire l'extraction du cercueil de madame Louise de France. fille de Louis XV. morte le 23 décembre 1787, âgée de cinquante ans et environ six mois. Ils l'ont apporté dans le cimetière, et le corps a été déposé dans la fosse commune : il était tout entier, mais en pleine putréfaction ; ses habits de carmélite était très bien conservés.

Dans la nuit du 11 au 12 septembre 1793, par ordre du département, en présence du commissaire du district et de la municipalité de Saint-Denis, on a enlevé du trésor tout ce qui y était, châsses, reliques, etc. : tout a été mis dans de grandes caisses de bois, ainsi que tous les riches ornements de l'église, et le tout est parti dans des charriots pour la Convention, en grand appareil et grand cortège de la garde des habitants de la ville, le 13, vers les dix heures du matin.

Supplément.

Le 18 janvier 1794, le tombeau de François Ier étant démoli, il fut aisé d'ouvrir celui de Marguerite, comtesse de Flandre, fille de Philippe le Long, et femme de Louis, comte de Flandre, morte en 1382, âgée de soixante-six ans ; elle était dans un caveau assez bien construit ; son cercueil de plomb était posé sur des barres de fer : on n'y trouva que des os bien conservés, et quelques restes de planches de bois de châtaigner. Mais on n'a pas trouvé la sépulture du cardinal de Retz, dit le Coadjuteur, mort en 1679, âgé de soixante-six ans, non plus que celle de plusieurs autres grands personnages.

NOTE 14, page 123.

CHAPITRE DE JÉSUS-CHRIST, ET DE SA VIE.

« A moins qu'il ne plaise à Dieu de vous envoyer quelqu'un pour vous ins-
« truire de sa part, n'espérez pas de réussir jamais dans le dessein de réformer
« les mœurs des hommes »

(PLATON, *Apologie de Socrate*.)

Le même philosophe, après avoir prouvé que la piété est la chose du monde la plus désirable, ajoute : *Mais, qui sera en état de l'enseigner, si Dieu ne lui sert de guide ?* (Dialogue intitulé EPINOMIS.)   (*Note de l'Éditeur*.)

NOTE 15, page 126.

Lisez, dans la seconde partie du *Discours sur l'Histoire universelle*, l'admirable morceau sur *Jésus-Christ et sa doctrine*   (*Note de l'Éditeur*.)

NOTE 16, page 128

Le docteur Robertson a rendu justice à Voltaire, en disant que cet homme universel n'a pas été un historien aussi fidèle qu'on le pense généralement. Nous croyons, comme lui, que Voltaire n'a pas toujours cité faux ; mais il est certain qu'il a beaucoup omis, car nous n'oserions dire beaucoup ignoré. Il a donné, de plus, aux passages originaux, un tour particulier, pour leur faire dire tout autre chose qu'ils ne disent en effet. C'est le moyen d'être tout à la fois exact et merveilleusement infidèle. Dans ses deux admirables histoires de Louis XIV et de Charles XII, Voltaire n'a pas eu besoin d'avoir recours à ce moyen; mais, dans son Histoire générale, qui n'est qu'une longue injure au christianisme, il s'est cru permis d'employer toutes sortes d'armes contre l'ennemi. Tantôt il nie formellement, tantôt il affirme du ton positif; ensuite il mutile et défigure les faits. Il avance sans hésiter qu'*il n'y eut aucune hiérarchie pendant près de cent ans parmi les chrétiens*. Il ne donne aucun garant de cette étrange assertion : il se contente de dire : *Il est reconnu, l'on dit aujourd'hui*.

Selon cet auteur, on n'a sur la succession de saint Pierre que la liste *frauduleuse d'un livre apocryphe, intitulé le Pontifical de Damase*. Or, il nous reste un traité de saint Irénée sur les hérésies, où le père de l'Église gallicane *donne en entier la succession des papes, depuis les apôtres*[2]. Il en compte douze jusqu'à son temps. On place l'année de la naissance de saint Irénée environ cent vingt ans après Jésus-Christ. Il avait été disciple de Papias et de saint Polycarpe, eux-mêmes disciples de saint Jean l'évangéliste. Il était donc témoin presque oculaire des premiers papes. Il nomme saint Lin après saint Pierre, et nous apprend que c'est de ce même Lin que parle saint Paul dans son épître à Timothée[3]. Comment Voltaire ou ceux qui l'aidaient dans son travail n'ont-ils pas craint (s'ils n'ont pas ignoré) cette foudroyante autorité? Si l'on croit en l'*Essai sur les Mœurs*, on n'aurait jamais entendu parler de Lin ; et voilà que ce premier successeur du chef de l'Église est nommé par les apôtres eux-mêmes !

Note, 17, page 232.

Il va presque jusqu'à nier les persécutions sous Néron. Il avance qu'aucun des Césars n'inquiéta les chrétiens jusqu'à Domitien. « Il était aussi injuste, dit-il, d'imputer cet accident (l'incendie de Rome) au christianisme qu'à l'empereur (Néron); ni lui, ni les chrétiens, ni les juifs, n'avaient aucun intérêt à brûler Rome; mais il fallait appaiser le peuple, qui se soulevait contre des étrangers également haïs des Romains et des Juifs. On abandonna quelques infortunés à la *vengeance* publique. (Quelle vengeance, s'ils n'étaient pas coupables!) Il semble qu'on n'aurait pas dû compter parmi les persécutions faites à leur foi cette violence passagère. Elle n'avait rien de commun avec leur religion *qu'on ne connaissait pas* (nous allons entendre Tacite), et que les Romains confondaient avec le judaïsme, protégé par les lois autant que méprisé[4]. » Voilà peut-être un des passages historiques les plus étranges qui soient jamais échappés à la plume d'un auteur.

Voltaire n'avait-il jamais lu ni Suétone ni Tacite? Il nie l'existence ou l'authenticité des inscriptions trouvées en Espagne, où Néron est remercié *d'avoir aboli dans la province une superstition nouvelle*. Quant à l'existence de ces inscriptions, on en voit une à Oxford : *Neroni Claud. Cais. Aug. Max. ob provinc. latronib. et his qui novam generi hum. superstition. inculcab. purgat*

___

[1] *Essais sur les mœurs des nations*, chap. VIII.
[2] Lib. III, chap. III.
[3] Ép. IX, cap. IV, v. 21.
[4] *Essais sur les Mœurs*, chap. III.

Et pour ce qui regarde l'inscription elle-même, on ne voit pas pourquoi Voltaire doute que cette nouvelle superstition soit la religion chrétienne. Ce sont les propres paroles de Suétone : *Afflicti suppliciis christiani, genus homi-num superstitionis novæ ac maleficæ* [1].

Le passage de Tacite va nous apprendre maintenant quelle fut *cette violence* passagère exercée très sciemment, non sur les *juifs*, mais sur les *chrétiens*.

« Pour détruire les bruits, Néron chercha des coupables, et fit souffrir les plus cruelles tortures à des malheureux, abhorrés pour leurs infamies, qu'on appelait vulgairement *chrétiens*. Le Christ, qui leur donna son nom, avait été condamné au supplice, sous Tibère, par le procurateur Ponce-Pilate, ce qui réprima pour un moment cette exécrable superstition. Mais bientôt le torrent se déborda de nouveau, non-seulement dans la Judée, où il avait pris sa source, mais jusque dans Rome même, où viennent enfin se rendre et se grossir tous les égouts de l'univers. On commença par se saisir de ceux qui s'avouèrent chrétiens; et ensuite, sur leurs dépositions, d'une *multitude immense* qui fut moins convaincue d'avoir incendié Rome que de haïr le genre humain ; et, à leur supplice, on ajoutait la dérision : on les enveloppait de peaux de bêtes, pour les faire dévorer par les chiens; on les attachait en croix, ou l'on enduisait leurs corps de résine, et l'on s'en servait la nuit pour s'éclairer. Néron avait cédé ses propres jardins pour ce spectacle, et, dans le même temps, il donnait des jeux au cirque, se mêlant parmi le peuple en habit de cocher, ou conduisant les chars. Aussi, quoique coupables et dignes des derniers supplices, on se sentait ému de compassion pour ces victimes, qui semblaient immolées moins au bien public qu'aux passe-temps d'un barbare [2]. »

Les mouvements de compassion dont Tacite semble saisi à la fin de ce tableau, contrastent bien tristement avec un auteur chrétien qui cherche à affaiblir la pitié pour les victimes. On voit que Tacite désigne nettement les chrétiens ; il ne les confond point avec les Juifs, puisqu'il raconte leur origine, et que, d'ailleurs, en parlant du siège de Jérusalem, il fait, dans un autre endroit, l'histoire des Hébreux et de la religion de Moïse. On devine pourtant ce qui fait avancer à Voltaire que les Romains croyaient persécuter des Juifs en persécutant les fidèles. C'est sans doute cette phrase : *Moins convaincus d'avoir incendié Rome que de haïr le genre humain,* que l'auteur de l'*Essai* a interprétée des Juifs, et non des chrétiens. Or, il ne s'est pas aperçu qu'il faisait l'éloge de ces derniers, tout en les voulant priver de la pitié du lecteur. « C'est une grande gloire pour les chrétiens, dit Bossuet, d'avoir eu pour premier persécuteur le persécuteur du genre humain. » L'article de Voltaire nous fait faire un triste retour sur cet esprit de parti qui divise tous les hommes, et étouffe chez eux les sentiments naturels. Que le ciel nous préserve de ces horribles haines d'opinion, puisqu'elles rendent si injuste !

NOTE 18, page 150.

M. de Cl..., obligé de fuir pendant la Terreur avec un de ses frères, entre dans l'armée Condé ; après y avoir servi honorablement jusqu'à la paix, il se

---

[1] SUÉT., *in Nero*.
[2] TACITE., *Ann*., lib. XV, 44 ; traduction de M. Dureau-Delamalle. 2ᵉ édit., tom. III, pag. 291.

résolut de quitter le monde. Il passa en Espagne, se retira dans un couvent de trappistes, y prit l'habit de l'ordre, et mourut peu de temps après avoir prononcé ses vœux : il avait écrit plusieurs lettres à sa famille et à ses amis, pendant son voyage en Espagne et son noviciat chez les trappistes. Ce sont ces lettres que l'on donne ici. On n'a rien voulu y changer ; on y verra une peinture fidèle de la vie de ces religieux, dont les mœurs ne sont déjà plus pour nous que des traditions historiques. Dans ces feuilles, écrites sans art, il règne souvent une grande élévation de sentiments, et toujours une naïveté d'autant plus précieuse, qu'elle appartient au génie français, et qu'elle se perd, de plus en plus parmi nous. Le sujet de ces lettres se lie au souvenir de tous nos malheurs : elles représentent un jeune et brave Français chassé de sa famille par la révolution, et s'immolant dans la solitude, victime volontaire offerte à l'Éternel pour racheter les maux et les impiétés de la patrie : ainsi, saint Jérôme, au fond de sa grotte, tâchait en versant des torrents de larmes et en élevant ses mains vers le ciel, de retarder la chute de l'empire romain. Cette correspondance offre donc une petite histoire complète, qui a son commencement, son milieu et sa fin. Je ne doute point que si on la publiait comme un simple roman, elle n'eût le plus grand succès. Cependant elle ne renferme aucune aventure : c'est un homme qui s'entretient avec ses amis, et qui leur rend compte de ses pensées. Où donc est le charme de ces lettres? Dans la religion. Nouvelle preuve qui vient à l'appui des principes que j'ai essayé d'établir dans mon ouvrage.

A MM. de B..., ses compagnons d'émigration, à Barcelone.

15 mars 1799.

Mon dernier voyage, mes chers amis (c'est celui de Madrid), a été très agréable. J'ai passé à Aranjuez, où était la famille royale. J'ai resté cinq jours à Madrid, autant à Saragosse, où j'ai eu l'avantage de visiter Notre-Dame-du-Pilar. J'ai eu plus de plaisir à parcourir l'Espagne que je n'en avais eu à parcourir les autres pays. On a l'avantage d'y voyager à meilleur marché que nulle part que je connaisse. Je n'ai rien perdu de mes effets, quoique je sois très peu soigneux : on trouve ici beaucoup de braves gens qui savent exercer la charité. On épargne beaucoup en portant avec soi un sac qu'on remplit chaque soir de paille pour se coucher ; mais je n'ai plus de goût à parler de tout cela. J'ai dit adieu aux montagnes et aux lieux champêtres. J'ai renoncé à tous mes plans de voyage sur la terre pour commencer celui de l'éternité. Me voici depuis neuf jours à la Trappe de Sainte-Suzanne, où j'ai résolu, avec la grâce de Dieu, de finir mes jours. J'ai moins de mérite qu'un autre à souffrir les peines du corps, vu l'habitude que je m'en étais faite par *épicurisme*.

On ne mène pas ici une vie de fainéant ; on se lève à une heure et demie du matin, on prie Dieu ou on fait des lectures pieuses jusqu'à cinq ; puis commence le travail, qui ne cesse que vers les quatre heures et demie du soir, qu'on rompt le jeûne : je parle pour les frères convers, dont je fais nombre ; les pères, qui travaillent aussi beaucoup, quittent les champs aux heures marquées, pour se rendre au chœur, où ils chantent l'office de la sainte Vierge, l'office ordinaire et celui des morts. Nous autres frères, nous interrompons aussi notre travail pour faire nos prières par intervalles, ce qui s'exécute sur le lieu. On ne passe guère une demi-heure sans que l'ancien ne frappe des mains pour nous avertir d'élever nos pensées vers le ciel, ce qui adoucit beaucoup toutes les peines; on se ressouvient qu'on travaille pour un maître qui ne nous fera pas attendre notre salaire au temps marqué.

J'ai vu mourir un de nos pères. Ah! si vous saviez quelle consolation on a dans ce moment de la mort! Quel jour de triomphe! Notre révérend père abbé demanda à l'agonisant : « *Eh bien, êtes-vous fâché d'avoir un peu souffert?* » Je vous avoue, à ma honte, que je me suis senti quelquefois envie de mourir, comme ces soldats lâches qui désirent leur congé avant le temps. Sainte Marie Égyptienne fit quarante ans pénitence : elle était moins coupable que moi, et il y a mille ans qu'elle se repose dans la gloire.

Priez pour moi, mes chers amis, afin que nous puissions nous retrouver au grand jour.

Faites savoir, je vous prie, au cher Hippolyte et à mes sœurs le parti que j'ai pris. Je leur écrirai dans six semaines, et ils peuvent m'écrire à l'adresse que je vous donnerai.

Nous sommes ici soixante-dix, tant Espagnols que Français, et cependant la maison est très pauvre: voilà pourquoi je veux faire venir les trois cents livres. D'ailleurs, quoique, avec la grâce de Dieu, j'espère persister dans ma résolution, j'ai un an pour sortir.

Vous pouvez donc écrire au révérend père abbé de la Trappe de Sainte-Suzanne, par Alcaniz à Maëlla, pour le frère Charles Cl...

Vous aurez soin de mettre en tête de la lettre *Espana*, et après Maëlla (*en Aragon.*)

Lettre écrite à ses frères et sœurs en France.

Première semaine de Pâques, 1799.

Me voici à Sainte-Suzanne depuis le premier lundi de carême; c'est un couvent de trappistes où je compte finir mes jours : j'ai déjà éprouvé tout ce qu'il y a de plus austère dans le cours de l'année. On ne se lève jamais plus tard qu'à une heure et demie du matin: au premier coup de cloche on se rend à l'église; les frères convers, dont je fais nombre sous le nom de frère J. Climaque, sortent à deux heures pour aller étudier les psaumes ou faire quelque autre lecture spirituelle; à quatre heures on rentre à l'église jusqu'à cinq heures, que commence le travail. On s'occupe dans un atelier jusqu'au jour : alors on prend une pioche large et une étroite, puis on va en ordre travailler, ce qui dure quelquefois jusqu'à trois heures de l'après-midi. On se rapproche ensuite du couvent, où l'on reprend le travail dans l'atelier, en attendant quatre heures et un quart, heure à laquelle sonne le dîner. En se levant de table, on va processionnellement à l'église, en récitant le *Miserere;* l'on en sort en récitant le *De profundis,* et l'on retourne au travail dans l'atelier. Là on carde, on file, on fait du drap et autres choses, chacun selon son talent. Tout ce dont nous nous servons doit se faire dans la maison, par les mains des frères, autant que cela est possible: chacun doit gagner sa vie à la sueur de son front, faisant profession d'être pauvre et de n'être à charge à personne, donnant au contraire l'hospitalité à gens de tout état qui viennent nous voir; cependant nous n'avons que deux attelages de mules; et environ deux cents brebis et quelques chèvres qui vont paître dans les montagnes arides qui nous environnent. Ce ne peut être que par les soins d'une providence particulière, que soixante-dix personnes vivent avec si peu de chose, sans compter une foule d'étrangers qui viennent de toutes parts, et auxquels on donne du pain blanc et tout ce que nous pouvons leur donner en maigre apprêté à l'huile ou au beurre, dont nous ne faisons pas usage. Notre pain, s'il est de froment, ne doit avoir passé qu'une fois par le crible, et la farine doit être employée comme elle sort du moulin. Comme je suis maladroit pour filer dans l'atelier, je trie les fèves ou lentilles de nos repas. Le riz ne se trie pas de même, et tout se mange sans autre accommodage que cuit à l'eau et au sel.

A cinq heures trois quarts, on va au cloître lire ou prier Dieu jusqu'à six heures. Il se fait une lecture que tout le monde écoute. La lecture finie, les pères entrent à l'église pour dire complies. Le père maître, qui est un ancien moine de Sept-Fonds, distribue le travail aux frères, à mesure qu'ils entrent dans l'église ; après complies, on sonne une cloche qui réunit tout le monde pour chanter *Salve, Regina*, ce qui dure un quart d'heure. Le chant en est très beau, et cela seul délasse de tous les travaux de la journée ; vient ensuite un demi-quart d'heure d'adoration. A sept heures un quart, on dit le *Sub tuum præsidium* ; cela fait, tous les individus de la maison vont se prosterner à la file dans le cloître, et là, couchés sur la terre, comme le roi David, ils disent le *Miserere* dans un grand silence : cette dernière cérémonie me paraît sublime ; l'homme ne me semble jamais mieux à sa place que lorsqu'il s'humilie devant son auteur. Enfin, le révérend père abbé se lève, et, placé sur la porte de l'église, il donne l'eau bénite à tous sans exception, jusqu'au dernier des novices. Arrivés au dortoir, on se met à genoux au pied de son lit, jusqu'à ce qu'on entende une petite cloche, qui est le signal pour se coucher, ce qui se fait à sept heures et demie.

Il y a ensuite une infinité de petites contradictions qui, venant sans cesse à la rencontre des habitudes, inquiètent dans les premiers jours. On ne doit jamais, par exemple, s'appuyer si l'on est assis, ni s'asseoir, si on est fatigué, par le seul fait de se reposer : c'est que l'homme est né pour travailler dans ce monde, et qu'il ne doit attendre de repos qu'arrivé au terme de son pèlerinage. On perd ainsi toute propriété sur son corps : si l'on se blesse d'une manière un peu grave, il faut s'aller accuser à genoux, tout comme lorsqu'on brise un vase de terre, et cela sans parler ; il suffit de montrer le sang qui coule, ou les fragments de la chose brisée. Puis il y a le chapitre des fautes : on doit s'accuser à haute voix des fautes purement matérielles, en outre, il y a souvent quelque frère qui vous proclame, en dénonçant des fautes que vous avez commises par ignorance ou autrement. Je serais trop long si je disais tout le reste.

A la vérité le temps du carême est ce qu'il y a de plus austère ; hors de là je crois qu'on ne dîne jamais plus tard que deux heures : j'ai commencé par ce temps de pénitence ; j'ai fait comme les coureurs qui s'exercent d'abord avec des souliers de plomb. Il me semble maintenant que nous menons une vie de Sybarites, et en vérité nous pouvons dire : Hélas ! que nous faisons peu de chose en comparaison de ce qu'ont fait les saints ! Quand je pense aux entreprises des aventuriers américains, à leur passage de la mer Atlantique à la mer du Sud, à travers l'isthme de Panama, et ce qu'ils ont dû souffrir pour se faire un chemin à travers les arbres et les ronces, qui n'avaient cessé de s'entrelacer depuis l'origine du monde, à ce qu'ils ont éprouvé dans ces vallées désertes sous les feux de l'équateur, passant de la tout-à-coup sur des glaciers, et tout cela par le seul désir de s'emparer de l'or des Indiens ; en considérant tous ces vains efforts pour des biens trompeurs, et sachant d'ailleurs que l'espérance de ceux qui travaillent pour Dieu ne sera pas frustrée, on doit s'écrier : Hélas ! que nous faisons ici-bas peu de chose pour le ciel !

Nous sentons tous cette vérité, et il y a assurément des frères qui embrasse-

raient toute espèce de pénitence; mais on ne peut pas faire la moindre austérité sans une permission expresse, et elle est rarement accordée, parce qu'é-
tant pauvres, il faut conserver ses forces pour travailler. Si quelquefois,
appuyé debout contre un mur, je sommeille, il y a bientôt quelque frère cha-
ritable qui me tire de ce sommeil ; je crois l'entendre me dire : « Tu te repo-
seras à la maison paternelle, *in domum æternitatis*. » Pendant ce travail,
soit au champ, soit à la maison, de temps à autre le plus ancien frappe des
mains, et alors, dans un grand silence, pendant cinq ou six minutes, chacun
peut porter ses regards vers le ciel : cela suffit pour adoucir le froid de l'hiver et les chaleurs de l'été. Il faut en être le témoin pour se faire une idée du
contentement, de la jubilation de tout le monde; rien ne prouve mieux le bonheur de cette vie que ce qu'ont fait les trappistes pour se réunir après leur
expulsion de France, et la quantité de couvents de cet ordre qui se sont formés jusque dans le Canada. Ici nous sommes environ soixante-dix, et on
refuse tous les jours des gens qui demandent à être reçus. Certes j'ai eu assez
de peine pour y parvenir ; mais heureusement je suis venu ici sans avoir écrit,
comme on le fait ordinairement, ne connaissant personne, me confiant en la
protection de la sainte Vierge, à qui je m'étais adressé avant de partir de
Cordoue : je ne me suis pas rebuté du premier refus, parce que je sais bien
qu'après tout le révérend père abbé n'est pas le *vrai* maître : aussi, après
quelques jours, il entra dans ma chambre, et après m'avoir embrassé, il me
dit : « Désormais regardez-moi comme votre frère ; je me ferais conscience de
renvoyer quelqu'un qui se sauve du monde pour venir ici travailler à son
salut. »

En effet, par la grâce de Dieu, c'est le seul motif qui m'a pressé de prendre ce parti. J'y étais résolu environ trois mois avant de sortir de France :
mais où et comment parvenir à ce que je désirais? Je n'en savais rien. Il n'y
a que quatre pas de Barcelone ici, mais les chemins les plus courts ne sont
pas toujours ceux de la Providence : il entrait apparemment dans les desseins
de Dieu que j'allasse d'abord à Cordoue, à travers un plus beaux pays de
la nature, les royaumes de Valence, de Murcie, de Grenade : je n'ai jamais
rien vu de plus charmant que l'Andalousie. Plus j'avançais, plus je sentais
augmenter le désir de voir d'autres contrées, d'autres pays. Ayant rencontré,
aux environs de Tarragone, un officier suisse que j'avais connu dans le Va-
lais, il me porta mon sac sur son cheval, et nous fîmes journée ensemble. Je
ne sais comment : étant venu à parler de la *Val-Sainte*, et comment ces pauvres pères avaient été obligés de passer en Russie, l'officier me dit qu'ils
avaient formé une colonie en Aragon : aussitôt je me résolus de tourner mes
pas vers ce côté, et je commençai ce long chemin, que j'ai fait seul, de nuit et
de jour, à travers les montagnes qui se pressent avant d'arriver à Tortone ;
on y fait souvent cinq ou six lieues sans rencontrer personne, et l'on voit çà
et là une multitude de croix qui annoncent la triste fin de quelque voyageur.

Les pays que je voyais, soit sauvages ou riants, me donnaient des idées
agréables, ou me jetaient dans une de ces mélancolies qui plaisent par les
différents sentiments qui viennent s'y associer. Je ne crois pas avoir jamais
fait de voyage avec plus de confiance ni avec plus de plaisir : je n'ai trouvé
que des gens honnêtes, bons et charitables. Il n'y a rien de plus gai qu'une
auberge espagnole, par la foule de gens qui s'y rencontrent. Je suspendais
mon sac à un clou sans le moindre souci : le prix du pain et de la viande
étant fixe, les pauvres voyageurs comme moi ne peuvent pas être trompés :
d'ailleurs, je n'ai jamais rencontré de peuple moins intéressé : les servantes
refusaient opiniâtrement de recevoir ma petite rétribution : souvent des voitu-

riers ont porté mon sac pendant plusieurs jours sans vouloir rien accepter. Enfin, j'estime extrêmement ce peuple, qui s'estime lui-même, qui ne va pas servir chez les autres nations, et qui a conservé un caractère vraiment original. On parle beaucoup du libertinage qui règne ici : je crois qu'il y en a moins qu'en notre pays. Et puis, que de braves gens! Il n'y aurait pas moins de martyrs ici qu'en France, s'il était possible d'y détruire la religion. Je doute qu'on l'entreprenne encore ; il faut auparavant que le libertinage de l'esprit passe au cœur. Et les Espagnols sont bien loin de là. Les grands suivent la religion comme les petits, et, quoiqu'ils soient très-fiers, à l'église il y a une égalité parfaite : la duchesse s'y assied par terre auprès de sa servante. L'église est ordinairement le plus bel édifice du lieu. Elle est tenue très proprement ; le pavé est couvert de nattes, au moins dans l'Andalousie. Les lampes qui brûlent jour et nuit, y sont par milliers. Dans une petite chapelle de la Sainte-Vierge, il y a quelquefois jusqu'à dix à onze lampes allumées. Quoi qu'il y ait une quantité immense de ruches d'abeilles qu'on abandonne au milieu des montagnes les plus désertes, on tire de la cire de France, de l'Afrique et de l'Amérique.

Voilà déjà une forte digression. J'ai écrit le détail de mes voyages aux B. et aux Bo. Je ne sais si ces derniers ont reçu mes lettres ; je leur avais marqué de vous les faire passer, si c'était possible ; cela vous aurait peut-être amusés.

J'arrivai un jour, dans une campagne déserte, à une porte superbe, seul reste d'une grande ville, et qui ne peut être qu'un ouvrage des Romains : le grand chemin moderne passe dessous. Je m'arrêtai à considérer cette porte, qui est sûrement là depuis deux mille ans. Il me vint dans la pensée que cette ville avait été habitée par des gens qui, à la fleur de leur âge, voyaient la mort comme chose très éloignée, ou n'y pensaient pas du tout ; qu'il y avait sûrement dans cette ville des partis et des hommes acharnés les contre les autres ; et voilà que, depuis des siècles, leurs cendres s'élèvent confondues dans un même tourbillon. J'ai vu aussi Morviedro, où était bâtie Sangonte ; et réfléchissant sur la vanité du temps, je n'ai plus songé qu'à l'éternité. Qu'est-ce que cela me fera, dans vingt ou trente ans, qu'on m'ait dépouillé de ma fortune à l'occasion d'une persécution contre les chrétiens? Saint Paul, ermite, ayant été dénoncé par son beau-frère, se retira dans un désert, abandonnant à son dénonciateur de très grandes richesses : mais, comme dit saint Jérôme, qui n'aimerait mieux aujourd'hui avoir porté la pauvre tunique de Paul, avec ses mérites, que la pourpre des rois avec leurs peines et leurs tourments? Toutes ces réflexions réunies me déterminèrent à venir sans délai me réfugier ici, renonçant à tout projet de course ultérieure, espérant, si j'ai le bonheur d'aller au ciel après avoir fait pénitence, de voir de là toutes les régions de la terre.

Je n'ai pas encore souffert le plus petit mal d'estomac, ni éprouvé d'autres peines qu'un peu de froid le matin en allant au champ. Cependant, l'avant-dernier vendredi du carême, je fus commandé pour aller nettoyer l'étable des brebis. Après avoir fait, depuis la pointe du jour jusque vers les deux heures et demie, un travail très rude, je pensais à me rapprocher du couvent, lorsqu'on m'envoya à la montagne chercher de l'herbe. Je ne fus de retour qu'à quatre heures un quart, pour rompre le jeûne : j'eus une hémorragie assez forte le soir, et puis tous les matins à mon ordinaire. Perdant plus qu'une nourriture peu substantielle ne pouvait réparer, j'allais tous les jours m'affaiblissant, lorsque enfin Pâques est venu : depuis ce temps, on dîne à onze heures et demie, on fait une bonne collation à six ; on travaille aussi beaucoup moins, de sorte que je me suis remis sur-le-champ. Le jour de Pâques, nous eûmes pour dîner une bouillie de farine de maïs, du riz au lait, et des noix pour dessert. L'archevêque d'Auch, qui était venu donner des ordres à plusieurs de nos pères, dîna au réfectoire. Le soir, nous eûmes du raisiné et des raisins secs. Nous pouvons manger du laitage de nos brebis jusqu'à la Pentecôte. Quant à la quantité de nourriture, il ne m'est jamais arrivé de finir tout ce qu'on me donne. Je crois être celui de la communauté qui mange le plus doucement. Pour tout le reste, je suis très content d'être ici ; la règle est sévère, mais les supérieurs sont la charité même. On accuse notre révérend père d'être trop bon : je ne trouve pas que ce soit un défaut, ou c'est celui des saints. Il n'a d'autre privilège que de se lever plus tôt et de se coucher plus tard. C'est toujours le hasard qui place son écuelle devant lui : un lit comme les autres, deux planches réunies et un coussin de paille : pas plus de chambre que moi. Il n'a qu'un parloir, où ceux qui ont quelque peine, soit de l'âme ou du corps, vont chercher une consolation, et on la trouve. Une chose que m'avait dite en arrivant le père qui reçoit les étrangers, je l'éprouve déjà : sans jamais se parler, on est plein d'amitié les uns pour les autres ; si quelqu'un se relâche, on a du chagrin ; on prie pour lui ; on l'avertit avec la plus grande douceur ; et si on est forcé de le renvoyer, ou qu'il veuille s'en aller lui-même, on lui rend tout ce qu'il a apporté, ne retenant pas une obole pour sa nourriture ou ses habits, et ont fait tout ce qu'on peut pour qu'il s'en aille content. Lorsque le père, la mère, ou quelque frère d'un religieux, meurt, si la famille a soin d'écrire au révérend père, toute la communauté prie pour le défunt ; mais personne ne sait qui cela regarde en propre. Ainsi, cher frère, lorsque le bon Dieu vous appellera à lui, que cela vous soit une consolation dans ces derniers moments.

Ce qui me détermine à rester ici d'une manière décisive, c'est qu'il ne faut pas de vocation particulière pour y vivre ; ce n'est pas comme dans les autres couvents : nous sommes, à proprement parler, des laboureurs qui vivent du travail de leurs mains, réunis, comme dans les premiers siècles de l'Église, pour servir Dieu dans un esprit de charité, suivant le précepte de notre Sauveur, qui dit au jeune homme : *Abandonnez tout pour me suivre*, sans lui demander s'il avait la vocation. Une autre chose qui suffirait pour me déterminer, c'est que notre maison est sous la protection particulière de la Vierge. Dès que nous entrons à l'Église, on récite l'*Ave, Maria*, prosterné contre terre, le front appuyé sur le revers de la main. La sainte Vierge est au maître-autel, peinte entre deux anges, et les yeux élevés vers le ciel : je n'ai jamais rien vu de représenté si noblement : cet autel avait été couvert tout le carême : quel plaisir nous ressentîmes tous le Samedi-Saint au soir, au *Salve, Regina*, lorsque le voile fut levé, et toute l'église illuminée ! Je suis persuadé que l'archevêque d'Auch partagea notre joie : j'avais reçu sa bénédiction.

Certainement, après tout ce que je vous ai dit, je ne désire rien tant que de mourir ici, et cela bientôt, pour ne pas augmenter le nombre de mes fautes. Mais si on me renvoyait par défaut de santé (mes hémorragies pouvant me faire traîner une vie faible et inutile, là où l'on aime les gens qui travaillent), je prendrais le parti que j'avais toujours eu en vue depuis quatorze ou quinze ans : c'est d'acheter une petite maison et un champ, et de vivre là à la sueur de mon front, tous les hommes y étant condamnés : je me fixerai en Espagne, ne pouvant pas revenir en France sans inquiéter mes amis. D'ailleurs, dans ce pays-ci, on donne du terrain à très bon marché, et mille écus suffiraient, je pense, à mon établissement. Je tirerai toujours un grand profit d'être venu ici apprendre à faire pénitence, et à ne compter pour rien un corps destiné à devenir incessamment poussière, pour sauver mon âme, qui est éternelle.

Au reste, ni l'habit, ni la maison ne rend vertueux : les mauvais anges péchèrent dans le sein de Dieu même, et Adam dans le paradis terrestre. Je sens bien que je n'en vaux pas davantage pour être dans cette sainte congrégation : en théorie, je désire souffrir, parce que notre Sauveur nous a montré le chemin des souffrances comme l'un que pour conduire à la gloire ; mais en pratique, lorsque j'ai froid, je cherche le soleil, et si j'ai trop chaud, je me réfugie à l'ombre. Envoyez-moi mon extrait de baptême d'ici au 19 mars. Je compte vous écrire encore une autre fois, dans trois mois : on peut le faire toute l'année du noviciat. Adieu, mes chers frères, adieu à tous mes amis, particulièrement à Z., à C. et à Flo.; ceux-là sont de la famille.

P. S. Il y a près de quarante jours que ma lettre est commencée, et je sens de plus en plus combien grande a été la miséricorde du Seigneur envers moi, en me tirant de la voie large pour me conduire ici. Quand après avoir lu la vie de sainte Marie d'Égypte, je me déterminai à suivre le parti que j'ai pris, ma résolution était ferme ; mais je ne savais pas encore à quoi je m'engageais. Aujourd'hui je le sais, et je vois bien qu'une pareille grâce n'a pu m'être acquise qu'au prix du sang de celui qui nous a rachetés tous, et qui ne cherche que le salut du pécheur..... J'ai fait une aumône de trois cents livres à la maison de la Trappe, au nom de mes trois sœurs et de mes trois frères : ce me sera une grande consolation, si je persévère, comme je l'espère, d'entendre tant de braves gens prier pour ma famille ; si je m'en vais, ce qu'à Dieu ne plaise, il me reste encore trois cents livres, montre, etc..... Adieu, chers frères, chères sœurs. Ne vous souvenez plus de moi que dans vos prières ; car je suis mort pour vous, et je désire ne plus vous revoir qu'au jour de la résurrection. Soyez charitables, faites du bien à ceux même qui ont cherché à vous nuire, car l'aumône est comme un second baptême qui efface les péchés, et un moyen presque infaillible de mériter le ciel. Ainsi, dépouillez-vous en faveur des pauvres : c'est en faveur de Jésus-Christ que vous vous dépouillerez, et il aura pitié de vous. Puissiez-vous être persuadés de ce que je vous dis ! Adieu. 2 juin 1799.

Billet inséré dans la même lettre pour sa nièce, âgée de sept ans, qui restait auprès de sa grand'mère maternelle pendant l'émigration de son père.

Chère T.., embrasse tout le monde à F... de ma part, bien des deux bras ; et porte tout ton cœur sur tes lèvres, afin que tu puisses remplir cette commission selon mes désirs. Je t'envoie une image de Notre-Dame de la Trappe : va la placer à la chapelle ; ne manque pas d'aller dire tous les jours un *Ave, Maria*, devant cette image. Quand tu sauras le *Salve, Regina*, tu le réciteras bien dévotement, et tu gagneras quatre-vingts jours d'indulgence pour chaque fois. Comme j'ai appris que ton oncle *aîné* était marié, dans le cas qu'il reste à L....., je t'en envoie deux, pour que tu lui en donnes une, en le priant de la mettre aussi à la chapelle. Je suis persuadé qu'on suivra chez lui le bel exemple que sa mère donne chaque jour à F... Tu lui diras : C'est ainsi, cher oncle, que vous attirerez sur vous et vos enfants les bénédictions du ciel ; et après avoir joui de toute prospérité dans ce monde, vous serez comblé d'un bonheur éternel dans l'autre. Après cela, embrasse-le bien tendrement, et ta mission sera finie. Adieu, chère T..., permets-moi de l'embrasser, quoique avec une barbe d'environ deux mois : elle ne l'atteindra pas. Adieu encore, chère T...; sois bien pieuse, et tu es assurée de ne point périr.

Fragment d'une lettre du mois d'avril 1800, à son frère, compagnon d'é-migration.

Je ne suis point au courant de ce qui se passe. Ce ne m'est pas une privation : la pièce est trop longue pour espérer d'en voir la fin ; la mort elle-même baissera bientôt la toile pour nous. Ah ! mon frère, puissions-nous avoir le bonheur d'entrer au ciel ! Que de choses ne verrons-nous pas alors ? Espérons en celui qui a pris sur lui les péchés du monde, et qui par sa mort nous donna la vie... S'il me reste quelque chose, je désire qu'on fasse bâtir une chapelle dédiée à Notre-Dame des Sept Douleurs, dans l'arrondissement de la maison paternelle, selon le projet que nous fîmes sur la route de Munich. Vous vous rappelez le plaisir que nous avions, après avoir traversé des pays protestants, de trouver enfin le signe du salut, le seul espoir du pécheur. Sitôt que la police ne s'y opposera plus, hâtez-vous de faire élever des croix pour la consolation des voyageurs, avec des sièges pour les gens fatigués, et une inscription comme en Bavière : *Ihr müßen ruhen sie aus.* « Vous qui êtes fatigués, reposez-vous. » Qu'il soit fondé douze messes par an, le premier samedi de chaque mois, pour le repos de l'âme de mon père, et puis pour toute la famille. J'étais dans l'usage de faire dire une messe tous les mois pour mon père : en attendant que la chapelle se fasse, je prie M... (son frère prêtre) de remplir mon engagement.

Billet à ses sœurs, joint à une autre lettre écrite à son frère.

Ma lettre aurait dû être partie depuis quelque temps : je crains qu'elle ne trouve plus mon frère en R.... Nous sommes à cueillir des olives par un vent du nord très froid : ce qui fait un peu souffrir. Je suis devenu très frileux, ce que j'attribue à la laine que j'ai sur la peau. La veille de la Pentecôte, je ne pus réchauffer mes pieds de tout le jour, quoique nous portions tous des chaussons de molleton ; je sens aussi quelquefois froid à la tête, malgré mes deux capuchons. Du reste, mes hémorragies ont beaucoup diminué, et j'ai repris mes forces.... Plus on souffre pour Dieu, plus on est heureux par l'opinion de gagner le ciel, et on se réjouit en pensant que la vie de l'homme est comme la fleur des champs. Bientôt nous ne serons plus, chères sœurs, et nos neveux sauront à peine que nous avons existé. Voici un des grands avantages de la vie religieuse : c'est que tout ce qui annonce la dissolution prochaine et le tombeau cause autant de joie qu'on est attristé dans le monde par tout ce qui en rappelle le souvenir. Ne soyez pas gens du monde, et que la certitude de la mort vous console au milieu de toutes les peines qui pourraient vous survenir. C'est là le port de tous les vrais serviteurs de Dieu ; c'est là qu'ils entreront dans la joie de leur Seigneur. Écoutez donc cette voix qui crie du ciel : *Heureux ceux qui meurent dans le Seigneur* ! Chère Rosalie, et toi, cher filleul, puisque nous ne devons plus nous revoir dans ce monde, tâchons de nous retrouver dans l'autre.

Fragment d'une lettre à ses sœurs, du 1er février 1801.

6 décembre 1800.

Je vais vous donner, mes chères sœurs, une idée de la maison où je dois probablement finir mes jours. En 1693, les Français, ayant pénétré en Aragon, prirent le château de Maëlla, et vinrent jusqu'à l'abbaye de Sainte-Susanne, qu'ils saccagèrent. Ce couvent, abandonné depuis plus d'un siècle, tombait en ruine, lorsque dom Jérosime d'Alcantara, notre abbé, y est arrivé avec cinq ou six autres pauvres religieux. Les aumônes sont venues de toutes parts : les gens du peuple, n'ayant pas d'autre chose à donner, ont prêté leurs bras, et bientôt la maison a été assez bien réparée pour des hommes qui doivent vivre dans une entière abnégation d'eux-mêmes. Il n'y a pas de mendiant en Espagne qui se nourrisse aussi mal, et qui ne soit mieux pour ce qui regarde le bien-être du corps; cependant on y est heureux par l'espérance, et il n'y en a pas un qui voulût changer son état contre un empire. Dans ce monde, la mort qui se hâte vient confondre l'empereur et le moine : chacun s'en va, n'emportant que ses œuvres ; alors on est bien aise d'avoir semé au milieu des larmes ; le mal est passé, la joie lui succède pour l'éternité. Je regarde comme une grande grâce d'être arrivé assez à temps pour avoir part aux travaux et aux peines qui suivent un nouvel établissement...

J'ai gardé les brebis, avec une vingtaine de chèvres ; le maître berger voulut un jour me quitter pour aller chercher quelques agneaux : je ne sais si je rêvais au premier âge du monde lorsque tout était commun : des cris qui venaient de loin me firent apercevoir que mon troupeau était dans les vignes : je criai aussi, je lançai des pierres, les chèvres gagnèrent un coteau voisin, et le reste suivit. Le berger voyant cette belle conduite, me demanda : *Si en mi tierra era pastor* [1] ? J'ai été depuis garder les moutons avec un petit frère de quinze ou seize ans ; il a une figure douce, telle que devait être celle du bon Abel. Il me laissa errer de coteau en coteau ; je le menai à près d'une lieue du couvent.

En Espagne, les seigneurs font de grandes aumônes. On a augmenté notre labourage, de manière que, quoique nous soyons très nombreux, je crois qu'en bien travaillant nous pourrons vivre sans secours d'étrangers, sans compter la foule de curieux et de pauvres que nous hébergeons. Je vous donne tous ces détails pour vous faire voir combien le bon Dieu a béni cet établissement : c'est ce que nous faisait remarquer dernièrement notre abbé, qui est Français, quoique sa famille soit originaire d'Espagne.

Fragment d'une lettre à ses sœurs, du 10 mars 1801.

Que vous êtes heureuses, mes chères sœurs, de voir les églises se rouvrir ! Profitez-en, soyez reconnaissantes, réjouissez-vous en Dieu, qui ne cesse de vous protéger... Mon parti est bien pris. me voici fixé jusqu'à la mort : je souffre quelquefois, mais cette chère espérance que le bon Dieu a mise dans mon âme vient tous les soirs adoucir mes peines : et lorsque je me rappelle la promesse que fit notre Sauveur à saint Pierre pour tous ceux qui renonceront aux biens de ce monde pour le suivre. D'où me vient ce bonheur, me dis-je, que j'ai été appelé à suivre un si grand maître, qui donne le ciel pour un peu de terre ? Quelquefois le souvenir des péchés de ma vie passée m'inquiète : je sens bien que je n'ai encore rien fait pour satisfaire à une si grande dette : puis je me tranquillise en lisant cette belle méditation de saint Augustin : « Le « souvenir de mes iniquités pourrait me faire désespérer, si le Verbe de Dieu

_____
[1] Si j'étais berger dans mon pays ?

« ne se fût fait chair, et n'eût habité parmi nous: mais maintenant je n'ose
« plus désespérer, parce que si lorsque nous étions ennemis nous avons été
« reconciliés, etc., etc. » Il est impossible de ne pas reprendre courage. Pro-
curez-vous ce livre de Méditations, Soliloques et Manuel de saint Augustin.
Toute personne qui sert Dieu ne peut lire qu'avec transport ces belles peintures
de la Jérusalem céleste. Quel puissant aiguillon pour s'animer à faire quelque
chose pour notre Sauveur, qui, par sa mort, nous mérite une si belle vie! Lisez
le *Traité de l'amour de Dieu*, de saint François de Sales : c'est un des livres
qui m'ont fait le plus de plaisir en ma vie, quoique je l'aie lu en espagnol.

Fragment d'une lettre à ses frères, samedi de Pâques 1801.

Après-demain, mes chers frères, je ferai ma profession... Je suis étonné de
me trouver si fort un dernier jour de carême. C'est bien différent du premier,
où je fis un dur apprentissage. Les commencements d'une chose nouvelle sont
d'ordinaire pénibles, parce qu'on n'en sent pas tous les rapports; ensuite peu
à peu l'habitude semble changer la nature des choses, et on est étonné de faire
avec facilité ce qui avait coûté d'abord tant de peine : c'est ce qui m'arrive.
Vous avez dû être étonnés que j'aie embrassé un état qui m'enchaîne, moi qui
ai toujours aimé l'indépendance, cette liberté de courir et de m'agiter. Depuis
quelques années, quoique j'eusse une existence aussi agréable que ma position me le pût permettre, je me sentais inquiet, j'avais quelquefois du dégoût
pour la vie. Enfin, en lisant la vie de sainte Marie d'Égypte, je me sentis touché de la consolation qu'on trouve lorsqu'on se voue entièrement au service
de Dieu : de manière que je pris dès lors la ferme résolution d'embrasser l'état
dans lequel je suis à la veille d'entrer sans retour... Vous me parlez de vos
affaires. Souvenez-vous que vous êtes frères, tous bons chrétiens. Vous n'ap-
préciez pas assez ce titre, si vous avez besoin d'un tiers pour vous arranger
sur vos intérêts respectifs. Ne refroidissez pas l'amitié par des comptes : entre
frères, tout doit se faire par un à-peu-près. Que les plus riches aident aux plus
pauvres. Qu'il est doux de s'aimer entre frères, et de se réunir pour parler de
la vie future et de Dieu, qui est lui-même la parfaite charité!... Prions la
sainte Vierge, prions-la, cette bonne mère, qu'elle nous réunisse tous au ciel,
avec mon père, ma mère, mes sœurs, qui y sont déjà, et qui prient de leur
côté. Nous ne sommes pas comme les païens, qui, à la mort de leurs proches,
se désolent. Pour nous, réjouissons-nous dans le Seigneur, qui ne nous sépare
que pour peu de temps. Adieu, mes frères, adieu : priez pour moi.

Fragment d'une lettre à sa belle-sœur, du jour de Pâques 1801.

A la veille de me vouer entièrement au silence, ma très chère sœur, je viens
vous faire mes derniers adieux. En quittant Paris, vous fûtes la seule que je
pus embrasser... Je ne sais pas où sont mes oncles : si par hasard ils sont à
votre portée, renouvelez-leur tous les sentiments d'un neveu qui ne pourra
plus traverser les monts.

S'il plaît au bon Dieu, j'aurai demain le bonheur de faire mes vœux, ainsi
qu'un jeune prêtre français qui a un air fort distingué : sa figure et sa voix
portent l'empreinte de la piété.

Ma lettre ne devant partir que samedi, ma profession faite, j'y ajouterai une croix, comme on en met sur la tombe des morts.

Adieu encore, ma sœur et mes frères ; ne cessons de prier notre Sauveur qu'il veuille bien nous réunir à son côté droit au grand jour de la résurrection.

†

La famille avait demandé un certificat de profession pour obtenir le bienfait de l'amnistie, accordé par le premier consul. Elle espérait que la mort civile du trappiste serait considérée comme ayant le même effet que la mort naturelle. La lettre qui suit, écrite par un religieux de la Trappe, dispensa de faire cette nouvelle demande à la bienfaisance du gouvernement.

Lettre du père... à la famille.

GLOIRE A DIEU.

Au monastère de Sainte-Susanne de N.-D. de la Trappe, le 28 du mois d'août de 1802.

MONSIEUR,

Nous vous envoyons, comme vous le demandez, un certificat de la profession de monsieur votre frère, dans ce monastère, légalisé par notre notaire royal : nous y en ajoutons un autre qui vous surprendra, et ne laissera pas de vous affliger, en vous apprenant que monsieur votre frère mourut neuf mois après sa profession, et que le bon Dieu le retira de ce misérable monde pour le couronner dans le ciel. Les sentiments de religion dont vous êtes pénétré, monsieur, me donnent lieu d'espérer que votre première tristesse sera bientôt convertie en une vraie joie, quand vous saurez quelques circonstances de la vie sainte de monsieur votre frère, et de la mort précieuse qu'il a faite. Non, monsieur, ne doutez pas un instant que Dieu ne lui ait fait miséricorde, et qu'il ne l'ait reçu dans le sein de sa gloire : ainsi, ne pleurez point sa mort, mais enviez plutôt son heureux sort, et priez-le d'être votre protecteur auprès du Seigneur, pour vous obtenir le même bonheur. Monsieur votre frère vint dans ce monastère après avoir parcouru une partie de l'Espagne : il se présenta à l'hôtellerie, et déclara son désir d'entrer parmi nous. La pauvreté de la maison, et le grand nombre de religieux qui la composaient, ne nous permettaient guère de recevoir de nouveaux sujets ; on lui fit beaucoup de difficultés pour l'admettre, et on finit par lui dire qu'on ne pouvait pas le recevoir. Mais la main de Dieu, qui l'avait conduit, le soutint dans toutes ces épreuves, et lui donna le courage de tout vaincre, par sa patience et sa persévérance à demander son admission. Enfin, notre révérend père abbé, qui est plein de bonté et de tendresse, voyant sa constance, lui dit qu'il le recevrait pour frère convers. Monsieur votre frère, qui ne cherchait que Dieu et le salut de son âme, accepta la condition, et de suite entra aux exercices de la communauté. Il a été l'exemple et l'édification de tous dans la maison. Son humilité était grande et profonde, son obéissance prompte, docile et aveugle, embrassant tous les commandements avec joie et avec une soumission d'enfant. Sa patience était à toute épreuve, et sa charité à l'égard de ses frères, tendre, constante et ardente. Il a pratiqué les autres vertus dans le même degré de perfection ; la pauvreté était son amie particulière : il vivait dans un dépouillement entier de toutes choses : aussi le bon Dieu, qui voyait la bonne disposition de son cœur, couronna bientôt ses vertus, et écouta les désirs ardents qu'il avait de mourir pour ne plus l'offenser, disait-il, et jouir plus tôt de sa divine présence. Il fut attaqué d'une hydropisie, qui lui fit souffrir, pendant environ quatre mois, tout ce que cette maladie a de plus douloureux et de plus cruel ; mais avec quelle patience et quelle résignation à la sainte volonté de Dieu n'a-t-il pas souffert ses maux ! Il voyait venir sa fin avec un grand contentement, et une paix d'âme profonde. Il ne cessait de témoigner sa reconnaissance au Seigneur de l'avoir conduit dans cette maison de pénitence, où il avait trouvé tant de moyens de satisfaire à sa divine justice, pour tous ses péchés, et pour se préparer à recevoir ses miséricordes, dans lesquelles il avait une pleine confiance. Je me rappelle qu'étant couché sur la cendre et la paille, sur laquelle il consomma son sacrifice, il prenait la main de notre révérend père abbé, avec un amour qui attendrissait toute la communauté qui était présente. « Que mon bonheur est grand ! disait-il ; vous êtes l'auteur de mon salut, vous m'avez ouvert les portes du monastère, et par cela même celles du ciel ; sans vous je me serais perdu misérablement dans le monde : je prierai le bon Dieu de récompenser votre grande charité à mon égard. » Il reçut tous les sacrements au milieu de l'église, selon l'usage de notre ordre : quelques jours avant sa mort, il demanda pardon aux frères de tout ce qui avait pu les offenser dans sa conduite, et les pria de lui obtenir une sainte mort par le secours de leurs prières.

Il vous aimait tous bien tendrement ; il parlait souvent de vous tous à son père maître : celui-ci, le veillant la nuit qu'il mourut, le vit un instant avant d'entrer dans l'agonie, plus recueilli qu'à l'ordinaire ; et lui demandant s'il allait plus mal : « Mes moments s'avancent, dit-il ; je viens de prier pour tous mes frères et sœurs, qui m'aiment beaucoup, » ajouta-t-il : et bientôt après nous le remîmes sur la paille et la cendre, où, après six heures d'une agonie paisible et tranquille, il remit son âme entre les mains de Jésus-Christ, le 4 de janvier de la présente année. Unissons-nous ensemble, monsieur, pour bénir Dieu, et le remercier des miséricordes dont il a usé à l'égard de monsieur votre frère : et prions-le sans cesse de nous accorder les mêmes grâces, afin de nous unir à lui dans le ciel, pour l'adorer éternellement avec ses anges. *Amen, amen, amen.*

Note 19, page 170.

Missions de la Chine.

Lord Mackartney, malgré ses préjugés religieux et nationaux, rend un témoignage bien remarquable en faveur de nos missionnaires :

« Les missionnaires partagent avec zèle un soin si rempli d'humanité (celui de recueillir les enfants exposés après leur naissance). Ils se hâtent de baptiser ceux qui conservent le moindre signe de vie, afin, comme ils le disent, de sauver l'âme de ces êtres innocents. Un de ces pieux ecclésiastiques, qui n'avait nul penchant à exagérer le mal, avoue qu'à Pékin on exposait chaque année environ deux mille enfants, dont un grand nombre périssait. Les missionnaires prennent soin de tous ceux qu'ils peuvent conserver à la

« vie. Ils les élèvent dans les principes rigoureux et fervent du christianisme,
« et quelques-uns de ces disciples se rendent ensuite utiles à leur religion,
« en travaillant à y convertir leurs compatriotes.

« Les conversions s'opèrent ordinairement parmi les pauvres, qui, dans
« tous les pays, composent la classe la plus nombreuse. Les charités que les
« missionnaires font, autant qu'ils peuvent, préviennent en faveur de la doc-
« trine qu'ils prêchent. Quelques Chinois ne se conforment peut être qu'en
« apparence à cette doctrine, à cause des bienfaits qu'elle leur vaut; mais
« leurs enfants deviennent des chrétiens sincères. D'ailleurs on a toujours
« plus d'accès auprès des pauvres, et ils sont plus touchés du zèle désinte-
« ressé des étrangers qui viennent du bout de la terre pour les sauver.

« C'est un spectacle singulier, en effet, pour toutes les classes de specta-
« teurs, que de voir des hommes, animés par des motifs différents de ceux de
« la plupart des actions humaines, quittant pour jamais leur patrie et leurs
« amis, et se consacrant pour le reste de leur vie au soin de travailler à chan-
« ger le dogme d'un peuple qu'ils n'ont jamais vu. En poursuivant leurs des-
« seins, ils courent toutes sortes de risques, ils souffrent toute espèce de per-
« sécutions, et renoncent à tous les agréments. Mais à force d'adresse, de
« talent, de persévérance, d'humilité, d'application à des études étrangères à
« leur première éducation, et en cultivant des arts entièrement nouveaux
« pour eux, ils parviennent à se faire connaître et protéger. Ils triomphent
« du malheur d'être étrangers dans un pays où la plupart des étrangers sont
« proscrits, et où c'est un crime que d'avoir abandonné le tombeau de ses
« pères. Ils obtiennent enfin des établissements nécessaires à la propagation
« de leur foi, sans employer leur influence à se procurer aucun avantage
« personnel.

« Des missionnaires de différentes nations ont eu la permission de bâtir à
« Pékin quatre couvents, avec des églises qui y sont jointes; il y en a même
« quelqu'un dans les limites du palais impérial. Ils ont des terres dans le
« voisinage de la ville; et on assure que les jésuites ont possédé, dans la cité
« et dans les faubourgs, plusieurs maisons dont le revenu servait seulement
« à favoriser l'objet de la mission. Ils ont souvent, par des actes charitables,
« fait des prosélytes et secouru les malheureux. » *Voyage dans l'intérieur
de la Chine et en Tartarie, fait dans les années* 1792, 1793 *et* 1794, *par lord
Macartney, ambassadeur du roi d'Angleterre auprès de l'empereur de
Chine,* tome II, page 383.)

Note de l'éditeur.)

Note 20, page 210.

Lorsque nous avons parlé, dans la troisième partie, des beaux sujets de
l'histoire moderne qui pourraient devenir intéressants s'ils étaient traités par
une main habile, l'*Histoire des Croisades*, de M. Michaud, n'avait pas encore
paru. Nous avons déjà exprimé notre pensée ailleurs sur cet excellent ouvrage [1]; en voici un fragment qui vient à l'appui de ce que nous avons dit
sur les avantages que l'Europe a retirés de l'institution de la chevalerie :

La chevalerie était connue dans l'Occident avant les croisades; ces guerres, qui semblaient avoir le même but que la chevalerie, celui de défendre les opprimés, de servir la cause de Dieu et de combattre les infidèles, donnèrent à cette institution plus d'éclat et de consistance, une direction plus étendue et plus salutaire.

« La religion, qui se mêlait à toutes les institutions et à toutes les passions du moyen âge, épura les sentimens des chevaliers, et les éleva jusqu'à l'enthousiasme de la vertu. Le christianisme prêtait à la chevalerie ses cérémonies et ses emblèmes, et tempérait, par la douceur de ses maximes, l'aspérité des mœurs guerrières.

« La piété, la bravoure, la modestie, étaient les qualités distinctives de la chevalerie : *Servez Dieu, et il vous aidera ; soyez doux et courtois à tout gentilhomme, en ôtant de vous tout orgueil; ne soyez flatteur, ni rapporteur, car telle manière de gens ne viennent pas à grande perfection. Soyez loyal en faits et dires : tenez votre parole, soyez secourable à pauvres et orphelins, et Dieu vous le guerdonnera.*

« Ce qu'il y avait de plus admirable dans l'esprit de cette institution, c'était l'entière abnégation de soi-même, cette loyauté qui faisait un devoir à chaque guerrier d'oublier sa propre gloire pour ne publier que les hauts faits de ses compagnons d'armes. Les *vaillances* d'un chevalier étaient sa fortune, sa vie ; et celui qui les faisait était ravisseur des biens d'autrui. Rien ne paraissait plus répréhensible que de se louer soi-même. *Si l'escuyer*, dit le code des preux, *a vaine gloire de ce qu'il a fait, il n'est pas digne d'estre chevalier.* Un historien des croisades nous offre un exemple singulier de cette vertu, qui n'est pas tout à fait l'humilité, et qu'on pourrait appeler *la pudeur de la gloire*, lorsqu'il nous représente Tancrède s'arrêtant sur le champ de bataille, et faisant jurer à son écuyer de garder à jamais le silence sur ses exploits.

« La plus cruelle injure qu'on pût faire à un chevalier, c'était de l'accuser de mensonge. Le manque de fidélité, le parjure, passaient pour le plus honteux des crimes. Quand l'innocence opprimée implorait le secours d'un chevalier, malheur à qui ne répondait point à cet appel! L'opprobre suivait toute offense envers le faible, toute agression envers l'homme désarmé.

« L'esprit de la chevalerie entretenait et fortifiait parmi les guerriers les sentimens généreux qu'avait fait naître l'esprit militaire de la féodalité : le dévouement au souverain était la première vertu, ou plutôt le premier devoir d'un chevalier. Ainsi, dans chaque État de l'Europe, s'élevait une jeune milice toujours prête à combattre, toujours prête à s'immoler pour le prince et pour la patrie, comme pour la cause de l'innocence et de la justice.

« Un des caractères les plus remarquables de la chevalerie, celui qui excite aujourd'hui le plus notre curiosité et notre surprise, c'est l'alliance des sentimens religieux et de la galanterie. La dévotion et l'amour, tel était le mobile des chevaliers : *Dieu et les dames*, telle était leur devise.

« Pour avoir une idée des mœurs de la chevalerie, il suffit de jeter les yeux sur les tournois, qui lui durent leur origine, et qui étaient comme les codes de la courtoisie et les fêtes de la bravoure. A cette époque, la noblesse se trouvait dispersée, et restait isolée dans les châteaux. Les tournois lui donnaient l'occasion de se rassembler : et c'est dans ces réunions brillantes qu'on rappelait la mémoire des anciens preux que la jeunesse les prenait pour modèles, et se formait aux vertus chevaleresques, en recevant le prix des mains de la beauté.

« Comme les dames étaient les juges des actions et de la bravoure des chevaliers, elles exercèrent un empire absolu sur l'âme des guerriers; et je

n'ai pas besoin de dire ce que cet ascendant du sexe le plus doux put donner
de charme à l'héroïsme des preux et des paladins. L'Europe commença à sortir de la barbarie, du moment où le plus faible commanda au plus fort, où
l'amour de la gloire, où les plus nobles sentiments du cœur, les plus tendres
affections de l'âme, tout ce qui constitue la force morale de la société, put
triompher de toute autre force.

« Louis IX, prisonnier en Égypte, répond aux Sarrasins qu'il ne veut rien
faire sans la reine Marguerite, *qui est sa dame*. Les Orientaux ne pouvaient
comprendre une pareille déférence ; et c'est parce qu'ils ne comprenaient point
cette délicatesse, qu'ils sont restés si loin des peuples de l'Europe pour la noblesse des sentiments et l'élégance des mœurs et des manières.

« On avait vu dans l'antiquité des héros qui couraient le monde pour le
délivrer des fléaux et des monstres ; mais ces héros n'avaient pour mobile ni
la religion qui élève l'âme, ni cette courtoisie qui adoucit les mœurs. Ils connaissaient l'amitié, témoins Thésée et Pirithoüs, Hercule et Lycas ; mais ils ne
connaissaient point la délicatesse de l'amour. Les poètes anciens se plaisent
à nous représenter les infortunes de quelques héroïnes délaissées par des
guerriers ; mais, dans leurs touchantes peintures, il n'échappe jamais à leur
muse attendrie la moindre expression de blâme contre les héros qui faisaient
ainsi couler les larmes de la beauté. Dans le moyen-âge, et d'après les mœurs
de la chevalerie, un guerrier qui aurait imité la conduite de Thésée envers
Ariane, celle du fils d'Anchise envers Didon, n'eût pas manqué d'encourir le
reproche de félonie.

« Une autre différence entre l'esprit de l'antiquité et les sentiments des
modernes, c'est que, chez les anciens, l'amour passait pour amollir le courage
des héros, et que, au temps de la chevalerie, les femmes, qui étaient juges
de la valeur, rappelaient sans cesse dans l'âme des guerriers l'enthousiasme
de la vertu et l'amour de la gloire. On trouve dans Alain Chartier une conversation entre plusieurs dames, exprimant leurs sentiments sur la conduite
de chevaliers qui s'étaient trouvés à la bataille d'Azincourt. Un de ces
chevaliers avait cherché son salut dans la fuite ; et la dame de ses pensées
s'écrie : *Selon la loi d'amour, je l'aurais mieux aimé mort que vif*. Dans la
première croisade, Adèle, comtesse de Blois, écrivait à son mari, qui était
parti pour l'Orient avec Godefroi de Bouillon : *Gardez-vous bien de mériter
les reproches des braves !* Comme le comte de Blois était revenu en Europe
avant la reprise de Jérusalem, sa femme le fit rougir de cette désertion, et le
força de repartir pour la Palestine, où il combattit vaillamment, et trouva une
mort glorieuse. Ainsi l'esprit et les sentiments de la chevalerie n'enfantaient
pas moins de prodiges que le plus ardent patriotisme dans l'antique Lacédémone ; et ces prodiges paraissaient si simples, si naturels, que les chroni-
queurs du moyen-âge ne les rapportent qu'en passant, et sans en témoigner la
moindre surprise.

« Cette institution, si ingénieusement appelée *Fontaine de courtoisie, et
qui de Dieu vient*, est bien plus admirable encore sous l'influence toute-puis-
sante des idées religieuses. La charité chrétienne réclame toutes les affections
du chevalier, et lui demande un dévouement perpétuel pour la défense des pèlerins et le soin des malades. Ce fut ainsi que s'établirent les ordres de Saint-
Jean et du Temple, ceux des chevaliers teutoniques, et plusieurs autres, tous
institués pour combattre les Sarrasins et soulager les misères humaines. Les
infidèles admiraient leurs vertus autant qu'ils redoutaient leur bravoure. Rien
n'est plus touchant que le spectacle des nobles chevaliers qu'on voyait tour-à-
tour sur le champ de bataille et dans l'asile des douleurs, tantôt la terreur de

l'ennemi, tantôt la consolation de tous ceux qui souffraient. Ce que les paladins de l'Occident faisaient pour la beauté. les chevaliers de la Palestine le faisaient pour la pauvreté et pour le malheur. Les uns dévouaient leur vie à la dame de leurs pensées, les autres la dévouaient aux pauvres et aux infirmes. Le grand maître de l'ordre militaire de Saint-Jean prenait le titre de *gardien des pauvres de Jésus-Christ*, et les chevaliers appelaient les malades et les pauvres *nos seigneurs*. Une chose plus incroyable, le grand maître de l'ordre de Saint-Lazare, institué pour la guérison et le soulagement de la lèpre, devait être pris parmi les lépreux. Ainsi la charité des chevaliers, pour entrer plus avant dans les misères humaines, avait ennobli en quelque sorte ce qu'il y a de plus dégoûtant dans les maladies de l'homme. Ce grand maître de Saint-Lazare, qui doit avoir lui-même les infirmités qu'il est appelé à soulager dans les autres, n'imite-t-il pas, autant qu'on peut le faire sur la terre, l'exemple du Fils de Dieu, qui revêtit une forme humaine pour délivrer l'humanité?

« On pourrait croire qu'il y avait de l'ostentation dans une si grande charité; mais le christianisme, comme nous l'avons déjà dit, avait dompté l'orgueil des guerriers, et ce fut là sans doute un des plus beaux miracles de la religion au moyen-âge. Tous ceux qui visitaient alors la terre sainte ne pouvaient se lasser d'admirer, dans les chevaliers du Temple, de Saint-Jean, de Saint-Lazare, leur résignation à souffrir toutes les peines de la vie, leur soumission à toutes les rigueurs de la discipline, et leur docilité à la moindre volonté de leur chef. Pendant le séjour de saint Louis en Palestine, les Hospitaliers ayant eu une querelle avec quelques croisés qui chassaient sur le mont Carmel, ceux-ci portèrent leur plainte au grand maître. Le chef de l'hôpital manda devant lui les frères qui avaient fait outrage aux croisés, et, pour les punir, les condamna à manger à terre sur leurs manteaux. *Advint*, dit le sire de Joinville, *que je me trouvai present avec les chevaliers qui s'estoient plaints, et requismes du maistre qu'il fist lever les freres de dessus leurs manteaux, ce qu'il cuida refuser*. Ainsi la rigueur des cloîtres et l'humilité austère des cénobites n'avaient rien de repoussant pour des guerriers : tels étaient les héros qu'avaient formés la religion et l'esprit des croisades. Je sais qu'on peut tourner en ridicule cette soumission et cette humilité dans des hommes accoutumés à manier les armes; mais une philosophie éclairée se plait à y reconnaître l'heureuse influence des idées religieuses sur les mœurs d'une société livrée à des passions barbares. Dans un siècle où la colère et l'orgueil auraient pu porter des guerriers à tous les excès, quel plus doux spectacle pour l'humanité que celui de la valeur qui s'humiliait, et de la force qui s'oubliait elle-même!

« Nous savons qu'on abusa quelquefois de l'esprit de la chevalerie, et que ses belles maximes ne dirigèrent pas la conduite de tous les chevaliers. Nous avons raconté, dans l'*Histoire des Croisades*, les longues discordes que suscita la jalousie entre les deux ordres de Saint-Jean et du Temple; nous avons parlé des vices qu'on reprochait aux templiers vers la fin des guerres saintes; nous pourrions parler encore des travers de la chevalerie errante; mais notre tâche est ici de faire l'histoire des institutions, et non point celle des passions humaines. Quoi qu'on puisse penser de la corruption des hommes, il sera toujours vrai de dire que la chevalerie, alliée à l'esprit de courtoisie et à l'esprit du christianisme, a réveillé dans le cœur humain des vertus et des sentiments ignorés des anciens. Ce qui prouverait que dans le moyen-âge tout n'était pas barbare, c'est que l'institution de la chevalerie obtint dès sa naissance, l'estime et l'admiration de toute la chrétienté. Il n'était point de gentilhomme qui ne voulût être chevalier ; les princes et les rois s'honoraient d'appartenir à la chevalerie. C'est là que des guerriers venaient prendre des leçons de politesse, de bravoure et d'humanité : admirable école, où la victoire déposait son orgueil, la grandeur ses superbes dédains, où ceux qui avaient la richesse et le pouvoir venaient apprendre à en user avec modération et générosité !

Comme l'éducation des peuples se formait sur l'exemple des premières classes de la société, les généreux sentiments de la chevalerie se répandirent peu-à-peu dans tous les rangs, et se mêlèrent au caractère des nations européennes ; peu-à-peu il s'élevait, contre ceux qui manquaient à leurs devoirs de chevaliers, une opinion générale plus sévère que les lois elles-mêmes, qui était comme le code de l'honneur, comme le cri de la conscience publique. Que ne devait-on pas espérer d'un état de société où tous les discours qu'on tenait dans les camps, dans les tournois, dans toutes les assemblées de guerriers, se réduisaient à ces paroles : *Malheur à qui oublie les promesses qu'il a faites à la religion, à la patrie, à l'amour vertueux ! Malheur à qui trahit son Dieu, son roi, ou sa dame !*

Lorsque l'institution de la chevalerie tomba par l'abus qu'on en fit, et surtout par une suite de changements survenus dans le système militaire de l'Europe, il resta encore aux sociétés européennes quelques sentiments qu'elle avait inspirés, de même qu'il reste, à ceux qui ont oublié la religion dans laquelle ils sont nés, quelque chose de ses préceptes, et surtout des profondes impressions qu'ils en reçurent dans leur enfance. Au temps de la chevalerie, le prix des bonnes actions était la gloire et l'honneur. Cette monnaie, qui est si utile aux peuples et qui ne leur coûte rien, n'a pas laissé d'avoir quelques cours dans les siècles suivants : tel est l'effet d'un glorieux souvenir, que les marques et les distinctions de la chevalerie servent encore de nos jours à récompenser le mérite et la bravoure. . . . .

. . . . « Pour faire mieux sentir tout le bien que devaient apporter avec elles les guerres saintes, nous avons examiné ailleurs ce qui serait arrivé si elles avaient eu tout le succès qu'elles pouvaient avoir : qu'on fasse maintenant une autre hypothèse, et que notre pensée s'arrête un moment sur l'état où se serait trouvée l'Europe, sans les expéditions que l'Occident renouvela tant de fois contre les nations de l'Asie et de l'Afrique. Dans le onzième siècle, plusieurs contrées européennes étaient envahies ; les autres étaient menacées par les Sarrasins. Quels moyens de défense avait alors la république chrétienne, où les États étaient livrés à la licence, troublés par la discorde, plongés dans la barbarie ? Si la chrétienté, comme le remarque M. de Bonald, ne fût sortie alors par toutes ses portes, et à plusieurs reprises, pour attaquer un ennemi formidable, ne doit-on pas croire que cet ennemi eût profité de l'inaction des peuples chrétiens, qu'il les eût surpris au milieu de leurs divisions et les eût subjugués les uns après les autres ? Qui de nous ne frémit d'horreur en pensant que la France, l'Allemagne, l'Angleterre et l'Italie pouvaient éprouver le sort de la Grèce et de la Palestine ? »

(Histoire des Croisades ; Paris, 1822 ; t. v, p. 239-54, 328.)

Note 21, page 236.

« Le sommet du Saint-Gothard est une plate-forme de granit, nue, entourée de quelques rochers médiocrement élevés, de formes très irrégulières, qui arrêtent la vue en tous sens, et la bornent à la plus affreuse des solitudes. Trois petits lacs et le triste hospice des capucins interrompent seuls l'uniformité de ce désert, où l'on ne trouve pas la moindre trace de végétation : c'est une chose nouvelle et surprenante pour un habitant de la plaine, que le silence absolu qui règne sur cette plate-forme : on n'entend pas le moindre murmure : le vent qui traverse les cieux ne rencontre point ici un feuillage : seulement, lorsqu'il est impétueux, il gémit d'une manière lugubre contre les pointes des rochers qui le divisent. Ce serait en vain qu'en gravissant les sommets abordables qui environnent ce désert, on espérerait se transporter par la vue dans des contrées habitables : on ne voit au-dessous de soi qu'un chaos de rochers et de torrents : on ne distingue au loin que des pointes arides et couvertes de neiges éternelles, perçant le nuage qui flotte sur les vallées et qui les couvre d'un voile souvent impénétrable ; rien de ce qui existe au-delà ne parvient aux regards, excepté un ciel d'un bleu noir, qui, descendant bien au-dessous de l'horizon, termine de tous côtés le tableau, et semble être une mer immense qui environne cet amas de montagnes.

« Les malheureux capucins qui habitent l'hospice sont, pendant neuf mois de l'année, ensevelis dans des neiges qui souvent, dans l'espace d'une nuit, s'élèvent à la hauteur de leur toit, et bouchent toutes les entrées du couvent. Alors il faut se frayer un passage par les fenêtres supérieures, qui servent de portes. On juge que le froid et la faim sont des fléaux auxquels ils sont fréquemment exposés, et que s'il existe des cénobites qui aient droit aux aumônes, ce sont ceux-là. »

Note de la traduction des lettres de Coxe sur la Suisse, par RAMOND.

Les hôpitaux militaires viennent originairement des bénédictins. Chaque couvent de cet ordre nourrissait un ancien soldat, et lui donnait une retraite pour le reste de ses jours. Louis XIV, en réunissant ces diverses fondations en une seule, en forma l'Hôtel des Invalides. Ainsi, c'est encore la religion de paix qui a fondé l'asile de nos vieux guerriers.

NOTE 22, page 280.

C'est cette corruption de l'empire romain qui a attiré du fond de leurs déserts les barbares, qui, sans connaître la mission qu'ils avaient de détruire, s'étaient appelés par instinct le fléau de Dieu.

Salvien, prêtre de Marseille [1], qu'on a appelé *le Jérémie du cinquième siècle*, écrivit ses livres de *la Providence* [2] pour prouver à ses contemporains

---

[1] Il paraît certain, d'après les lettres qui nous restent de Salvien, qu'il était de Trèves, et d'une des premières familles de cette ville. A l'époque de l'invasion des barbares, il alla s'établir à l'autre extrémité des Gaules avec sa femme Palladie et sa fille Auspiciole ; il se fixa à Marseille, où il perdit son épouse, et se fit prêtre. Saint Hilaire d'Arles, son contemporain, le qualifiait d'*homme excellent*, et de *très heureux serviteur de Jésus-Christ*.

[2] *De Gubernatione Dei, et de justo Dei præsentique judicio.*

qu'ils avaient tort d'accuser le ciel, et qu'ils méritaient tous les malheurs dont ils étaient accablés.

« Quel châtiment, dit-il, ne mérite pas le corps de l'empire, dont une par-
« tie outrage Dieu par le débordement de ses mœurs, et l'autre joint l'erreur
« aux plus honteux excès?

« Pour ce qui est des mœurs, pouvons-nous le disputer aux Goths et aux
« Vandales? Et, pour commencer par la reine des vertus, la charité, tous les
« barbares, au moins de la même nation, s'aiment réciproquement; au lieu
« que les Romains s'entre-déchirent... Aussi voit-on tous les jours des sujets
« de l'empire aller chercher chez les barbares un asile contre l'humanité des
« Romains. Malgré la différence des mœurs, la diversité du langage, et, si
« j'ose le dire, malgré l'odeur infecte qu'exhalent le corps et les habits de
« ces peuples étrangers [1], ils prennent le parti de vivre avec eux, et de se sou-
« mettre à leur domination, plutôt que de se voir continuellement exposés aux
« injustes et tyranniques violences de leurs compatriotes.

« ... Nous ne gardons aucune des lois de l'équité, et nous trouvons mauvais
« que Dieu nous rende justice. En quel pays du monde voit-on des désordres
« pareils à ceux qui règnent aujourd'hui parmi les Romains? Les Francs ne
« donnent pas dans cet excès, les Huns en ignorent la pratique; il ne se
« passe rien de semblable ni chez les Vandales ni chez les Goths... Que dire
« davantage? Les richesses d'autrefois nous ont échappé des mains, et, ré-
« duits à la dernière misère, nous ne pensons qu'à de vains amusements. La
« pauvreté range enfin les prodigues à la raison, et corrige les débauchés :
« mais pour nous, nous sommes des prodigues et des débauchés d'une espèce
« toute particulière : la disette n'empêche pas nos désordres.

« ... Qui le croirait? Carthage est investie, déjà les barbares en battent les
« murailles; on n'entend autour de cette malheureuse ville que le bruit des
« armes, et, durant ce temps-là, les habitants de Carthage sont au cirque,
« tout occupés à goûter le plaisir insensé de voir s'entre-égorger des athlètes
« en fureur; d'autres sont au théâtre, et là ils se repaissent d'infamies. Tandis
« qu'on égorge leurs concitoyens hors de la ville, ils se livrent au-dedans à la
« dissolution... Le bruit des combattants et les applaudissements du cirque,
« les tristes accents des mourants et les clameurs insensées des spectateurs
« se mêlent ensemble; et, dans cette étrange confusion, à peine peut-on dis-
« tinguer les cris lugubres des malheureuses victimes qu'on immole sur le
« champ de bataille, d'avec les huées dont le reste du peuple fait retentir
« les amphithéâtres. N'est-ce pas là forcer Dieu, et le contraindre à punir?
« Peut-être ce Dieu de bonté voulait-il suspendre l'effet de sa juste indi-
« gnation, et Carthage lui a fait violence pour l'obliger à la perdre sans res-
« source.

« Mais à quoi bon chercher si loin des exemples? N'avons-nous pas vu,
« dans les Gaules, presque tous les hommes les plus élevés en dignité deve-
« nir, par l'adversité, pires qu'ils n'étaient auparavant? N'ai-je pas vu moi-
« même la noblesse la plus distinguée de Trèves, quoique ruinée de fond en
« comble, dans un état plus déplorable par rapport aux mœurs que par rapport
« aux biens de la vie? car il leur restait encore quelque chose des débris de leur

[1] Et quamvis ab his ad quos confugiunt discrepent ritu, discrepent lingua, ipso etiam, ut ita dicam, corporum atque induviarum barbaricarum fetore dissentiant, malunt tamen in barbaris pati cultum dissimilem, quam in Romanis injustitiam sævientem. (De Gub. Dei, lib. V.)

« fortune, au lieu qu'il ne leur restait plus rien des mœurs chrétiennes ».

« ... N'est-ce pas la destinée des peuples soumis à l'empire romain, de
« prier plutôt que de se corriger? Il faut qu'ils cessent d'être, pour cesser
« d'être vicieux. En faut-il d'autres preuves que l'exemple de la capitale des
« Gaules [2] ? Ruinée jusqu'à trois fois de fond en comble, n'est-elle pas plus
« débordée que jamais? J'ai vu moi-même, pénétré d'horreur, la terre jonchée
« de corps morts. J'ai vu les cadavres nus, déchirés, exposés aux oiseaux et
« aux chiens : l'air en était infecté, et la mort s'exhalait, pour ainsi dire, de
« la mort même. Qu'arriva-t-il pourtant? O prodige de folie, et qui pourrait
« se l'imaginer! une partie de la noblesse, sauvée des ruines de Trèves, pour
« remédier au mal demanda aux empereurs d'y rétablir les jeux du cirque...

« ... Pense-t-on au cirque, quand on est menacé de la servitude? ne songe-
« t-on qu'à rire, quand on n'attend que le coup de la mort?.. Ne dirait-on pas
« que tous les sujets de l'empire ont mangé de cette espèce de poison qui fait
« rire et qui tue? Ils vont rendre l'âme, et ils rient! Aussi nos ris sont-ils
« partout suivis de larmes, et nous sentons dès à présent la vérité de ces pa-
« roles du sauveur : *Malheur à vous qui riez, car vous pleurerez !* »
(Luc, vi, 25.)   (*De la Providence*, liv. v, vi et vii.)

Le cardinal Bellarmin fait remarquer que le zèle de Salvien pour la réfor-
mation des mœurs lui avait fait trop généraliser la peinture qu'il fait des vices
de son siècle. Tillemont fait une observation semblable : il dit que la corruption
ne pouvait pas être si universelle dans un temps où il y avait encore tant de
saints évêques. Le livre de Salvien parut en 439. Douze ans auparavant, saint
Augustin avait publié, sur le même sujet, son grand ouvrage de la *Cité de
Dieu,* qu'il avait commencé en 413, après la prise de Rome par Alaric. A la
profondeur des pensées, à la parfaite justesse des vues, on reconnaît dans ce
livre le plus beau génie de l'antiquité chrétienne.

Les païens attribuaient les malheurs de l'empire à l'abandon du culte des
dieux, et les chrétiens faibles ou corrompus en prenaient occasion d'accuser la
Providence. Saint Augustin remplit le double objet de répondre aux reproches
des uns, d'éclairer et de consoler les autres. Il montre aux païens, en parcourant l'histoire depuis la ruine de Troie, que les anciens empires, comme
ceux des Assyriens et des Égyptiens, avaient péri, quoiqu'ils n'eussent pas
cessé d'être fidèles au culte des dieux ; il rappelle particulièrement aux Romains ce que leurs pères avaient souffert hors de l'incendie de Rome par les
Gaulois pendant la seconde guerre punique, et surtout du temps des proscriptions de Marius et de Sylla. Il fait voir que ce dernier avait été bien plus cruel
que les Goths ; que ceux-ci avaient du moins épargné tous ceux qui s'étaient
réfugiés dans les basiliques des apôtres et les tombeaux des martyrs, protection
qu'on n'avait jamais vue, dans toute l'antiquité, procurée par les temples des

---

[1] *Sed quid ego loquor de longe positis et quasi in alio orbe submotis, cum
sciam etiam in solo patrio atque in civitatibus Gallicanis omnes fere præcel-
siores viros calamitatibus suis factos fuisse pejores? Vidi siquidem ego ipse
Treveros domi nobiles, dignitate sublimes, licet jam spoliatos atque vastatos,
minus tamen eversos rebus fuisse quam moribus. Quamvis etiam depopulatis
jam atque nudatis aliquid supererat de substantia, nihil tamen de disci-
plina.* (De Gub. Dei, lib. vi, in-8°, ed. tert. cum notis Baluz. pag. 139.)

[2] Trèves. Cette ville était la résidence du préfet des Gaules, et les empereurs y
faisaient leur séjour ordinaire quand ils s'arrêtaient dans les provinces en deçà du
Rhin et des Alpes.

dieux ; et qu'ainsi, en accusant la religion chrétienne, ils se rendaient encore coupables d'ingratitude. Il leur dit ensuite que leur perte avait pour principe la corruption de leurs mœurs, dont il fait remonter l'époque à la construction du premier amphithéâtre, que Scipion Nasica voulut en vain empêcher ; corruption que Salluste a peinte avec tant de force, et qui faisait dire à Cicéron, dans son traité de la *République* ¹, écrit soixante ans avant Jésus-Christ, qu'il *comptait l'état de Rome comme déjà ruiné, par la chute des anciennes mœurs.*

Saint Augustin dit aux chrétiens que les gens de bien commettent toujours beaucoup de fautes ici-bas qui méritent des punitions temporelles ; mais que les vrais disciples de Jésus-Christ ne regardaient pas comme des maux la perte des biens, l'exil, la captivité, ni la mort même, et qu'ils n'espéraient le bonheur que dans la *cité* du ciel, qui est leur véritable patrie.

Cet ouvrage n'est que le développement de la fameuse lettre que le saint docteur avait écrite, lors de la prise de Rome, au tribun Marcellin, secrétaire impérial en Afrique. Peu de temps après, ce même Marcellin fut calomnieusement accusé d'être entré dans une conspiration contre l'empereur, et il fut condamné à perdre la tête, ainsi que son frère Appringius. Comme ils étaient ensemble en prison, Appringius dit un jour à Marcellin : « Si je souffre ceci « pour mes péchés vous dont je connais la vie si chrétienne, comment l'avez-« vous mérité? — Quand ma vie, dit Marcellin, serait telle que vous le dites, « *croyez-vous que Dieu me fasse une petite grâce, de punir ici mes péchés, et* « *de ne les pas réserver au jugement futur* ² ? » (*Note de l'Éditeur.*)

NOTE 23, page 308.

Epist. ad Magnum. Il nomme, avec son érudition accoutumée, tous les auteurs qui ont défendu la religion et les mystères par des idées philosophiques, en commençant à saint Paul, qui cite des vers de Ménandre ³ et d'Épiménide ⁴, jusqu'au prêtre Juvencus, qui, sous le règne de Constantin, écrivit en vers l'histoire de Jésus-Christ, « sans craindre, ajoute saint Jérôme, que la poésie diminuât quelque chose de la majesté de l'Évangile ⁵. »

NOTE 24, page 309.

Le passage grec est formel :

Ὁ μὲν γὰρ εἰδὼς γραμματικὰς κτλ. τῶν τεχνῶν γραμματικῶν χρηστικώτερον συνίστατι· τά τε Μωσέως βιβλία διὰ τοῦ ἀρχαιοῦ Ἰεζραήλου μετροῦ μετέβαλε, καὶ ὅσα κατὰ τὴν παλαιὰν διαθήκην ἐξ ἱστορίας τόπων συγγέγραπται·

¹ Fragment conservé dans *la Cité de Dieu,* liv. II, chap. XXI.
² *Parvumne, inquit, mihi existimas conferri divinitus beneficium (si tamen hoc testimonium tuum de vita mea verum est), ut quod patior, etiamsi usque ad effusionem sanguinis patiar, ibi peccata mea puniantur, nec mihi ad futurum judicium reserventur?* (S. Aug., *ad Cæcilianum,* ep. CLI.)
³ I *Cor.,* XV, 33.
⁴ *Tit.,* I, 12.
⁵ *Epist. ad Magn.,* loc. cit.

καὶ τοῦτο μὲν τῷ δακτυλικῷ μέτρῳ συνέταττε· τοῦτο δὲ καὶ τῷ τῆς τραγῳδίας τύπῳ δραματικῶς ἐξειργάζετο· καὶ παντὶ μέτρῳ ῥυθμικῷ ἐχρῆτο, ὅπως ἂν μηδεὶς τρόπος τῆς ἑλληνικῆς γλώττης τοῖς χριστιανοῖς ἀνήκοος ᾖ. Ὁ δὲ νεώτερος, Ἀπολινάριος, εὖ πρὸς τὸ λέγειν παρεσκευασμένος, τὰ Εὐαγγέλια καὶ τὰ ἀποστολικὰ δόγματα ἐν τύπῳ διαλόγων ἐξέθετο, κατὰ καὶ Πλάτων παρ' Ἕλλησιν. (Socrat., lib. III, cap. XVI, pag. 154, *ex editione Valesii*; Paris, ann. 1686.) Sozomène, qui attribue tout au fils, dit qu'il fit l'histoire des Juifs, jusqu'à Saül, en vingt-quatre poëmes, qu'il marqua des vingt-quatre lettres grecques de l'alphabet, comme Homère; qu'il imita Ménandre par des comédies, Euripide par des tragédies, et Pindare par des odes, prenant le sujet de ses ouvrages dans l'Écriture sainte. Les chrétiens chantaient souvent ses vers au lieu des hymnes sacrées, car il avait composé des chansons pieuses de toutes les sortes pour les jours de fêtes ou de travail. Il adressa à Julien même et aux philosophes de ces temps, un discours intitulé *De la vérité*, et dans lequel il défendait le christianisme par des raisons purement humaines.

Voici le texte :

Ποίκα δὲ Ἀπολινάριος οὗτος εἰς καιρὸν τῇ πολυμαθίᾳ, καὶ τῇ φύσει χρησάμενος, κατὰ μὲν τῆς Ὁμήρου ποιήσεως, ἐν ἔπεσιν ἡρῴοις τὴν ἑβραϊκὴν ἀρχαιολογίαν συνεγράψατο μέχρι τῆς τοῦ Σαοὺλ βασιλείας· καὶ εἰς εἰκοσιτέσσαρα μέρη τὴν πᾶσαν γραμματικὴν διεῖλεν· ἑκάστῳ τόμῳ προσηγορίαν θέμενος ὁμώνυμον τοῖς παρ' Ἕλλησι στοιχείοις κατὰ τὸν τούτων ἀριθμὸν καὶ τὴν τάξιν. Ἐπραγματεύσατο δὲ καὶ τοῖς Μενάνδρου δράμασιν εἰκασμένας κωμῳδίας· καὶ τὴν Εὐριπίδου τραγῳδίαν, καὶ τὴν Πινδάρου λύραν ἐμιμήσατο. Et ailleurs : Ἄνδρες τε παρὰ τοὺς πότους καὶ ἐν ἔργοις, καὶ γυναῖκες παρὰ τοὺς ἱστοὺς τὰ αὐτοῦ μέλη ἔβαλλον. (Soz., lib. V, cap. XVIII, pag. 506; lib. VI, cap. XXV, pag. 545, *ex editione Valesii*; Paris, ann. 1686. Voyez aussi Fleury, *Hist. eccl.*, tom. IV, liv. XV, pag. 12; Paris, 1724; et Tillemont, *Mémoires eccl.*, tom VII, art. 6, pag. 12, et art 17, pag. 634; Paris, 1706.) Un laïque nommé Origène publia de son côté quelques traités en faveur de la religion; et saint Amphiloque écrivit en vers à Séleucus pour l'engager à étudier à la fois les belles-lettres et les mystères de la religion (Saint Basil., ép. 384, pag. 377; Saint Jean Damasc., pag. 190.)

Note 25, page 310.

Fleury, *Hist. eccl.*, tom. IV, liv. XIX, pag. 557. La philosophie a été scandalisée de la manière *philosophique*, morale, et même poétique, dont l'auteur a parlé des mystères, sans faire attention que beaucoup de Pères de l'Église en ont eux-mêmes parlé ainsi, et qu'il n'a fait que répéter les raisonnements de ces grands hommes. Origène avait écrit neuf livres de *Stromates*, où il confirmait, dit saint Jérôme, tous les dogmes de notre religion par l'autorité de Platon, d'Aristote, de Numénius et de Cornutus. (*Epist. ad Magn.*) Saint Grégoire de Nysse mêle la philosophie à la théologie, et se sert des raisons des philosophes dans l'explication des mystères; il suit Platon et Aristote pour les principes, et Origène pour l'allégorie. Qu'auraient donc dit les critiques, si l'auteur avait fait, comme saint Grégoire de Nazianze, des espèces de stances sur la grâce, le libre arbitre, l'invocation des saints, la Trinité, le Saint-Esprit, la présence réelle, etc.? Le poëme soixante-dixième, composé en vers

hexamètres, et intitulé *les secrets de saint Grégoire*, contient, dans huit cha
pitres, tout ce que la théologie a de plus sublime et de plus important. Saint
Grégoire a chanté jusqu'à la primauté de l'Église de Rome.

Τοῦτον δὲ πίστις, ἢ μὲν ἦν ἐκ πλειόνος,
Καὶ νῦν ἔτ' ἐστὶν εὔδρομος, τὴν ἑσπέραν
Πᾶσαν δέουσα τῷ σωταρίῳ λόγῳ,
Καθὼς δίκαιον τὴν πρόεδρον τῶν ὅλων.
Οἵαν σέδουσαν τὴν Θεοῦ συμφωνίαν.

Fides vetustæ recta erat jam antiquitas,
Et recta perstat nunc item, nexu pio,
Quodcumque labens sol videt, devinciens.
Ut universi præsidem mundi decet,
Totam colit quæ Numinis concordiam.

« De toute antiquité la foi de Rome a été droite, et elle persiste dans cette
droiture, cette Rome qui lie par la parole du salut (τῷ σωτηρίῳ λόγῳ, *salu-
tari verbo*, et non pas *nexu pio*), tout ce qu'éclaire le soleil couchant, comme
il convenait à cette Église, qui occupe le premier rang entre les Églises du
monde, et qui révère la parfaite union qui subsiste en Dieu. » Voilà, certes,
des sujets assez sérieux mis en vers par un évêque. L'auteur du *Génie du
Christianisme* n'a parlé que des beaux effets de la religion employée dans la
poésie : saint Grégoire de Nazianze va bien plus loin, car il ose faire de véritables allégories sur des sujets pieux. Rollin nous donne aussi le précis d'un
poëme de ce Père : « Un songe qu'eut saint Grégoire dans sa plus tendre jeunesse, et dont il nous a laissé en vers une élégante description, contribua beaucoup à lui inspirer de tels sentiments (des sentiments d'innocence). Pendant
qu'il dormait, il crut voir deux vierges de même âge et d'une égale beauté,
vêtues d'une manière modeste, et sans aucune de ces parures que recherchent
les personnes du siècle. Elles avaient les yeux baissés en terre, et le visage
couvert d'un voile, qui n'empêchait pas qu'on entrevît la rougeur que répandait sur leurs joues une pudeur virginale. Leur vue, ajoute le saint, me remplit de joie ; car elles me paraissaient avoir quelque chose au-dessus de l'humain. Elles, de leur côté, m'embrassèrent et me caressèrent comme un enfant
qu'elles aimaient tendrement ; et quand je leur demandai qui elles étaient,
elles me dirent, l'une qu'elle était *la Pureté*, et l'autre *la Continence*, toutes
deux les compagnes de Jésus-Christ, et les amies de ceux qui renoncent au
mariage pour mener une vie céleste ; elles m'exhortaient d'unir mon cœur et
mon esprit au leur, afin que, m'ayant rempli de l'éclat de la virginité, elles
pussent se présenter devant la lumière de la Trinité immortelle. Après ces paroles, elles s'envolèrent au ciel, et mes yeux les suivirent le plus loin qu'ils
purent. » (*Traité des Études*, tom. iv, pag. 674.) A l'exemple de ce grand
saint, Fénelon lui-même, dans son *Éducation des filles*, a fait des descriptions
charmantes des sacrements. Il veut que, pour instruire les enfants, on choisisse dans les histoires (de la religion) tout ce qui en donne les images les
plus riantes et les plus magnifiques, parce qu'il faut employer tout pour faire
en sorte que les enfants trouvent la religion belle, aimable et auguste ; au lieu
qu'ils se la représentent d'ordinaire comme quelque chose de triste et de lan-
guissant. Tant d'exemples, tant d'autorités fameuses, ont-ils été ignorés des
critiques ?

Note 26, page 310.

On sait que Sannazar a fait dans ce poëme un mélange ridicule de la Fable et de la religion. Cependant il fut honoré, pour ce poëme, de deux brefs des papes Léon X et Clément VII ; ce qui prouve que l'Église a été dans tous les temps plus indulgente que la philosophie moderne, et que la charité chrétienne aime mieux juger un ouvrage par le bien que par le mal qui s'y trouve. La traduction de *Théagène et Chariclée* valut à Amyot l'abbaye de Bellozane.

Note 27, page 316.

They are extremely fond of grapes, and will climb to the top of the highest tree, in quest of them. *Carver's travels through the interior parts of north America,* p. 443, third edit. London, 1781.

The bear in America is considered not as a fierce, carnivorous, but as an useful animal; it feeds in Florida upon grapes. *John Bartram, Description of east Flor., third edit., London, 1769.*

« Il aime surtout l'ours le raisin ; et comme toutes les forêts sont remplies de vignes qui s'élèvent jusqu'à la cime des plus hauts arbres, il ne fait aucune difficulté d'y grimper. » CHARLEVOIX, *Voyage dans l'Amérique septentrionale,* tom. IV, lettre 44, pag. 175, édit. de Paris, 1744. Bartram dit en propres termes que les ours s'enivrent de raisin *intoxicated with grapes*, et qu'on profite de cette circonstance pour les prendre à la chasse. C'est d'ailleurs un fait connu de toute l'Amérique.

Quand on trouve dans un auteur une circonstance extraordinaire qui ne fait pas beauté en elle-même, et qui ne sert qu'à donner la ressemblance au tableau, si cet auteur a d'ailleurs montré qu'il a du sens commun, il serait naturel de supposer qu'il n'a pas inventé cette circonstance, et qu'il ne fait que rapporter une chose réelle, bien qu'elle soit peu connue. Rien n'empêche qu'on ne trouve *de ça et là* une une haute production ; mais du moins la nature américaine y est peinte avec la plus scrupuleuse exactitude. C'est une justice que lui rendent tous les voyageurs qui ont visité la Louisiane et les Florides. Je connais deux traductions anglaises d'*Atala* : elles sont parvenues toutes deux en Amérique ; les papiers publics ont annoncé une troisième traduction, publiée à Philadelphie avec succès. Si les tableaux de cette histoire étaient manqué de vérité, auraient-ils réussi chez un peuple qui pouvait dire à chaque pas : Ce ne sont pas là nos fleuves, nos montagnes, nos forêts ? *Atala* est retournée au désert, et il semble que sa patrie l'a reconnue pour véritable enfant de la solitude.

FIN DES NOTES DU SECOND VOLUME.

Paris. — Typographie de E. et V. PENAUD frères, 10, rue du Faubourg-Montmartre.

TABLE DES MATIÈRES

DU SECOND VOLUME.

—◦‹◦—

FIN DE LA TABLE DU SECOND ET DERNIER VOLUME.

AVIS AU RELIEUR.

—

PLACEMENT DES GRAVURES DU GÉNIE DU CHRISTIANISME.

—⚜—

Imprimé en France
FROC031529230919
22213FR00015B/180/P